RICHARD RÖTZER

Narrenträume

RICHARD RÖTZER

Narrenträume

Historischer Roman

GMEINER

Immer informiert

Spannung pur – mit unserem Newsletter informieren wir Sie regelmäßig über Wissenswertes aus unserer Bücherwelt.

Gefällt mir!

Facebook: @Gmeiner.Verlag
Instagram: @gmeinerverlag
Twitter: @GmeinerVerlag

MIX
Papier aus verantwortungsvollen Quellen
FSC® C083411

Besuchen Sie uns im Internet:
www.gmeiner-verlag.de

Im Ehnried 5, 88605 Meßkirch
Telefon 07575/2095-0
info@gmeiner-verlag.de

1. Auflage 2022

Lektorat: Sven Lang
Herstellung: Mirjam Hecht
Umschlaggestaltung: U.O.R.G. Lutz Eberle, Stuttgart
unter Verwendung eines Fotos von: © https://commons.wikimedia.org/wiki/File:Buch_-_Erlustierend_Augenweide_-_Diesel_-1015.jpg und https://commons.wikimedia.org/wiki/File:1500-1550,_German._-_065_-_Costumes_of_All_Nations_(1882).JPG
Gemälde S. 6: Der Münchner Hofnarr Mertl Witz, Inv.-Nr. L 77/330, Foto Nr. D28233; Leihgabe des Historischen Vereins von Oberbayern
© Bayerisches Nationalmuseum München
Druck: CPI books GmbH, Leck
Printed in Germany
ISBN 978-3-8392-0291-3

Gewidmet
allen ernsthaften Narren
und
heiteren Melancholikern

Hofnarr Mertl Witz

Hans Mielich 1545

»Wenn wir geboren werden, weinen wir, dass wir die große Narrenbühne der Welt betreten müssen.«

Shakespeare: König Lear

»Den Narren zu spielen, und das geschickt, erfordert ein'gen Witz:
Die Launen derer, über die er scherzt, die Zeiten und Personen muss er kennen,
und wie der Falk auf jede Feder schießen, die ihm vors Auge kommt.
Das ist ein Handwerk so voll Arbeit als des Weisen Kunst,
denn Torheit, weislich angebracht ist Witz,
doch wozu ist des Weisen Torheit nütz?«

Shakespeare: Was ihr wollt.

Erstes Kapitel

Die Nacht war grauenvoll. Und genau genommen war es noch immer Nacht, denn in das finstere Loch drang von außen kein Lichtstrahl, es sei denn, die Klappe in der eisenbeschlagenen Türe wurde für einen Augenblick geöffnet, um eine dünne Brühe und trockenes Brot zu reichen. Unter der Türe fiel ein handbreiter Schimmer herein, solange die Fackel im Vorraum brannte. Und wenn in quälend langen Abständen die Türe aufgestoßen wurde, dann bedeutete dies nur, dass die Schergen einen armen Tropf in die jetzt schon überfüllte Keuche stopften oder einen der Insassen zum Verhör zerrten oder gar zur Folter.

Ich hatte bereits jegliches Zeitgefühl verloren und mir taten sämtliche Glieder weh, dabei war ich nicht einmal angekettet. Das Liegen wurde zur Qual, nicht nur wegen des feuchten und kalten Bodens, sondern wegen der drangvollen Enge. Bald stieß mir der Leinweber von links das Knie in die Rippen, bald wurde die Strohschütt feucht, weil einer der Umliegenden unter sich gelassen hatte, sei es aus Angst oder Notdurft. Der einzige Luxus dieser Herberge war ein rostiger Kübel, den in der Dunkelheit zu finden und nicht umzustoßen ein Glücksspiel war.

Ich kauerte an der rauen Wand in der Hocke, den Kopf auf die Arme gelegt, und versuchte, den üblen Gestank von Angstschweiß, Urin und Erbrochenem zu ignorieren und die Schreie und das Stöhnen der armen Teufel, die schon durch die Folter gegangen waren, so gut es ging auszublenden.

Das Schlimmste von allem aber war die Ungewissheit. Was überhaupt würde man uns zur Last legen, und was würde die

Strafe sein? Schon Fluchen konnte einem ja in diesen Tagen zum Verhängnis werden.

Ich fragte mich, ob es Vor- oder Nachteil war, dass ich nicht mehr im herzoglichen Dienst stand, denn als Angehöriger des Hofs unterläge ich jetzt nicht städtischer Gerichtsbarkeit. Man hätte mich nicht hier in der Keuche unter dem Rathaus einsperren können, sondern vermutlich nur im Falkenturm nahe der herzoglichen Residenz.

Doch andererseits bedeutete die Inhaftierung im Falkenturm meist die Anschuldigung des Hochverrats oder der Hexerei, und das ging in der Regel nicht gut aus.

Mein Leben zog in Gedanken an mir vorbei in teils prachtvollen, teils düsteren Bildern. Ich hatte als Narr am Hof des bayerischen Herzogs viele Freiheiten gehabt, nahm Teil an rauschenden Festen, hatte zu jeder Zeit Münzen in der Tasche und fand ein gewisses Ansehen und Beachtung. Aber ich war auch beteiligt an Ränkespielen und Intrigen und jagte in eitler Selbstgefälligkeit vielen Dingen vergeblich nach. Auf der verblendeten Suche nach trügerischem Narrengold war ich augenblicklich dem Henker näher als erhofftem Ruhm und Erfolg. Sollte dies nun das schäbige Ende sein?

Es war alles ganz schnell gegangen. Montags – es war ein Maientag – hatte ich noch in guter Erfüllung meiner Christenpflicht in Sankt Peter die Pfingstmesse gehört, tags darauf forderten die Schergen ungestüm Einlass in das Haus des Prokurators Alexander Secundus Freisinger …

Doch gemach und alles der Reihe nach.

Es ist erst wenige Monate her, da hatte ich genug von all dem Blenden mit hohlen Worten und Lügen, war meines elenden Daseins überdrüssig und dachte ans Sterben. Und das im Heiligen Jahr – welch böser Witz!

Papst Clemens hatte es in Rom und aller Welt mit großem Pomp verkündet, doch es verlief genau so erbärmlich wie der Zeiten Lauf davor. Wenn einer in diesem Gnadenjahr 1600 nach Christi Geburt sein irdisches Dasein rechtschaffen beende, so war die vollmundige Verheißung, dürfe er sogleich an der ewig währenden himmlischen Jubelfeier mit Christus dem Herrn teilnehmen. Doch mir war diese Gnade offensichtlich nicht beschieden – ich bin verdammt zum Leben.

Als die aufgeblasene Zeitenwende zu Ende ging, verblieb zwar in Rom die Fülle der gespendeten Dukaten, in mir dagegen nur die Leere meines unseligen Daseins. Ich will aber nicht ungerecht klagen, und keiner soll sagen, Michel Witz, Sohn des Mertl Witz und ehemals fürstlicher Narr in Ehren und Brot, könne sich wegen seines persönlichen Grams nicht mehr ergötzen an den Absonderlichkeiten menschlicher Natur im Allgemeinen und der von Gott bestellten Obrigkeiten im Besonderen.

An einem schönen Februartag dieses Heiligen Jahres gaben sich beispielsweise die Römer alle Mühe, dem neuen Säkulum mit einer lebenden Fackel den rechten Glanz zu verleihen, indem sie den lästigen Mahner Giordano Bruno auf dem Campo di Fiori zu Asche verbrannten. Er mag ein trotziger Wirrkopf gewesen sein, aber ich stimme seiner Vermutung zu, dass die Welt und die Menschheit ein einmaliger Unfall sind. Untröstlich finde ich allerdings seine Vorstellung, dass das Weltall unendlich sei, weil dann ja auch der Himmel keinen gebührenden Platz darin fände, was selbst mir der Narretei zu viel erscheint.

Und in der hiesigen Residenzstadt München setzte man jüngst ebenfalls ein leuchtendes Zeichen, indem der Henker und seine Knechte am Festtag der heiligen Martha die landfahrende Familie der Pappenheimer aufs Grausamste hinschlachteten, nachdem eifernde Hofräte sie unerbittlich der Hexerei beschuldigt hatten.

»Seht ihr nicht die Zeichen, die sich mehren«, schallt es von den Kanzeln. »Der Allmächtige wendet sich von seiner Schöpfung ab und ihre Tage sind gezählt, denn kein Jahrhundert zuvor hat solche Fülle an Mirakeln und monströsen Abnormitäten gesehen, seien es Schweifsterne, blutiger Regen, Verfinsterung der Gestirne oder Erdbeben, Fluten und missgestaltete Homunculi.«

Die Sternkundigen und Unheilspropheten hatten vor Jahren schon eine große Konjunktion der Planeten Mars, Jupiter und Saturn im feurigen Dreieck angekündigt und gedroht: »Sie wird das letzte große Feuer entzünden, mit dem der Allmächtige die Welt verbrennt.«

Es muss ein elend schwaches Flämmchen gewesen sein, denn als einzig beklagenswert erinnere ich nur die maßlose Verteuerung von Brot und Bier. Überhaupt will mir scheinen, dass es mit den Weissagungen oft sehr wunderlich zugeht, denn unter einer großen Konjunktion wurde schließlich auch Christus geboren und Karl der Große gekrönt, und ein anderes Mal schwemmte die große Sintflut das Menschengeschlecht hinweg. Es ist also merkwürdig unbestimmt, ob das Wirbeln der Gestirne zum Guten oder zum Schlechten ausschlägt.

Dagegen besteht kein Zweifel, dass die Schöpfung ihrem Verfall durch schleichende Altersschwäche entgegengeht, verspüre ich's doch schmerzlich am eigenen Leib.

»Seht doch«, mahnen die Sterndeuter, »die Sonne scheint oft blutrot und öfter noch ungewöhnlich trüb. Die Gestirne verlieren zusehends ihren Glanz und ihr klares Licht. Das Himmelsgewölbe ist kurz vor dem Einsturz.«

Man könne die Schwäche der Schöpfung auch daran erkennen, dass im goldenen Zeitalter das Leben der Menschen noch tausend Jahre währte, was die Genesis für Adam und Methusalem bezeugt. Dagegen sei die Lebensspanne in unseren Tagen kaum noch auf fünfzig oder sechzig Winter bemessen.

So sitze ich also hier an der Schwelle meines sechsten Jahrzehnts, matt in den Gliedern, müde im Geist. Ein kostbarer Ring als Erbstück meines Vaters reichte eben hin, um mich als einfachen Pfründner im Heilig-Geist-Spital einzukaufen. Während einstmals eine weitläufige Residenz mein Reich war, friste ich nun mein karges Dasein in einer winzigen Zelle und hoffe, nicht eines Tages in der Narrenkeuche zu enden, aus der die Schreie der Armen im Geiste, die elend in Ketten und auf Stroh gehalten werden, zu mir herüberdringen. Ihren Wahnsinn kann auch die Heilkraft der Nieswurz nicht mehr kurieren.

Ich mühe mich deshalb, selbst in tiefster Verzweiflung nicht der lähmenden Schwermut Acedia zu verfallen, der Todsünde wider den Heiligen Geist, durch die die Mönche in ihren winzigen Zellen jegliche Lust nach Betätigung verlieren und damit auch das Verlangen nach dem Himmelreich.

Aber ist es verwunderlich, dass einen inmitten all der Siechen hier Traurigkeit überfällt, wenn statt Orlando di Lassos Wohlklängen nur schauerliches Gebrüll und Wehklagen an das Ohr dringen, wenn statt erfrischender Stegreifkomödie nur noch die lahme Litanei von Furunkel und Zipperlein aufgeführt wird und wenn einen ohne die genialen Fresken von Meister Sustris die Wände nur noch kahl und grau anglotzen?

Bis zum Herbst vor gut drei Jahren war ich am Hof wohlgelitten. Doch dann entsagte Herzog Wilhelm der Regierung und zog sich frömmelnd aufs Altenteil zurück. Ob ihn die erdrückende Schuldenlast, seine Schwermut oder die Einflüsterungen der Jesuiten dazu drängten – mir ist's egal. Auf sein nobles Weihnachtsgeschenk ist jedenfalls gepfiffen, denn am 23. Dezember 1597 wurde Wilhelms Sohn Maximilian mit dem bayerischen Herzogtum belehnt, und der ist von gänzlich anderer Wesensart. Mit ihm fand die fröhliche Narretei am fürstlichen Hof ein jähes Ende. Dafür blüht sie jetzt umso üppiger im ganzen Land, freilich trist und sauertöpfisch von der Obrigkeit verordnet, denn fortan muss ein jeder beim Türkenläuten wieder niederknien zum Gebet, schon Fluchen kann ein Stelldichein mit dem Henker bewirken, und zur Fastnacht wurde jüngst selbst die lustige und unschuldige Mummerei wieder verboten.

Wenn ich es recht bedenke, liegt meinem Elend und Überdruss am Leben kein körperliches Gebrechen zugrunde, und die Schwäche an Leib und Gliedern ließe sich mit etwas Speck in der Kohlsuppe und knusprig gebratenem Huhn leicht kurieren. Es scheint mir mehr ein Übermaß an schwarzer Galle, ein schädliches Ungleichgewicht meiner Körpersäfte, so verdrießlich aufs Gemüt zu schlagen. Dagegen wächst kaum ein Kraut, und die Quacksalber sollen mir mit ihren Aderlässen und der üblen Purgiererei vom Leib bleiben.

Als mein eigener Arzt komme ich zu dem Schluss: Es ist Melancholie, die mir die Welt verdüstert, aber gewiss nicht wegen meiner Sünden oder Laster. Von der dreifach möglichen Kausalität, nämlich im Hirn, im Herzen oder als Leiden des Bauches, ist sie bei mir unstrittig im Herzen lokalisiert. Sie ist einzig und allein der Freudlosigkeit zuzuschreiben, denn eine Störung meines Geistes ist gänzlich ausgeschlossen.

Schon der weise Aristoteles hatte vermutet, dass das innerste Wesen des Melancholikers eng mit geistiger Genialität verknüpft ist. Sie gilt gewissermaßen als Krankheit der Gelehrten, die auf der Suche nach dem Weltsinn durch beharrliches Zweifeln und unentwegtes Hinterfragen oftmals im Gegensatz zur Meinung all derer stehen, die im Gleichklang der Herde leben. Ja, dieses Außenseitertum und Löcken wider den Stachel ist auch mir seit Kindestagen wohl vertraut.

Wenn nun das Herz durch Traurigkeit in eine Art Nebel und Dunkelheit gehüllt ist, dann entsteht daraus auch häufig Zorn. Und wenn dieser sich nicht in Verblendung und sündhaftem Wüten gegen sich selbst und andere austobt, können einem daraus Kraft und ein taugliches Heilmittel gegen den Trübsinn erwachsen.

Eines Tages fiel mir in meiner Düsternis plötzlich der Hofratssekretär Aegidius Albertinus ein, ein sprachgewaltiger Homo litteratus, den der Herzog wenige Jahre zuvor in seinen Dienst genommen hatte. Ich bin dem spitzbärtigen Niederländer in der Kanzlei oder bei festlichen Anlässen ein paar Mal begegnet. Er sammelt wunderliche Geschichten und kann muntere Schnurren erzählen. Als Mann von Welt erkannte er natürlich, dass auch ich die Erfahrungen etlicher Reisen und Erlebnisse am Hof in mir trage und daher über einen reichen Schatz an Geschichten verfüge.

»Ihr seid mir ein wackerer Mann mit Witz und Geist«, sagte er bei unserer letzten Begegnung und ermunterte mich augenzwinkernd: »Schreibt alles auf, um auch die Nachwelt damit zu ergötzen.«

Mir erschien dies mit einem Mal als weiser Ratschlag, um meine Langeweile und Schwermut zu bekämpfen. Und mag es auch der Nachwelt wenig nützen, so könnte es zumindest meinen Kohl etwas fetter machen.

So griff ich also mit frischem Mut zur Feder, um meine Erlebnisse, Gedanken und Erinnerungen diesen Seiten anzuvertrauen …

Zweites Kapitel

Obwohl seit meiner damaligen Verhaftung fast drei Jahre vergangen sind, habe ich noch immer den Gestank von Pisse und schwärenden Wunden in der Nase, und dies hat nichts mit meiner augenblicklichen Wohnstatt im Spital zu tun. Nachts schrecke ich häufig vom Lager hoch, geweckt durch schlimme Träume, in denen ich das Wimmern der Gefolterten höre oder das Geschrei des verurteilten Totschlägers, der an seinen Ketten zerrt … dem kräftigen Kleinschmied, der im Suff sein zänkisches Weib erschlagen hatte, war erst der Strick bestimmt worden, dann aber hatte sich das hohe Gericht des einträglichen Handels mit dem Tod erinnert und ihn zur condemnatio ad triremes begnadigt. Seit den Seegefechten gegen Türken und Piraten zahlten die Stadtstaaten am Meer gutes Geld für Galeerensträflinge. Nun wartete der jähzornige Witwer auf den Abtransport nach Venedig oder Genua mit anderen Unglücklichen, die man wegen Trunk- und Spielsucht, Gotteslästerung oder Kirchenraubs für drei oder mehr Jahre zur christlichen Seefahrt verurteilt hatte.

Durch Erzählungen italienischer Handwerker am Hof wusste ich, dass die großen Dreiruderer zwar elegant und schnell übers Meer glitten, in ihren Bäuchen aber herrschte das Grauen. Man konnte in christlichen Landen also auch zur Hölle begnadigt werden.

Wie aber war es zu meiner eigenen Verhaftung gekommen?

Herzog Wilhelm, mein gnädiger Fürst, hatte wenigstens die ersten Jahre seiner Hofhaltung auf Schloss Trausnitz in Landshut noch unbeschwert als lebensfroher Prinz in Saus und Braus verbracht, ehe er später aus mancherlei Gründen zum bußfertigen Frömmler wurde.

Bei seinem Sohn Maximilian bedurfte es einer solchen Wandlung nicht, denn er geriet von klein auf in die Fänge der Jesuiten, und wo nicht diese ihn lenkten, da taten es die Instruktionen des Vaters, die den Knaben in jesuitischem Geist zu mönchischer Zucht und Askese anhielten. Dazu gehörte auch, dass seine Erzieher Gaukler, Springer und Schalksnarren – also einen wie mich – von ihm fernhalten sollten.

So verwundert es nicht, dass der gestrenge junge Herr, der schon als Knabe schrecklich erwachsen war, gleich in den ersten Tagen seiner Regierung ein gallebitteres Religions- und Sittenmandat veröffentlichen ließ. Es wäre fast leichter und gewiss kürzer zu schildern, was ab sofort nicht verboten war. Die eigenen Bürger durften nicht mehr ausheiraten an Orte mit lutherischer Gesinnung, und keiner sollte ungestraft das Land verlassen, um in reformierten Kirchen Predigern zu lauschen. Umgekehrt sollte kein auswärtiger Sektierer in München das Bürgerrecht erhalten, und insbesondere Wiedertäufer wurden erneut gnadenlos bis in den Tod verfolgt.

Schon Wilhelm hatte als gottgefälliges Zeichen bei seinem Regierungsantritt das Frauenhaus am Anger schließen lassen, und unlängst wurden nun auch noch die Hübschlerinnen bei Unseres Herrn Tor, das gegen Schwabing gerichtet ist, vertrieben. Es sollte künftig zur Hebung allgemeiner Sittlichkeit strengstens gegen Unzucht und Leichtfertigkeit vorgegangen werden. Als leichtfertig gilt in diesen Tagen bereits einer, der ohne kirchlichen Segen und gefüllte Geldkatze in ehelicher Gemeinschaft lebt. Aber da Handwerksburschen ohne Vermögen nicht heiraten dürfen, bleibt ihnen folglich nur heimliches Ausschwitzen ihrer Lust, gefährliches Einlassen mit einer Winkelhure oder eben die erwünschte Enthaltsamkeit. Jede anständige Frau, die bei Dunkelheit noch allein in der Stadt unterwegs ist, kann jetzt schuldlos in den Ruch der Unzucht und Ehrlosigkeit geraten.

Natürlich ergehen all die Anordnungen des Fürsten nur in christlicher Sorge um das Gemeinwohl, denn jedermann sollte doch wissen, dass die Lasterhaftigkeit den Allmächtigen erzürnt, der dafür dem Volk Strafen auferlegt, wie die Pest, die lutherische Seuche, Dürre und Krieg oder das Wüten des Türken. Merkwürdig ist nur, dass hier stets zweierlei Maß gilt.

Unser junger Fürst, der sich hierzulande um die Sittsamkeit sorgt und sich und ganz München in quälende Askese zwingt, hat einen hochnoblen Oheim, der in Köln auf Ehre und Enthaltsamkeit – verzeiht – scheißt. Herzog Ernst, Wilhelms jüngster Bruder, vereint wider die Gesetze des Konzils von Trient fünf Bischofssitze und neun Domherrenstellen auf sich, gibt sich aber äußerst ungeniert der Spiel- und Trunksucht und ausgedehnter Jagdleidenschaft hin und erfreut sich des Müßiggangs mit seiner Konkubine, mit der er katholische Bastarde in die Welt setzt. Gepriesen sei der Herr!

Unter den vielen Bildnissen, mit denen italienische Künstler Wände und Decken auf Burg Trausnitz verziert hatten, war auch die Figur eines seltsamen Jünglings, der nur mit Lendentuch und einem Stück Pelz bekleidet war, am ganzen Körper dagegen unzählige Augen und Ohren aufwies. Es war die mythische Gestalt des Argus, von dessen Augen immer nur ein Teil schlief, während die anderen wachten. Das Bild stellte die Allegorie von Wachsamkeit und Verschwiegenheit dar und sollte zum Ausdruck bringen, dass der tugendhafte Fürst allzeit zum Wohle seines Volkes fürsorglich über das Land wacht.

Heute erscheint mir die Allegorie gänzlich unpassend, denn die gepriesene Wachsamkeit entartet zunehmend in üble Spitzelei, und das gegängelte Volk würde sich liebend gern dieser erdrückenden Fürsorge um das Seelenheil jedes Einzelnen entziehen.

Herr Harmlos schleicht nämlich durch die Stadt und ihre Wirtsstuben und rennt flugs zur Obrigkeit, wenn er irgendwo eine Übertretung des Fastengebots erspäht. Geheime Kundschafter und Spione sind überall unterwegs, die jedermann überprüfen in puncto Unzucht und Leichtfertigkeit, und wenn dich eine dieser Schnüffelnasen beim Fluchen erwischt, darf sie deinen Beutel auf der Stelle um sechs Kreuzer erleichtern, und du kannst ein Ave Maria singen, wenn es damit abgeht. Und wenn Ihr denkt, Ihr könntet Euch mit Eurem Liebchen ungestört in den Wald oder eine Scheune zurückziehen, dann wird Euch gewiss ein Förster oder Überreiter aufstöbern, der das Land nach Wiedertäufern absucht.

Was nun in meinem Fall den Ausschlag für die Verhaftung gab, könnte die strenge Zensur gewesen sein, denn es wurden eigens Agenten ernannt, die gezielt und unangekündigt Häuser und Buchläden durchstöbern, um ketzerische Schriften oder Zauberbücher aufzuspüren und zu konfiszieren und den Eigentümer natürlich gleich mit. Im Haus des Prokurators Alexander Secundus Freisinger fanden die Häscher reiche Beute.

Zugegeben, es war nicht die vornehmste Gegend drunten im Tal, noch vor Katzenbach und Kaltentor gelegen, wo auch ärmliche Weber und Loderer hausten, aber das Haus des Prokurators war geräumig, und er ließ mich günstig zur Miete wohnen. Er tat dies nicht aus Mildtätigkeit, sondern weil er sich in anderer Weise Vorteile von mir versprach. Eines Tages kam er im Wirtshaus »Zum Großdamischen« am Markt auf mich zu, als ich eben in das Experiment vertieft war, meinen Trübsinn in reichlich Weingeist aufzulösen. Er unterstützte meinen Wissensdurst mit einem weiteren Krug und forschte mich nebenbei über meine Zeit am Hof aus. Dabei schienen ihn vor allem Berichte über das geheimnisvolle Wirken der Alchemisten zu interessieren. Mag sein, dass ich dabei mit gelöster Zunge und reichlich dämlich – passend zum Namen des Lokals – bei der Erwähnung meiner Lateinkenntnisse eine Spur übertrieb. Jedenfalls war der Prokurator von meinen Fertigkeiten angetan, und da er als öffentlicher Notar und Vorsprech bei Gericht mit regem Schriftverkehr zu tun hatte und nebenbei hinter okkulten und meist schwer zu enträtselnden Berichten aller Art her war, bot er mir eine günstige Unterkunft an und den einen oder anderen Gulden dafür, dass ich ihm in seiner Schreibstube und bei Übersetzungen zur Hand ginge. Da dies allemal besser war, als sich auf dem Markt als Tagelöhner anzubieten, willigte ich ein.

Erst nach und nach begriff ich, auf was ich mich eingelassen hatte. Nicht wegen des Lateins, aber der Prokurator war nicht nur in theoria an geheimen Schriften interessiert, sondern auch an deren Erprobung in praxi. Er verfügte über ein kleines Labor, und soweit sich seine Neigung auf Schriften des Paracelsus und Erkenntnisse der Alchemie erstreckte, deckte sie sich mit meinen Interessen. Aber der Freisinger hatte auch einen Hang zu düsterer Nigromantie und Geisterbeschwörung sowie anderen obskuren Beschäftigungen, und bei ihm traf sich regelmäßig eine bunte Schar Suchender, die unterschiedlicher nicht hätte sein können.

Am ehesten noch hatten die beiden Schulmeister Sinn und Verständnis für die tiefgründige Schönheit alchemischer Texte. Der alte Arnhofer aber, seines Zeichens Bildhauer, kam einfach nicht über den Tod seines Weibes hinweg. Ob ihm ihr Gezänk oder nur die warmen Mahlzeiten fehlten, blieb offen, aber er war mit zwei verschrobenen Witwen vor allem daran interessiert, die Geister der Verstorbenen zu rufen. Der vierschrötige Ringler wiederum und der abergläubische Hosenstricker, der die eigenen Hosen beizeiten gestrichen voll hatte, witterten stets Machenschaften gegen sich, ihr Gewerbe und das Abendland im Allgemeinen, und sie drängten daher auf das

Ansegnen wider den bösen Feind, von dem sie sich in Gestalt des Juden, Protestanten oder auch nur missgünstigen Nachbarn umringt wähnten.

Fast möchte ich's verschweigen, dass auch ein zwielichtiger Wund- und Brecharzt nebst dem Schlechhuber Jörg und seinem Sohn, beide Abdecker und unschicklich rohe Gesellen, vor Jahresfrist zu der Gruppe gestoßen waren. Andererseits hatte es den Vorteil, dass über ihre Nähe zum Henker leichter an Knochen, Schädel und andere brauchbare Utensilien zu gelangen war. Die zwei Loderer und der armselige Leinweber Haberle waren in erster Linie an der Aufstockung ihrer kümmerlichen Barschaft interessiert, und zusammen mit dem Kornrührer und dem Schäftelmacher, Metzger im Tal, hatten die Büttel sie nächtens bei verbotener Schatzgräberei in Hesselohe erwischt.

Die Schrägste von allen aber war die schwarze Kristlin – schwarz waren das ungekämmte Gestrüpp auf dem Kopf, die Glutaugen, der Hals, die löchrigen Lumpen am dürren Gestell, die Fingernägel, ihre Füße und Zähne – kurz: einfach alles an ihr. Sie verhökerte Kräuter, diverse Tränklein, Kröteneier und dergleichen und prahlte damit, sowohl die Zukunft weissagen als auch verlorene oder gestohlene Gegenstände wiederbeschaffen zu können. Dazu ließ sie mit den anderen in der Stube im oberen Stockwerk des Freisinger das Sieb laufen und betrieb allerlei zweifelhaften Hokuspokus. Sie würde man, wenn nicht jetzt, dann gewiss zu einem anderen Zeitpunkt der Hexerei bezichtigen.

Solange dies alles im Verborgenen geschah, mochte es angehen, aber das verrückte Weib hatte die schlichteren Geister innerhalb der Gruppe dazu angestiftet, draußen beim Galgenberg oder drunten in der Au sich im Kreise stehend bei den Händen zu fassen und öffentlich Beschwörungsrituale aufzuführen. Ebenso gut hätte man die Knechte des Stadtgerichts in die gute Stube bitten können.

Die Anzeige war aber auch dem hinterhältigen Fuhrunternehmer im Nachbarhaus zuzutrauen, der längst ein Auge auf die Räumlichkeiten des Prokurators geworfen hatte, um darin für auswärtige Fuhrleute Schlafräume mit Gasterei einrichten zu können. Wir würden es nie erfahren, denn Denunzianten war Anonymität zugesichert.

Das greifbare und überaus beunruhigende Faktum aber war, dass unser bunter Haufen augenblicklich auf Kosten der Stadt München zu Gast beim Schlegel oder Eisenmeister im Stadtgefängnis logierte.

In das Geheule und Schluchzen der Frauen, die man in eine eigene Keuche nebenan gepfercht hatte, mischte sich das Stöhnen des bereits verurteilten Galeerensträflings, das murmelnde Gebetsleiern des Hosenstrickers, das leise Fluchen der Abdecker …

»Du wirst uns doch raushauen, Narr«, versuchte der Kornrührer ganz pragmatisch sich und den anderen Mut zu verschaffen, während es der Prokurator Alexander Secundus Freisinger mit Gelehrtheit versuchte: »Sie können uns nichts anhaben«, versicherte er gewichtig und vor allem sich selbst, »denn nach dem Perneder-Kommentar zur Halsgerichtsordnung ist nur zu strafen, wer anderen mittels der schwarzen Kunst Schaden zufügt und …«

»Hätt der Schlechhuber, der Holzklotz, aber nicht so grob hinlangen dürfen«, unterbrach ihn einer der Schulmeister vorwurfsvoll.

»Ich geb dir gleich eine, du Tintenschmierer!«, wehrte sich der Abdecker. »Ich war bei der Goldgräberei gar nicht dabei.«

»Aber übers Ohr gehauen hat man den Pfeffersack allemal«, beharrte der Schulmeister spitz.

»Haltet doch alle das Maul!«, warf der Metzger ein. »Was soll das Juristengeschwätz? Der Narr hat doch Beziehungen zum Hof, oder?«

Es gab Zeiten, da klang »Narr« für mich wie eine Auszeichnung. Aber jetzt, da ich nicht mehr am Hof war, klang es einfach nur wie »närrisch« im Sinne von »dümmlich«, und so fühlte ich mich in diesem Augenblick auch. Ich war mir keineswegs sicher, ob mein Wort noch Gewicht hätte. Vielleicht würde man mich nicht einmal mehr zum Herzog vorlassen, geschweige denn anhören. Und selbst wenn: Würde die Gnade des Fürsten mich, uns retten?

Zu deutlich und schmerzlich hatte ich das Schicksal der Regina Pollinger vor Augen, der ehemals treuen Haushälterin des Hans Jakob Fugger, die mir so manche Süßigkeit zugesteckt hatte. Sie mag mit den Jahren und insbesondere nach dem Tod ihres Dienstherrn etwas wunderlich geworden sein, aber keinesfalls war sie eine Unholdin. Als vor nunmehr etwa zehn Jahren das Wüten der Obrigkeit gegen die Hexen oder vielmehr bedauernswerte Weibspersonen, die man dafür hielt, begonnen hatte, da geriet auch sie durch gehässige Anschuldigungen in die Mühlen der Justiz. Obwohl der Fugger einst bei Hof hochgeachtet war, erschöpfte sich die fürstliche Gnade darin, dass man die alte Frau und ihre Leidensgenossinnen nicht lebend dem Feuer überließ, sondern erst erwürgte, ehe man ihre Körper zu Asche verbrannte.

Ich fragte mich schon damals, ob göttliche Gnade auch darin bestünde, dass man unter Verzicht auf das Fegefeuer ohne Umschweife den direkten Weg in die ewige Verdammnis nähme.

Dergestalt in Angst und Ungewissheit verharrend, ergriffen wir jeden Strohhalm, der sich uns bot. Die Frau des Eisenmeisters erwarb sich zwar keine Verdienste durch ihre Kochkünste, war aber eine Spur leutseliger als ihr knorriges Ehegespons und die ruppigen Schergen. Als sie nach einer Ewigkeit wieder einmal ihre köstliche Wassersuppe durch die Türöffnung schob, bestürmten wir sie mit Fragen. Ihre dürftige Mitteilung, dass die Obrigkeit der Angelegenheit größte Aufmerksamkeit widme und der Rat daher eigens eine größere Kommission einberufen habe, um mit dem geschworenen Gericht die Vorfälle zu untersuchen, war nicht dazu angetan, uns in irgendeiner Weise zu ermutigen.

Als bei ihrer Aufzählung der Ratsherren ganz nebenbei auch der Name Andreas Ligsalz fiel, da erstarrte ich und hatte die schreckliche Gewissheit, nun für all meine Sünden zu büßen.

Drittes Kapitel

Die Vornehmheit erstreckt sich dieser Tage schon sehr weit nach unten, und jeder Pfeffersack, der sich ein ansehnliches Vermögen erhandelt oder ergaunert hat, giert nach dem Adelsbrief, mit dem er fortan auf einem Landgut herumstolziert und Bauern drangsaliert.

Wenn mich Neugierige nach meiner Herkunft fragten, prahlte ich daher gern damit, dass sie von meines Vaters Seite adelig und meine Mutter gar eine Königin war, denn was könnte Regina – so ihr wohlklingender Name – schon anderes bedeuten. Dies bedurfte freilich einer feinsinnigen Präzisierung, denn meines Vaters Adel war mehr ein Adel der

Gesinnung, der Preis einer ehrlichen Haut und gediegenen Könnens: Er war Hofnarr mit Leib und Seele.

Wie sehr dies sein Herr, Herzog Wilhelm IV., der Großvater meines Fürsten, zu schätzen wusste, mag daraus erhellen, dass er, als er seinen Sohn und Thronfolger Albrecht von Meister Mielich porträtieren ließ, auch ein Bildnis meines Vaters in Auftrag gab, das ihn als fürstlichen Narren zeigt, in Gestus und nobler Haltung ein Ebenbild des Prinzen.

Derart ansehnlich und bei Hof in Ehren wollte man meinen, es sei für ihn ein Leichtes gewesen, die passende Jungfer zur Zweisamkeit zu finden, denn sofern einer nicht einfältig, Mönch oder Kleriker ist, gilt es als höchst betrüblich und wider die Natur, sein Leben als einsamer Hagestolz zu verbringen.

Meine Mutter Regina war als Nachkömmling die jüngste Tochter des reichen und vornehmen Kaufmanns Hans Ligsalz und seiner zweiten Gattin aus dem Salzburgischen.

Mag sich der sittsame Bürger noch so sehr an derben Scherzen oder obszönen Fastnachtsspielen ergötzen, seine Tochter oder Schwester einem Spielmann oder gar einem Narren an die Hand geben, das will er keinesfalls.

Wie also ging es zu, dass ein Hofnarr eine Bürgerstochter aus der hoch angesehenen Familie der Ligsalz zu München ehelichen konnte?

Es wird mir nicht gleich die Inquisition an den Hals gehen, wenn ich behaupte, dass selbst des Allmächtigen herrliche Schöpfung nicht ohne jeglichen Makel ist. Und so hatte noch jedes Geschlecht und jede Familie in der Zeiten Lauf einen Makel, einen Fehltritt oder ein schwarzes Schaf aufzuweisen.

Die Ligsalz hätten in der Reihe ihrer Ahnen einen Geköpften zu bieten, durften sich in manchem Jahr des höchsten Vermögens in der Stadt rühmen, das dann ein Nachfahre durch Spekulation und Ungeschick wieder in den Sand setzte, und sie führten die irrwitzige Komödie auf, dass ein Teil der Großfamilie den lutherischen Verheißungen erlag, während die andere Hälfte den Papisten treu die Stange hielt. Potztausend, sie hätten einen Narrenorden verdient!

Ob es nun göttlichem Ratschluss vor oder dem missglückten Ziehen einer ungeschickten Hebamme bei der Geburt zuzuschreiben war, jedenfalls war das zierliche und ansonsten überaus hübsche Mädchen Regina von Geburt an mit einem Klumpfuß geschlagen, den zwar der lange Rock zu verbergen wusste, nicht aber ihr eigentümlich schaukelnder Gang. Und wie der Kaufmann nicht den Narren zum Schwiegersohn will, so will er auch keine Hinkende als Gattin, selbst um den Preis einer stattlichen Mitgift nicht.

Wenige Zeit vor den Gemälden des Thronfolgers und meines Vaters porträtierte Hans Mielich den älteren Bruder Reginas, den Kaufherrn Andreas Ligsalz. Regina, die bis dahin nicht an den Mann zu bringen war, stand nach dem frühen Tod des Vaters unter seiner Kuratel und der seiner herrischen Ehefrau. In deren Gefolge lernte mein Vater sie eines Tages in der Werkstatt des Malers kennen, und sie waren sich in der Gemeinsamkeit ihres Andersseins sogleich zugetan.

Andreas Ligsalz, einer der wohlhabendsten Kaufleute der Stadt, spuckte erst Gift, und seiner Gattin schäumte die Galle, aber wie eine alte Wahrheit lautet: Hochmut kommt vor dem Fall, denn etwa zwanzig Jahre später ging der reiche Kaufherr in Konkurs und verstarb bald darauf, und nochmals zehn Jahre danach hatte sich seine Witwe beim großen Religionsverhör zu verantworten. Doch davon später.

Mertl der Narr jedenfalls führte nach Jahren beharrlichen Werbens, heimlicher Stelldicheins und einem Machtwort des Herzogs seine Königin in die Ehe und entdeckte dabei ein süßes Geheimnis, von dem schon die alten Philosophen und Heilkundigen Kenntnis hatten, denn sie wussten, dass die Schenkel der Hinkenden infolge der Erlahmung nicht mehr die volle Nahrung erhielten, die somit den darüber liegenden Geschlechtsteilen zufloss, sodass diese, umso voller entwickelt und in Verbindung mit der wiegenden Bewegung, dem Liebeswerk einen ungewöhnlichen und wollüstigen Reiz vermittelten.

Rechnet man die Zeit der Reifung im Mutterleib vom Tag der Geburt an zurück, so muss meine Zeugung in den heiligen Tagen der Weihnachtszeit erfolgt sein, die zwar nach alten Mythen durch Öffnung zur Anderswelt reichlich Gefahren enthielt, nach katholischem Brauch aber manches Verbot, insbesondere des Beischlafs an Feiertagen. Doch mag die Übertretung des Gebotes auch sündhaft gewesen sein, so kann ich immerhin mit Gewissheit behaupten, dass ich die Frucht reiner Liebe und freudigen Genusses bin.

Mein Vater wohnte auch nach der Heirat die meiste Zeit am Hof, um jederzeit dem Ruf seines Dienstherrn Folge zu leisten. Zwar schätzte der Herzog durchaus grobe Späße, lärmendes Kindergeschrei zählte jedoch weniger dazu. Meine Mutter behielt daher ihre Kammer im Hause des Bruders am Rindermarkt, und so hatte ich anstelle des Vaters die meiste Zeit das Vergnügen mit einem übellaunigen Oheim, der mich für nicht standesgemäß und eine ägyptische Plage seines Alters hielt.

Obwohl das Haus der Ligsalz zu den stattlichsten Bürgerhäusern am vornehmen Rindermarkt zählte, herrschte darin oft drangvolle Enge. Dort wohnte nämlich nicht nur der alte Andreas mit seiner Familie, auch Brüder des Alten hatten noch Wohnrecht, und die unteren Räume dienten als Lager und Kontor, denn die Ligsalz trieben Handel mit Eisen, Tuch und Salz und tätigten Geldgeschäfte in aller Welt.

Mehr noch als die Enge schlug mir jedoch die Wesensart meiner Mitbewohner aufs Gemüt. Einzig mit meinem Vetter Karl kam ich glänzend aus. Er war zwar aufbrausend und ungestüm, jedoch jederzeit zu einem Streich bereit. So war es folgerichtig, dass er Soldat wurde und eines Tages für Kaiser und Reich im Kampf gegen die Osmanen in Ungarn ins Gras biss.

Über den missgünstigen Alten und sein hochnäsiges Weib will ich an dieser Stelle kein Wort mehr verlieren. Wohl aber über Vetter Hans, den ältesten der vier Söhne. Dass er bei Tisch gewöhnlich raunzte, wenn es Fastenspeisen statt Fleisch gab, weil dies nur ein widersinniges Gebot des großen Ketzers in Rom sei, das mochte ja noch angehen, aber dass er unermüdlich davon sprach, es müsse bei der Messe auch den Laien der Kelch gereicht werden, das verstand ich nicht und noch weniger, dass der Teufel los war, als ich in kindlicher Einfalt einmal vorschlug, er möge doch einfach zu Hause oder in der Wirtsstube genügend Wein trinken.

Im Gegensatz zu seiner Maulerei hatte er bei jeder unpassenden Gelegenheit einen frommen Spruch auf den Lippen. Merkwürdig war nur, dass man ihm und seiner Brut nur selten sonntags bei der Messe in St. Peter begegnete und er den Kirchgang entweder nicht oder andernorts ausübte. Er war vermutlich auch dabei, als lutherisch Gesinnte in der Augustinerkirche die Predigt störten und vor der Kanzel ihr Kampflied anstimmten, das der Herr Luther wider die Erzfeinde Christi unters Volk gebracht hatte: »Erhalt uns, Herr, bei deinem Wort und steuer des Papstes und Türken Mord!«

Der Schlimmste von allen aber war Vetter Andre: Nie einen Flecken auf der Hose, nie Pflaumenmus am Ärmel, nie heimlich vom Honig genascht, bei Tisch keine schwarzen Finger und zu jeder Minute des Tages brav gescheitelt. Er wurde schon mit Halskrause und spanischer Tracht geboren, und so hätte man ihn auch ausstopfen sollen als Muster an Tugend und Vorbild für missratene Söhne wie mich.

Andre war ein paar Jahre älter als ich und besuchte ebenfalls die Poetenschule bei Unserer Lieben Frau. Und da mein

Heimweg nie schnurstracks nach Hause verlief, sondern vorbei an Schustern und Sporern, Wirten und Krämern sowie unzähligen Fuhrleuten, die alle aufregende Neuigkeiten zu berichten wussten, waren meine Schulstreiche schon bekannt und lag der Stock schon bereit, noch ehe ich den Hausflur betrat. Ich hasste meinen Vetter wie die Pest, er mich vermutlich auch. Zu meinem Glück wurde der Tugendbold bald nach dem Aufruhr in der Augustinerkirche als Artium studiosus an die Universität in Ingolstadt geschickt …

Ratsherr Andre Ligsalz, Bürgermeister und Mitglied der Kommission, dröhnte es in meinem Kopf. Wir hatten uns viele Jahre lang aus den Augen verloren, und jetzt sollte mein vorbildlicher, strebsamer, selbstgerechter und mir verhasster Vetter über mein Schicksal mitentscheiden. Ich tastete mich im Dunkeln an den rostigen Kübel heran …

Bevor ich in Trübsinn versinken konnte, waren aus dem Vorraum die Tritte schwerer Stiefel zu hören. Gleich darauf wurde die Türe aufgestoßen und der Eisenmeister rief uns der Reihe nach heraus. Uns wurden keine Ketten angelegt, aber an Flucht war auch so nicht zu denken. Sechs Bewaffnete eskortierten uns unter Führung des Ratsknechts ins Obergeschoss, um uns dort dem Stadtgericht vorzuführen.

Als sich meine Augen an das grelle Licht gewöhnt hatten und ich mich im Saal etwas umschauen konnte, durchfuhr es mich wie ein Blitz: Am Tisch der Ratsherren neben dem Richter saß sauber herausgeputzt der Erzlangweiler und Tugendwächter – mein Vetter Andre.

Ich hätte augenblicklich nicht einmal sagen können, welchen Tag wohl der Unterrichter Michael Mändl, der zugleich Gerichtsschreiber war, mit gespitzter Feder auf seinem Protokollbogen vermerkte. Nur eines war gewiss, dass er zuoberst das Kürzel »IHS« kritzelte. Es stand für Jesus, denn seines

Beistands wollte man sich bei der Wahrheitsfindung versichern, sei sie freiwillig oder notfalls erzwungen. Die Buchstabenfolge zierte allerdings auch das Richtschwert zur Rechtfertigung der Hinrichtung in Christi Namen.

Dienstags hatten sie mich und den Prokurator in das Loch gestopft zu den schon etwas abgehangenen Schulmeistern und Abdeckern. In der Nacht gesellten sich dann die glorreichen Schatzgräber dazu, und den anderen Tag über folgten die restlichen traurigen Gestalten. Danach war nur noch Warten und Bangen.

Ich meinte zu wissen, dass für gewöhnlich dienstags und freitags Gerichtstag war, und die Verhandlung in der Regel Schlag zwölf Uhr mittags begann. Aber trotz der vielen Stunden in Dunkel- und Unwissenheit konnte es noch nicht Freitag sein. Ich entschied mich also für Donnerstagmittag, vierzehnter Mai im Jahre des Herrn 1598. Aber was spielte das schon für eine Rolle. Wesentlicher war, dass bei Erfordernis auch an anderen Tagen Gericht gehalten wurde. Demzufolge schien man unserer Angelegenheit in der Tat eine gewichtige Bedeutung beizumessen, was eher nichts Gutes verhieß.

Meine Befürchtung verstärkte sich angesichts des Aufwandes, den der Rat mit der Einberufung einer größeren Kommission betrieben hatte. Da saßen mit ernsten Mienen neben Vetter Andre noch die inneren Räte Michael Barth und Christoph Schrenck, und auf der anderen Seite wie versteinert drei ehrenwerte Mitglieder des Äußeren Rates.

In der Mitte führte pelzverbrämt den Vorsitz der edle Bernhard Barth von Harmating zu Pasenbach, durch Kaiser Rudolf in den Adelsstand erhoben und seit geraumer Zeit Stadtoberrichter der Residenzstadt München. Ihn schmückte nicht nur das Adelspatent, denn im Gegensatz zu früheren Stadtrichtern, deren Rechtsverständnis sich im besten Falle aus gesundem Menschenverstand speiste, hatte er die Universität Ingolstadt besucht und danach sogar in Siena Recht studiert.

Es musste mit meinem Beruf, wahrscheinlicher noch mit meinem innersten Wesen zusammenhängen, dass mich in kritischen Situationen oft die unpassendsten Gedanken beschlichen. Hei, dachte ich grinsend, das ist doch wie ein Familienfest. Da sitzen die Brüder Barth, daneben ein Ligsalz und ein Schrenck, die ein identisches Wappen führen, und gewiss hatte schon zu irgendeiner Zeit ein Ligsalz etwas mit einer Barth, und ein Barth knusperte an einer Schrenck, und irgendwie und übers Eck waren doch all diese Gewappelten miteinander versippt und verschwägert. Und wenngleich auch nur als schwarzes Schaf, so gehörte auch der gewesene Hofnarr Michel Witz durch seine Mutter selig zu dieser Sippschaft. Aber ehe ich in närrischer Gewohnheit lauthals und leichtfertig »Verehrung die Herren!« in die noble Runde plärren konnte, riss mich der Ruf des Gerichtsdieners in die Wirklichkeit zurück.

»Stille!«, gebot er entschieden, und gleich darauf verkündete der Vorsprech des Gerichts in seiner Rolle als Ankläger den Gegenstand der Verhandlung. Es war zwar erst das untersuchende Gericht, das mittels Verhör und notfalls peinlicher Befragung den Sachverhalt klären sollte, ehe nach erhaltenem Geständnis das erkennende Gericht bei der Malefiz-Verhandlung das Urteil sprach, aber schon mit den Worten des Vorsprechs verging mir jäh das Lachen, denn da war wiederholt von Zauberei die Rede und schließlich gar von Teufelspakt. Da hatte der Spaß ein gewaltiges Loch.

Ich hatte noch gut den Fall eines Nachbarn vor ein, zwei Jahren in Erinnerung. Ihn hatten sie für ein paar Tage im Turm festgesetzt, und danach musste er einen Beichtzettel beibringen und eine Bestätigung der Patres, dass er gut katholisch das Abendmahl empfangen habe. Man hatte ihm den Besitz ketzerischer Schriften und Bücher vorgehalten – also die verbotenen Machwerke Luthers und anderer Sektierer. Dagegen konnte doch der Besitz von Büchern, die lediglich für Eingeweihte die Geheimnisse des großen alchemischen Werks der Transmutation festhielten oder von harmlosen Zaubersprüchen jahrhundertealter magischer Riten berichteten, nicht ins Gewicht fallen.

Jedermann wusste, dass sich die Mehrheit des Volkes keinen teuren Arzt leisten konnte und deshalb gegen die Krankheiten Zuflucht zu Zaubersprüchen und Amuletten nahm, dass die Bauern Vieh und Ernte durch magische Bräuche zu schützen und selbst Pfaffen mit Flurumgängen und Wettersegen das Unheil zu bannen versuchten. Und wurden nicht landauf, landab auf Wallfahrtsmärkten geweihte Sprüche als Amulette oder heilendes Wasser für klingende Münze vertrieben, um vor Krankheit, Vergiftung und Hagelschlag zu bewahren? Es kam doch nur darauf an, dass man die Dinge zum Nutzen und nicht zum Schaden gebrauchte. Was sollte daran plötzlich falsch sein? Was hatte dies mit dem Teufel zu tun?

Der vorgeschriebenen Verhandlungsordnung folgend wurden erst einmal die Namen der Inquisiten festgehalten und – soweit vorhanden – Wohnsitz und Profession. An zwei Stellen kam etwas Bewegung in die stoischen Mienen der Untersucher: Als der Name Alexander Secundus Freisinger fiel und sein Beruf zu Gehör kam, verzogen die vornehmen Herren säuerlich und gequält die Gesichter, als wollten sie sagen: »Traurig, traurig! Wie einer so tief sinken kann.« Die Bezeichnung Hofnarr und meines Vaters Name wiederum bewirkten, dass die Mundwinkel nach oben schnellten, und der Stadtoberrichter ließ sich zu einem bedeutungsschwangeren »Soso« hinreißen.

Es war eine dieser unwürdigen Gelegenheiten, wo andere sich über etwas erheiterten, was ich gar nicht komisch fand. Und echte Pein bereitete mir das Verhalten von Vetter Andre.

Er verzog keine Miene, schaute nicht einmal auf, geschweige denn, dass er in meine Richtung geblickt hätte. Nicht einmal ein triumphierendes Lächeln umspielte seine Lippen. War ich ihm so völlig gleichgültig oder schämte er sich so sehr für mich, mehr noch als früher? Es schien mir kein gutes Zeichen zu sein.

Als nun der Richter, wohl in der Hoffnung, die Sache eventuell verkürzen zu können, unvorsichtig die Frage in die Runde warf, ob sich einer in der mutmaßlichen Zaubergesellschaft der vorgehaltenen Verfehlungen schuldig bekenne, da war es um die Ruhe im Gerichtssaal geschehen. Eine Herde Unschuldslämmer wies zunächst lautstark jede Anschuldigung zurück und beteuerte lauterste Absichten, bis der eine oder die andere in Sorge um die eigene Haut anfing, die Anstiftung zu dieser oder jener Tat jeweils einem anderen zu unterstellen. Ich glaubte dabei wiederholt die Worte »Witz« und »Narr« herauszuhören, ehe der Gerichtsdiener auf Geheiß des Unterrichters den Tumult niederbrüllte.

Bernhard Barth kam leichthin zu der Überzeugung, dass auf diese Art weder eine halbwegs geordnete Darstellung des Sachverhalts noch auch nur ansatzweise die Wahrheit zu erzielen sei. Er ordnete deshalb mit gewichtigen Worten an, dass die Aussagen zu distinguieren und auf jede Person bezogen streng getrennt zu erheben seien, damit man am Ende der Gerechtigkeit halber auch distinkt votieren könne.

Die Vernehmung war damit für diesen Tag abrupt beendet, und die anscheinend höchst gefährliche Zaubergruppe fuhr trotz des sonnigen Maientags wieder in das stinkende Verlies im Rathauskeller ein, wo augenblicklich die gegenseitigen Beschuldigungen erneut aufflammten. Als schließlich gar Handgreiflichkeiten begannen und Schmerzensschreie ertönten, die nicht von den Schergen oder des Henkers Befragung herrührten, platzte der Eisenmeister ins Verlies und drohte, den gottlos verderbten Haufen ins Eisen zu schlagen, wenn nicht augenblicklich Ruhe herrsche. Vermutlich hätte er es liebend gern getan, denn es war sein Geschäft. Für das Ein- und Ausschließen des Häftlings erhielt er immerhin vierundzwanzig Pfennige, während das Kostgeld pro Tag nur zwölf betrug. Da war klar, dass zum Ausgleich die Einlage in der Suppe noch spärlicher ausfallen würde als gewöhnlich ohnehin schon.

Ich genoss den Augenblick der Ruhe, lehnte mich an die Wand, schloss die Augen und hing meinen Gedanken nach …

Viertes Kapitel

Während in vergangenen Zeiten noch der Grundsatz galt, ein jeder habe seinen festen Platz in des Herren Ordnung, strebt in den Wirren unserer Zeit der Pfeffersack nach dem Adelstitel und manch stolzer Ritter sinkt in den Bettelstand hernieder.

Im Handwerk jedoch gilt noch weithin, dass der Sohn geflissentlich in die Fußstapfen des Vaters tritt, dass also auch der Sohn des Fleischhauers die Würste stopft und der Spross des Fassmachers ebenfalls die Holzdauben in den Reifen zwingt.

Falls aber nun einer glaubt, die Narretei wäre mir gleichsam in die Wiege gelegt worden, geht er völlig in die Irre, denn obwohl mein Vater prächtig grimassieren konnte, schien er zu Hause nur über eine einzige griesgrämige Miene zu verfügen, die in mir zunächst nicht die Kunst des Spaßmachens weckte. Er fühlte sich unter den verächtlichen Blicken der hochfahrenden Ligsalz und in der Enge der Behausung am Rindermarkt nicht wohl. Auch deshalb wohnte er die meiste Zeit am Hof, wie schon gesagt, und ich bekam nur an wenigen Tagen im Jahr meinen übellaunigen Vater zu Gesicht.

Da also zunächst kein väterliches Vorbild die Wahl meines späteren Broterwerbs begünstigte und andererseits keine Zunftschranken meine Entwicklung in irgendeiner Weise beengten, flottierten meine Neigungen in viele Richtungen.

Einem Parzival gleich, der sofort Ritter werden wollte, nachdem er in Einfalt und kindlichem Staunen zwei Reiter in schimmernder Wehr gesehen hatte, war auch ich bald von dieser, bald von jener Profession augenblicklich begeistert.

Es war an einem lauen Frühlingstag, als ich knapp vierjährig an der Hand meiner Mutter am Rathaus vorbei durch die Burggasse zappelte. Kurz vor dem Torturm der alten Herzogsresidenz steht zur Linken ein wuchtiges Haus mit großen Butzenscheibenfenstern. Die zwei Halbgiebel an den Außenrändern des Satteldaches nennen die Münchner liebevoll »Ohrwaschel«, als sei das Haus trotz der wuchtigen Steinquader ein lebendiges Wesen.

Der Rat hatte erst vor Kurzem das Gebäude von einem Patrizier erworben, und der Stadtmaurermeister war sogleich mit dem Umbau beauftragt worden. Die oberen Räume sollten die Stadtschreiberei beherbergen, während die Kellergewölbe als Weinstadel dienten. Die Fassade war im unteren Teil schon reich bemalt, und auf anderthalb Manneshöhen stand auf einem wackeligen Gerüst ein Mann mittleren Alters, der am Kassettenfries arbeitete. Er war von gedrungener Gestalt, und was ihm an Haupthaar fehlte, ersetzte er durch einen üppigen Kinnbart.

»Das ist Meister Mielich«, klärte mich die Mutter auf, während ich interessiert seinen Pinselstrichen folgte, »er hat ein Bild deines Vaters gemalt.«

»Wo?«, fragte ich neugierig. War mir doch bis dahin das Bild vorenthalten worden.

»Es hängt in der Burg des Herzogs. Dein Vater wird es dir eines Tages sicher zeigen.«

»Will auch malen!«, rief ich keck dem Mann auf dem Gerüst zu.

Meister Mielich stutzte erst, erkannte dann aber meine Mutter, denn in seiner Werkstatt hatte sich vor Jahren meine Menschwerdung angebahnt.

»Munteres Kerlchen«, rief er ihr lachend zu. »Gerät er dem Vater nach?«

»Gott bewahre!«, stöhnte die Mutter. »Er soll die Lateinschule besuchen.«

Obwohl ich mich nur dunkel und schemenhaft an diese Szene erinnere, habe ich noch das ehrliche Entsetzen meiner Mutter vor Augen, das ich damals, weil ich es nicht anders verstand, nur mit dem Beruf meines Vaters in Verbindung bringen konnte, nicht ahnend, dass das Wort »Lateinschule« für mich den weitaus bedrohlicheren Umstand darstellte.

Meister Mielich bot mir leutselig an, ihn hier oder nach Abschluss der Arbeiten in seiner Werkstatt in der Äußeren Schwabinger Gasse zu besuchen, und ich konnte dort in den folgenden Jahren die Kunstfertigkeit des Malers noch häufig bewundern.

Die Begegnung musste mich tief beeindruckt haben, denn Mutter erzählte später lächelnd, ich hätte mich an diesem Tag nicht einmal mehr für die zahmen Löwen interessiert, die nur ein paar Schritte weiter den Zwinger vor der alten Burg durchstreiften.

Ich ging anderntags auch sogleich mit Eifer ans Werk,

besorgte mir auf einer nahen Baustelle etwas Kalk und Farbe und begann – in Ermangelung eines Pinsels mit einem dürren Stecken – die Fassade am Haus des Oheims zu verschönern, bis mich eine knochige Hand am Kittel packte und von der Wand wegriss.

»Hundsfott, elendiger!«, hörte ich den Alten schnarren, ehe nur noch Ohrfeigen in meinem Gehör dröhnten.

Ich gebe gerne zu, dass ich nicht über den sicheren Strich eines Hans Mielich verfügte und mein Farbauftrag in Unkenntnis der Perspektive nicht die plastische Illusion von Steinquadern erwecken konnte. Dennoch erschien mir die jähe und schmerzliche Unterbrechung meiner künstlerischen Lehrzeit ganz und gar ungerecht. Bis heute bin ich der festen Überzeugung, dass die Fortsetzung meines Werkes dem Ligsalzhaus in der Reihe der protzigen Patrizierhäuser am Rindermarkt etwas Besonderes verliehen hätte.

Wenige Tage nach dieser Schmach begleitete ich meine Mutter zum Markt, wo für gewöhnlich reges Gedränge herrschte, doch diesmal schien es fast tumultartig zu sein, wobei die Menge nicht wütend, sondern ausgelassen wirkte. Ich zwängte mich zwischen Röcken und Beinkleidern hindurch, bis ich zuvorderst einen wunderlichen Mann sah. Er trug am Leib schäbige Kleider, um die Schultern aber hatte er einen reich bestickten Umhang gelegt, der allerdings bei näherem Hinsehen an etlichen Stellen recht fadenscheinig war und eher einer abgelegten Tischdecke von der Tafel eines Vornehmen glich, ja vielleicht gar eine entwendete Altardecke war. Sein Blick war stechend, der Bart ungepflegt, und auf dem wirren Haupthaar saß – oder besser gesagt hing eine etwas zu groß geratene Krone, die bald links, bald rechts übers Ohr rutschte. Sie schien aus Kupferblech gefertigt zu sein, glänzte im Sonnenlicht jedoch fast golden.

Barfuß und mit großen Gesten paradierte er vor der Menge. Mal grüßte und winkte er huldvoll, mal warf er stolz den Kopf in den Nacken und rief etwas in einer mir unverständlichen Sprache. Halbwüchsige ergriffen das Ende seines Umhangs und trugen ihm das Tuch wie eine Schleppe nach, während ein Witzbold ihm lachend einen Kohlkopf in die eine und eine Stange Lauch in die andere Hand drückte, gleichsam als Reichsapfel und Zepter von Mutter Natur. Und als Herrscher über das Reich verstand er sich offensichtlich auch.

»Er hält sich für den Kaiser«, riefen einige, die vorgaben, sein Geschrei wenigstens teilweise zu verstehen. Und Besserwisser behaupteten: »Er ist nicht der Kaiser, nur ein hergelaufener Schalksnarr aus dem Welschland.«

»Wer ist der Kaiser?«, fragte ich meine Mutter, und bekam zur Antwort: »Unser höchster Herr.« Den jedoch hatte man mir bis dahin nur als den Herrgott vorgestellt, und der wohnte entweder im Himmel oder in der Kirche, lief aber keinesfalls mit rabenschwarzen Füßen über den Markt.

Auch böse Stimmen wurden laut, die sich beklagten, dass mit der Bauwut des Herzogs immer mehr Fremdarbeiter aus dem Süden und Westen an den Hof zögen, die den Einheimischen Lohn und Brot wegnähmen. Und der Tropf, der hier den Kaiser und das Reich verspotte, sei in Wahrheit ein verstockter Hebräer, den man unverzüglich aus der Stadt schaffen müsse.

Das eigentlich Komische an der Geschichte war, was keiner der Marktgänger damals wusste: Während ein falscher Kaiser über den großen Markt zu München stolzierte, hockte zur selben Zeit Karl V., in dessen Reich die Sonne nicht unterging, resigniert und kränkelnd in einer Stube in Innsbruck. Eben noch hatte ihn in Augsburg Meister Tizian hoch zu Ross als stolzen Sieger über die Protestanten porträtiert, nun grübelte er über seine Abdankung nach. Er hatte sich mit Anton Fugger, seinem langjährigen Goldesel, überworfen und vor den heranrückenden Truppen der protestantischen Fürsten fliehen müssen.

Was damals weiter mit dem »Kaiser« am Markt geschah, weiß ich nicht. Ich sah ihn nie wieder, aber das Schauspiel hatte mir früh verdeutlicht, dass sich einem die Dinge nicht immer eindeutig und auf den ersten Blick klar erschlossen, dass stolze Erhabenheit und lächerlich Komisches nahe beieinanderlagen, dass die Meinungen vielfältig sein konnten, dass es zumeist ein »einerseits und andererseits« gab, ein »sowohl als auch«, was ich in späteren Jahren oft als zynische Beliebigkeit empfand. Es versetzte mich allerdings in schwierigen Situationen auch meist in die Lage, einen Ausweg zu finden und mich aus allem herauszureden …

Würde mich mein freches Mundwerk auch aus meinem jetzigen Unglück retten, grübelte ich verdüstert vor mich hin. Ich genoss nicht mehr den Schutz der Narrenkappe, unter dem ich selbst dem Herzog Frechheiten und ungeliebte Wahrheiten an den Kopf werfen konnte, ohne um meinen eigenen Kopf fürchten zu müssen. Jetzt lagen die Dinge gewaltig anders, und Wahrheit mochte sich leicht im Strick verfangen …

Keinen Ausweg fand damals mein Mundwerk vor der drohenden Lateinschule. Mir persönlich hätte es völlig gereicht, in die Schule des Lebens zu gehen, gab es doch täglich Neues zu entdecken. Aber ich räume ein, dass mir meine mühsam erworbenen Lateinkenntnisse später durchaus von Nutzen waren.

Es gab seit Langem die Pfarrschulen bei St. Peter und Unserer Lieben Frau. Ich jedoch sollte die Poetenschule besuchen, die im Unterricht anspruchsvoller und eigentlich den Kindern der Nobilitas vorbehalten war. Vielleicht verdankte ich die Ehre dem Ansehen der Ligsalz, obwohl ich mir nicht vorstellen kann, dass mein Oheim für das höhere Schulgeld aufkommen wollte, und da ich genau genommen zu den Kindern des fürstlichen Hofgesindes zählte, war nicht nur der übliche halbe Gulden, sondern ein halbes Pfund im Vierteljahr zu entrichten. Aber darüber machte ich mir keine Gedanken.

Meine Mutter begleitete mich am ersten Schultag zu Unserer Lieben Frau als stolze Kaufmannstochter mit der Gewissheit, dass auf meiner Habenseite gute Anlagen verbucht waren, und in der hoffnungsvollen Erwartung, dass ich mit gebührender Strebsamkeit mein Soll erfülle.

Wie kann ich nun meine Anlagen etwas näher beschreiben, ohne der Gefahr der Selbsttäuschung zu unterliegen, und wie meine Vorzüge ins rechte Licht rücken, ohne mir den Vorwurf hoffärtigen Eigenlobs einzuhandeln? Es wird wohl am besten sein, mich aus dem Blickwinkel anderer darzustellen.

So lässt sich aus den in der Folgezeit oft gehörten Eigenschaften wie »Mauskopf« oder »Fliegenhirn«, womit mich meine Lehrer neckten, auf eine gewisse Zartheit meiner Gestalt und meines Wesens schließen, und mit meinen zwölf Handbreit aufrechten Wuchses war ich weder ein missgestalteter Zwerg noch ein ungeschlachter Riese und entsprach auch in keiner Weise der derben Volksmeinung: je krümmer, desto dümmer.

Wenn man mich einen Possierer und Göckelnarren hieß, so beweist das doch nur, dass schon früh meine Bestimmung ersichtlich wurde. Ja selbst den Titel des Erznequams, eines Nichtsnutzes, mit dem mich der Schulmeister in angemessenem Latein belegte, führte ich mit beträchtlichem Stolz. Lieber ließ ich mich einen Erznarren schimpfen als einen betrügerischen Schwartenhals.

Was mir dagegen sauer aufstieß, das war die Art des Unterrichts, denn es hieß endlos still sitzen und auswendig lernen. Das eine konnte ich nicht, das andere wollte ich nicht. So war ich alsbald mit dem Gebrauch der Rute überaus vertraut getreu dem Liedvers: »O du gute Birkenrut, du machst die bösen Kinder gut.« Der Anstellungsvertrag verpflichtete den

Lehrer nicht nur zu »Zucht und Lernung«, sondern er sollte jeden Schüler auch »nach seiner Natur und Eigenschaft« fördern, und dies kam in meinen Augen gewaltig zu kurz, denn wäre es nach meiner Neigung gegangen, wäre das ganze Jahr über großes Theater gewesen. Martinus Balticus hatte eben erst den großen Poeten Hieronymus Ziegler als Schulmeister abgelöst. In München geboren, hatte er in Wittenberg studiert und versuchte nun, sich in seiner Heimatstadt Verdienste zu erwerben. Der Anforderung an den Poeten gemäß inszenierte er zur Fastnacht vor dem hohen Rat eine Schulkomödie. Sie war erfreulicherweise nicht nur in Latein, sondern auch mit deutschen Anteilen abgefasst und handelte von Daniel in der Löwengrube.

Da ich noch neu in der Schule war, trug man mir nicht die Hauptrolle an, wiewohl ich – das Vorbild des kaiserlichen Mimen noch lebhaft vor Augen – der Gestalt des Propheten fraglos die gebotene Würde verliehen hätte. Doch schien es mir als weitaus höhere Kunst, einer unbedeutenden Figur zu wahrer Größe zu verhelfen. Ich durfte den fünften Löwen spielen.

Das Rathaus, in dessen großem Saal die Aufführung stattfand und in dessen Kellergewölbe ich jetzt meinen Erinnerungen nachhing, ist nur einen Steinwurf vom Alten Hof entfernt, und man sah damals etliche der Ratsherren bis ins Mark erschauern, glaubten sie doch, die echten Löwen des Herzogs hätten sich soeben losgerissen. Es gab danach Stimmen, die forderten, man müsse den Sohn des Mertl Witz in den Zwinger sperren anstelle der zahmen Raubkatzen. Welch vorzügliches Lob für die Lebendigkeit meiner Darstellung.

Das Jahr war noch in anderer Hinsicht bemerkenswert, denn auf dem Landtag in München erhoben die Stände schwere Klage wegen der Missbräuche bei den Katholischen. Sie forderten gottesfürchtige Kleriker anstelle der verderbten Seelsorger, die hurten und spielten, und sie verlangten nach dem Abendmahl in beiderlei Gestalt sowie nach ungestraftem Fleischgenuss an Fasttagen.

Zu berichten wäre auch noch, dass der Kaiser seinem Bruder Ferdinand endgültig die Administratio imperii übertrug und sich verbittert in die Einsamkeit seiner Villa neben einem Kloster in der Estremadura zurückzog, während der Rat der Stadt München stolz verkündete, dass der Ratzenklauber im vergangenen Rechnungsjahr nur noch zweihundertzehn der Biester erlegt habe entgegen der großen Plage in den Vorjahren.

Fünftes Kapitel

Immer lauter werdendes Grummeln im Verlies riss mich aus meinen Gedanken, denn nach einer Weile kleinlauten und dumpfen Brütens fingen die ersten schon wieder an zu mäkeln und zu rechten. Ich weiß bis heute nicht genau, ob sie mich tatsächlich für den Hauptschuldigen hielten oder nur für den Gewitztesten, der sich und die anderen am Ende herausreden könne. Jedenfalls verdichteten sich die Vorwürfe in meine Richtung, während der Prokurator darauf beharrte, nur wer anderen mittels Zauberei Schaden zufüge … Ich war mir da beileibe nicht mehr so sicher. Es schien mir inzwischen um anderes zu gehen, um etwas von weit größerer Tragweite, das unser begrenztes Rechtswissen bei Weitem überstieg.

»Du hast uns doch angestiftet«, ging mich der Leinweber jetzt an.

»Hab ich dich auch auf die Idee gebracht, den Kaufmann aufs Maul zu hauen?«, wehrte ich mich. »Und wer hat ihm gedroht, ihn lebendig einzugraben, wenn er nicht die Barschaft zur Hebung des Schatzes aufstocke? Habe etwa ich euch befohlen zu graben, oder hat euch nicht vielmehr die eigene Gier dazu getrieben? Hab ich vielleicht einen von euch Helden in den Kreis gezwungen und ihm das Sieb in die Hand gedrückt oder von Beschwörung der Toten gefaselt?«

»Jesus, Maria, hört auf! Wir hängen doch alle mit drin«, jammerte in einem Anflug von Hellsichtigkeit der Hosenstricker. »Michel, Alexander, sie haben vom Teufel gesprochen, was bedeutet das?«

»Das bedeutet«, sagte ich unverblümt, »dass wir mit viel Glück halbwegs ungeschoren davonkommen und mit etwas Pech tief im Dreck sitzen.«

Es wurde mir zunehmend klar, dass die Verhaftungen in so großer Zahl etwas mit dem unlängst ergangenen Mandat zu tun haben mussten. Freilich, Mandate und Dekrete hatte es bereits in der Vergangenheit in großer Zahl gegeben, aber sie hatten wenig bis nichts bewirkt, wohl auch deshalb, weil es der oftmals unentschlossene und zögerliche Wilhelm am nötigen Nachdruck vermissen ließ.

Doch jetzt herrschte sein Sprössling Maximilian, und der war aus anderem Holz geschnitzt. Als Knabe noch furchtsam und schreckhaft, unterwarf er sich umso mehr der strengen Erziehung und jesuitischen Zucht und Askese, um erst zum Musterschüler und als regierender Fürst zur lebenden Pflichterfüllung zu werden, die schon weit vor Tagesanbruch mit Gebet und Aktenfressen begann. Schon mit vierzehn besuchte die jungfürstliche Leuchte die Universität in Ingolstadt, was für sich genommen keine Kunst war, denn auch ein Michel Witz hatte sich in der Blüte seiner Jugend dort eingeschrieben. Aber während ich damals neben dem Studium alter Texte und römischen Rechts vor allem ein lebhaftes Gespür für die abseitigen studentischen Erfahrungen in Tavernen und Spielstätten entwickelte, erlag Maximilian während seines Studiums ganz dem Drill seiner Lehrer.

Noch heute sehe ich das Strahlen auf des stolzen Vaters Gesicht, als er in seiner Schreibstube den Bericht über das Wohlverhalten seines Thronfolgers las. Von einem keuschen Gemüt war da die Rede, frei von jedem unlauteren Gedanken und dergleichen, einen ernsten und festen Charakter habe er, und dann las Wilhelm grinsend an mich gewandt vor, dass jedes unzüchtige Wort bei seinem Sohn Abscheu errege und leichtsinnige Menschen und Spaßmacher bei ihm zu Widerwillen führten. Bla, bla, bla. Ich entwickelte eine herzliche Zuneigung zu ihm.

Gott sei's gedankt, hatte das Bürschchen auch einen winzigen Makel, denn es war ungeduldig und wollte seinen Willen stets auf der Stelle haben. Der Herzog schrieb damals an den Hofmeister zurück, er solle Maximilian auch recht ermahnen, seine Angelegenheiten mit mehr Geduld zu verfolgen und nicht so jähzornig und furiosus zu sein, wenn er etwas haben wolle. Mag sein, dass die Worte fruchteten, doch selbst wenn sich der Jähzorn inzwischen gelegt haben sollte, blieb Maximilian dennoch zupackend und energisch. Er wollte gewiss rasche Ergebnisse sehen.

Fickler!, schoss es mir plötzlich durch den Kopf. Sein Präzeptor an der Universität, der ihn im Brief an den Herzog so einschleimend gepriesen hatte, hieß Dr. Johann Baptist Fickler, ein Kanzleilöwe, der sich tagsüber leidenschaftlich in Papieren vergrub und nachts in seiner Wohnung in der Dienergasse bei Tranfunzel oder Kerzenschein seitenlange staubtrockene

Traktate verfasste. Da waren manche Schmähschriften dabei, vor allem gegen Lutheraner, in denen er nicht mit Beleidigungen und gehässigen Anwürfen geizte. Doch all dies hätte man nach Ablage im Archiv gelassen übergehen können, aber dieser Fickler hatte bereits in den Achtzigerjahren, als er noch im Dienste des Salzburger Fürstbischofs gestanden hatte, ein Hexentraktat veröffentlicht, hatte also schon vor der ersten großen Hexenverfolgung wissentlich gezündelt und zumindest gedanklich die Scheiterhaufen entfacht.

Inzwischen war der Scharfmacher in Ehren ergraut, und obwohl formal noch Mitglied des Hofrats hielt Maximilian seinen Rat für zunehmend entbehrlich, und Dr. Johann Baptist Fickler staubte mittlerweile die Kuriositäten in der neu gestalteten Kunstkammer ab, wo er schmallippig lange Inventarlisten verfasste. Doch damit war der Sprengkörper Fickler nicht entschärft, denn schon scharrte sein Sohn vor der Türe des Rats. Er hatte sich bei den Ingolstädter Juristen, den Verfassern des großen Hexengutachtens der Universität, bereits Ansehen verschafft. Der Himmel über München schien sich wieder einmal zu verdüstern.

»Die Lage ist ernst«, teilte ich daher auch den anderen mit, ohne dabei näher auf meine eigenen Befürchtungen einzugehen. »Sie werden sich einen nach dem anderen vornehmen, beginnend beim Schwächsten, und so lange bohren, bis sie glauben, die Wahrheit in Händen zu halten, wie immer diese aussehen mag. Tut daher genau das, was ihr zuvor getan habt, nämlich eure Unschuld beteuern, aber hört in Gottes Namen auf, andere dafür zu beschuldigen, denn das ist es, was sie versuchen werden: uns zu trennen und aufeinanderzuhetzen.«

»Aber was sollen wir sagen?«, wünschte der Ringler, der nicht zu den Wortmächtigen gehörte, konkreten Ratschlag.

»Bei manchen Dingen hilft doch kein Leugnen mehr«, befürchtete der Schulmeister. »Man hat uns ja gesehen.«

»Bleibt bei der Wahrheit«, empfahl ich. »Ihr dürft die hohen Herren nicht verärgern, indem ihr Offensichtliches abstreitet. Aber sagt auch nicht mehr, als ihr unbedingt müsst. Folgt dem Rat des Prokurators: Alles, was ihr getan habt, geschah ausschließlich zum Nutzen und in gutem Glauben.«

»Und was ist mit dem Schatzgraben?«, warf der Leinweber besorgt ein. »Wie sollen wir's damit halten?«

»Ihr wolltet in christlicher Sorge um die Schwachen den Schatz nur zum Nutzen des Spitals heben, ehe andere mit weniger guten Absichten zuvorkämen«, schlug ich vor, »und ihr hättet euch im Falle des Erfolgs nur eine bescheidene Belohnung erbeten.« Trotz der misslichen Lage musste ich an der Stelle fast lachen. »Und sagt unter keinen Umständen«, forderte ich wieder ernsthaft, »ihr hättet euch jemals der Hilfe eines Dämons oder gar des Teufels bedient.« Dann legte ich einem jeden inständiges Gebet ans Herz, ehe erneut eine quälend lange Nacht begann.

Ich fand lange keinen Schlaf, und meine Gedanken richteten sich auf Wilhelm, der um diese Stunde vielleicht eben von der Krankenpflege im Pilgerhaus am Rochusberg in seinen Palast hinter den Jesuiten zurückgekehrt war und fernab aller menschlichen Untiefen den Blick zufrieden über seine immense Sammlung von Reliquien gleiten ließ. Und falls er schon wieder mit Büßermiene auf dem Betschemel kniete, würde er sich wenigstens manchmal an seinen Hofnarren Michel erinnern und ihn in seine Fürbitten einschließen?

Es war merkwürdig. Während ich seit geraumer Zeit allem närrischen Treiben entsagt hatte, pflegte der alte Fürst noch immer die Narretei auf seine Weise durch Maßlosigkeit – früher maßlos im Dünkel seiner hohen Geburt und seiner Sammelwut, jetzt maßlos in Frömmelei und Askese …

Es hatte sich einst ganz wunderbar gefügt, dass ich meinen ersten Schrei auf Erden zur selben Stunde tat, in der Wilhelm aus dem ruhmreichen Haus Bayern das Licht dieser merkwürdigen Welt erblickte, nämlich am Sankt-Michaelis-Tag des Jahres 1548, womit sich einmal mehr das Wort der Dichter und Weisen bewahrheitete, dass Narren und Fürsten das gleiche Horoskop haben.

In der Tat bewegte sich unser beider Lebenslauf über viele Jahre hinweg im Gleichklang und austariert im Zeichen der Waage. Dabei will ich nicht verhehlen, dass uns beiden auch der extreme Ausschlag der Waagschale nicht fremd ist und überschäumender Frohsinn sein Pendant in tiefer Niedergeschlagenheit findet.

Es war meiner Mutter Einfall und fester Wille, mir den Namen des Erzengels zu geben, an dessen Festtag ich geboren wurde. Und Michael, der machtvolle Bote des Herrn, der die Waage des Weltgerichts in Händen hält, wird hoffentlich auch am Ende aller Tage meine Taten mit Ausschlag zum Guten bemessen.

Wenn ich gerade davon sprach, dass mein Leben über viele Jahre hinweg im Gleichklang mit dem Thronfolger verlief, so muss ich zugeben, dass ich in den Tagen meiner Kindheit bis auf die dürren Mitteilungen meines Vaters oder sonstige Neuigkeiten, die ich bei Tisch oder irgendwo in der Stadt aufschnappte, noch kaum etwas von ihm wusste. Aber gerade das umgab ihn irgendwie mit der Aura des Geheimnisvollen und weckte früh meine Neugierde.

Vormals hatte es eine Zeit gegeben, in der die Bürger Münchens mit ihren fürstlichen Stadtherren im Streit lagen. Die einstmals frei stehende, alte Herzogsburg, der Alte Hof, wurde nach und nach von der wachsenden Stadt förmlich eingeschlossen, und den hohen Herren war dies nicht mehr geheuer. Sie drängten daher auf den Bau einer Neuveste in der

Nordostecke des Mauerrings, wo alsbald eine trutzige Wasserburg entstand, ein wehrhaftes Bollwerk gegen Bürgerübermut.

Als zu Beginn unseres Saeculums der ewige Erbstreit der Wittelsbacher endlich ein Ende fand und München die alleinige Hauptstadt wurde, da begann noch unter Albrecht dem Weisen der schrittweise Umzug in die neue Residenz.

Der Alte Hof inmitten der Stadt hatte inzwischen fast ausgedient. Er beherbergte noch den Hofrat und ein paar Ämter und diente ab und an bei Feierlichkeiten als Quartier. Und dort, so hatte ich in Erfahrung gebracht, führten Wilhelm und sein jüngerer Bruder Ferdinand seit Kurzem ihren ersten eigenen Hofstaat.

Vielleicht waren die beiden froh, der Kuratel ihrer Mutter entronnen zu sein, denn Herzogin Anna, Tochter des habsburgischen Königs und späteren Kaisers in Wien, war eine harsche Frau, die auf strenges Zeremoniell bedacht und nach dem Zeugnis meines Vaters derben Späßen abhold war. Sofern sie die Erziehung nicht ohnehin anderen überließ, schien sie ganz im Augustinischen Sinne schon den Kleinkindern Sünd- und Triebhaftigkeit zu unterstellen, denen mit häufigem Gebrauch der Rute zu begegnen sei.

In dieser Hinsicht hatte ich es mit der gütigen Strenge meiner Mutter weitaus besser getroffen, nur um eines beneidete ich die jungen Fürsten ganz ungemein: Sie mussten Platz zum Spielen in Hülle und Fülle haben.

Ich genoss dafür wesentlich mehr Freiheiten, denn ihr Tagesablauf war strengstens und bis ins Kleinste geregelt. Unter den wachsamen Augen des Hofmeisters und ihres Erziehers begann der Tag um sechs Uhr morgens mit der Messe. Nach dem Frühstück wurden die Lektionen des Vortages wiederholt und neu zu lernende vorbereitet. Die Stunden nach dem Mahl waren erneut dem Studium gewidmet, und übungshalber durften die jungen Herren dann Briefe verfassen, an ihren

Vater in der Neuveste sogar in Latein. Mertl Witz hätte einen lateinischen Gruß seines Sohnes vermutlich zur Latrine mitgenommen.

Zu ihren seltenen Abwechslungen gehörten Fahrten aufs Land, die mit Fischfang und Jagen verbunden waren, wie es sich für den Adel geziemte. Und einmal im Jahr schickte ihnen ihr Vater, Herzog Albrecht, einen Frischling oder jungen Eber, auf den sie nach Herzenslust Jagd machen durften.

Ein Leben in der Burg nur mit Erziehern und gelegentlichem Jagdvergnügen wäre wohl gar zu traurig gewesen. So durften noch jeweils vier Edelknaben mit ihrem Präzeptor das bescheidene Hofleben teilen, darunter für kurze Zeit auch Victor August, Sohn des hochgebildeten und kunstsinnigen Hans Jakob Fugger, bevor er zwölfjährig Domherr zu Passau wurde. Von beiden wird noch zu berichten sein.

Die Söhne der höheren Beamtenschaft besuchten zusammen mit dem Sohn des Hofnarren Mertl Witz die Poetenschule, wo sich diese Gecken mit ihrer Nähe zum herzoglichen Hof brüsteten. Und wenn ich dagegenhielt, dass mein Vater ja wohl tagein, tagaus in unmittelbarer Nähe des Herzogs sei, erntete ich nur milde Hochnäsigkeit: »Ein Narr eben.«

Nun konnte ich nicht täglich eines dieser Großmäuler verprügeln, zumal Vetter Andre schneller als eine Brieftaube zu Hause petzte, was meine Erfolge im Faustkampf regelmäßig zu Pyrrhussiegen machte. Ich ersann daher eine andere Strategie.

Es gelang mir mühelos, meine Mitschüler außerhalb der Raufhändel zu erheitern, und wenn ich auch noch nicht viel vom Gewerbe meines Vaters wusste, so doch immerhin, dass es seine wichtigste Aufgabe am Hof war, den Herzog nach tristen Regierungsgeschäften und bei sonstiger Trübsal aufzumuntern. In diesen Genuss sollten durch mich auch die jungen Prinzen kommen.

Trotz der Schranken zwischen gemeinem Volk und hohem Adel war es weiterhin auch dem einfachen Mann gestattet, sein Anliegen dem Herzog persönlich vorzutragen. Freilich konnte nicht ein jeder geradewegs in die Burg hineinspazieren. Und obwohl der Alte Hof nicht mehr die eigentliche Residenz war und an Bedeutung verloren hatte, standen deshalb noch lange nicht die Tore weit offen.

Neben der spitzbogigen Einfahrt im südlichen Torturm befand sich das Manntörl, ein Durchgang, der so schmal war, dass immer nur eine Person passieren konnte. Davor ruhte seit alters eine steinerne Bank, auf der die Bittsteller Platz nahmen, bis sie zum Herzog vorgelassen wurden. Das tat auch ich.

Es hat den Anschein, dass alten Leuten die Zeit oft verfliegt, während sie sich in der Jugend mitunter entsetzlich dehnt. Mir jedenfalls kam das Warten endlos vor, und als sich nach einer Ewigkeit noch immer nichts rührte, rief ich lauthals und kindlich empört »He« in das Türl hinein.

»Was *he?*«, kam die mürrische Antwort, während sich der Wächter aus seiner Stube im Torgewölbe bequemte. Kurz darauf füllte seine massige Gestalt den Türrahmen aus, und ich schätzte blitzschnell ab, dass mir selbst die listigste Ablenkung keine Gelegenheit zum Durchschlüpfen verschaffen würde. Es blieb nur die Petition.

»Ich muss zu Prinz Wilhelm«, sagte ich, wobei mein plötzlich dünnes Stimmchen den nötigen Nachdruck vermissen ließ.

»Ach«, knurrte der Wärtel gelangweilt, und da ihn mein Begehr nicht weiter zu interessieren schien, schickte ich ungefragt hinterher: »Ich will mich als Hofnarr bewerben.«

Da kam Bewegung in den Klotz. Sein Wanst hüpfte wie im Sprungtanz, und sein Gelächter dröhnte die Burggasse hinunter. »Pack dich fort, du Hanswurst«, japste der Einfaltspinsel, »eh ich dir die Löffel lang ziehe!«

So viel Unverstand musste kaltherzig überlistet werden. Es dauerte nicht lange, bis ein Pferdefuhrwerk das Kopfsteinpflaster heraufratterte. Kurz entschlossen lief ich ihm hinterher, schlüpfte unter die Plane und lag unversehens auf lauter runden Kugeln, die meiner Nase nach Kohl sein mussten. Erst kurz vor der Burg kam mir in den Sinn – was, wenn der bullige Torwächter die Ladung kontrollierte? Mein dunkler Lockenkopf würde kaum als Weißkohl durchgehen.

Glücklicherweise schien die Wache den Fuhrmann gut zu kennen, und er durfte anstandslos passieren. Im Burghof sprang ich unverzüglich vom Wagen, ehe die Fuhre auf die Vorratsräume im östlichen Pfisterstock zuhielt. Ich huschte geduckt auf die Gegenseite und zwängte mich dort in eine Nische, um erst einmal Atem zu holen und mein weiteres Vorgehen zu planen.

Ich war überwältigt von der Größe des Hofes und konnte mir lebhaft vorstellen, wie hier festliche Turniere stattfanden, von denen man in der Stadt halb neidisch, halb bewundernd sprach, denn an den Schaukämpfen nahmen mitunter auch mehr wagemutige Sprösslinge des Stadtadels teil. Zurückblickend sah ich auf den südwestlichen Burgstock, der mit großen Rauten in den Landesfarben weiß und blau bemalt war. In der Mitte prangte über drei Stockwerke hinweg ein zierlicher Erker mit kupfernem Spitzdach, von dem die Leute behaupteten, dass an manchen Tagen zahme Äffchen darauf herumturnten. Ich war unschlüssig, ob ich den Eingang im Winkel benutzen sollte, vermutete aber, dass in dem Gebäudeteil wichtige Amtspersonen sitzen und meinem Vorhaben im Wege sein könnten.

So wandte ich mich erst einmal rückwärts, fand kurz darauf einen Einlass und zwängte mich durch den Türspalt in den Westflügel. Ich stand in einem Durchgang, in dessen Mitte eine Treppe nach oben führte und an dessen Gegenseite mich eine Türe wieder nach draußen entließ in einen großen Garten mit dichten Sträuchern und fremdartigen Bäumen, wie ich sie noch nie gesehen hatte. Es musste der Zwinger sein, in dem einst schon Kaiser Ludwig bis zur Burgmauer hin einen Hofgarten hatte anlegen lassen.

Noch während ich das üppige Grünzeug bestaunte, hörte ich Hundegebell, aufgeregtes Kindergeschrei und dazwischen jämmerliches Quieken, das rasch näher kam. Plötzlich schoss aus den Büschen heraus ein Ungetüm auf mich zu. Zu Tode erschrocken flüchtete ich in den Durchgang, und während ich den schweren Türflügel zuwarf, sah ich eben noch aus dem Augenwinkel, wie zwei Halbwüchsige mit Spieß und Schwert auf das Gebäude zurannten.

Jetzt erst bemerkte ich, dass sich das Ungetüm ebenfalls in den Durchgang retten konnte, und bei näherem Hinsehen war es ein kleines Wildschwein, das am ganzen Leib zitterte und auf den Flurboden pinkelte. Aber kaum tat ich einen vorsichtigen Schritt Richtung Ausgang, rannte das verängstigte Vieh quiekend wieder los und schoss kreuz und quer in dem Gang herum.

Obwohl kein erfahrener Nimrod, wusste ich doch vom Hörensagen, dass auch junge Eber schon gefährlich werden konnten. Ich rannte daher auf den Ausgang zu, riss die Türe auf und stürmte in den Burghof – die Sau natürlich hinterher. Und die rannte gleich weiter auf den Pfisterstock zu, nicht ahnend, dass sich dort die Hofküche befand und ein stämmiger Koch, der geschickt mit dem großen Messer umzugehen wusste.

Das Aufblitzen der Schneide musste das Tier gewarnt haben, denn es schlug einen Haken und fegte nun nördlich auf den Lorenzistock mit der großen Kapelle zu. Ich weiß nicht, ob man auch Tieren kirchliches Asyl gewährt, aber da man in früheren Zeiten etwa einen Esel, der einen Menschen unglücklich zu Tode gebracht hatte, zur Strafe dem Henker auslieferte, mochte ebenso gut die Kirche als Zufluchtsort dienen. Die Wildsau konnte nur leider nicht die Probe aufs Exempel machen, denn an der Kirchenpforte verwehrten hartherzige Beter den Einlass und scheuchten das Tier mit lautem »Gschhh, gschhh« wieder zurück in den Hof. Dort war inzwischen pralles Leben, denn von überallher quoll das Gesinde auf den Platz, um das Schauspiel zu genießen.

Das Ferkel stürmte noch eine Weile verzweifelt im Zickzack zwischen den Gaffern herum, rammte dann den Karren eines Zulieferers inmitten des Hofs, verharrte in kurzer Schockstarre, fiel zur Seite und streckte leblos die kurzen Läufe von sich.

Ich stand unmittelbar daneben und sah nun die beiden Halbwüchsigen mit finsteren Mienen auf mich zukommen, in der Rechten eine Waffe, mit der Linken jeweils ein kläffendes Monster zurückhaltend. O nein!, schoss es mir in schlimmer Ahnung durch den Kopf, und instinktiv fing ich nun meinerseits zu rennen an, wusste aber ebenso wenig wie der verendete Frischling, wohin ich mich schützend flüchten sollte.

Ich hörte ein Hecheln hinter mir, denn die Prinzen hatten als Entschädigung für ihr entgangenes Jagdvergnügen ihre Hunde von der Leine gelassen, und es währte nur kurz, bis auch ich der Länge nach aufs Pflaster schlug. Hasso zog triumphierend mit meinem linken Ärmel davon, während das andere Untier sich mit den Vorderpfoten auf meine Brust stemmte und mir ins Gesicht sabberte. Kurz darauf standen auch die Knaben über mir und schwangen drohend ihre Waffen. Es fehlten nur noch die Löwen.

Glücklicherweise hielt ein barscher Befehl ihres Präzeptors die fürstlichen Söhne von drohender Bluttat ab. Wieder auf den Beinen und in diesem Augenblick bar jeglichen Mitleids für ihre strenge Erziehung verkniff ich mir die zweifellos zutreffende Bemerkung, dass ihre humanistische Bildung noch ein gewaltiges Loch aufwies.

Schon packte mich der Präzeptor am Kragen und forschte mich mit skeptischer Miene aus, was ich hier zu suchen habe. Nach kurzem Zögern stotterte ich getreu meinem Vorsatz: »Ich mö-möchte Hofnarr werden.«

Unter dem schallenden Gelächter der Umstehenden zog mich der Präzeptor ohne ein weiteres Wort am Ohr Richtung Ausgang, wo er mich dem Torwächter übergab.

»Ah, unser neuer Hofnarr«, prustete der boshaft grinsend, ehe er mich vor sich her durch das Manntörl schob und mit einem gewaltigen Tritt in den Allerwertesten wieder in die bürgerliche Welt beförderte.

Benommen rappelte ich mich auf und schlich die Burggasse entlang Richtung Markt. Mir war so, als hätte ich von irgendwoher noch gehört: »Prüfung bestanden.« Ich vermochte nur nicht mehr zu sagen, ob die Feststellung von Wilhelm kam oder nur die zynische Bemerkung des Wächters war.

Ich hatte mir meine Bewerbung zwar anders vorgestellt, aber so oder so: Ich hatte den Hof erheitert und ein erstes Zeichen gesetzt.

Sechstes Kapitel

Es war wie vermutet. Zuerst holten sie die Frauen. Ob sie damit aber die Furchtsamsten und Schwächsten gegriffen hatten, wie es die Anweisung zum Verhör empfahl, das wagte ich zumindest im Falle der schwarzen Kristlin zu bezweifeln. Das resolute Weib würde gekonnt und hartnäckig leugnen und eher das Gericht um den Verstand als sich um den Hals reden. Und selbst im Falle einer peinlichen Befragung erschien es mir wahrscheinlicher, dass viel eher der Hosenstricker oder einer der blassen Schulmeister einknicken würde.

Da in den folgenden Stunden kein Geschrei oder Heulen zu hören war, nahm ich an, dass die Befragungen glimpflich verlaufen waren. Durch die dicken Mauern wäre eine Verständigung mit den Verhörten auch nur durch lautes Rufen möglich gewesen, aber das wagte augenblicklich keiner aus Furcht, der Eisenmeister könne seine Drohung wahr machen.

Nach der Mittagssuppe war der alte Arnhofer dran. Vielleicht weil er am hinfälligsten erschien, vielleicht aber auch wegen des Vorwurfs der Nigromantie, denn diese galt als verwerflichste der verbotenen Künste, als schwarze Kunst schlechthin, denn um sich Geister dienstbar zu machen oder die Rückkehr von Toten zu erzwingen, musste man seinerseits dem Teufel dienstbar und zu willen sein, was nichts anderes als einen Pakt mit ihm bedeutete.

Der greise Bildhauer wirkte denn auch ziemlich verstört, als man ihn zurückbrachte und er nun unsererseits mit Fragen bestürmt wurde. Er stammelte zunächst nur: »Es war doch alles immer nur wegen der Lies … ich wollte doch bloß …

wieso Teufel? Sie haben gesagt, ich hätte mich gewiss dem Teufel verschrieben ... und was er von mir verlangte ... wo wir die ungetauften Kindlein gestohlen hätten ...« Er begann zu schluchzen und stieß unter Tränen hervor: »Wir haben doch alleweil vor der Beschwörung rechtschaffen zum Herrn gebetet, und die Anna oder die alte Meinhartin, wo hätten wir noch unkeusch sein sollen?« Ein Weinkrampf schüttelte ihn. »Ich ... ich hab ihnen versichert, dass wir jedes Fasten eingehalten haben, schon wegen der Zähne ... wie sollt ich denn hartes Fleisch noch beißen ... und dass wir gestiftet haben, dem Spital und zu Ostern St. Peter und ...«

Ich versuchte ihn zu beruhigen, aber jetzt brach regelrecht Empörung aus ihm hervor.

»Dieser junge Schnösel hat behauptet, auch hinter dem Anschein guter Werke stecke oft der Teufel. Er verberge sich listenreich, gaukle das Gute nur vor ... Aber ... aber der ganze Spuk war sowieso immer nur für die Katz. Die Lies hat sich doch nicht einen Augenblick in der Stube blicken lassen und auch keines von den Mannsbildern der Weiber. Alles nur leeres Geschwätz und Einbildung!«

Die Stoßrichtung des Gerichts war klar. Es sollte mich nicht wundern, wenn sie die Kristlin und die anderen zwei gezielt nach der Salbe gefragt hätten und womit sie des Nachts ausgefahren wären und so fort. Man musste verteufelt auf der Hut sein. Für diesen Tag ließen sie's gut sein. Vielleicht hatten die Herren fürs Erste selbst genug von zäher Befragung oder es warteten noch wichtigere Geschäfte auf sie.

Anderntags, es dürfte frühmorgens gewesen sein, wurde der Leinweber aus dem Loch geholt und vor die Räte geführt. Ich fragte mich, was draußen an diesem Tag so vor sich gehen mochte. In der Nacht hatte hoffentlich die kalte Sophie als letzte der Eisheiligen die zarten Früchte vor Spätfrost bewahrt. Frisch würde es noch sein dort oben und dennoch heimeliger als in dieser finsteren Keuche, in der nicht einmal die Marktglocke vom Ratsturm zu hören war. Samstags war Schrannentag, und zwischen April und Michaeli wurde schon um fünf Uhr morgens das geschäftige Feilschen eingeläutet. Erst traten die Einheimischen an die Säcke heran, ehe die Brauer, Bäcker und Mehlhändler als berufsmäßige Verwerter ihren Getreidebedarf decken durften. Später, wenn Glocke und Freifahne den offenen Markt anzeigten, durften auch Auswärtige zum Kauf schreiten. Dieser Tage konnte es gut jedoch sein, dass sie vor leeren Karren und Säcken standen. Die Ernten der letzten Jahre waren bescheiden gewesen, und für dieses Jahr kündigte sich schon wieder eine Teuerung an.

Dennoch oder gerade wegen der Engpässe waren die Markttage Hochfeste für die Spitzel, die Ausschau hielten nach Raufhändeln, fluchenden Fuhrleuten und lasterhaften Reden. Würden die Schergen dann den Zutritt zum Stadtgefängnis verwehren mit der Begründung: wegen Überfüllung geschlossen? Wohl nicht. Man konnte noch auf den Fischerturm hinter dem Kräutl- und Eiermarkt ausweichen, und notfalls würde auch der Eisenmeister im Falkenturm aushelfen und sich ein paar Pfennige dazuverdienen.

Während ich so meinen Gedanken nachhing, wurde der Leinweber zurück in das Verlies gestoßen und im Gegenzug, noch ehe ich eine Frage an den Haberle richten konnte, wurde ich selbst vom Strohlager hochgezogen. Nun also kam Michels großer Auftritt, aber danach war mir weiß Gott nicht zumute. Anders als früher, als ich jedem Spiel auf großer Bühne entgegenfieberte, hätte ich auf diese undankbare Hauptrolle gern verzichtet.

Bis auf den Stadtoberrichter saß dieselbe noble Gesellschaft vor mir wie beim ersten Verhör, nur fand diesmal die Sitzung in der Gerichtsstube im Ratsturm statt. Und noch etwas war anders: Beim Eintritt schaute mich Andre Ligsalz an. Seinen

Blick vermochte ich nicht zu deuten. Er war undurchdringlich und konnte sagen: Ich kann dir nicht helfen. Und ebenso gut konnte er ausdrücken: Geh zum Teufel, es musste ja irgendwann so mit dir kommen.

Ich hatte zwar stets mit Stolz die Hofkleidung aus gutem Tuch getragen, aber stolz und eitel im Sinne sündhaften Hochmuts war ich eigentlich nie, oder anders gesagt: Eher empfand ich Stolz und Beglückung über einen treffenden Witz oder ein gelungenes Wortspiel als über die äußere Hülle, in der ich steckte. Jetzt aber wurde mir voller Scham bewusst, welch scheußlichen Anblick ich bieten musste. Meine ohnehin sparsam gewählte Kleidung war zerknittert und besudelt, mein Haupthaar hing mir in fettigen Strähnen um die Ohren. Nach Tagen ohne Säuberung und durch Wälzen im Urin stank ich wie ein nasser Hund, den man aus dem Rinnstein gezogen hatte. Als Narr durfte einem nichts peinlich sein. Ich war aber kein Narr mehr.

Meine verwandtschaftliche Beziehung zu Andre Ligsalz musste inzwischen offenkundig sein und so war ich froh, dass nicht er den Vorsitz führte, sondern Michael Barth das Wort an mich richtete. Er wollte zunächst wissen, wie ich Mitglied dieser obskuren Gruppe wurde.

Ich schilderte, wie mich der Freisinger angeworben hatte, und dass ich eigentlich gar nicht richtig zu dem Kreis gehörte und mit Beschwörungen und dergleichen nichts am Hut hätte.

»Nicht so bescheiden, der Herr!«, empfahl der Ratsherr spöttisch und kam dann gleich zur Sache. »Ihr habt immerhin die Bande zu verbotener Schatzgräberei angestiftet.«

Hatte der Leinweber, dieser hinterhältige Mistkerl doch das Maul nicht halten können und gehetzt? Die Sache war heikel, vor allem auch deshalb, weil Michael Barth in diesem Jahr Pfleger des Heilig-Geist-Spitals war, und das Waldstück, in dem der Haberle und seine Kumpane gegraben hatten, gehörte dem Spital. Durch die Spende eines reichen Münchner Bürgers, der sich sein Seelenheil erkaufen wollte, konnte es vor nunmehr fast zweihundert Jahren den Grund erwerben. Die Heilig-Geist-Schwaige in Hesselohe diente seither neben anderen Besitzungen als Meierei dem Unterhalt und der Versorgung der Insassen des Spitals. Michael Barth nahm den Anschlag auf Eigentum, das er verwaltete, vermutlich sehr persönlich.

Es war Gemeinwissen, dass verborgene Schätze von Dämonen gehütet wurden, die nicht bereit waren, sich für ein Vergelt's Gott davon zu trennen. Man musste sie entweder vertreiben oder sich gewogen machen und sie zu beherrschen suchen, was nichts anderes bedeutete, als die verbotene Kunst der Nigromantie auszuüben. So man nun, um den rechten Ort zu finden, das Orakel warf oder zu diesem Zweck mit Erde, Sand, Papier oder Ähnlichem magisch hantierte, lud man die Schuld verbotener Geomantie auf sich. Und falls man sich hierzu noch irgendwelcher magischer Werkzeuge oder Knochenstücke bediente, dann lag auch noch das Vergehen der Spatulamantia nahe. Papst Pius IV. hatte nach dem Konzil von Trient all diese Praktiken verboten. In den Augen der Heiligen Mutter Kirche somit schwerste Versündigungen und eine Menge Gründe, um reinigendes Feuer zu entzünden.

Ich musste also meinerseits eine Menge guter Gründe haben, um möglichst das erste Flämmchen auszublasen, und begann daher, dieselbe wilde Geschichte auszubreiten, mit der ich schon die Schatzgräber begierig gemacht hatte.

»Von Kaiser Maximilian erzählte man, er habe neben Turnier und Liebschaften auch Interesse für die Alchemie gezeigt und sich sogar selbst im Labor versucht, wobei sich die Ausbeute auf diesem Gebiet im Vergleich zu seinen zweieinhalb Dutzend Bastarden bescheiden ausnahm. Durch einen der Alchemisten, die am herzoglichen Hof in Landshut köchelten, wusste ich, dass Maximilian einen gewissen Schwichard Fronburger in seinen Diensten hatte. Dieser deutsche Alchemist mühte sich wie andere Adepten mit der Härtung des flüchtigen Quecksilbers. Nun weiß man aber, dass die Metalle unter dem Druck der Gestirne in tiefen Erdschichten heranreifen, was freilich eine Menge Zeit erfordert. Dieser Fronburger soll also kurz vor der letzten Jahrhundertwende, als die Sonne im vierundzwanzigsten Grad der Jungfrau stand, einen ganzen Zentner Quecksilber vergraben haben, von dem er annahm, dass es im Dezember 1547 im vierundzwanzigsten Grad des Löwen zu reinem Silber gereift sein musste. Und wieder fünfzig Jahre später, also just in unseren Tagen, beim Stand der Sonne im vierundzwanzigsten Grad des Krebses im Jahre 1598, sollte sich das Silber in einen Zentner lauteren Goldes verwandelt haben.«

»Kommt zur Sache!«

»Nun ja, dieser Fronburger musste entweder die Weitsicht eines kühnen Mannes der Wissenschaft besessen haben oder, was ich viel eher glaube, seinem Dienstherren einen gewaltigen Bären aufgebunden haben, für dessen Entlarvung in ferner Zukunft er nicht mehr mit seinem Kopf einstehen musste. Für meine Zwecke aber war die Geschichte allemal gut.«

»Welche Zwecke?«, drängte einer der äußeren Räte, wohl in der Erwartung, ich käme endlich auf Dämonen zu sprechen.

»Etliche aus der Gruppe«, fuhr ich mit Bedacht fort, »gingen mir seit Längerem gehörig gegen den Strich mit ihrer Geheimniskrämerei, ihrem raunenden Getue und der Forderung, ich solle die Lage eines Schatzes ausfindig machen, da ich über entsprechende Bücher und erforderliches Wissen verfüge. Ich dachte also an einen gehörigen Streich, der ihren Eifer dämpfen würde. Hierzu spann ich die Geschichte weiter. Maximilian, damals erst König, verließ den Reichstag in Freiburg übel gelaunt, zumal er nicht einmal seine Weinschulden bezahlen konnte und Bianca Maria Sforza, seine zweite Ehefrau, als Pfand zurücklassen musste. Auf seiner Heimreise …«

»Verd…« Der Unterrichter verkniff sich's eben noch. Er kam mit dem Schreiben nicht mit und hatte die Feder abgebrochen. Unter missbilligenden Blicken setzte er neu an, und ich fuhr fort: »Auf seiner Heimreise kam er über München, und da er mit seinem bayerischen Schwager, Albrecht dem Weisen, die Jagdleidenschaft teilte, verbrachte er mit diesem ein paar Tage auf Burg Grünwald, wo er sich bei Jagd und Gelage von erlittener Unbill erholte. Sein Alchemist durchstreifte derweil die Umgegend und fand am Schnittpunkt der alten Römerstraße mit einer Totenstraße, die keltische Gräber verband, einen mit geheimer Kraft wirkmächtigen Ort, der für sein Experiment bestens geeignet schien. Ich musste jetzt nur noch den Leichtgläubigen weismachen, dass der gesuchte Kraftort und somit der Schatz auf einer Lichtung in der nahen Schwaige lag. Mithilfe einer Wünschelrute war es ein Leichtes …«

»Zaubermittel also«, warf der ungeduldige Ratsherr triumphierend ein.

»Unsinn«, widersprach ich keck, »so wie Moses unter den wohlgefälligen Augen des Allmächtigen damit Wasser aus dem Felsen schlug, so spüren seit alters die Bergleute damit Erzadern auf. Es ist kein Zauber, nur altes Wissen um die Geheimnisse der Natur.«

»Dennoch habt Ihr zu verbotenem Tun angestiftet.«

»Nein, Herr Rat, mit Verlaub. Die Dinge entwickelten sich von selbst. Einer der Schulmeister hat ja im Spital zu tun. Er ist zwar ein Erbsenzähler, aber auch eine Plaudertasche. So blieb es nicht aus, dass der immer schon raffgierige Tuchhändler Münzinger Wind von der Sache bekam und reges Interesse zeigte. Er schoss das Geld für Schaufeln, Seile, Kerzen und was sonst noch vonnöten war vor. Ich selbst gab nur dem Verwalter der Schwaige und dem Kühfütterer einen halben Gulden, damit sie sich nicht sorgten wegen der Lichter im Wald und das nächtliche Treiben gewähren ließen. Als mögliche Verfehlung räume ich ein, dass ich die heiligen drei Pfingstnächte für die Unternehmung als besonders geeignet erwähnt haben mag, aber da ich zugleich den vormittäglichen Kirchgang anmahnte, möge die Sünde lässlich und verziehen sein.«

»Ihr wollt uns also weismachen, ihr hättet nur eine hanebüchene Geschichte erzählt und keine Beschwörung durchgeführt«, schaltete sich der Spitalpfleger Michael Barth wieder ein.

»Keine Dämonen, kein Zauberritual, kein Stäubchen Gold, nur Dummheit und menschliche Gier«, fasste ich zusammen und verschwieg dabei fürs Erste, dass Herzog Wilhelm kurz nach seiner Abdankung in höchster Geldnot selbst Ansätze zur Schatzgräberei gemacht hatte und mich dazu anstiften wollte. Es sollte mein Trumpf im Ärmel bleiben.

Michael Barth zog skeptisch die rechte Braue hoch, und ich hätte schwören können, dass sich zugleich auch der Mundwinkel etwas hob.

»Ihr gebt aber zu, dass Gewalt und Drohungen angewendet wurden«, ließ sich der Schrenck erstmals vernehmen.

»Nun ja«, wand ich mich etwas, »der Haberle hat ein leicht aufwallendes Gemüt. Das Graben muss aber bei absolutem Stillschweigen erfolgen, weil sonst …« Fast hätte ich mich verplappert, dass sonst die Dämonen Reißaus nähmen. »Es war wohl so, dass in der zweiten Nacht vergeblicher Suche der Tuchhändler ungnädig zu benzen begann, und da hat ihm – ich war ja nicht dabei – der Haberle vielleicht etwas heftig die Hand vors Maul gehalten und gedroht, er versaue alles. Nichts, was nicht durch ein paar Kreuzer oder drei Stündlein im Turm gesühnt werden könnte.«

»Spiel er sich nicht zum Richter auf!«, entrüstete sich der Unterrichter, den wahrscheinlich noch sein Missgeschick mit der Feder wurmte. »So leicht kommt Ihr nicht vom Haken. Es gibt noch andere Corpora delicti.«

Seine Wortwahl war entlarvend. Er hatte ganz offensichtlich die vermeintliche Schatzgräberei schon als Beweis eines Crimen magiae gesehen, als Beweis erwiesenen Teufelspaktes im Sinne von: auf frischer Tat ertappt. Und dieser Beweis schien jetzt zerbröselt.

»Man hat in Eurer Behausung diverse Zauberutensilien gefunden«, legte der Unterrichter nach. »Oder wollt Ihr behaupten, die Alraunwurzel oder Mandragora sei ein harmloses Suppengewürz?«

»Ich bin kein Koch«, ging ich auf den Spott ein, »weiß aber, dass sie bei rechtem Gebrauch ein gutes Heilmittel gegen Wunden ergibt. Und wenn mich die Erinnerung nicht trügt, dann empfahl die heilige Äbtissin Hildegard, sie bei Schwermut mit ins Bett zu nehmen, und Schwermut gab es bei Hof weiß Gott.«

»Hütet Euch!«, zischte der Unterrichter. »Und wozu wollt Ihr den Schädel gebraucht haben, wenn nicht zu verbotener Beschwörung?«

»Ich will nicht so vermessen sein«, antwortete ich mit demütiger Geste, »mich mit dem großen Albertus zu vergleichen, von dem man sagt, er habe ein sprechendes Haupt gehabt. Meine Interessen sind weit bescheidener. Die Asche zerriebener Knochen ist unverzichtbar für das Verfahren der Läuterung von Metallen, die Kupellation, von der schon der Psalmist in der Heiligen Schrift berichtet.«

»Alchemie?«, hakte einer der äußeren Räte nach. »Man hat bei Euch verbotene Bücher gefunden. Wisst Ihr nicht, dass dic Schriften des Scharlatans Paracelsus auf dem Index stehen?«

»Werter Herr Rat«, sagte ich einschmeichelnd, »Ihr seid gewiss ein viel beschäftigter Mann, und so könnte Euch möglicherweise entgangen sein, dass der Kurfürst und Erzbischof von Köln, Ernst von Bayern, Oheim unseres erlauchten Herrschers Maximilian, höchstpersönlich die Drucklegung der gesammelten Werke des Paracelsus in Auftrag gab.«

»Wenn Ihr schon so belesen sein wollt«, hakte Schrenck mit spöttischem Unterton nach, »dann kennt Ihr bestimmt auch das Buch des Dr. Johannes Hartlieb, der hier zu München die abscheulichen Verbrechen verbotener Künste und Ketzerei schon vor einhundertfünfzig Jahren eingehend beschrieben hat.«

»In aller Bescheidenheit«, erwiderte ich, »der Doktor gehörte gewiss zu den maßgeblichen Autoritäten seiner Zeit. An mancher Stelle aber verwirrt er meinen schlichten Geist. So erklärt er an einer Stelle recht einleuchtend, Geomantie habe folgende Wurzeln: *geo* heiße *Erde*, *mantia* bedeute *Weissagung*. Während er an anderer Stelle von der Chiromantia zu berichten weiß, der Zauberer Mantius habe sie erfunden. Das ist, wie wenn einer den Pentateuch, die fünf Bücher Mose, so erklärt: *penta* heiße *fünf*, *teuchos* bedeute *Gefäß*. Und an anderer Stelle behauptet er, der Zauberer Teuchos habe den Pentateuch erfunden.«

»Ihr seid ein rechter Wortverdreher und Zungendrescher«, hielt mir nun Michael Barth vor.

In alter närrischer Gewohnheit deutete ich eine Verneigung an, betrachtete es als Lob und versicherte, dass ich durchaus geneigt sei, manchen Aufforderungen des Doktors nachzukommen. Er behauptete beispielsweise, etliche Leute trügen lange Federn auf ihren Hüten, um stets zu wissen, woher der Wind wehe, wonach sie dann ihr Handeln ausrichteten. Dieser Irrglaube sei töricht und bei Hofleuten weit verbreitet. Ich richtete mich zu ganzer Größe auf und vermeldete stolz, dass ich mich aus diesem Grund für die Aussage vor dem Hohen Gericht jeglichen Federschmucks enthalten habe, um nicht den Anschein von Zauberei zu erwecken.

»Ihr scheint Euch mit Zauberbüchern gut auszukennen«, warf mir einer der äußeren Räte misstrauisch vor.

»Glaubt Ihr, dem Doktor Hartlieb hat's ein Engel in die Feder diktiert?«, erwiderte ich frech. »Auch er wird Dutzende dieser verrufenen Bücher durchforscht haben. Und ist es nicht merkwürdig, dass er seine Schrift nicht etwa dem Herzog von Bayern gewidmet hat, dessen Leibarzt er war, sondern Markgraf Johann von Brandenburg, den sie den Alchemisten nannten und von dem man weiß, dass er einen Zauberkristall besaß und seine große Leidenschaft der Goldmacherei galt?«

Der Unterrichter ging wohl in Sorge um das Ansehen Dr. Hartliebs nicht auf den Vorwurf ein und gab nun zum Besten, dass dieser närrische Paracelsus stets ein mächtiges Schwert mit sich herumgetragen und Hartlieb doch ausgeführt habe, dass mit polierten Schwertern Wahrsagerei betrieben und nach versteckten Schätzen geforscht werde.

»Ganz recht«, bestätigte ich ihn, »die Waffe des Paracelsus war aber ein rostiges und schartiges Schwert, das ihm ein Henker vermacht hat. Schwärmerische Geister behaupteten, der Knauf habe alle vier Elemente enthalten, und was er damit berührt habe, sei augenblicklich zu Gold geworden. In Wahrheit aber war in den Knauf das Wort ›Azoth‹ geritzt, was ›Stoff des Lebens‹ bedeutet, und der Knauf enthielt wirkmächtige Pillen des geheimnisvollen roten Löwen.«

»Üble Quacksalberei«, behauptete Schrenck verächtlich.

Nun war es an mir zu mahnen. »Spottet nicht!«, sagte ich ernsthaft. »Ich weiß aus berufenem Munde, dass Herzogin Jakobäa, die geliebte Großmutter von Durchlaucht Wilhelm, eines Tages auf den Tod erkrankt war und die Leibärzte des Hofes sie schon aufgegeben hatten. Da kam der viel geschmähte Paracelsus und machte sie in einer einzigen Nacht gesund.«

»Und wem gehörte dieser berufene Mund?«, fragte jemand.

Träumte ich oder hatte da soeben mein Vetter Andre gesprochen? Er hatte bis dahin nur reglos zugehört, das Kinn auf die gefalteten Hände gestützt. Jetzt schaute er mich auffordernd an.

»Meinem Vater, Mertl Witz, Gott hab ihn selig«, sagte ich langsam. »Er durchzechte damals die Nacht mit dem Arzt.«

»Ich glaube, wir haben für heute genug gehört«, setzte Michael Barth den Schlusspunkt.

Die Herren Räte wirkten in der Tat etwas erschöpft.

Siebtes Kapitel

Während mich der Scherge zurück ins Verlies begleitete, ging mir mein Vetter Andre nicht aus dem Kopf. Warum hatte er sich zum Schluss zu Wort gemeldet und ausgerechnet, als es um meinen Vater ging? Der war gewiss nicht sein Lieblingsoheim, und umgekehrt hatte mein Vater so wenig Interesse für den Streber gezeigt wie in den ersten Jahren für mich. Doch wozu die Nachfrage? Zweifelte Andre an meiner Behauptung oder wollte er mich bloßstellen, indem er offenbarte, dass meine Schilderung nur auf den Mitteilungen eines anderen Narren beruhten? Ich wurde nicht schlau aus ihm.

Kaum war die Türe des Verlieses hinter mir geschlossen, begann die Fragerei meiner Mitgefangenen. Aber ehe ich in allen Einzelheiten Auskunft erteilte, hatte ich noch eine Rechnung zu begleichen.

»Die meisten von uns«, prophezeite ich kühn, »werden wohl ihren Kopf behalten und nicht ins Feuer gehen, aber einen von uns wird die ganze grausame Härte des weltlichen und danach des göttlichen Gerichts treffen.«

»Wen … wen meinst du … Sag, wer?«, riefen sie durcheinander mit hörbarer Angst in der Stimme.

»Der Verleumder sät Zwietracht, verdreht Gutes in Böses und macht Freunde uneins, sagt die Bibel, und den Gewalttätigen treffe das Unglück Schlag auf Schlag. Der Henker wird dem die Hand abschlagen, der den Kaufmann schlug, und die Zunge des Verleumders um einen stacheligen Stock wickeln und so lange drehen, bis er sie ihm aus dem Rachen gerissen hat. Und in der Hölle wird der jähzornige Wüterich, dessen Maul verleumderischen Schlamm über einen armen Narren ausgegossen hat, bis zum Hals in einem Fluss von Unrat und Kot stecken, derweil seine Zunge an einem Haken hängt …«

Miserere Domine! Ich hörte mich an wie einer dieser freudlosen Bußprediger zur Fastenzeit, die mit Inbrunst die schauerlichsten Höllenstrafen ausmalen, und die Unschuldigen lauschten in stummer Furcht, während dem gedanklich etwas langsamen Leinweber allmählich dämmerte, dass nur er gemeint sein konnte. Mit einem Wutschrei wollte er sich im matten Lichtschein des Türspalts auf mich stürzen, und hätten ihn nicht der kräftige Metzger und die Abdecker zurückgehalten, hätte wohl Petrus schon vor der Zeit einem braven Narren die himmlische Leier in die Hand gedrückt.

»Du Sau«, brüllte der Haberle, »erst hetzt du uns auf, und eben hast du uns auch noch verkauft da oben …«

»Allenfalls dich«, präzisierte der Schulmeister pedantisch, während andere im Dunkeln schadenfroh kicherten.

»Kerkermeister!«, überschrie ich den Leinweber. »Der feine Herr verlangt nach den Eisen.«

Der Prokurator mahnte zur Ruhe und wollte endlich erfahren, wie das Verhör tatsächlich verlaufen sei. Ich schilderte den Verlauf und sagte wahrheitsgemäß, dass der Ausgang letztlich noch ungewiss sei, dass ich aber kein allzu schlechtes Gefühl hätte. Den wahren Gehalt meiner Schatzgräbergeschichte behielt ich dabei für mich, sonst stand zu befürchten, dass selbst die Friedfertigen sich an einem armen Narren vergriffen hätten. So beruhigte sich der aufgescheuchte Haufen wieder, und auch der Haberle zeigte ein Fünkchen Einsicht.

In der Stille fing ich wieder an zu grübeln, über meinen Vetter Andre und meinen Vater. In den ersten Jahren war er auch mir fremd geblieben, aber meine irrwitzige Bewerbung als Hofnarr hatte mich bei ihm nachhaltig in Erinnerung gerufen …

Über Nacht war ich zu einer Berühmtheit geworden, wobei mir gleichermaßen Bewunderung entgegenschlug wie Abscheu, etwa vonseiten meines Oheims. In der Schule erfuhr ich viel Spott, den ich mit Stolz ertrug, denn die Söhnchen der Vornehmen konnten sich nicht neidlos die Kühnheit meiner Unternehmung eingestehen, ohne bei sich selbst das mutlose Zaudern des reinen Maulhelden zu empfinden.

Am wunderlichsten aber und für mich überaus erfreulich war die Tatsache, dass ich urplötzlich die volle Zuneigung meines Vaters genoss, der das säuische Bubenstück ganz offensichtlich wie einen Gesellenbrief wertete. Zwar wurde nicht gleich vor Freude ein Zicklein geschlachtet, schließlich war es nicht die Rückkehr des verlorenen Sohnes – er hatte mich nur schlichtweg über die Jahre kaum beachtet. Aber nun zeigte er sich voller Stolz in meiner Gegenwart und reichte mich gewissermaßen als seinen würdigen Nachfolger und Erben herum. Und das Beste war, dass er versprach, mich bei nächster Gelegenheit in die herzogliche Neuveste mitzunehmen.

Und er hielt Wort. An einem Samstagmorgen im Spätsommer, als der Herzog auf der Jagd war und ich nicht zur Schule musste, kam er zum Haus der Ligsalz am Rindermarkt, um mich abzuholen. Ich war nicht nur über seinen Besuch überrascht, sondern vor allem über sein Äußeres, denn er trug nicht sein schlichtes Alltagsgewand, sondern stand im leuchtenden Rot der Hofkleidung vor mir: die Ärmel breit gebauscht und auf dem Kopf ein samtenes Barett mit wippender Straußenfeder.

Mächtig beeindruckt stolzierte ich neben ihm über den großen Markt und durch die Dienergasse. Und mein Vater war gesprächig wie nie zuvor. Er fragte, wie mir sein Gewand gefiel, was ich für Pläne habe und so fort. Mir schien es, als habe all die Jahre nur die Schule zwischen uns gestanden, als habe er das Interesse an mir verloren an dem Tag, an dem Mutter entschieden hatte, dass ich die Lateinschule besuchen solle, um etwas Besseres zu werden.

Beim Barfüßerkloster wandten wir uns ostwärts und hielten auf die Stadtmauer zu, an der entlang ein überdachter Gang zu einem breiten Steg führte, der den Wassergraben zur Neuveste hin überbrückte. Bis hierher hatte ich mich auf meinen Streifzügen durch die Stadt schon gewagt, aber keinen Schritt weiter, denn die Wasserburg wirkte eher abweisend als einladend.

Die Torwächter waren nicht von der Art, die man leicht übertölpeln konnte, und ihre Spieße sahen gefährlich aus. Aber sie grinsten, als sie meinen Vater kommen sahen, und der schritt mit herablassender Geste, mich hinterherziehend, geradewegs an ihnen vorbei.

Eine breite Treppe führte uns ins Obergeschoss und in einen endlos erscheinenden Gang, von dem unzählige Räume abgingen. An den Wänden zwischen den Türen hingen in dichter Folge Gemälde von Mannsvolk und Weibspersonen in bunten Gewändern, teils missgestaltet und häufig mit einer Miene, die nicht für Schlauheit sprach.

Fast am Ende des Ganges stellte sich mir mein Vater plötzlich in den Weg, nickte mit dem Kopf seitlich zur Wand und behielt mich dabei musternd im Auge.

Ich schaute auf das Bild, dann wieder auf meinen Vater.

»Und?«, forschte er mit hochgezogenen Brauen.

»Was und?« Ich starrte ratlos wieder auf das Bild.

»Wer …?«

Dann dämmerte es mir. »Du?«, fragte ich ungläubig und fing an zu lachen.

»Wer sonst!«, raunzte er ungehalten.

»Aber … aber«, prustete ich und deutete auf das große Kreuz, das seine Brust schmückte, »du siehst aus wie ein Bischof.«

»Esel!«, schalt er mich und wirkte in der Tat gekränkt. »Es bedeutet höchste Ehre, aber davon verstehst du wohl nichts. Kann zwar Latein …«, brummelte er sich wegdrehend, »und ist dabei dumm wie die Nacht finster.«

»Warum trägst du denn die Ketten jetzt nicht?«, suchte ich wieder seine Aufmerksamkeit zu gewinnen.

»Bin ich der Herzog?«, fauchte er grob. »Meister Mielich entlieh den Schmuck aus der Schatzkammer. Aber die Ringe sind mein Eigen – wohl verwahrt.«

Hätte er jetzt noch hinzugefügt: »vor dir«, ich hätte auf der Stelle losgeheult. »So warte doch!«, bat ich und deutete wieder auf das Porträt. »Der Löwe … ich meine: du und der Löwe … ihr seht großartig aus …«

Die Miene noch skeptisch, als wolle er sagen: »Gib dir keine Mühe!«, kam er wieder auf mich zu.

»Was bedeutet das?«, fragte ich ehrlich interessiert.

»Was denkt der Herr Schlaumeier denn?«

»Hast *du* ihn gezähmt?«

Er verschränkte die Arme, rollte die Augen nach oben und wiegte bedeutungsvoll sein Haupt. »Das will ich wohl meinen.«

Ich pfiff anerkennend durch die Zähne, da ich damals noch nicht wusste, dass die zahme Großkatze, die sich auf dem Bild meinem Vater um den Hals schmiegte, für ein Fitzelchen Fleisch selbst einer gebrechlichen Küchenmagd gehorcht hätte und gelegentlich auch an der Hand des Herzogs durch die Stadt trottete. Aber das Motiv des Herrschenden mit dem Löwen sollte mir später noch öfter begegnen in Medaillons und Deckenfresken, denn die hohen Herren liebten es, sich gleichsam als bayerischer Herkules im Kampf wider das Böse, sei es Türke oder ketzerischer Protestant, darstellen zu lassen.

Mein Vater verwies nun darauf, dass rechts von ihm der Hofnarr des Kaisers porträtiert war und zu seiner Linken der Hofnarr Thomele von Erzherzog Ferdinand, der ein buckliger Zwerg von gerade mal drei Handspannen Größe war. In diesem erlauchten Kreis erschien mir mein Vater wie der König all dieser Narren und er stieg in meiner Achtung und Zuneigung gewaltig. Er führte mich weiter in den Neubau, der sich eben erst in die Lücke zwischen Rundstubenbau und Hofapotheke gezwängt hatte und dort seiner Fertigstellung harrte. Es wuselten daher Handwerker aller Art herum, die Gips und Farben rührten, Decke und Wände ausmalten und stuckierten, und es war ein lustiges Sprachengewirr, das an den Turmbau zu Babel erinnerte.

Wir kamen in einen mir riesig erscheinenden Saal, der prachtvoll ausgestaltet und dem vorbildlichen Ritter St. Georg gewidmet war. An der Schmalseite stand gleich neben dem Thron ein kleines Grüppchen verschiedenen Alters, auf die ein Spitzbärtiger mit lebhaften Gesten einredete. Unter seiner hohen Stirn blitzten zwei hellwache Augen, und er sprach eine merkwürdige Mundart.

»Nonono, Signori, musse nicht klingen wie Schafstall: blök, blök, bähhh ... musse geschmeidig Belcanto sein.« Dann ließ er einen strahlenden Tenor erklingen.

»Das ist Meister Orlando di Lasso«, raunte mir Vater im Vorbeigehen zu, »er ist seit Kurzem am Hof und bringt den Sängern der Hofkapelle die rechten Töne bei.«

Da hatte ihn der Verfechter des Wohlklangs auch schon erkannt und rief meinem Vater launig zu: »Ah, Mertl Morio! Bringt Er mir endlich einen Kastratenengel?«

Ich verstand den Sinn seiner Worte nicht und ebenso wenig, was sie bei meinem Vater auslösten, denn mit den Händen machte er eine abwehrende Wischbewegung, während sein Unterleib wilde Stöße vollführte, als leide er unter den Zuckungen der Fallsucht. Dann lachten beide schallend in verschwörerischer Einstimmigkeit, und Vater zog mich weiter, während der Maestro sich wieder seinem noch etwas dissonanten Chor zuwandte.

»Wieso nennt er dich einen Mohren?«, fragte ich verdutzt.

»Ah, du meinst Morio. Nein, nein, das bedeutet in seinem welschen Zungenschlag so etwas wie Narr. Meister Orlando ist halb Belgier, halb Italiener, halb irgendwas. Er spricht zu mir in vielen Sprachen.«

Und ein weiteres Zeugnis seiner umfassenden Sprachkenntnisse konnte mein Vater sogleich geben, denn als wir in die Dürnitz hinunterkamen, erfolgte urplötzlich ein lärmender Überfall. Wie auf Kommando stürmte hinter den Säulen, die das Gewölbe trugen, eine Schar kurzbeiniger Gesellen hervor, die mit Zweigen oder zusammengerollten Tüchern auf uns einschlugen. Es tat nicht wirklich weh, aber durch das Überraschungsmoment ging der eine oder andere Streich auch direkt ins Gesicht.

»Krutznuwutzku!«, schrie mein Vater, rollte wild die Augen und schickte sich an, auf die frechen Wegelagerer einzudreschen, die kreischend das Weite suchten.

»Was war das?«, fragte ich halb eingeschüchtert, halb belustigt. Hatte mein Vater gerade eben geflucht und das in der Burg des erzkatholischen Herzogs?

»Oh, das war Polnisch«, erklärte Vater beiläufig, »eine Zwergin und einer der Verwachsenen sind ein Geschenk des polnischen Herrscherhauses an unseren erlauchten Herrn. Die ganze Brut hat zwar wenig Verstand, aber sie dient der Erheiterung.«

Ich lernte alsbald, dass es ganz offensichtlich zwei Gruppen von Narren gab: Zur einen zählten die Missgestalteten, Hässlichen und Armen im Geiste, die dem Spott ihrer Mitmenschen ausgesetzt waren, denen aber immerhin Christus in seiner Gnade versichert hatte, dass ihrer das Himmelreich sei. Die andere Gruppe bildeten die Klugen, die ihren Schabernack wohl bedacht trieben und die an Gewitztheit den Herrschenden ebenbürtig, wenn nicht gar überlegen waren. Es stand aber zu befürchten, dass ihre durchtriebene Schlauheit, oftmals mit Bosheit gepaart, in den Augen des Allerhöchsten kein Wohlgefallen fand.

Doch an diesem Tag überwog bei mir schlicht die Begeisterung, und die erreichte ihren Höhepunkt, als wir das Küchengewölbe betraten. Vom Herd flog irgendeine scherzhafte Bemerkung herüber, und schon stellte die Magd das Rupfen der Gans ein, hörte der Koch auf zu rühren, stützte der Küchenbursche sich erwartungsvoll auf seinen Besen, und Mertl der Narr verbeugte sich geschraubt, mischte sich grimassierend unters Dienstvolk, tauchte hier einen Finger in die Soße, tätschelte dort einen Hintern, sprang plötzlich auf eine Kiste und forderte Ruhe. Dann stellte er pathetisch mich als seinen würdigen Sohn vor und als den zweitgrößten Narren, der je auf diesem Erdenrund geboren ward.

Ich war zum Platzen stolz, und schon brach ein Sturm der Begeisterung los. Eine rotgesichtige Magd kniff mich heftig in die Wange, und eh ich mich versah, hatte ich in der Linken einen Apfel, in der Rechten einen fetten Krapfen und aus der Tasche lugten zwei Wurstzipfel hervor. So mochte jeder Tag beginnen.

Meine Bewunderung für den närrischen Vater war grenzenlos. Es hatte mir schon imponiert, wie er selbstbewusst die Wachen passiert hatte, und er schien Zugang zu haben zu allen Winkeln dieser Burg. Er durfte jedermann beliebig ansprechen, parlierte mühelos in mehreren Sprachen und brachte flugs die ganze Küchenmannschaft auf Trab. Zum ersten Mal in meinem Leben verspürte ich so etwas wie Macht. Wer die Flöte richtig zu spielen wusste, der führte die Menge zum Tanz.

Aber vielleicht, so kam mir später manchmal in den Sinn, war der Zuspruch der Menge auch nicht gänzlich unverstellt und absichtslos. Vielleicht erkaufte sich der eine oder andere mit vorgetäuschter Fröhlichkeit auch eine Art Ablass, um nicht selbst zur Zielscheibe beißenden Spotts zu werden. Und das Verhältnis des Hofnarren zu anderen Mitgliedern des Hofes war wegen seiner üblen Späße beileibe nicht immer gut. Mit Macht ging anscheinend auch Angst einher.

Mein Vater führte mich zum Abschluss unseres Rundgangs durch die Außenanlagen. An der südlichen Rundbastion waren schwere Geschütze auf die Stadt gerichtet, deren Mauern und Türme durch den weiten Abstand des Wassergrabens fast unscheinbar wirkten. Hinter uns ragte der mächtige Burgfried auf, Silberturm genannt, und ich wollte natürlich wissen, ob dort all die Schätze des Herzogs gelagert waren.

»Bis unters Dach«, versicherte Vater mit dem Brustton der Überzeugung, »und obenauf liegen meine Ringe, die ich mit Kanonen gegen jedermann verteidigen werde.«

In den folgenden Tagen wurden dann auch heftige Kämpfe ausgefochten, aber ganz anderer Art. Die Begeisterung für meines Vaters Profession, die zu ergreifen ich wild entschlossen war, schlug jäh in Trotz und Verweigerung um, als meine Mutter unnachgiebig auf Fortsetzung des Schulbesuchs bestand.

Mochte der Löwenbändiger Mertl Witz auch andernorts Heldentaten vollbringen, zu Hause konnte er zwar knurren, aber sein Biss blieb zahm. Da half auch nicht sein Einwand, dass Hofnarr eine edle Berufung sei und dass es außer ihm – wiewohl kaum glaublich – noch andere Narren zur Berühmtheit geschafft hätten, etwa Kunz von der Rosen, der Lieblingsnarr Kaiser Maximilians, dessen kluge Streiche man sich noch immer an den Tafeln der Fürsten erzählte …

Mit dieser wohligen Erinnerung an meinen Vater fiel ich allmählich in einen unruhigen Dämmerschlaf, in dem ich wild durcheinander träumte von wüsten Narrenstreichen, glitzernden Schätzen, Totenköpfen und Höllenstrafen, bis mich das Knarren der Verliestüre weckte. Wie zum Beweis für die Richtigkeit der üblen Anschuldigung des Leinwebers, ich hätte mit den Oberen einen Handel gemacht und meine Mitgefangenen verraten und verkauft, wurde erneut ich aus dem erbärmlichen Haufen herausgerufen und diesmal von einem der Schergen in die Wohnung des Eisenmeisters gebracht.

Achtes Kapitel

Am Ecktisch in der Stube saß bereits Andre Ligsalz und musterte mich stumm beim Eintreten und eine unendlich scheinende Spanne danach. Würdevoll sah er aus in seiner dunklen Amtstracht. Das Haar war schütter geworden und grau, und auf der Stirn und um die Augen zeugten tiefe Falten von schweren Tagen. Ich hätte ihn dennoch auf der Straße gleich wieder erkannt.

Es war eigentlich verboten, mit Inhaftierten außerhalb des Verhörs allein zu sprechen, und ich konnte mir nicht vorstellen, dass die inkarnierte Tugend den Eisenmeister bestochen hatte. Vielleicht hatten sie sich in der Ratskommission abgesprochen, dass er unter dem Vorzeichen der Verwandtschaft in mich dringen sollte, um die Wahrheit zu erfahren.

»Ist lange her«, durchbrach ich schließlich das unangenehme Schweigen, nicht eben originell und vermutlich mit einem dümmlichen Verlegenheitsgrinsen.

»So lange auch wieder nicht«, erwiderte Andre, ohne eine Miene zu verziehen. »Manche Dinge haften im Gedächtnis, als wären sie gestern gewesen.«

Aha, mir wurde klar, jetzt beginnt die Aufrechnung.

»Warum habt Ihr nach meinem Vater gefragt?«, ergriff ich die Offensive. »Er lag Euch doch gewiss nicht am Herzen.«

»Noch immer angriffslustig«, stellte der Vetter ungerührt fest, »großspurig und aufschneiderisch wie ehedem und sehr entspannt mit der Wahrheit, die zu finden aber Aufgabe des Gerichts und leider auch die meine ist.«

Seine Worte verwirrten mich, nicht wegen des Vorwurfs,

sondern wegen seines Bedauerns. Fürchtete er etwa, an meiner Verurteilung mitschuldig zu werden?

»Glaubt Ihr mir?«, wollte ich unverblümt wissen.

Andre zog beide Brauen hoch, was ihn skeptisch aussehen ließ. »Wenn ich meine bisherige Erfahrung zugrunde lege, würde ich sagen: keinesfalls. Wenn ich das zuvor Gehörte bedenke, muss ich sagen: Ich weiß es nicht. Nur das Vertrauen auf den Herrn, der dem reuigen Sünder vergibt, erlaubt mir zu sagen: Ich könnte es ja mal versuchen.«

Täuschte ich mich, oder schlich sich da ein noch unsicheres Lächeln bei ihm ein, das unverzüglich gestärkt werden wollte? »Gepriesen sei der Allmächtige«, sagte ich, »und Euer Glauben, Eure Weisheit, Eure tiefe Einsicht, Eure Geduld und Milde …«

Andre wehrte der Hymne mit erhobener Hand und sagte, nunmehr fast schon grinsend: »Was ich zu Ingolstadt noch arg bezweifelte, scheint in Landshut wirklich geworden zu sein. Ich hätte nie geglaubt, dass dir irgendjemand mal Manieren beibringen könnte, und jetzt gleich so förmlich.«

Nun war ich vollends verblüfft und starrte wie das sechsbeinige Kalb aus des Herzogs Kunstkammer.

»Herrgott«, löste Andre meine Beklemmung, »wir sind noch immer Vettern und du musst nicht gestelzt daherreden wie die Laffen bei Hofe.« Er sprang zwar nicht auf, um mich zu umarmen, wies aber freundlich auf den Platz gegenüber. »Setz dich!«

Wie umdämmert ließ ich mich langsam auf die Bank sinken und stammelte ungläubig: »Heißt das … ich soll … ich meine …«

»Wo bleibt dein schneller Verstand?«, spottete der augenscheinlich grob von mir verkannte Vetter. »Seit dem ersten Ton, den du gekräht hast, hast du alle Welt frech geduzt.«

Meine Verblüffung löste sich in lautem Gelächter, in das Andre etwas verhaltener einstimmte. Die Eisenmeisterin blickte erstaunt vom Herd herüber, als hörte sie Lachen in ihrer Stube eher selten, zumal während der Untersuchung eines Maleficiums.

»Ihr ... du trägst mir nichts nach?«, fragte ich, noch immer leicht im Zweifel.

»Wird sich zeigen«, dämpfte der Vetter eventuell aufkommende Euphorie, um dann unvermittelt zum Kern des Treffens vorzudringen. »Dumme Sache das Ganze.«

»Kannst du laut sagen, aber ich bin da nur hineingeschlittert, weil ich im Haus des Prokurators wohne. Mit Zauberei und Hexentanz hab ich auf Ehr und Seligkeit nichts zu tun. Sollst *du* mich jetzt aushorchen? Wie stehen denn die Dinge?«

»Um erst deine Frage von vorhin zu beantworten«, begann Andre, »ich habe zuletzt nachgehakt, weil ich wollte, dass du selbst dem Gericht die Quelle deines Wissens nennst. Ich wollte nicht, dass der Eindruck entsteht, ich würde mich wegen verwandtschaftlicher Bande schützend vor dich stellen, und ich habe davor geschwiegen, weil ich dich nicht vor den anderen bedrängen wollte. Außerdem hast du es ganz gut geschafft, dich selbst zu verteidigen.« Er lächelte. »Etwas Wein?«

Überrascht von dem plötzlichen Angebot nickte ich nur gedankenverloren. Andre gab der Eisenmeisterin einen Wink, und sie stellte einen Krug und zwei Becher auf den Tisch. Während der Vetter einschenkte, fuhr er fort: »Ich soll dich auch nicht aushorchen, sondern habe mir vom Unterrichter und Michael Barth das Einverständnis geholt, mit dir allein sprechen zu dürfen. Zum Wohl.«

»Auf guten Ausgang«, sagte ich und ließ den länger vermissten Tropfen mit Genuss durch die Kehle laufen.

»Ich will dir nichts vormachen«, bekannte der Vetter offen, »die Sache steht auf der Kippe. Denn selbst wenn man den Vorwurf magischer Schatzgräberei fallen lässt, bleiben eine Reihe anderer Delikte, die kritisch sind, vor allem die Beschwörungen. Und auch wenn du beteuerst, nicht selbst etwas damit zu tun zu haben, du weißt ja: mitgegangen, mitgefangen, mitgehangen. Übrigens, der Rat oder Bürgermeister Michael Barth trägt dir nichts nach, weil außer einem umgepflügten Waldstück für das Spital kein Schaden entstand. Er hat sich sogar klammheimlich darüber gefreut, dass dem Münzinger eins ausgewischt wurde. Ich war ja im Jahr davor selbst Pfleger des Spitals und hatte mit dem Tuchhändler ständig Ärger. Der nörgelnde Herr hält sich für etwas Besseres, weil er Vermögen hat und sich als reicher Pfründner einkaufen konnte. Mal ist ihm der Wein zu schlecht oder ihm schmeckt das Essen nicht, mal ist die Matratze zu hart oder sein Nachbar passt ihm nicht und so fort. Aber er wird sich jetzt hüten, sein verlorenes Geld einzuklagen, weil er sonst selbst in Verdacht gerät.«

»Wie schätzt du denn die anderen Räte ein?«, fragte ich besorgt.

Andre vollführte mit den Händen eine ausladende Geste. »Die meisten von ihnen sind Kaufleute. Schon aus diesem Grund sind sie bestrebt, den Prozess kurz zu halten. Du und die anderen, ihr lebt derzeit quasi auf Kosten der Stadt und ihrer Bürger. Aber selbst ein rasches Urteil muss nicht zwangsläufig günstig sein. Es ist eine einfache Rechnung. Falls man euch zu einer Geldstrafe verurteilt, kommt dies der Stadtkasse zugute, während der Henker und siebzehn oder achtzehn Scheiterhaufen immense Kosten verursachen.«

»Ad maiorem Dei gloriam«, höhnte ich, »zur größeren Ehre Gottes, wie die Jesuiten zu sagen pflegen. Das sollte es der Stadt schon wert sein.« Andre überging meinen Sarkasmus, und ich fragte ungläubig: »Du meinst, das Recht in dieser Stadt ist eine Frage des Geldes?«

»Nicht nur, aber nüchtern betrachtet schon auch. Was für dich und die anderen ja letztlich von Vorteil wäre. Doch es spielt noch etwas anderes eine große Rolle. Wenn es sich nicht gerade um Mord, Falschmünzerei oder Ähnliches handelte, hat sich der Rat in der Vergangenheit oft sehr zurückgehalten, sodass wiederholt Klage des alten Herzogs an den Rat erging, weil die Stadtväter in seinen Augen zu nachlässig gewesen seien bei der Verfolgung von Ketzern oder der Beachtung der Sittenmandate. Schon vor Jahren hat er dem Rat einmal fünfhundert Gulden als Strafe aufgebrummt, weil er die Konkubinen der Lotterpfaffen duldete. Derzeit aber herrscht regelrechte Erbitterung in den Reihen der Räte, weil der Hof die Rechte der Stadt immer mehr beschneidet, sich selbst aber mehr Rechte zubilligt.«

»So wie jüngst die willkürliche Festsetzung der Fleischpreise?«

»Ganz genau. Und schon vor zehn Jahren hat Wilhelm der Stadt das Salzmonopol entzogen, das sie über die Jahrhunderte hinweg reich gemacht hat. Und ebenso lang werden Hausbesitzer gegen ihren Willen abgelöst und intakte Bürgerhäuser in großer Zahl niedergerissen, um Platz zu schaffen für die ausufernden Kirchen- und Residenzbauten der Herzöge. Weit über achtzig Häuser sind es inzwischen. Es bestehen daher gewisse Vorbehalte und Widerstände der Stadt gegenüber Anordnungen des Hofes, was euch ebenfalls zum Vorteil gereichen könnte. Doch andererseits gibt es üble Scharfmacher in den Reihen des Hofrates …«

»Du meinst Fickler?«

»Unter anderen. Es gibt noch weit Schlimmere, auch bei den Jesuiten und an der Universität in Ingolstadt. Und diese Ohrenbläser haben weiß Gott Einfluss auf den jungen Herzog.«

»Wo steht denn der Stadtoberrichter? Hält er's mit dem Hof oder mehr mit der Stadt? Neigt er zu Strenge oder zur Milde?«

»Durch die Erhebung der Barth in den Adelsstand besteht zwangsläufig eine gewisse Nähe zum Hof«, bestätigte Andre meine Befürchtung. »Es ist ja irgendwie kurios. Seit den Tagen Kaiser Ludwigs des Bayern hat sich die Stadt ausbedungen, dass kein Münchner Bürger ihr oberster Richter sein darf, und man hat ihn deshalb stets aus dem bayerischen Landadel gewählt. Seit aber Münchener Geschlechter als Edelleute zum Landadel aufgestiegen sind, können sie gleichsam durch die Hintertüre auch den obersten Richter der Stadt stellen, und natürlich ist der dann kraft seines Amtes auch der Stadt verpflichtet.«

»Du meinst, er ist Diener zweier Herren?«

»In gewisser Weise, obwohl ihn die Stadt im Laufe der Zeit immer mehr als ihren eigenen obersten Amtmann betrachtet hat, aber jetzt, wie ich schon sagte, scheinen sich die Gewichte in Richtung des Hofes zu verschieben. Doch eines kann ich mit Fug und Recht behaupten: Auch wenn er nicht wie die gelehrten Besserwisser in Ingolstadt den Doktor im Namen führt, Bernhard Barth versteht etwas von seiner Sache, und er ist auf die Eiferer und Scharfmacher im Hofrat nicht gut zu sprechen.«

Ich gab zu bedenken, dass es doch auch den Perneder-Kommentar gebe, auf den sich der Freisinger so hartnäckig berief und demzufolge nur jemand verurteilt werden könne, wenn er tatsächlich jemandem mittels Zauberei Schaden zugefügt habe.

Andre Ligsalz schnaubte und lächelte dann etwas gequält. »Der Prokurator hat nicht unrecht«, erklärte er, »was aber möglicherweise bald nichts mehr bedeutet. Der Unterrichter Andreas Perneder war ein tüchtiger Münchner Jurist. Er wehrte sich wie etliche andere dagegen, die Forderungen nach härtester Prozessführung und Bestrafung, wie sie der Domi nikaner Heinrich Institoris in seinem unsäglichen Machwerk ›Der Hexenhammer‹ aufgestellt hatte, umzusetzen, weil er befürchtete, dass dann landesweit die Scheiterhaufen geschürt würden, wie es vor etwa zehn Jahren ja auch geschah. Und auch ein Anverwandter des Ratsherrn Schrenck, Doktor beider Rechte, übernahm in den Siebzigern bei seiner Neuausgabe der Halsgerichtsordnung noch den Standpunkt Perneders. Wenn also der junge Schrenck vorhin bei deiner Befragung etwas eifernd wirkte, dann hat das andere Gründe.«

»Du denkst an Fickler und Konsorten?«

»Richtig. Herzog Wilhelms Hexeninstruktion und das üble Gutachten der Universität riefen damals ja auch schon viel Widerspruch hervor. Seine Befürworter arbeiten daher seit geraumer Zeit auf eine Prozessordnung hin, die ihre Position gleichsam unangreifbar macht. Der Trick ist so einfach wie perfide, und es muss dabei noch nicht einmal Schaden entstanden sein. Sie sagen, schon wer über Utensilien für mögliche Zauberei verfügt, sei es Mandragora, irgendwelche Salben und Pulver oder entsprechende Bücher, der geht bereits gedanklich und stillschweigend einen Pakt mit dem Teufel ein, und wer gar Wahrsagerei, Wiederbeschaffung gestohlener Dinge mittels Sieblaufens oder Ähnliches betreibt, der tut dies ganz offensichtlich mit des Teufels Hilfe, denn nur von diesem könne man die Fähigkeit dazu erhalten. Und selbst wenn einer mittels eines magischen Rituals Hagelschlag oder Viehseuche nicht verursacht, sondern abwehrt, oder wenn er einen Kranken zu heilen vermag, den die Ärzte schon aufgegeben haben, ist er in ihren Augen der Hexerei verdächtig. Damit hat sich der Perneder-Kommentar erübrigt, und du magst ermessen, was solche Leute von deinem Paracelsus halten.«

»Aber wenn sich die Mehrheit des Rates und der Stadtoberrichter dagegen aussprechen, dann kann doch …«

»Langsam!«, gebot Andre mit erhobenen Händen Einhalt. »Hier kommt das zweite Problem. Die Eiferer können sich auf berühmte Denker wie den großen Jean Bodin und andere stützen, die sich wiederum auf noch ältere Autoritäten wie Augustinus und Thomas von Aquin berufen. Und sie bezeichnen alle Kritiker und Zweifler als leichtgläubig, verblendet und vom Teufel fehlgeleitet, beschimpfen sie als Waagzungen und Zweifelklüglinge, und es seien schließlich der Zweifel und die Kritiksucht gewesen, die Luzifer zum Abfall von Gott geführt hätten. Und damit bringen sie ihre Kritiker selbst in den Ruch der Ketzerei. Die aber ist die todeswürdige Beleidigung des Allmächtigen und damit auch des weltlichen Fürsten, der auf Erden der von Gott eingesetzte Sachwalter des Glaubens ist. Und überdies, behaupten sie, werde damit in Zeiten des Krieges gegen Sektierer und die türkische Inkarnation des Teufels das Reich geschwächt, was nichts anderes als Hochverrat sei.«

»Soll ich gleich den Strick nehmen, mich eigenhändig erwürgen und in den Ofen springen?«, fragte ich nach dieser markigen Rede ernüchtert.

»Musst nicht gleich wieder übertreiben«, beschwichtigte mein Vetter, »noch ist es nicht Gesetz, nur eine ernst zu nehmende Bedrohung. Und um auf deine Frage von vorhin einzugehen, es ist beileibe keine Frage von Strenge oder Milde, die allein im Ermessen des Stadtrichters liegt. Du wirst verstehen, dass der Rat wenigstens dem Anschein nach eine ernsthafte Untersuchung durchführen muss und dass keiner von den Räten sich voreilig aus dem Fenster lehnen wird, falls der Hof die ganze Sache noch an sich zieht.«

Wir schwiegen eine Weile, und während ich nach einem Ausweg grübelte, kam mir auch so manches Erlebnis während meiner Zeit am Hof wieder in den Sinn, und plötzlich wurde trotziges Aufbegehren in mir wach. Da schickte sich ein junger Betbruder an, nur weil er kraft Geburt fürstliche Macht in Händen hielt, die Welt mit Feuer und Schwert von allen Lastern zu reinigen, während sein bigotter Vater und andere Anverwandte beizeiten sich eines Zaubers bedienten, das Lebenselixier suchten oder dem Wahn des Goldmachens verfielen. Und ich sollte dafür …

»Hör zu!«, sagte ich, »du musst …«

»Ich muss was?«, bremste Andre meinen aufflammenden Furor der Gerechtigkeit.

»Hast ja recht«, gab ich kleinlaut bei, zumal er mir gerade auseinandergelegt hatte, wie gefährlich es sein konnte, der Obrigkeit zu widersprechen, insbesondere wenn man sich nicht wie vormals ich auf Narrenfreiheit berufen konnte. Und zudem war das eben erst gedüngte Pflänzchen verwandtschaftlicher Zuneigung noch sehr zart. Ich durfte nicht zu viel von ihm verlangen. »Ich will ja nur sagen, dass ich am Hof und in seiner Umgebung so manches gesehen und erlebt habe, was nach den Regeln dieser Eiferer allemal unter den Verdacht der Zauberei fällt. Man könnte doch …«

»Sei kein Narr!«, wies er mich zurecht.

Ich stutzte kurz, dann mussten wir beide lachen.

Nach einer Weile erneuten Schweigens erklärte Andre: »Du wärst nicht der Erste, den man klammheimlich verschwinden lässt, weil er zu viel weiß und zu plaudern droht.«

»Aber je mehr davon wissen, umso schwieriger wird es doch …« Mir wurde bewusst, in welche Gefahr ich damit auch ihn brächte.

»Nehmen wir fürs Erste einfach mal an«, schlug Andre nach kurzer Überlegung unvermutet vor, »nehmen wir an, ich wäre einfach nur daran interessiert, was mein nichtsnutziger, aufgeblasener und närrischer Vetter während all der Jahre so getrieben hat …«

»Heißt das, du würdest mir zuhören?«, fragte ich überrascht.

Er nickte stumm.

»Du würdest mir wirklich zuhören?«, wiederholte ich noch immer ungläubig.

Er nickte abermals.

»Er hört mir zu!«, rief ich lauthals und prostete mit dem

letzten Rest Wein im Becher der kopfschüttelnden Eisenmeisterin zu. »Er hört mir zu.«

Der Scherge wartete bereits, um mich ins Verlies zurückzubringen. Schon wieder keck geworden sagte ich im Aufstehen: »Du bist es mir auch schuldig, bei all der Prügel, die ich durch dich einstecken musste.«

»Alle wohl verdient«, erwiderte Andre schmunzelnd.

»Bring Zeit mit!«, rief ich im Hinausgehen.

Neuntes Kapitel

Ich stand noch ganz unter dem Eindruck dieser unerwarteten Begegnung und hatte das Bedürfnis nach Ruhe, um nachdenken zu können. Doch die verzagte Gesellschaft im Kerker bestürmte mich unnachsichtig mit Fragen, und dabei wurde offenkundig, dass sich die Lage inzwischen bedeutend verändert hatte, nicht was unser aller Situation anging, sondern was meine Person betraf.

»Was hast du mit denen da oben für einen Handel?«, fragte der Leinweber bedrohlich.

»Judas!«, zischte der neidige Götz, während der andere geldgeile Loderer wissen wollte, wie viel man mir gezahlt habe.

»Glaub nicht«, versicherten jetzt auch schon der Metzger und die beiden Abdecker, »dass du ungeschoren davonkommen wirst, wenn wir alle dafür bluten müssen.«

»Ihr könnt mich ja zuvor selbst erwürgen«, schlug ich höhnisch vor und schrie dann wütend: »Ihr hirnrissiges Pack! Glaubt ihr, ich säße jetzt wieder hier, wenn man mir Geld geboten hätte, um euch zu verraten?«

»Um uns auszuhorchen, du hinterhältiger Schlaumeier«, stimmte selbst der feige Hosenstricker in den Chor des Misstrauens ein.

»Einer der Ratsherren ist mein Vetter«, versuchte ich zu erklären.

»Ha! Wusste ich's doch«, triumphierte der Leinweber.

»Nichts weißt du«, protestierte ich, »überhaupt nichts. Meinst du, er ließe mich auch nur einen Tag länger in deiner miesen Gesellschaft hier hocken, wenn alles so einfach wäre?«

Ehe der Haberle sich auf mich stürzen konnte, ging der Prokurator, der als Einziger noch genügend Verstand zu besitzen schien, dazwischen. »Hört auf«, schrie er mit einer Entschiedenheit, die man ihm kaum zugetraut hätte. Aber er war noch immer so etwas wie der geachtete Anführer dieses Haufens und ihr Kopf. »Welcher der Ratsherren?«, fragte er.

»Der Ligsalz.«

»Hmm. Ein besonnener Mann. Er hielt sich bislang sehr zurück und scheint nicht zu den Hetzern zu gehören. Wie könnte er uns nützen?«

»Ich weiß es selbst noch nicht«, sagte ich, und es war die reine Wahrheit. Zu neu, zu unerwartet war dies alles noch für mich. Eben noch hätte ich den Vetter zum Teufel gewünscht, und nun ... Ich berichtete von dem Gespräch, soweit es den schlichten Gemütern verständlich war. Dass ich meinen Vetter viele Jahre nicht gesehen und er mir mehr oder weniger fremd geworden war. Und selbst, wenn er mir jetzt ein wenig entgegenkäme, bedeutete dies keineswegs die Lösung unseres Problems, denn da gab es noch die anderen Räte, den Stadtoberrichter, die grimmigen Herren bei Hof und schließlich gar den alten Herzog selbst und seinen unerbittlichen Sohn. Die Sache stand nach wie vor auf der Kippe.

Am meisten beschäftigte mich jedoch augenblicklich die Befürchtung, dass ich meinen Vetter aus kindischem Unverstand und Trotz heraus wahrscheinlich völlig zu Unrecht über all die Jahre verkannt und gemieden hatte. Zumindest das, was ich eben von ihm gehört hatte, schien meinen jetzigen Ansichten nicht zu widersprechen, ja es hatte gar den Anschein, dass Andre, den ich stets der Arschkriecherei verdächtigt hatte, am Verhalten des Hofes und seiner Beamten ebenfalls Anstoß nahm und geneigt war, sich zu widersetzen. Und ich malte mir aus, wie alles hätte anders kommen können und dass ich ebenso gut sein geachteter und wohlhabender Partner bei der Führung des Handelshauses Ligsalz sein könnte, anstatt als verkrachter Habenichts in diesem stinkenden Loch zu sitzen. An Fleiß hatte es mir nicht gemangelt …

Nachdem der Löwenbändiger Mertl die Schlacht gegen Mutter Regina verloren gegeben und ich mich zähneknirschend wieder in den Schulbesuch gefügt hatte, spielte auch noch eine folgenschwere Entwicklung meiner Mutter in die Hände. Martinus Balticus, der Schulleiter und Förderer meiner frühen Schauspielkunst, wechselte ins Lager der Protestanten und musste daher München verlassen. Sein Nachfolger versprach zwar die Fortsetzung der Schulkomödien, aber zur gleichen Zeit eröffneten die Jesuiten, die sich in Ingolstadt schon breitgemacht hatten, auf Wunsch Herzog Albrechts ein Gymnasium in München, zunächst noch provisorisch in dem fast ausgestorbenen Kloster der Augustiner in der Neuhauser Straße vor dem Schönen Turm.

Der Anreiz für meine Mutter war, dass die Jesuiten kein Schulgeld nahmen, da sie ihre Bemühungen, lernfaule Bengel zu frommen Betern zu erziehen, als ein Werk der Barmherzigkeit sahen. Der Anreiz für mich bestand darin, dass den Jesuiten der Ruf großartiger Theaterinszenierungen vorausging, und die Rolle des wild herumspringenden Schauteufels in diesen Dramen schien wie geschaffen für mich.

Am Sonntag nach Aschermittwoch im Jahre 1560 wurde das provisorische Gymnasium im Garten des Augustinerklosters in Anwesenheit des Hofes feierlich eröffnet, wobei bereits ein erstes frommes Schauspiel aufgeführt wurde, nämlich »Euripus, oder von der Leere aller Dinge«. Es war die Geschichte eines Jünglings, der sich von Venus und Cupido zu einem lasterhaften Weg verführen ließ, der ihn schnurstracks in den Höllenrachen führte.

Theoderich Canisius, der Stiefbruder des inzwischen bereits berühmten – manche sagen auch berüchtigten – Petrus Canisius, der München für eine von Ketzern verdorbene Stadt hielt, leitete das Kolleg. Er teilte mich aufgrund meines noch knabenhaften Aussehens, meiner Locken und meiner hellen Stimme dem Chor der Engel zu – eine glatte Fehlbesetzung.

Als das Schauspiel begann, sah ich plötzlich in der vordersten Reihe die jungen Prinzen sitzen, die mich bereits musterten, als seien sie schon wieder auf der Jagd, und da ich nicht wusste, ob dies ein gutes oder ein schlechtes Zeichen war, zwängte ich mich durch die Reihen der Mitspieler nach hinten, um zu verschwinden. Aber da ich zu den Kleinsten gehörte, schoben mich die geflügelten Tölpel mit Püffen und Stößen unsanft wieder nach vorn. Ich wechselte die Strategie und bewegte mich wie im Glockenspiel mechanisch zur Seite. Aber kaum war ich hinten angekommen, wurde ich schon wieder durchgereicht, als gehörte es zum Spiel.

Inzwischen war ich mir sicher, dass Wilhelm mich erkannt

hatte, denn er deutete auf mich und feixte mit Bruder Ferdinand, was ihm die Missbilligung von Herzogin Anna eintrug. Ich suchte mein Heil im Totstellreflex des gestellten Wildes und gab für den Rest der Aufführung das perfekte Modell für einen gipsernen Putto ab. Schon wieder war ich – diesmal unfreiwillig – der Narr der Klasse.

Ein sehr angenehmer Umstand machte den Unterricht mir allerdings erträglich: Die Patres unterrichteten mehr im Geiste der Milde und weckten den Fleiß ihrer Schüler eher durch wohlgesetzte Belohnung als durch Bestrafung. So mühte ich mich tapfer durch die Grammatik- und Rhetorikklassen mit Disputationen und Deklamationen und zeigte selbst beim Auswendiglernen ellenlanger Reden Ciceros den nötigen Eifer.

Eines gefiel mir ganz besonders: Ignatius von Loyola, der Gründer des Ordens, setzte viel auf die Macht der Einbildungskraft. In ausgewählten geistlichen Übungen, den Exerzitien, sollten durch die Applicatio sensuum, also den Gebrauch aller fünf Sinne der Wahrnehmung, innere Bilder hervorgerufen werden, durch die der Schüler Glaubensinhalte spürbar erfahren konnte. So sollte er etwa bei der geistigen Betrachtung des Abendmahles das Brot schmecken und die Worte des Erlösers hören, bei der Vorstellung des Paradieses die Süße und Lieblichkeit des ewigen Gottes mit dem Geruchs- und Geschmackssinn empfinden, und bei der Übung des Leidens Christi sollte brennender Schmerz das schwache Fleisch des sündigen Menschenkindes durchströmen.

Die großen Kirchenlehrer waren ja der Ansicht, dass dem Sünder die Gnade des Allmächtigen nur in knechtischer Furcht zuteilwerde und zum Erreichen dieser inneren Erschütterung bedurfte es der wiederholten und lebhaften Schilderung der Höllenstrafen und des Schreckens ewiger Verdammnis. Es wurde meine liebste Übung, die im Spätherbst erneut auf den Stundenplan kam.

Ich nahm diesmal schon die Vorbereitung sehr ernst und stopfte am Vorabend Unmengen von Kohl und Zwiebeln und zwei Teller Bohnengericht, die Mahlzeit der Narren, in mich hinein, sodass mich bereits des Nachts grausige Albträume von aufgedunsenen Leibern quälten. Bei der Frühmesse galt meine Aufmerksamkeit weniger dem Geheimnis der Wandlung als der Kontrolle meiner Körperöffnungen.

Und endlich begann das schauerliche Erlebnis des Hölleninfernos, indem der Exerzitienmeister zunächst die Aufgabe stellte, sich das Ausmaß der Hölle räumlich vorzustellen. Danach sollte das innere Auge auf die lodernden Flammen starren, in denen die befleckten Seelen eingeschlossen waren, und die Ohren sollten ihr Geheul und Wehklagen vernehmen. Als dann der Augenblick kam, in dem die Schüler den fauligen Schwefelgestank des Teufels einatmen sollten, da konnte ich mit Knall und Getöse einen ungemein lebendigen Beitrag leisten, der einen die Jauche des Höllenpfuhls so unmittelbar erspüren ließ, dass ein Gutteil der empfindsamen Exerzitanten speiübel aus der imaginären Hölle flüchtete.

Ich strahlte bis zu den Ohren über das perfekte Gelingen dieses Meilensteins im Nachvollziehen der Heilsgeschichte und sah in Erwartung einer angemessenen Belohnung Pater Dominikus Mengin auf mich zukommen. Kreidebleich im Gesicht sagte er stimm- und regungslos: »Michel, du infernalische Sau, geh mir aus den Augen!«

Ich empfand diesen Ausbruch unchristlicher Verachtung so schmerzlich wie einst Adam die flammende Vertreibung aus dem Paradies, hatte danach genug von Exerzitien und wechselte auf die Universität.

Ingolstadt war freilich fest in der Hand der Jesuiten, deren Methoden ich fortan reserviert gegenüberstand, aber ich hatte keine andere Wahl, denn zum einen war nur der Besuch einer katholischen Universität erlaubt, zum anderen kam der Druck aus dem Hause Ligsalz und der hatte mit großer Politik zu tun.

Da ich den Oheim ohnehin meist nur mürrisch erlebte, war mir nicht besonders aufgefallen, dass er in den letzten Jahren noch verhärmter und ungeselliger geworden war, und Mutter hatte versucht, den Grund von mir fernzuhalten: Es stand sehr schlecht um die Faktorei Ligsalz, denn die stolzen Spanier hatten den Staatsbankrott erklärt, nachdem zuvor ihr gerissener Finanzminister die Fugger schamlos ausgepresst hatte. Und wenig später hielt es auch der verderbte Franzose für die beste Idee, Schulden einfach zu ignorieren. Zwar traf es am härtesten die Fuggergesellschaft und andere Augsburger Handelshäuser, aber die Ligsalz, die inzwischen wie ein Bankhaus agierten und selbst Geldgeschäfte für das Herzogshaus vermittelten, waren durch ihre europaweit verzweigten Unternehmungen unheilvoll darin verstrickt. Vier Jahre später ging dann der hoch angesehene Kaufmann Andreas Ligsalz der Ältere tatsächlich in Konkurs, und der Hof gab Anweisungen für die Inventur seines Besitzes und Vermögens, um die Gläubiger zufriedenzustellen.

In diesen schwierigen Zeiten war neben kaufmännischen Entscheidungen auch juristischer Sachverstand gefragt, deshalb sollte ich meine Flausen aufgeben, ordentlich studieren und danach meinen Beitrag für das Familienunternehmen leisten. Meiner Mutter zuliebe, bei der in dieser Situation wieder die Tochter des Kaufmanns durchkam, fügte ich mich abermals und ging nach Ingolstadt, verlor aber meine wahre Passion nie aus den Augen. Und ich wurde schließlich ein Narr, genau genommen ein zweifacher: einer, der am Hof sehr erfolgreich war, und ein anderer, der dämlich in gefährliche Unternehmungen schlitterte. So war ich augenblicklich dem Henker näher als erhofftem Ruhm und Erfolg.

Zehntes Kapitel

Auch der Tag des Herrn begann in beklemmender Finsternis, und er zog sich endlos hin mit quälendem Warten. Immerhin hatte sich die Lage etwas gebessert durch den Abtransport des wimmernden Kleinschmieds, den man auf die Reise zu den Galeeren nach Venedig gebracht hatte. Und die Eisenmeisterin hatte am Vortag den stinkenden Unrat hinausgefegt und frisches Stroh ausgebreitet.

Die Herren Räte genügten vormittags der Pflicht des Kirchgangs – ob freiwillig oder nur dem Druck des Herzogs folgend, sei dahin gestellt. Der Nachmittag mochte dem Müßiggang im Kreise der Familie oder anderen Belustigungen gehören.

Jedenfalls erschien an diesem Tag keiner der Ratsherren zum Verhör. Doch während anderntags die Befragungen fortgesetzt wurden, ließ sich Andre Ligsalz den Montag über nicht blicken. Als selbst der Dienstag ohne einen Besuch von ihm verstrich, da stiegen in mir Argwohn und Verzweiflung auf. Hatte man ihm seitens der Obrigkeit weitere Unterredungen mit mir untersagt? Hatte er sich selbst anders besonnen und hielt nun – vielleicht nach Vorhalt seines Weibes oder der Familie – den Umgang mit mir für wenig förderlich, wenn nicht gar schädlich für seinen Ruf und seine Stellung? Hatte ich mir zu viel erhofft oder ihn durch meine Andeutung, notfalls zu meiner Verteidigung Heimlichkeiten des Hofes auszuplaudern, verschreckt?

Während ich gegen die klagende Bedrängnis durch die Mitgefangenen und zunehmend auch meine eigene Mutlosigkeit ankämpfte, kam mir plötzlich eine hässliche Begebenheit wieder in den Sinn, die wir bei unserem Wiedersehen beide ausgeblendet hatten. Vielleicht war hierin die Ursache für Andres Fernbleiben zu suchen …

Hatte der Konkurs durch die geplatzten Anleihen an Spanien, Frankreich und Antwerpen das Handelshaus Ligsalz schon in arge Bedrängnis gebracht, so rief der plötzliche Tod des Alten an einem Maientag des Jahres 1564 vollends Entsetzen hervor. Meine kindliche Ahnung hatte mich nicht getrogen: Vetter Hans, der stets über Papst und Rom und über die Jesuiten zeterte, fühlte sich inzwischen ganz offen zur Partei der Protestanten hingezogen, und folgerichtig hatte er im Frühjahr sein Bürgerrecht zu München aufgekündigt und war nach Rosenheim verzogen, wo die Kelchbewegung noch florierte und zum Leib des Herrn Wein gereicht wurde. Da der Jüngste, Vetter Karl, sich als Soldat durch die Lande schlug, lastete die Führung des Kontors nunmehr ganz auf den Schultern Otmars, des Zweitgeborenen, und Andre sollte ihn dabei unterstützen. Er verließ deshalb die Universität in Ingolstadt, während ich selbst mein Studium mit gebührendem Fleiß fortsetzen sollte.

Als ich im Spätsommer des folgenden Jahres eben von einem Saufgelage mit lärmenden Zechkumpanen in meine Studentenbude zurückkehren wollte, wartete vor dem Haus ein Bote auf mich. Meine gütige Mutter war in der Blüte ihrer Jahre urplötzlich einem heimtückischen Fieber erlegen.

Am Tag nach der Beisetzung nahmen mich Otmar und Andre in der Schreibstube ins Gebet und verdeutlichten mir unter Anspielung auf mein bescheidenes Erbe, dass es nun an mir sei, dem Handelshaus zu dienen, was im Klartext bedeutete, sich den Anordnungen der beiden zu fügen.

Zwar schwebte mir nach wie vor das Amt eines Narren vor, aber Herzog Albrecht hatte ja noch meinen Vater und darüber hinaus keine Stelle frei, und so nahm ich notgedrungen zur Sicherung meines Broterwerbs das fade Angebot meiner Vettern an.

Ich sichtete und ordnete langweilige Geschäftspapiere, prüfte Wareneingänge, erstellte ellenlange Listen und ertrug stoisch Ermahnungen und Tadel, bis mir im heraufziehenden Herbst zunehmende Schwermut das Gemüt verdüsterte. Da tat sich urplötzlich und wundersam die rettende Alternative auf.

Als mein Vater mich vor Jahren nach dem überraschenden Besuch in der Neuveste nach Hause begleitet hatte, war uns auf der Brücke ein stattlicher Herr in pelzverbrämtem Rock begegnet, der den Hofnarren des Herzogs jovial begrüßte und wohl auch ein paar freundliche Worte an mich richtete. Ich ahnte damals nicht im Entferntesten, wie sehr die Bekanntschaft mit Hans Jakob Fugger für mich noch an Bedeutung gewinnen sollte.

»Er ist der reichste Mann der Welt«, flunkerte mein Vater, »er kann sich einen Kaiser kaufen, und wenn ihm danach ist selbst einen Papst.«

In Wahrheit führte noch immer der alte Anton Fugger in Augsburg selbstherrlich und mit strenger Hand das Handelshaus, und der Reichtum seines Neffen Hans Jakob bestand in der Hauptsache aus dessen umfassender Bildung und weitreichenden Beziehungen in die angesehensten Herrscherhäuser hinein. Mit Herzog Albrecht von Bayern verband ihn ein geradezu freundschaftliches Verhältnis, und manche behaupteten gar, er regiere den Fürsten. Er bewohnte ein Haus in der Jägergasse unweit der Residenz und verbrachte bald mehr Zeit am Münchner Hof als in seiner Heimatstadt Augsburg, in deren Diensten er als Geheimer Rat noch stand.

Als Haupt- und Barthaar Hans Jakobs in späteren Jahren ergrauten, gab ihm das zusammen mit seinen dunklen und tief liegenden Augen das Aussehen einer weisen alten Eule, was ihm gut anstand, denn er war wahrhaft ein Diener Minervas, der Schutzherrin der Künste und Wissenschaften.

Schon sein Vater besaß eine berühmte Antikensammlung und Bibliothek, die Hans Jakob hütete und mehrte. Er beherrschte etliche Sprachen und stand mit den bedeutendsten Künstlern und Gelehrten seiner Zeit in regem Kontakt. Er war Ratsherr, Diplomat und kunstsinniger Förderer der Wissenschaften, nur eines war er ganz und gar nicht – ein geschickter Kaufmann.

Als ihm nach dem Tod Anton Fuggers die Rolle des Regierers zukam, ging er folgerichtig durch wirtschaftliches Desinteresse und allzu gewagte Geschäfte schon nach wenigen Jahren in Konkurs. Herzog Albrecht, selbst beizeiten der Regierungsgeschäfte überdrüssig und Liebhaber der Jagd und ausgiebigen Tafelns, kam dies nicht ungelegen, da er den Freund nun noch mehr für sich beanspruchen konnte. Er reiste mit ihm durchs Land und verweilte ausgiebig auf seinen Schlössern in Dachau und Starnberg. Und als er im Spätsommer 1565 auf die Idee kam, seinen zweiten Sohn Ferdinand als Vertreter zur Hochzeit des Mediciprinzen nach Florenz zu schicken, da stellte er ihm den Fugger als väterlichen Freund und Mentor an die Seite.

An einem Herbstmorgen schlich ich gesenkten Hauptes und mit hängenden Schultern durch die Äußere Schwabinger Gasse, als mich plötzlich jemand von der Seite ansprach: »Weshalb so trübsinnig, junger Herr? Seid Ihr nicht der Sohn des Spaßmachers Mertl Witz?«

Aus meinen Gedanken gerissen und mehr noch verblüfft durch die Tatsache, dass der Edelmann Hans Jakob Fugger sich nach meinem Wohlbefinden erkundigte, redete ich erst wirres Zeug und offenbarte dann, dass ich mein Studium beendet hatte und mich in der Faktorei Ligsalz abmühte, viel lieber aber in die Fußstapfen meines Vaters träte.

»Ihr wart in Ingolstadt?«, vergewisserte er sich. »Und seid des Lateinischen mächtig?«

»Eher schmächtig mächtig, doch bedächtig kann ich's prächtig«, alberte ich spontan und hätte mir danach am liebsten auf die Zunge gebissen.

Der Fugger lächelte und strich sich nachdenklich den Bart. »Soso … seid Ihr abkömmlich?«, fragte er nach kurzer Überlegung.

»Ich … äh, gewiss … sicherlich«, stammelte ich, ohne zu wissen, worum es ging, und keinen Gedanken an meine Verwandtschaft verschwendend.

»Ihr werdet von mir hören«, sagte Hans Jakob Fugger, nickte zum Gruß und setzte seinen Weg Richtung Neuveste fort. Ich grübelte lange, aber erfolglos über die seltsame Begegnung nach.

War es an sich ungewöhnlich, dass mich mein Vater im Haus der Ligsalz aufsuchte, so verhielt er sich an diesem Abend auch noch überaus merkwürdig. Er raunte erst gestenreich von Gestirnen, Schicksal und glücklicher Fügung, ehe er schallend lachte über meinen dümmlichen Gesichtsausdruck und danach unvermittelt kundtat: »Er will dich mitnehmen nach Italien.«

»Wer?«

»Na, der Fugger, du Schafskopf. Gott, bist du schwer von Begriff.« Dann zog er mich übermütig mit sich fort, um das Glück in der nahen Schenke zu begießen, mir dabei Einzelheiten zu berichten und wiederholt zu versichern, ich wäre ein gottverdammter Nichtsnutz, wenn ich das Angebot ausschlüge.

Ich weiß nicht, ob der Kaufherr von meiner irrwitzigen Bewerbung als Hofnarr im Alten Hof wusste. Vielleicht hatte ihm sein Sohn, der damals den jungen Prinzen Gesellschaft leistete, davon berichtet. Vielleicht hatte es mein Vater auch jetzt erst zum Besten gegeben. Einerlei. Hans Jakob wollte mich nicht als Narren, denn das Handelshaus besaß schon einen Spaßmacher. Ich sollte für ihn so etwas wie ein Sekretär sein, und dabei ging es weniger um kaufmännische als vielmehr um schöngeistige Belange, denn der Fugger war durch seine vielseitigen Beziehungen inzwischen der wichtigste Berater für Herzog Albrechts ehrgeizige Sammelleidenschaft geworden und beschaffte ihm aus aller Herren Länder Preziosen und Kuriosa für seine Kunstkammer. Und weitblickend hielt er es nach Ansicht meines Vaters für klug, wenn bei der wochenlangen Unternehmung die Reisegesellschaft nicht nur aus vornehmen, aber trockenen und zumeist älteren Amtsträgern bestand, sondern auch ein Gefährte gleichen Alters Prinz Ferdinand Kurzweil und Ablenkung verschaffen konnte, um ihn bei Laune zu halten.

Ich wusste von Italien bis dahin nicht viel, nur dass es im Süden hinter den schneebedeckten Bergen lag und sonnig und warm sein sollte, dass es reiche und prächtige Städte dort gab und dass trotz beschwerlicher Reise jeder Künstler und Feingeist dorthin drängte. Es versprach ein aufregendes Abenteuer zu werden, bei dem ich in der Obhut der noblen Gesellschaft nichts zu fürchten hatte. Aber ich wäre auch im Tross von Söldnern und Gauklern über die Alpen gezogen, nur um der Eintönigkeit meines Daseins zu entfliehen. Also auf nach Italien!

Als ich meinen Vettern am nächsten Morgen weinselig und mit schwerem Kopf von dem Angebot und meinem Entschluss berichtete, da war wenig Begeisterung in ihren Mienen zu lesen. Selbst wenn ich zum Studium der Rechte nach Bologna aufgebrochen wäre, hätten sie es derzeit kaum gebilligt. Ich vernachlässige meine verdammte Pflicht nur zu meinem Vergnügen, bekam ich zu hören, noch dazu in der Gesellschaft eines Fuggers, und ich versündige mich an der Familie Ligsalz, der ich viel zu verdanken hätte. Sie warfen mir Undank, Ehrlosigkeit und Schlimmeres vor, und wenn ich jetzt ginge, bräuchte ich gar nicht erst wiederkommen.

Wie ernst es ihnen damit war, bekam ich zu spüren, als ich in den ersten Februartagen des folgenden Jahres wonnetrunken und überfließend von Erlebnissen und Eindrücken zurückkehrte. Der Empfang war so eisig wie der Schneesturm, der über München gefegt war. Die Herren Ligsalz ließen sich verleugnen. Mein Zimmer sei vergeben, denn man habe schließlich einen Gehilfen für mich einstellen müssen. Der Hausdiener drückte mir einen Sack mit meinen wenigen Habseligkeiten in die Hand und schob mich mit Bestimmtheit auf die Straße hinaus.

Glücklicherweise wollte der Fugger mich länger beschäftigen, und ich konnte bei ihm unterschlüpfen. Dann fügte es sich, dass Herzog Albrecht seinem Freund zum Dank für geleistete Dienste ein Haus am vornehmen Rindermarkt schenkte, das beinahe Tür an Tür mit dem Anwesen der Ligsalz lag. So kam es, dass wir uns zwar häufig begegneten, uns dabei aber keines oder allenfalls eines verächtlichen Blickes würdigten. Und es kam noch weit ärger.

Eines Abends erzählte mir mein Vater von seiner kurzen, aber nachhaltigen Begegnung mit Theophrastus Bombastus von Hohenheim, landläufig als Paracelsus bekannt. Es mochte etwa zehn Jahre vor meiner Geburt gewesen sein, da war Maria Jakobäa von Baden, die Gattin seines Dienstherrn, über Wochen von einer geheimnisvollen Krankheit befallen. Sie fieberte tagelang, doch das Kindbettfieber konnte es gewiss nicht mehr sein, denn die Herzogin hatte schon vor Jahren ihre letzte Tochter geboren. Obwohl sie an sich von robuster Natur und starkem Gemüt war und bereits sämtliche nachgeborenen Geschwister überlebt hatte, wurde sie von Tag zu Tag hinfälliger. Sie aß kaum mehr, magerte erschreckend ab, und die Leibärzte des Hofes waren ratlos. Als schon die hohe Geistlichkeit ihr Lager umstand, um die letzte Ölung und christlichen Trost zu spenden, da kam es spät nachmittags am nördlichen Einlass in die Neuveste zu einem kleinen Tumult.

Ein grauhaariger Fremder in abgerissener Kleidung begehrte stotternd und mit auswärtigem Zungenschlag Einlass, um vorgeblich die Herzogin zu heilen. Nichts an ihm ließ auf einen Arzt schließen, es sei denn, man sah mit viel gutem Willen und Humor seine schmutzig rote Kappe als Kennzeichen eines Medicus an. Die Heiterkeit der Wächter verflog rasch, als sie das mächtige Schwert des kleinwüchsigen Ankömmlings erblickten, das ihm bis zur Brust reichte und ihn eher als rächenden Abgesandten des Hades denn als friedfertigen Jünger Äskulaps auswies. Überdies war er in Begleitung einiger Herren, die nach Fusel rochen.

Mertl Witz hatte die Szene von einem Fenster aus beobachtet und eilte, da es seit der Erkrankung der Herzogin wenig zu lachen gab, so schnell er konnte zum Einlass, wo er eben noch Zeuge wurde, wie sich der Fremde auf König Ferdinand in Wien berief und seine Begleiter als dessen Trabanten vorstellte.

Die beiden Wächter rangen sichtlich um Fassung. Der Fremde war zwar nicht von Furcht einflößender Größe, aber was ihm an beeindruckender Gestalt fehlte, das machte er durch reichlich Grobheit wett. Er zeigte ein Schreiben vor, das eine Empfehlung des Königs sei, das die beiden Tölpel aber ohnehin nicht lesen könnten, und wenn sie nicht gleich ihren Arsch bewegten und ihn zum Herzog führten, dann suche er eben die nächst gelegene Schenke auf, und die Wächter hätten es zu verantworten, wenn ihre Herzogin das Zeitliche segne.

Mertl erwarb sich Verdienste bei den Wächtern, indem er sich erbot, dem Herzog Bescheid zu geben. Dem Ernst der Lage angemessen, schilderte er den Vorfall ohne närrische Ausschmückung, und der Herzog ergriff sogleich den Strohhalm zur Rettung seiner Gattin.

Das Schreiben trug tatsächlich das Siegel des Habsburgers in Wien, der mit dem Haus Bayern weitläufig verwandt war. Er versicherte darin, dass er der Kunstfertigkeit des Paracelsus vertraue, von der er sich augenscheinlich und in langen Gesprächen überzeugt habe.

Dies gab dem Herzog das nötige Vertrauen, den undurchsichtigen Gast, der sich als Arzt ausgab, ans Krankenbett seiner Gattin vorzulassen, allerdings ohne das Schwert, das Paracelsus nach kurzem Zögern in die Obhut des Narren gab. Und gleich darauf stieß er die Leibärzte des Hofes vor den Kopf, indem er verlangte, die Herzogin allein zu untersuchen. Er sei schließlich gekommen, sie zu heilen, und benötige dabei nicht die Hilfe hochgelehrter Leutmörder, die nichts von seiner Art der Medizin verstünden.

Während der Untersuchung widmete Mertl sich dem Schwert, die Hofleute tuschelten, die Geistlichkeit betete murmelnd, während sich die beleidigten Ärzte mit Spott und Hohn wider den dahergelaufenen Lumpenträger Theophrastus wehrten, der sich selbst anmaßend als Arzt bezeichnete. »Kakophrastus schimpfen ihn sämtliche Kollegen der Fakultät, also Dreckredner, unwürdig auch nur den Nachttopf des großen Hippokrates zu leeren«, lästerte einer glucksend vor eitler Selbstgefälligkeit.

»Geschieht ihm recht, diesem Windbeutel, diesem ungebildeten Scharlatan, diesem Latrosophisten …«, pflichteten die anderen bei, bis ihnen der Herzog, der unentwegt und händeringend das Vorzimmer durchmaß, mit Zornesröte das Maul verbot.

Als sich nach einer Weile, die schier endlos zu dauern schien, die große Flügeltüre öffnete, starrten alle fragend auf den kleinen, fast kahlköpfigen Mann, der sich anheischte, die Herzogin vor dem nahen Tod zu retten. Doch Paracelsus ging schweigend auf Mertl zu, entnahm dem Knauf seines Schwertes eine Essenz, verlangte nach einem Becher Wein und verschwand wieder im Zimmer der Herzogin.

Kurz darauf erschien er erneut und verkündete an den Herzog gerichtet, aber für alle Umstehenden vernehmbar: »Eure Gattin wird gesund werden. Sie braucht jetzt nur Ruhe.«

Er sagte die wenigen Worte trotz seiner schwerfälligen Zunge mit solcher Bestimmtheit, dass ihm der Herzog überschwänglich dankte ohne die geringste Sicherheit, dass die Prophezeiung auch wahr werde.

Paracelsus lehnte das Angebot eines Nachtlagers in der Neuveste ab mit dem Hinweis, dass er sich um seine Gefährten sorge und mit ihnen den Abend vielleicht noch anderweitig zu nützen gedenke, da er nun schon mal in dieser für Kunst und Wissenschaften bedeutenden Stadt sei. Er nehme dafür aber gerne die Hilfe eines kundigen Führers in Anspruch, wobei er auf meinen Vater deutete, der mit leuchtenden Augen zusagte.

Paracelsus versicherte, er werde in den Morgenstunden nochmals nach dem Befinden der Herzogin sehen und verließ dann kurz entschlossen den Raum, ohne die Leibärzte noch eines Blickes zu würdigen, geschweige denn mit ihnen über die Art der Erkrankung, seine Diagnose sowie sein Heilmittel zu diskutieren. Selbstredend diagnostizierten die Verschmähten ihrerseits umgehend, dass Kakophrastus höchst wahrscheinlich mit seinen Kumpanen zum Saufen gehe, wie man es ihm allgemein nachsage.

In Wahrheit schien es sich so zu verhalten, dass der wandernde Arzt einem guten Trunk zwar zu keiner Zeit abgeneigt war, dass er aber vor allem Schwierigkeiten damit hatte, die Nacht schlafend und allein zu verbringen, wie seine Gefährten meinem Vater anvertrauten. Weshalb die Schatten der Nacht den sonst so selbstbewussten Arzt verstörten, das wusste keiner so recht zu sagen. Es sei aber wiederholt vorgekommen, dass er aus unruhigem Schlummer aufgeschreckt wild mit dem Schwert um sich geschlagen habe, als wolle er eine Heerschar grässlicher Dämonen verjagen.

»Es sind die wütenden Seelen derer, die der Pfuscher unter die Erde gebracht hat«, ätzten seine akademischen Feinde. Und während sein Gehilfe zu berichten wusste, Paracelsus habe ihm häufig nach durchzechter Nacht noch Texte diktiert, die schlüssig und druckreif gewesen seien, lästerten seine Gegner boshaft, damit erkläre sich die verschwurbelte Sprache des autodidaktischen Schwätzers, dessen Texte allenfalls ein Narr im Vollsuff verstehen könne.

Für Mertl war es augenblicklich nur von Bedeutung, dem sonderbaren Gast eine geeignete Stätte für Zehrung und Nachtlager und davor etwas Zerstreuung bieten zu können. Er schlug daher einen Besuch im nahe gelegenen Frauenhaus am Schwabinger Tor vor, wo sich Durst und fleischliche Gelüste aufs Angenehmste verbinden ließen. Während Paracelsus nur unwirsch den Kopf schüttelte und weiterging, nahm einer seiner Gefährten Mertl beiseite: »Er ist den Frauen nicht zugetan, und manche sagen, er habe noch nie bei einer gelegen, weil er über seiner Arbeit und Studiererei dafür keine Zeit und kein Verlangen habe, vielleicht aber auch gar nicht in der Lage dazu sei.«

Mertl, der sein Instrument wohl zu nutzen wusste, behielt sein Bedauern für sich, fragte auch nicht näher nach und empfahl den Geiger am Rathaus, der auch die Pferde unterbringen konnte. Als Paracelsus aber mitbekam, dass das Gasthaus unmittelbar an die Schergenstube und das darunterliegende Stadtgefängnis angrenzte, da schienen ihm Lust und Durst abrupt zu vergehen.

So querten sie unter Mertls Führung den Marktplatz, schwenkten in die Rosengasse und fielen schließlich im Färbergraben beim »Koch in der Höll« ein. Das war ein Gasthaus nach des Paracelsus' Geschmack: laut, quirlig und voll besetzt mit einfachen Leuten, denen der Arzt nur zu gern aufs Maul schaute, weil von ihnen viel zu lernen sei. Und überdies hieß der Wirt Michel Tausendteufel, der auch noch feixend zum Besten gab, dass Martin Luther nach seiner Flucht vom Augsburger Reichstag hier eingekehrt sei und doch tatsächlich die Zeche geprellt habe, als er vor lauter Angst gleich weitergeflohen sei.

»Wahrscheinlich fürchtete er, tausend Teufel im Nacken zu haben«, scherzte Paracelsus gallig. »Ich kenne das Gefühl. Man hat auch mich schon als Ketzer verteufelt. Ich bin so etwas wie der Luther der Medizin.«

Der Wirt stutzte. »Ihr werdet doch nicht auch …«

Ein paar Münzen, mit denen der Herzog den Arzt reich bedacht hatte, entspannten die Gesichtszüge des Wirtes, und er ließ die kleine Gesellschaft im Hinterzimmer noch weiterzechen, als es eigentlich Zeit war zu schließen, denn der Rat hatte auf Betreiben des Herzogs ein Mandat gegen die Wirtshaushocker und deren nächtliches Rumoren in der Stadt erlassen.

Mit jedem Becher wurde Paracelsus gesprächiger. Seine Schmähreden gegen die gelehrte Ärztebrut waren für Mertl zwar amüsant, aber vieles davon verstand er nicht, vor allem wenn Paracelsus sein eigenes gedankliches System ausbreitete mit Worten, die Mertl nie zuvor gehört hatte. Ihm blieb nur in Erinnerung, dass es in Wahrheit keine unheilbaren Krankheiten gebe. Man müsse nur den richtigen Schlüssel zur Heilung finden durch Kenntnis der Signaturen, die uns die Natur in reichem Maße lehre, und durch weisen Gebrauch der Alchemie. Aber da sei die verbohrt überhebliche Schulmedizin eben auf dem Holzwege.

Dann zog er aus dem speckigen Ranzen, den er stets umhängen hatte, einen Packen Papier und warf ihn auf den Tisch. »Hier! Die Summe meines Schaffens: Die *Archidoxa*. Sie enthalten die Mysterien der Natur und die göttliche Offenbarung menschlichen Lebens. Ich schrieb sie zuerst in Latein, aber meine Neider und gelehrten Feinde der Wahrheit kauften die meisten Exemplare auf und warfen sie auf den Scheiterhaufen, als sei es Hexengift und Zauberei. Doch ich pfeife auf die engstirnigen Doctores und habe alles noch einmal aufgeschrieben, nur diesmal in Deutsch. Das Verfluchte ist nur, dass die Esel an den Fakultäten zu Wien und Leipzig ein Druckverbot für meine Schriften erwirken konnten, und ist es erst einmal von der Zensurbehörde in Nürnberg ausgesprochen, gilt es für das gesamte Reich.«

Paracelsus trank gierig seinen Becher leer und ereiferte sich weiter: »Ich weiß wohl, wer dahintersteckt. Meine Quecksilberkur ist ein sicheres Heilmittel gegen die Franzosenkrankheit, aber man hat den Druck meiner dritten Syphilisschrift hintertrieben. Der Fugger, dieser elende Nimmersatt, war die Triebfeder, denn er importiert in riesigen Mengen Gujak-Holz aus Übersee. Es soll ein Wundkraut der Indianer sein, das angeblich die Heilung der Syphilis bewirkt. Sie nennen es ›heiliges Lebensholz‹, doch die wurmstichige Wurzel ist in Wahrheit falscher Zauber. Hier paarten sich Dummheit und Gier auf meine Kosten.«

Dann fragte er meinen Vater unvermittelt: »Kennst du einen Drucker hier in München, der mutig ist und genug Verstand hat, um dies hier zu drucken?«

Mertl fiel spontan nur Hans Schobser ein, der es als Erster in der Stadt gewagt hatte, eine lutherische Predigt zu drucken. Aber als er wenig später auch des Ketzers Aufruf »An den christlichen Adel deutscher Nation« veröffentlichen wollte, da war es vorbei mit der Duldung. Die gesamte Auflage wurde beschlagnahmt und vernichtet.

»Kommt mir bekannt vor.« Paracelsus lächelte gequält.

»Der Alte ist ohnehin schon gestorben«, erklärte Mertl, »und ob sein Sohn dafür den Arsch in der Hose hat, da bin ich mir nicht sicher, zumal ihm der Rat Steuererlass zugebilligt hat, gegen Wohlverhalten freilich.«

»Kann's ja mal versuchen«, knurrte Paracelsus wenig überzeugt. Er war als Arzt ein guter Beobachter und hatte bemerkt, dass Mertl immer wieder sein linkes Handgelenk begutachtete und mal kratzte, mal wischte.

»Zeig her!« Paracelsus griff unvermittelt nach Mertls Hand, drehte sie herum und sagte nach kurzem Blick darauf lachend: »Hast wohl mit dem Schwert gespielt. Auch wenn es rostige Scharten hat, es taugt noch.«

Er kramte kurz in seinem Ranzen und drückte Mertl ein kleines Töpfchen in die Hand. »Da! Streich mehrmals am Tag davon auf. Es heilt auch die Haut eines Esels.«

Der Gehilfe des Arztes beugte sich zu Mertl herüber und raunte ihm naseweis zu: »Es enthält den berühmten Opodeldok. Die Salbe wirkt Wunder. Hab ich selbst gekocht aus Kampfer, Palmenharz und …«

»Halt's Maul, Famulus!«, fuhr ihn der Meister unwirsch an. »Sorg lieber für Wein, mein Becher ist leer.«

Die meisten seiner Gefährten waren inzwischen der Müdigkeit oder dem reichlich genossenen Wein erlegen und hatten es sich auf den Bänken bequem gemacht. Paracelsus lehnte sich mit dem Rücken an die vertäfelte Wand. Er wirkte gealtert und erschöpft, aber sein Verstand war hellwach. »Da sitzen wir nun«, sagte er vor sich hin, »zwei alte Narren, einer am Hof und einer auf Wanderschaft. Wir haben manches gemeinsam. Viele halten sich selbst für klug, sind aber in Wahrheit närrische Tröpfe. Über uns jedoch, die wir die Wahrheit kennen und unverblümt sagen, lachen sie überheblich und selbstgerecht.« Plötzlich fuhr er hoch, schlug mit der Hand auf den Packen Papier und stieß erregt hervor: »Soll doch keiner von diesen eitlen Herren glauben, ich, Paracelsus, sei arm und mittellos, nur weil ich in Kleidern wie ein Bettler unterwegs bin. Ich könnte in Brokat und Seide durchs Land reiten und in den vornehmsten Häusern erlesen speisen, denn ich habe noch einen Schatz vergraben, den weder Papst noch Kaiser erwerben könnten. Und mein größter Schatz ist hier ...« – er tippte an seine Stirn und dann auf das Buch – »und hier verborgen, denn ich weiß um das Geheimnis des Steins, der wertloses Metall in Gold verwandelt, und ich kenne die Quintessenz für die Panazee, das Heilmittel, das die Linderung aller Gebrechen und langes Leben bewirkt. Und jetzt lass uns aufbrechen, um nach der Herzogin zu schauen.«

Der Tag dämmerte bereits, als Mertl den Arzt zurück zur Neuveste begleitete, während die Trabanten ihren Rausch in der Höll ausschliefen. Die frische Morgenluft kam nicht gegen die Ausdünstung der beiden Zecher an, aber ihr Schritt war noch halbwegs sicher, und die Wachen am Tor wussten Bescheid.

Paracelsus fand Jakobäa nach tiefem erquickendem Schlaf auf dem Weg der Besserung vor, hielt sein Werk für getan und empfahl sich umgehend, ohne zu sagen, wohin ihn sein Weg führte.

Als mein Vater mir damals die Geschichte erzählte, fand ich sie nur mäßig aufregend, wohl auch deshalb, weil ich sie nicht in ihrer Tragweite verstand. Erst als mein Vater ein paar Jahre später verstarb, erhielt sie für mich Bedeutung. Ich stand schon im Dienst Herzog Wilhelms als Hofnarr zu Landshut und kam daher spät ans Sterbebett meines Vaters. Er vermachte mir mit schwindender Kraft seine kostbaren Rubinringe und riet mir eindringlich, das Buch zu verkaufen.

»Welches Buch?«, fragte ich. Vater hatte den Weg ins Jenseits schon beschritten und kurze Phasen geistiger Klarheit wechselten mit längeren Phasen, in denen er dunkel und wirr oder gar nicht sprach. Schließlich verstand ich »Paracelsus« und erinnerte mich an die Begebenheit, die Vater mir vor Jahren erzählt hatte.

»Es enthält das Geheimnis des Goldmachens und verrät einen Schatz«, versicherte er mit brechender Stimme. Er konnte mir noch mitteilen, dass der Arzt bei seinem raschen Aufbruch damals seine Schrift beim Koch in der Höll liegen gelassen und er sie für ihn aufbewahrt habe, bis er eines Tages wiederkomme. Aber Paracelsus kurierte inzwischen gebrochene Flügel der Cherubim oder erfand in der Hölle Gebrechen für die Verdammten, wie seine hasserfüllten Feinde frohlockten.

»Wo?«, fragte, nein, schrie ich und schüttelte den reglosen Körper. »Wo hast du diese Schrift versteckt?« Aber Mertl Witz, Hofnarr zweier Herzöge, hatte die Augen für immer geschlossen und nahm das Geheimnis mit ins Grab.

Erst war ich zornig, weil ich glaubte, das Schicksal habe mich um reiches Erbe betrogen, denn ich wusste, dass Eingeweihte und selbst etliche Fürsten, die sich die Lösung all ihrer Finanzprobleme davon versprachen, riesige Summen für alchemische Texte zahlten. Dann dämmerte es mir, dass womöglich viel größerer Vorteil darin läge, sich den Inhalt der Schrift zunutze zu machen. Aber so oder so, dazu musste ich sie erst haben.

Des Hofnarren Kammer in der Neuveste war klein und überschaubar. Sie war als Versteck völlig ungeeignet. Mit einem Mal hatte ich Mutters Zimmer im Hause der Ligsalz vor Augen. Es war zwar auch nicht groß, aber ich erinnerte mich, dass Mutter ihre wertvollen und privaten Dinge in einem Schränkchen aufbewahrte, das in die Wand eingelassen war. Vielleicht hatte mein Vater, der ja zeitweilig ebenfalls im Haus am Rindermarkt wohnte, sie dort aufbewahrt? Und schließlich gab es ja noch die Möglichkeit, Dinge hinter den Paneelen an der Wand oder im Fußboden zu verstecken … Ich musste zum Haus der Ligsalz, nein, ich musste *in* das Haus der Ligsalz. Nur wie?

»Ihr seid hier nicht willkommen«, blaffte mich der Hausdiener an.

»Melde mich deinem Herrn oder geh zur Seite!«

»Ich habe strikte Anweisung …«

Ich täuschte links an und zwängte mich flugs rechts vorbei, doch den Weg ins Obergeschoss versperrte eine Gestalt, die aussah wie ein Vorbote des Jüngsten Gerichts.

»Was hast du hier zu suchen?«, herrschte mich Vetter Andre an.

Obwohl bereits drinnen, fiel ich mit der Tür ins Haus: »Mein Vater ist tot.«

»Und?«, kam es kalt zurück, was meine Forschheit zerbröseln ließ.

»Ich wollte … ich müsste kurz in Mutters Kammer.«

»Du musst noch kürzer das Haus verlassen.«

»Aber versteh doch … Ich brauche nur für einen Augenblick eure Hilfe.«

»Hilfe? Du kennst das Wort? Wo war deine Hilfe in den letzten Jahren? Wir haben Konkurs und Elend überstanden. Hast du auch nur einmal nach dem Fortgang unseres Geschäfts gefragt? Wir mussten schon zweimal bei Religionsverhören vor dem Inquisitionstribunal antanzen. Kannst du ermessen, was es für eine Schande ist, vor Mitgliedern und Kollegen des Rats und vor Pfaffen den ganzen Fragenkatalog zu beantworten, den eifernde Jesuiten diktiert haben?«

»Natürlich ist es peinlich«, sagte ich angriffslustig, »wenn der rechtgläubige Hofrat Georg, ein Ligsalz der einen Linie, den zweifelhaft frommen Andre, einen Ligsalz der anderen Familie, zum Religionsverhör ruft, wo doch selbst unter Krähen eine der anderen kein Auge aushackt. Ist's meine Schuld oder Familienzwist?«

»Ah, der Herr Vetter weiß immerhin Bescheid, hat es aber nicht für nötig befunden, sich bei Hofe für uns zu verwenden, um uns die Schande zu ersparen. Aber wo hätte er auch Zeit finden sollen, bei all seiner Narretei?«

»Hör zu, ich …«

»Nein, hör du zu! Wir hatten gerade zwei Jahre Getreideknappheit, Teuerung und teilweise Hungersnot, während zu Landshut, wie man hört, ein rauschendes Fest das andere ablöst. Hast du auch nur einen Gedanken verschwendet an das Haus, dem du entstammst? Die Stadt bereitet sich gerade wieder auf eine Pestepidemie vor, indem sie ein Siechen- und Quarantänehaus draußen vor der Stadt errichtet. Ich tu's auf meine Weise. Bleib fern von uns, denn du bist schlimmer als die Pest!«

Andre stieg mit jedem Satz, den er heraushämmerte, tiefer und kam drohend auf mich zu, als wolle er mich eigenhändig hinauswerfen. »Pack dich fort«, bellte er, »du Sohn eines Narren und selbst gottverdammter Narr, oder ich lass dich hinausprügeln.«

Es hätte ihm zwar nicht zum Vorteil gereicht, sich an einem Mitglied des Hofes zu vergreifen, aber hier war nichts mehr zu holen. Mit einer Geste der Verachtung trat ich den Rückweg an, fortan voller Hass auf meinen Vetter und die ganze Sippschaft und besessen von der Idee, dass irgendwo ein Schatz auf seinen Finder wartete und dass es möglich sei, selbst Dreck in Gold zu verwandeln, so man nur über die Rezeptur und das nötige Wissen verfügte. Und dann würde ich es dem hochnäsigen Pack schon zeigen …

Der Eisenmeister kümmerte sich selbst um die Verlegung, vermutlich, um aufkommendem Tumult vorzubeugen. Er rief die beiden Schulmeister, den Prokurator und mich heraus und schaffte uns ohne Erklärung in eine eigene Keuche. Es war die sogenannte Bürgerstube für Häftlinge mit geringeren Vergehen. Sie bot immerhin den Luxus schmutziger Strohsäcke, einer roh gezimmerten Bank und eines Lichtschachts zur Burggasse hin, der jetzt jedoch dunkel war. Es musste Abend sein. An der Wand steckte eine Tranfackel, und die Eisenmeisterin kam mit zwei Kübeln Wasser, damit wir uns den gröbsten Schmutz abwaschen konnten. Nach einer Weile erschien sie wieder und brachte nicht nur das karge Nachtmahl, sondern übergab mir auch frische Kleider und erbot sich, das dreckstarre Zeug, das ich am Leib trug, zu waschen.

»Euer Vetter lässt sich entschuldigen«, sagte sie mit aller Freundlichkeit, die ihr bei dem harten Gewerbe verblieben war, »er hatte im Auftrag des Rates Verpflichtungen.«

Elftes Kapitel

Es KAM MIR beinahe vor wie ein göttlicher Fingerzeig, als mit dem ersten Morgengrauen fahle Lichtflecke in Gitterform auf dem Kellerboden erschienen. Sollte es nun bald vorbei sein mit der quälenden Warterei?

Die noch vor wenigen Stunden verzagten Schulmeister mochten ähnliche Gedanken hegen, denn sie stellten bereits Überlegungen an, was sie in den nächsten Tagen zu tun gedächten. Dabei verschwendeten sie keinen Gedanken mehr an den

Rest der inhaftierten Zaubertruppe, für den in der Keuche gegenüber die Zeit noch immer im Dunkeln verrann. Ich war mir nicht sicher, ob sie die annehmliche Erleichterung gar der Überzeugung zuschrieben, dass sie doch eigentlich unschuldig seien, oder ob sie in trügerischer Hoffnung nur darauf vertrauten, durch meine Beziehung zum Ratsherrn und Bürgermeister Ligsalz in Bälde freizukommen.

Obwohl mir die Gesellschaft der beiden Wendehälse nicht wirklich angenehm war, war ich doch froh, nicht völlig allein zu sein, vor allem auch deshalb, weil sonst die anderen tatsächlich glauben mochten, ich hätte sie gewissenlos verraten.

Alexander Secundus Freisinger, der mit den Unwägbarkeiten der Justiz bestens vertraut war, schaute mich nur gelegentlich an mit einem Blick, der besagte: »Es ist noch längst nicht vorbei.«

Gegen Mittag war es dann endlich wieder so weit: Andre Ligsalz verlangte nach mir, und diesmal konnten wir sogar völlig ungestört in einer kleinen Kammer des Eisenmeisters miteinander sprechen. Noch ehe ich mich für den Besuch und die verbesserten Umstände bedanken konnte, entschuldigte sich Andre mit einer Geste des Bedauerns: »Ratsgeschäfte. Du verstehst.«

»Würde bringt Bürde«, sagte ich entlastend, »aber danke für die saubere Kleidung.«

»Keine Ursache«, sagte der Vetter lachend, »hab mir nur selbst einen Gefallen damit getan.« Dann fügte er ernst hinzu: »Ich musste gestern mit einer Abordnung zum Schloss in Dachau reiten, um Wilhelm zu kondolieren, da sein geistlicher Sohn Philipp Wilhelm am Vortag verstarb.«

»Das wird ihn hart treffen«, sagte ich, wobei ein Gutteil des Mitgefühls mir selbst galt, wusste ich doch nur zu gut, wie zielsicher der Herzog bei Schicksalsschlägen in Lethargie zu versinken drohte, und das wäre meiner Angelegenheit, falls ich seiner Fürsprache bedürfte, überhaupt nicht dienlich.

»Er war völlig abgemagert und zugleich aufgedunsen«, erklärte Andre, »soll laufend nur noch Blut gespuckt haben, und der Husten habe ihm die Lunge zerrissen, sagen die Ärzte. Da halfen zuletzt kein Aderlass und auch kein Beten. Hast du ihn gekannt?«

»Und ob«, sagte ich und hatte augenblicklich wieder vor Augen, wie ich mich lachend vor dem Knirps verneigte, den man dreijährig schon zum Bischof von Regensburg postuliert hatte. »Wollen Eminenzchen mir die Beichte abnehmen?« Andre lachte, und ich fügte hinzu: »Wilhelm erholte sich damals gerade von seiner Schwermut, die ihn seit Monaten gefangen hielt, da legte ihm die Herzogin zum guten Jahresende sein Söhnchen in die Wiege. Er hatte Großes mit dem Wicht vor. König Philipp, der erzkatholische spanische Habsburger, wurde sein Taufpate. Als Jüngling wird er in Köln, Mainz und Trier reich bepfründet, vor zwei Jahren hängt ihm der Papst noch den Kardinalspurpur um, und jetzt wird die katholische Hoffnung mit gerade mal zweiundzwanzig Jahren von der Schwindsucht dahingerafft. Sic transit gloria mundi.«

»Es gab noch viel anderen Kram zu regeln«, fuhr Andre mit seiner Entschuldigung fort. »Die hohen Herren haben doch ständig Sonderwünsche. Wilhelm fordert von der Stadt den großen Rundturm für sich, damit so ein hergelaufener und wohl verrückter Mönch für ihn Kristallgläser darin herstellen kann, was genauso nutzlos sein wird wie das zwielichtige Goldmachen und nur noch mehr Gestank und Dreck und Feuergefahr bedeutet. Sein Bruder Ferdinand hat laufend Extrawürste wegen des Brunnenkastens vor seinem Protzbau am Rindermarkt. Erst beklagt er sich, das Wasser der Stadt sei schmutzig und verstopfe das komplizierte Röhrenwerk, jetzt will er überschüssiges Wasser, das er selbst in die Stadt leitet, versilbern. Der feine Herr spottet zwar gern über uns Kaufleute, aber wenn's um sein eigenes Geld geht, benimmt er sich wie ein Krämer.«

Andre Ligsalz war nicht gut zu sprechen auf Ferdinand, denn dieser hatte von den Erben Hans Jakob Fuggers just das Haus nebenan, in dem vor langer Zeit auch ich gewohnt hatte, erworben und sich durch Ankauf der Nachbarhäuser ein weitreichendes Anwesen geschaffen. Dort ließ er sich ein prächtiges Stadtschloss errichten, daneben eine eigene Kirche mit Grablege und dahinter einen ausgedehnten Lustgarten, der hinunterreichte bis ins Rosental. Das Auffälligste aber war besagter Brunnen vor dem Haus und der war, man musste es neidlos anerkennen, ein wahres Wunderwerk. Den Rand eines großen Beckens zierten sechzehn vollendet schöne Bronzefiguren, die Flussgötter und Fabelwesen darstellten. Schier unglaublich war die Vielzahl der Fontänen, die sich aus den Mäulern der Tritonen, aus den Amphoren der Götter, aus Muscheln oder den Brüsten der Juno ergossen. Auf dem Pfeiler in der Mitte richtete sich ein Pferd hoch auf die Hinterhand, und allein schon aus dem Helm des glorreichen Reiters spritzten siebzehn Wasserstrahlen.

»Hast du dir mal das Gesicht des Reiters angeschaut?«, giftete Andre. »Wenn ich im oberen Stock das Fenster öffne, dann starrt mich das triumphierende Grinsen Ferdinands an. Dabei munkelt man, der Sieger von Köln habe die entscheidende Schlacht nur auf dem Krankenlager geschlagen, auf das ihn sein rumorendes Gedärm gezwungen habe.«

Das Pferd auf zwei Beinen war zwar eine technische Meisterleistung des begnadeten Bildhauers Hubert Gerhard, aber höchst ungewöhnlich war die triumphierende Pose des Reiters, die früher nur für Kaiser als angemessen galt. Ferdinand hatte sie sich bei den Medici in Florenz abgeschaut, und eigentlich musste das Reiterstandbild eine überaus anmaßende Provokation für Wilhelm, den regierenden Fürsten, sein.

Mein Vetter hatte sich längst sattgesehen an dem Wunderwerk und litt unter dem Trubel, denn zum Rindermarkt, von jeher eine der vornehmsten Gegenden in der Stadt, pilgerten jetzt ganze Scharen von Schaulustigen, um die Wasserspiele zu bestaunen und sich mit viel Geschrei an dem sonderbaren Affen mit Fischleib zu ergötzen, dem ein kleiner Drache Wasser ins Gesicht spie. Selbst die stolze Reichsstadt Augsburg hatte schon eine Abordnung geschickt, um das Werk zur Nachahmung zu begutachten.

»Wie kommt einer, der stets leere Taschen hat, auf die Idee, sich einen riesigen Brunnen vors Haus zu stellen?«, nörgelte Andre weiter. »Um damit einen gar nicht vorhandenen Reichtum zur Schau zu stellen?«

»Kann ich dir sagen: Der Anstoß kam auf unserer Reise nach Italien.«

»Du hast mir nie davon erzählt.«

»Wie denn auch«, wollte ich aufbrausen, verkniff es mir aber und fing einfach an zu berichten. »Wir brachen, wie du ja weißt, im November auf, und obwohl auch die älteren Begleiter gut im Sattel saßen, kamen wir nur langsam voran, denn vielerorts rannten Dorfbewohner und Bauersleute an die Straße, um den jungen Herzog von Bayern zu sehen. Schon in Innsbruck wurde uns ein großer Empfang bereitet, und erst in Mantua. Der noble Gonzaga hielt uns gleich mehrere Tage bei sich fest, um ausgiebig seinen Besitz vorzuführen, vor allem sein viel gerühmtes Lustschloss Palazzo del Te. Eleonore von Österreich, seine Perle am Hof, kümmerte sich in mütterlicher Fürsorge um uns, doch mich beschlich schon damals das Gefühl, an welchen Hof von Bedeutung man auch immer kommt, stets ist jemand aus dem Hause Habsburg bereits vor Ort.«

»Sie stellen das Heiraten eben geschickter an«, spottete Andre. »Die alte Jungfer Maximiliana dagegen liegt ihrem Bruder Wilhelm noch immer auf der Tasche.«

»In Bologna folgte Fest auf Fest, wobei sich die Nobilität im Herumreichen des hohen Gastes trotz seiner Jugend förmlich überschlug. Der Fugger fiel dabei in den Jungbrunnen, denn er hatte dreißig Jahre zuvor in Bologna studiert. Mit sichtlichem Stolz und noch immer ortskundig führte er den Prinzen und Michel, seinen vielversprechenden und weltgewandten Sekretär, in das Collegium, in dem er vor Urzeiten den Vorlesungen der Doctores gelauscht hatte.«

Andre schmunzelte über meine Prahlerei und fragte: »Hat er's dort auch so toll getrieben wie du damals in Ingolstadt?«

»Gott bewahre! Er war zeit seines Lebens Verächter des Weins und hat allein vom Geruch Kopfweh bekommen. Ich hab mich oft gefragt, wie er in Augsburg lange Zeit ausgerechnet am Weinmarkt wohnen konnte.«

Ich behielt für mich, dass Hans Jakob keineswegs in jeder Hinsicht Abstinenzler war, wie auch sein reicher Kindersegen auswies. Universitätsstädte wurden zu allen Zeiten von Dirnen und Kurtisanen bevölkert. Trotz Versuchen der Obrigkeit sie zu vertreiben, fanden sich immer wieder Schlupflöcher. In Bologna gab es die Casarengas, die den Liebesdienst im Geheimen ausübten. Mit meines Mentors Ortskenntnis, seiner Billigung und ein paar Dukaten in der Tasche verlor ich an einem nasskalten Novembertag in den warmen Rundungen von Bianca Francesca Colleone meine fleischliche Unschuld und lernte nebenbei meine ersten Worte in dieser lieblichen Sprache: Amore ... avanti, bello giovanotto ... und einen ebenso klangvollen Fluch, dessen Wiedergabe ich mich hier enthalte.

Zu Andre fuhr ich fort: »Nach anstrengendem Ritt durch die Berge kamen wir eben noch rechtzeitig zum Beginn der Feierlichkeiten an. Der Einzug in Florenz gestaltete sich wie unser eigener Triumph, als hätten wir eben die Türken besiegt. Die ganze Stadt war festlich geschmückt. Bei unserer Ankunft am Palast donnerten Kanonenschüsse über die Stadt, was die hohe Stellung unseres Herrscherhauses unüberhörbar kundtat. Fürst Cosimo beeilte sich zu versichern, dass er sich dem

Haus Bayern allzeit wohlwollend verbunden fühle und mit Blut und Gut dafür einstehen wolle, sollte Bayern jemals in Gefahr geraten.«

»Honig für den Prinzen«, sagte Andre beinahe verächtlich. »Was man eben so sagt bei derlei Gelegenheiten. Er hat's zum Glück nie beweisen müssen.«

»Na ja«, sagte ich, »nicht mit dem Degen, aber als der liebe Wilhelm später in höchster Not den lieben Francesco, der ihn zur Hochzeit eingeladen hatte, um Geld anging, da mochte der nur sehr zögerlich einen mageren Kredit bewilligen. Sei's drum. Am Tag nach unserer Ankunft fand der Einzug der Braut statt.«

»Johanna von Österreich, die jüngste Kaisertochter.«

»Richtig. Sie war kaum älter als Ferdinand und dennoch seine Tante. Entlang des Weges durch die Stadt waren Triumphbögen errichtet, auf denen allegorische Bilder Macht und Tugenden der Herrscher und den Reichtum des Landes verherrlichten. Unzählige Götterstatuen und Säulen mit Brustbildern berühmter florentinischer Künstler säumten die Straßen. Auf einer Brücke grüßte sinnfällig Hymen, der Gott der Ehe, in dessen Gefolge Eifersucht und Betrug von Liebe und Treue verjagt wurden.«

»Pah!«, unterbrach Andre mein Schwärmen. »Von wegen! Der Bräutigam hatte doch schon damals eine stadtbekannte Mätresse, und die Ehe soll für Johanna äußerst unglücklich geworden sein.«

»Dennoch ging's zum Ruhm und Lob des Hauses Österreich in einem fort an Statuen, Bildern, Fahnen, Kränzen und reich geschmückten Kirchen vorbei bis hin zum Herzogspalast.«

»Da wird einem doch schier schwindelig«, warf Andre leicht ungeduldig ein.

»Das war genau so beabsichtigt«, sagte ich. »Der ganze Prunk sollte die Sinne so völlig betören, dass alle Welt den

Reichtum und die Pracht der Medici pries. Und das war nur der Anfang. Nach Hochzeit und Neujahrsfest ging es erst richtig los. Die Jugend ergötzte mit Komödien und Ritterspielen auf öffentlichen Plätzen, und der Triumphzug des Traumgottes mit seinen Maskenzügen erhielt riesigen Applaus. Der Festzug fand zu nächtlicher Stunde statt. All diese Traumgestalten, verzaubernde Klänge, berauschender Blütenduft und Feuergeruch – die Luft flirrte. Es war eine geheimnisvolle, ja gespenstische Atmosphäre. Neben den Wagen liefen achtundvierzig höchst seltsam und fremd gekleidete Frauen mit Fackeln einher. Sie alle stellten Zauberinnen dar – hörst du: Zauberinnen!«

Mir erschien dies wichtig, denn damals waren Zauberinnen noch imponierender Bestandteil eines Festzugs, während wir jetzt unter dem Vorwurf der Zauberei im Kerker hockten. Aber Andre nickte bloß, wobei er die Stirne krauszog. Ich wusste nicht, ob nur verwundert oder aus Missbilligung.

»Was hatte das alles mit Ferdinand zu tun?«, fragte er nüchtern und kaufmännisch eher den immensen Aufwand überschlagend, als sich von dem eitlen Gepränge beeindrucken zu lassen.

»Ferdinand fand die nachhaltigsten Eindrücke anderswo. Die Medici ließen nämlich eigens für die Hochzeit auf der Piazza della Signoria einen gewaltigen Brunnen errichten. Einige der Nymphen und Flussgötter hatte der geniale Giambologna gefertigt. Ferdinand erhielt die Gelegenheit ihn und seine Werkstätten zu besuchen und war von der Schönheit der Figuren regelrecht ergriffen. Du hättest seine leuchtenden Augen sehen sollen, als er in der Gießhütte die Entstehung solcher Kunstwerke mit eigenen Augen verfolgen durfte, und wäre er nicht Prinz von Bayern gewesen, ich glaube, er hätte sich augenblicklich als Lehrling verdingt.«

»Hätte der Staatskasse viel gespart«, knurrte Andre.

»Ferdinand begriff dabei noch etwas anderes. ›Kriege taugen nur dazu, Macht zu erringen oder zu erhalten‹, sagte er. ›Die Kunst dient dazu, Macht auf Dauer allen zu zeigen.‹ Und diesen Floh hat er wohl auch Wilhelm ins Ohr gesetzt. Der berühmte Giorgio Vasari, der all die Umzüge entworfen hatte, pries in den höchsten Tönen die dolcissima maniera eines seiner Schüler. Dieser führte uns dann in den Werkstätten herum und beantwortete geduldig noch die letzte Frage des wissbegierigen Ferdinand. Der Gehilfe hieß Friedrich Sustris.«

»Etwa *der* Sustris, der seit Jahren hierzulande Wilhelms Bauwut schürt? Das erklärt einiges.«

»Richtig«, sagte ich lachend, »jetzt weißt du, woher Ferdinands Leidenschaft für Bronzefiguren rührt. Und noch eins musst du wissen: Sosehr Ferdinand in Italien begeistert war, so sehr spottete er später abfällig und überheblich. ›Die Medici sind im Grunde doch nur Kaufleute, reiche Pfeffersäcke, die durch glückliche Umstände zu adeligen Ehren gelangten. Umso mehr ist es uns wahren Fürsten geboten, dem Volk durch Prachtentfaltung zu zeigen, dass Gott uns zur Herrschaft auserwählt hat.‹«

»Da hätte der stolze Herr Ferdinand aber keine Bürgerliche heiraten dürfen«, sagte Andre kühl. »Er und seine Söhne werden nie den Thron besteigen.«

»Ich fürchte, er wird es auch nie verwinden.« Ich verschwieg vorerst mein Wissen über Ferdinands spätere Versuche, sich größere Macht zu verschaffen.

»Und was hast *du* von dieser Reise mitgenommen?«, fragte Andre beinahe streng und gewohnt, in den Kategorien von Aufwand und Ertrag zu denken.

»Vielerlei«, sagte ich, »und ich weiß nicht, ob ich heute glücklicher wäre, wäre ich Kaufmann geblieben …«

»Kaufmann geworden«, präzisierte Andre mit erhobenem Zeigefinger.

Wir schmunzelten beide.

»Ich war ja nicht aus purem Spaß dabei, sondern in Diensten Hans Jakob Fuggers. Ich lernte von ihm viel über Kunstwerke, deren Gestaltung und handwerkliche Ausführung, wie man mit ihnen handelt und Fälschungen erkennt. Ich konnte mir auch die Sprache ein wenig aneignen. Den größten Nutzen aber verschafften mir Begegnungen mit Leuten auf der Straße, vor allem mit Gauklern und Komödianten. Ich sah, wie sie die Menge in Bann schlugen mit großem Getöse oder einfachsten kleinen Verzauberungen. Sie nutzten den Augenblick, verblüfften durch Unerwartetes, grimassierten und verrenkten sich, äfften pantomimisch nach, sangen und rezitierten, spielten dabei die Laute oder jonglierten mit Bällen und Keulen. All dies musste ich schließlich lernen, wollte ich ein guter Narr werden, und ich konnte mich schon in Italien ein wenig darin versuchen.«

Andre seufzte: »Ich Tor hatte noch gehofft, du könntest dich wenigstens unter den Augen des Fuggers wieder zu einem brauchbaren Burschen entwickeln. Dabei hast du deinen verrückten Vorsatz zu keiner Zeit aufgegeben.«

»Natürlich nicht«, grinste ich. »Es war nur Teil meiner Lehrzeit.« Ich gab nicht zu, dass ich damals aus der Enge im Haus der Ligsalz entfloh aus Furcht, bis ans Ende meiner Tage in einem verstaubten Kontor zu versauern.

»Ich hatte natürlich auch die Möglichkeit, mit Ferdinand vertrauter zu werden, seine Vorlieben und Eigenheiten kennenzulernen. Er war fromm, hätte aber als Zweitgeborener im Kirchendienst eine klägliche Figur abgegeben. Er zeigte Bella figura bei der Hofetikette und parlierte gekonnt auf Latein, womit er der Nobilität imponierte. Bei älteren Damen weckte er mütterliche Gefühle, während er die restliche Weiberwelt durch seine Jugend und seine sprühende Lebenslust betörte. Er liebte die Jagd und den Turnierkampf und war den Launen Amors keineswegs abgeneigt. Wir hatten viel Spaß zusammen, und ich lernte bei all den Diners auch das Hofleben kennen mit seinen glänzenden und seinen widerwärtigen Seiten.«

»Widerwärtig?«

»O ja! Einmal kam eine Abordnung der Landbevölkerung in den Palast, um als Huldigung fünfzig Flaschen Wein und allerlei Leckerbissen zu überreichen. Der eitle Erbprinz ließ die Bauern zur hämischen Freude seiner Gäste mehrmals einzeln um die lange Tafel herum marschieren. Da stolperte einer aus Verlegenheit, stieß gegen den Korb und sämtliche Flaschen zerbrachen. Der arme Kerl leuchtete puterrot vor Scham, während sich die adelige Meute vor Lachen ausschüttete. Wie harmlos erschien mir da der Spott eines Narren im Gegensatz zu dem verächtlichen Hohn der Nobilitas.«

Andre hatte zuletzt kaum mehr zugehört, schien abgelenkt und unruhig, als bedrücke ihn etwas. Nach kurzem Schweigen kam er damit heraus: »Ich werde vielleicht nicht mehr herkommen können …«

Auf meinen erschrockenen Gesichtsausdruck hin schickte er rasch nach: »Ich meine, in dieser Woche. Heute werden noch die Feierlichkeiten zur Beisetzung im Rat besprochen und morgen ist der Umgang, bei dem ich wieder mal die Ehre habe, den Himmel zu tragen.«

Fronleichnam wurde in München seit vielen Jahren mit einem riesigen Umzug festlich begangen, und der dauerte Stunden. An diesem Tag würde keiner der Räte ins Verlies steigen.

»Am Freitag muss ich wahrscheinlich geschäftlich aus München raus«, gab Andre als weitere Entschuldigung an.

»Schon gut«, beschwichtigte ich, »du musst dir nichts vorwerfen.« Ich durfte schließlich nicht erwarten, dass er plötzlich ein Gutteil seiner Zeit mir widmete.

Er schaute nach unten und räusperte sich mehrmals, ehe er herausrückte: »Samstags muss ich vor dem versammelten Rat über den Stand der Befragungen berichten, und dann wird weiter entschieden.«

Hatte er erwartet oder befürchtet, ich würde nun heulen oder bettelnd vor ihm knien? Was hätte es genutzt? Wollte er mir helfen und Fürsprache einlegen, dann würde er es ohnehin tun. Wollte er sich nicht für mich verwenden, dann könnte ich ihn wohl kaum umstimmen. Ich war froh, dass wenigstens etwas vorwärtsging. »Tu, was du tun musst«, sagte ich.

»Kann ich noch etwas für dich tun, ich meine …?«

»Mein Diener wird Euch meine Bestellung überbringen«, alberte ich, »fürs Erste wären ein Fässchen Branntwein, etwas Hofmusik und eine Kalesche in die Freiheit genug.«

Wir grinsten beide und schauten uns eine Weile stumm in die Augen.

»Gott befohlen!«, sagte Andre und nickte mir zu.

»Mmmh«, brummelte ich, meinen Zweifel an Gottes gütiger Vorsehung nicht ganz verbergen könnend.

Er stand auf, ging rasch zur Türe und gab dem Schergen ein Zeichen.

Zwölftes Kapitel

»UND?«, BEDRÄNGTEN MICH die Schulmeister. »Werden sie uns bald freilassen?«

»Samstags wird entschieden«, sagte ich lapidar, wobei ich verschwieg, dass dies noch nicht die Entscheidung des Gerichts sein würde. Es reichte schon, um die Kathederesel in Bekümmernis zu stürzen.

»Wird wohl so schnell nichts werden mit dem Ausflug aufs Land«, schob ich boshaft hinterher, was dem Prokurator ein Schmunzeln entlockte.

Mit einem Mal machte ich mir selbst wieder Sorgen. Andre hatte zuletzt so merkwürdig gewirkt. Es klang wie ein Abschied für länger … für immer? Wusste er bereits mehr? Und dann, hatte er nicht, als er von Wilhelms Händeln mit der Stadt sprach und über den Mönch mit den Kristallgläsern lästerte, auch abfällig vom Goldmachen gesprochen, dass es genauso nutzlos sei oder so ähnlich? Gehörte er gar zu jenen, die Alchemie prinzipiell für strafwürdig hielten?

Über den Nutzen konnte man durchaus geteilter Meinung sein. Befürworter durften sich immerhin auf Autoritäten wie Albertus Magnus oder Paracelsus berufen. Aber natürlich gab es zu allen Zeiten jede Menge Schlitzohren und Betrüger unter vorgeblichen Goldmachern. In München hatte man erst wenige Jahre zuvor drei davon geköpft oder gehängt. Im Volksmund ging auch schon der Spruch um: »Die Alchemisten reiten auf einem Pferd aus Hanf zum Himmel.« Aber das musste nicht zwangsläufig bedeuten, dass die Umwandlung minderer Metalle in Gold grundsätzlich unmöglich sei. Es gab schließlich auch jede Menge betrügerische Kaufleute und niederträchtige Herrscher und doch schloss dies die Möglichkeit ehrbaren Handels und gerechter Herrschaft keineswegs aus. Vielleicht war es gut, dass ich Andre nichts von meinen ersten Berührungen mit der Goldmacherei erzählt hatte.

Großfürst Cosimo von Florenz und sein aalglatter Sohn Francesco förderten zwar Bildhauer und Dichter, pflegten aber auch ihren Hang zur Gewalttätigkeit und behaupteten ihre Machtstellung rücksichtslos. Die prachtvolle Hochzeit des Erbprinzen mit der Tochter eines regierenden Kaisers hatte ihnen im Kreise der Fürsten zwar ungemeines Ansehen verschafft, aber der Preis dafür war hoch. Man fragte sich, wo die riesigen Geldsummen für pompöse Hofhaltung, Kriege und Bestechungsgelder herkamen, denn das Land war durch hohe Steuern bereits ausgepresst. Cosimo hatte in den Gewölben seines Palazzo Vecchio ein Laboratorium einrichten lassen, und man munkelte, er beschäftige darin Adepten der Alchemie mit der Kunst des Goldmachens. Sollte ihnen die Transmutation von Blei in Gold bereits gelungen sein? War dies die Erklärung für ihren ungeheuren Reichtum?

Hinter vorgehaltener Hand erzählte man sich in Florenz aber auch, dass Cosimo bei seiner Jagd nach Gold einem ausgebufften Schwindler aufgesessen sei, einem gewissen Daniel von Siebenbürgen. Der ging die Sache ungemein schlau an. Er wandelte viertausend Golddukaten in ein Pulver um, das nicht mehr nach Gold aussah und das er geheimnisvoll Usufur nannte. Dieses Pulver verkaufte er Apothekern in verschiedenen Städten als Heilmittel, gab sich danach als Arzt aus und ließ das Pulver von den Patienten für die erforderliche Rezeptur zu ihrer Heilung aus den Apotheken wieder holen. So bekam er sein Gold stets zurück und machte gleichwohl das Pulver bekannt.

Eines Tages nun bot er dem Herzog dreist ein Rezept zum

Goldmachen an, wofür nur ein paar einfache Chemikalien aus einer beliebigen Apotheke erforderlich seien, unter anderen das Pulver Usufur. Er führte dem Herzog eine Probe vor, und seine Alchemisten befanden das Ergebnis für gutes Gold. Cosimo versuchte es heimlich selbst mit Erfolg und war dann begierig, dem Schwindler das Rezept abzukaufen. Ehe der Fürst erfuhr, dass das geheimnisvolle Pulver zwar in allen Apotheken bekannt, aber nur in sehr begrenzter Menge oder nicht mehr vorrätig war, da war der Scharlatan mit zwanzigtausend Dukaten bereits über alle Berge.

Ich nahm damals aus Florenz die feste Überzeugung mit, dass die Kunst des Goldmachens von kundiger Hand gewiss möglich sei, dass man aber höllisch aufpassen müsse, dabei nicht übers Ohr gehauen zu werden.

Da ich Hans Jakob Fugger für den belesensten und klügsten Menschen hielt, den ich bis dahin kannte, fragte ich ihn eines Tages geradeheraus, was er vom Goldmachen halte. Er schaute mich beinahe mitleidig an und sagte ernüchternd: »Glaubst du, ich wäre in Konkurs gegangen, wenn ich um das Geheimnis wüsste?«

»Vielleicht hattet Ihr nur viel Pech«, sagte ich vorsichtig. »Aber denkt Ihr, dass es grundsätzlich möglich ist, das große Werk, von dem so oft die Rede ist, zu vollbringen?«

Hans Jakob Fugger richtete seinen Blick nach oben, strich eine Weile durch seinen Kinnbart und sagte nachdenklich vor sich hin: »Mein Bruder Georg jedenfalls scheint es zu glauben. Er wird bald einen Großteil seines Erbes durch den Schornstein gejagt haben, aber ich habe noch kein Fünkchen Gold in seinen Tiegeln blitzen sehen.« An mich gerichtet fuhr er fort: »Georg hat sich in unserem Haus am Weinmarkt ein Brenngewölbe eingerichtet, und da unsere Familie neben der Weberei vor allem mit dem Bergbau groß geworden ist, hat sie sich von jeher mit Dokimastik, metallurgischer Probierkunst, beschäftigt. Man prüft damit die Zusammensetzung von Erzen, denn davon hängt schließlich der Reichtum der auszubeutenden Mine ab. Öfen, Tiegel, Mörser und Probierstein sind daher in einem Fuggerhaus nichts Ungewöhnliches. Aber meines Bruders Interessen gehen weit darüber hinaus.« Er ging zu einem Wandschrank, in dem er einen Bruchteil seiner riesigen Bibliothek, die noch in Augsburg lagerte, aufbewahrte und suchte nach einer Schrift, während er weitersprach. »Georg hat schon die ganze Bibliothek eines Gelehrten in Nürnberg aufgekauft mit Büchern über Mathematik, Astronomie und Medizin. Ich glaube, er hat auch Schriften dieses Paracelsus, der in aller Munde ist. Der soll ja nach der Quintessenz und dem Stein der Weisen gesucht haben.« Er drehte sich plötzlich um und schmunzelte. »Ich weiß nicht, ob das Rezept aus dessen Hexenküche stammt oder ob Georg die Mixtur selbst zusammengebraut hat, jedenfalls bewahrt er voller Stolz ein Fläschchen kosmischen Lebenselixiers auf, das einen gegen jedes Gift dieser Welt schützen soll. Du kannst dich also, wenn es nicht um riskante Geldgeschäfte, sondern nur ums Essen oder Trinken geht, völlig sicher fühlen im Fuggerhaus in Augsburg.« Während er die Suche wieder aufnahm, sagte er: »Ich hab ja nun weiß Gott auch ein paar tausend Bücher gesammelt, aber weder in meinen Beständen noch in meines Bruders Schrifttum fand sich je ein erhellender Text, der ein wirklich brauchbares Rezept enthielte, um Mercurium, das flüchtige Quecksilber, in lauteres Gold zu koagulieren. Aaah … da ist es ja …«

Er kam mit einem Buch an den Tisch zurück, schlug es auf und blätterte kurz darin, bis er die entsprechende Seite fand. Neben einem Holzschnitt, den ich so schnell gar nicht erfassen konnte, stand die Überschrift: »Von Falschheit und Beschiss«. Er fuhr mit dem Finger die Zeilen entlang und tippte schließlich mit der Fingerkuppe mehrmals energisch auf eine Stelle: »Da, lies! Der kluge Mann hat hier seinerseits die Quintessenz gezogen, und ich fürchte, er hat recht.«

Ich las halblaut vor:

»Damit ich nicht vergess hierbei
Den großen Trug der Alchemey,
Die Gold und Silber hat gemacht,
Das man ins Stöckchen eingebracht.
Sie gaukeln und betrügen grob;
Sie zeigen vorher eine Prob,
So wird bald eine Unke draus.
Der Guckaus manchen treibt vom Haus.
Wer vordem sanft und trocken saß,
Der stößt sein Gut ins Affenglas,
Bis er's zu Pulver so verbrennt,
Dass er sich selber nicht mehr kennt.
Viel haben sich also verdorben,
Gar wen'ge haben Gut erworben:
Denn Aristoteles schon spricht:
›Der Dinge Wesen wechselt nicht.‹«

Ich spürte jäh Enttäuschung in mir aufsteigen. Sollte dies tatsächlich schon die letzte und unumstößliche Wahrheit sein: Causa finita est? Als hätte der Papst persönlich gesprochen. Mit der Enttäuschung kam zugleich trotziger Widerspruch in mir hoch.

»Das ist doch Unsinn!«, platzte ich heraus. »Wenn ich die Schwarte jetzt ins Feuer werfe und sie verbrennt zu einem Häuflein Asche, dann hat sich ihr Wesen doch grundlegend verändert.«

»Der Schreiber beruft sich immerhin auf Aristoteles«, bemerkte Hans Jakob Fugger nachsichtig.

»Dann ist eben dieser Aristoteles ein Esel«, protestierte ich. »Schon auf der Universität zu Ingolstadt haben sie ihn Narristoteles getauft.«

»Aber gewiss nicht die Autoritäten der Fakultät, Meister Hitzkopf!« Er wischte mit seinem Zeigefinger energisch vor meinen Augen. »Das stammt von diesem Paracelsus, der Grobheit in den Diskurs der Wissenschaften gebracht hat.«

»Luther war auch kein Lamm«, maulte ich, »und die sanftmütigen Jesuiten können kräftig austeilen, wenn es ihrer Sache dient.«

»Auch wieder wahr«, räumte Hans Jakob milde ein, »den Luther hörte ich zwar nicht mehr predigen, dafür die anderen umso deftiger. Und Petrus Canisius, den hageren Jesuitenprovinzial, den meine Schwägerin schon wie einen Heiligen verehrt, der hat gar in unserem Haus gewütet, das heißt im Haus meines Bruders, denn seit der Aufteilung der Fuggergüter wohne ich in Augsburg am Heumarkt. Und ich bin heilfroh darüber, denn das Haus meines Bruders ist wie ein Taubenschlag. Georgs Frau, die Ursula, stammt ja von den Lichtensteinern aus Trient, was ein rechtes Protestantennest zu sein scheint. Jedenfalls war Ursula lutherisch, bis Canisius sie mit frommen Reden, Exerzitien und Ignatiuswasser bekehrt hat. Und einer ihrer Dienstmägde hat er gar den Teufel ausgetrieben, von dem sie angeblich besessen war. Dabei war sie wahrscheinlich nur so neunmalklug und störrisch wie du.«

Er lachte herzhaft, während ich mich wunderte, wie jemand aus gut katholischem Haus eine Sektiererin heiraten konnte, und ich fragte daher ebenso keck wie unbedarft, ob eine ansehnliche Geldspende die Grundlage für den kirchlichen Segen gewesen sei.

»Augsburg ist Freie Reichsstadt, Michel«, erklärte Hans Jakob, »und selbst zu einem Großteil reformiert. Da geht manches anders. Mischehen sind zum Leidwesen der Jesuiten an der Tagesordnung. Aber ich beneide den Georg nicht. Jetzt geht's bei ihm katholischer zu als im Vatikan. Vielleicht zieht er sich deshalb so oft in seine Alchemistenstube zurück und manchmal bis nach Trient. Da hat er noch ein Herrenhaus aus der Zeit des Konzils. Doch auch da lassen sie ihm keine rechte Ruhe, wenn er laboriert. Verstörte Nachbarn tuschelten schon bald vom Palazzo del Diavolo des Herrn Fugger. Das war natürlich Wasser auf die Mühlen des Canisius, der seit ein paar Jahren überall Hexen, Teufel, Gottlosigkeit und Unzucht wähnt und heftig dagegen wettert. Wenn nur die böse Saat nicht eines Tages in Flammen aufgeht.«

Er hatte die letzten Worte sehr nachdenklich gesprochen, ging zur Türe und rief nach Regina, die ihm den Haushalt führte, denn seine zweite Frau Sidonia hielt sich mit ihrem jüngst geborenen Säugling und dem Rest der vielköpfigen Familie noch in Augsburg auf. Regina war von der Natur oder ihrem Schöpfer nicht mit herausragender Schönheit gesegnet. Seit eine Hochzeit durch den jähen Unfalltod ihres Verlobten vereitelt war, hatte sie als vom Leben enttäuschte, aber dennoch umgängliche Jungfer verschiedene Anstellungen als Hausmagd. Durch Vermittlung einer Freundin kam sie zu Hans Jakob, wurde von diesem geschätzt und von Sidonia Fugger notgedrungen geduldet. Nicht nur ihr vertrauter Name erinnerte mich stets an meine Mutter, sondern auch ihre warmherzige Art. Sie brachte eine Karaffe mit Wein, zwei Becher und ein großes Stück selbst gebackenen Pflaumenkuchen für den jungen Herrn, von dem sie stets annahm, dass er an Auszehrung litt.

Hans Jakob schenkte die zwei Becher voll, kehrte dann zu dem aufgeschlagenen Buch zurück und empfahl: »Sieh's dir an! Es steckt viel Wahres drin, wirst schon sehen.« Dann zog er sich in seine Schreibstube zurück. Kurz darauf streckte er nochmals den Kopf durch den Türspalt. »Ach, übrigens, wenn du dich für Botanik interessierst, ich kann dich mit Conrad Gesner bekannt machen. Er ist Schweizer Gelehrter und ein berühmter Naturforscher. Er kann dir zeigen, wie man Blüten richtig sammelt, ist allerdings kein Freund dieses Paracelsus, den er einen üblen Scharlatan nennt.« Er hielt mir schmunzelnd eine getrocknete weiße Blüte entgegen.

Bianca Francesca Colleone, die mir die Unschuld nahm, hatte einen Strauß duftender Herbstblumen in ihrer Kammer. Mit hochrotem Kopf erinnerte ich mich daran, dass ich beim Abschied verstohlen eine gefallene Blüte an mich nahm, um sie als Andenken an das Wunder meiner Mannwerdung aufzubewahren. Ich legte sie damals zwischen die Seiten des Rechnungsbuches, in dem ich die Ausgaben und Ereignisse der Reise festhielt, wo sie Hans Jakob jetzt offensichtlich entdeckt hatte. Ich roch an der fragilen Erinnerung, der noch immer ein betörend süßlicher Duft entströmte, und sehnte mich nach der wollüstigen Vereinigung mit der rot gelockten Kurtisane. Obwohl mich Gedanken an ihre geschickten Finger oft in den Schlaf begleiteten, hatte ich danach noch nicht den Mut, das Wunder fleischlicher Wonnen bei Münchens Hübschlerinnen erneut zu suchen.

Mit Vorbehalten und dennoch neugierig wandte ich mich dem Buch zu und betrachtete zunächst den Holzschnitt eingehender. Zwei Männer, die wie Gelehrte aussahen, von denen einer aber eine Narrenkappe trug, hantierten vor einer Feuerstelle mit einem Blasebalg, während ein Narr mit Schellenkappe sich über ein Fass legte und mit einem Knochen im Spundloch rührte. Die Szene allein hätte in mir noch nicht den Eindruck verbotenen Tuns erweckt, es bedurfte erst der Beschreibung:

Man lässt den Wein nicht rein mehr bleiben:
Viel Fälschung tut man mit ihm treiben:

Salpeter, Schwefel, Totenbein,
Pottasche, Senf, Milch, Kraut unrein
Stößt man durchs Spundloch in das Fass.

Es klang wie eine Hexenmixtur. Ich hoffte inständig, dass Hans Jakob Fugger seinen Wein aus guter, reiner Quelle bezog und nicht Knochenfasern oder die Asche eines Verblichenen darin schwammen. Und ich fragte mich, was mein Mentor an dieser Art Lektüre fand.

Ich suchte nach dem Urheber des Werks: ein gewisser Sebastian Brant. Das Buch war nach der Vorrede in hundertzwölf Kapitel unterteilt, jeweils mit einem sprechenden Holzschnitt versehen. Ich überflog die Überschriften und gewann den Eindruck, dass es ausschließlich um menschliche Laster und Schwächen ging, und das in allen Lebensbereichen. War dies etwa das Skizzenbuch eines Predigers, der an Sonn- und Feiertagen saure Moral über die Häupter seiner Schäfchen ausgoss? Als ich tiefer in das Werk eindrang, fand ich erst recht Grund zur Entrüstung, denn der Stubengelehrte hatte all die Laster und Torheiten jeweils mit einem Narren gleichgesetzt: der Narr gleichsam als minderwertiges Abbild von Wirrnis, Verderbtheit und Laster, als Sünde in personam, die sich schon in den Fängen des Teufels befindet. Dies schien mir doch ein starkes Stück und wollte mir in keiner Weise gefallen, denn die einzelnen Kapitel waren in meinen Augen lediglich die simple Aneinanderreihung menschlicher Torheiten, wie sie einem tagein, tagaus in aller Welt begegneten.

Auf dem Holzschnitt zur Vorrede fuhr ein Schiff voller Narren mit fröhlichen Gesängen gen Narragonien, aber recht besehen könnte das Schiff das fiktive Land wohl nie erreichen, denn es verfügte weder über Ruder noch über ein Segel noch über einen Steuermann. Es musste in meinen Augen richtig heißen: »Ein Schiff voll Dummheit nach nirgendwo«, und so stellte ich mir die Rolle eines Narren ganz und gar nicht vor. Er sollte der gewitzte Mahner sein, der die Torheit menschlichen Verhaltens aufspießt und den Spiegel vorhält, aber nicht indem er selbst zum Sinnbild des Lasters wird. Und würde die ganze Welt von Narren bevölkert, dann wäre ja der wahre Narr gewissermaßen ohne Lohn und Brot, denn wen könnte er dann durch seine Späße zur Nachdenklichkeit anregen?

Nein, dieser Herr Brant ging in die Irre, und um es zu beweisen, vergrub ich mich tapfer in eine lateinische Abschrift des Aristoteles aus Hans Jakobs Bibliothek. Und siehe da, Aristoteles bezeichnete als das Wesen der Dinge deren innere und äußere Form, deren Veränderung logischerweise das Wesen berührt. Und er sagt, dass die Lebewesen und Dinge den Keim zur Veränderung bereits in sich tragen, so wie etwa das Ei zum Huhn wird und das Samenkorn zur Pflanze. Nein, dieser Sebastian Brant war ein ausgewachsener Esel, der sich mittlerweile selbst in ein Häufchen Staub verwandelt hatte.

Um nicht zu einem Stubengelehrten seiner Art zu verkommen, hielt ich an meinem Vorsatz fest und übte mich fleißig in all den Künsten, die ein geschickter Narr beherrschen sollte. In Florenz hatte ich fünf kleine Lederbälle erstanden, mit denen ich zu jonglieren begann. Und durch meines Vaters Vermittlung durfte ich das Lautenschlagen erlernen bei einem Freund Orlando di Lassos, der auch die Prinzen unterrichtete. Daneben hatte ich reichlich zu tun mit meinen offiziellen Aufgaben, denn Hans Jakob weilte immer häufiger auf seinem geliebten Landsitz in Taufkirchen, Herzog Albrecht in Dachau oder Starnberg, Wilhelm bei öffentlichen Anlässen in Vertretung seines Vaters und Ferdinand in Ungarn, wohin ihn sein Vater schon kurz nach der Rückkehr aus Italien mit vierhundert Pferden zum Kampf gegen die Türken geschickt hatte.

Wenn also eine neue Sendung von Skulpturen oder Büsten aus Italien kam, musste ich mich um das Auspacken und

Aufstellen kümmern, und ich war in dieser Eigenschaft öfter in der Neuveste anzutreffen, als es den knausrigen Räten der Hofkammer lieb war. Auch meinen Vater sah ich jetzt häufiger oder hatte zumindest die Möglichkeit, mir sein Abbild in der Galerie nochmals genauer anzuschauen.

Obwohl noch aus den Tagen von Herzog Wilhelms Großvater eine strenge Kleiderordnung existierte, die den ständischen Gruppen das jeweils passende und schickliche Tuch zuwies und alle Überflüssigkeit der Kleidung tadelte, ist meines Vaters Gewandung auf dem Gemälde die eines edlen Herren, behangen mit reichlich kostbarem Geschmeide. Und der Rubin seines Rings ist seit alters der Stein hoher Würde, der auch das Herz fröhlich macht.

Nun sind dies freilich bloß Äußerlichkeiten, die ihn zwar schmücken, sein Wesen aber nicht unterstreichen. Dies lässt sich vielmehr seinem Antlitz entnehmen. Legt man hier die ästhetischen Kriterien von Proportio und Integritas zugrunde, also Ebenmaß und Makellosigkeit, so mag das Zusammenspiel der Teile im Ganzen nicht in jeder Hinsicht völlig harmonisch sein, aber es ist doch Gemeinsinn, dass ein winziger Makel das Auge weit mehr erfreut als perfektes Ebenmaß.

Folgt man den Ansichten des Paracelsus, so prägt das obere Gestirn bestimmte physiognomische Eigenschaften beim Menschen aus, und es gibt andere Gelehrte, die von Ähnlichkeiten der Schädelform und Mimik mit diversen Tierköpfen auf die Beschaffenheit von Temperament und Seele schließen.

So spreche zum Beispiel ein langer oder spitzer Kopf für die Dreistigkeit und Frechheit von Krähen, und die hohe, höckerige und gewölbte Stirn habe schon Aristoteles einer Eselsstirn gleichgesetzt, die dumme und unwissende Menschen kennzeichne. Kleine gedrückte Ohren seien Zeichen eines bösen, tückischen Charakters, und eine Stumpfnase weise auf Falschheit und Wankelmütigkeit hin. Ein großer weiter Mund zeige den unverzagten großen Fresser an, und so einer aufgezogene wulstige Lippen hat, neige er zu groben und unverschämten Gebärden wie eine Sau.

Doch in mancher Hinsicht scheinen mir die Autoritäten argen Irrtümern zu unterliegen, denn den Dichter Äsop, der dicke und wulstige Lippen hatte, müsste man demnach einem Affen gleich für einfältig halten, während wir ihm doch die wunderbarsten Fabeln und Schnurren verdanken. Und ebenso wenig wie im Antlitz des weisen Sokrates Ebenmäßigkeit herrschte, war er die verbrecherische Natur, die er den zerrütteten Gesichtszügen und dem Urteil der Physiognomen nach hätte sein müssen.

Was nun meinen Vater betrifft, so bedeckt zwar auf dem Bildnis die Kappe seine Ohren, aber ich bezeuge aus eigener Anschauung, dass sie groß und wohl gestaltet waren, und da seine dunklen Augen für Gesundheit sprachen, lässt sich in summa nur sagen, dass er ein stattlicher Mann war, den Meister Mielich trefflich in Szene setzte. Und so man schon einen tierischen Vergleich bemühen will, fand der Künstler auch hierbei den vorzüglichen Ausdruck, indem er den Löwen wählte, nicht von ungefähr seines Herren Wappentier, das sich ihm zutraulich um die Schultern schmiegt.

Nun weiß man ja, dass aus Schönheit nicht nur Gutes erwächst, denn was wäre – um nur dies als exemplum anzuführen – den Griechen und Troja erspart geblieben, hätte Helena auch nur die kleinste Warze auf ihrer Stirn gehabt.

Da ich zuvor von einem kleinen Makel sprach, sei deshalb noch bemerkt, dass meines Vaters linker Schneidezahn ein wenig aus der Reihe tanzte und sich einem exaltierten Mimen gleich in den Vordergrund spielte. Aber dies Zeichen scheint mir eines echten Narren würdig, da es doch seine Profession ist, sich jeglicher Gleichheit und träger Norm zu widersetzen.

Eines bleibt noch festzuhalten: Seine Nase war weder spitz

noch stumpf, war nicht lang und nach unten gebogen, und sie glich auch keinem Haken nach der Art des Kaisers, sie war … sie glich … nun ja, am ehesten dem Körperteil, den eine Elle tiefer die Schamkapsel verbarg und der beizeiten zu stolzer Größe heranwuchs. Aber während der bedauernswerte Priapus nur ein hölzerner Klotz aus Feigenholz war, der nur als Vogelscheuche taugte und keine Nymphe beglücken konnte, entlockte Mertl, der fleißige Narr – nicht eben zur Freude meiner Mutter – den Damen manch fröhlichen Jauchzer.

Dreizehntes Kapitel

Durch den matten Lichtschein, der in unsere noble Behausung fiel, und durch den Lärm, der vom Markt her bis in das vordere Kellergewölbe drang, konnten wir ein klein wenig am Leben draußen teilhaben und wenigstens die Tageszeit ermessen. Dennoch schlich die Zeit nur elend langsam dahin, und um sie angenehmer zu vertreiben, ließen wir selbst kindliche Abzählverse und Ratespiele wiederaufleben, bis einer der Schulmeister auf die Idee kam, wir sollten uns Geschichten aus unserem Leben erzählen. Das war im Falle der beiden Federfuchser nicht sehr ergiebig, denn ihr Leben verlief annähernd gleich und führte aus einem Haufen hungriger Mäuler heraus über die Schulbank justament erneut in die Schule und eine Schar hungriger Bälger hinein, nur diesmal als Lehrer und Erzeuger der eigenen Misere.

»Michel«, fing nach einer Weile des Schweigens der jüngere Schulmeister wieder an, »du bist zwar auch kein Riese, aber wenigstens nicht missgestaltet, und du scheinst auch nicht wirklich blödsinnig zu sein. Wie kommt es, dass du zum Hofnarren wurdest?«

Caspar hieß er, Caspar Münchner. Zu anderer Zeit hätte ich dem frechen Kerl, der dem geläufigen Narrenbild verhaftet war, einfach eine Nase gedreht oder ihn aufs Maul gehauen, so aber hatte ich Zeit und Muße, den Herren Schulmeistern, die mir etwas zu keck wurden, eine Lektion zu erteilen.

»Wie hat ein Narr in euren Augen auszusehen?«, fragte ich streng.

»Na ja«, wand sich der Jüngere stotternd, »s-so mit Schellenkappe und Keule und irgendwie krumm und blödgesichtig …«

»Etwa mit einem krummen Zinken im Gesicht und Lippen, so wulstig wie ein Fischmaul?«

»S-so in der Art, ja.«

»Elender!«, polterte ich. »Du erdreistest dich, Kaiser Maximilian, den stolzen Ritter, einen Narren zu heißen? Oder den erhabenen Kaiser Karl, dem das zahnlose Maul beizeiten so offen stand, dass es hineinregnen konnte?«

»Ich … äh … nein, gewiss nicht.« Sein Kopf verschwand fast im Kragen.

»Du gibst also zu, dass einer wie ein Narr aussehen und zugleich von höchster Geburt sein kann?«

»Aber ja.«

»Maximilian hat im Übrigen trotz seines Makels mehr Weiber betört, als dir jemals nachgegafft haben«, legte ich nach,

»und er hat mehr Bälger gezeugt, als du jemals ernähren könntest.«

Den einen Tintenschmierer hatte ich schon kleinlaut geredet, den anderen herrschte ich an: »Wie sieht wohl der Teufel aus? Mit Hörnern, Bocksfuß und Schwanz?«

»So sagt man. Ich hab zum Glück noch keinen …«

»Sehe ich etwa wie der Teufel aus?«

»Aber nein, Michel, nicht doch.«

»Man sagt aber, der Teufel nehme vielerlei Gestalt an und so Neunmalkluge wie du haben den Narren schon oft gleichgesetzt mit dem Teufel, der der Ursprung aller Narrheit sei.« Ich ging auf den Schulmeister Hans zu und behämmerte mit meinem Zeigefinger seine Brust: »Was bin ich also? Teufel, Narr, beides? Teuflischer Narr oder närrischer Teufel? Und o Wunder, es gibt sogar den Narren in Christo! Der heilige Franz von Assisi hat auf den Papst geschissen und die Armut zum Evangelium erklärt …«

»Halt ein!«, forderte Alexander Secundus Freisinger als Anwalt der beiden Tröpfe lachend. »Du verwirrst die armen Kerle vollends.«

»Arme Kerle«, schnaubte ich verächtlich, »Dummschädel, die sich schlau dünken und ihr holpriges Latein zugutehalten. Esel sind sie alle beide, quod erat expectandum, quod erat demonstrandum!«

Ich hatte mich hinreißen lassen und erschrak schier über mich selbst. War ich durch die zermürbende Zeit im Kerker schon so biestig geworden?

»Nun gut«, sagte ich versöhnlich, »wir sind uns also einig, dass es auch wohlgestaltete und kluge Narren gibt. Dann will ich euch erzählen, wie es dazu kam.« Ich setzte dazu bei der großen Hochzeit meines fürstlichen Brotherrn an. »Es war genau vor dreißig Jahren, da beherbergte diese Stadt in den späten Februartagen die Noblen des Reiches und Gäste vieler Länder. Ihr könnt euch die Pracht und das Getümmel kaum vorstellen, als Prinz Wilhelm aus dem Haus Bayern mit Renata von Lothringen vermählt wurde. Man sagt, selbst Doktor Faustus, der unheimliche Magier …«

»Der Teufelsbündner?«, klang es erschrocken.

»Wer sonst?«, schnauzte ich. »Selbst Doktor Georg Faust schwebte eilends auf seinem Zaubermantel herbei und mischte sich unter die Menge, um das Schauspiel zu genießen.«

Ich musste den Klugscheißern ja nicht auf die Nase binden, dass es auch Leute gab, die behaupteten, den Schwarzmagier habe lange davor schon der Teufel in Gestalt eines riesigen Hundes zerrissen.

»Die Reiter waren herausgeputzt mit blitzendem Kürass und Federspiel am Hut, zu Ehren der Braut in den gelb-weiß-roten Landesfarben Lothringens. Erzherzog Ferdinand kam mit gut siebenhundert Pferden aus Tirol, sein Bruder Karl mit achthundert Rössern aus der Steiermark, und noch Augsburgs Kardinal, Otto Truchsess von Waldburg, der als Gesandter des Papstes die Trauung vollzog, führte weit über hundert Pferde mit sich. Die Stadt versank schier im Pferdemist, der wabernd auf den Straßen dampfte, weil es klirrend kalt war in jenen Tagen. Herzog Albrecht hatte zwar für einen späteren Termin plädiert, aber Kaiser Maximilian bestand auf den Tagen des Karnevals für das Spektakel. Es ging ihm dabei gewiss nicht um die Einhaltung der Fastenzeit, denn man sagte ihm unziemliche Sympathien für die Protestanten nach. Und der Kaiser war dann selbst auch gar nicht dabei. Er rang zur selben Zeit fernab mit den Türken um einen Friedensvertrag.

Am frühen Samstagmorgen ritt bei eisigem Nordwind der aufgeregte Wilhelm mit seinem Gefolge nach Westen, wo in einem Zelt beim Dorf Neuhausen die Braut ihrem Zukünftigen entgegenfieberte. Die Brautleute waren sich zuvor schon bei ihrer Verlobung in Lothringen begegnet, und es hieß, sie seien sich von Anfang an zugetan gewesen. Die Brautmutter Christina habe ihren Schwiegersohn sogleich ans Herz gedrückt und ihn sogar aufs Maul geküsst, wie Herzogin Anna, Wilhelms Mutter, unverblümt berichtete. Und ich kann nur sagen, Wilhelm hatte in den kommenden Jahren alle Mühe, sich wieder aus den Fängen seiner Schwiegermutter zu befreien.«

Die beiden Schulmeister grinsten wissend.

»Als die ersten der fünfeinhalbtausend Reiter unter Jubel, Trompetenschall und Kanonendonner das Neuhauser Tor in München erreichten, da hatte die Braut draußen im Dorf noch nicht einmal den vergoldeten, von sechs Schimmeln gezogenen Brautwagen bestiegen. Viel hätte sich das Brautpaar auf dem langen Weg in die Stadt und nach Segen und Te Deum im Dom zu Unserer Lieben Frau zu sagen gehabt, aber die liebliche Renata sprach weder Deutsch noch Latein, und Wilhelm war des Französischen noch kaum mächtig. Anderntags fand die Vermählung statt, und nachdem der Kardinal Renata den kostbaren Ring angesteckt und Wilhelm den kunstvoll geflochtenen Kranz aufs Haupt gesetzt hatte, schob sich bei heiterem Himmel der Festzug durch die dicht gedrängten Bürger und Gaffer zur Neuveste, wo das Hochzeitsmahl stattfand.

Es hatte in den Jahren zuvor viel Misswuchs und Teuerung geherrscht, und die Stadt hatte, um die Ernährung ihrer Bürger zu sichern, viele Gulden für Getreideankauf ausgeben müssen. Herzog Albrecht aber hatte zwei Wochen vor der Hochzeit allein den Metzgern der Stadt zweitausend Gulden auszahlen lassen, um fünfhundert ungarische Ochsen zu besorgen. Das Hochzeitsmahl war ein Fest der Sinne und eine einzige Völlerei.«

Die Schulmeister schluckten. Ich konnte förmlich sehen, wie ihnen das Wasser im Mund zusammenlief.

»An der langen Tafel im festlich geschmückten Georgssaal waren vierzig Gedecke für die hochrangigsten Gäste vorbereitet. Dazwischen glänzten zwei Dutzend silberne und goldene Schiffchen oder Galeeren als Salzgefäße, Meisterwerke Augsburger und Nürnberger Goldschmiedekunst. Den Tischdienst versahen selbstredend nur Grafen, Barone und andere Herren von Adel. Nachdem das Brautpaar unter einem goldbestickten Thronhimmel Platz genommen hatte, trugen die vier Marschälle zu Pauken und Trompeten das erste Gericht auf, denen unzählige Gänge folgten, untermalt von den Klängen der Hofkapelle, die Madrigale und Motetten Orlando di Lassos aufführten.«

»Verdammt, ich bekomme Hunger«, knurrte der Prokurator. »Wo bleibt nur unser köstliches Mittagsmahl?«

»Ich versichere euch, ihr hättet das Maul gar nicht mehr zubekommen, nicht nur wegen der Köstlichkeiten, allein schon vor Staunen. Die Tafel war überhäuft mit gefüllten Kapaunen, Fasanen, Hasel- und Rebhühnern, mit geschmorten Lamm- und Ferkelbraten auf Granatapfelgelee, glasierten Wildschweinköpfen in Burgunder- und Pfeffersoße, gespickten Hirschkeulen und Hasenpasteten, dazu geräucherte Renke, Aalsülze und Hecht aus bayerischen Seen, unzählige Schüsseln mit erlesenen Salaten, Früchte aus Italien, Schmalzkrapfen nach Tiroler Art, Konfekt aus Mailand und Paris ...«

»Halt ein«, flehten die spindeldürren Schulmeister, »das kann doch kein einzelner Magen vertragen.«

»Eine Frage der Übung«, sagte ich nüchtern, »und die Herrschaften können sich auch die nötigen Ellen kostbaren Tuches leisten, um danach den Wanst zusammenzuhalten. Euch mag's übertrieben erscheinen, aber für die Tafelgäste war weniger die Speisenfolge ungewöhnlich als vielmehr das künstlerische Drumherum, denn zu den einzelnen Gängen wurden als Tischzierde wahre Kunstwerke aufgetragen. Da gab es goldene Schiffe mit bemalten Wachsfiguren, die Szenen aus der Bibel darstellten. Kunstvolle Automaten bewegten sich als turnierende Ritter mit eingelegter Lanze aufeinander zu. Riesige Backwerke wurden hereingetragen in Form von Labyrinthen oder als Kutschen, deren Räder sich bewegten. Mit den Früchten kamen drei Gärten auf die Tafel, in denen sich Göttinnen vergnügten. Und inmitten des Konfekts imponierte eine Darstellung des Ölbergs, bei der selbst Judas, der Verräter, aus Zucker gefertigt war.«

»Judas aus Zucker«, prustete Alexander Secundus Freisinger, »welch närrischer Einfall.«

»Das Verrückteste kommt erst noch«, sagte ich, »denn Erzherzog Ferdinand, stets eitel darauf bedacht, Eindruck zu erwecken, gönnte den verblüfften Gästen einen besonderen Spaß. Zu Posaunen- und Hörnerklang wurde eine riesige Pastete hereingefahren. Während sich selbst die dickbäuchigsten Schlemmer fragten, wer dies noch essen solle, durchbrach plötzlich ein Menschlein das Teiggebilde, sprang mit Hurra auf die Tafel und stolzierte mit krummen Beinen auf das Brautpaar zu. Es war aber kein Automat, sondern Thomele, Ferdinands Zwerg, dem der Erzherzog eigens dafür eine glänzend weiße Rüstung hatte anpassen lassen. Thomele wischte mit der Linken Teigfetzen ab, zog mit der Rechten seinen Zahnstocher und wirbelte das Schwertchen wild durch die Luft. Dann ließ er mehrmals das Brautpaar hochleben und gab artig den fürstlichen Gästen der Reihe nach seine teigverschmierte Hand.«

»Wie kam das Bürschchen in die Pastete?«, wollten die Schulmeister mit plötzlich erwachtem Lerneifer wissen. »Warum ist es nicht jämmerlich verbrannt?«

»Das fragten sich die hohen Herrschaften auch, und nicht nur die Damen waren hingerissen vom Auftritt des Hänflings. Nur einer war wenig erbaut von dem Spektakel.«

»Der Kardinal?«

»Mein Vater, Mertl Witz, des bayerischen Herzogs Hofnarr.«

»Ein Narr, der keinen Spaß versteht?«, lachte einer der Klugscheißer ungläubig.

»Esel!«, schalt ich ihn. »Es waren für einen Hofnarren schwierige Tage, denn abgesehen von Thomeles Auftritt gab es eigens bestellte Komödianten aus Italien, die mit ihren Lazzi unterhielten, munteren Einlagen mit übertriebener Mimik und Gestik, deren Sinn und Witz jedermann auch ohne Sprachkenntnis sogleich verstand. Und auch andere Gäste hatten ihre Spaßmacher dabei. In all dem Gewusel von Tischdienern, Automaten, Musikern und Komödianten war es für meinen Vater schwierig, sich Gehör und Geltung zu verschaffen. Er kam daher auf eine andere Idee, und dazu brauchte er mich.«

»Aha«, frotzelte der Prokurator, »der Beginn einer großen Karriere.«

»Zunächst eher schmerzhaft«, sagte ich in Erinnerung der Hiebe. »Die erlauchten Gäste fanden nicht alle im Georgssaal Platz und wurden auf angrenzende Räume verteilt. Der Zwergensprung aus der Pastete war zwar rasch in aller Munde, es hatten ihn aber nur wenige mit eigenen Augen gesehen. Mertl ersann daher für das Mittagsmahl anderntags eine Wiederholung des Schauspiels in anderer Weise. In der großen Rundstube speisten Wilhelms Brüder, der bayerische Ferdinand, dem ich nach Italien gefolgt war, und der Jüngling Ernst, seit einem Jahr mehr widerwillig als ehrgeizig Bischof von Freising. Zwischen ihnen saß Dorothea von Lothringen, die jüngere Schwester der Braut, und zur Rechten Ferdinands verschoss Amelie, eine lothringische Ehrendame, feurige Blicke.«

Dorothea erinnerte mich an meine Mutter. Eigentlich war sie als Gemahlin Wilhelms vorgesehen und als die hübschere der beiden Schwestern angepriesen worden, aber Herzog Albrecht hatte sie wegen eines Makels am Bein als Braut abgelehnt. Amelie wiederum weckte in mir die Erinnerung an Bianca Francesca Colleone, die wollüstige Kurtisane.

»Auf Ferdinand in seiner strahlend weißen Kleidung, die mit silbernen Borten verziert war, fiel manch sehnsuchtsvoller Damenblick. Er selbst jedoch hatte nur Augen für den übertriebenen Putz und freizügigen Brustansatz Amelies, während sich der minderjährige Bischof dem Liebreiz Dorotheas mehr widmete, als sich geziemte.

Das Turteln wurde unterbrochen durch unseren Tumult an der Türe. Mein Vater hatte mich am Kragen gepackt und versuchte, mich in den Saal zu ziehen, während ich lautstark in die andere Richtung zerrte. Zwei Küchenburschen kamen ihm zu Hilfe. Sie schoben ein flaches Wägelchen herein und drückten mich darauf nieder. Ich wehrte mich nach Kräften, sodass Mertl, der im Narrenornat auftrat, mit seiner Keule auf mich einschlug. Er tat dies so beherzt, dass hinterher auch meine blauen Flecke überzeugend aussahen.

›Wirst du wohl stillhalten, du Zwerg …‹

Ich kauerte mich Schutz suchend auf dem Wägelchen zusammen. Mertl schwang sich triumphierend auf meinen Rücken, schob mir die Keule unter die Achsel und stülpte mir seine Schellenkappe auf den Kopf. Er genoss die Aufmerksamkeit, und obwohl sich noch keiner einen Reim auf das merkwürdige Spiel machen konnte, war der Saal erfüllt von schallendem Gelächter.«

Auch die Schulmeister lachten an dieser Stelle herzhaft. Wahrscheinlich gefiel ihnen die Vorstellung, dass ich Prügel bezogen hatte. Ich rümpfte missbilligend die Nase und fuhr fort: »Der Küchenmeister war vergrämt über das Gewusel in der Küche, denn der Erzherzog hatte noch seine eigenen Küchenhilfen mitgebracht, und die hatten am Vortag wegen dieser protzigen Pastete das geordnete Reich zum Vorhof der Hölle gemacht. Die gesamte Hofküche war daher zu einem Streich gut aufgelegt. Auch Orlando di Lasso war eingeweiht. Die Kapelle spielte eine flotte Tarantella, und auf Mertls Pfiff hin stürmten Küchenjungen mit großen Kuchenplatten in der Art riesiger Lebkuchen in den Raum und begannen, mich damit zu ummauern. Sie zurrten die wackeligen Wände mit einer breiten Schleife in den lothringischen Farben fest und schmierten die Kanten grob mit Butter und einer Zuckermasse zu. Obenauf platzierte der Küchenmeister höchstselbst eine mehrstöckige Sahnetorte mit kandierten Früchten.

Inzwischen hatten die Gäste das Spektakel durchschaut. Das rasch improvisierte fragile Kunstwerk konnte sich mit einem Stegreif-Intermezzo der italienischen Komödianten allemal messen. Orlando ließ den Tanz in eine feierlich getragene Weise übergehen, und unter dem Beifall der Gäste schob Mertl winkend und sich verneigend den Kuchenwagen in den Saal hinein.

Es war vereinbart, dass nach einem Tusch ein Küchenjunge erst die Torte sichern sollte, ehe ich aus dem Backwerk sprang. Ich weiß nicht mehr aus welchem Grund – vielleicht hatte ich mich verhört oder mein Bein war eingeschlafen –, jedenfalls sprang ich zur Unzeit aus meinem Kuchengefängnis, und der Deckel flog auch noch in die falsche Richtung, sodass die Torte just vor Amelie auf die Tafel knallte, deren freizügiges Dekolleté mit einem Schlag von einem züchtigen weißen Sahneschleier bedeckt war.

Erst schrien die Gäste auf, dann bebte der Saal vor Lachen. Ferdinand heuchelte Bedauern und ergriff die Gelegenheit, mit einem Seidentuch Amelies Balkon zu säubern, doch die stieß brüsk seine Hand zurück und ließ sich zeternd von den anderen Ehrendamen aus dem Saal geleiten. Nun zog Ferdinand alle Register, hielt sich wohl für Lohengrin, den strahlend weißen Schwanenritter, entriss mir die Keule und trieb mich damit an Amelie vorbei den Gang entlang: ›Elender, ich lass dich auspeitschen, nimmermehr wirst du …‹ Erst außer Sichtweite der Damen ließ er von dem schmerzhaften Unsinn ab, drückte mir die Keule wieder in die Hand und sagte grinsend: ›In dir steckt doch ein wahrer Narr.‹«

»Die Kleinen müssen's immer ausbaden«, kommentierte der Prokurator mehr sachlich als mitfühlend.

»Wieso? Er hat's doch angezettelt.«

Ich strafte die vorwitzige Schülerplage mit Missachtung und setzte meine Erzählung fort: »In den Tagen nach dem Festmahl folgte ein Turnier dem anderen. Mal war es ein harmloses Ringrennen, mal ein Turnier zu Fuß und schließlich ein Rennen über die Planken, bei dem Erzherzog Karl aus den zitternden Händen von Wilhelms Schwester Maria den Siegespreis erhielt. Sie schaute Karl dabei so tief in die Augen, dass der sie drei Jahre später selbst als Braut heimführte. Ferdinand aber wurde an diesem Tag als der schönste aller Ritter gekürt, was seinem Stolz ungeheuren Auftrieb verlieh.

Bei einem lustigen Kübelstechen auf dem Schrannenplatz wollte mein Vater noch einen draufsetzen. Der ganze Markt war mit Sand zugeschüttet, und an den geschmückten Fenstern und Balkonen der Häuser ringsum rangen die Vornehmen um die Plätze mit bester Sicht. Es war kein ernsthaftes Turnier. Vierzehn Hofjunker wurden dazu ausgewählt und an Oberkörper und Armen dick mit Heu ausgeschoppt, sodass sie vom Stoß der Lanzen, die statt einer Spitze nur eine runde Scheibe hatten, kaum verletzt wurden. Auf dem Kopf trugen die Spaßritter statt eines Helms einen hölzernen Kübel, der mit allerlei witzigem Zierrat versehen war. Da einer sich gar eine Narrenkappe gewählt hatte, war es nur folgerichtig, dass der echte Hofnarr des Herzogs sich ebenfalls ins Getümmel stürzte.

Auch die Pferde der Junker hatten ein eher erbärmliches Aussehen und trugen nur kleine Sättel ohne Gurte, sodass ihre Reiter bei kleinster Berührung unter dem Gejohle der Zuschauer mitsamt dem Sattel in den schneebedeckten Sand fielen. Mein Vater konnte den Narren eines Gastes dazu bewegen, mit ihm unter einer Pferdedecke mit vorgehaltenem Strohkopf ein Streitross zu mimen. Diesmal forderte ich den Platz obenauf und dirigierte den lahmen Gaul, indem ich Mertls Flanke mit der Keule traktierte. So querten wir unverfroren den Lauf der tapferen Streiter und brachten sie dadurch ins Straucheln, oder ich hieb sie mit meiner Keule aus dem Sattel. Zwischendurch schwang ich mich auf den Rücken meines absonderlichen Gauls und gab meine Jonglierkunst zum Besten. Es war ein großer Spaß zum Gaudium des Publikums, der ohne Kampfpreis ausgetragen wurde. Beim Nachtmahl aber ließ Ferdinand ganz generös meinen Vater und mich vortreten und schlug uns mit der Keule zu ritterlichen Narren und Strohrittern ehrenhalber, was der Beginn meiner Laufbahn war. Jetzt dürft ihr applaudieren.«

Aber die Schulmeister gähnten und fühlten sich zu keinem Beifall bemüßigt. Was hatten sie erwartet? Dass mich der Kaiser höchstpersönlich in Amt und Würden setzte? Einerlei. Jedenfalls ging durch Ferdinands Protektion mein lang gehegter Wunsch in Erfüllung. Ich durfte mit Wilhelm nach Landshut reisen, um als Narr seinen jungen Hofstaat auf Burg Trausnitz zu bereichern.

Zuvor bedachte mich Ferdinand noch mit einer delikaten Aufgabe. Amelie, die Schönheit aus Lothringen, ging ihm nicht aus dem Kopf. Er wollte ein Stelldichein mit ihr. Als höfischer Kavalier flüsterte er ihr sein Anliegen nicht selbst beim Mahl oder Tanz ins Ohr, sondern schickte mich mit einer Botschaft zu ihr. In Erwartung eines neuerlichen Anschlags schreckte die Umworbene erst zurück, überflog dann doch die Zeilen und versicherte sich in plötzlicher Verzückung: »Ferdinand?«

»Oui«, sagte ich.

»Ferdinand, le duc d'Austriche?«

»Oui, oui«, sagte ich unter Aufbietung all meiner Sprachkenntnisse.

Sie gab mir die Botschaft zurück mit einem Schwall von

Beteuerungen, denen ich entnahm, dass sie mit Zeitpunkt und Ort einverstanden war.

Zufrieden überbrachte ich Ferdinand die Antwort, und er bestand darauf, dass ich die Angehimmelte zum Ort des Stelldicheins geleiten sollte. Ich erwartete sie also zum vereinbarten Zeitpunkt am östlichen Ausgang der Neuveste und führte sie über die schmale Brücke hinüber zum Hofgarten, in dessen Mitte ein Lusthaus errichtet war. Zu meiner Verwunderung zierten das erste Stockwerk eine Reihe von Schlachtgemälden, unter anderem die Alexanderschlacht, bei der es von ritterlichen Streitern nur so wimmelte, aber vielleicht, so sagte ich mir, setzen die hohen Herren ihr Werben, das zumeist weniger auf Liebe als auf dynastischem Kalkül beruht, eher mit einer Schlacht als mit zarten Liebesschwüren gleich.

Anderntags berichtete Ferdinand mürrisch, dass Amelie nicht sogleich seiner Strahlkraft erlegen sei, sondern sich gespreizt habe, als erwarte sie jemand anderen. Erst viel später erfuhr ich, dass das berechnende Frauenzimmer von einem Treffen mit Erzherzog Ferdinand aus dem Hause Habsburg geträumt hatte, doch ihr Sehnen blieb dauerhaft unerfüllt, denn was nur wenige Eingeweihte zu diesem Zeitpunkt wussten: Ferdinand von Österreich war bereits seit Jahren in nicht standesgemäßer und geheim gehaltener Ehe zur linken Hand mit der bürgerlichen Kaufmannstochter Philippine von Welser verbunden.

Mitte des Jahres nahm ich Abschied von meinem Vater, meiner Heimatstadt München und meiner unbeschwerten Jugend und fand mich bei der Lände an der Isar ein, denn die Reise nach Landshut sollte per Schiff erfolgen. Ich sprang unbekümmert an Deck, warf meinen Ranzen auf die Planken und streckte mich in seliger Erwartung glücklicher Tage, als mich plötzlich ein bekanntes Gesicht anstarrte.

»Du?«

»Benedicite«, stammelte ich, mehr als Beschwörung denn als Gruß, denn das kantige Gesicht, das mich wie das Haupt der Medusa schreckte, gehörte niemand anderem als Pater Mengin, der mich aus seinen Exerzitien verbannt hatte und jetzt als Beichtvater der Herzogin die Reise mit antrat.

»Deus! Die Prüfungen unseres Herrn sind mannigfaltig«, gab er noch von sich, während ich mich vorbeidrängte. Und gleich darauf hatte ich ein erfreulicheres Wiedersehen. Amelie streckte den Kopf aus einer der Kajüten und schrillte voll Freude: »Qu'as-tu à voir ici? Quelle merde!«

»Nein«, erwiderte ich selbstsicher, »nicht Mertl, Michel … Mischäääll«, wiederholte ich im singenden Tonfall ihrer Sprache und war mir sicher, damit ihre Zuneigung zu gewinnen.

Vierzehntes Kapitel

WIE ANGEKÜNDIGT, LIESS Andre sich freitags nicht blicken.

Die Nacht zum Samstag wurde nicht nur durch das Schnarchen der Schulmeister zur Qual, sondern mehr noch durch Albträume, schreckliche Erinnerungen und düstere Vorahnungen. Es war ja erst wenige Jahre her, dass man ein paar erbarmungswürdige Witwen als angebliche Hexen auf dem Marktplatz verbrannt hatte. Ich hatte plötzlich wieder den Geruch versengten Fleisches in der Nase, und das gehässige Geschrei der Menschenmenge tobte in meinen Ohren. Einige der gnadenlosen Herren, die damals geurteilt hatten, gehörten auch jetzt noch dem Hofrat oder der Universität an. Alles würde wohl darauf ankommen, ob die Angelegenheit beim Stadtgericht blieb oder von herzoglicher Obrigkeit entschieden wurde.

Ich fragte mich, inwieweit Andre überhaupt Einfluss nehmen konnte. Als innerer Rat und Bürgermeister hatte er im Stadtrat sicherlich eine gewichtige Stimme, aber was würde sie gegenüber dem Hofrat bewirken, der sich aus den Adeligen der Ritterbank und einer wachsenden Zahl Gelehrter zusammensetzte, und der sich immer mehr in Belange der Stadt einmischte oder hochnäsig darüber hinwegsetzte?

Über zehn Tage verharrten wir nun schon unter widrigsten Umständen in quälender Ungewissheit, und dabei ging es uns vieren noch weitaus besser als dem restlichen Haufen in den Keuchen gegenüber. Selbst Alexander Secundus Freisinger, der bislang noch immer eine gewisse Würde bewahrt und zur Ruhe gemahnt hatte, erschien mir an diesem Sonntagmorgen auffallend nervös und fahrig. Und als Caspar, der jüngere Schulmeister, in ihn drang, er habe noch gar nichts von sich berichtet und möge auch einmal zur Ablenkung etwas Erheiterndes beitragen, da reagierte der Prokurator regelrecht gereizt.

»Erheiternd?«, knurrte er. »Soll ich für euch Possen reißen oder auf Händen laufen? Ich hatte schließlich schon einmal das zweifelhafte Vergnügen.«

»Welches Vergnügen?«

Der Freisinger zog sich seinen Rock enger um die Schultern, als ob ihn fröstelte. »Das Vergnügen, Gast in der Fronfeste im Falkenturm zu sein.«

Ich hatte das Gefühl, dass es in unserem Verlies schlagartig kälter wurde.

»Was habt Ihr angestellt?«, fragte Schulmeister Hans arglos.

»Angestellt?«, fauchte der Prokurator. »Gutmütig und dämlich war ich und noch besessen von dem irrsinnigen Glauben, dass unser frommer Fürst gerecht sei.«

So hatte ich ihn noch nie sprechen gehört. Es musste wahrlich Übles geschehen sein, was ihn so verbittert hatte.

»Wollt Ihr's uns erzählen?«, drang ich nun selbst vorsichtig in ihn, begierig, den Grund für seine persönliche Bekanntschaft mit dem Malefizgericht zu erfahren.

»Es ist fast auf den Tag genau zehn Jahre her ...«, begann der Prokurator schleppend. Es war ihm anzusehen, wie schwer es ihm fiel, die Erinnerung aufleben zu lassen. »Im Osten von München, schon nahe bei Aibling und Rosenheim, liegt das Atteltal. Dort mahlte seit vielen Jahren Veit Teufelmüller den Bauern der umliegenden Dörfer das Getreide.«

Die Schulmeister sahen sich fragend an. »Teufelmüller?«, raunte der eine. »Hat der etwa auch ...«

»Maul halten!«, forderte ich unwirsch.

Alexander Secundus Freisinger ging nachsichtig lächelnd auf die besorgte Frage ein: »Den Müllern werden zwar von jeher magische Bräuche und verbotener Zauber nachgesagt, aber so wenig wie ihr etwas mit dem Teufel am Hut habt, so wenig hatte es der Teufelmüller, ganz gleich, woher sein Name rühren mag. Seine einzigen Fehler waren der Drang nach Gerechtigkeit und verteufelte Sturheit.«

Er befeuchtete seine trockene Kehle mit einem Schluck aus dem Wasserkrug.

»Immer wenn die Attel Hochwasser führte, war das Mühlrad durch den hohen Druck gefährdet, und der Müller oder sein Knecht zogen dann das Ablassgatter hoch, damit das überschüssige Wasser in die Altach sprudeln konnte, die sich auf dem Umweg über den Röhrenbach hinter dem Dorf Aßling wieder mit der Attel vereinigte. Zum Gegenstand unseligen

Streites wurden nun ein paar Karpfen und Hechte, die beim Öffnen der Schleuse in den Ablassgraben gespült wurden, aus dem sie die Aßlinger hocherfreut mit Reißnetzen fischten. Zur Mühle gehörte noch ein kleiner Bauerngrund, dessen Inhaber ursprünglich einem Adelsgeschlecht zinspflichtig war, das weiter nördlich auf Schloss Aichbichl residierte. Das hatte vor Jahren Hieronymus Pronner, fürstlicher Hofrat und Landschaftskanzler, mit allen Liegenschaften und Rechten erworben. Der alte Pronner war zwar als Lizenziat der Rechte ein Fuchs in finanziellen Dingen, sehr zur Freude des Herzogs, machte aber wegen der paar Fische kein Aufhebens. Mit ihm war gut auskommen. Sein Sohn Albrecht aber, inzwischen Schlossherr und ritterlicher Hofrat Herzog Wilhelms, behauptete eines Tages, dass das Fischrecht auf der Attel seit alters den Herren von Aichbichl zustehe, und er untersagte somit bei Strafandrohung dem Teufelmüller und den Aßlingern jegliches Fischen.«

»Meines Wissens«, warf ich ein, »werden die Hofräte ganz unterschiedlich besoldet, und der Pronner scheint da nicht sehr gut weggekommen zu sein. Vielleicht weil er sich mehr um seine Güter als um die Ratsgeschäfte gekümmert hat. Wilhelm hat so manches Mal gestöhnt über Bittgesuche für Gnadengelder und Pflegestellen, wo er doch selbst keinen Gulden übrig hatte. Und ich meine, da ist des Öfteren auch der Name Pronner gefallen.«

»Deshalb wird er hinter jedem Fischschwanz her sein …«

»Wie der Teufel hinter den Seelen«, witzelten die Schulmeister.

»Nicht nur das«, fuhr der Prokurator fort, »er hat es sich auch mit den umliegenden Dörfern verdorben. Er hat ihnen verboten, die Attel als Viehtränke zu nutzen, hat das Flachsreißen im Röhrenbach untersagt und hat den Pörsdorfern ihren Weiher weggenommen und ihn eingezäunt.«

»So ein feiner Herr kann sich wohl alles erlauben.«

»Verklagen müsste man ihn.« Die Tintenkleckser ereiferten sich regelrecht.

»Verklagen müsste man ihn«, wiederholte Alexander Secundus Freisinger langsam und schnaubte dann verächtlich. »Das dachte sich der Teufelmüller auch, denn er hielt den Ablassgraben für Gemeindewasser, aus dem sich die Nachbarschaft seit Urzeiten ungestraft mit Fischen für die Fest- und Fasttage versorgen durfte. Und die erzürnten Dörfler waren leicht davon zu überzeugen, dass der Emporkömmling Pronner gegen gutes altes Recht verstoße, da mochte der Pfarrer noch so sehr sonntags von der Kanzel herab predigen, dass sich treue Untertanen nicht gegen ihre von Gott eingesetzte Obrigkeit auflehnen dürften. Sie beschlossen also zu klagen.«

»Und da habt Ihr ...«, drängelte der jüngere Schulmeister vorwitzig.

»Nein«, sagte der Prokurator, »ich weiß nicht mehr, wer die Klageschrift erstellt hat, aber noch ehe sie dem Hofrat zugestellt wurde, scheint der schon vom Landrichter in Schwaben darüber informiert worden zu sein.«

»Tja«, sagte ich aus eigener Erfahrung, »manche Vorgänge verrotten in den Kanzleien, und manche gehen schneller vonstatten als einem lieb ist.«

»Zunächst ließ es sich gut an«, erklärte der Prokurator. »Vierzehn Dörfler wurden im Herbst ins Landgericht bestellt, um dort im Zeugenstand auszusagen. Sie fuhren hoffnungsvoll im Leiterwagen dorthin, und selbst Pronners eigener Fischereibeauftragter sagte aus, dass an der Attel zu allen Zeiten frei gefischt worden sei. Im Hochgefühl dieses Erfolges erwarteten sie, dass nun bei einem baldigen Gerichtstermin auch der Hofrat Pronner sich auf die Klagen einlassen müsse, aber nichts dergleichen geschah. Im Gegenteil. Das gesamte folgende Jahr verstrich, ohne dass sich etwas bewegte.«

»Wie ich schon sagte.«

»Jaja, aber es ist nur die halbe Wahrheit, denn im Hintergrund bewegte sich durchaus etwas. Der Pronner schickte seine Spitzel aus, und bald waren natürlich der Teufelmüller als Anstifter und etliche Nachbarn, die zu ihm hielten, als Störenfriede ausgemacht. Der Hofrat schickte schließlich ein Schreiben an den Herzog, das all die Namen derer enthielt, die er als gefährliche Aufwiegler brandmarkte, die den Landfrieden störten und gegen die man dringend ein Exempel statuieren müsse.«

»Uuuh«, sagte ich, »übel. Solch Begehren fand bei Wilhelm allemal Gehör. Sein Vater hatte gegen ein paar rebellische Adelige gleich einen Hochverratsprozess angestrengt. Da würde er sich doch nicht von ein paar störrischen Dörflern und Bauernlümmeln auf der Nase herumtanzen lassen.«

»Wie kam's denn dann ...«

»Zunächst passierte nach außen, wie gesagt, gar nichts. Die Taktik beim Landgericht war, sich einfach taub zu stellen und keinen weiteren Gerichtstermin einzuräumen, was die Aßlinger und den Teufelmüller, die erst so zuversichtlich waren, natürlich gehörig verunsicherte. Sie fürchteten, dass ihre Klageschrift vielleicht unzulässig abgefasst war und ...«

»Da kamt Ihr ins Spiel«, vermutete ich richtig.

Der Prokurator nickte nachdenklich. »Ich bin ja im Nachbardorf aufgewachsen, und obwohl ich schon viele Jahre in München lebte, kannte ich natürlich die Situation vor Ort und etliche der Kläger. Und so kamen sie auf mich zu in der Annahme, ich sei mit den Vorgängen bei Gericht vertraut und könne ihnen eine Bittschrift in angemessenem Latein und juristisch einwandfrei erstellen.«

»Was Ihr nicht hättet ...«

»Ich weiß«, nahm der Prokurator meinen Einwand vorweg, »einen Schriftsatz zu erstellen ist Sache eines Advokaten. Aber was sollte ich tun? Sie hatten Vertrauen zu mir, und ich wollte sie nicht enttäuschen. Man hat mir später auch gar nicht vorgeworfen, ich hätte mich über meine Befugnisse hinweggesetzt. Die Ungeheuerlichkeit bestand allein schon darin, gegen einen fürstlichen Hofrat, einen Vertrauten des erlauchten Herzogs, zu klagen.«

»Und dann?«

»Dann nahm das Verhängnis seinen Lauf. In den Junitagen vor zehn Jahren traf ich mich mit ein paar Abgesandten des Dorfes, um das Bittgesuch beim Hofrat einzureichen. Aber die Reaktion des Herzogs war gänzlich anders, als von uns gutgläubigen Toren erhofft. Nachdem man uns erst ein paar Tage vertröstet hatte, kam der Donnerschlag. Der gnädige Herzog ließ ausrichten, wir hätten uns tunlichst an Zucht und Ordnung zu halten. Das habe man uns bereits früher mitgeteilt. Da wir uns aber anscheinend unbelehrbar über die Weisungen von Fürst und Hofrat hinwegsetzten und erneut unbefugte Klage führten, solle man uns zur Warnung und Strafe drei Tage bei Wasser und Brot im Falkenturm festsetzen, was auch unverzüglich geschah.«

»Puh«, stöhnte Caspar, »das war hart.«

»Es war vor allem ungerecht, hart waren Wut und Enttäuschung, die in uns brannten. Und natürlich zeigte die Maßnahme Wirkung. Wasser und Brot allein hatten noch keinen Schrecken, aber wir hörten die unmenschlichen Schreie aus der Folterkammer und wurden zusammengepfercht mit allerlei Gesindel und landschädlichen Leuten, denen es weit ärger erging.«

»Es waren unruhige Zeiten«, fügte ich an – keineswegs als Entschuldigung. »Man fürchtete allerorten Aufruhr, und die vier Rottmeister und ihre Knechte waren tagelang in und um München unterwegs, um verdächtige Personen aufzugreifen. Es häuften sich auch bereits die Anschuldigungen gegen vermeintliche Hexen, die mit Hagelschlag die Ernte vernichteten. In Schongau, Schwabmünchen und Ingolstadt loderten schon im Jahr darauf die Feuer.«

»Und der Teufelmüller?«

»Tja, der Teufelmüller«, resümierte der Prokurator, »er wollt es einfach nicht wahrhaben, und offenherzig, wie er war, aber eben auch unvernünftig, tat er weiter beim Mahlen und im Wirtshaus unverblümt seine Meinung kund, was natürlich Hofrat und Herzog hinterbracht wurde, und so wurde er noch vor Jahresende auf Befehl des Herzogs im Falkenturm zu München in Ketten geschmiedet, in denen er bis in die Fastnacht des folgenden Jahres litt. Er sollte vor seiner Freilassung erst Urfehde schwören und damit beeiden, dass er für alle Zeiten nichts mehr gegen den ehrbaren Hofrat Pronner unternehme. Aber der Müller lehnte dies in seinem unbeirrbaren Glauben an die Gnade und Gerechtigkeit des Herzogs ab, worauf dieser wiederum sein Gnadengesuch ablehnte und dem Stadtoberrichter den Befehl erteilte, an dem verstockten Untertanen unnachsichtig die Leibesstrafe zu vollziehen.«

»Kam ihm denn keiner zu Hilfe?«, fragte der ältere Schulmeister fast treuherzig.

»O doch! Die Aßlinger und ihre Nachbarn reichten trotz ihres Schocks ein Gnadengesuch ein, das aber nur noch einen Aufschub bewirken konnte. Obwohl vier Dörfer und die ganze Pfarrgemeinde beeiden konnten, dass der strittige Ablassgraben nach gutem altem Recht zu keiner Zeit den Pronners gehört hatte, ließ der Herzog am ersten August das Urteil vollstrecken, weil sich der Teufelmüller in mutwilliger Bosheit der hoch geachteten Obrigkeit widersetzt habe. Er wurde am Pranger mit Ruten ausgehauen und danach auf ewige Zeiten des Landes verwiesen.«

Wir schwiegen eine Weile, bedrückt durch das traurige Los des Müllers und zunehmend auch wieder in Sorge um unser eigenes Schicksal. Würden uns Gnade und Gerechtigkeit zuteilwerden oder ebenfalls unerbittliche Verurteilung?

»Was ist aus dem Teufelmüller geworden?«, fragte nach einer Weile einer der Schulmeister.

»Ich weiß es nicht«, bekannte Alexander Secundus Freisinger, »hab nie wieder von ihm gehört. Ich weiß nicht einmal, ob er noch lebt. Er war damals schon betagt.«

Plötzlich schoss mir eine Erinnerung durch den Kopf und ich fing lauthals an zu lachen, was bei meinen Mithäftlingen den Eindruck erwecken mochte, ich habe nun völlig den Verstand verloren.

»Ich glaube«, rückte ich heraus, nachdem ich mich etwas beruhigt hatte, »ich glaube, ich weiß, wie die Geschichte weiterging. Es mag etwa zwei oder drei Jahre nach des Teufelmüllers Verurteilung gewesen sein, da erlebte ich eines Morgens ein wunderliches Schauspiel. Als ich gut gelaunt und zu Späßen aufgelegt in des Herzogs Schreibstube trat, stieß ich auf einen Mann mittleren Alters in schwarzer Kleidung, der mit Leichenbittermiene vor Wilhelm stand. Sein Gesicht war weißer als die steife Halskrause. Es war der Pronner. Ich schloss zwar aus der spanischen Amtstracht, dass er dem Hofrat angehören müsse, erkannte ihn aber nicht gleich. ›Komme ich zu spät zur Beerdigung?‹, feixte ich leichthin. Als der Herzog sich mir abrupt zuwandte, sah ich in eine wutverzerrte Fratze, die puterrot anlief und zu platzen drohte. So fuchsteufelswild hatte ich ihn nie zuvor gesehen. ›Soll ich den Arzt rufen?‹, fragte ich, nicht mehr hämisch, sondern ernsthaft besorgt.

›Dieser Hundsfott, dieser elende‹, presste Wilhelm zwischen den Zähnen hervor. Ich dachte im ersten Moment, er nehme sich gerade ganz ungeniert den Hofrat wegen eines Vergehens zur Brust. Doch dann wandte er sich wieder der wachsbleichen Puppe zu: ›Man hätte diesen halsstarrigen Aufwiegler gleich aufhängen sollen. Wir waren zu milde, und das ist der Dank.‹«

»Was war passiert? Spann uns jetzt nicht du auf die Folter!«, forderten die Schulmeister.

»Ich hörte aus der Schimpftirade nach und nach heraus, dass es wohl um einen Müller ging, den man zu Recht bestraft und des Landes verwiesen habe, was dieser nun hinterhältig und unverschämt ausgenutzt habe, um sich an das Reichskammergericht in Speyer zu wenden.«

»Das Reichskammergericht?«, fragte Alexander Secundus ungläubig und lachte dann schallend. »Diesen Schachzug hat er nicht selbst ausgebrütet. Er muss gewitzte Fürsprecher gefunden haben.«

»Wie ich danach mit etwas Schmeichelei in der Hofkanzlei erfuhr, hatte schon vor Jahresfrist der Botenmeister des Kammergerichts die Klageschrift zugestellt, in der es aber gar nicht mehr um das Gemeindewasser und die paar Fische ging, sondern um Klage gegen die Bayerische Regierung, die dem Teufelmüller großes Unrecht zugefügt hatte.«

Den Schulmeistern stand das Maul offen. Ein kleiner Müller gegen den großen Hofrat, ja gegen den Herzog selbst. Unerhört!

»Natürlich fand sich rasch ein gewiefter Advokat, der die missliche Angelegenheit niederschlug«, argwöhnte Alexander Secundus Freisinger.

»Ganz so einfach war die Sache anscheinend nicht«, widersprach ich. »Der Rabulist konnte zwar die Klage gegen die bayerische Regierung als Ganzes abwenden, nicht aber gegen den Pronner. Sie versuchten nun, den Vorgang als rein bayerische Angelegenheit herunterzuspielen, die ausschließlich in München zu verhandeln sei. Aber der kaiserliche Kammerrichter sträubte sich dagegen. Er schien in seiner Ehre gekränkt.«

»Der Herzog wird wütend gewesen sein«, mutmaßte Caspar.

»Fuchsteufelswild, wie ich schon sagte. ›Armer Mann‹, fauchte er wiederholt. ›Diese Narren in Speyer bezeichnen ihn als armen Mann. Ein boshafter, durchtriebener Aufwiegler, der sich Gottes Obrigkeit wiedersetzt, als armer Mann – Herr im Himmel!‹ Der eigentliche Stachel im Fleisch oder besser gesagt im Seelenfrieden des Herzogs war aber etwas ganz anderes. Nachdem er das von Pronner überbrachte Schreiben wütend fortgeworfen hatte, nahm ich es neugierig auf und stieß darin auf den Satz: ›Turpe est doctori … äh doctori …«

»Cum culpa redarguit ipsum«, ergänzte der Prokurator.

»Schändlich ist es für den Lehrer, wenn die Schuld ihn selbst Lügen straft«, trug Caspar grinsend sein Schulmeisterwissen bei.

»Sehr richtig«, lobte ich anerkennend, »der Satz war natürlich auf den Herzog selbst gemünzt. Ihr müsst euch das vorstellen: Wilhelm hatte sich zum Vorkämpfer für die katholische Sache aufgeschwungen und ihr mit viel Aufwand im Kölner Krieg zum Sieg verholfen. Er hatte als sichtbares Zeichen des Triumphes eben erst den Jesuiten eine riesige Kirche und ein Kolleg errichtet, das mancher mit dem Escorial König Philipps verglich. Und er sah sich selbst als gütig strengen Landesvater, der über das Seelenheil seiner Untertanen wachte und den nicht wenige schon als den Frommen priesen. Und dieser ach so gerechte Fürst ist plötzlich Gegenstand peinlicher Spottschriften und sprudelnder Häme, und sein mühsam erworbener Ruf als Vorbild des tugendhaften Herrschers gerät ins Wanken.«

»Geschieht ihm recht, dem bigotten Heuchler«, urteilte der Prokurator ungerührt.

»Hmmh«, überlegte Caspar gewitzt, »dann könnten wir doch notfalls auch das Reichskammergericht …«

»Falls dein Kopf dann noch oben sitzt«, fiel ihm der Prokurator ins Wort. »Der Teufelmüller war frei und außerhalb der Reichweite herzoglicher Gerichtsbarkeit. Doch wenn *uns* das Gericht schuldig spricht …« Er sprach den Satz nicht zu Ende.

»Wie ging der Streit denn aus?«, wollte Schulmeister Hans noch wissen.

»Ich weiß es nicht«, sagte ich, »fürchte aber, die gelehrten Advokaten werden es mit Schlauheit und Winkelzügen schaffen, die Entscheidung bis auf den Sankt-Nimmerleins-Tag zu verschleppen, an dem der arme Müller längst göttlicher Gerechtigkeit unterliegt.«

Während den Prokurator und die Schulmeister der ungewisse Ausgang der Geschichte zu bedrücken schien, fasste ich insgeheim Mut in der Annahme, dass Wilhelm gewiss weitere peinliche Enthüllungen bezüglich seiner Person und Hofhaltung scheuen würde wie der Teufel das Weihwasser. Darin lag Hoffnung. Sorgen machte mir allerdings der Pronner, weil ich mit dem bereits aneinandergeraten war.

Fünfzehntes Kapitel

Die Eisenmeisterin, die wortkarg das Stroh ausfegte und erneuerte, konnte uns natürlich nicht sagen, was der Stadtrat am Vortag nach Andres Bericht beschlossen hatte, und es war fraglich, ob mein Vetter selbst sich am Tag des Herrn gleich ins Verlies begeben würde. So rätselten und spekulierten wir in den Morgenstunden bis Caspar mich zur Abwechslung aufforderte: »Narr, erzähl uns doch von deiner Zeit am Hof, ehe wir hier gänzlich versauern.«

Ich war zwar nicht in der Stimmung, tat ihm aber den Gefallen, schon um mich selbst abzulenken. Da ich keine Lust verspürte, irgendwelche Streiche zum Besten zu geben, begann ich bei meiner ersten Reise nach Landshut.

»Der Juni nach Wilhelms Hochzeit war ungewöhnlich kalt und stürmisch. Das Schiff, das die frisch Vermählten in Begleitung von Herzogin Anna und der Brautmutter Christina zu ihrem künftigen Wohnsitz bringen sollte, legte noch bei Sonnenschein ab, aber schon kurz hinter Ismaning zog sich der Himmel immer mehr zu. Der aufkommende Wind wühlte die Isar auf, und noch ehe wir Freising erreicht hatten, türmte sich vor uns eine von Blitzen zerrissene schwarze Wolkenwand auf. Es wurde daher beschlossen, bei der Domstadt anzulegen und die Reise zu unterbrechen.

Wilhelm freute sich auf das Wiedersehen mit Ernst, seinem jüngsten Bruder, den er im Januar des vorigen Jahres in sein Bistum eingeführt hatte. Herzogin Anna kam das Wiedersehen mit ihrem Sohn gelegen, weniger um ihn mütterlich in die Arme zu schließen, als ihn vielmehr zu redlicher Erfüllung seiner Pflichten anzuhalten, denn sein Ausharren in Amt und Würden schien noch keineswegs gesichert. Pater Dominikus Mengin gedachte das Zusammentreffen mit dem jugendlichen Bischof zu nützen, um sich von dessen rechtschaffener Amtsführung zu überzeugen.

Herzog Ernst war allerdings noch nicht mit der vollen bischöflichen Amtsgewalt betraut, sondern lediglich Administrator der Temporalien, der Alltagsgeschäfte in der Verwaltung, während die geistliche Jurisdiktion und die Pontifikalien bis zur Volljährigkeit des Herzogs noch dem Domkapitel und dem Weihbischof oblagen. Diese Aufteilung hatte sich der Papst vorbehalten, nachdem ihm doch ernste Bedenken gekommen waren ob der Jugend des Kandidaten.

Die Reisegesellschaft hatte rechtzeitig das bischöfliche Schloss auf dem Domberg erreicht, und die Dienerschaft mühte sich gerade mit dem Gepäck, als das Unwetter hereinbrach.

Die folgende Begrüßung hatte etwas Anrührendes, doch so stellte man sich die Begegnung mit dem Inhaber eines altehrwürdigen Bischofssitzes gemeinhin nicht vor. Ein Jüngling von nicht einmal vierzehn Jahren, der in der hohen Eingangshalle fast verloren wirkte, sprang übermütig die breite Treppe herunter, begrüßte erst artig die Damen, dann eher flüchtig den Beichtvater und in herzlicher Umarmung seinen großen Bruder. Er schenkte auch mir ein Lächeln und sagte scherzhaft: ›Du scheinst noch gewachsen zu sein seit deinem tollkühnen Sprung aus der Torte.‹

Gleich darauf waren auch seine beiden Zuchtmeister zur Stelle: der verkniffene Jodocus Castner, Erzieher zu Wissenschaft und Frömmigkeit, und Hofmeister Christoph von Pienzenau, der mich stirnrunzelnd musterte. Er hatte schon den kleinen Hofstaat des jungen Wilhelm im Alten Hof zu München geleitet und schien sich an meinen denkwürdigen Auftritt dort zu erinnern. Er scheuchte die Dienerschaft, wies den hohen Gästen die besten Zimmer zu und ließ aus der Küche Erfrischungen bringen.

Mir wurde ein Strohsack im Gesindetrakt zugeteilt, und da sich die Damen augenblicklich auf die Zimmer zurückzogen, die Herren in Gespräche vertieft waren und draußen sich die Sintflut ergoss, unterzog ich mein Lager gleich einer eingehenden Prüfung. Ich döste den ganzen Nachmittag und wurde rechtzeitig zum Nachtmahl munter. Unaufgefordert drängte ich in den Speisesaal hinein, setzte mich, bescheiden, wie ich nun einmal bin, ans Ende der Tafel. Da die Herzöge keine Anstalten machten, mir dies zu verwehren, hielt auch der Hofmeister sich und seine Diener zurück.

An der Tafel ging es unangenehm steif zu, und das war in erster Linie einem Manne zu verdanken, der größten Einfluss auf den unmündigen Herzogsspross nahm, oder sagen wir besser, zu nehmen versuchte: Doctor Andreas Fabricius, geboren zu Lüttich, Theologe an der Universität Löwen, seit Michaeli des Vorjahres geistlicher Gouverneur des jungen Administrators, knochentrocken, von asketischer Strenge, völlig humorlos und ohne jegliches Verständnis für jugendlichen Überschwang. Er schien aus Ernst eine katholische Lichtgestalt, wenn nicht gar einen Heiligen formen zu wollen. Fabricius hatte schon Wilhelm zu dessen Hochzeit die langweilige Tragödie ›Samson‹ gewidmet, in der er vor allem die Ehe mit Andersgläubigen anprangerte. Er schien in den Lutheranern Ketzer und Teufelsbündner zu sehen und hielt den Umgang mit häretischen Lehren für geistige Unzucht, die noch verwerflicher sei als fleischliche Lust.

Jodocus Castner hatte in der Zwischenzeit eilig ein Grüppchen Scholaren zusammengestellt, die mit ihm zusammen während des Mahls erbauliche Texte und fromme Gesänge vortrugen. Der kindliche Bischofsanwärter schien sich alsbald zu langweilen, rutschte immer unruhiger auf seinem Stuhl hin und her und forderte schließlich lauthals nach den ersten fünf Gängen: ›Der Narr soll uns etwas Erheiterndes vortragen!‹ Womit er mich in ernste Verlegenheit brachte, denn ich war weder darauf vorbereitet, noch hatte ich meine Insignien und Utensilien dabei.«

»Welche Insignien? Deine Krone etwa?«, witzelte Caspar.

»Wenn du so willst«, sagte ich. »Mein Vater hatte mir zum Abschied eine Narrenkappe geschenkt, die für mich in der Tat so etwas wie eine Krone war. Sie war in den Farben goldgelb und scharlachrot gehalten, und an den langen Zipfeln klingelten fröhlich silberne Schellen. Und er hatte mir auch die Regeln erklärt: ›Du kannst dir alles – na ja, fast alles herausnehmen im Schutz deiner Kappe, aber hüte dich, den hohen Herren barhäuptig heftig zu widersprechen oder gar schonungslos die Wahrheit zu sagen!‹

Ich wusste zwar inzwischen auch, dass Hofnarren nur noch bei offiziellen Anlässen und beileibe nicht ständig ihre Kappe trugen, sondern die meiste Zeit einfach nur im Hofkleid ihre Späße trieben, dennoch wäre mir mit den gültigen Insignien meines Berufs bedeutend wohler gewesen. Meine Kappe steckte aber in meinem Ranzen im Bauch des Schiffes. Ebenso meine Bälle und Keulen.

Und ich wusste auch nicht, wie weit ich gehen durfte im Haus eines Bischofs. Ich war ja gerade erst am Beginn meiner Laufbahn, musste mir das Maß erlaubter Frechheiten an der fürstlichen Tafel erst noch erarbeiten, und dies hier war gewissermaßen fremdes Terrain. Aber ich durfte jetzt auch nicht schon bei meinem Einstand kneifen. Also ersann ich aus dem Stegreif ein Wortspiel, wobei ich mir Eigenheiten der Familiengeschichte zunutze machte, denn unser jugendlicher Bischof war keineswegs der erste, der in den geistlichen Stand gezwungen wurde, ohne die nötige Eignung dafür zu haben. Der jüngste Bruder seines Großvaters und als Laune der Historie zugleich sein Namensvetter erlitt ein halbes Jahrhundert davor das gleiche Schicksal. Doch Herzog Ernst, der Ältere, wollte sich nie damit abfinden. Er war zuletzt Administrator des Erzbistums Salzburg geworden, aber nur mit der Auflage, innerhalb von zehn Jahren die höheren Weihen zu erhalten. Er zog schließlich den weltlichen Stand vor und musste den Bischofssitz aufgeben. Doch trotz munterer Kinderschar von drei Gespielinnen war er nicht nur auf Vergnügung aus, sondern interessierte sich sehr für den Bergbau und war ein umsichtiger Wirtschafter, und er hätte einen weitaus geschickteren Kaufherrn abgegeben, als Hans Jakob Fugger je einer war, hätte man ihn nur gelassen. Daneben hatte der ältere Ernst auch eine besondere Neigung zur Alchemie, und Paracelsus suchte zuletzt sein Auskommen bei ihm in Salzburg. Der junge Bischof schien drauf und dran zu sein, seinem Vorfahren in allem nachzueifern.

Sperrt eure Lauscher auf!«, rief ich den Schulmeistern zu und gab mein damaliges Wortspiel, das fast wie ein Tischgebet klang, zum Besten:

»Herzog Ernst war zwar ernst, doch war's ihm nicht ernsthaft ernst mit heiligem Ernst, und wider ernsten Rat war er ernstlich gegen ernsthafte Weihe. Der ernste Papst nahm den Ernstfall ernst und stieß ihn ernsthaft aus ernstlicher Reihe. O heiliger Ernst!

Ernsthaft ernst nahm Ernst nur Erz, Alchemie und Theophrastus Bombastus.

Bischof Ernst ist jung, noch nicht ernst. Wird er ernsthaft ernst nehmen heiligen Ernst und ernstlich erstreben ernsthafte Weihe, auf dass er ablässt allen Ernstes von Gold, Alchemie und Theophrastus Bombastus? O heiliger Ernst!«

»Ganz schön dreist für den Anfang«, urteilte der Prokurator, »und das ohne Kappe.«

»Das dachten einige an der Tafel wohl auch. Der Beifall war verhalten oder besser gesagt gespalten. Christina, Renata und ihre lothringischen Damen hatten mangels Sprachkenntnis nichts davon verstanden. Herzog Wilhelm, im Beisein seiner Mutter noch unsicher in seiner neuen Position, schmunzelte und wiegte unentschieden sein Haupt. Der junge Ernst, der den Inhalt der Verse wohl nachfühlen konnte, prustete vergnügt los. Pater Mengins Miene verriet, dass er mir das göttliche Strafgericht an den Hals wünschte, Fabricius versteinerte und Herzogin Anna, als Schwester des neuen Kaisers oberste Autorität im Saal, sagte spitz: ›Der Narr soll sich zur Tafel des Gesindes scheren!‹

Hofmeister von Pienzenau kam der Aufforderung liebend gerne nach, packte mich grob am Arm und zerrte mich aus dem Saal. ›Was erlaubst du dir, Kerl‹, zischte er in wütender Sorge um seinen Erziehungserfolg. ›Ich wusste schon damals, dass du ein Tunichtgut bist. Prügeln sollte man dich, du Strolch!‹

›Ihr werdet das Vergnügen leider nie haben‹, sagte ich hochnäsig, entwand mich seinem Griff und strebte der Küche im Untergeschoss zu. Die Verbannung aus dem Saal mit Verzicht auf die Nachspeise war zu verschmerzen, denn die Köchin schmolz unter meinen Schmeicheleien und ließ mich ihre Töpfe ausschlecken.«

»Hatte die Sache ein Nachspiel?«, fragte Schulmeister Hans.

»O ja«, sagte ich, »aber anders, als ihr es euch vorstellt.«

»Erzähl schon!«

»Ich scherzte noch lange mit dem Küchenpersonal, und so war es spät geworden, als ich endlich meinem Lager zustrebte. In den Gängen war es ruhig, es brannten nur noch wenige Kerzen, und auf dem Treppenabsatz zu den oberen Gemächern schnarchte die Wache bereits. Ich glaubte plötzlich ein Wispern zu hören und wusste es nicht anders zu deuten, als dass es Ratten oder Mäuse waren. Aber das Wispern wurde lauter und hörte sich ungeduldig an.

›Pst … pssst!‹

Ich schaute mich verdutzt um, war aber allein im Flur.

›Pssst … Narr!‹

Ich blickte nach oben und sah in das lächelnde Gesicht des jungen Bischofs, der sich über die Brüstung der Galerie beugte und winkte, aber nicht aus purer Freundlichkeit, denn es schien so, als ob er mich herbeiwinkte. Ungläubig schaute ich mich nochmals um und deutete dann erstaunt auf mich. Ernst nickte mehrfach und winkte jetzt energisch mit weit ausholendem Arm. ›Nun komm schon!‹, flüsterte er.

Ich schlich mich vorsichtig an der Wache vorbei und hatte kaum die letzte Stufe betreten, als Ernst mich bei der Hand fasste, erst ein paar Schritte den Gang entlang und dann durch einen Türspalt hinter sich herzog. Er drückte vorsichtig den schweren Türflügel zu und zuckte zusammen, als das Schloss geräuschvoll einschnappte. Abrupt wandte er sich um und legte mir seine schmale Hand auf die Lippen: ›Schhh, leise!‹

Ich stand wie erstarrt in dem düsteren Raum und nahm aus den Augenwinkeln im matten Kerzenschein ein riesiges vierpfostiges Bett mit schweren Vorhängen wahr. Wir mussten uns im bischöflichen Schlafgemach befinden. Und erst jetzt, während Ernst noch angestrengt auf verdächtige Geräusche lauschte, fiel mir auf, dass er in einem langen Nachthemd aus weißem Linnen vor mir stand. Die Kammerdiener hatten ihn offenbar schon für die Nacht vorbereitet. Als er sich sicher fühlte, schob er mich vor sich her auf das Bett zu und drückte mich am linken Fußende darauf nieder. ›Du darfst niemandem davon erzählen, hörst du!‹, beschwor er mich.

Ich nickte stumm, noch immer nicht ahnend, worauf ich mich einließ.

›Du musst schwören!‹, forderte er.

›Ääh … ja … bei was … worauf?‹ Die Frage war im Grunde dämlich, denn bei und auf was sollte man in einem bischöflichen Palast schon schwören, wenn nicht bei Gott und auf die Bibel, aber der halbwüchsige Bischof zögerte, als sei ihm selbst nicht wohl bei dem Gedanken.

›Ach lass es!‹, sagte er schließlich. ›Aber wehe, du sagst etwas …‹ Er fasste mich erneut bei der Hand.«

An dieser Stelle konnten die Schulmeister nicht mehr an sich halten. »Gütiger Gott!«, entsetzte sich der ältere. »Er hat dich doch nicht …« Der brave Hans schlug die Hände vors Gesicht und brachte den Gedanken nicht zu Ende. Caspar, sein junger Kollege, war da weniger gehemmt und forschte ungeniert: »Hat er ihn dir oder wollte er, dass du ihm …?«

»Wie … was?«

»Nun tu doch nicht so! Du weißt schon, das Tier mit den zwei Rücken.« Er kicherte unverschämt. »War die bischöfliche Kerze stramm oder nur ein Stumpen?«

Erst jetzt begriff ich. »Du Ferkel!«, schrie ich und knallte ihm eine. »Für einen Schulmeister hast du verdammt säuische Gedanken.«

Insgeheim musste ich ihm freilich recht geben, denn es war ja ein offenes Geheimnis, dass häufig dort, wo Frauen fehlten, an ihrer statt die Sodomie zu Hause war. Ich fing nun selbst an zu grinsen und musste schließlich lachen. Und kurz darauf lachten wir alle so herzhaft und befreit, wie es uns seit Tagen nicht mehr gelungen war.

»Bei Gott ist schließlich nichts unmöglich«, lästerte der Prokurator, ehe ich fortfuhr.

»Nein, Freunde, es ging um etwas gänzlich anderes, was jedoch ebenfalls bei Strafe verboten war. Der junge Herzog bückte sich plötzlich … hört auf!«, rief ich, nachdem die enthemmten Kerle schon wieder anfingen zu kichern, »… er bückte sich und zog unter seinem Bett eine große Schatulle hervor. Sie war verschlossen. Etwas umständlich fingerte er unter der Matratze nach dem Schlüssel und öffnete dann den reich beschnitzten Deckel. Die Schatulle enthielt hauptsächlich Bücher. Er entnahm die oberste Schrift und reichte sie mir wortlos, aber mit hintergründigem Lächeln. Der lederne Einband war etwas abgegriffen und speckig und zeugte von häufigem Gebrauch. Ich schlug das schmale Büchlein auf und las: *Magische Unterweisungen des hochgelehrten Medicus und Philosophen Theophrastus Bombastus von Hohenheim, genannt Paracelsus.*

›Woher hast du das?‹, fragte ich ihn und bemerkte erst gar nicht, dass ich ihn in meiner Verwunderung mit Du ansprach, was ihn aber keineswegs störte. Er schien es eher für ein Zeichen von Vertrautheit und verschwörerischer Kumpanei zu halten. ›Du weißt es schon‹, sagte er mit verschmitztem Grinsen, ›hast es vorhin selbst gesagt.‹

›Ernst? Herzog Ernst der Ältere?‹

Er nickte. Der jüngste Bruder seines Großvaters war wenige Jahre zuvor auf seinem Landsitz verstorben und einen großen Teil seines Nachlasses hatte man an den Hof zu München gebracht, und es ging das Gerücht um, darunter seien auch okkulte Bücher und Schriften des Paracelsus gewesen. Nun konnte ich mir beim besten Willen nicht vorstellen, dass der gestrenge Vater, Herzog Albrecht, der Magie und Zauberei verdammte und den päpstlichen Index verbotener Bücher verbreiten ließ, den literarischen Giftschrank des alten Ernst einfach so mir nichts, dir nichts seinem minderjährigen Söhnchen öffnete oder gar überließ.«

»Dafür spricht ja schon seine Heimlichtuerei«, stellte der Prokurator nüchtern klar.

»Hat er sie einfach geklaut?«, fragte Caspar wieder ganz direkt und vorlaut.

Ich warf ihm einen strafenden Blick zu und sagte dann: »Ich hab nicht danach gefragt. Wollte ihn nicht bloßstellen. Und irgendwie wollte ich auch gar nicht … hmm, nein, die Wahrheit ist, ich war damals brennend an den Schriften interessiert.

›Was steht denn drinnen?‹, fragte ich Ernst.

Er druckste etwas herum, bevor er damit herausrückte: ›Es ist schwierig zu lesen, irgendwie fremdartig und mit seltsamen Worten und …‹

›Latein?‹

›Ja, auch Latein. Es ist noch nicht meine Stärke, aber ich weiß schon, dass das Buch von Planeten handelt und Beschwörungsformeln enthält und ein Rezept für eine geheimnisvolle Tinktur.‹

›Tinktura aurea? Das flüssige Gold? Der Stein der Weisen?‹, fragte ich aufgeregt.

›Ich weiß es noch nicht‹, sagte er etwas kleinlaut, ›aber ich werde alles daran setzen, es herauszubekommen.‹«

»Und? Hat er?«, fragte Schulmeister Hans ungläubig.

»Das ist schwer zu sagen«, dämpfte ich jegliche Erwartung. »Ich habe den Bischof in späteren Jahren nur noch selten gesehen und weiß nur, dass sein Interesse für Alchemie ungebrochen ist und er in Köln oder Lüttich ein Laboratorium unterhält. Vor ein paar Jahren traf er in Prag mit einem gewissen Edward Kelley zusammen, einem obskuren Engländer, dem wegen früherer Betrügereien schon beide Ohren fehlten, der aber bei Kaiser Rudolf hoch im Kurs stand, weil er frech behauptete, er könne binnen einer Viertelstunde den Mercurius solis herstellen, was nach Paracelsus die höchste Arznei sei. Und dieser Kelley streute danach das Gerücht, Bischof Ernst von Köln habe in seinem Laboratorium bereits den Durchbruch geschafft und den Stein der Weisen gefunden. Aber ich halte das inzwischen für völligen Unsinn.«

»Wieso?«, fragte Caspar. Es klang fast etwas patzig.

»Denk nach!«, kam mir der Prokurator zu Hilfe. »Es ist doch ähnlich wie bei dem Fugger.«

»Richtig«, sagte ich. »Ernst hätte doch seinem Bruder Wilhelm, dem er so viel verdankte, leicht dabei helfen können, den riesigen Schuldenberg des Kölner Krieges abzutragen, wenn er um das Geheimnis des Goldmachens wüsste? Im Übrigen waren vermutlich schon die *Magischen Unterweisungen* des Paracelsus blanker Unsinn.«

»Also doch nur ein Scharlatan«, warf Caspar trotzig ein.

»Nein«, erklärte ich, »es stammte wohl gar nicht aus seiner Feder, denn wie ich erst viele Jahre später erfuhr, gab es bald nach seinem Tod viele Blender und Nachahmer, die seinen Namen missbrauchten, um ihre eigenen Machwerke damit aufzuwerten.«

»Dann war die Schrift ja gar nicht gefährlich«, mutmaßte Schulmeister Hans.

»Womöglich nicht. Das wusste damals nur keiner. Aber Ernst verwahrte in seinem Schatzkästchen auch noch ganz andere Schriften, die geistigen Zündstoff enthielten. Da gab es beispielsweise die *Clavicula Salomonis*, den Schlüssel Salomons, in dem zahllose Namen von Dämonen aufgeführt und wie sie anzurufen waren. Ich wagte das Buch kaum zu öffnen, denn manche sagen, schon durch das Öffnen des Buchdeckels würden die Dämonen herbeigerufen. Doch Ernst ging ganz sorglos damit um und behauptete, die Dämonen könne man nur mit Gottes Hilfe herbeirufen. Wie zum Beweis drückte er mir ein anderes Buch in die Hand, in dessen hölzernen Deckel mit goldenen Lettern geprägt war: *Der goldene Habermann*. Er schlug es auf und verwies auf die Stelle, an der gefordert wurde, zu Gott und den Erzengeln zu beten, ehe man die Geister rief. Erst danach könne man sie dazu bewegen, sieben Millionen Goldstücke zu bringen. Ich schaute ihn entgeistert an, und er wusste meinen fragenden Blick zu deuten.

›Nein‹, sagte er enttäuscht, ›ist mir noch nicht gelungen.‹«

»Sieben Millionen Goldstücke ... pfff ... das sind ... o Gott!« Caspar, der armselige Schulmeister, war schier fassungslos. »Warum hat es nicht geklappt, wenn er doch die Anweisung dazu hatte, schwarz auf weiß?«

»Ich fragte ihn nicht nach dem Grund, vermute aber, dass es sich bei den Sprüchen nur um schlichten Volks- und Aberglauben handelte, bei dem das Wunschdenken die Wirksamkeit weit überstieg. Und vielleicht war das Versagen gar ein Glück, denn nicht einmal unter Berufung auf Gott ist Zauberei ein sicheres Geschäft. Es gibt eine Stelle in der Apostelgeschichte, an der von sieben Söhnen eines jüdischen Oberpriesters berichtet wird, die mit dem Namen Jesu den bösen Geist eines Besessenen beschwören wollten, doch der Ungeist griff sie selbst an und richtete sie entsetzlich zu, woraufhin viele Bekehrte ihre Zauberbücher ins Feuer warfen. Ich gab also Ernst zu bedenken: ›Wenn etwas schiefgeht dabei ... Es ist doch höllisch gefährlich und vor allem verboten. Lass das nur ja nicht Pater Mengin wissen.‹

Ernst lachte unbekümmert und versicherte mit jugendlichem Allmachtsgefühl und Eigensinn, dass er sich als künftiger Bischof schließlich selbst ein Urteil darüber bilden müsse, was erlaubt und was zu verdammen sei. ›Und außerdem‹, sagte er verschwörerisch, ›sieh her!‹

Er reichte mir Herpentils *Schwarze Magie*, die ich kaum in die Hand zu nehmen wagte. ›Schlag auf!‹, wies er mich an.

Als ich zögerte, tat er es selbst und las triumphierend den vollständigen Titel vor: ›*Des hochwürdigen Herpentils, der Gesellschaft Jesu Priester, kurzer Begriff der übernatürlichen schwarzen Magie, enthaltend Beschwörungen und Namen der mächtigen Geister und deren Siegel, oder das Buch der stärksten Geister, eröffnend die großen Heimlichkeiten aller Heimlichkeiten.* Du siehst, die Herren Jesuiten tun's doch selbst auch und wollen nur ihr geheimes Wissen für sich behalten.‹«

Viele Jahre später erfuhr ich, dass das ominöse Werk schon zu einer Zeit gedruckt worden war, als es die Jesuiten noch gar nicht gab. Aber das machte die Schwarte eher noch verdächtiger.

»Woher hatte er nur solch gefährlich Zeug?«, wollte Schulmeister Hans wissen.

»Das Buch stammte aus Salzburg«, erklärte ich, »war wohl ebenfalls dem Nachlass des älteren Ernst entnommen und enthielt reinste Schwarzmagie. Ich spürte, wie meine Hände zu zittern begannen. Mir wurde speiübel, und das lag keinesfalls daran, dass ich beim Nachtmahl zu viel Wein erwischt hätte.

Wohl um zu beweisen, dass er sich nicht nur zaubergläubig und aus Geldgier oder Vergnügen mit derlei Dingen befasste, sondern ernsthaft okkulten und verbotenen Fragen nachging, um dadurch die Geheimnisse der Wissenschaften und des Universums zu ergründen, legte mir der junge Bischof, der sich gewaltig auf Abwegen befand, das große Werk *De Occulta Philosophia* des Heinrich Cornelius Agrippa von Nettesheim in den Schoß, auf dessen Titelseite ein harmloses, aber bedeutungsvolles Matthäuswort prangte: ›Nichts ist verborgen, was nicht enthüllt, nichts ist geheim, was nicht offenbart werden wird.‹«

Der Prokurator lachte lauthals: »Ausgerechnet Agrippa, der die Naturphilosophie der Gnosis vertrat und die jüdische Kabbala lehrte. Hinter dem war meines Wissens schon bald die Inquisition her, und er wurde als Ketzer exkommuniziert.«

»Schlimmer noch«, fügte ich an, »man wähnte ihn mit dem Teufel im Bunde, der ihn als schwarzer Hund auf Schritt und Tritt begleitete. Und in den Wirtshäusern ging das Gerücht um, die Goldstücke, mit denen er die Wirte bezahlte, hätten sich jeweils bis zum anderen Morgen in Stroh und Kot verwandelt, denn es sei noch nicht einmal Falschgold von Alchemisten gewesen, sondern Gold des Teufels.«

»Was passierte dann?«, fragte Caspar neugierig und ängstlich zugleich.

»Ich suchte das Weite, das heißt, zunächst war ich noch hin- und hergerissen, denn einerseits hätte ich mich am liebsten den Rest der Nacht in die Bücher vertieft, andererseits war mir, wie ich schon sagte, verteufelt unwohl bei der Sache, und ich wollte mir gar nicht erst ausmalen, was geschähe, würde man mich mit dem jungen Ernst in dieser verfänglichen Situation vorfinden. Ich sah schon die leuchtenden Augen des

Hofmeisters von Pienzenau vor mir, der mich liebend gern wieder am Arm geführt hätte, diesmal dem Henker entgegen. Ich musste Ernst nochmals bei allem, was mir heilig war, versichern, nichts davon seinen Zuchtmeistern zu verraten, dann schlich ich auf Strümpfen an der Wache vorbei meinem Lager zu. Und glaubt mir, ich lag noch lange wach.«

Wir schwiegen eine Weile, und Alexander Secundus Freisinger, der ja selbst eine Reihe magischer und verbotener Schriften gehortet hatte und um deren Gefährlichkeit wusste, warf mir einen vielsagenden Blick zu.

Plötzlich schien Hans, der ältere Schulmeister, einen Geistesblitz zu haben: »Wir könnten doch zu unserer Verteidigung ... ich meine, es ist doch ungeheuerlich, dass selbst ein Bischof aus dem Haus Bayern ... wenn wir vor Gericht nun sagen, dass ...«

»Hör auf zu träumen!«, unterbrach der Prokurator den mühsamen gedanklichen Höhenflug. »Ernst ist Herzog, Kurfürst und Bischof von fünf Bistümern. Eher wird man dir als Verleumder die Zunge herausreißen, als einen solchen Mann vor die Schranken des Gerichts zu zerren. Wenn überhaupt, wird man sein Vergehen von damals als lässliche Jugendsünde abtun, als Schwärmerei eines noch kindlichen Gemüts. Und zudem entschuldigt der Fehltritt eines anderen noch lange nicht uns.«

»Seine Laufbahn als Schwarzmagier war auch schon beendet, ehe sie richtig begonnen hatte«, fügte ich hinzu. »Ernst entwickelte zunehmend andere Neigungen, wofür er unter seinen Standesgenossen in den Domkapiteln von Freising, Speyer und Köln reichlich Vorbilder hatte. Er fand lebhaften Gefallen an unmäßigen Trinkgelagen, Jagd und Würfelspiel. Und er verguckte sich in leichtfertige Dirnen, was dazu führte, dass er bald nach unserer nächtlichen Geheimniskrämerei erklärte, er habe mit dem Bischofsamt nichts mehr am Hut. Er trotzte seinen Erziehern, und dem pedantischen Fabricius soll er gar Schläge angedroht haben.«

»Aber er ist doch noch immer ...«

»Wartet doch ab! All die Missetaten wurden natürlich dem höchst verärgerten Vater in München hinterbracht. Und nachdem Ernst sogar noch erklärt haben soll, er wolle lieber ein Ketzer werden, als im geistlichen Stand verbleiben, da war das Maß voll. Erst wurde er vom Kanzler im Beisein der Herzogin Anna und seiner geliebten Großmutter Jakobäa ins Verhör genommen, und als das nicht zu fruchten schien, da ließen sie Dominikus Mengin auf ihn los. Ich weiß nicht, ob der Jesuit ihn täglich im heilsamen Ignatiuswasser badete oder mit geweihten Partikeln fütterte, jedenfalls sollen die wochenlangen Exerzitien eine regelrechte Teufelsaustreibung gewesen sein, an deren Ende der bekehrte Jüngling seine geheime Schatulle dem Mengin auslieferte, damit der sie zusammen mit allen magischen Gerätschaften verbrenne.«

»O Gott ... wie in der Apostelgeschichte beschrieben«, stammelte Hans, ängstlich betroffen.

»Wilhelm teilte uns beim Weihnachtsfest in Landshut zufrieden mit, dass Bruder Ernst im Bischofsamt verbleiben werde und seinem Vater reumütig geschrieben habe, er sei nur aufgrund seiner unwissenden Jugend durch falsche Zungen und magische Schriften, dieses gräuliche und verfluchte Teufelswerk, zu seinen Vergehen wider Gott, die heilige Kirche und seines Vaters Willen angestiftet worden. Mich überlief dabei ein kalter Schauer, und ich pries mich abermals glücklich, nicht in der Kammer des jugendlichen Bischofs erwischt worden zu sein.«

Da ich mir sicher war, die beiden Schulmeister würden unter der Folter geschwätzig wie Marktweiber werden, verschwieg ich, dass ich mich in späteren Jahren auf der Suche nach dem Schlüssel zum Gold sehr wohl noch in die Werke des Magiers aus Nettesheim vertiefte, ja weit schlimmer noch ...

Sechzehntes Kapitel

Wenn ich an meinen nächtlichen Besuch bei Bischof Ernst, dem verhinderten Zauberlehrling denke, dann fährt mir noch heute der Schreck in die Glieder. Ich fange an zu zittern, und der Schweiß rinnt mir in den Nacken. Ich genehmige mir daher jetzt zur Beruhigung meiner Nerven erst einmal einen kräftigen Schluck von dem Roten, ehe ich Euch, verehrte Leser, von meinen Anfangstagen in Landshut berichte …

Gleich, ob man sich von Süden auf der Münchner Straße oder zu Wasser auf der Isar dem Städtchen Landshut nähert, schon von Weitem springt einem das erhabene Schloss auf dem weinbewachsenen Hügel ins Auge. Der mächtige Turm an der Südecke wurde seit alters die »Hut« genannt. Erst in unseren Tagen bürgerte sich für das Schloss der Name Trausnitz ein und das zu recht, denn Ringmauer und trutzige Torhäuser geben der Anlage noch immer das Aussehen einer wehrhaften Burg, die weit ins Land zu rufen scheint: »Trau dich nicht!«

Wilhelm war vor zwanzig Jahren auf Burg Trausnitz, die seit Errichtung der Stadtresidenz meist als Schloss bezeichnet wird, geboren worden. »Hier werde ich einen fürstlichen Hofstaat errichten«, sagte er fast andächtig und mit leuchtenden Augen, nachdem er den inneren Torbau durchschritten hatte und sich in dem weiträumigen Burghof umsah.

»Unter der Herrschaft einer Königin«, sagte ich grinsend, und dies sollte sich alsbald als wahr herausstellen, denn Schwiegermutter Christina hielt sich für eine Königin und benahm sich auch so. Sie war in der Tat von königlicher Herkunft, nämlich die Tochter des dänischen Königs Christian II. Dieser hatte sich durch Gewalttaten und ein Blutbad in Schweden den Beinamen »der Tyrann« redlich verdient, musste abdanken und verbrachte seine letzten Jahre in Haft. Seit seinem Tod vor neun Jahren beanspruchte Christina den Thron für sich, und obwohl sie keinerlei Aussicht darauf hatte, unterschrieb sie Urkunden noch immer hochmögend mit »Königin von Dänemark«.

Und sie verwies nur allzu gern darauf, dass eigentlich sie vor langer Zeit die Herrin von Schloss Trausnitz hätte werden können, wenn sie nur gewollt hätte. Und das verhielt sich so: Durch ihre Mutter, Isabella von Österreich, war sie eine Nichte Kaiser Karls V. Der hatte an ihr zwar kein persönliches Interesse, betrachtete sie aber als günstiges Objekt für seine politischen Absichten und verheiratete sie schon mit elf Jahren mit dem Herzog von Mailand. Francesco II. Sforza war halbseitig gelähmt und verstarb auch bereits nach zwei Jahren. Schon befand sich die jugendliche Witwe wieder auf dem Heiratsmarkt. Neben Heinrich VIII. von England, der schon drei Ehefrauen verschlissen hatte, zeigte auch Ludwig X. aus dem Haus Bayern Interesse an ihr. Ludwig war der jüngere Bruder von Wilhelms Großvater und allen Genüssen des Lebens sehr zugetan. Er hatte zahlreiche Liebschaften und Mätressen, schob das Heiraten aber immer vor sich her.

Ludwig residierte lebensfroh auf Schloss Trausnitz, ließ sich daneben aber noch einen Stadtpalast inmitten von Landshut errichten. Bei einer Italienreise konnte er, wie später ich mit Prinz Ferdinand, den Palazzo del Te in Mantua bewundern. Überwältigt von dem Anblick ließ er danach zu Hause den eben erst begonnenen Neubau erweitern nach italienischem Vorbild, das der Künstler Vasari verzückt »rinascimento« genannt hatte, was so viel bedeutete wie: Wiedergeburt des glanzvollen Zeitalters der Griechen und Römer. Der Palazzo war denn auch üppigst mit Szenen aus der griechisch-römischen Mythologie dekoriert.

Obwohl die Heirat mit Christina, die ihren Freier allenfalls auf einem geschönten Konterfei eines Brautwerbers gesehen hatte, nicht zustande kam, benahm sie sich jetzt so, als stünde ihr das Residieren in diesem prachtvollen Stadtpalast zu. Herzog Albrecht, Wilhelms Vater, der ihr ansonsten durchaus gewogen war, beanspruchte aber diese bauliche Perle für sich, wenn er zu Besuch in Landshut weilte. Sehr zur Freude der Landstände quartierte er die herrische Dame im Landschaftshaus gegenüber von St. Martin ein.

Christina war zu guter Letzt in zweiter Ehe mit dem Herzog von Lothringen vermählt worden und deshalb großen Luxus gewöhnt. Sie schien daher Schloss Trausnitz und sein Hofzeremoniell eher für die ärmliche Behausung eines Landadeligen mit arbeitsscheuen Bediensteten zu halten. Entsprechend scheuchte sie das Personal von morgens bis abends, war nie mit etwas zufrieden und entwickelte laufend neue Pläne und Wünsche. Aber sie war auch höchst empfänglich für Schmeicheleien, was mir sehr zugute kam. Ich nannte sie stets nur »ma jolie reine«.

Da ihr Deutsch nur bruchstückhaft war, schaltete ich mich häufig als Vermittler ein. Zwar war mein Französisch ebenso löcherig, aber als Narr verstand ich mich auf Zeichen und Gebärden, mit denen ich Christinas Wünsche erschließen und als Befehl weitergeben konnte, wobei ich mir manchen Spaß gönnte. Die Dienstboten liebten mich dafür.

»Du sollst die Speisen künftig mit dem Hintern voraus auftragen«, ließ ich den Küchenjungen wissen, »weil unserer Königin dein mürrisches Gesicht missfällt.« Trotz ihrer Gicht zeigte Christina dem armen Kerl mit einem Tritt in seinen Allerwertesten, was sie von dem Auftritt hielt.

»Christina will modisch neue Wege gehen und ihre Jugend

unterstreichen«, sagte ich zu der etwas einfältigen Kammerjungfer und riet ihr, die seidenen Ärmel des Mieders bis auf den Puff am Oberarm zu kürzen, weil die Herrin stattdessen Handschuhe aus Rehleder zu tragen gedenke. Christina tobte zwei Tage lang. Dabei kam es zu einer hässlichen Szene, denn in ihrer Wut forderte sie auch die sofortige Entlassung der obersten Kammerfrau, in deren Augen blanker Hass blitzte, als man ihr die Forderung übermittelte.

Christina wünschte, dass das junge Paar das Morgenmahl mit ihr einnehme, und sie ließ sich auch tagsüber von ihm die Langeweile mit Kurzweil aller Art oder eigens für sie ausgerichteten Jagden vertreiben. Und ging es einmal nicht nach ihren Wünschen, verfügte sie über eine besondere Waffe: Sie kränkelte zum Gotterbarmen. Obwohl sie gewiss nicht jesuitische Exerzitien durchlaufen hatte, konnte sie einem das Leiden Christi höchst anschaulich vorspielen, war dabei aber keineswegs duldend wie unser Herr Jesus, sondern noch unausstehlicher als sonst.

Christina schienen auch Ausstattung und Haushalt der Burg nicht angemessen zu sein für das fürstliche Paar, denn auch ihre Tochter Renata war schließlich lothringische Pracht und Luxus gewöhnt. Sie regte bei Wilhelm allerlei Verbesserungen und Neuerwerbungen an, wozu es allerdings keiner großen Überredungskünste bedurfte. Dabei hatte Vater Albrecht alles bis ins Kleinste geregelt. Wein und Getreide sollten zu festgelegten Preisen aus Landshut bezogen werden, die Fische für die Fastenspeisen aus München oder Nürnberg. Kleidung sollte in bescheidenem Maße die Münchner Hofschneiderei liefern. Und über alle Ausgaben sollten penibel Rechnungs- und Kassenbücher geführt werden.

Es währte nicht lange, da wurde statt des sauren Fusels aus Landshut Wein aus Italien oder Nancy eingeführt. Schon bald trafen Leckereien aus Mailand ein, wie Schildkröten, Konfekt und ganze Truhen mit Früchten. Auf der Frankfurter Messe wurden kostbare Stoffe eingekauft, die der französische oder spanische Hofschneider zu modischen Kniehosen und Wams verarbeitete. Seidenstrümpfe kamen aus Venedig, zierliche Frauenschuhe bestellte man in Genua. Und wenn lautes Geschnatter aus dem Frauenhaus drang, dann waren gewiss wieder Seide und Goldborten aus Mailand oder Damast aus Neapel eingetroffen. Sogar sechs Kehrbesen, deren Griffe mit Gold und Silber verziert waren, kamen eines Tages in Landshut an.

An einem sonnigen Morgen, wenige Wochen nach unserer Ankunft, traf ich Wilhelm in seinem Arbeitszimmer an und sah, wie er sich mit einem Brief mühte.

»Was schreibst du?«, wollte ich wissen.

Da sich Wilhelm etwas wand und seine Hand über das Geschriebene hielt, entzog ich ihm flugs das Schreiben von der Seite her, überflog die Zeilen und las mit betont würdevoller Stimme: »... und versichere Euer Liebden nicht nur die Instruktionen zu befolgen, sondern in allem gehorsam zu sein.«

Ich lachte schallend. »Geht der Brief an Beelzebub, den Herrn der Lüge, oder an deinen Vater?«

Wilhelm entriss mir das Blatt. »Närrischer Teufel!«, schimpfte er wütend.

»Du weißt schon«, sagte ich mit gespielter Strenge, »dass nach der Offenbarung alle Lügner in einem See enden, der von Feuer und Schwefel brennt. Und o weh! Ich bin ja Mitwisser. Ich werde sofort bei Mengin beichten müssen.«

»Wolltest du nicht ein neues Barett mit Federn?«, appellierte Wilhelm geschickt an meine Käuflichkeit. Er nahm einen neuen Briefbogen zur Hand, richtete ihn an die Visconti in Mailand und eröffnete dann die Bestellung mit einem roten Samtbarett, das mit zwei Straußenfedern geschmückt sein sollte. Es folgten noch ein karmesinroter Filzmantel, mit Taft gefüttert und goldverbrämt sowie ein perlenbestickter Hut für Renata.

»Sehr gut«, sagte ich zufrieden, »dann gehe ich jetzt und hole schon mal das Rechnungsbuch.«

»Untersteh dich!«, rief mir Wilhelm nach und warf mir seinen Tintentrockner hinterher.

Im Herbst des ersten Jahres ging dann allgemeines Aufatmen durch die Burg. Christina beschloss, sich nach Friedberg nahe Augsburg zurückzuziehen, um im dortigen Schloss ihre Gesundheit zu bessern. Damit kehrte zwar etwas Ruhe auf der Trausnitz ein, aber für Wilhelm und Renata bedeutete dies vermehrte Reisetätigkeit, denn Christina zitierte die beiden immer wieder zu sich, um ihr die Einsamkeit zu nehmen.

Wenn ich soeben Ruhe sagte, dann bezog sich das nur auf den königlichen Quälgeist, denn ansonsten ging es weiterhin lustig und lärmend auf der Trausnitz zu. Wilhelm liebte die Musik so sehr wie sein Vater. Er selbst schlug hervorragend die Laute und beherrschte auch das Orgelspiel. Die Kapelle, die ihm der Vater bewilligte, hielt er bald für zu klein, und schon damals begann seine ständige Suche nach Musikern und Sängern. Gern ließ er durchreisende Musiker auf der Trausnitz auftreten. Mit Orlando di Lassos künstlerischer Brillanz und seinen komischen Einfällen wurden Musikabende, Tanzvergnügen und Stegreifspiele inszeniert.

Im Winter gab es ausgedehnte Schlittenfahrten übers Land, und im äußeren Burghof wurde in tagelanger Arbeit ein Schneeschloss errichtet, das von Büchsenmeistern verteidigt und von der Hofgesellschaft mit viel Lärm gestürmt wurde. Obwohl landesweit große Furcht vor den Gräueln der Türken herrschte, waren die Damen dabei in prächtige türkische Kleider gehüllt. Zu gern hätte Wilhelm bei diesem Fest seinen ersten leibhaftigen Türken präsentiert, denn diese waren als Kriegsgefangene groß in Mode und wurden auf ungarischen Märkten teuer gehandelt.

Dann kam die Fastnacht mit ausgelassenen Darbietungen italienischer Springer und fröhlicher Mummerei, für die die Fugger kostspielige spanische Masgera lieferten. Im Sommer fanden stimmungsvolle Bootsfahrten statt und Wilhelm veranstaltete Turniere, Wettschießen und zauberhafte Feuerwerke. So ging es munter durch das Jahr.

Durch Renata, die Orlando als »Madame la belle et sage princesse Renée« umschmeichelte, waren nicht nur Liebenswürdigkeit und Lebenslust in Landshut eingekehrt, sondern auch französische Prachtentfaltung. Schon bei der Hochzeit hatte jede Maskerade damit geendet, dass Wilhelm vor ihr niederkniete und sie noch in Verkleidung zu einem Würfelspiel aufforderte, wobei die Braut jedes Mal ein Kleinod gewann. Und Wilhelm versuchte, ihr auch jetzt jeden Wunsch von den Augen abzulesen. Bald darauf ging in der Stadt die Rede um, auf der Burg würden sich Tuchhändler und Goldschmiede die Klinke in die Hand geben.

Von all diesen Ausgaben ging ein Großteil an den Rechnungsbüchern vorbei. Aber sie wurden natürlich festgehalten in den Aufzeichnungen der Handwerker, Händler und Lieferanten sowie im Kassenbuch der Fugger, die das verschwenderische Leben auf der Trausnitz bereitwillig finanzierten, doch eines Tages die Rechnung präsentieren würden.

Die Burg hielt für einen von steter Neugier getriebenen Narren auch einige Überraschungen bereit: Sie war voller Geheimnisse. Es wurde zum Beispiel gemunkelt, dass es mehrere Geheimgänge gebe. Einer sollte hinunterführen in die Stadtresidenz, ein anderer von der Nordostecke der Ringmauer direkt hinunter zu den Franziskanern. Aber keiner am Hof konnte oder wollte mir den Eingang beschreiben oder gar zeigen.

Vom inneren Torwarthaus führte ein schmaler Steig durch den Haag auf schnellstem Weg hinunter in die Stadt. Es war der

Weg der Dienstboten, und jeder Schlossbewohner hatte einen Schlüssel dafür. Er wurde von allen der Narrensteig genannt, was ich für ehrenvoll hielt, auch wenn niemand mir recht erklären konnte, wie es zu dem Namen kam. Die einen sagten, er rühre von einem früheren Hofnarren her, der von einer Verschwörung der Stadtbürger gehört habe und, so schnell er konnte, den Hang hinaufgerannt sei, um seine Herrschaft zu warnen. Andere brachten den Steig mit dem Hofnarren Martin von Geistal in Verbindung, der seinerseits Mitglied einer Verschwörung gewesen sei. Ein Fresko von ihm befand sich im Obergeschoss vor dem St.-Georgs-Rittersaal. Das Bildnis war bereits ziemlich verblasst und wurde zudem von einem mächtigen Kachelofen fast verdeckt. Es ging das Gerücht um, der Hofnarr sei dort eingemauert worden, und die Hofgesellschaft drohte mir, wenn ich's gar zu bunt trieb: »Pass auf, dass es dir nicht wie dem Geistal ergeht!«

Die Mauer war nicht besonders dick, und der bedauernswerte Hofnarr musste ein papierdünnes Männlein gewesen sein, wenn er da hineingepasst hätte. Also langte ich bei jeder Mahlzeit nach Art eines Zanni oder des gefräßigen Hofnarren Papst Leos kräftig zu, um mich vor solch elendem Schicksal zu bewahren.

Siebzehntes Kapitel

Nach der köstlichen Wassersuppe irgendwann um die Mittagszeit dösten wir vor uns hin. Ich schlief ein und träumte von einer wunderlichen Komödie, bei der ich mal Zaungast mal Mitspieler war. Ich sah den liebestollen Capitano, wie er im Schloss zu Landshut die gewundene Treppe hinauf einer Hofdame hinterherhechelte, und es war mir, als sähe ich Ferdinand, der sich in den Röcken einer kreischenden Amelie verkrallte. Ich schleppte als gefräßiger Zanni einen riesigen Korb voller Würste und Backwerk davon, und als ich über ein Huhn oder einen Weinkrug stürzte, da ergoss sich aus dem fallenden Korb ein Strom von Goldmünzen, die klingend die Stufen hinabkullerten. Und mitten in dem scheppernden Gedöns starrte mich urplötzlich Mengin an, der eifernde Jesuit, der sich mit der Linken die Nase zuhielt und mit der Rechten in den flammenden Höllenschlund wies … und ich erwachte, während sich eben der ältere Schulmeister geräuschvoll auf dem Blecheimer erleichterte.

Während ich mir noch den Schlaf aus den Augen rieb, nahm ich schemenhaft wahr, dass Caspar sich vorgebeugt hatte und mich erwartungsvoll anstarrte. »He, Michel«, legte er auch schon los, »du sagtest, dass du inzwischen alles für Unsinn hältst. Aber du und der Prokurator, ihr habt doch Dutzende Schriften gehortet und euch in die Alchemie vergraben. Warst du früher nicht auch überzeugt davon?«

»O doch«, sagte ich, »und wie. Und ich hatte zunächst auch allen Grund dazu.«

»Dann erklär's uns!«

Ich langte nach dem Wasserkrug und versuchte erst noch den faden Geschmack im Mund wegzuspülen. »Ich hatte euch doch schon erzählt, dass Wilhelms Schwester Maria den Erzherzog Karl von Österreich bei der großen Hochzeit so verzauberte, dass er sie zur Frau nehmen wollte. Da war tatsächlich mal Liebe im Spiel, nicht nur politisches Kalkül. Dem Kaiserhof in Wien allerdings schien sie zunächst eher wie ein minderer Trostpreis, denn bis kurz davor hatte man eine Hochzeit Karls mit Elisabeth von England ins Auge gefasst.«

»Mit der Ketzerkönigin?«, fragte Schulmeister Hans ungläubig.

Der Freisinger schnaubte verächtlich. »Auch Philipp, der erzkatholische König von Spanien, hatte davor schon um ihre Hand gebuhlt. Hier geht es um Politik, mein Freund, und um Macht. Da verbindet sich – Glaube hin, Glaube her – selbst der Papst mit dem Sultan, wenn es dienlich ist.«

»Der Papst musste jedenfalls erst die Dispens erteilen«, fügte ich hinzu, »weil Maria doch Karls Nichte ist. Er tat es liebend gern, weil er die beiden vereint als christliches Bollwerk im Osten sah. Es war im Hochsommer 1571. Bis dahin hatte ich schon zwei pompöse Hochzeiten erlebt, aber die Habsburger setzten alles daran, diese zu übertrumpfen, um vor aller Welt ihre Vorrangstellung sichtbar zu präsentieren und auch gleich der angeheirateten Verwandtschaft aus Bayern ihre Grenzen aufzuzeigen. Dabei reiste unser Hof mit einem Aufwand an, als gelte es, Wien zu erobern.

In Wasserburg hatte der Schiffmeister seit Wochen alles vorbereitet und eine Flotte ausgerüstet, die ein rundes Dutzend Schiffe umfasste. Das fürstliche Leibschiff nahm die stolzen Brauteltern und ihr behütetes Kleinod auf sowie Wilhelm und Ferdinand, die Brüder der Braut. Es folgten Küchen-, Keller- und Plunderschiffe mit Dienerschaft, Gepäck und etlichen Fuder Wein. Der Adel drängte sich auf einem eigenen Gefährt zusammen, und auf zwei breiten Lastkähnen waren die Rösser samt Hafer und Fuhrknechten untergebracht. So ging es den Inn hinab bis Passau und dann donauabwärts nach Wien.

Die Luft war in den Sommertagen drückend schwül. Nur wenige Meilen nach Passau ragte der Jochensteinfelsen, den der Teufel selbst in die Fluten geworfen haben soll, bedrohlich aus dem Wasser. Unter ihm, so erzählen Fischer und Schiffsleute, hause eine Sirene, die in Vollmondnächten durch ihren Gesang betöre.«

»Habt ihr sie gehört?«

»Unsinn, wir fuhren doch nur tagsüber. Da mussten wir uns selbst vergnügen, und ich sang zur Laute als passende Einstimmung zur Hochzeit:

Ein Esel und das Nussbaumholz,
dazu ein Weib, prächtig und stolz,
kommen mit Art ganz überein,
dann wo nit Schläg vorhanden sein,
so geht der Esel nit ein Tritt,
der Nussbaum gibt sein Früchte nit,
das Weib will sein im Haus der Mann –
wohl dem, der sein Weib erziehen kann!

Herzog Albrecht hatte inzwischen nichts mehr von dem galanten und schlanken Prinzen an sich, als den ihn Mielich einst porträtiert hatte, denn durch Wein und Speis im Übermaß war er mächtig aus der Form gelaufen und immer häufiger übellaunig. Jetzt aber stimmte er lachend und schenkelklopfend in das Lied ein, während Herzogin Anna, die ansonsten durchaus den Wert strenger Erziehung mit dem Stock pries, über die Vertonung missvergnügt die Nase rümpfte. Da half auch nicht, dass ich beteuerte, die freche Weise stamme aus Orlandos Schatz deutscher Lieder.

Auch Wilhelm mochte die Ausgelassenheit nicht so recht teilen. Das lag zum einen daran, dass Renata zu Hause geblieben war. Im Vorjahr nämlich war der ersehnte Thronfolger nach schwerer Geburt und Nottaufe gleich wieder in die Ewigkeit eingegangen, und jetzt war die Herzogin erneut guter Hoffnung. Wilhelm hatte sie zur Schonung in der Obhut Pater Mengins zurückgelassen, der selbst aus Lothringen stammte und sich immer mehr zum Vertrauten der jungen Herzogin wandelte. Ich fragte mich, ob wir bei unserer Rückkehr statt Wilhelms lebensfroher Gattin, die Pracht und Verschwendung liebte, schon eine asketische Betschwester vorfinden würden.

Doch Wilhelm plagten noch ganz andere Sorgen. Sein Vater liebte die Jagd mehr als das Regieren. Zudem kränkelte er und zog sich immer häufiger zu ausgedehnten Badekuren zurück, sodass ihn Wilhelm bei offiziellen Anlässen vertreten musste, wobei Albrecht ihm aber jegliche Entscheidungsbefugnis untersagte. Der scheinbar gehorsame Sohn verschaffte sich Ausgleich, indem er sein Hofleben auf Burg Trausnitz entgegen den Sparappellen des Vaters immer prächtiger gestaltete, womit er eine verhängnisvolle Lawine lostrat. Obwohl ihm Albrecht schon im zweiten Jahr das Deputat für seine Hofhaltung erhöht hatte, kam Wilhelm damit bei Weitem nicht aus, und er hatte inzwischen schon an diverse Klöster peinliche Bettelbriefe verschickt, man möge ihn mit einer Beihilfe unterstützen, damit er seine fürstliche Reputation erhalten könne. Wehmütig schaute er während der Fahrt auf die prächtigen Abteien längs der Donau, in denen es für ihn nichts zu holen gab.

Plötzlich unterbrach der Hofkaplan bleich um die Nase und mit hochgerecktem Zeigefinger die ausgelassene Reisegesellschaft und mahnte zu gemeinsamem Bittgebet. Mit einem Mal war nämlich wieder Leben in die schon trägen Schiffer gekommen, denn im Strudengau, in dem sich die Donau tief in den harten Fels gegraben hatte, setzten ihnen die tosenden Wirbel arg zu, in denen schon Kreuzfahrer und Bischöfe jämmerlich ersoffen waren.

Wieder in ruhigerem Fahrwasser steckten Albrecht und sein Vertrauter Hans Jakob Fugger die Köpfe zusammen und unterhielten sich angeregt. Die beiden vereinte die Liebe zur Kunst und die Kunst des Schuldenmachens. Vor Jahren hatte der bankrotte Fugger dem Herzog seine kostbare Bibliothek verkauft für angeblich fünfzigtausend Gulden, und das jetzige Vergnügen kostete den Brautvater nochmals um die fünfzigtausend Gulden für die Mitgift seiner Tochter. Doch als wäre dies nur bescheidene Münze, sprachen beide bereits davon, in Wien wieder auf Jacopo Strada zu treffen. Der war italienischer Alleskönner, Goldschmied, Maler, Architekt, Schriftsteller, Gelehrter und Kunstsammler in einem, und für manchen Kritiker auch ein zwielichtiger Windbeutel, stets auf seinen Vorteil bedacht. Er hatte in den letzten Jahren für den Herzog Hunderte von Statuen, Bronzen und Reliefs erworben, teuer und beileibe nicht alle von künstlerischem Wert.«

»Alchemie, Michel!«, drängte Caspar. »Du wolltest uns doch …«

»Läuft dir die Zeit davon?«, fragte ich bissig. »Hast du ein dringendes Stelldichein? Dann gib Ruhe! Albrecht konnte als regierender Fürst die Ausgaben für seine kostspieligen Leidenschaften verhältnismäßig leicht auf die verärgerten Landstände abwälzen. Aber es ging immer irgendwie um Geld. Geld im Übermaß – nicht etwa vorhandenes Geld, sondern Geldbedarf! Das war auch die Triebfeder für alle Beschäftigung mit der Alchemie. So glaubte ich jedenfalls damals.

Am fünften oder sechsten Tag unserer Reise passierten wir Dürnstein, wo sich ein ruchloser Vorfahr von Marias Bräutigam für alle Zeit mit Schande verewigt hatte, indem er Richard Löwenherz auf der Heimreise vom Kreuzzug gefangen nehmen ließ. Während ich verträumt zur Burg hochschaute, kam Hans Jakob auf mich zu und fragte unvermittelt: ›Träumst du noch immer vom Goldmachen?‹

›Äh … ja … schon …‹, stammelte ich verwirrt.

›Dann begleite mich morgen. Wilhelm hat's erlaubt.‹

Wir legten in Krems an, wo der Hofmeister Quartiere vorbereitet hatte. Hans Jakob Fugger hatte sich nicht näher erklärt, und es ergab sich an diesem Abend keine Gelegenheit mehr, ihn zu befragen. Hatte er, der Zweifler an der Alchemie, plötzlich eine Möglichkeit entdeckt, zu Reichtum zu gelangen, und das ausgerechnet im niederen Österreich nahe Wien? Sprach er deshalb so sorglos und unbeschwert mit dem Herzog über die Neubeschaffung von Antiken und Münzen, die wieder Unsummen verschlingen würden? Ich fand in dieser Nacht kaum Schlaf.

Anderntags nach dem Morgenmahl forderte der Fugger seinen Bediensteten und drei Pferde von einem der Lastschiffe an, und wenig später trabten wir flott an den Auwäldern der Donau entlang nach Osten. Nach einer guten Stunde schwenkten wir nordwärts und ritten durch Wiesen und Kornfelder einem niederen Höhenzug entgegen, dem Wagram, an dessen Hängen guter Wein gedeiht. Bald sahen wir auf der Anhöhe schon von Weitem eine Kirche inmitten eines kleinen Marktes. Dort fragte der Fugger nach dem Gut Oberstockstall und man wies uns den Weg nordöstlich. Wenig später ritten wir in den Hof einer kleinen Schlossanlage, die von einer wuchtigen Kapelle dominiert wurde. Hans Jakob ließ uns ankündigen und kurz darauf kam ihm ein junger Mann im Gewand eines Klerikers mit ausgebreiteten Armen entgegen. Es war Victor August, sein viertgeborener Sohn aus erster Ehe. Nach herzlicher Umarmung seines Vaters wandte er sich mir zu, musterte mich eine Weile und sagte dann lachend: ›Prüfung bestanden.‹«

»Welche Prüfung?«, fragte Schulmeister Hans.

»Oh, das ist eine andere Geschichte«, wich ich aus. »Ich hätte Victor August kaum wiedererkannt, aber zweifellos stand vor mir der Fuggersprössling, der vor Jahren dem jungen Wilhelm im Alten Hof Gesellschaft geleistet hatte und dort Zeuge der Sauhatz geworden war. Er war kaum älter als ich, war aber schon mit zwölf Jahren Domherr zu Passau geworden. Auch sein Vater kannte und nützte offenbar das lohnende Spiel mit Klerikerstellen und Pfründen, insbesondere seit seinem Konkurs.

Das Gut Oberstockstall gehörte seit ewigen Zeiten als Zehenthof der Pfarrei St. Stephan in Kirchberg zum Domkapitel in Passau, und vor gut einem Jahr war Victor August dort Pfarrherr geworden. In dem Schlosstrakt neben dem alten Gemäuer lebte es sich ganz komfortabel, was Victor August auch zu genießen schien. Die Ausstattung war nobel, und was er aus Küche und Keller auftragen ließ, war vom Feinsten.

Nachdem der Fuggerspross uns ausgiebig bewirtet hatte, führte er uns durch das Anwesen und zuletzt auch in die Kapelle, die hochragend, mit wenigen Maßwerkfenstern versehen und außen durch starke Strebepfeiler gestützt, fast wehrhaft aussah. Sie war im alten Stil errichtet und abgesehen von der Wandbemalung, spitzbogigen Sitznischen und einem schön gearbeiteten Weihwasserbecken war das Kircheninnere schmucklos und nicht weiter bemerkenswert, hätte nicht an der Westseite eine Türe in einen geheimnisvollen Raum geführt. Ursprünglich als Sakristei angelegt, diente der Saal nun weltlichen Zwecken. Er und auch noch der Raum darüber enthielten das reich ausgestattete Labor eines Alchemisten.«

»In der Sakristei?«, fragte der Prokurator ungläubig nach. »Du verkohlst uns.«

»Nein«, beteuerte ich, »wahrhaft in der Sakristei. Warum dies so war, kann ich auch nicht sagen. Aber an der Wand zur Kapelle hin befand sich in Augenhöhe ein merkwürdiger

Schlitz, sodass der Alchemist selbst bei geschlossener Türe von seinem Arbeitsplatz auf den Altar blicken konnte, gleichsam eine direkte Verbindung von seinem Werk zum Allerheiligsten.«

»Dann … dann ist es doch gottgefälliges Tun«, resümierte Schulmeister Hans mit freudigem Erstaunen, »und man wird es euch nicht zur Last legen können.«

»Da habe ich so meine Zweifel«, goss Alexander Secundus Freisinger, der ewige Skeptiker, sogleich wieder Wasser in den Wein. »Die Ehrbaren unter den Adepten mögen es so sehen und sind bei ihrer Suche nach dem Stein der Weisen davon überzeugt, gleichsam ein göttliches Erlösungswerk zu vollbringen, wenn es ihnen gelingt, unedle Materie in eine vollkommene Substanz – also Dreck in Gold – zu verwandeln. Da sie dabei aber gewissermaßen selbst das Schöpfungswerk vollbringen, wird es ihnen leicht als Häresie ausgelegt. Ich weiß von einem Kleriker, der seinen Kopf verlor, weil er die heilige Messe mit dem großen alchemischen Werk und den Erlöser mit dem Lapis benedictus gleichgesetzt haben soll. Das ist verdammt dünnes Eis.«

»Und vergesst nicht die Nähe zur Magie, die für viele des Teufels ist«, fügte ich an. »In der Ecknische vor dem Eingang zur Kapelle befanden sich über einem schmalen Brunnen hässliche Fratzen, die man für Wasserspeier halten konnte, wie sie zu Hunderten an den Traufen und Fialen der Kathedralen hängen. Aber eine davon, so versicherte Victor August, sei der geheimnisvolle Baphomet, der Gegensätzliches vereint, indem er – solve et coagula – auflöst und wieder verbindet, was letztlich das große Werk der Alchemie ist.«

»Baphomet als Patron der Alchemie? Er soll doch der Götze gewesen sein, den die Templer anbeteten, was zu ihrer Vernichtung führte«, wandte Schulmeister Hans verwirrt und mit sorgenvoller Miene ein.

»Da hast du's doch schon«, bemerkte der Prokurator lapidar.

»Aber was zum Teufel ist mit dem Gold?«, brachte Caspar das Gespräch wieder auf die für ihn wesentlichen Dinge. »Hast du's nun gesehen oder nicht?«

»Ja und nein«, sagte ich. »Zunächst sah ich nur einen Haufen Gerätschaften herumstehen, die ich zuvor noch nie gesehen hatte und deren Zweck und Verwendung ich nicht kannte. Da waren unzählige Schälchen, Becher, Flaschen, Tiegel, teils aus Keramik, teils aus Glas. Manche Gefäße und Deckel hatten merkwürdige Formen mit bauchigen Hälsen oder langen Nasen. Auf schweren Tischen waren eigenartige Vorrichtungen aufgebaut und etliche Werkzeuge lagen verstreut, Bohrer, Feilen, Meißel oder Zangen mit langen Griffschenkeln und Backen. Und in einer Ecke stand ein mannshoher Ofen in Form eines Turms, der von kleineren Öfen umstellt war.

›Wir nennen ihn den Faulen Heinz‹, erklärte Victor August lachend, ›dabei ist das eigentlich ungerecht, denn faul sein kann vielmehr der Gehilfe. Der muss nur noch in den langen Kerl die Holzkohle einfüllen, und die kleinen Burschen werden dann mitbeheizt.‹

Etwas vor sich hin maulend, was wie mürrischer Protest klang, tauchte hinter den Gerätschaften plötzlich ein struppiger Kopf auf, den Victor August als seinen Laboranten vorstellte. Sein fleckiger Kittel wies auf regen Umgang mit Feuer und Kohle hin, und der ganzen Person entströmte ein starker Knoblauchgeruch. Er leckte eben noch die Finger seiner rechten Hand ab, die fettig glänzten.

›Es ist wegen der giftigen Dämpfe, die beim Scheiden der Metalle entstehen‹, erklärte Victor August entschuldigend. ›Knoblauch und reichlich Verzehr von Butter schützen davor.‹

Der rauchgeschwängerte und trotz weit geöffneter Fenster nach Schwefel stinkende Raum wirkte im ersten Moment wie vollgestellt mit lauter Gerümpel, aber bei näherer Betrachtung herrschte durchaus eine gewisse Ordnung. Doch was ich nirgendwo entdeckte, war Gold.

›Habt Ihr denn, fragte ich vorsichtig, ich meine … ist es Euch schon gelungen …?‹

Victor August nahm lächelnd zwei, drei Schälchen und Tiegel auf und reichte sie mir. In jedem der Gefäße glänzte eine Kruste oder ein kleiner Tropfen aus Gold.

›Es ist ein relativ einfaches und sehr altes Verfahren, gewissermaßen das täglich Brot eines Probierers im Bergbau. Wir untersuchen Erze auf ihren Metallgehalt, trennen die enthaltenen Metalle und erhalten im günstigsten Fall eine kleine Menge reinen Goldes.‹«

»Aber du sagtest doch, dass in der Gegend Wein angebaut wird. Was hatte dann der Fugger als Pfarrherr dort mit Bergbau zu tun?«, fragte Schulmeister Hans.

»Ein großer Teil des Reichtums der Familie beruht auf dem Bergbau«, erklärte ich, »aber die Ausbeute der Silbermine in Schwaz wurde über die Jahrzehnte immer geringer. Es galt, neue Lager zu erschließen. Hans Jakobs erste Frau stammte aus Niederösterreich mit Beziehungen weit nach Böhmen hinein. Und es gibt verwandtschaftliche und geschäftliche Verbindungen zu den Thurzos in Ungarn, sodass die Erzknollen von weit her, aus Böhmen, Siebenbürgen und Schlesien, aber auch aus dem Salzburgischen nach Oberstockstall kamen, um dort probiert zu werden.«

»Ars aurifera, Kunst des Goldmachens, pah!«, höhnte Caspar. »Wo ist da die Kunst? Das ist schlichtes Handwerk. Uralt. Aber Dreck zu Gold machen, so sagte doch der Prokurator vorhin, das nenn ich wahre Kunst. Wie steht's denn nun endlich damit?«

»So schlau war Victor August auch und erklärte die Arbeit des Probierers zwar für wichtig, aber nur als Teil des Laborierens. ›Das Opus magnum ist ein sehr weiter Weg‹, sagte er, ›der viel Geduld und Wissen erfordert und mit Irrtümern und vergeblichen Mühen gepflastert ist. Severin, mein Gehilfe, kann dir den Weg zeigen.‹

›Das fehlte noch!‹, brummelte der struppige Knurrhahn, während mich Victor August ihm überließ, um sich mit seinem Vater zu familiären Gesprächen zurückzuziehen.

Severin machte seinem Namen Ehre, indem er sich ernst und streng gab. Noch besser hätte man ihn Vitus getauft nach dem Patron der Stummen, denn ich musste ihm buchstäblich alles aus der Nase ziehen. Ich ließ nicht locker und erfuhr nach und nach, was es mit Destillation und Sublimation auf sich hat, was die Tiegel und Phiolen enthielten und wozu Alembik, Cucurbit oder Muffel dienten. Doch wollte ich mehr von der gesamten Prozedur wissen, schienen meine Fragen rasch zum Grunde von Severins Wissen vorzustoßen. ›Ein Narr frägt mehr, als sieben Weise beantworten können‹, raunzte er dann und verwies mich auf einen dickleibigen Folianten, der aufgeschlagen auf dem Tisch lag und angeblich das Transmutationsrezept enthielt. Doch sosehr ich mich auch mühte, in die meist fremden Worte, verschlungenen Anweisungen und geheimnisvollen Zeichen einen Sinn zu bringen, am Ende des Nachmittags war ich nicht wesentlich schlauer darüber, wie die Kunst des Goldmachens vor sich ging. Wenigstens konnte ich dem Zausel für meinen knurrenden Magen ein Stück Brot mit fingerdick Butter abluchsen.«

»Butterbrot statt Gold! Toll! Warum sagst du dann, du hattest allen Grund daran zu glauben?«, fragte Caspar patzig.

»So warte doch!«, bremste ich seine Ungeduld. »Beim Nachtmahl, das ich am Tisch der Fugger einnehmen durfte, fragte mich Victor August, ob mein Wissensdurst nun gestillt sei, und ich offenbarte ihm meine Ratlosigkeit und die Maulfaulheit seines Gehilfen.

›Sei nicht zu streng mit ihm‹, sagte Victor August, während er zum Brot griff. ›Verschwiegenheit ist Zeichen eines guten Laboranten, denn wenn die Geheimnisse der Alchemie allzu bereitwillig ausgeplaudert werden, dann versuchen sich auch viele Unwürdige daran, und bald werden immer mehr Unsinn und Irrtümer verbreitet. Dem Volk die tiefsten Mysterien preiszugeben, das hieße Hunden Heiliges vorsetzen und Perlen vor die Säue werfen, sagt Pico della Mirandola.‹

Dann eröffnete er mir und seinem Vater die Grundzüge des großen Werks der Alchemie. Zu allererst, sagte er, müsse man eine Substanz finden oder schaffen, die völlig eigenschaftslos sei, gleichsam die Urmaterie oder Prima materia, wie Gott sie einst schuf. Nur sie könne durch Veredelung zur reinsten Substanz transformiert werden, zu lauterem Gold. Wenn man beispielsweise Eisen, Kupfer, Zink und Blei zusammen in einem Tiegel schmilzt, erhält man nicht etwa edles Metall, sondern lediglich einen unansehnlichen schwarzen Klumpen, den die Alten Tetrasoma nannten, Vierkörper. Wegen der Schwärzung bezeichneten sie den Arbeitsschritt als Melanosis oder Nigredo.«

»Pah!«, ereiferte sich Caspar. »Nimm eine Handvoll Ruß, einen Klumpen Matsch oder einen Haufen Hundescheiße, dann hast du auch Materie, die zu nichts gut ist und allenfalls stinkt. Mach daraus mal ohne Zauberei Gold!«

»Kleingläubiger«, sagte ich geduldig, »vielleicht hast du sogar recht und selbst Kot ist Prima materia. Das Geheimnis liegt darin, dass die Schwärze das Nichts ist und zugleich schon alles in sich enthält. Der weise Olympiodorus hielt Schwarz für die Farbe aller Farben und nannte Weiß eine Nicht-Farbe. Die Bibel lehrt uns, dass am Anfang Finsternis und Chaos herrschten, ehe Gott Himmel und Erde schuf. Auf die Nacht folgt immer der Tag, aus Tod entsteht Leben. In der Schrift heißt es doch auch: Nur wenn das Weizenkorn in die Erde fällt und stirbt, bringt es reiche Frucht. So entsteht aus kotgedüngter schwarzer Erde unser täglich Brot, Herr Schulmeister.«

»Aber …«, wollte Caspar entgegnen.

»Lass gut sein! Wichtig ist zunächst doch nur, dass die Adepten der Überzeugung waren, dass die unansehnliche schwarze Urmaterie das Ziel des großen Werks eigentlich schon in sich trage, das heißt die geheimnisvolle Wandlungssubstanz, den Stein der Weisen, der alles Unedle veredeln kann.«

»Mir brummt jetzt schon der Kopf«, stöhnte Schulmeister Hans, »ich versteh's nicht, wie aus …«

»Mach dir nichts draus«, sagte ich. »Ging mir genauso. Es kommt nun darauf an, die Schwärze zu entfernen, was einer Reinigung, der Purificatio, entspricht. Der Adept fügt Quecksilber hinzu, das sich wie eine Art Sauerteig verhält, und er streut ein Quäntchen Silberpulver darüber, das gleichsam – denkt an das Gleichnis vom Weizenkorn – wie der Same des Silbers wirkt, denn nur der Same eines Metalls kann sich entsprechend vermehren. So entsteht daraus mithilfe des Quecksilbers eine silberglänzende Substanz, die Vorstufe zum Gold. Die Kundigen nannten es die Weißung oder mit ihren speziellen Termini Leukosis oder auch Albedo.«

»Ja, aber …«

»Schweig und hör erst einmal zu! Danach kommt der Schwefel ins Spiel, aus dem das geheimnisvolle Färbemittel gewonnen wird. Dieses Schwefelwasser heißt Theion hydor, was zugleich auch göttliches Wasser bedeutet. Indem dieses Wunderwasser dem alchemisch gewonnenen Silber zugeführt wird, entsteht im Glaskolben eine heftige Reaktion wie das Wüten eines Drachen. Die Substanz färbt sich leuchtend rot, was als Rubedo, die Rötung, beschrieben wird. Durch Koagulation und Fixation entsteht am Ende ein dunkelrot glänzendes Pulver, das die Adepten in ihrer verschleiernden Sprache auch den roten

Löwen nennen. Er entspricht der höchsten Materie oder dem ersehnten Stein der Weisen, der eigentlich ein Pulver ist, mit dem alles Unedle veredelt und minderes Metall zu Gold transmutiert werden kann.«

»So wie du das sagst, klingt es reichlich einfach«, wandte der Prokurator streng ein. »Es könnte unseren jungen Freund, der auf den Erfolg drängt, zu der Annahme verleiten, das Werk sei mir nichts, dir nichts in drei Schritten vollbracht. Der Vorgang ist aber eine lange Prozedur über viele Stufen, und so mancher, der sich daran versuchte, ging in die Irre und ist seiner Lebtag nicht einmal über die Herstellung geeigneter Prima materia hinausgekommen. Da gilt es zunächst die Calcinatio durchzuführen, bei der durch Glühen im Ofen die Metalle pulverisiert werden. Danach musst du die Destillation beherrschen, bei der durch Erhitzen, Verdampfen und Kondensation die festen Teile von Flüssigem geschieden werden. Du solltest wissen, wann du eine Substanz im offenen Ofen zum Glühen bringen musst und wann sie nur im lauwarmen Mistbad oder im Balneum Mariae mäßig, aber dauerhaft zu erwärmen ist. Es erfordert genaue Kenntnis, ob drei Gran eines Pulvers schon genügen oder ob zum Gelingen eine Handvoll zu streuen ist, und wenn ...«

»Schon gut, schon gut«, unterbrach ich die Vorlesung, ehe sie mehr zu verwirren als zu klären drohte. »Victor August wollte seinem Vater und mir nur das Prinzip erklären. Und die Herren Schulmeister werden damit das Geheimnis des Steins so wenig ergründen wie Ihr und ich.«

»Hat's überhaupt je einer dieser schrulligen Geheimniskrämer geschafft?«, fragte Caspar enttäuscht.

»Ich wüsste von keinem in unserer Zeit«, gab ich zu, »doch von alten Meistern wird dies berichtet. Victor August war felsenfest davon überzeugt, es in naher Zukunft mit Gottes Hilfe, geeigneten Büchern und tüchtigen Laboranten selbst zu schaffen. Er führte uns als Beispiel Arnaldus von Villanova vor

Augen, der dreihundert Jahre vor unserer Zeit vor den Augen von Papst Bonifaz VIII. durch die Kunst der Alchemie goldene Stäbe erzeugt haben soll. Da er als Arzt den Heiligen Vater auch von einem schmerzhaften Gallenleiden kurierte, bewahrte dieser ihn zum Dank vor dem Vorwurf der Ketzerei.«

»Er soll, er soll …«, maulte Caspar, »immer nur: Er soll … Hat er nun oder hat er nicht?«

Ich überging den Einwand. »Arnaldus lehrte, dass Mercurius, also Quecksilber, der wesentliche Baustoff aller Metalle sei, und dass – entsprechend der Theorie vom Samen – ein Teil des roten Pulvers an die hundert Teile Quecksilber zu Gold tingieren könne. Ein Franziskaner namens Raimundus Lullus griff diese These auf und behauptete in seinem Testament: *Mare tingerem, si Mercurius esset.*«

»Pfff«, schnaubte nun auch Schulmeister Hans verächtlich, »behauptet, er könne das Meer in Gold verwandeln, wenn es aus Quecksilber bestünde … so ein aufgeblasener Maulheld.«

»Könnte man meinen«, räumte ich ein, »aber laut Victor August gibt es glaubhafte Berichte, dass Lullus für den englischen König Edward III. aus Quecksilber, Blei und Zinn an die sechzigtausend Pfund reines Gold schuf. Lullus, der von der Bekehrung aller Mohammedaner besessen war, hatte es unter der Bedingung getan, dass Edward die Goldgulden für einen Kreuzzug gegen die Türken verwenden würde. Der jedoch nutzte das Alchemistengold schnöde zur Bekämpfung christlicher Glaubensbrüder. Lullus floh daraufhin entsetzt über das Meer, und so kam es wohl, dass seine Kunst und seine Großtat alsbald in Vergessenheit gerieten.«

Die Schulmeister schauten erst sich, dann wieder mich fragend an und schüttelten ungläubig den Kopf: »Wer's glauben mag …«

Sie hatten plötzlich alles Interesse am Goldmachen verloren, und ich konnte es ihnen nicht verdenken, denn solcherart

Zweifel beschlichen auch mich damals in Oberstockstall. Aber beeindruckt von Victor Augusts fester Überzeugung fragte ich neugierig: »Angenommen, Ihr werdet in Eurem Labor in naher Zukunft den Durchbruch schaffen, was werdet Ihr mit all dem Goldsegen anfangen?«

Hätte ich erwartet, der Fuggerspross würde als Sohn eines Kaufherrn zuallererst seines Vaters Verbindlichkeiten ablösen, um ihm wieder zu altem Reichtum und früherer Größe zu verhelfen, oder er würde für sich selbst etwas beanspruchen wollen, so wäre ich enttäuscht worden, denn er sagte reichlich pathetisch: »Wenn Gott uns die Gnade gewährt und uns vor allen anderen mit dem Wissen um das Geheimnis der Transmutation auszeichnet, dann soll es zuvörderst seinem Lob und seiner Ehre dienen und der allein selig machenden Wahrheit zum Sieg verhelfen. Der Kaiser und die katholischen Fürsten könnten dann all die Ketzer und Widersacher gegen die einzig wahre Kirche in die Schranken weisen oder vernichten, und es wäre ein Leichtes, ein genügend großes Heer aufzustellen, um die Türken endgültig aus der Nähe Wiens zu vertreiben und an den Bosporus zurückzudrängen.«

Ich musste ihn angestarrt haben wie der Apostel Thomas die Wunden des Herrn.

»Du glaubst mir nicht«, sagte Victor August mit einem Lächeln, das fast mitleidig wirkte. »Weshalb, meinst du, versuchen sich ausgerechnet Kleriker in der Kunst der Transmutation? Weil der Adept reinen Sinnes sein muss und das große Werk ausschließlich deo concedente gelingt, wenn Gott es zulässt. Er offenbart das Können nicht denen, die es für weltliche Eitelkeiten, Tyrannei und Blutvergießen nützen würden, sondern nur denen, die es zum Ruhme Gottes den Leidenden und Bedürftigen zukommen ließen.«

Da auch der Kampf gegen Ungläubige Blutvergießen bedeutete, blickte ich wohl noch immer skeptisch drein, sodass Victor August sich weiter mühte, mich zu überzeugen. »Hast du von Nicolas Flamel gehört?«

»Ich … äh … ich glaube nicht.«

»Der gelehrte Notar und Buchhändler konnte vor etwa zweihundert Jahren nach mühsamen Irrwegen die Botschaft eines geheimen Buches entschlüsseln und echtes Gold erzeugen. Er verwendete dies aber nicht zu seinem Vorteil, sondern errichtete Siechenhäuser und Spitäler und spendete sein Vermögen Bedürftigen und Kirchen.«

Schon war ich geneigt, ihm die Selbstlosigkeit und solch wahrhaft christliche Gesinnung abzunehmen, da brachte er unvermittelt selbst das Gespräch auf sehr irdische und familiäre Geldquerelen: »Wie steht es denn in der spanischen Angelegenheit?«, wollte er von seinem Vater wissen.

»Diese spitzbübischen Halsabschneider und Defraudanten bewegen sich nicht«, schimpfte Hans Jakob.

Mir war zunächst nicht klar, ob er damit die Spanier meinte, die ihn bei ihrem Staatsbankrott um viel Geld betrogen hatten, oder Mitglieder seiner ehrenwerten Familie, denn schon bei der ersten Generalabrechnung nach seinem eigenen Konkurs hatte sich Hans Jakob übervorteilt gefühlt, und im Jahr darauf war es zum endgültigen Bruch zwischen ihm und seinen Vettern gekommen. Mittlerweile war die Auseinandersetzung sehr persönlich geworden und von beiderseitiger Feindschaft geprägt, sodass der Streit schließlich vor Gericht ausgetragen wurde. Obwohl dem Weine abhold, eröffnete Hans Jakob an jenem Abend in Oberstockstall wie berauscht seinen nächsten Schachzug: »Ich hab den Christoph schon fast so weit, dass er aus dem schäbigen Rest der Handelsgesellschaft austritt«, verriet er mit gehässigem Grinsen. »Wenn er sein Geld zurückzieht und sich auszahlen lässt, dann gnade Gott dem Gesindel in Augsburg!«

Christoph, Hans Jakobs jüngerer Bruder, war der mit

Abstand Reichste in der Fuggersippe. Sein Rückzug aus dem Geschäft hätte eine empfindliche Schwächung der Firma bedeutet. Was mich an jenem Abend erschreckte, war die urplötzliche Wandlung des leutseligen und kulturbeflissenen Hans Jakob, bis dahin stets mein Gönner und gütiger Mentor. Hatte er in guten Zeiten das Aussehen einer freundlichen weisen Eule, so glich er mit einem Male einem rachsüchtigen Raubvogel, der nur darauf aus war, seine Beute zu schlagen.

Ich fragte mich in diesem Augenblick, was zu geschehen drohte, würde eines Tages tatsächlich einem Adepten wieder das Kunststück der Transmutation gelingen, denn Neid und Gier schienen eine weitaus größere Kraft zu besitzen als das Wort in der Schrift: *Ihr könnt nicht zwei Herren dienen, Gott und dem Mammon!* Und käme tatsächlich ein katholischer Fürst zu unermesslichem Reichtum, durch den er die anderen Potentaten beherrschen könnte, würden dann nicht die lutherischen Widersacher oder gar der Türke alles daran setzen, ihrerseits hinter das Geheimnis des Goldmachens zu kommen? Die Gier würde niemals enden, und es würde zu Mord und Totschlag kommen, mehr denn je. Mir schwindelte.

Ich hatte genug von Fugger'schen Zwistigkeiten, aber da ich noch nicht müde, ja ganz im Gegenteil aufgewühlt war, bat ich darum, mich noch für ein Weilchen in die Bibliothek zurückziehen zu dürfen.

»Wacker«, stimmte Victor August augenzwinkernd zu, »eifriges Studium der alten Schriften ist die erste Voraussetzung für das große Werk. Und so du's beim ersten Mal nicht verstehst, lies es wieder und wieder, dreimal, sechsmal, zehnmal! Doch achte mir sorgsam auf das Kerzenlicht!«

Achtzehntes Kapitel

DIE BIBLIOTHEK FÜLLTE einen schmalen, schmucklosen Raum im Obergeschoss und enthielt als Mobiliar für die Bequemlichkeit gerade mal einen schlichten Tisch nebst Stuhl. Die Kostbarkeiten befanden sich in den beschnitzten Regalen an den Längsseiten des Raumes, wobei zur Linken hauptsächlich Fachbücher über Bergbau und Dokimastik aufgereiht waren. Da stand in mehrfacher Ausführung die *Pirotechnia* eines Birin…guccio oder so ähnlich neben Georg Agricolas *De re metallica*. Das Destillierbuch eines gewissen Heinrich von Braunschweig war vorhanden und so fort. Ein mittleres Fach des Regals, das frei von Büchern war, zierten zwei kunstvoll gearbeitete und wertvolle Handsteine, bei denen winzige Figürchen aus Wachs vor Erzknollen und Korallenbäumchen Szenen aus dem Bergbau darstellten.

Ich war jedoch auf der Suche nach anderen Schriften und wandte mich der rechten Bibliotheksseite zu. Auf den ledernen Buchrücken, die ich mit der Kerze beleuchtete, prangten mir die Namen Albertus Magnus, Lullus und Arnaldus von Villanova entgegen. Zwischen namenlosen Folianten entdeckte ich Portas *Magia naturalis*, und selbst der geheimnisumwitterte Agrippa von Nettesheim war mit einem Frühwerk vertreten. Die Nacht hätte nicht ausgereicht, um sich auch nur in einige zu vertiefen.

Schließlich fand ich auch eine Schrift des Paracelsus, *Das erst Buoch der großen Wundartzney*, was mir angesichts der Gefahren in Bergbau und Labor durchaus sinnvoll erschien. Es war leider das einzige Werk des großen Arztes und Alchemisten. Ich überflog die folgenden Buchrücken, bis mein Blick an einem Titel hängen blieb, den ich kaum aussprechen konnte: *Hypnerotomachia Poliphili.* Ich konnte mir keinen Reim darauf machen und erfuhr erst anderntags von Victor August, dass es so viel bedeute wie »Traumliebeskampf« oder »Liebestraum des Poliphil«, und es sei ein überaus kostbarer Erstdruck aus der berühmten Offizin des Aldus Manutius in Venedig. Auch der Inhalt des Werks erschloss sich mir nur andeutungsweise, denn es war in verschiedenen Sprachen erstellt und bestand teilweise nur aus Zahlen, geometrischen Konstruktionen und fremden Hieroglyphen. Es schien mir so, als durchwandere Poliphil auf der Suche nach seiner Geliebten verzauberte Wälder, paradiesische Gärten, Ruinen und Paläste und begegne dabei wundersamen Fabelwesen, Nymphen und sogar Göttern.

Unterschiedlichste Schriftarten waren oft merkwürdig angeordnet, als dienten sie selbst der Zierde. Was mich vor allem beeindruckte, waren die zahlreichen Holzschnitte, die neben Tempeln und Obelisken auch prachtvolle Triumphbögen und Prozessionen darstellten, und augenblicklich fühlte ich mich nach Florenz versetzt, wo ich vor Jahren den nächtlichen Triumphzug der mythischen Götterwelt erleben durfte – ich hatte plötzlich wieder den süßen Duft der Blüten und den Rauch der Fackeln in der Nase, sah die glitzernden Prunkgewänder auf den riesigen Wagen, hörte betörende Melodien …

Ich schwelgte eine Weile in träumerischer Erinnerung an Italien, und ganz allmählich verspürte ich Müdigkeit. Ich riss mich von dem edlen Werk der Druckerkunst los und stellte es zurück ins Regal. Da fiel mein Blick auf den zuvor von Victor August erwähnten klangvollen Namen, der mich wieder wach und neugierig machte: Pico della Mirandola. In Erwartung neuer Wunder legte ich das Buch auf den Tisch, um auch hierin noch ein wenig zu blättern, und schon nach wenigen

Seiten schlug es mich völlig in seinen Bann. Nicht wegen der Schrift oder irgendwelcher Bilder, gütiger Himmel, nein – der Inhalt erschien mir, je mehr ich mich darin vertiefte, schier ungeheuerlich.

Der Sohn eines Grafen hatte nichts Geringeres im Sinn gehabt, als die größten Gelehrten seiner Zeit in Rom zu versammeln, um mit ihnen zu disputieren. Neunhundert philosophische und theologische Thesen hatte er zu diesem Zweck verfasst, die er vor der Kurie und kritischen Zuhörern aus aller Herren Länder zu verteidigen gedachte, und vor mir lag die Eröffnungsrede. Was mich aber regelrecht bestürzte – der Graf zählte zum Zeitpunkt seines ehrgeizigen Vorhabens erst dreiundzwanzig Jahre, war somit keinen Lenz älter als ich, der ich die Schrift soeben mühsam zu verstehen versuchte. War dies einfach nur jugendlicher Größenwahn eines Naseweises oder der gewaltige Streich eines künftigen Genies? Da war von der Würde des Menschen die Rede und dass er sich vor den Tieren und der gesamten Engelwelt dadurch auszeichne, dass der Allmächtige ihn nicht schon abgeschlossen und vollendet, sondern als ein Werk von unbestimmter Natur mit den verschiedensten Anlagen geschaffen habe, sodass er in freier Willensentscheidung sowohl nach unten in die Tierwelt entarten als auch sich nach oben zu einem himmlischen Wesen in Gottesnähe entwickeln könne. ›Ihr seid Götter und Söhne des Himmels‹, habe ein Prophet der Vorzeit den Menschen ermunternd zugerufen. Klang dies nicht schon nach Blasphemie? Ebenbilder Gottes, nach seinem Bild und Gleichnis geschaffen – gut und schön. Aber Götter?

Doch dieser Pico erklärte einfach selbstsicher, der Mensch dürfe nur nicht die Freiheit seiner Wahlmöglichkeit missbrauchen, sondern müsse, von heiligem Ehrgeiz ergriffen, statt das Mittelmäßige zu wählen stets mit aller Kraft das Höchste erstreben, um schließlich den Cherubim und Seraphim gleichgestellt Gott nahe zu sein. Dazu bedürfe es aber der Beherrschung der Triebe und ständiger Läuterung der Seele, was in drei Stufen erfolge: Auf die Reinigung (purgatio) folge die Erleuchtung (illuminatio) und schließlich die Vollendung (perfectio). Es klang ganz ähnlich wie die Abfolge des großen alchemischen Werks. Sollte … aber nein, was hatte die Reinigung der Seele mit der Verwandlung unedler Materie in Gold zu tun? Das eine war Aufgabe der Pfaffen, das andere Sehnsucht und Lebensziel der Adepten. Und stand nicht das Streben, ja die Gier nach Gold der Läuterung der Seele gründlich im Wege?

Doch Pico sprach an keiner Stelle von Gold. Sein Traum schien ein völlig anderer zu sein. Er breitete mit großer Belesenheit Gedanken und Lehren von Philosophen und weisen Männern vor Christi Geburt und selbst Thesen über Naturphilosophie und Magie sowie die Ansichten jüdischer und islamischer Denker aus und suchte in ihnen über ihre jeweilige Eigenart hinaus, Gemeinsamkeiten mit der christlichen Glaubenslehre zu finden. Es schien mir so, als wolle er eine Art Versöhnung widerstreitender Ideen und Überzeugungen herbeiführen, dadurch zum *Glanz der Wahrheit* vordringen und auf diese Weise unter den Völkern himmlischen Frieden stiften. Welch weitblickender und kühner Gedanke! Und welch schmerzliche Enttäuschung! Pico konnte, wie ich später erfuhr, seine Rede vor den Gelehrten dieser Welt niemals halten. Nachdem zunächst eine päpstliche Kommission dreizehn seiner Thesen als häretisch gebrandmarkt hatte, verurteilte schließlich Papst Innozenz das freigeistige Werk in seiner Gesamtheit und ordnete die Verbrennung aller Exemplare an.

Wie benommen schlurfte ich zu der mir zugewiesenen Schlafstätte, schier erdrückt von den geistigen Höhenflügen des jungen Conte, aber mehr noch niedergeschmettert durch die Tatsache, dass dieser gräfliche Klugscheißer – mir an Jahren gleich – sich angeschickt hatte, den Weltenlauf zu revolutionieren, ich selbst dagegen mich als Narr verdingte und mein Brot mit Possen und lachhaften Späßen verdiente.

Während ich versuchte, die Aufgewühltheit in meinen Gedanken niederzuringen, um in den Schlaf zu finden, kamen mir doch immer wieder jüngst gelesene oder gehörte Ereignisse in den Sinn. Raimundus Lullus wollte dem Christentum zum Sieg verhelfen, indem er das Gold für einen Kreuzzug schuf, und Victor Augusts jetzige Anstrengungen gingen in dieselbe Richtung. Ganz anders dagegen das Vorhaben von Pico della Mirandola. Er suchte nicht den bewaffneten Streit, sondern wollte Frieden und Ausgleich zwischen den feindlichen Schulen und Glaubensrichtungen stiften. Wenn nun ein Herrscher zu großem Reichtum käme und diesen dafür verwendete, die Gedanken Picos in die Tat umzusetzen – was wäre das doch für ein Segen für die von fürchterlichen Kriegen heimgesuchte und geplagte Menschheit?

Doch wie den dafür nötigen Reichtum herbeischaffen? Was ich bislang von den Künsten der Alchemie und deren Betreiber erfahren hatte, gab wenig Anlass zu konkreter Hoffnung. Und außerdem, was könnte ich schon als Narr …?

Da fielen mir meines Vaters letzte Worte wieder ein: »Es enthält das Geheimnis des Goldmachens und verrät einen Schatz« – die *Archidoxa* des Paracelsus. Ich musste sie finden. Um jeden Preis! Ich hatte freilich keine Ahnung, wo ich mit der Suche beginnen sollte, zumal nach dem so würdelosen Misserfolg im Haus meiner Vettern gleich nach meines Vaters Tod. Doch noch ehe mich bleierne Mutlosigkeit erfassen konnte, übermannte mich gnädig der Schlaf und die Ereignisse des Tages verwoben sich mit Erinnerungsfetzen zu großartigen Traumbildern …

Mühsam bahnten sich die schweren Wagen ihren Weg durch die jubelnde vieltausendköpfige Menge. Es war ein Triumph-

zug, wie ihn das Abendland noch nicht gesehen hatte. An der Spitze sorgten Gaukler und Springer für Belustigung und einstimmende Erheiterung des Volks, das erwartungsvoll seit Tagesanbruch die Straßen säumte. Ihnen folgten in langen Reihen Vertreter aller Handwerkszweige. Die Frauen streuten Blumen, die Männer warfen Süßigkeiten und Nüsse in die Menge. Zwischen den einzelnen Gruppen fuhren von jeweils sechs Pferden gezogene Wagen, auf denen Laien biblische Szenen in lebenden Bildern verkörperten wie bei der großen Fronleichnamsprozession. Pfeifer, Trommler und Zinkbläser erzeugten laut und inbrünstig schrille Begleitmusik. Dem Handwerk folgte die Nobilitas der großen Städte und des Reiches: Ratsherren in dunklem Ornat und geschmückt mit schweren Amtsketten, Fürsten in edelsteinbesetzten Gewändern zu Pferd und auf Wagen, geschmückt mit eitel herausgeputzten Damen. Dazwischen hoch aufgetürmte Wagen mit Faunen, Nymphen und Göttern nach italienischer Art. Ihnen folgten Gelehrte und Philosophen aus aller Herren Länder. Schließlich schritten unter Chorgesang vereint und Seit an Seit Kleriker, Mönche und Prälaten katholischen Glaubens neben den Anhängern Luthers einher, und neben spitzen Hüten der Hebräer glänzten grünseidene Turbane von Gesandten des Sultans.

Zu guter Letzt kam nur stockend, von hell tönenden Fanfaren angekündigt und von wogender Menge umdrängt, der größte aller Wagen voran. Es war das prachtvolle Gefährt Saturns, Gott des Reichtums und der Melancholie. Und ich, Michel der Narr, stand ganz vorn am Bug, das Haupt nicht von Schwermut umwölkt, sondern lorbeerbekränzt wie ein Triumphator. Und kreischende Frauen streckten mir in Erwartung eines Segens ihre Kinder entgegen. Einander rempelnd und halb entrückt verstiegen sie sich zu Rufen wie: »Heiliger Michael, hilf!« Mengin, der geläuterte Jesuit, ignorierte die Blasphemie, verspritzte Kübel geweihten Wassers über der Menge, und ein ums andere Mal versicherte er mir väterlich: »Mein Sohn, an dir habe ich mein Wohlgefallen!«

Zu meiner Rechten genoss milde lächelnd seine Herrlichkeit Wilhelm von Bayern die Huldigung: »Heil dir Friedensfürst!« Denn nachdem Michel, sein Narr, nach mühevoller Suche die Archidoxa des Paracelsus entdeckt hatte und es mithilfe kundiger Adepten geglückt war, Gold in unbeschreiblicher Menge herzustellen, hatte der Fürst keine Kosten gescheut, um Theologen und Gelehrte, Diplomaten und Gesandte aus aller Welt an seinem Musenhof zu versammeln, und so war es gelungen, die zerstrittenen Reiche und Religionen zu befrieden.

Der Narr und sein Fürst erhielten nun als Retter des Abendlandes ihren verdienten Lohn. Der Papst hatte Wilhelm schon den begehrten Titel des Großfürsten verliehen, und nun würden ihn beim nächsten Reichstag die Kurfürsten zum König des Heiligen Römischen Reiches wählen, womit auch seine Wahl zum Kaiser so gut wie sicher war. Für Michel aber hatte der Kaiser die Hand seiner schönsten Tochter ausersehen …

Narrenträume!

Neunzehntes Kapitel

Nach unruhigem Schlaf erwachte ich damals ziemlich erschlagen. Victor August und sein Vater saßen bereits beim Frühstück. Ich setzte mich ungebeten dazu und bestürmte sogleich Victor August mit Fragen nach diesem merkwürdigen Buch, das mir ein Buch mit sieben Siegeln geblieben war.

»Das geht selbst Gelehrten so mit der *Hypnerotomachia*«, sagte der Fuggersohn lachend. »Sie ist verrätselt, und es ist wie mit den Büchern der Alchemie. Man muss sie lesen und immer wieder lesen, bis sie sich einem irgendwann erschließen.«

Vor allem ein Emblem hatte mich verwirrt: In einem Kreis, der durch den Schlangenstab des Äskulap geteilt war, fand sich auf beiden Seiten jeweils die hintere sowie darunter die vordere Hälfte eines Elefanten, an dem ein kleines Tier hing, das aussah wie eine Ameise, wofür ich keine Erklärung fand.

»Ah, das ist leicht«, versicherte Victor August, »die Erklärung steht sogar dabei. Einmal scheint aus der Ameise ein Elefant zu werden, einmal scheint sie ihn zu verschlingen. Die tiefere Bedeutung aber ist: Durch Eintracht wachsen auch kleine Dinge, durch Zwietracht werden selbst die größten zerstört. Und im Wesentlichen geht es doch immer wieder um die Vereinigung von Gegensätzen, denn in Gott verbinden sich schließlich alle Gegensätze zur Einheit, wie uns Nikolaus Cusanus lehrt.«

Als Victor August dies sagte, schien es mir so, als habe ich den Spruch schon einmal gehört oder gelesen, und auch das rätselhafte Bild kam mir mit einem Mal bekannt vor. Der Fugger hielt dies für durchaus möglich. »Embleme sind beliebt und zieren viele Wände.« Ich konnte mich nur beim besten Willen nicht daran erinnern, wo ich es schon einmal gesehen hatte.

Ich hätte noch so viele Fragen gehabt, aber Hans Jakob Fugger drängte zum Aufbruch. Als wir eben, mit reichlich Proviant versehen, durch das Tor der kleinen Schlossanlage trabten, ritt ein junger Mann auf uns zu, der sich nicht mit Höflichkeiten aufhalten wollte. Noch während er sein Pferd zügelte, forderte er unvermittelt: »Ich suche den Pfarrherrn Victor August.«

Trotz seiner Direktheit schien es nicht um Leben und Tod zu gehen. Aber der Bursche hatte ganz offensichtlich einen längeren Weg hinter sich, denn er war staubig, um nicht zu sagen verdreckt, und hatte wohl seit Längerem keinen Kontakt mehr mit Wasser und Kamm gehabt.

Hans Jakob musterte ihn eindringlich und fragte ihn dann auf Lateinisch, was er denn von Victor August wolle.

»Ich suche Arbeit«, war die Antwort.

»Welcher Art?«

»Was geht's Euch an?«

»Oho«, entfuhr es dem Fugger reichlich verdutzt ob der Unverschämtheit des Burschen. »Ich bin sein Vater.«

Unbeeindruckt gab der Fremde nun immerhin Auskunft: »Ich will bei ihm laborieren.«

»Seid Ihr des großen Werkes kundig?«, fragte Hans Jakob skeptisch.

»Nur in Teilen«, räumte der andere ein, »aber man sagt, Victor August sei in der Kunst weit fortgeschritten, und ich will bei ihm lernen.«

»Mhmm«, brummte Hans Jakob zurückhaltend und deutete dann mit dem Kopf zurück Richtung Tor.

Der Bursche ließ grußlos seinen Gaul wieder antraben. Hans Jakob schaute ihm mit zusammengekniffenen Augen nach, und als der merkwürdige Fremde fast die Hofeinfahrt erreicht hatte, rief er ihm hinterher: »Hola chico! Cual es tu nombre?«

Er erhielt keine Antwort, und es schien allenfalls so, als hätte der Kerl kurz mit den Achseln gezuckt.

»Was sollte das eben?«, fragte ich erstaunt.

»Vielleicht bin ich ja schon zu misstrauisch«, sagte Hans Jakob mit bereits wieder entspannteren Gesichtszügen, »aber man kann dieser Tage nicht vorsichtig genug sein. Er scheint kein Bauernlümmel zu sein, sonst hätte er auf meine lateinische Frage nicht antworten können. Wahrscheinlich ist er ein verkrachter Kleriker, aber da es ihm an Höflichkeit und Respekt mangelte, vermutlich kein Jesuitenzögling.«

»Warum habt Ihr ihm noch auf Italienisch nachgerufen?«

»Spanisch, Michel, Spanisch. Es war nur so ein Gedanke. Mir gefällt nicht, dass offensichtlich die Kunde von meines Sohnes Beschäftigung mit der Alchemie, angeblich schon mit Erfolg, herumgeht. Und einen Augenblick dachte ich, er könne ein Spion sein, vielleicht sogar in Diensten meiner Augsburger Sippschaft in der spanischen Angelegenheit, um herauszubekommen, wo noch etwas zu holen ist. Aber jetzt fort mit den düsteren Gedanken und auf zu Hochzeitsfreuden.«

Er gab seinem Pferd die Sporen, und wir hielten südöstlich auf Tulln zu, die ehemalige Residenzstadt der Babenberger Markgrafen an der Donau, um uns dort wieder einzuschiffen. Um die Zeit zu vertreiben, während das Schiff träge dahinglitt, bat ich Hans Jakob, mir ein wenig über den Kaiser zu erzählen, dessen Gast wir bald sein würden. Bestens vertraut mit den hohen Häusern und im Besitz so mancher Anekdote, ließ sich Hans Jakob nicht lange bitten.

»Er ist ein Meister in der Kunst, sich zu verstellen.«

»Wie, der Kaiser lügt?«

»Du darfst nicht vorschnell urteilen«, mahnte Hans Jakob. »Maximilian ist kein Lügner. Er sagt nur kaum jemandem, was er wirklich denkt. Das hat sich schon in seiner Jugend entwickelt, als er große Sympathien für Luthers Lehren zeigte und Freundschaften mit Protestanten pflegte. Über viele Jahre hinweg hielt er sich sogar einen evangelischen Hofprediger. Du kannst dir vorstellen, dass dies seinem frommen Vater Ferdinand und dem alten Kaiser Karl ein mächtiger Dorn im Auge war. Zudem war Maximilian damals weiß Gott kein Tugendbold. Er und seine Zechkumpane nahmen sich die Weiber nicht selten mit Gewalt. In Augsburg, im Hause meines Oheims Anton Fugger, haben sie ihn dann an die Kette gelegt, indem sie ihn mit Karls Tochter verheirateten. Jetzt gab es in nächster Nähe auch noch eine erzkatholische Frau, die auf ihn aufpasste. Und er war von Spitzeln umringt.«

»Da bin ich doch lieber Narr«, sagte ich mitfühlend.

»Nachdem Vater Ferdinand Kaiser geworden war, sorgte er sich natürlich noch mehr um die Nachfolge, weil er seinen Sohn für ein unstetes Blatt im Wind hielt. Und selbst als Maximilian dem Vater ein Treuegelöbnis abgelegt hatte, glaubten ihm die Katholischen nur halbherzig, zumal er daran festhielt, das Abendmahl in beiderlei Gestalt zu nehmen und eine tiefe Abneigung gegen die Jesuiten hegte. Zudem zweifelten jetzt auch seine protestantischen Freunde an ihm, die große Hoffnungen in ihn gesetzt hatten. Was Wunder also, dass Maximilian bei all dem Misstrauen seine Gedanken und Meinungen immer mehr zurückhielt.«

»Aber jetzt, wo er selbst Kaiser ist, könnte er doch entschieden …«

»Nein«, unterbrach mich Hans Jakob kopfschüttelnd, »er ist im tiefsten Herzen auch ein Zauderer. Während andere rasch zur Tat drängen, überlegt und diskutiert er allzu lange, um am Ende doch nicht den entscheidenden Schritt zu tun, was für das Reich nicht gut ist, vor allem in Zeiten großer Gefahr.«

»Ihr meint die Türken?«

»Unter anderen. Dazu kommt, dass Maximilian sich schon seit Jahren nicht mehr bester Gesundheit erfreut.«

»Er ist doch noch jung und kann sich die besten Ärzte leisten«, warf ich verständnislos ein.

»Glaub mir«, sagte Hans Jakob, »diese Quacksalber sind häufig das Problem, das zu lösen sie vorgeben. Und manches lässt sich vielleicht auch nicht erklären. Als Maximilian vor zwanzig Jahren aus Spanien zurückgekehrt war, da befielen ihn in Wasserburg während eines Festmahls urplötzlich heftigste Schmerzen und eine Ohnmacht. Er selbst wähnte, man habe ihn während seines Aufenthaltes in Trient, wo gerade das große Konzil tagte, im Haus des Kardinals vergiftet, um zu verhindern, dass er als angeblicher Protestantenfreund jemals Kaiser werden könne.«

»Ein Kardinal als Mörder?«, fragte ich reichlich naiv.

»Nicht er selbst natürlich. Aber nein, ich glaube es auch so nicht, und es ist nichts bewiesen. Max hätte sich ebenso gut in Innsbruck oder Wasserburg mit etwas infizieren können, durch verdorbene Muscheln oder Ähnliches. Wie dem auch sei, er hat sich davon nie mehr richtig erholt. Aber lass uns von Erfreulicherem reden, ehe du den Kaiser nur für einen kranken Schwächling hältst. Er ist nämlich äußerst sprachgewandt, kunstliebend und vielseitig interessiert. In seiner Menagerie tummeln sich exotische Tiere, in seinen prachtvollen Gärten blühen die seltensten Pflanzen, oder hast du jemals schon von Tulipen oder den wunderbar duftenden Blütendolden des Lilac gehört? Und er zählt einen der wunderlichsten Künstler zu seinen Freunden: Guiseppe Arcimboldo. Ich hoffe, du wirst das Glück haben, ihn kennenzulernen.«

Nach ruhiger Fahrt legte unser Schiff noch am frühen Abend desselben Tages in Wien an der Lände in der Rossau an. Der Fugger lenkte danach ortskundig sein Pferd dem

Neuen Tor zu, und schon bald standen wir vor der kaiserlichen Hofburg. Für eine Dynastie, deren Herrschaft sich um den halben Erdball erstreckte, war sie noch nicht von beeindruckender Größe, aber durch die vier kantigen Ecktürme wirkte sie wuchtig und etwas grobklotzig. Da allein schon die bayerische Delegation weit über fünfhundert Personen und Pferde zählte, war es unmöglich, alle in der Hofburg zu beherbergen. Wir wurden daher von einem überforderten Hausdiener weitergeschickt, der behauptete, für die Gäste aus dem Haus Bayern sei im Stall Quartier bereitet. Ich hatte empörtes Aufbegehren des Fuggers erwartet, aber der sagte nur lachend und gelassen: »Unsere Herzogin Anna, Tochter des alten und Schwester des jetzigen Kaisers, soll im Stall hausen – das ist lachhaft und kann nur ein Missverständnis sein.«

Während er sein Pferd am Zügel aus der Hofburg führte, erklärte er: »Der Einfaltspinsel kann nur die Stallburg gemeint haben, die Maximilian gleich in der Nähe errichten ließ. Böse Zungen behaupten, weil sein Vater, mit dem er häufig zerstritten war, ihn nicht mehr unter seinem Dach haben wollte. Aber das ist Geschwätz. Maximilian, der sich auf seine Zeit als Kaiser vorbereitete, benötigte ganz einfach Platz für seine Pferde und auch für künftige Gäste.«

Nach wenigen Minuten schon hatten wir die Stallburg erreicht, einen vierseitigen Arkadenhof im neuen italienischen Stil. Für den Fugger und die Herzogsfamilie war selbstredend eine Zimmerflucht im Gästetrakt vorbereitet worden. Mir wurde tatsächlich der Stall zugewiesen. Aber ich war zufrieden, denn wie dort die kaiserlichen Pferde in der übrigen Zeit des Jahres hausten, das konnte sich leicht mit gewöhnlichen Herbergen messen lassen.

»Komm rechtzeitig zur Tafel«, riet mir Hans Jakob noch lachend, »sonst hängen sie dir bloß den Hafersack um.«

Maximilian erwies sich als umgänglicher und keineswegs maulfauler Gastgeber. Von Kränkeln oder gar Verschlossenheit keine Spur. Da die Hochzeit erst in zwei Tagen stattfand und Braut und Brautmutter noch an den Vorbereitungen teilnahmen, blieb ihm genügend Zeit, der männlichen Verwandtschaft aus Bayern seine Kostbarkeiten zu zeigen, womit er in seiner Kunstkammer begann, die er überschwänglich als ein »Archiv der Weisheit« pries, weil sie kostbare Elemente und Zeugnisse allen irdischen Seins und Wissens enthalte, die zum Teil schon seine Vorfahren zusammengetragen hätten. Herzog Albrecht war eine spürbare Unruhe anzumerken. Da er selbst seit Jahren Unsummen für Kuriositäten aller Art ausgab, war er wenig am Vortrag des Kaisers interessiert und begutachtete bereits mit dem gierigen Blick des Sammlers ausgewählte Exponate. Plötzlich hielt er überrascht inne und starrte auf ein monströses Tier. »Ist das etwa Soliman?«

»Leider«, bedauerte Maximilian, »er hat die beschwerliche Reise nicht lange überlebt. Aber so bleibt die Erinnerung an ihn lebendig.«

»Soliman«, wiederholte Albrecht nochmals nachdenklich, »was für ein Aufsehen damals.«

Maximilian hatte den indischen Elefanten, den man als Spott gegen den Sultan Soliman rief, vom König von Portugal geschenkt bekommen und ihn bei seiner Heimkehr aus Spanien mitgenommen. Die Reise über den Brenner glich einem Triumphzug, nicht nur wegen des jugendlichen Prinzen und seiner Familie, sondern mehr noch wegen seines exotischen Begleiters. In Wien aber war Soliman im Jahr nach seiner Ankunft in der Menagerie, die eine Weile das Lieblingsziel der Wiener gewesen war, verendet. Maximilian hatte ihn danach ausstopfen lassen. »Auf einem Stuhl aus seinen Knochen hockt jetzt Wiens Bürgermeister«, fügte er etwas abgeschmackt hinzu. Vielleicht hatte Albrecht zu sehnsuchtsvoll oder begierig auf das seltene Exponat gestarrt. Im Jahr danach kam das Monstrum als Geschenk des Kaisers, der längst wieder einen lebenden Elefanten besaß, bei seinem bayerischen Schwager in München an.

Ich hielt unterdessen Ausschau nach Gemälden, und mit zunehmender Dauer des Rundgangs wurde auch ich zappelig und platzte keck heraus: »Protzt auch die Kammer voller Kunst, von Arcimboldo keinen Dunst!«

Albrecht schaute mich missbilligend an, doch ehe er mich zurechtweisen konnte, sagte Maximilian amüsiert: »Der Possenreißer scheint ein Kenner zu sein. Gedulde Er sich ein wenig!«

Ich wäre nie in den Genuss gekommen, die Bilder des viel gerühmten Künstlers zu bestaunen, hätte ich nicht dem herzoglichen Gefolge angehört, denn Maximilian bewahrte sie voller Stolz in seinem Schlafgemach auf. Am Neujahrstag vor zwei Jahren hatte man ihm als Geschenk zusammen mit Gedichten acht Bilder überreicht, die Allegorien der Jahreszeiten und der vier Elemente darstellten. Jetzt wurde der Kaiser geradezu poetisch, indem er sich auf Horaz berief und erklärte: »Es gibt Bilder, die dich mehr fesseln, wenn du näher trittst, und solche, die dich fesseln, wenn du weiter entfernt stehst.«

Arcimboldo, der eigentlich als Hofconterfetter für konventionelle Bildnisse eingestellt war, hatte nicht gefällige und ebenmäßige Porträts geschaffen, sondern aus einer Vielzahl von Gegenständen grotesk und fremdartig erscheinende Köpfe zusammengesetzt, die daher häufig auch »scherzi« oder »grilli« genannt wurden, weil sie den Betrachter verwirrten oder zum Lachen reizten. Da waren etwa Birnen, Äpfel, Kirschen und Trauben mit Früchten des Feldes, die von Nahem täuschend echt der Natur nachgemalt waren, zu einem größeren Ganzen komponiert, das aus der Ferne betrachtet zweifellos einen Kopf ergab, der ein Sinnbild für die reiche Fülle des Sommers war.

Aber dies war nur die vordergründige Sicht, denn so, wie die Gelehrten der Physiognomik aus Gesichtszügen auf bestimmte Wesenheit schlossen, so konnte man hier rätseln, wen die jeweilige Zusammenstellung als lebende Person darstellen mochte. Arcimboldo hatte kleine Hinweise eingestreut, und Maximilian verwies im Bild des Winters stolz darauf, dass im Strohgeflecht des Mantels rückwärtig zur Hälfte ein großes »M« zu sehen war. Der Kopf selbst war aus einem verwitterten Baumstrunk mit einem Gewirr von Ästen, Efeu und Baumschwämmen gebildet, sodass ich verblüfft ausrief: »So knorrig und morsch sehen Durchlaucht aber gar nicht aus.«

Der Kaiser fühlte sich weder durch die skurrile Darstellung noch durch meine Frechheit beleidigt, sondern sagte gleichmütig und belehrend: »Der Narr sieht Hässlichkeit, der Wissende den Glanz.«

Er deutete auf ein Muster im Strohmantel, das Feuereisen stilisierte, aus denen die Kette des Goldenen Vlieses, des höchsten Ordens der Habsburger, zusammengesetzt ist. Noch deutlicher zu sehen waren die Hinweise bei der Allegorie des Feuers. Neben Waffen und bizarr angeordneten Gegenständen, die alle mit Feuer zu tun hatten, imponierten die kostbare Kette und der kaiserliche Doppeladler.

Herzog Albrecht zupfte nachdenklich an seinem Kinnbart, und ich war mir sicher, dass er im Geiste schon Kopien in Auftrag gab, auch wenn er jetzt halb amüsiert, halb zweifelnd sagte: »Eine etwas merkwürdige Art, Größe auszudrücken, findet Ihr nicht?«

Maximilian erwiderte gelassen: »Arcimboldo eröffnete mir in langen Gesprächen, dass er sich bei seinen Gemälden von Platon leiten ließ, nach dessen Ideen die ewige Göttlichkeit die Welt aus vier Grundelementen schuf: Feuer, Wasser, Luft und Erde, wobei alles mit allem zusammenhängt, im Großen wie im Kleinen. Indem der Künstler nun die Symbole irdischer Macht einstreut, will er zum Ausdruck bringen, dass der Kaiser über diesen Makro- und Mikrokosmos herrscht. Und wie im Kreislauf universeller Harmonie die Jahreszeiten immer wiederkehren, so soll die Herrschaft des Hauses Habsburg ewig währen.« Maximilian lächelte hintergründig, wohl wissend, dass dieser Anspruch ein ewiger Stachel im Fleisch seiner Verwandtschaft aus Bayern war.

Wilhelm war schon die ganze Zeit während der Bildbetrachtung schweigsam, ja beinahe mürrisch, nebenher getrottet. Dabei mahlten seine Kiefer, als würde ihn etwas schwer beschäftigen. Um ihn aufzuheitern, puffte ich ihn in die Seite und raunte ihm zu: »Pass auf, dass du dem Künstler nicht über den Weg läufst. Er wird dich sonst als Anhäufung schlaffer Beutel, leerer Kassen und einem Stapel Schuldscheinen konterfeien.«

Ein finsterer Blick war die Antwort. Dann richtete Wilhelm ganz unvermittelt das Wort an den Kaiser: »Ihr werdet glücklich sein über die Heimkehr Eures Ältesten und schon große Pläne mit ihm haben.«

Schlagartig verdüsterte sich die Miene Maximilians, und mit Sorgenfalten erwiderte er: »Ich glaubte gestern, anstelle meines Sohnes einen Fremden in die Arme zu schließen. Meine schlimmsten Befürchtungen wurden wahr.«

Ich schaute verdutzt zu Wilhelm, der mit seiner kurzen Bemerkung das eben noch triumphierende Gehabe des Kaisers zerbröseln ließ. Ein Anflug von Lächeln spielte um seinen Mund. So viel Bosheit hatte ich ihm gar nicht zugetraut.

Es war kein Geheimnis, dass Maximilian spätestens seit den Jahren, die er gezwungenermaßen in Spanien verbringen musste, alles Spanische hasste, ausgenommen seine Frau Maria, mit der er wider Erwarten eine glückliche Ehe führte.

Er, der auch mit Protestanten verkehrte und eher um Ausgleich bemüht war, hasste den rigorosen und bigotten Katholizismus, der Andersgläubigen den Scheiterhaufen richtete. Er, der die Natur liebte und begeistert als Jäger oder Pflanzenliebhaber die Donauauen durchstreifte, hasste das steife spanische Zeremoniell. Und nun war nach siebenjährigem Aufenthalt in Madrid, erzwungen durch das Drängen seiner Gattin und die Forderung König Philipps, sein ältester Sohn Rudolf wie ein stolzer Spanier zurückgekehrt. Er hatte die gemütliche Wesensart, die den Hof zu Wien prägte, sowie alle Natürlichkeit abgelegt. Sein Humor war ätzend, sein Gebaren zurückweisend, seine Arroganz kalt und verletzend. Abgesehen von einem schmucken Äußeren verfügte er über keine gewinnende Eigenschaft mehr, die sein Gegenüber für ihn einnehmen konnte, und Maximilian fürchtete zu Recht, dass seinem Spross als Thronfolger große Schwierigkeiten bevorstünden.

»Schwager«, sagte der Kaiser leutselig, »zum Glück habt Ihr einen Sohn, der nach Euch gerät.«

Herzog Albrecht und der soeben gelobte Wilhelm schauten sich kurz in die Augen, und es war dabei nicht auszumachen, ob mit Zustimmung oder die Ansicht des Kaisers missbilligend.

Zumindest was das Schuldenmachen betrifft, hätte ich beinahe ausgerufen, biss mir aber noch rechtzeitig auf die Lippe, um mir an diesem Tag nicht völlig das Wohlwollen Wilhelms zu verscherzen.

Nachdem zwei Tage später Erzherzog Karl und Maria von Bayern mit »adsum et volo« vor dem Erzbischof von Salzburg und allen Anwesenden ihren Ehewillen bekundet hatten, konnten die tagelangen Festlichkeiten beginnen, für die Arcimboldo Programm und Kostüme entworfen hatte. Auf dem Festplatz vor dem roten Turm stellte er einen großen Schaukampf zwischen Europa und der Göttin Juno dar, auf deren Seite Asien, Afrika und Amerika fochten. Dabei traten Allegorien der vier Winde, Flüsse und Tugenden sowie Göttinnen und Ritter der Tafelrunde auf. Mit seiner zeitgemäßen Vorliebe für Absonderliches ließ der Künstler auch allerlei bizarre Figuren aufmarschieren wie Menschen mit Schwanenhälsen und Tiermasken, Riesen und Zwerge auf Stelzen oder mit riesigen Kugelköpfen.

Die gespielte Auseinandersetzung zwischen den Kontinenten war auch Anspielung auf den bevorstehenden großen Kampf zwischen den westlichen Mächten und der türkischen Vormacht Asiens. An ihr nahm auch Juan de Austria teil, der Bastard Kaiser Karls und ungeliebte Stiefbruder König Philipps. Während sich die Söhne der Fürsten- und Adelshäuser in Wien nur in spielerischem Geplänkel erschöpften, erfocht der wahre Draufgänger Juan nur wenige Wochen später bei Lepanto den glanzvollen Seesieg über die türkische Flotte.

Zwei Tage nach dem Spektakel in Wien hatte ich durch die Vermittlung Hans Jakobs, der dem Künstler seine Glückwünsche überbringen wollte, tatsächlich das Glück, den Meister persönlich kennenzulernen. Heute, Jahrzehnte danach, darf ich sagen, dass mich in meinem späteren Leben kaum mehr ein Mensch so beeindruckt hat wie damals Guiseppe Arcimboldo. Er war am Kaiserhof hochbeliebt, nicht nur wegen seiner künstlerischen Fähigkeiten, sondern auch wegen seines freundlichen Wesens. Maximilian schätzte ihn so sehr, dass der Künstler zu jeder beliebigen Stunde zu ihm vorgelassen wurde.

Arcimboldo imponierte nicht durch Körpergröße, war aber mit hoher Stirn, ebenmäßigen Zügen, modisch geschnittenem Bart, Brokatweste, Samtkappe und Rüschenkragen eine fraglos elegante höfische Erscheinung. Das hervorstechendste Merkmal aber waren seine tiefgründigen dunklen Augen, die einerseits den Eindruck sanfter Melancholie erweckten und andererseits bei seinem Gegenüber das Gefühl, er schaue ihm hinter die Stirn und direkt in sein Innerstes.

Arcimboldo war hochgebildet und fand in Hans Jakob einen ebenbürtigen Gesprächspartner. Während sich beide über den mythologischen Hintergrund des Festzuges und die zahlreichen Anleihen aus Ovids »Metamorphosen« unterhielten, wanderte ich in der Werkstatt des Meisters herum und suchte in dem Durcheinander von Farbtiegeln, Leinwänden und Skizzen nach weiteren skurrilen Arrangements. Da fiel mein Blick auf das Gemälde auf einer Staffelei, das seiner Fertigstellung harrte. Es zeigte ein grobschlächtiges Gesicht, dem ein Eisenhut mit Eichenlaub aufgesetzt war. Arcimboldo, der mein vergnügtes Interesse bemerkte, trat hinzu, drehte das Bild herum, stellte es auf den Kopf und sagte schmunzelnd: »Es kommt immer nur auf den Blickwinkel an. Nichts ist, wie es scheint. Manche Dinge muss man verkehrt herum betrachten, damit man sie richtig sieht.«

Verblüfft starrte ich nun auf zwei Hände, die den Deckel von einer Servierplatte hoben, auf der unverkennbar ein Brathuhn und ein Spanferkel lagen. »Das ist wie Zauberei«, sagte ich lachend.

»Nicht doch«, wiegelte er ab, »Umkehrbilder sind derzeit groß in Mode. Es ist nur ein Spiel mit der Wahrnehmung, die oft trügerisch ist. Manche Künstler verstecken in ihren Bildern sogar Gegenstände, die nur aus einer einzigen Blickrichtung zu erkennen sind.«

»Anamorphosen«, warf Hans Jakob mit Kennerschaft ein.

»Wozu ist die Geheimnistuerei gut?«, fragte ich unbedarft.

»Es ist einfach eine andere Sichtweise«, erklärte der Künstler. »Gleichsam ein zweiter Blick hinter die Dinge, der oftmals ihre wahre Natur enthüllt.«

Ich schaute ihn wohl ziemlich verständnislos an, denn er fuhr fort: »Die alten Griechen feierten einen gewissen Zeuxis als einen der größten Maler ihrer Zeit, weil er zum Beispiel Trauben so lebensecht darstellen konnte, dass Vögel versuchten, sie von der Wand zu picken. Und jahrhundertelang galt es als höchste Kunstfertigkeit, exakt nach der Natur zu malen. Aber was seht Ihr, wenn ich Früchte in dieser Art male? Ihr seht nichts als eine Schale mit Obst. Doch wenn ich die Früchte in anderer Weise arrangiere, dann eröffnen sich ganz andere Möglichkeiten. Seht her!«

Er wählte nach kurzer Suche ein Gemälde aus und stellte es auf die Staffelei.

»Ihr seht auf dieser Kopie zunächst eine Ansammlung von Büchern, streng nach der Natur gemalt. In der Art, wie sie angeordnet sind, ergeben sie auf eine groteske und etwas lächerliche Weise eine Figur. Und wenn ihr nun von anderer Warte aus auf die Figur blickt, dann vermögt ihr dahinter das Wesen eines Stubengelehrten oder staubtrockenen Büchernarren zu erkennen. Nichts ist bei näherem Hinsehen so, wie es auf den ersten Blick erscheint.«

»Die exakte Darstellung nach der Natur ist gutes Handwerk«, belehrte mich Hans Jakob. »Deshalb galt ein Maler früher auch nicht mehr als ein Bäcker oder Schmied. Es ist der geistreiche Einfall, der concetto spiritoso, und die Umsetzung einer Idee, eines inneren Bildes, was den Künstler ausmacht.«

»Es ist wie eine Eingebung«, verdeutlichte der Meister, »manche nennen sie göttlich, und mit der Verwirklichung vollbringt der Künstler dann auch gleichsam einen göttlichen Schöpfungsakt.«

»Und steht damit knapp vor der Inquisition«, warnte der Fugger wiederum.

»Deshalb fühle ich mich am hiesigen Hof sehr wohl«, sagte Arcimboldo lachend. »Mit meiner Art zu malen, der maniera fantastica, ecke ich leicht an. Es gibt genügend, die behaupten, ich würde das Antlitz des Menschen als Spiegel seiner Seele oder den Menschen als Gottes Ebenbild verhöhnen. Maximilian wird zwar oft als unzuverlässiger Kompromisskatholik geschmäht, aber er lässt mir meine Freiheiten.«

»Und Euer Ruhm wird die Zeiten überdauern«, schmeichelte Hans Jakob.

»Ruhm ist vergänglich«, wehrte Arcimboldo ab. »Ihr habt vielleicht von den Beschlüssen des Tridentinischen Konzils gehört, mit denen die Rückkehr zu einseitiger Bildbetrachtung gefordert wird nach einem strengen Kanon der Jesuiten. Jetzt beurteilt man Bilder nicht mehr nach Originalität und Einfallsreichtum, sondern ob sie unnütz, kindisch oder dem erzieherischen Ideal der Kirche zuwider sind. Damit sind alle Fabelwesen und mythischen Träume aus der Kunst verdammt. Während Vasari den großen Michelangelo noch als das Wunder unseres Jahrhunderts gefeiert hat, verteufeln die Dogmatiker jetzt die Nackten in seinem Jüngsten Gericht. Wenn der freie Geist verloren geht, wird meine Kunst bald vergessen sein.«

Hans Jakob schüttelte den Kopf, als wolle er's nicht glauben. »Die Bibel legen diese Eiferer drei- oder vierfach aus. Da ist hinter dem Wortsinn der biblische Sinn und dahinter noch … ach, was weiß ich. Aber ausgerechnet die Malerei mit ihren vielschichtigen Möglichkeiten soll nur noch eindimensional die biblischen Geschichten nach Roms starren Regeln abbilden. Das verhöhnt in meinen Augen den Schöpfer viel mehr, denn er hat den Menschen doch auch fantasiebegabt geschaffen und ihm aufgetragen, seine Talente zu nützen.«

Da wandte sich Arcimboldo an mich: »Sagt, Freund, was ist denn Eure Profession?«

»Hofnarr«, sagte ich spontan und beinahe stolz.

»Oh«, stutzte Arcimboldo, »dann sind wir gewissermaßen Brüder, denn Horaz sagt, dass wir Maler uns von jeher Freiheiten herausnehmen dürfen, wie es Dichter und Narren tun. Auch der kluge Narr sieht hinter die Dinge und hält den Spiegel vor.«

»Widerspruch und Zwiespalt sind mir nicht fremd«, sagte ich lachend.

»Auf die Zusammenführung der Gegensätze kommt es an«, betonte der Künstler. »Die coincidentia oppositorum beschäftigte schon die Menschen der Antike. Der kriegerische Mars liebt Venus. Venus als Göttin der Eintracht liebt auch den Streit. Der wahre Künstler sieht auch im Hässlichen die Schönheit. Pico della Mirandola definiert Schönheit als freundliche Feindschaft, und Harmonie ist nicht bloß fades Beisammensein in Eintracht, sondern einträchtige Zwietracht, discordia concors.«

Gar nicht einträchtig und mit sich im Reinen war Wilhelm in diesen Tagen, und ehe ich ihn fragen konnte, welche Laus ihm über die Leber gelaufen war, platzte er eines Morgens von selbst heraus: »Hast du's gesehen? Überall dieses ›AEIOU‹. Erst fiel es mir nur auf Teilen des Tafelsilbers auf. Dann gehe ich durchs Burgtor Richtung Kohlmarkt, mein Blick fällt auf ›AEIOU‹. Ich schlendere durch die Augustinergasse, will in der Georgskapelle des Klosters Einkehr halten, was sehe Ich: AEIOU. Ich frage daraufhin verschiedene Leute am Hof nach der Bedeutung. Die einen sagen achselzuckend, sie hätten keine Ahnung. Andere behaupten, es sei ein uralter Zauberspruch. Aber was hat ein Zauberspruch in der Hofburg verloren? Schließlich sagt mir ein Wichtigtuer voller Überzeugung, *Alles Erdreich ist Oesterreich untertan* sei die Bedeutung. Pah! Großkotz!«

Ich musste lachen über Wilhelms Erregung und sagte: »Im Stall hörte ich anderes. Immer wenn es den Leuten dreckig geht, also wenn zum Beispiel der Türke wieder mal ans Tor klopft, dann sagen die Wiener: ›Als Erstes ist Oesterreich unten.‹ Das sind doch nur Wortspiele. Und es gibt ihrer viele.«

»Von wegen! Die glauben tatsächlich, sie sind etwas Besseres. Hast du nicht bemerkt, wie Maximilian es genoss, zu behaupten, die Herrschaft des Hauses Habsburg währe ewig?«

»Ach, deshalb die Spitze mit Rudolf«, sagte ich grinsend. »Raffiniert!«

»Ich finde es gar nicht lustig«, verwahrte sich Wilhelm gegen jeden Spott. »Ich ging zu Johannes Sambucus, einem Leibarzt des Kaisers, den mir der Fugger als ausgewiesenen Kenner von Emblemen empfahl. Er klärte mich auf, dass vormals Kaiser Friedrich III., ein leutescheuer Sonderling, sich um seine gehorteten Besitztümer sorgte, und daher auf allem, was er für sich beanspruchte, die Buchstabenfolge anbringen ließ. Sambucus räumte zwar ein, dass inzwischen niemand mehr sagen könne, was das mystische Monogramm wirklich bedeute, aber es habe sich allmählich der Wahlspruch eingeprägt: *Austriae est imperare orbi universo*, also zu Deutsch: *Oesterreich ist es bestimmt, die Welt zu beherrschen.* Und mir schien, dass dieser Sambucus trotz seiner ungarischen Herkunft fest an die Macht des Symbols glaubte.«

»Aber es ist doch …«

Wilhelm war in Fahrt und würgte meinen Einwand ab. »Die Sippschaft ist doch maßlos. Karl herrschte als Kaiser schon über die halbe Welt, und was wählte er als seine Devise: *Plus ultra – darüber hinaus und immer weiter!*«

»Du hast recht«, sagte ich. »Dein *Vincit vim virtus* klingt zwar griffig, aber mit *Tugend siegt über Gewalt* gewinnst du keinen Blumentopf. Ich muss dir dringend einen anderen Wahlspruch verpassen.«

Wilhelm ging gar nicht darauf ein. »Und was hat er schließlich daraus gemacht? Nach kostspieligen und sinnlosen Kriegen blieb die Christenheit dennoch zerrissen, und am Ende hat er sich verbittert ins Kloster davongeschlichen. Und wenn nicht schon mein Großvater und mein Vater vehement dagegen gekämpft hätten, wären das Reich und Österreich vollends in die Hände der Ketzer gefallen. Und stell dir vor, der alte Maximilian wollte in seinem Größenwahn sogar noch selbst Papst werden. Hah, dieser Epikureer mit drei Frauen und unzähligen Kindern als Papst – ein schlechter Witz!«

»Wie jetzt … die Bälger oder das Papsttum? Die Heiraten waren doch sehr geschickt. Heißt es nicht: *Tu felix Austria nube …*«

»Jaja, ich kenne den Spruch zur Genüge!«

»Du musst zugeben«, bohrte ich, »die Habsburger sind gewitztere Freier.«

»Wie meinst du das?«

»Liegt doch auf der Hand. Sie haben sich Ungarn, Böhmen, Burgund, die Niederlande und Spanien erheiratet, während ihr treuherzig nur immer Frauen mit Ansprüchen heimgeführt habt.«

»Welche Ansprüche?«

»Na ja, durch die Heirat deines Vaters mit der Kaisertochter Anna soll ja angeblich das Haus Bayern Anspruch auf die habsburgischen Erblande haben, wenn Habsburg im Mannesstamm ausgestorben ist. Bis dahin friert die Hölle zu. Und deine Frau erhebt nur selbst Ansprüche, auf Kleider, Schuhe, Schmuck …«

»Esel! Die Habsburger hatten eben auch unverschämtes Glück. Und uns haben sie beizeiten betrogen. Mit Tirol hat es angefangen. Dann hat Maximilian uns für seine Hilfe Kufstein, Kitzbühel und Rattenberg abgetrotzt. Als mein Großvater aber dem Kaiser gegen Württemberg zur Seite stand, ging er danach leer aus. Und nach seinem Sieg gegen die Protestanten wollte Karl auch von seinem Versprechen der Kurwürde für unser Haus nichts mehr wissen.«

»Bedeutet Würde auch gleich Macht? Mal ehrlich: Bayern ist doch wie ein Würstchen zwischen zwei dicken Kanten Brot eingezwängt. Mit einem Happs hätten uns die Habsburger verschlungen, und dann hätten sie auch gleich die ersehnte Verbindung zwischen ihren Erblanden in Ost und West.«

»Was versteht ein Narr schon von Politik?«, schmollte Wilhelm. »Es steht doch nirgendwo festgeschrieben, dass das Haus Habsburg einen Erbvertrag auf die Kaiserwürde hat. Großvater hat sich schon einmal gegen einen Habsburger für die Wahl zum römisch-deutschen König beworben. Vergeblich zwar, aber es war ein Signal. Und der Kardinal von Augsburg hat erst vor zwei Jahren meinem Vater ob seiner Verdienste die Königswürde angedacht.«

»Gedacht heißt nicht gebracht.«

»Aber du siehst, dass unser Haus im Reich Einfluss und Geltung hat. Wir können unseren Stamm immerhin auf Karl den Großen zurückführen, haben mit Ludwig dem Bayern einen Kaiser in unseren Reihen, und wir trugen schon die Herzogswürde, als die Herren der Habichtsburg noch schlichte Grafen waren.«

»Kaiser Wilhelm«, feixte ich mit erhabener Betonung, »wie klingt das?« Ich sah ein verzücktes Lächeln auf Wilhelms Gesicht und erschrak: »Wie … das ist doch nicht dein Ernst, oder?«

»Du hast ihn doch gesehen, den spanischen Hagestolz, der steif und unnahbar ist wie ein Standbild seiner selbst. Magst du dir den als Kaiser vorstellen?«

»Er hat zweifellos die besseren Karten«, sagte ich nüchtern, »Macht und Geld.«

»Und wenn ich mich mit Schatzgräbern und Alchemisten einlassen muss … du wirst schon sehen.«

Die Festlichkeiten setzten sich danach in Graz, dem künftigen Wohnsitz des Brautpaars, noch tagelang fort mit Turnierspielen, Musikfreuden und Feuerwerk, und am Ende kehrten wir alle in irgendeiner Weise bereichert zurück.

Herzogin Anna hatte ihre Brüder wiedergesehen und durfte sich sicher sein, dass im Gegensatz zu ihrem störrischen Jüngsten, der mehr schlecht als recht den Bischof mimte, ihre Tochter Maria fest und unbeirrbar im Glauben war und zusammen mit Karl ein katholisches Bollwerk im Osten des Reiches errichten würde.

Herzog Albrecht brachte neben Zunahme seiner Leibesfülle auch Anregungen für seine Kunstkammer und einen goldtauschierten Emailledegen als Gegengabe des Hauses Habsburg mit nach Hause.

Orlando di Lasso, der eigens für die Hochzeit eine Messe komponiert hatte, verlor zwar mit der Braut Maria eine begabte Schülerin, hatte aber seinen Ruhm erneut gemehrt und dazu noch hundertfünfzig Gulden erhalten.

Ferdinand konnte ausgiebig seinen Lieblingsbeschäftigungen nachgehen, dem Kriegsspiel und der Balz bei den Damen. Er focht wacker in den Schauturnieren und war einmal sogar wegen der gelungensten Maske und des zierlichsten Aufzuges mit einem Ring ausgezeichnet worden.

Wilhelm war wie ein entrückter Traumtänzer beseelt von der alten Kaiseridee und trachtete fortan noch mehr danach, seinen Hofstaat als Erbprinz entsprechend aufzuwerten.

Michel, dem Narren, hatte der Künstler Arcimboldo den Blickwinkel erweitert, und er nahm sich so viel vor, dass er es kaum erwarten konnte, wieder nach Hause zu kommen.

Zwanzigstes Kapitel

Ich wurde geweckt von einem Wimmern und wähnte mich im Halbschlaf wieder in der Keuche gegenüber, zusammengepfercht mit all den anderen, aber es war nur der ältere Schulmeister Hans Mair, der vor sich hin rotzte und greinte und etwas von einem armen Weib faselte, das sich die Augen ausweinen müsse.

Ich hatte die halbe Nacht lang wach gelegen und gegrübelt, ob sich mein Vetter heute endlich zeigen und uns mitteilen würde, wie die Ratsbesprechung ausgegangen war. So manche Befürchtung stieg dabei in mir auf. Als ich in den Morgenstunden endlich in erlösenden Schlaf gefallen war, da schreckte ich wegen dieser verzagten Heulsuse wieder hoch. Wütend über die Störung blaffte ich den Schulmeister grob an: »Halt endlich das Maul, Mair, oder ich tret dir so in die Eier, dass deine Grete Grund hat zum Heulen!«

»Agnes«, protestierte er schniefend, »sie heißt Agnes.« Und dann ging er zum Angriff über. »Du gefühlloser Klotz!«, schrie er. »Hast selber wohl nie ein treues Weib gehabt, höchstens läufige Dirnen. Ein ehrsam' Weib hätt's mit einem närrischen Prahlhans wie dir gar nicht ausgehalten. Du bist doch …«

Der Rest ging wieder in einem Schluchzen unter, aber er hatte mich auch so schon kalt erwischt und meinen wunden Punkt getroffen.

Jetzt war auch der jüngere Pauker hellwach. »Sag schon, Michel«, forderte er mich lauernd auf, »wie viele waren's denn?«

»Warte«, sagte ich großkotzig, »lass mich überlegen! Da war erst eine willige Agnes, die hab ich noch hinter dem Schulhaus gerammelt. Dann lag die Bäckerstochter Birgit unter mir, gleich darauf ein Mädel vom Land. Oh, war das ein frisches Ding. Ich hatte das Weib des Kürschners, diese dralle Metze, beschlief zwei Pfaffenliebchen und fasste danach nur noch Edeldamen an. Ich fickte Gräfin Dingsbums um den Verstand, und läge ich nicht hier, würde ich jetzt wahrscheinlich die Herzogin höchstpersönlich … chrrrr …«

Der frevelhafte Vorsatz ging unter in einem Krächzen, denn das eben noch heulende Elend hatte sich mit einem Satz, den ich ihm so nicht zugetraut hätte, auf mich gestürzt und fing an, mich zu würgen, angefeuert von Caspar, der mir die Eskapaden gewiss neidete: »Gib's ihm, Hans! Quetsch ihm die Flausen aus dem Hirn!«

»Hört auf!«, ging der Prokurator dazwischen und zerrte den Rächer Hans von mir herunter. »Reicht euch unsere beschissene Lage noch nicht?«

»Was denkt ihr blöden Kerle eigentlich von mir?«, röchelte ich, als ich wieder zu Atem kam. »Glaubt ihr, ein Narr hat keine Ehre im Leib und kein Gefühl?« Danach schwieg ich hartnäckig und Traurigkeit überfiel mich.

Während der Freisinger sich noch mühte, den aufgebrachten Schulmeister zu beruhigen, hockte ich auf meinem Strohsack, die Beine angezogen, den Kopf auf die Knie gelegt, und träumte mich zurück in wohligere Zeiten …

Beatrice Scolari – schon der klangvolle Name war eine Verheißung und zugleich die Ursache für … nein, ich sollte bei der Wahrheit bleiben. Es war ganz allein meine Dummheit, und zwar von Anfang an …

In den ersten Monaten meiner Zeit auf Burg Trausnitz war noch alles neu und aufregend und mehr noch als innerhalb des Schlosses selbst vor allem im äußeren Burghof, der eine geschäftige Hofmark bildete. Da gab es neben Hofstall, Brauhaus und Kellereigebäude Handwerks- und Wirtschaftsräume in großer Zahl, von der Schmiede bis zur Wäscherei. Und da es für einen ehrgeizigen Narren geradezu Pflicht war, den jeweils neuesten Klatsch zu erlauschen oder selbst zu erzeugen, trieb ich mich gern dort draußen herum, und halb geöffnete Türen zogen mich dabei magisch an.

Als Wilhelm wieder einmal drauf und dran war, gegen Orlando beim Paille-Maille-Spiel im Ballhaus eine unbedeutende Summe zu verlieren, schlich ich mich gelangweilt davon und schlenderte in Richtung des inneren Torwarthauses. Da sah ich, dass die Tür zum Badhaus an der Ringmauer neben dem Jägerhaus offen stand, ging darauf zu und lugte neugierig hinein. Vor dem großen Kessel, dem schon dichter Dampf entwich, kniete eine junge Frau, die mit Schüren beschäftigt war. Sie wandte mir den Rücken zu und in der Annahme, dass es eine der Küchenmägde sei, mit denen ich gern Schabernack trieb, schlich ich näher. Unmittelbar hinter ihr drohte ich mit tiefer Stimme: »Hat die Tugend nicht gereicht, hilft kein Wasser, nur die Beicht.«

Sie fuhr herum, stieß dabei einen Eimer mit Wasser um, schlug dann entsetzt die Hände vor die Backen und starrte mich an. »Ihr habt mich erschreckt. Wer seid Ihr?«

Ich kannte inzwischen so gut wie jede Magd in der Burg, aber dieses Gesicht war mir neu. Deshalb flunkerte ich: »Ich bin des Herzogs strenger Hofmeister. Wer bist du?«

Sie versuchte ihre Hände an der Schürze abzutrocknen und bemerkte dabei, dass sich das Blütenweiß ihrer Schürze schwarz färbte. »Porca miseria!«, fluchte sie erfrischend.

Mit den von der Holzkohle geschwärzten Händen hatte sie aber auch ihre Backen nach Art eines Köhlers verziert. Ich deutete lachend auf ihr Gesicht und feixte mit dem alten Spruch: »Und badet sich der Rab mit Fleiß, kann er doch niemals werden weiß.«

»Ihr seid nicht der Hofmeister«, kreischte sie, während sie ein Scheit aufhob. »Ihr seid ein Tunichtgut. Verschwindet!«

Ich wich dem Geschoss elegant aus und lachte noch mehr. Wütend bückte sie sich erneut, und gleich darauf erging ein Hagel aus Scheiten über mich. Ich hielt die Arme schützend über den Kopf und suchte das Weite. In sicherer Entfernung hielt ich inne und blickte zurück. Sie war nicht zu sehen, und doch sah ich sie ganz deutlich vor mir: diese feurigen Augen, ihr spontaner Fluch, ihr forscher Trotz ... Ich fühlte mich seltsam erregt und angezogen. Ich überlegte, ob ich sofort zurückgehen sollte, tat auch halbherzig zwei, drei Schritte und machte dann kehrt, um nichts zu überstürzen und die wundersame Anwandlung später zu klären.

Den ganzen Tag über sah ich sie nicht mehr. Beim Nachtmahl in der Neuen Dürnitz, in der das männliche Gefolge des Herzogs verköstigt wurde, wählte ich einen Platz nahe dem Laufgang, um jede der Mägde, die von der Küche her kamen, gleich im Blick zu haben. Aber sie kam nicht. Überdies wurde ein Großteil der Speisen von Pagen und Edelknaben aufgetragen. Als das Mahl schon fast zu Ende ging, trat sie plötzlich in den Saal, aber an der Südseite von der Treppe zum Obergeschoss her. In der Hand hielt sie eine Platte mit Essensresten. Sie schien nach jemandem Ausschau zu halten und erregte damit sofort die Aufmerksamkeit der Tafelnden, die zum Teil schon recht bezecht waren. Lächelnd ignorierte sie spöttische Rufe und anzügliche Komplimente. Dann sah sie mich und ging mit aufreizendem Hüftschwung langsam auf mich zu. Sie war sich ihrer Wirkung voll bewusst. Sie tat so, als wolle sie an mir vorbeigehen. Da fasste ich sie am Arm und versuchte eine Erklärung: »Ich bin nicht der Hofmeister. Ich bin ...«

»Ich weiß, wer Ihr seid«, unterbrach sie mich schnippisch. »Ihr seid Prinz Arschgesicht.«

Dabei kippte sie wie aus Versehen die Essensreste in meinen Schoß, und eine reiche Ladung aus abgenagten Hühnerbeinen, fettigen Fleischresten und Grünkohl mit roter Soße ergoss sich über mich. »Verzeiht, edler Herr! Doch badet Ihr den Schwanz mit Fleiß, dann wird er vielleicht wieder weiß.«

Mit hochmütigem Grinsen entwand sie sich meinem Griff und stolzierte unter dem Gejohle all derer, die Zeugen der entwürdigenden Tat geworden waren, durch den Laufgang davon.

»He, Michel, da hast du deine Meisterin gefunden ... Siehst du Tölpel das nicht ... sie ist in dich vernarrt, kein Zweifel!«

Ich verzog keine Miene, ließ mir den Becher nochmals füllen und rief dann lauthals: »Ein dreifach Hoch auf die närrische Liebe!« Nachdem sich das Gelächter einigermaßen gelegt hatte, fragte ich in die Runde: »Wer ist dieses freche Weibsstück? Kennt sie einer von euch?«

Ein Page konnte Auskunft geben: »Sie ist die neue Kammerjungfer der Frau Herzogin.«

Das erklärte zumindest, warum sie aus dem Obergeschoss des Fürstenbaus gekommen war, denn über dem südlichen Teil der Dürnitz lagen die Kinderstube und Renatas Gemächer. Das Biest hatte ihren Weg durch den Speisesaal absichtlich gewählt, denn sie hätte auch ohne großes Aufsehen zur Küche gehen können.

»Woher kommt sie?«, hakte ich nach. »Wie ist ihr Name?«

»Ich glaube, sie ist die Tochter eines Goldschmieds, eines gewissen Scolari«, sagte der Page noch, ehe er sich wieder seinem Dienst widmete.

»Scolari«, murmelte ich halblaut vor mich hin, »etwa *der* Scolari?« Sofort wurden Erinnerungen in mir wach. Der Hofkapellmeister Orlando di Lasso hatte Wilhelm schon vor dessen Hochzeit wiederholt von italienischen Stegreifkomödien vorgeschwärmt, die so komisch seien, dass er sich einmal fast bepisst habe vor Lachen. Als dann die mehrwöchigen Feierlichkeiten zu Wilhelms und Renatas Vermählung dem Ende zugingen, bat Wilhelm den Kapellmeister spontan um eine italienische Komödie zur Belustigung der verbliebenen Gäste. Orlando tat sich mit Massimo Troiano, dem pfiffigen Komponisten, Dichter und Sänger aus Neapel zusammen, und beide heckten binnen weniger Stunden eine köstliche Commedia all'improvviso all'Italiana aus, mit der sie abends die Gesellschaft erheiterten. Dabei spielte der Goldschmied Giovanni Battista Scolari die Rolle des närrischen Dieners Zanni, der stets den Vorteil gegenüber seinem Herrn sucht und darauf bedacht ist, sich den Wanst vollzuschlagen, so überzeugend komisch, als sei er unter der bauernschlauen Landbevölkerung Bergamos, die als Vorbild diente, aufgewachsen. Der umjubelte Scolari war danach in seiner Eigenschaft als ebenso erfolgreicher Goldschmied dem Herzog nach Landshut gefolgt, wohnte dort in der Stadt und kam häufig in Sachen Geschmeide auf die Burg. Die kecke Maid war also seine Tochter.

»Lass lieber die Finger von ihr«, riet mir die Tischgemeinschaft, nachdem die Herkunft der feurigen Jungfer offenbart war. »Italiener sind heißblütige und eifernde Väter.«

Doch Michel, der überhebliche Narr, betrachtete die explosive Begegnung eher als Fügung und eine Herausforderung, die bei seiner hervorragenden Beziehung zum Hof wohl zu meistern sei.

Obwohl ich nicht der Ansicht war, dass zwischen Beatrice und mir bezüglich boshafter Streiche schon Gleichstand herrschte, denn immerhin hatte sie mich öffentlich vor versammelter Männlichkeit in der Dürnitz blamiert, schlossen wir vordergründig Frieden und beließen es in der Folgezeit bei kleinen, meist freundlichen Neckereien. Sie war jedoch weit davon entfernt, mir auch nur einen Anflug von Zuneigung zu gewähren, und ich behielt das Gefühl, noch eine offene Rechnung zu haben.

Im Frühjahr nach der Hochzeit wurde Wilhelms Sehnsucht nach einer neuerlichen italienischen Hintertreppenkomödie, wie Orlando das muntere Stegreifspiel auch nannte, immer größer, obwohl – oder vielleicht gerade weil derartig Lustspiel voller Anzüglichkeiten und schlüpfriger Zoten war und der Sprung durch die Betten nicht eben jesuitischer Vorstellung von Treue entsprach. Wilhelm hatte sich deshalb auch bemüht, Massimo Troiano an seinen Hof zu holen, und nachdem er dem Rat Hans Jakobs, dass der Meister am ehesten mit einer stattlichen Summe Goldkronen zu locken sei, gefolgt war, kam der temperamentvolle Neapolitaner Ende April auch tatsächlich in Landshut an. Nachdem der Fugger zuvor auf Wilhelms Kosten eine Gruppe welscher Springer und Komödianten angeheuert hatte, schien alles gegeben für ein rauschendes Theaterereignis. Es fehlte nur noch das Stück.

Inzwischen hatte der gestrenge Vater in München endlich erlaubt, dass Wilhelms Schwestern und sein Bruder Ferdinand erstmals zu Besuch auf die Trausnitz kommen durften. Bei so illustrem Publikum war Orlando der Ansicht, man solle die Komödie nicht allzu plump anlegen, und er schlug daher vor, die berühmte *Mandragola* des noch berühmteren Niccolò Macchiavelli aufzuführen. Das frivole Stück enthalte alle für eine saftige Komödie erforderlichen Zutaten: einen geizigen alten Zausel, seine liebreizende junge Frau, einen liebestollen Edelmann, einen intriganten höfischen Parasiten, einen gerissenen Advokaten und einen gewissenlosen Pfaffen. Und um das Stück noch schmackhafter zu machen, trug er gleich Verse aus dem Prolog vor:

»*Ein Knab in Liebespein,*
Ein Doktor ohne Grütze,
Ein Mönch, der gar nichts nütze,
Ein Parasit, der Ausbund aller Tücken –
Euch zu ergötzen heut, mög ihnen glücken.«

Das Echo auf Orlandos Werben war höchst unterschiedlich.

Wilhelm war begeistert und erbot sich selbstredend, für alle Kosten aufzukommen. Doch vorsichtshalber wollte er von Pater Mengin dessen Zustimmung einholen, die dieser, nachdem er von der wenig erbaulichen Rolle des Mönchs gehört hatte, rundweg ablehnte, wodurch auch Renata schwankend wurde. Sie liebte zwar ihren frisch angetrauten Ehemann sehr, wollte es aber auch mit ihrem Beichtvater nicht verderben. Da half auch nicht, dass der ebenfalls von ihr geschätzte Orlando beteuerte, ganz Florenz sei belustigt gewesen, und schließlich habe man die Komödie sogar vor Papst Leo gespielt.

Auch ich wollte meinen Teil zur Klärung beitragen und sagte, die Ansicht des Mönchs in der Mandragola, Ehebruch sei bei einem Menschen, der nicht in die betreffende Person verliebt sei, nur eine mindere Sünde, sei doch sowohl geübte Praxis an den Höfen als auch meines Wissens spitzfindiges Denken der Jesuiten, die gar vieles entschuldigten, wenn es nur einem guten Zweck diene und dabei nicht der ausdrückliche Vorsatz zur Sünde bestehe. So dürfe man ja auch unanständige Bücher lesen, wenn dabei der Wille des Lesers nicht auf sinnliche Erregung gerichtet sei. Mengin wünschte mich als Antwort wieder einmal in die Hölle für Verleumder.

Die Springer und die italienischen Komödianten waren zwar leicht für ein improvisiertes Stegreifspiel zu gewinnen, zeigten aber wenig Lust, sich auf das Lernen eines kompliziert klingenden Textes einzulassen.

Und schließlich hatte die Rollenverteilung ihre ganz eigenen Tücken, denn Beatrice erbot sich bei Orlando, gestützt auf das große Vorbild ihres Vaters, eine tragende Rolle zu übernehmen.

»Welche Rolle gedenkst du denn zu spielen?«, fragte ich scheinbar interessiert, nachdem ich sie auf dem Weg zu den Frauengemächern abgepasst hatte.

»Welche wohl?«, fragte sie patzig. »Es gibt nur zwei Möglichkeiten.«

»Nun ja«, sagte ich, »mit etwas Schminke, das könnte gehen.«

»Wie? Du glaubst doch wohl nicht, ich spiele die Mutter, ein altes Weib, das noch dazu etwas beschränkt ist.«

»Aber für Lucrezia, deren Tochter, fehlt dir jegliche Voraussetzung.«

»Was willst du damit sagen?« Ihr Tonfall war unüberhörbar gereizt.

»Hmm, ich wage ja kein Urteil bezüglich Lucrezias und deiner Unschuld«, sagte ich scheinheilig, »aber deren Liebreiz, den die Rolle erfordert, der fehlt dir ganz und gar.«

»Ooooh!«, brauste sie auf. »Ich hätte es wissen müssen, dass es dir nicht ernst ist. Aber aus dir spricht doch der pure Neid.«

»Neid? Wieso?« Ich war tatsächlich überrascht.

»Weil du niemals den Zanni wie mein Vater spielen könntest. Du bist nur ein schlichter Narr.«

»In dem Stück kommt gar kein Zanni vor.« Ich heuchelte Gelassenheit, obwohl ich Wut verspürte. »Und außerdem, dein Vater würde es dir niemals erlauben.«

»Was weißt du schon von meinem Vater?«

»Er kann es dir gar nicht erlauben, weil es sich nicht schickt.«

»Ha! Ein Narr als Hüter der Moral! Ich lach mich krumm.«

»Dann kannst du ohnehin nur eine alte Vettel oder Hexe spielen. Denk doch mal nach, wenn du ausgelacht hast. Bei der Komödie zur Hochzeit im letzten Jahr war da etwa eine Frau zu sehen? Die Rolle der Camilla spielte das bartlose Milchgesicht des Marchese di Malaspina. Es ist hierzulande nicht üblich, dass Frauen Frauenrollen spielen. Zu leicht werden Schauspielerinnen mit ehrlosen Dirnen gleichgesetzt.«

»Pah! Ihr sturen Bayern seid eben langweilig und rückständig. Frischer Wind muss zu euch immer erst aus Italien kommen. Dort weiß man geistreiche Frauen zu schätzen, und es dürfen auch Frauen auf offener Bühne auftreten. Der divina Vittoria von den Comici Gelosi jubelt man allerorten begeistert zu. Und das in der Heimat des Papstes.«

Es fiel mir schwer, diesem Argument etwas entgegenzusetzen. Ich wechselte daher flugs die Strategie. »Vielleicht könnte ich ja ein gutes Wort für dich einlegen.«

»Du?« Sie lachte schallend. »Du hast sicher noch eine Menge dummer Sprüche auf Lager, aber danke, danke *nein!*«

»Wilhelm hört auf mich«, versuchte ich es nochmals, »und auch Orlando …«

»Gib dir keine Mühe! Bei meines Vaters hervorragenden Beziehungen zum Hof schaffe ich es auch allein.« Damit ließ sie mich wie einen abgeblitzten Freier stehen und eilte in die Frauengemächer.

Was soll ich sagen – Beatrice erhielt ihren Willen. Die Zustimmung der Kritiker erfolgte mit dem Behelf, dass die Aufführung ja nicht unschicklich in der Öffentlichkeit, sondern gleichsam nur in der Großfamilie der Hofgesellschaft und ohne Mönch stattfand. Und es wurde auch nicht die Mandragola gespielt, sondern ein neues Stück, in dem Scolari wieder den Zanni und seine Tochter nun mit viel Applaus das weibliche Pendant als Colombina darstellte. Ja, sie spielte ihren Part so überzeugend, dass sie für meinen Geschmack auch im Alltag nicht mehr aus der Rolle fand. Sie hatte eine flinke, anzügliche Zunge, war durchtrieben und nicht selten boshaft. Oder erschien es nur mir so? Ich fing an, den dünkelhaften Massimo Troiano zu hassen, der um sie ganz ungeniert scharwenzelte, was sie sichtlich genoss, vor allem in meiner Gegenwart.

»Er ist ein eitler Pfau«, zischte ich im Vorbeigehen.

»Des Narren Späße sind heut lau«, tönte sie für jedermann vernehmlich zurück.

»Er ist doch fett und ziemlich schmierig.«

»Er ist galant und du nur schwierig.«

»Er betrügt dich noch im Hochzeitskleid.«

»Armer Narr, du platzt vor Neid.«

Wir führten von außen betrachtet eine herrliche Improvisationskomödie auf, doch ich verabscheute meine Rolle. Und das unrühmliche Ende des Schmierenstücks führte Massimo dann selbst herbei. Die italienische Fraktion am Hof wuchs beinahe täglich, was außer Wilhelm nicht jedermann gefiel, denn das kunstsinnige Völkchen war auch leichtsinnig und streitsüchtig. Obwohl die oberste Kammerfrau der Herzogin ein scharfes Regiment führte und auch einer Scolari nichts durchgehen ließ, konnte es nicht ausbleiben, dass die Zahl ihrer welschen Verehrer wuchs. Der Genueser Giovanni Battista Tiburtinus, Geiger in Wilhelms Kapelle, verfolgte sie geradezu mit Schmeicheleien und Gedichten. Doch eines Tages kehrte er von einem Ausflug in die Stadt nicht mehr zurück, und ein Bote brachte die schlimme Nachricht auf die Burg, dass ihn ein nunmehr Flüchtiger mit rötlichem Spitzbart auf einer Wiese vor der Stadt heimtückisch erschossen habe. Der Mörder war niemand anderer als der heißblütige Massimo Troiano, dessen umjubeltes Gastspiel auf der Trausnitz gerade mal ein Jahr gedauert hatte.

In den Tagen nach der Bluttat schwirrten Gerüchte durch die Burg. Der Grund sei ein alter Familienstreit und Ehrenhandel gewesen. Massimo, der auf großem Fuß lebte, habe sich von dem Musiker Geld geborgt. Der wiederum habe dem stolzen Neapolitaner Vorwürfe wegen seines liederlichen Lebenswandels gemacht. Und rasch gab es Ankläger, die der allzu koketten Kammerjungfer, an deren Rockzipfel die Unglücklichen gehangen waren, die Schuld zuwiesen: »Schauspielern wollte sie … kein Wunder, dass die Dirn die Kerle verrückt gemacht hat … der Vater hätt's nie zulassen dürfen … ein böses Omen, dass der Ermordete denselben Vornamen trug … 's ist Gottes Straf.«

Wilhelm, der in Massimo regelrecht vernarrt war, litt schwer unter dem Verlust. Obwohl er ihn per Steckbrief sogar im Ausland suchen ließ, hörte er nie wieder von ihm. Nicht weniger litt Beatrice, die in den Tagen danach wie ein kleinlautes Häufchen Elend durch die Räume schlich. Selbst der unentwegt frohsinnige Orlando konnte sie nicht aufheitern, und ich versuchte es erst gar nicht. Wir gingen uns aus dem Weg, und wenn es nicht vermeidbar war, beschränkten wir uns auf das Nötigste. Aber ich müsste lügen, wollte ich behaupten, sie wäre mir gleichgültig gewesen. Im Gegenteil. Oft versuchte ich aus sicherer Warte, einen Blick auf sie zu erhaschen. Mit ihren ins Rötliche tendierenden Locken, den dunklen Augen, dem schlanken Hals schien sie dem Gemälde eines Florentiners entsprungen. Ihr Blick war mitunter träumerisch verhangen, meist aber herausfordernd keck und inspirierend. Ihre Bewegungen waren anmutig und – natürlich – hatten dabei nichts Gespreiztes. In meinen Träumen ging ich so weit, mir ihren frischen, jungmädchenhaft straffen Körper liebeshungrig vorzustellen, nackt, nur von einem zarten Gespinst aus Botticellis Hand umhüllt. Anderntags suchte ich dann Erleichterung bei einer zugänglichen Magd.

So verging ein gutes Jahr. Dann kehrte ich beschwingt und voll guter Vorsätze von der Hochzeit in Österreich zurück. Ich wollte mit ihr noch einmal von vorn beginnen und hatte mir eine Rede in wohlgesetzten Worten zurechtgelegt, der sie nicht widerstehen konnte. Noch am Tag unserer Ankunft ging ich mit pochendem Herzen zu den Frauengemächern im Fürstenbau und fragte eine andere Kammerjungfer nach ihr.

»Du weißt es noch nicht?«, sagte sie überrascht. »Dieses undankbare Luder! Sie musste den Hof verlassen, weil sie gestohlen hat, vom Geschmeide unserer Herrin, und das so kurz vor deren Niederkunft. Wir hatten schon Angst, sie würde vor Aufregung eine Fehlgeburt erleiden.«

Ich fühlte mich, als wäre ich unter die wuchtigen Füße Solimans geraten. Das konnte doch nicht sein. Kokett – ja, vorlaut – ja, aber eine gemeine Diebin? ... Das wollte ich nimmermehr glauben.

»Hast du's gesehen?«

»Was?«

»Den Diebstahl. Ich meine, hast du sie dabei beobachtet?«

»Ich? Nein. Die Kammerfrau hat unsere Zimmer durchsuchen lassen, nachdem es aufgeflogen war. Da hat man einen der Ohrringe unter ihrem Kopfkissen gefunden. Aber die Brosche und eine noch viel wertvollere Kette sind bis heute verschwunden. Na ja, die Folter wird's schon ans Licht bringen.«

»Folter?«, fragte ich entsetzt.

»Was denkst du denn? Bei einer verstockten Diebin. Als Tochter eines Goldschmieds hat sie doch alle Möglichkeiten. Wahrscheinlich hat sie den Schmuck längst einem Hehler übergeben.«

»Wer schläft bei ihr?«

»Wie meinst du das? Im Kerker?«

Fast wäre ich herausgeplatzt: Stell dich nicht dumm! Doch es war mein Fehler. »Ich meinte natürlich, wer schlief bei ihr in der Kammer?«

Sie zögerte. Ich trat näher an sie heran. »Nun sag schon, oder soll ich zur Kammerherrin ...«

»I... ich, aber ich hab nichts gesehen, gar nichts.«

»Du bist schon länger hier?«, fragte ich wieder sanfter.

»Schon viele Jahre.«

Da erst fiel mir auf, dass sie ja deutlich älter sein musste als Beatrice. »Dann warst du schon vor Wilhelms und Renatas Einzug hier.«

»Gewiss. Ich diene seit Langem im Schloss.«

»Und wer tritt jetzt an die Stelle der Diebin?«

»Die gnädige Frau schenkt mir das Vertrauen.«

Ich bemerkte zunehmende Unsicherheit bei ihr, wollte aber fürs Erste nicht näher in sie dringen. Vom Hofmeister erfuhr ich, dass Beatrice, die jegliche Schuld bestritt, aus Rücksicht auf ihren Vater nicht im Gefängnis, sondern bei den Scolaris zu Hause verwahrt wurde. Man hatte das weitere Vorgehen bis zur Rückkehr des Herzogs abwarten wollen. Sollte ich sie im Hausarrest besuchen? Es schien mir nicht sinnvoll. Ich beschloss aber, ein wachsames Auge auf die verunsicherte Kammerjungfer zu haben.

Es waren schlimme Tage, nicht nur für mich, auch für Wilhelm, denn er war ebenfalls völlig außer Fassung ob des ungeheuerlichen Vorfalls. Zudem befand sich sein geliebtes Weib mit ihren Hofdamen noch immer in München, wohin sie zur bevorstehenden Geburt gereist war. Glücklicherweise lag bei unserer Ankunft in Landshut bereits die Nachricht vor, dass die Herzogin am Sonntag zuvor eine gesunde Tochter zur Welt gebracht hatte.

»Ich reite gleich morgen in der Früh zu ihr«, kündigte Wilhelm an, während er in seiner Schreibstube unentwegt von einer Wand zur anderen stiefelte.

»Was willst du in München? Ein Mann ist im Kindbett so unnütz wie ein linker Handschuh am rechten Fuß. Dass du wohlbehalten zurück bist, erfährt Renata auch von deinen Eltern.«

»Aber ich muss etwas tun.«

»Dann kümmere dich um Scolari, sprich mit dem Hofmeister, befrag die Kammerfrau! Alles besser, als den fürsorglichen Damen in München im Weg zu stehen.«

Mich selbst trieb die Unruhe um, und ich hängte mich in den folgenden zwei Tagen so gut es ging an die Fersen der Kammerfrau, beobachtete beinahe jeden ihrer Schritte. Aber sie tat nichts Ungewöhnlicheres, als mit Eifer ihre Arbeit zu verrichten. Ich schrieb freilich ihre Beflissenheit nur ihrem schlechten

Gewissen zu und stieg ihr in meinem Argwohn auch heimlich nach, als sie kurz vor Mittag über den Narrensteig in die Stadt hinunterging. Es war ein wunderschöner Spätherbsttag, den die Mittagssonne angenehm erwärmte. Sie trug weder einen Korb noch sonst etwas bei sich, und ich fragte mich daher, zu welcher Besorgung sie unterwegs war. Sie hüpfte beschwingt auf dem Pfad durch das niedere Buschwerk des Haags, ging zielstrebig an St. Martin vorbei, warf im Vorübergehen den Marktfrauen in der Altstadt nur einen raschen Gruß zu und bog kurz darauf in die Rosengasse ein. Als ich das Eckhaus erreicht hatte, sah ich eben noch, wie sie am Ende der Gasse in einem Hauseingang verschwand. Von einer Alten, die sich am Stock über das Pflaster mühte, erfuhr ich, dass das Haus einem alteingesessenen Goldschmied gehörte. Das machte mich hellhörig, aber als sie beinahe stolz hinzufügte, dass die Tochter oben auf dem Schloss in guter Stellung sei, da kam ich mir ziemlich dämlich vor, und kopfschüttelnd sagte ich zu mir selbst: Da hast du dich wohl verrannt. Vermutlich hatte die Kammerherrin der Jungfer für ein paar Stunden freigegeben, da die Herzogin mit dem größten Teil ihres Hofstaates in München weilte und somit auf der Burg etwas Ruhe eingekehrt war. Und es war weiß Gott nichts Unerlaubtes, wenn die Jungfer ihre Familie besuchte.

Ich wartete eine Weile unschlüssig ans Hauseck gelehnt, wobei ich zunehmend neugierige Blicke auf mich zog, bis mir schließlich ein schwarzes Ungetüm die Entscheidung abnahm. Ein streunender Hund schien das Hauseck als sein Revier zu betrachten, pinkelte mir erst fast ans Bein und versuchte dann mit Gekläff, gefletschten Zähnen und Erfolg den vermeintlichen Rivalen zu vertreiben.

Während ich den Rückzug antrat, kam mir der alte Spruch in den Sinn: »Nicht jeder, den der Hund anbellt, wird später als *Dieb* gestellt.« Ich hatte mich durch ihre Unsicherheit und die Tatsache, dass sie von Beatrices Entfernung vom Hof profitierte, wohl schon zu sehr in die Kammerjungfer als mögliche Täterin verbissen. Aber letztlich kamen noch eine Reihe anderer Personen dafür in Betracht, denn: Gelegenheit macht Diebe.

So vor mich hin sinnierend fiel mein Blick auf die Stadtresidenz an der Westseite des Marktes, und einer plötzlichen Eingebung folgend hielt ich darauf zu. Bald nach Wilhelms Einzug in Landshut und bei den seltenen Anlässen, zu denen sein Vater in der Stadt weilte, hatte ich schon die Gelegenheit gehabt, die prächtige Ausstattung des Palastes zu bewundern. Und hier hatte ich möglicherweise Embleme aus der Hypnerotomachia gesehen, ohne sie in meiner damaligen Unwissenheit näher zu beachten. Die Torwache kannte mich immerhin so gut, dass die Mitteilung, ich sei auf Herzog Wilhelms Befehl hier, ausreichte, um mich einzulassen.

Ursprünglich war vorgesehen, den Palast an der Stelle des alten Zollhauses nach deutscher Art zu errichten, und so war die Eingangshalle, deren Kreuzrippengewölbe auf zwei Rotmarmorsäulen ruhte, noch relativ einfach und schmucklos gehalten. Doch kaum hatte ich mich durch das Westtor in den Innenhof begeben, wähnte ich mich allein durch die Arkaden der Loggien ringsum nach Italien versetzt, zumal die Mittagssonne den Hof in gleißendes Licht tauchte. Mich mehrmals um die eigene Achse drehend durchschritt ich träumerisch den Hof und trat erwartungsvoll in den Schatten der Westloggia ein. Fast andächtig betrachtete ich die Ausmalung der Lünetten und die Bilder des Deckengewölbes, in denen ich unschwer Patriarchen des Alten Testaments erkannte wie Abraham, Isaak und Jakob sowie Moses und Aaron. Auch die Kalotten der Apsiden zu beiden Seiten waren reich verziert mit Stuckfiguren, und obwohl ich mich schwer damit tat, sie im Einzelnen zu deuten, glaubte ich doch, mythische Gestalten in ihnen zu erkennen. War dies etwa so ein Versuch in gelehrter Weise und durch künstlerische Mittel antike Mythen mit den Wahrheiten des Christentums zu verbinden? Ich fühlte mich an Pico della Mirandola erinnert, der um den Ausgleich des Konflikts zwischen heidnischer Mythologie und Christentum bemüht war, und ich wünschte mir sehnlich einen von Herzog Ludwigs Humanisten, der das reiche Bildprogramm entworfen haben und mir nun erklären könnte, an die Seite.

Ich war jetzt auch wieder neugierig auf die reich bemalten Prunksäle im Obergeschoss, und indem ich mich zum Treppenaufgang umwandte, fiel mein flüchtiger Blick auf den Rundbogen der südlichen Apsis. Ich stutzte kurz und stieß im nächsten Moment einen triumphierenden Juchzer aus. Fast hätte ich's übersehen. Hoch oben im Scheitelpunkt prangten in weißem Stuck auf rotem Grund die Elefanten und Ameisen aus dem Liebestraum des Poliphil, von unten schwer zu sehen und nur von Eingeweihten zu erkennen. Meine Ahnung hatte mich nicht getrogen, und als hätte ich selbst soeben das tiefsinnige Rätsel des Emblems gelöst, schritt ich mit dem erhabenen Gefühl eines Kenners die Stufen ins Obergeschoss hinauf.

Als ich eben in den italienischen Saal treten wollte, hörte ich von dorther Stimmen. Da ich den Zweck meines Besuches erreicht und eigentlich keine Berechtigung hatte, mich hier herumzutreiben, hielt ich es für besser, den Leuten aus dem Weg zu gehen. Ich bewegte mich leise über die Nordgalerie auf das Piano nobile zu, die Privaträume des Herzogs, um über die dortige Treppe das Weite zu suchen. Plötzlich erschrak ich, denn ich stand wie aus dem Nichts der Kammerherrin von Schloss Trausnitz gegenüber. Also nicht wirklich und leibhaftig, aber an der Wand zu meiner Linken hing ein Gemälde, das ihr verteufelt ähnlich sah. Und doch konnte sie es nicht sein, denn die Dame auf dem Bild war von höfischer Eleganz und entsprechend ausstaffiert. Die Schultern umschmiegte eine breite Pelzschaube, aus deren Ausschnitt

Goldbrokat spitzte, und die Arme verhüllte golddurchwirkte Seide. Kostbarer Schmuck in Form eines Colliers, einer Goldkette, eines Armbands und zweier Ringe deutete auf eine hochgestellte Persönlichkeit hin. Aber dieser schmallippige Mund, der herrische Blick – die Ähnlichkeit war unverkennbar. Da erschrak ich erneut.

»Was sucht Ihr hier?«

Die Stimme war nicht unfreundlich, aber doch bestimmt, und sie gehörte vermutlich dem Verwalter oder Hofmeister. Anscheinend hatte der Torwart doch das Bedürfnis gehabt, sich abzusichern.

»Ich … äh … Herzog Wilhelm schickt mich«, flunkerte ich verlegen und versuchte mit einer Frage meinerseits, der Offenbarung mangelnder Berechtigung zuvorzukommen: »Könnt Ihr mir sagen, wer die Dame ist?«

»Sicher. Es ist Ursula von Weichs, ehemals Mätresse Herzog Ludwigs, Gott hab ihn selig. Er war zwar ein Hagestolz, aber gewiss kein Kostverächter. Und wer seid Ihr?«

»Ich untersuche im Auftrag des Herzogs schwerwiegende Vorfälle«, gab ich mir den Anschein von Wichtigkeit, »und unterliege dabei höchster Verschwiegenheit. Was ist aus der Dame nach des Herzogs Tod geworden?«

»Oh, da soll es hässliche Szenen gegeben haben«, erklärte mein Gegenüber mit Verschwörermiene. »Aber es war vor meiner Zeit. Ursula war über viele Jahre die Geliebte des Herzogs, und im Siechtum seiner letzten Jahre stand sie ihm bei und pflegte ihn zusammen mit Ludwigs Schwester Sabine, einer streitbaren Witwe, die der Herzog bei sich aufgenommen hatte. Nach dessen Tod sollen sich beide über das Erbe hergemacht haben. Sabine fühlte sich durch ihren frühen Erbverzicht betrogen, und Ursula leitete das Recht dazu aus ihrer langjährigen Beziehung zu Ludwig und dessen Pflege ab. Das Erbe bestand zwar in der Hauptsache aus riesigen Schulden, aber die beiden Damen hatten sich flugs vor allem kostbare Kleinode wie Schmuck et cetera angeeignet. Der Herzog in München soll darüber so erbost gewesen sein, dass er seine Schwester sogar über mehrere Monate gefangen hielt. Aber wie gesagt … vor meiner Zeit.«

»Und Ursula?«

»Sie bewohnte das Nebenhaus. Zu Ludwigs Lebzeiten soll sie nur durch eine Tapetentür von seinen Privaträumen getrennt gewesen sein, sodass jederzeit er sie beziehungsweise sie ihn besuchen konnte, ohne gesehen zu werden. Und der herzogliche Bruder in München soll ihr schließlich sogar eine kleine Rente zugestanden haben. Vor etwa zwei Jahren ist sie verstorben.«

»Hatte sie Kinder mit ihm?«

»Meines Wissens eine Tochter. Ludwig hat sie so wenig legitimiert, wie er heiraten wollte.«

»Wo lebt sie jetzt?«

»Ich weiß es nicht. Man sagt, sie sei mit einem Kastner oder Landpfleger Ludwigs verheiratet worden. Wollt Ihr mir nicht endlich sagen, wer Ihr seid?«

»Michael Monacensis, ioculator ducis nobilis, stets gediegen und verschwiegen, nur durchtrieben, wenn belieben. Seid bedankt und gegrüßt.«

Ich ließ den auskunftsfreudigen Amtmann mit offenem Mund stehen, sprang die Treppe hinunter in die Halle und huschte an der Wartstube vorbei ins Freie, um weiteren Fragen zu entgehen. »Michael Ligsalcius Monacensis … Michael ioculator Monacensis«, sprach ich im Weitergehen lachend vor mich hin. »Klingt gut.« Jetzt, wo ich schon auf den Spuren großer Humanisten wandelte, sollte ich vielleicht auch meinen Namen latinisieren.

Je näher ich dem Anstieg zur Burg kam, verflog meine Heiterkeit. Ein übler Verdacht beschlich mich, und ich suchte umgehend den Hofmeister der Herzogin auf. »Das ist eine schlimme Anschuldigung«, sagte der ehrenwerte Onophrius von Preysing, bedächtig sein Haupt wiegend. »Hast du dafür Beweise, oder ist das nur wieder ein närrischer Streich von dir?«

Beweise hatte ich natürlich keine, aber ich erbot mich, sie mit seiner Zustimmung zu erbringen.

»Sie verdankt es der Gnade unserer Herzogin, dass sie nach Christinas Wutanfall bleiben durfte«, gab der Hofmeister zu bedenken. »Da erscheint es mir doch mehr als zweifelhaft ... nein, es wäre größter Undank.«

Ich warf mein Schulwissen in die Waagschale: »Cäsar verzieh Brutus nach der Schlacht gegen ihn, erhob ihn gar zu seinem Vertrauten, und doch wurde Brutus zu seinem Verräter und Mörder.«

Wir kamen überein, die Sache dem Herzog vorzutragen. Und Wilhelm suchte, entgegen sonstigem Zaudern, die Lösung auf direktem Wege. Erst leugnete sie hartnäckig, aber unter Wilhelms bedrohlicher Autorität und im Beisein des gestrengen Hofmeisters gab die Kammerherrin schließlich den Diebstahl zu und bat um Gnade. Es verhielt sich so: Sie war tatsächlich die Tochter Ursulas von Weichs. Bald nach ihrer Hochzeit schon verwitwet, hatte ihr die Mutter durch ihren Einfluss die Stellung auf der Burg verschafft. Nach Ursulas Tod erbte sie zwar das Haus in der Stadt, aber sonst nicht viel, allerdings auch das bittere Gefühl der Mutter, von der fürstlichen Familie benachteiligt worden zu sein. Dazu kamen der Hass auf Christinas Hochmut und zuletzt auch auf Beatrice, die sie als künftige Rivalin fürchtete. Durch den Diebstahl hoffte sie zweierlei zu erreichen: ihr finanzielles Auskommen aufzubessern und gleichzeitig Beatrice aus dem Weg zu räumen.

Am Ende zeigte sich eine Wesensart Wilhelms, die sich noch öfter bestätigen sollte: Gegen Vergehen dieser Art konnte er milde und nachsichtig sein bis zu vertrottelter Gutgläubigkeit, aber wehe, es kratzte jemand an seiner Reputation. Er übergab die Kammerherrin nicht dem Henker, sondern ließ sie gnädig laufen mit der Auflage, das Land niemals wieder zu betreten.

Die neue Kammerherrin war anfangs noch etwas verlegen, was ihr gut anstand. Aber sie war auch aufreizend hübsch und dem Narren gegenüber nicht spröde. An einem lauen Oktoberabend erhielt ich im Zwingergarten meinen ersten Kuss von Beatrice. »Dir hab ich's zu verdanken …«

»Schhh … es war nur Glück«, wiegelte ich in ungewohnter Bescheidenheit ab.

Ovid sagt: Geliebt wird nur, wem die Glücksgöttin Fortuna hold ist.

Doch Fortuna ist launisch …

Einundzwanzigstes Kapitel

Um die Mittagszeit gab ich mein Schmollen auf, und da auch der gekränkte Schulmeister versöhnlich war, konnten wir unser köstliches Mittagsmahl wieder in Eintracht genießen.

»Ich muss bald die Hose mit einem Strick um den Leib festhalten, wenn unser Fraß weiterhin so nahrhaft ist«, beklagte sich Caspar.

»Geld müsste man haben«, seufzte Hans, »dann könnten wir uns anständige Kost kommen lassen.«

»Besser hundertfach karges Mahl, als auch nur einmal die Henkersmahlzeit«, versuchte der Prokurator sie aufzumuntern.

»Glaubt Ihr denn, wir werden in ihren Genuss kommen?«, fragte ich.

»Allmählich bin ich ernsthaft im Zweifel bezüglich eines guten Ausgangs. Für ein minderes Vergehen dauert mir das alles schon viel zu lang.«

»Vielleicht erfahren wir bald mehr«, sagte ich, als der Schlüssel im Schloss knirschte und ich gerufen wurde.

»Es gab heute Morgen noch allerhand zu erledigen«, entschuldigte Vetter Andre sein spätes Eintreffen.

»Ich freu mich zu jeder Zeit über dein Kommen. Wie steht es denn?«

»Wart's ab!«

»Heißt das …«

»Nun setz dich doch erst mal.« Andre räusperte sich und begann dann etwas umständlich: »Also, wie ich bei unserem letzten Treffen ankündigte, musste ich vorgestern vor dem versammelten Rat über das Ergebnis unserer Untersuchung referieren und …«

»Da hast du gesagt, dass Michel und all die anderen kreuzbrave Leut sind und unverzüglich freikommen müssen«, scherzte ich hoffnungsvoll.

»Wenn's nur so einfach wäre«, sagte Andre mit ernster Miene.

»Aber du hast vor dem Rat doch nicht etwa gesagt, dass wir …«

»Langsam, Michel! Natürlich habe ich nicht gesagt, dass ihr Teufelsanbeter seid und via Scheiterhaufen zur Hölle fahren sollt. Aber ich konnte auch nicht so tun, als hättet ihr nur kindische Spiele betrieben. Der Vorwurf der Beschwörung wiegt schwer.«

»Aber das betrifft doch in der Hauptsache nur den Arnhofer und die Witwen, alte Weiber, die nicht mehr ganz richtig im Kopf sind und ...«

»Ich weiß, ich weiß. Aber es sind in der Mehrzahl alte Weiber, die ins Feuer geschickt werden. Ich kann dir versichern, ich habe verharmlost, so gut es ging, und natürlich betont, dass die Alten nur in bedauernswerter Verwirrtheit und aus Kummer über den Verlust der Ehegatten ihren sinn- und nutzlosen Hokuspokus veranstalteten. Der Prokurator hat, wie du ja sicher weißt, Nigromantie seinerseits strikt verneint, und solange es niemand aus eigener Anschauung bezeugen kann oder die Folter es ans Licht bringt, wird man ihn dafür kaum belangen können. Was das Treiben der schwarzen Kristlin und der anderen Verrückten um sie herum mit dem Sieblaufen, Wahrsagen et cetera betrifft, nun, da anscheinend niemand zu Schaden kam und es keine Kläger gibt, könnten sie nach hergebrachtem Recht diesmal noch weitgehend ungeschoren davonkommen. Und aus der Schatzgräberei hast du dich ja selbst schon herausgeredet.«

»Na also«, frohlockte ich, »dann erscheint doch alles so harmlos, wie es in Wahrheit auch ist, und unserer Freilassung dürfte nichts mehr im Wege stehen. Wird auch Zeit.«

»Hmm, ein Problem dabei ist, dass ich die Untersuchung ja nicht allein durchgeführt habe, sondern die Befragungen von mehreren Leuten angehört wurden, und da gibt es jetzt Stimmen, die die Frage aufwerfen, ob die Aussagen der Inquisiten in summa nichts als Beschwichtigungen und Ausreden gewesen seien und ob ich sie nicht zu blauäugig und eben verharmlosend einschätze. Und im Plenum der Ratsversammlung wurde mir vereinzelt gar vorgehalten, ich könne wegen meiner Verwandtschaft zu dir kein unbefangenes Urteil fällen.«

»Aber du hast doch gesagt«, begehrte ich auf, »der Rat sei an der Verfolgung und Ahndung solcher … solcher Nichtigkeiten gar nicht sonderlich interessiert.«

»Grundsätzlich ja, und bisher war es auch meist so. Aber die Zeiten ändern sich gerade etwas.«

»Ach, seid ihr abergläubig oder geisterhörig geworden?«, höhnte ich. »Unterliegt der Rat gar selbst einem Zauber?«

»Du magst spotten, wie du willst«, sagte Andre kopfschüttelnd, »es sind äußere Zwänge.«

»Der Hofrat?«

»Noch nicht direkt. Es liegt noch keine Anforderung der Akten vor, steht aber zu befürchten. Doch zunächst geht es um etwas anderes, genauer gesagt, wie lange der Rat in dieser Stadt noch etwas zu sagen hat. Mag sein, dass unsere Geschlechter sich nicht mit den Patriziern der großen Reichsstädte vergleichen können, aber jahrhundertelang waren wir es, die der Stadt zu Wohlstand und Ansehen verhalfen. Wir regierten in Eigenverantwortung und mit Bürgerstolz. Dom und Rathaus sind dafür sichtbare Zeugen. Und jetzt schau dich um in der Stadt …«

»Geht gerade schlecht«, sagte ich gallig.

»Die Fürsten und ihre Baumeister machen sich rücksichtslos breit mit immer neuen Forderungen, wodurch die Stadt auch Einbußen an Steuern, Grundzinsen und Gerichtsgefällen hat.«

»Ich versteh nicht viel davon, aber hat Wilhelm dafür nicht auf die jährliche Stadtsteuer verzichtet?«

»Pah, mit Vorbehalt auf ein paar Jahre. Das wiegt es nicht auf.«

»Warum wehrt ihr euch nicht?«

»Du tust dir leicht«, sagte Andre geringschätzig, »du hattest Narrenfreiheit, aber wenn unsereiner das Maul aufreißt, dann muss er böse Konsequenzen fürchten. Und glaub nicht, wir hätten uns nicht heftig beschwert! Der Rat hat vehement gegen den Verlust seiner verbrieften Salzhandelsrechte protestiert, der Rat hat gegen den Abriss so vieler Bürgerhäuser protestiert, der Rat hat gegen den Turm von St. Michael protestiert, ich selbst habe gegen …«

»Muss ich jetzt Mitleid mit dir und dem Rat haben, wo es um meinen Kopf geht?«

»Du verstehst nicht. Es geht um die Selbstherrlichkeit, mit der Herzog und Hofrat ex plenitudine potestatis in die Belange des Rates dieser Stadt eingreifen.«

»Was ereiferst du dich so für den Rat?«, sagte ich zunehmend verärgert. »Der Rat ist doch seit Jahren schon dabei, sich selbst zu entmachten. Die hohen Herren gieren nach Landbesitz und Titeln, putzen sich heraus wie Graf Protz und verbringen mehr Zeit auf ihren Gütern als in der Stadt. Und bald will keiner mehr seinen Arsch auf die Ratsbank setzen, weil …«

»Wieso ereiferst *du* dich jetzt?«, ging Andre spöttisch dazwischen. »Hat Herr Sorglos, seit er nicht mehr dem Hof angehört, plötzlich ein Interesse für die Belange der Stadt entdeckt? Soll ich dir zum Bürgerrecht verhelfen?«

»Danke. Die Stadt ist mir wurscht«, sagte ich trotzig, »ich fänd auch anderswo ein Auskommen. Aber ich bin schließlich nicht blind. Früher galt es als ehrenhaft, einen Sitz im Rat zu haben. Heute empfindet der Möchtegernadel doch schon seine Zugehörigkeit zur Kaufmannschaft als ehrenrührig. Ich hab's doch selbst mitbekommen, wie die noblen Geschlechter vor … warte … zehn bis zwölf Jahre mag es mittlerweile her sein, dass die Adelsanwärter meinen Herzog ergebenst um eine Bestätigung ersuchten, dass ein Ratssitz für die Adelsfreiheit und die Rechte auf ihren Landgütern nicht von Nachteil sei. Sie empfinden einen Ratssitz quasi als schädlich für ihren neuen Stand und unter ihrer Würde, gieren aber nach einem Herrendienst am Hof. Das ist kein Bürgerstolz mehr, sondern Bürgerschande! So sieht's doch aus!«

Ich hatte zuletzt fast gebrüllt, und Andre versuchte mit erhobenen Händen, zu beschwichtigen. Doch ich war in Fahrt: »Die Hundertpfund und die Tichtl ... und ... und ... und die Rosenbusch und Konsorten, die haben ihr Bürgerrecht doch schon aufgegeben, um unbelastet von städtischen Ämtern und allenfalls noch dem Hofrat zugehörig auf ihrem Landsitz zu schwelgen. Und ich wette, du hast auch schon ...«

»Edelmannsfreiheit und Niedergerichtsbarkeit auf Ascholding«, sagte Andre ganz ruhig, »seit siebzehnten Februar 1589, wenn du's genau wissen willst. Und ich bin stolz darauf.«

»Wusst ich's doch«, maulte ich.

»Bist du fertig mit deinem Vortrag?«

Wir schwiegen beide eine Weile.

»Du hast ja in mancher Hinsicht durchaus recht«, begann Andre wieder, »aber wir sollten darüber heute nicht streiten. Und ich will dir auch nicht alle meine Ämter aufzählen, denn mir bedeutet die Stadt noch etwas. Ich will dir nur das Problem der Machtverhältnisse erklären, und das hat leider durchaus mit dir beziehungsweise euch zu tun.«

Ich sagte nichts, machte nur eine einladende Geste.

»Es war ja die letzten Jahre unter Wilhelm schon schwierig, aber mit Maximilian wird es ein noch zäheres Ringen.«

»Eher nicht«, warf ich ein. »Er ist ungeduldig und neigt zu schnellen Entscheidungen.«

»Umso schlimmer. Es geht nämlich augenblicklich um die Bestätigung aller Privilegien der Stadt.«

»Was ist daran schlimm? Er wird sie am Tag der Erbhuldigung der Bürgerschaft ebenso bestätigen, wie es seine Vorgänger regelmäßig auch getan haben.«

»Das eben ist die große Frage, denn es geht das Gerücht um, dass die Stadt ihre landesherrlichen Privilegien erst dem Hofrat und der Hofkammer im Original zur Überprüfung vorlegen soll, ehe er sie in Gnaden bestätigt. Wenn er das durchzieht, sind wir bald nur noch Befehlsempfänger.«

»Ich seh da keine Schwierigkeit. Da spaziert der Stadtschreiber ins Archiv, packt sich den Krempel untern Arm, geht zur Hofkanzlei, Stempel drauf, und die Sache ist erledigt. Wo ist das Problem?«

»Das Problem ist der Stadtschreiber«, sagte Andre fast kleinlaut. »Er will zwar zum Ende des Jahres ohnehin ausscheiden, aber er hinterlässt uns einen dicken Brocken.«

»Wieso?«

»Es kocht da gerade wieder ein Vorfall hoch, der eigentlich Jahre zurückliegt. Es ging damals um eine Beschwerde der Lebzelter. Der Stadtschreiber sollte aus irgendeinem Grund bestimmte Urkunden der Lebzelter beibringen, konnte sie aber im Stadtarchiv nicht auffinden. Zur Vertuschung stellte er andere Briefe aus und ließ sie durch den Unterrichter besiegeln.«

»Unterrichter sagst du? Etwa der Mändl?«

Andre nickte.

»*Der* Mändl, der sich bei meiner Vernehmung so aufgespielt hat und mir Zauberutensilien unterstellen wollte?«

Andre nickte abermals stumm.

»Feine Gerechtigkeit.«

»Na ja, es ist nicht so, dass die beiden ungeschoren blieben. Sie erhielten sogar eine saftige Geldstrafe, fünfhundert Gulden für den Stadtschreiber, dreihundert für den Mändl.«

»Das verlogene Maul hätten sie ihm ausbrennen und seine Schandpfoten abhauen sollen«, sagte ich erbost.

»Damit wär's zweifellos erledigt gewesen«, stimmte Andre gallig zu, »denn jetzt hängt die Sache immer noch an. Schuld hat allerdings der ganze Stadtrat, denn die Geldstrafen wurden wegen angeblicher Missverständnisse über die Zuständigkeit bis heute nicht eingefordert und in der Hofkanzlei hinterlegt. Dies führte zur Verärgerung des Herzogs und womöglich zur Anfechtung der alten Privilegien.«

»Geschieht euch recht«, knurrte ich. »Und was hat die ganze Mauschelei mit uns zu tun?«

»Die Stimmung im Rat ist augenblicklich sehr gedämpft, und ein Großteil ist der Meinung, man dürfe jetzt nicht Öl ins Feuer gießen und müsse in ... wie soll ich sagen ... in dieser Angelegenheit Wohlverhalten zeigen, weil es ...«

»Weil es um Wichtigeres geht, als unsere Hälse zu retten, sprich's nur aus! Oh, ich verstehe. Ihr wollt zwar kein Öl ins Feuer gießen, aber wegen eurer Schlamperei in Archiv und Rat dürfen ruhig Scheiterhaufen lodern. Vielen Dank, mein Herr, die Unterredung ist beendet.« Wütend sprang ich auf und ging Richtung Türe.

»Warte!«, sagte Andre mit Bestimmtheit. »Die Augen vor der Wirklichkeit zu verschließen hilft dir auch nicht.«

Ich drehte mich um, ging langsam zum Tisch zurück und setzte mich. »Und was soll mir dabei helfen?«

»Es ist doch noch nichts entschieden oder gar verloren«, versuchte mein Vetter mich zu beruhigen. »Der versammelte Rat hat nur beschlossen, einen Extrakt aus den Verhörprotokollen anzufertigen und ihn an den Hof zu schicken.«

»Vorauseilender Gehorsam also«, sagte ich verächtlich.

»Nenn es ruhig so.« Andre ließ sich nicht provozieren. »Ich halte es für taktisch klug, denn aus der Hofkanzlei ist zu hören, Maximilian sei sehr an dem Vorfall interessiert, und über kurz oder lang würde er das Verfahren ohnehin an sich ziehen. Da erscheint es günstiger, wenn er dem Rat nicht erneut Nachlässigkeit und Missachtung seiner Anordnungen vorwerfen kann, sondern ein Entgegenkommen sieht.«

»Pfff, Maximilian ist noch hexengläubiger als sein Vater. Da weiß man doch schon, wie's ausgeht.«

»Aber der Herzog fällt nicht das Urteil. Da wird es erst wieder Gutachten geben und juristische Abwägungen …«

»Du meinst Haarspaltereien.«

»… und ich habe zu dem einen oder anderen Juristen im Hofrat durchaus gute Beziehungen«, fuhr Andre unbeirrt fort. »Sei jetzt also nicht zu pessimistisch. Weitaus mehr Sorgen macht mir etwas ganz anderes.«

»Ach, also doch noch ein Haken.«

»Eher eine Welle, und wenn die hochschwappt, weiß keiner, wie's ausgeht.«

»Was meinst du damit?«

»Vox populi, des Volkes Stimme. Du hast es ja vielleicht selbst mitbekommen, seit du nicht mehr die Vorzüge in der Abgeschiedenheit des Hofes genießt. Die letzten Jahre waren keine guten. Erinnerst du dich an den großen Regen vor zwei Jahren?«

»Sicher. Zu Pfingsten hat es begonnen, und dann hat es fast ununterbrochen durchgeschifft bis Anfang August. Da ist sogar Wilhelm das Wallfahrten vergangen.«

»Was bei seinem bigotten Übermaß zu verschmerzen wäre, aber fast die gesamte Ernte ist ersoffen und teilweise auch das Vieh. Für das Getreide wurden Wucherpreise verlangt.«

»Und fürs Bier. Ich weiß es sehr wohl, weil man sich bei Kummer nur noch mit billigem Fusel so richtig besaufen konnte.«

»Die Isar ist in diesem Jahr schon wieder mehrfach hoch angelaufen, und es wird erneut großer Misswuchs prophezeit. Die Leute haben Angst. Dazu kommt, dass in den Ortschaften ringsum die Pest immer wieder ihr schmutziges Haupt erhebt. Erst neulich hieß es, sie sei bis nahe an Aibling vorgedrungen. Die Stadtärzte warnen vor Schweinefleisch und jungem Bier.«

»Hab ich gehört. Angeblich soll der großen Infektion halber Schweinernes nur noch an Fremde und Durchreisende verkauft werden dürfen. Das hätte ein närrischer Einfall von mir sein können«, lästerte ich, »die Gulden bleiben herinnen, der Dünnschiss geht nach draußen.«

»Wenn's hilft«, sagte Andre lapidar. Er hatte den Ratsbeschluss mitgetragen. »Aber was bei den Angstpredigern immer zieht, das ist die Türkengefahr, vor allem weil es nach der letzten Generalmusterung so aussieht, als stünde der Erzfeind tatsächlich vor der Tür. Doch die Leut sind nicht nur ängstlich, sondern zunehmend auch wütend, weil ihnen von der Obrigkeit aus diesem Grund sämtliche Vergnügungen untersagt werden.«

»Kein Wunder, denn Wilhelm und Maximilian sind fest davon überzeugt, dass Gott uns für unsere Sünden bestraft und alle Übel unserer Tage nur dem lasterhaften Lebenswandel zuzuschreiben sind, weshalb sie uns dringend davor bewahren müssen.«

»Und die Hetzredner auf den Kanzeln tragen ihr giftiges Scherflein dazu bei. Hat doch erst vor wenigen Wochen der Dekan von Unserer Lieben Frau dreist behauptet, die Evangelischen würden sich wieder aus ihren Löchern vorwagen, und die Schuster in dieser Stadt seien beinahe allesamt Ketzer.«

»Was man den Goldschmieden schon seit den Religionsverhören nachsagt«, warf ich ein. »Du wirst es wissen.«

»Das Schlimme daran ist«, sagte Andre gedehnt und bedeutungsschwer, »wo man Ketzerei vermutet, da ist auch Hexerei nicht weit. Es gibt nicht wenige, die neuerdings herumposaunen, der frühe Tod des jungen Philipp sei nicht natürlich gewesen.«

»Du meinst den Kardinal, Wilhelms Sohn?«

»Richtig. Man will nicht glauben, dass der fromme Sohn des allerfrömmsten Herzogs, den der Papst doch noch ausgezeichnet hat, einfach so mir nichts, dir nichts vom Herrgott abberufen wurde.«

»Hmm, er hat bei der Weihe von St. Michael vor einem knappen Jahr eine flammende Rede wider den Teufel gehalten«, sagte ich nachdenklich, »und auf der Fassade des Gotteshauses besiegt der Erzengel großmächtig in aller Öffentlichkeit den Satan, und im Theaterspektakel der Jesuiten, das den Triumph feierte, stürzten zum Schluss dreihundert Teufel in die lodernden Höllenflammen …«

»Das könnte der Grund dafür sein«, stimmte Andre zu, »denn die Eiferer behaupten jetzt, der Tod des jungen Kardinals sei ein Racheakt des Teufels, durch Hexenwerk verübt, so wie damals der Einsturz des Turms von St. Michael. Sie suchen wieder Sündenböcke, Michel, das macht mir Angst.«

»Verdammt!«, rief ich. »So hat's doch zuletzt in Schongau und Werdenfels auch angefangen. Hagelschlag, Missernten, das Volk begehrt auf, fordert immer heftiger die Verfolgung der angeblichen Zauberer und Hexen von der Obrigkeit, und wenn erst die peinlichen Befragungen beginnen und der Henker mit im Spiel ist … Man muss den Anfängen wehren!«

»Und genau aus diesem Grund bin ich der Meinung, dass es gut ist, den Hofrat jetzt nicht zu verärgern, weil er dann vielleicht in deiner … unserer Angelegenheit zugänglicher und leichter zu überzeugen ist.«

»Geb Gott, dass du recht hast«, sagte ich resigniert. »Ich kann ohnehin nichts tun als warten, was immer schwerer fällt. Jeder Tag in diesem Loch ist eine Qual.«

»Kann ich dir mit irgendetwas die Zeit …«

»Nein«, wehrte ich ab. »Versuch du nur den Hofrat … Oder doch, du könntest mir erbauliche Lektüre gegen die Langeweile bringen, wenn es Rat und Eisenmeister erlauben. Natürlich nicht deine ketzerischen Schriften oder Luthers Ergüsse.«

Andre schmunzelte gequält. »An was denkst du denn?«

»*Schimpf und Ernst* wäre nett. Das habe ich vor Jahren zur Freude des erbosten Mengin auch dem Bischof Ernst besorgt.

Es ist fast eines Narren Bibel, erheitert und belehrt, enthält viele erbauliche Schwänke, Gleichnisse und Predigtmärlein, und Johannes Pauli, der Verfasser, war rechtgläubiger Franziskaner, also unverdächtig. Ach ja, und wenn unsere Mahlzeiten etwas üppiger ausfallen könnten, das wäre ein Segen.«

»Will sehen, was ich tun kann.«

Andre sah müde aus. Mitfühlend sagte ich zu ihm: »Du wirkst aber auch etwas angegriffen. Sorgt dein Weib nicht gut für dich, oder plagt dich etwas anderes?«

»Ich kann mich nicht beschweren über Sabine. Sie tut ihr Bestes.«

»Sabine? Ich dachte, deine Frau heißt Sara. Bin ich jetzt schon so vergesslich?«

»Nein, du erinnerst dich richtig. Meine erste Frau hieß Sara. Aber unser Glück währte leider nicht lange. Ein Jahr nach der großen Fürstenhochzeit heiratete ich dann Sabine. Sabine Pronner.«

»Wie?«

»Pronner. Sabine Pronner, die Tochter des Hieronymus Pronner. Er war Hofrat und Landschaftskanzler. Ein ehrenwerter Mann.«

»Aus Aichbichl in der Nähe von Aßling?«

»Ja, genau. Kennst du die Familie?«

»Ich ... äh ... nein. Der Name ist ja gar nicht selten.« Ich war wie vom Blitz getroffen. »Dann bist du ja jetzt gewissermaßen zweifach geadelt«, versuchte ich einen müden Scherz.

»Ist etwas?«, fragte Andre misstrauisch.

»Nein ... nichts, es ist nur ... ich fühle mich etwas schlapp. Geht doch gehörig an die Nieren, so ein Gespräch ... und der Schlaf im Kerker ist auch nicht ... ach was, lassen wir's gut sein für heute. Danke für deinen Besuch.«

Ich stand wie besoffen auf und wankte zur Tür. Die Kerkermeisterin führte mich hinaus. »Sabine Pronner«, murmelte ich im Hinausgehen vor mich hin. »Dieses hinterhältige Schwein!«

Zweiundzwanzigstes Kapitel

Die Tür war kaum geöffnet, da sprang Caspar schon auf mich zu: »War er's?«, bestürmte er mich, noch ehe ich unser gemütliches Heim ganz betreten hatte. Ich nickte nur stumm.

»Und?«, heischte der Prokurator. »Zu welchem Ergebnis haben sich die hohen Herren endlich durchgerungen?«

»Wird alles gut?«, fragte Hans in Erwartung des rettenden Wortes.

»Was bin ich doch für ein saudummer Narr«, stammelte ich.

»Wissen wir doch«, sagte Caspar, »aber was sagt der Rat?«

Da brach es aus mir heraus. »Dieser Mistkerl! Verlogenes Aas! Und ich hatte es gleich zu Anfang noch vermutet. Hätte mich nie mit ihm einlassen dürfen.« Wütend trampelte ich erst auf dem nächstliegenden Strohsack herum, trat dann den Eimer mit Pisse um, sprang zur Wand und hämmerte mir Fäuste und Stirn blutig, während ich markerschütternd schrie. Die Gefährten wirkten noch wie gelähmt, als ich mich umdrehte, die hölzerne Bank hochstemmte und sie krachend gegen die Tür warf. »Verdammt, verdammt und Höllenfurz!«

Im nächsten Augenblick lag ich auf dem Zellenboden, auf den mich Hans und Caspar mit aller Kraft drückten, während der Freisinger mir den restlichen Inhalt des Wasserkrugs übers Gesicht goss. Ich prustete und rang nach Atem. »Lasst mich los, ihr Pfeifen! Schulgelichter, Arschgesichter, haut endlich …«

Der Prokurator kniete sich hinter meinen Kopf und hielt mir das Maul zu. »Erst wenn du dich beruhigt hast. Wir wollen nicht, dass uns deinetwegen der Eisenmeister besucht.«

Ich strampelte noch eine Weile frustriert und sinnlos, ehe ich langsam zur Ruhe kam. Sie ließen von mir ab, ich richtete mich auf und stützte mich rückwärtig auf die Arme.

»Bist du dem Teufel begegnet«, fragte Hans mit besorgter Miene, »oder was ist in dich gefahren?«

»Dem Teufel vielleicht nicht«, sagte ich mühsam, »aber einem elenden Verräter. Der verlogene Hund ist Pronners Schwager.«

»Oh«, stutzte der Prokurator, »das ist allerdings fatal.«

»Er wollte mich aushorchen«, stieß ich, schon wieder erregt, hervor.

»Was hast du ihm verraten?«, forschte Caspar.

»Verraten?« Ich ging im Geiste rasch unsere Gespräche durch. »Hmm, eigentlich nichts. Wir sprachen über früher, und ich erzählte ihm von meiner Reise nach Italien. Und wir sprachen über die Entwicklung in der Stadt. Da war er kritischer als ich.«

»Taktik«, wandte der Freisinger skeptisch ein. »So bringt man Leute zum Reden.«

»Aber wir haben nicht über euch gesprochen«, beteuerte ich, »auch nicht über Zauberei, Alchemie oder Ähnliches. Er wollte davon gar nichts wissen. Eigentlich merkwürdig. Aber er hätte mir doch sagen müssen, dass er mit dem Pronner …«

»Wieso?«, fragte Caspar verständnislos. »Er konnte doch nicht wissen, dass der Prokurator mit dem Pronner über Kreuz ist.«

»Träumer«, schalt ihn dieser. »Du kannst sicher sein, dass der Pronner in seiner Wut auch seiner Schwester davon erzählt hat, und zumindest von ihr wird's auch der Schwager erfahren haben.«

»Aber es ist ziemlich lange her«, wandte Hans ein. »Vielleicht hatte Michels Schwager es schon vergessen.«

»Glaub doch das nicht«, beharrte der Freisinger, »wo doch der Pronner jederzeit mit einer Vorladung vor das Reichskammergericht rechnen muss.«

»Es sei denn«, sagte Caspar an mich gewandt, »dein Vetter will mit seinem Schwager auch nicht viel zu tun haben.«

»Wie kommst du darauf?«

»Na ja«, erklärte Caspar grinsend, »vielleicht ist er eine ebensolche Nervensäge wie du.«

Ich war zu müde, um ihm eine reinzuhauen.

»Selbst angenommen, Caspar hätte recht«, überlegte der Prokurator, »dann könnte uns der Ratsherr trotzdem durch seine Beziehungen zum Hofrat noch immer von Nutzen sein, falls der die Sache an sich zieht.«

»Wie das?«

»Er könnte über seinen Schwager in Erfahrung bringen, was der Hofrat vorhat und wie die Stimmung dort ist.«

Mich beschlich plötzlich das ungute Gefühl, dass die Trennung von dem übrigen Haufen keine Gefälligkeit, sondern kalte Berechnung war. Vielleicht hielt man uns vier für die Gewitztesten, die den anderen vorschreiben könnten, was sie sagen sollten. Auch so konnte man uns auseinanderdividieren.

»Ich will den Kerl nicht mehr sehen«, trotzte ich.

»Wir sollten jeden Strohhalm ergreifen«, mahnte der Prokurator zur Vernunft.

Ich wollte aber nicht vernünftig sein. Ich war zutiefst enttäuscht und wütend. »Lasst mich in Ruhe!«, schnauzte ich, warf mich auf meinen Strohsack, drehte mich zur Wand und versuchte die unangenehme Wahrheit zu verdrängen. Warum ich dabei in meinen Gedanken ausgerechnet auf meinen Vater kam, weiß ich nicht mehr. Vielleicht, weil die Erinnerung an ihn ebenfalls mit einer herben Enttäuschung verbunden war …

Nachdem die leidige Angelegenheit des Schmuckdiebstahls in Landshut mit Glück und Geschick überwunden war, hielt es Wilhelm nicht mehr auf der Trausnitz. In den ersten noch warmen Oktobertagen drängte er zum Aufbruch, um in München endlich sein Töchterlein und Renata in die Arme schließen zu können. Mir kam die Reise aus anderem Grund sehr gelegen, denn noch in Wien hatte ich mir vorgenommen, sobald wie möglich das Bild meines Vaters nochmals eingehend zu betrachten.

Renata war nach der schwierigen Geburt und dem frühen Hinscheiden ihres Erstgeborenen im Jahr zuvor selbst dem Tod nahe gewesen. Im Frühjahr und Sommer dieses Jahres war sie daher mit Wilhelm erst nach Tuntenhausen und dann zur Gottesmutter in Altötting gewallfahrtet, um für guten Ausgang zu bitten, und nun war sie überglücklich über die Geburt einer gesunden Tochter. Obwohl es nicht der erhoffte Stammhalter war, stand auch Wilhelm die Freude stolzer Vaterschaft ins Gesicht geschrieben.

Gleich am Morgen nach unserer Ankunft in München wandelte ich den Gang in der Neuveste entlang, um meines Vaters Bild aufzusuchen. Leicht verwundert nahm ich zunächst wahr, dass etliche Bilder ausgetauscht worden waren. Als ich zu der Stelle kam, an der Mertl Witz seinen exponierten Platz gehabt hatte, verspürte ich einen heftigen Stich in der Brust, denn an seiner statt zeichnete nur noch ein unschöner schwarzer Rand auf der weißen Wand die Konturen nach. Auch die Bilder der Hofnarren daneben waren verschwunden und durch Landschaften oder Porträts anderer Personen ersetzt. Was hatte dies zu bedeuten? Sollten dies Auswüchse des tridentinischen Konzils sein, von denen Arcimboldo berichtet hatte? Durften etwa auch Narren nicht mehr porträtiert werden, weil sie nicht den heilsgeschichtlichen Vorstellungen der Kirche entsprachen? Ich war verärgert, aber da ich meinen Zorn schlecht vor Herzog Albrecht ausschütten konnte, schimpfte ich mittags an Wilhelm hin: »So leicht wird man also in feinen Kreisen vergessen. Kaum unter der Erde, schon gelten auch treue Verdienste nichts mehr.«

Wilhelm, der gedanklich noch in den Frauengemächern weilte und selig dreinschaute, fragte verständnislos: »Bist du mit dem falschen Fuß aufgestanden?«

»Ach was! Das Bild meines Vaters ist aus der Galerie verschwunden. Auch wenn er in erster Linie der Narr deines Großvaters war, so hat er doch auch Albrecht zwanzig Jahre lang redlich gedient. Man hätte ihn jetzt so kurz nach seinem Tod nicht schon abhängen dürfen.«

»Wann ist dein Vater gestorben?«

»Ha, siehst du, du weißt es schon nicht einmal mehr.«

»Es war zum Ende der Fastnacht im letzten Jahr«, sagte Wilhelm ruhig und überlegen, »genau genommen am rußigen Freitag, ich weiß es sehr wohl und will nur auf die Frage hinaus, wann *du* zuletzt sein Bild besucht hast.«

»Pfff … es war, warte … es wird wohl im Jahr nach deiner Hochzeit gewesen sein. Danach war ich ja kaum noch hier.«

»Pah, es war dir nicht wichtig, gib's nur zu.«

»Wo ist es?«, fragte ich etwas kleinlauter. »Ich muss es sehen.«

»Das Bild hat Hans Mielich gemalt, ist also wertvoll. Glaubst du, mein Vater lässt es wegwerfen oder in die Abstellkammer bringen?«

»Nun sag schon!«, drängte ich erwartungsvoll.

»Es wird in seiner neu errichteten Kunstkammer sein. Wo sonst?«

Anstelle eines Dankes machte ich grinsend einen Bückling und entfernte mich rasch Richtung Stadt. Unter Leitung des Hofbaumeisters war vor ein paar Jahren mit einem Arkadenhof im Stile der Stallburg zu Wien ein Gebäude errichtet worden, das ebenfalls im Erdgeschoss den Marstall für edle Rösser beherbergte. Es war durch einen gedeckten Gang mit der Neuveste verbunden, sodass man ungesehen von der Residenz aus dort hingelangen konnte. Im zweiten Obergeschoss befand sich die Kunstkammer. Sie erstreckte sich über alle vier Flügel. Kaum hatte ich den Vorraum betreten, stand ich meinem Vater gegenüber. Sein Bildnis hing gleich links neben dem Eingang.

Ich verspürte einen Kloß im Hals, und mit feuchten Augen trat ich ganz nah heran, strich mit den Fingerspitzen sanft über sein Gesicht und danach über seine Brust, und es hätte nicht mehr viel gebraucht, um loszuheulen wie ein verlassenes Kind. Ich kämpfte gegen meine Rührung an, schniefte und räusperte mich und trat ein paar Schritte zurück, um das Bild mit Abstand zu betrachten. Es gab mehrere Dinge, die die Aufmerksamkeit sogleich auf sich ziehen konnten: der üppige Goldschmuck, der große Kopf des Löwen … Mich aber bannten zunächst meines Vaters dunkle Augen, obwohl der Blick nicht direkt auf den Betrachter gerichtet war, sondern etwas zur Seite, was ihn leicht verträumt erscheinen ließ. Da der Gesichtsausdruck jedoch ernst aussah und Kinn und Backen nicht eben säuberlich rasiert waren, konnte man bei oberflächlicher Betrachtung die Miene leicht für etwas mürrisch und verschlossen halten. Ich aber sah dahinter eher seine

Traurigkeit, und da die Brauen leicht nach oben gezogen waren auch Nachdenklichkeit und ein Staunen über diese Welt, die so wunderbar sein konnte und zugleich närrischer, als ein Narr sie sich je erdachte.

Betrachtete man das Bild im Ganzen, so vermittelte es mit der kostbaren Samtkleidung und der Kappe eines Gelehrten weit mehr die steife Würde eines Hofmanns als die Gewitztheit eines Narren. Schalk dagegen blitzte nur in der listigen Miene des zahmen Löwen auf und vielleicht noch in der querliegenden Feder, es sei denn, man erachtete den prachtvollen Goldschmuck in seiner Fülle als viel zu übertrieben und somit als närrische Karikatur eines Klerikers. Das Bild steckte voller Rätsel und wurde meinem Vater damit umso mehr gerecht. Ich hatte ihn als Mensch voller Widersprüche in Erinnerung: witzig und melancholisch, lärmend und kleinlaut, mal brüllend komisch, mal heulendes Elend, liebenswert und ekelhaft, forsch und verzagt, stolz und kleinmütig, klug und dämlich … und von alledem steckte etwas in mir. Ich fühlte mich meinem Vater in diesem Moment sehr nahe.

Durch den Schleier meiner tränenfeuchten Augen entdeckte ich plötzlich etwas, was mir bis dahin nicht besonders aufgefallen war. Über den linken Oberarm seines Hofkleides lief ein schmaler Zierstreifen. Ich trat wieder näher heran und konnte die Buchstaben »A« – »T« – »G« lesen. Ich wusste, dass viele Herrscher sich zu Beginn oder im Laufe ihrer Herrschaft eine oder mehrere Devisen wählten, und mancher ließ die Initialen seines Wahlspruchs auf die Kleider seiner Bediensteten und Höflinge sticken. Es gab sogar ein Hofkleiderbuch aus den Tagen Wilhelms IV. mit farbenprächtigen Bildern und genauer Beschreibung. Das hatte mir der Hofmeister vor Jahren einmal gezeigt, als ich um einen hübschen neuen Kittel bettelte. Aber soweit ich mich erinnern konnte, verlief darin der Zierstreifen jeweils über den rechten Ärmel. Und die häufigste

Devise war die der Herzogin Jakobäa: »MHG«. Das war die Kurzform für *Mein Herz ganz dein Eigen*.

Wofür aber stand »ATG«? Da sich der Zierstreifen auf Mertls Kleidung gewissermaßen auf der falschen Seite befand, kam ich auf die Idee, dass es sich eventuell auch um keine offizielle Devise handelte. Vielleicht hatte er sie sogar selbst gewählt. Ich fing an zu rätseln, wofür die Buchstaben stehen konnten. A … A … A wie Ars, das Wort für Kunst, das kam häufig vor. Vieles gab sich den Anstrich einer Kunstfertigkeit: Ars poetica, Ars picturae, Ars magica, sogar der Krieg – Ars bellica – schien eine Kunst zu sein. Ars … Ars … *Ars Tibi Gaudium* – »Kunst ist dir ein Vergnügen.« Rückwärts gelesen ergab es auch Sinn: »Freude zu bereiten ist für dich eine Kunst.« Oder: *Aeternum tibi gaudium*, »deine immerwährende Freude«. Das passte noch besser zu einem Narren. Aber Latein und mein Vater – nein, das ging nicht zusammen. *Auf Treu und Glauben* fiel mir ein. Nicht doch, das klang schon so verschnarcht wie Wilhelms Devise *Vincit Vim Virtus* und war eines Narren nicht würdig. *Arcanum* kam mir in den Sinn. Das war zwar auch Latein, bedeutete aber wenigstens »Geheimnis«. Und um ein Geheimnis handelte es sich hier ja. Geheimnis … Geheimnis … Gold! Das lateinische Wort für Gold war Aurum. Oder A wie Alchemie! Meine Güte, sollte es sich hier um … Ich betrachtete den Zierstreifen nochmals genauer – er war wie ein maureskes Flechtwerk gestaltet, und Alchemie … kam nicht das Wort aus dem Arabischen? Und die Buchstaben, sie waren in unterschiedlicher Farbe: A weiß, T und G waren schwarz gestickt. Das musste doch etwas bedeuten. Ich ließ meinen Blick langsam über das gesamte Gemälde schweifen … dieses leuchtende Rot, das sich dem Betrachter förmlich aufdrängte … aber natürlich, es waren zusammen die Farben des großen Werks der Alchemie: Schwarz – Nigredo, weiß – Albedo, rot – Rubedo, die Vollendung. Dazu das goldene maureske Flechtwerk, und über allem der lächelnde Löwe, der Löwe als Symbol des Steins der Weisen.

»Ein zweiter Blick gleichsam hinter die Dinge enthüllt oftmals ihre wahre Natur«, hörte ich Arcimboldo sagen. Natürlich! Mit anderen Augen gesehen war es so offensichtlich: Das Bild war voll von Hinweisen auf das große Werk. Und A stand für *Archidoxa!* Das war jetzt so sicher wie das Amen in der Kirche. *Archidoxa Theophrasts Geschenk.* Nun ja, für die Menschheit vielleicht, aber ein Geschenk im eigentlichen Sinne war es nicht, denn Mertl wollte sie für den großen Arzt nur aufbewahren. Und die entscheidende Frage war jetzt doch: Wo hatte er sie aufbewahrt? Wieder starrte ich auf das Bild. Gab es etwa auch dafür einen Hinweis? Mertl trug der Mode entsprechend eine Tasche am Gürtel. Aber sie war auffallend groß, war zur Zierde mit goldenen Löwenköpfen beschlagen, und mein Vater hielt wie schützend die Hand über sie. War nicht genau genommen auch sein Blick schräg nach unten gerichtet? Und der auffallende Goldkettenschmuck, der nach unten zu immer prachtvoller wurde und wie ein Pfeil auf die Tasche zulief ... kein Zweifel: A – T – G, *Archidoxa in der Tasche am Gürtel!* Das war des Rätsels Lösung.

Ich strahlte über das ganze Gesicht, und im nächsten Moment hätte ich schreien mögen. Zum Henker! Was nützte mir die Erkenntnis? So weit war ich doch schon einmal gewesen. Wo ist die verfluchte Tasche?

»Habt Ihr einen Narren an ihm gefressen?«, riss mich jemand aus meiner Betrachtung.

»Wie?« Ich fuhr herum und blickte in das spöttische Gesicht eines Mannes in Hofkleidung. »Wen kümmert's?«, sagte ich grob, und noch ganz gefangen in meinen Überlegungen fragte ich: »Was passiert mit der Kleidung nach dem Tod eines Höflings?«

Jetzt war die Verblüffung aufseiten meines Gegenübers. »Hmm, wenn sie noch gut ist und um zu verhindern, dass gutes

Tuch unters gemeine Volk kommt … ich denke, sie kommt in die Kleiderkammer.«

»Da war ich schon. Umsonst.«

»Was interessiert Euch so daran? Und wie kommt Ihr überhaupt hier herein?«

»Durch den Gang von der Neuveste her«, sagte ich etwas von oben herab. »Und Ihr seid …?«

»Mathias Schelling.« Er warf sich in die Brust. »Ich beaufsichtige und verwalte Herzog Albrechts Kunstkammer.«

Ich starrte unbeeindruckt wieder auf das Bild.

»Es ist doch merkwürdig«, hörte ich den Aufseher neben mir sagen, »der Kerl ist herausgeputzt wie ein Gockel, als stünde er in höchsten Ehren, und doch ist er nur ein Narr, von dem ich so gut wie nichts weiß. Ich kenne keine einzige witzige Geschichte über ihn, keinen Streich, von dem man sich erzählt, kein Bonmot, als habe es ihn überhaupt nicht gegeben. Der da hingegen …« – er deutete auf ein Bild rechts des Eingangs, das einen etwas feisten Kahlkopf in bunt gescheckten Wams zeigte – »das ist der Hofnarr Löffler. Er war der Freudenmacher und lustige Tischrat Wilhelms IV., Herzog Albrechts Vater. Als der weiland mit ihm in Worms war und dort dem Doktor Luther begegnete, da hielt er ihm ein Kreuz entgegen und sang lauthals: ›Sei willkommen, lieber Gast, der du die Finsternis vertrieben hast!‹«

»Was ist daran lustig?«, knurrte ich.

»Hmm … na ja, es war immerhin mutig, sogar dreist. Närrisch eben.«

»Wenn's überhaupt wahr ist.« Ich deutete auf das Bild meines Vaters. »Mertls Geschichte muss eben erst noch geschrieben werden.«

»Ihr kanntet ihn?«

»Er war der größte Narr, den ich je gekannt habe«, konnte ich ehrlichen Gewissens behaupten. »Und nebenbei – er war mein Vater.«

»Oh … verzeiht! Ich wusste ja nicht …« Er zupfte nervös an seiner Halskrause herum.

»Schon gut. Nimm es als Anzahlung für witzige Geschichten. Und da ich schon mal hier bin, darfst du mir auch die Kunstkammer zeigen. Will mal sehen, wer sammelwütiger ist, Albrecht oder Maximilian.«

»Maximilian? Der Kaiser?«

»Ja sicher. War eben erst zur Hochzeit unserer Marie in Wien«, sagte ich respektlos, »und Max hat uns dabei seinen Krempel gezeigt. Der hat sogar einen ausgestopften Elefanten.« Ich ergötzte mich am Erstaunen des Aufsehers, in dessen Achtung ich sichtlich stieg. Er verwies dienstbar und mit galanter Handbewegung aus dem Vorraum in die Kunstkammer hinein: »Soll ich … ich meine, wollt Ihr Euch erst allein umsehen oder darf ich Euch führen?«

Ich dachte an Wien, das allerhand zu bieten hatte, und so eine Führung konnte sich dann hinziehen. Außerdem war beileibe nicht jedes Stück sehenswert. »Ich denke, ich verschaffe mir erst mal einen Überblick.«

Und ich tat gut daran, denn schon der Nordflügel erschien endlos lang und war mit großen Tafeln in der Mitte und kleineren Tischchen am Rande, die alle üppig vollgestellt waren, so überreich ausgestattet, dass einem schwindelig werden konnte. Doch es war leicht sich zurechtzufinden, denn die einzelnen Gegenstände waren gut beschriftet. Da gab es zunächst eine Fülle von Handsteinen und unzählige Korallenberge. Neben Landkarten und Gipsreliefs standen kunstvoll gedrechselte Werke aus Holz oder Horn. Zwischen Gefäßen aus Elfenbein und Perlmuttmuscheln lagen missgebildete Kalbsköpfe und bizarr verformte Geweihe. Von den Wundern der Neuen Welt kündeten indianischer Federschmuck und Tonwaren. Bernsteinarbeiten aus dem Norden umlagerten einen heilkräftigen Bezoar, den verfilzten Magenstein eines Rindviehs oder einer Katze, der als teures Luxusgut vor Vergiftung schützte. Einem Tisch mit türkischen Schwertern und Dolchen folgte jüdisches Kultgerät. Die Tafel danach stellte Dinge aus dem Heiligen Land, eine Unmenge von Rosenkränzen und den silberbeschlagenen Gürtel einer Nonne aus.

»Hier sollte vielleicht mal jemand etwas Ordnung schaffen«, schlug ich dem Aufseher, der mir in respektvollem Abstand gefolgt war, am Ende des ersten Saales vor.

Mathias Schelling fasste es wohl als Vorwurf auf und erwiderte etwas verschnupft: »Es gibt durchaus eine Ordnung, die sich vielleicht nicht auf den ersten Blick erschließt. Dazu bedarf es eines kundigen Führers.«

»Holla«, sagte ich lachend, »erwischt! Ich wollte dich nicht kränken. Erklär's mir.«

Jetzt war der Hofmann in seinem Element. Mit wissender Miene legte er los: »Ein flämischer Humanist und Berater unseres Herzogs, Samuel Quicchelberg, entwarf in seinen *Inscriptiones* eine ausgeklügelte Ordnung, der wir zu folgen versuchen. Er schlug eine Aufstellung in fünf Bereichen vor, die ihrerseits wieder untergliedert waren. Dabei sollte der erste Bereich einen Bezug zum Gründer und Besitzer der Sammlung haben. Deshalb finden sich hier Landkarten und Ansichten seiner Städte, die Genealogie und Porträts seiner Familie, Darstellungen seiner Taten et cetera. Die weiteren Bereiche könnte man unterteilen in Artificialia, Naturalia, Exotica und Scientifica.«

»Wie man deutlich sieht«, sagte ich spöttisch.

Der Kunstkämmerer ließ sich nicht beirren. »Die Artificialia enthalten alle erdenklichen von Menschen gemachten Dinge aus den unterschiedlichsten Materialien, Dinge für den täglichen Gebrauch ebenso wie Kunstwerke. Die Naturalia zeigen tierische und botanische Dinge oder Gesteinsproben aus aller Herren Länder. Darunter gibt es natürlich auch kuriose, monströse und wundersame Dinge. Sie fallen zusammen mit Raritäten aus fremden Ländern unter die Exotica und Mirabilia. Und schließlich vereinen die Scientifica Errungenschaften der Wissenschaft sowie Instrumente, mit denen Forscher die Geheimnisse der Natur zu ergründen suchen: Astrolabien, Messgeräte, Uhren, Automaten und derlei Dinge mehr.«

Ich ging unterdessen zügig weiter, meine Aufmerksamkeit mal hierhin, mal dorthin richtend. Als ich das Ende des dritten Saals erreicht hatte, stand ich vor einem Paar abgewetzter Hosen und einem fadenscheinigen Wams. »Und worunter fallen dann Wams und Hosen dieses Hans Adam von Nußdorf?«, fragte ich mit Unverstand. »Das ist doch Plunder! Da stell ich doch meine Kappe auch gleich zur Verfügung. Oder war er ein besonders bedeutender Mann?«

Mein Einwurf brachte den Hüter schlichten Tuchs keineswegs in Verlegenheit. »Alles hängt doch irgendwie zusammen, im Großen wie im Kleinen. Ihr habt vielleicht schon gehört von Pico della …«

»Mirandola. Gewiss, gewiss, wer kennt ihn nicht.«

»Er sagte oder schrieb einmal: Der Mensch mag eine kleine Welt sein, aber die Welt selbst ist ein riesiger Mensch.«

Ich verstand zwar noch immer nicht, was das mit den Hosen des Herrn Adam zu tun hatte, und fragte nach dem Nutzen. »Mein Vetter ist Kaufmann. Der berechnet alles in barer Münze. Viele dieser Dinge kosten doch ein Vermögen. Wozu sind sie nütze?«

»Das zu erklären, führte zu …«

Ich schaute ihn herausfordernd an: »Führte zu …?«

Er räusperte sich. »Quicchelberg spricht in seinem Traktat auch von einem Theatrum mundi oder sapientiae, also einem Welttheater oder Theater der Weisheit, und er verweist dabei auf einen gewissen Giulio Camillo. Der erdachte sich eine Art

Gedächtnistheater, ein hölzernes Gebäude, in dem auf komplizierte Weise das gesamte Wissen der Menschheit gespeichert und durch ein mnemotechnisches Verfahren jederzeit abrufbar sein sollte.«

»Ein memo ... Geht's genauer?«

»Auf verschiedenen Rängen wie in einem Theater waren Symbole für alle Dinge dieser Schöpfung aufgestellt. Der Betrachter stand dann gleichsam auf der Bühne, hatte vor sich das gesamte Wissen ausgebreitet und konnte sich durch die Sinnbilder und entsprechende Assoziationen dazu alle Inhalte leicht wieder ins Gedächtnis rufen.«

»Einleuchtend«, täuschte ich Verständnis vor. »Und das hier ist dann gewissermaßen auch ...«

»Nein, natürlich nicht«, sagte der Bewahrer der Sammlung leicht indigniert. »Aber ganz in diesem Sinne funktioniert eine Kunstkammer. Eine reiche Sammlung ist das mikrokosmische Abbild der gesamten Schöpfung. Das Beschauen der Gegenstände vermittelt dem Betrachter Wissen und mithilfe eines gebildeten Begleiters und entsprechender Assoziationen kann er gleichsam in die Rolle eines Gelehrten schlüpfen und sich auf rasche Weise Weltwissen aneignen.«

»Ha, schlau werden ohne langes und mühsames Studieren. Das gefällt mir. Aber warum wimmelt es dann hier nicht von Studenten?«

Der Herr des Museums schaute mich fast mitleidig an. »Wart Ihr mal in Ingolstadt unter diesem Pack? Da wären doch in Kürze ...«

»Verstehe«, wehrte ich ab.

»Die Kunstkammer ist dem Herzog vorbehalten und nur ausgewählten Gästen oder Gelehrten mit seiner Erlaubnis zugänglich.«

»Was für ein Glück ich doch habe«, murmelte ich und wandte mich den hölzernen Stadtmodellen im südlichen Eckzimmer zu. Im Auftrag Herzog Albrechts hatte der Straubinger Drechslermeister Jakob Sandtner aus Lindenholz detailgetreue Nachbildungen der Residenzstädte München und Landshut gefertigt. Es war aufregend, wie mit den Augen eines Vogels auf meine große Heimatstadt im Kleinen herabzusehen. Ich fand auch gleich den Rindermarkt, die Stätte meiner Jugend, konnte von dort aus meine Wege durch die Stadt verfolgen und entdeckte dabei immer wieder neue Details. Nachdem ich mich sattgesehen hatte, forderte ich den Bewahrer allen Wissens auf: »Komm, pack mit an!«

Er schaute mich völlig verständnislos an.

»Na, das Ding steht hier doch völlig falsch«, erklärte ich. »Du sagtest, der erste Bereich sei dem Gründer und Besitzer der Sammlung gewidmet. Dann gehört das Modell seiner Residenzstadt auch dorthin. Also los, wir räumen hier mal ordentlich um.«

Ich musste schallend lachen über den Schrecken in des Kunstkämmerers Gesicht. »Entspann dich! Das Ding wär viel zu schwer für uns beide«, sagte ich augenzwinkernd. »Zeig mir doch zum Abschied noch etwas, das du selbst für das Schönste oder Wertvollste dieser Sammlung hältst.«

In Mathias Schellings Miene kehrte Erleichterung zurück. Er wandte sich um und ging Richtung Eingang. Ich dachte schon, er wolle mich beleidigt hinauskomplimentieren, da blieb er abrupt vor einer der letzten Tafeln stehen, auf der drei Bücher lagen, an denen ich achtlos vorübergelaufen war. Die Bücher waren von ungewöhnlicher Größe, etwa eine Elle hoch, in braunes, Gold geprägtes Leder gebunden und mit Goldschmiedearbeiten verziert.

»Es gibt zweifelsohne wertvollere Gegenstände hier, was den Preis angeht«, erklärte Schelling, »aber nichts kann es in meinen Augen an Schönheit und Ideenreichtum mit diesen Büchern aufnehmen.« Er strich sanft und mit verliebter Miene über die Einbände und fuhr schwärmerisch fort: »Es sind die prunkvollen Chorbücher, die Herzog Albrecht in Auftrag gab. Das erste enthält Motetten des Cipriano de Rore, die beiden anderen sind den Bußpsalmen Orlando di Lassos gewidmet. Aber es ist nicht allein die wunderbare Musik, es ist vor allem auch die prachtvolle Illumination der Texte, die die Bücher zu großen Kunstwerken macht.«

Ich schlug zaghaft den mittleren Band auf, und schon die ersten Pergamentblätter überwältigten mich. In einem überreich verzierten Rahmen stand Herzog Albrecht im Ornat eines Ritters vom Orden des Goldenen Vlies. Etwas weiter folgten die säuberlich gesetzten Noten, von Rollwerk umrahmt und mit einer Fülle von Bildern umgeben. Die Miniaturen stellten in leuchtenden Deckfarben Szenen aus der Bibel dar, aber auch Alltagssituationen, Blumenschmuck, Früchte und Tiere bis hin zu Grotesken und übermütigen Drolerien. Es hätte mehrerer Tage bedurft, um alle Einzelheiten zu erfassen. Mancher Bildinhalt erschloss sich sofort, mancher blieb zunächst rätselhaft.

»Es bräuchte wohl auch hier einen kundigen Führer«, sagte ich zu Schelling, der schmunzelnd versicherte: »Es gibt ihn.« Er holte einen weiteren Band herbei und deutete nach kurzem Suchen auf ein ovales Medaillon, das einen gut aussehenden Mann mit vollem Haar, gepflegtem Bart und vornehmer Kleidung zeigte. »Das ist Samuel Quicchelberg. Er schrieb einen erläuternden Kommentar dazu.«

»Ein wahrer Tausendsassa«, sagte ich bewundernd. »Wo findet man den?«

»Wenn Ihr Glück habt, noch im Grab«, sagte Schelling trocken. »Er ist leider jung verstorben. Jetzt könnte Euch nur noch der Maler selbst weiterhelfen.«

Ich schaute ihn fragend an.

»Mielich. Hans Mielich. Derselbe, der Euren Vater so treffend porträtierte. Er hat auch dieses Wunderwerk geschaffen.«

Ich hatte es plötzlich eilig und verabschiedete mich. »Nichts für ungut und danke für die Führung. Ich komme wieder, ganz bestimmt.«

Dreiundzwanzigstes Kapitel

Es war nur ein Katzensprung zum Haus von Hans Mielich. Während ich am Friedhof der Franziskaner vorbeiging, ärgerte ich mich, dass ich nicht von selbst und schon früher auf die Idee gekommen war, den Maler zu seinem Bild und über den möglichen Verbleib der Tasche zu befragen.

Ich bog nach rechts in die Äußere Schwabinger Gasse ein und stand kurz darauf vor dem Haus des Künstlers. Es dauerte eine Weile, bis mir nach dem Anschlagen des schweren Türklopfers geöffnet wurde. Elisabeth Mielich, die Hausfrau des Malers, begrüßte mich: »Ich hoffe, Ihr wartet nicht schon lange. Ich war im Garten und hab Euer Klopfen kaum gehört.« Dann breitete sich ein Lächeln auf ihrem Gesicht aus. »Michel«, sagte sie erstaunt, »der Hofnarr unseres jungen Herrn, welche Ehre.«

»Ehr wenn's wär, käm ich täglich her«, alberte ich. »Gott zum Gruß, Frau Meisterin!« Sie kannte mich von klein auf, denn nach meiner ersten Bekanntschaft mit dem Maler in der Burggasse vor etlichen Jahren folgte ich seinem damaligen Angebot und besuchte ihn häufig in seiner Werkstatt. In den letzten Jahren allerdings nicht mehr.

»Was führt dich so überraschend zu uns?«, fragte sie, während sie mich hereinbat. »Soll's schon dein Porträt werden, oder hast du fürstlichen Auftrag?«

»Weder noch, aber es ist trotzdem …«

»Furchtbar wichtig«, ergänzte sie lachend. »Ich weiß, wie immer halt.« Dann wurde sie ernster. »Er ist erschöpft, sitzt im Garten draußen. Gestern Abend erst kam er von Ingolstadt zurück, wo er die Arbeit am großen Altar für das Liebfrauenmünster leitet. Ich fürchte manchmal, die Arbeit wächst ihm über den Kopf. Und er mutet sich immer zu viel zu.« Sie fasste mich am Arm. »Jetzt bitte um Gottes willen kein Ansinnen für ein neues Werk.«

»Seid unbesorgt«, sagte ich beruhigend, »ich möchte mit ihm nur ein wenig plaudern.«

Sie führte mich durch den langen Hausflur in den Hinterhof. Dort saß unter dem Laubengang in einem bequemen Lehnstuhl und mit einer Decke über den Knien der viel gefragte Meister. Er hatte die Augen geschlossen und genoss die noch wärmenden Strahlen der Herbstsonne. Auch im milden Licht des Nachmittags war unübersehbar, dass der Künstler merklich gealtert war. Sein Kopf war mittlerweile fast völlig kahl, sein zweigeteilter Bart zur Gänze ergraut. Elisabeth rührte ihn zärtlich am Arm. »Ihr habt Besuch.«

Hans Mielich öffnete die Augen und kniff sie augenblicklich wieder zusammen, weil ihn die Sonne blendete. Doch auch als er sich mir zuwandte, waren seine Augen halb geschlossen. Es hatte den Anschein, als habe er Mühe mit dem Schauen. Dann öffnete sich sein Blick, und er sagte lachend: »Sieh an! Der Spross des Hofnarren. Das trifft sich gut. Ich kann Aufmunterung gebrauchen. Elisabeth, bring uns etwas Wein.« Er wies mir einen Platz auf der Steinbank neben sich an. »Erzähl ja nicht bei Hof, dass ich hier in der Sonne sitze, sonst heißt es gleich wieder, ich würde faulenzen.«

»Eure Frau sagte mir, Ihr wart in Ingolstadt«, begann ich vorsichtig das Gespräch. »War die Reise betrüblich?«

»Das gerade nicht, aber anstrengend. Ich bin froh, wenn die Arbeit im nächsten Jahr endlich zu einem Ende kommt.«

»Ein Altar?«

Mielich spannte die Arme aus: »Ein Riesenaltar. Das Münster ist zugleich die Kirche der Universität, ihr templum academicum. Die Universität feiert im nächsten Jahr ihr hundertjähriges Bestehen, und Herzog Albrecht hat dazu schon vor zehn Jahren den neuen Hochaltar gestiftet. Er wird in der Tat gewaltig hoch, und da mischen auch der Bildschnitzer und der Kistler mit, sodass vieles abgesprochen werden muss. Das umfangreiche Bildprogramm haben die Herren Jesuiten entwickelt, und ich setze es mit meinen Gehilfen auf über neunzig Tafeln um, was mir manchen Ärger bereitet.«

»Sind Eure Gehilfen denn nicht …«

»Nein«, verteidigte der Meister sie eilfertig, »es liegt zum wenigsten an mangelnder Fertigkeit. Mangelnde Zeit ist viel eher schuld daran. Es muss alles schnell gehen, und ich kann nicht immer vor Ort sein. Und dann schießen oft die Wünsche der hohen Herren in die Quere. Da kann ich noch so schöne Entwürfe machen mit Eleganz und neuen Ausdrucksformen, und dann sollen die Schergen bei unseres Herrn Martyrium doch wieder nur plump und hässlich und moralisch verkommen erscheinen, ganz im alten Stil, um damit den Sieg über Luthers Reformation und die Verherrlichung des alten Glaubens zum Ausdruck zu bringen. Zu viele schlechte Kompromisse.«

»Als Hofmaler seid Ihr eben …«

»Hofmaler? Ich war nie Hofmaler.« Es klang beinahe wie Protest. »Ich bin durch Aufträge des Hofes wohlhabend geworden, das ist wahr. Aber ich bin meiner Lebtag Stadtmaler geblieben, gehöre der Zunft an, zahle Steuern und bin stolz darauf, Bürger dieser Stadt zu sein. Das bewahrt einen vor der völligen Vereinnahmung.«

Hans Mielich hatte sich zuletzt fast in Aufregung geredet, und ich war froh darüber, dass seine Frau mit dem Wein kam. Die schaute mich etwas missbilligend an, sodass ich zum Zeichen meiner Unschuld die Hände hob und den Kopf schüttelte. »Wart Ihr mal in Italien?«, fragte ich den Meister unverfänglich.

»Zweimal. Ich hab die Werke Michelangelos bewundern dürfen und von seinem Jüngsten Gericht eine Kopie gefertigt.« Nun kam gleich wieder Leben in den Künstler, aber diesmal positiv. Er berichtete begeistert von den neuen Ideen und Anregungen, die er sich in Rom, Florenz und bei der Venezianischen Schule geholt habe, wiewohl manches auch übertrieben und zu exaltiert gewesen sei.

»Ich habe gerade Eure Werke bewundert.«

»Welche? Wo?«

»In des Herzogs Kunstkammer.«

»Ah, die Chorbücher. Hab Jahre damit zugebracht und mir dabei fast die Augen verdorben.«

»Sie sind wahre Wunderwerke. Betrübt es Euch nicht, dass sie nur wenigen Bewunderern zugänglich sind?«

»Das ist häufig das Los des Künstlers«, sagte Mielich gelassen. »Befriedigung über ein gelungenes Werk muss zuvörderst aus einem selbst kommen, wenn die Idee gut umgesetzt ist. Und seit Erfindung der schwarzen Kunst kann manch einer über die Verbreitung seines Schaffens kaum klagen. Dürer war ein Meister darin, seine Drucke zu versilbern. Da hat es Orlando schwerer erwischt. Er würde die Noten seiner Psalmen liebend gern veröffentlichen, aber der Herzog hat's verboten. Die Musik ist ihm übereignet und ausschließlich seinem Gebrauch vorbehalten – Musica reservata.«

»Seid Ihr beim Bildnis meines Vaters auch Kompromisse eingegangen?«, fragte ich nun ganz direkt. »Oder entspricht das Bild der Wahrheit?«

»Wahrheit«, wiederholte der Maler gedehnt und zwirbelte dabei nachdenklich seinen geteilten Bart, als müsse er sich das Bild erst wieder in Erinnerung rufen. »Die meisten wollen die Wahrheit gar nicht sehen. Als Herzog Wilhelm IV. auf dem Totenbett lag, wurde ich gerufen, um ihn ein letztes Mal zu porträtieren. Ich stellte ihn dar, wie er vor mir lag: eingefallen, mit zerzaustem, schütterem Haar, halb geöffnetem Mund und gebrochenen Augen. So mancher hat mir danach verübelt, dass ich ihn nicht höfisch geschönt, sondern in der brutalen Ehrlichkeit des Todeskampfs gezeigt habe. Tizian, der häufig in Augsburg zu Gast war, hat mir erzählt, als er dort Karl V. nach seinem Sieg über die Protestanten in stolzer Haltung hoch zu Ross porträtierte, da konnte dieser wegen seiner Gicht schon kaum mehr laufen geschweige auf einem Pferd sitzen. Wann also ist ein Bild wahr, Michel?«

»Hmm, ich meine … wie soll ich's ausdrücken? Ich habe zu Landshut etliche Bilder früherer Narren gesehen, und auch in der Kunstkammer, zum Beispiel den Löffler. Sie alle sind einfach gekleidet, meist in der bekannten Tracht eines Narren. Und entweder sie grinsen oder sie wirken so unbedarft, als habe ihnen der Schöpfer den Geist verwehrt. Ihr aber habt meinen Vater dargestellt wie das Abbild eines noblen Hofmannes, nachdenklich und edel. Und stünde nicht das Wörtchen Morio neben ihm, wer käme auf die Idee, einen Narren vor sich zu haben? War er denn so bedeutend, oder entsprang der Auftrag nur einer Laune des Herzogs, der sich über seinen Narren lustig machte?«

»Weder noch«, sagte Mielich, »der Herzog ließ mir freie Hand. Und ich stand vor der Frage, wie stelle ich deinen Vater seiner Natur nach und zugleich in seiner Eigenschaft als Hofnarr treffend dar.«

»Dann seht Ihr das Wesen meines Vaters in Vornehmheit?«, fragte ich erstaunt.

»Nicht doch«, sagte Mielich lachend, »höchstens in gespielter Vornehmheit. Nimm's mir nicht übel, Michel, dein Vater war keine Schönheit. Aber er war zum Glück auch nicht missgestaltet oder verblödet, sodass schon auf den ersten Blick die Narrheit eines natürlichen Toren offensichtlich gewesen wäre. Ich bildete ihn mit seinen kleinen Makeln und etwas grobschlächtig ab, wie er eben war. Aber das charakterisierte ihn noch nicht als Narren.«

»Ich sah in Wien Bilder des Arcimboldo. Er setzt aus vielen Teilen ...«

»Bah!«, unterbrach mich der Maler verächtlich. »Die exzentrische Manier dieses Italieners. Hätte ich all die Attribute eines Narren versammeln und deinen Vater mit einer bunten Anhäufung von Marotten, Schellen, Eselskappen und was weiß ich noch zusammensetzen sollen? Man muss einen Menschen nicht erst zerstückeln, um sein tieferes Wesen zum Ausdruck zu bringen.«

»Was ist das Wesen des Narren?«

»Sag du's mir!«

»Hmm, ich denke, es ist seine erste Aufgabe, seinem Herrn und am Hof Trübsal und Langeweile zu vertreiben. Und ich will auch mit närrischem Widersinn den Spiegel vorhalten und zeigen ...«

»Der kluge Narr«, unterbrach mich der Meister spöttisch. »Heutzutage wollen die Narren klug sein, und die vorgeblich Klugen in Hofrat, Klerus und Universität führen sich auf wie die Narren. Der Spiegel, Michel, den du anderen vorzuhalten gedenkst, war zuallererst auf den Narren selbst gerichtet, indem er sich wie Narziss selbstverliebt darin betrachtete. Und davor war's die Marotte, sein Ebenbild auf der Narrenkeule.«

»Aber ich möchte doch nur …«

»Warte, denn nochmals einige Zeit davor, da war der Narr das Abbild für Verwerflichkeit und Sünde. In den alten Psaltern, da zierte – wenn man von Zierde sprechen kann – der Narr die große D-Initiale, denn der 52. Psalm beginnt mit *Dixit insipiens in corde suo: non est deus.* Was aber heißt: *Der Tor sprach in seinem Herzen: Es gibt keinen Gott.* Verstehst du, was das bedeutet, Michel? Der Narr ist in seiner Gottlosigkeit Ursache allen Übels und damit nahe an Todsünde und Teufel.«

Ich schluckte trocken und trank mein Weinglas in einem Zug aus.

»Jetzt schau mich nicht so erschrocken an«, fuhr der Maler lachend fort. »Ohne Judas gäb's keine Erlösung. Und der Narr ist Widerspruch und Gegenpart des guten Königs. Es ist seine Rolle, den Herrscher zur Tugend zu mahnen und ihn damit vor gottloser Sündhaftigkeit zu bewahren. Das alles steckt in der Idee des Narren, und wie sollte ich das nun in der Figur deines Vaters verkörpern?«

Von meiner augenblicklichen Sprachlosigkeit war kein Vorschlag zu erwarten.

»Hast du schon mal das Bild unseres Herzogs gesehen, als er noch der junge Erbprinz war?«

Ich nickte stumm.

»Ich habe ihn etwa zur gleichen Zeit wie deinen Vater gemalt. Er gleicht ihm in der Haltung, aber sein Gestus ist ungleich vornehmer. Sein Schmuck ist zurückhaltend und zierlich. Er ist ein vollkommenes Abbild höfischer Eleganz. Dagegen ist Mertls Schmuck protzige Übertreibung und bringt Superbia, den Stolz, als erste der sieben Todsünden zum Ausdruck.

Also närrische Überheblichkeit. Und ein weiteres tödliches Laster ist die Habsucht oder der Geiz. Deshalb trägt der Narr immer einen Geldbeutel oder eine große Tasche als Symbol der Avaritia mit sich herum. Mertl hält auf dem Bild fest die Hand darauf, als wolle er seine ihm geschenkten oder mit Witz ergaunerten Reichtümer schützen.«

Ich spürte förmlich, wie ich blass wurde.

»Ist dir nicht wohl?«, fragte denn auch Mielich.

»Nein … das heißt doch … es ist nur … die Tasche …«

»Sinnbild des Geizes, sagte ich eben.«

Ich fasste mir an die Stirn, schenkte mir unaufgefordert nach und stürzte erst den Inhalt des Bechers hinunter, ehe ich dem Künstler meine mühsame Deutung des Zierstreifens und der Tasche beichtete. Mielich lachte herzhaft. Zumindest die Aufmunterung, die er sich von meinem Besuch versprochen hatte, war mir gelungen.

»O Michel«, sagte er, noch immer lachend, »die Deutung eines Kunstwerks ist ein schwierig Unterfangen. Nicht jeder Stein hat tiefere Bedeutung, nicht jede Taube ist gleich ein Symbol, und auch nicht jeder Geldbeutel am Gürtel eines Mannes spricht für seinen Geiz. Wie sagtest du … Archi…?«

»*Archidoxa.*«

»Ich erinnere mich dunkel, dass dein Vater etwas von einem großen Arzt faselte und einer Schrift, die so ähnlich klang … sie enthalte das Rezept für Reichtum … und dass er stolz darauf sei, sie in seiner Tasche aufzubewahren. Na bitte. Stolz und Reichtum, das passt doch.«

»Ja schon, aber was ist aus der Tasche und der Schrift geworden? Ich bin auf der Suche danach.«

»Das kann ich dir nicht sagen. Aber wenn ich mich recht erinnere, war der Name des Arztes Paracelsus. Dafür ist der Wimpinaeus die beste Autorität.«

»Wimpinaeus?«

»Er heißt eigentlich Johann Albert und stammt aus Wimpfen. Aber du weißt ja, die Herren Humanisten geben sich gerne lateinische Namen. Er ist auch Arzt und nennt sich jetzt Albertus Wimpinaeus. Wohnen tut er meines Wissens bei der alten Herzogin in deren Witwensitz, gleich neben dem vorderen Schwabinger Tor. Frag ihn!«

Ernüchtert von den Auskünften über meines Vaters Bild und zugleich angetrunken von dem hinuntergestürzten Wein, war es eigentlich an der Zeit für mich zu gehen. Aber eines hatte ich noch auf dem Herzen. »Der Schelling in der Kunstkammer hat mir erzählt, dass er keinen einzigen Streich und keine Anekdote meines Vaters kenne, und ich muss gestehen, dass ich selbst nur wenig über ihn weiß. Aber Ihr, Ihr kanntet ihn doch auch. Könnt Ihr denn eine Anekdote über ihn zum Besten geben?«

»Ich kannte ihn nicht wirklich gut, Michel. Er war nur ein paar Mal hier und gelegentlich begegnete ich ihm bei Hof. Er hatte die witzigen Sprüche eines Narren drauf, war manchmal auch nur vorlaut und konnte ebenso griesgrämig sein. Aber ich … warte, eine Geschichte fällt mir ein, die war so treffend, dass ich sie mir merken konnte. Es war vor vielen Jahren auf der Jakobidult, zu der auch die Bettler von überallher strömen. Einer davon hatte ein Stück Brot ergattert. Mit dem stellte er sich nun an den Stand eines Wirtes, der Würste briet. Er hielt das Brot immer eine Weile über den Rost, damit der Duft der Bratwürste einziehe, und aß es auf diese Weise langsam und mit Genuss auf. Als er auch danach noch eine Weile an den Würsten schnupperte, wurde es dem Wirt zu viel, und er verlangte von dem Bettler klingende Münze dafür. Der regte sich natürlich darüber auf, und es entspann sich ein heftiger Streit. Da kam dein Vater des Wegs, und die in großer Zahl den Stand umdrängenden Gaffer erhofften sich ein munteres Schauspiel, indem sie Mertl zur Schlichtung des Streites nötigten. Der ließ sich den Sachverhalt schildern und forderte dann von dem Bettler eine Münze, die dieser ihm widerstrebend gab. Mertl warf die Münze auf den Boden, einmal, zweimal und ein drittes Mal, und sagte dann zu dem Wirt: ›So, nun hast du dich mehrfach am Klang der Münze erfreut. Das ist genug als Ausgleich für den Duft deiner Würste.‹« Meister Mielich schmunzelte vergnügt. »Lass uns auf den geistreichen Witz deines Vaters anstoßen. Er war ein guter Narr. Und wenn er jetzt gleich neben dem Eingang zur Kunstkammer hängt, die vor teuren Kostbarkeiten nur so strotzt, dann erfüllt er in seiner Zweideutigkeit doch noch immer die Rolle des klugen Mahners.«

Ich fragte mich zwar damals schon, ob Mielich mir die Geschichte nur erzählt hatte, um mir die Enttäuschung zu nehmen, aber sie war auch so schön, dass ich sie gern glauben wollte. Ich schickte mich an zu gehen, da kam mir nochmals der Zierstreifen in den Sinn, und ich fragte nach seiner tatsächlichen Bedeutung.

»Da es keine offizielle Devise war … hmm, es ist ein Vierteljahrhundert her, Michel. Ich fürchte, ich weiß es nicht mehr.«

Ich dankte ihm für den Wein, seine Zeit und seine erhellenden, wenngleich schmerzenden Worte und empfahl mich mit Grüßen an seine Frau. Als ich schon im Flur war, rief er mir nach: »Michel, es gab da einen klugen Mann, den Humanisten Erasmus von Rotterdam. Der schrieb bald nach dem nörgelnden Brant, der die Narrheit verteufelte, das *Lob der Torheit*. Jetzt fällt mir's wieder ein. Ich malte die Buchstaben ATG mit Einverständnis und zur Freude deines Vaters für die Devise *Aus Torheit Gutes*. Da bin ich mir ganz sicher. Ach, und übrigens, Michel, der Spiegel kann auch ein Attribut der Prudentia sein, der Klugheit. Benütze ihn in diesem Sinne!«

Vierundzwanzigstes Kapitel

Ich stand eine Weile unschlüssig und noch betroffen vor dem Haus des Meisters, der mir soeben in unerwarteter Ehrlichkeit verdeutlicht hatte, dass die geradezu schamlos übertriebene äußere Aufmachung meines Vaters nicht der Betonung seiner Nobilität, sondern nur seiner Narrheit diente. Der Nachmittag war schon fortgeschritten. Der Himmel verdüsterte sich zusehends, und schwere Wolken kündigten Regen an. Ich schwankte zwischen dem Wunsch, meine wehmütige Stimmung in einem ordentlichen Rausch aufzulösen und der zielstrebigeren Entscheidung, nun den Arzt und Humanisten aufzusuchen. Es siegte schließlich, vom Drang nach Klarheit über den Verbleib der Archidoxen getrieben, die Vernunft, und ich wandte mich stadteinwärts.

Etwa dreihundert Schuh vor mir erhob sich kantig und mehrgeschossig das innere Schwabinger Tor. Man sprach jetzt auch vom Turm bei der alten Fürstin, denn Jakobäa, Wilhelms Großmutter, hatte dort im ostseitig angrenzenden Haus ihren Witwensitz. Ich klopfte erst zaghaft, aber als mir der Hauswart angesichts der späten Stunde schon die Tür weisen wollte, setzte ich meinen bewährten Türöffner ein, indem ich mich auf Herzog Wilhelm berief. Mürrisch führte mich der Alte eine Stiege hinauf und dann um die Ecke vor ein Zimmer, das direkt im Turm zu liegen schien. Erst dem dritten Klopfen folgte die Aufforderung: »Tretet ein!«

Im matten Licht einer Öllampe wandte sich mir eine schlanke Gestalt zu, die vor einem Stehpult stand. Ich hatte einen in Ehren ergrauten Diener der Wissenschaften erwartet, der dem Paracelsus noch die Tasche getragen hatte, aber vor mir stand ein stattlicher Mann mit vollem, leicht zerzaustem Haar und offenem Wams, der gerade mal ein paar Jahre älter sein mochte als ich. Nur sein sorgfältig getrimmter Bart wies augenblicklich auf Seriosität hin. »Euer Begehr?«, fragte er ohne Gruß und kurz angebunden.

»Ich … ich …« Überrascht von dem Anblick wurde mir bewusst, dass ich mir gar nicht überlegt hatte, wie ich vorgehen wollte, und platzte dann heraus: »Ich suche die *Archidoxa.*«

Ich trug zwar mein Hofkleid, war darin aber nicht sofort als Narr erkenntlich, es sei denn, mein Gesichtsausdruck wirkte närrisch. Der Gelehrte zog die Stirn kraus, musterte mich kurz vom Kopf bis zu den Füßen und fragte offensichtlich amüsiert: »Wer schickt Euch?«

»Niemand, das heißt, ich komme auf den Rat von Meister Mielich hin.«

Sein Amüsement wuchs sich zu einem Grinsen aus. »Will er sie malen oder studieren? Seid Ihr sein Lehrling? Hmm … nein, das Gewand …«

Inzwischen hatte ich meine Fassung wieder und stellte mich hochtrabend vor: »Ich bin Michaelus Sapientis, ioculator ducis Gulielmi und Sohn des jüngst verstorbenen Hofnarren Herzog Albrechts.«

»Sieh an!«, sagte der Humanist lapidar. Er wirkte zwar verdutzt, zeigte sich aber keineswegs beeindruckt, ging vielmehr unvermittelt zum abschätzigen Du über: »Du bist ihm gar nicht ähnlich.«

Verärgert über seine Selbstgefälligkeit ließ ich ebenfalls die Höflichkeit fallen und wurde noch direkter: »Du hast möglicherweise etwas, das mir gehört.«

»Wie kommst du darauf?«

»Mein Vater besaß die *Archidoxa.* Weißt du etwas über deren Verbleib?«

»Der Herzog hat sie jetzt, wohl verwahrt in seiner Hofbibliothek über dem Antiquarium.«

»Aber wie kommt ... Mein Vater sagte zu mir auf dem Totenbett ... du hast sie ihm gestohlen, gib's zu!«

Ich ging in meiner Erregung drohend auf ihn zu. Er wich zurück und hob abwehrend die Hände: »Langsam, junger Freund, langsam! Dein Vater übergab sie mir schon eine ganze Weile vor seinem Tod, als er noch bei Sinnen war. Ich war sein Arzt, und er wusste, dass ich nach Art des Paracelsus kuriere. Er sagte deshalb: ›Bewahr du sie jetzt auf!‹ Er sagte nicht: ›Gib sie meinem Sohn!‹«

Ich stand mit gesenktem Kopf und hängenden Schultern da. Das sah ihm ähnlich. Schon zu Lebzeiten wusste man bei seiner Sprunghaftigkeit nie, was er als Nächstes tat. Es schien mir wie ein letzter Streich von ihm, mich auf die Jagd zu schicken, während das Wild schon erlegt war.

»Kopf hoch!«, sagte Wimpinaeus. »Die Schrift ist ja nicht verloren.«

»Für mich schon. Ich hoffte, mit etwas Glück den Schatz finden oder sie wenigstens teuer verkaufen zu können.«

»Welchen Schatz?« Jetzt schien der Arzt erstaunt zu sein.

»Ich dachte, in dem Buch ist beschrieben, wie man ...«

»Du meine Güte!«, platzte er heraus, fasste sich an die Stirn und fing an zu lachen: »Du bist auch darauf hereingefallen.«

»Aber mein Vater sagte ...«

»Er sprach im Fieberwahn, Michel. Nichts davon ist wahr.« Er ging zu einem kleinen Wandschrank, öffnete ihn und entnahm ihm ein in cremeweißes Leder gebundenes Buch. Er legte es auf den Tisch, überschlug kurz ein paar Seiten und wies dann auf eine bestimmte Stelle. »Hier, lies!«

Ich beugte mich darüber und las halblaut: *Denn mein Schatz liegt noch zu Weyden im Friaul, ein Kleinod im Hospital, das weder der römische Leo noch Kaiser Karl mit all ihrer Macht kaufen könnten.* Ich starrte ihn verwirrt an. »Aber da steht's doch.«

»Sicher«, sagte Wimpinaeus spöttisch, »und wahrscheinlich haben die Gutgläubigen das Hospital schon bis auf den letzten Stein durchwühlt und abgetragen. Meinst du nicht auch, man hätte den Schatz längst gefunden, wenn er existierte? Es geht sogar das Gerücht um, der Hohenheimer habe in seinem Testament von drei unermesslichen Schätzen gesprochen, einer im Friaul, einer irgendwo zwischen Frankreich und Spanien und einer zwischen Schwaben und Bayern, der neben Büchern über die Kunst auch einen riesigen Karfunkel enthalten soll, so groß wie ein Ei. Es sei in dem Testament neben anderen Prophezeiungen sogar das Alter jener Leute angegeben, welche die Schätze dereinst finden werden. Der Erste von ihnen sei zweiunddreißig Jahre alt. Ich bin exakt zweiunddreißig Jahre alt. Warum bin ich Narr dann noch hier und nicht längst mit der Schaufel unterwegs zum Lech?«

»Aber dann ist das alles nur Lüge«, sagte ich enttäuscht.

»So darfst du es nicht sehen.« Er blätterte eine Seite vor und las: »*Da ich aber von dir Sophist für einen landstreicherischen Bettler gehalten werde …* Paracelsus wurde sein Leben lang angefeindet, und da er wenig bis nichts auf sein Äußeres gab, eben auch als landstreicherischer Bettler geschmäht. Da darf es einen doch nicht wundern, dass er gegenüber all seinen Widersachern etwas geprahlt hat. Aber sieh her!« Er schlug noch eine Seite um und zeigte auf den Titel des Traktats: »*Liber de Tinctura Physicorum*. Der wahre Reichtum steckt im Inhalt dieser Schrift. Du musst sie mit den Augen des Verstandes lesen, gleichsam von der Schale zum Kern, vom Sichtbaren zum Unsichtbaren vordringen. Dann erschließt sich dir auch ohne das trockene Buchwissen eines Aristoteles oder Galen die tiefere Erkenntnis in die Natur aller Dinge. Die Tinctura Physicorum ist die heilsame Arznei für alle Gebrechen. Sie entsteht durch kunstfertige Wandlung der Metalle. Aber der Traktat ist nur eine Beigabe zu den eigentlichen Archidoxen in diesem Buch, den Grundlehren des großen Arztes.«

Ich schlug das Buch ganz vorn auf. Da stand über einem Bild des Paracelsus der Name des Herausgebers: Johannes Albertus Wimpinaeus, Arzt und Philosoph. »*Du* hast es drucken lassen«, sagte ich leicht erstaunt.

»So ist es. Und wenn du jetzt denkst, du seist um den Verkaufserlös eines großen Geheimnisses betrogen, dann musst du wissen, dass die Archidoxen schon mehrfach publiziert sind, zum Beispiel von Toxites in Straßburg, ja selbst im fernen Krakau, denn dieser Reichtum gehört allen, die sich der Wissenschaft verschrieben haben.«

Ich blätterte weiter. Dem Titelblatt folgte eine seitenlange gedrechselte Widmung und Vorrede an den durchlauchtigen, hochgeborenen Fürsten und Herren, Herzog Albrecht. Sie wurde beschlossen durch ein schmuckes Bild des Herausgebers, unter dem die Devise stand: Labore – Scientia – Virtute, durch Arbeit, Wissenschaft und Tugend. »Sollertia, die Schlauheit, hätte sich noch gut gemacht«, sagte ich boshaft. »Wie viel hat sie dir denn eingebracht?«

»Du trägst mir's wohl noch immer nach«, argwöhnte Wimpinaeus. »Es waren nur ein paar Gulden als Verehrung. Mein eigentliches Ziel habe ich damit nicht erreicht.«

»Ah, also doch List und Berechnung.«

»Hoffnung, Michel, Hoffnung. So wie schon Paracelsus zu seinen Lebzeiten missverstanden und angefeindet wurde, so gerät heutzutage jeder, der sich mit des Hohenheimers Lehren ernsthaft befasst, ins Kreuzfeuer der Kritik. Die Sophisten, von denen er spricht, das sind in erster Linie die Herren Kollegen, sei es aus Neid, sei es aus Unverstand. Ich habe mächtige Feinde unter den Leibärzten des Herzogs. Albrecht hört auf sie und entzieht mir zusehends seine Gunst.«

»Das sollte dich nicht grämen«, sagte ich verständnisvoll. »Ich habe selbst gehört, wie sich einer seiner Leibärzte beklagte: ›Der Fürst von Bayern wischt den Arsch an seine Medici, wenn er ihrer nicht bedarf.‹ Nur wenn Albrecht den Wanst voll hat und nicht mehr schnaufen kann oder vor Gichtschmerzen schreit, dann erinnert er sich seiner Ärzte.«

»Ich hatte gehofft, mit Herausgabe der Schrift und der Widmung an Herzog Albrecht mehr Verständnis bei ihm und seiner Ärzteschaft für das segensreiche Wirken des Paracelsus und letztlich auch für meine Art des Kurierens zu erreichen. Aber das Misstrauen sitzt tief. Dabei bin nicht ich es, der polarisiert. Ich bin keinem Meister verpflichtet, auf sein Wort zu schwören, um mit Horaz zu sprechen. Kennst du vielleicht Pico della …«

»Mirandola, aber ja doch! Er hat sich um den Ausgleich bemüht und das Gemeinsame gesucht.«

Des Gelehrten Miene zeigte leichtes Erstaunen. »So ist es. Und ich habe schon vor zwei Jahren in *De Concordia* die Gemeinsamkeiten zwischen den alten Lehren des Hippokrates und den modernen Ansichten der Jünger des Paracelsus betont. Die Abhandlung widmete ich übrigens *deinem* erlauchten Herzog. Aber Wilhelm scheint sich ebenso wenig für ärztliche Kontroversen zu interessieren wie sein alter Herr.«

»Oh, Wilhelm ist zu sehr mit dem Aufbau seines Hofstaates beschäftigt. Er will nämlich Kaiser werden«, sagte ich lachend. »Ich werd ein gutes Wort für dich einlegen, wenn ihm wieder mal ein Furz quer liegt oder die Melancholie ihn in ihren Krallen hält.«

»Dann ist es vielleicht zu spät. Ich darf ohnehin nur noch das Hofgesinde behandeln, und Albrecht hat mir schon im letzten Jahr meine Entlassung ankündigen lassen.«

»Was wirft man dir denn vor?«

»Ich glaube, es stört sie an meinem Modus curandi in erster Linie, dass ich meine Arzneien meist selbst herstelle und zwar aus metallischen Substanzen, zum Beispiel das Antimon, das diese Ignoranten für gefährlich halten. Zugegeben, es mag ein paar Todesfälle gegeben haben, aber das liegt nicht eigentlich an der Arznei, sondern am Unverstand derer, die damit nicht umgehen können. Paracelsus hat immer den Grundsatz vertreten *Dosis sola venenum facit*, also nur die Dosis macht das Gift. Eine geringe Menge Eibennadeln kann das Herz stärken oder unerwünschte Leibesfrucht austreiben, eine Handvoll davon bringt auch ein Pferd um. Die Neunmalklugen aber kurieren nach der Devise: Viel hilft viel. Deshalb sind sie es, die die Kirchhöfe füllen, denn meine aus Metallen gewonnenen Tinkturen sind tausendmal wirksamer als der nutzlose Suppenwust dieser unwissenden Sudelköche.«

»An Minderwertigkeit leidest du nicht.«

»Pah, wozu auch. Es gibt durchaus auch Leute mit Verstand, die meine Arbeit schätzen. Der Nürnberger Stadtarzt Heinrich Wolff zum Beispiel. Der hat jedoch selbst zu kämpfen.«

»Vermutlich auch noch Protestant«, mutmaßte ich. »Schlechte Empfehlung.«

»Dann nimm eben den Johannes Romanus gleich hier in München«, ereiferte sich Wimpinaeus. »Er ist angesehener Chemiater, also Alchemiker im Sinne des Paracelsus, und nicht zuletzt für unsere Herzogin Anna persönlich tätig.«

»Als ihr Leibarzt?«

»Nicht als Arzt, als Apotheker. Wie du wohl wissen wirst, war sich die stolze Habsburgertochter nicht zu gut, um in der Neuveste ein Labor für Destillation einzurichten. Dort lässt sie Arzneimittel und Salben herstellen und unentgeltlich für Kranke vorhalten. Und du musst gar nicht so weit gehen, denn Jakobäa, die alte Fürstin und Herzog Albrechts Mutter, stellt mit meiner bescheidenen Hilfe hier im Haus großzügig Arzneien für die Allgemeinheit zur Verfügung. Und welche Frau wäre eine bessere Kronzeugin für die Wirksamkeit paracelsischer Medizin, wenn nicht sie?«

»Ich kenne die Geschichte«, sagte ich, »mein Vater hat sie mir als Augenzeuge erzählt.«

»Und immerhin habe ich selbst etliche Heilerfolge mit subtiler Medizin in dieser Stadt vorzuweisen. Und nicht nur hierzulande, auch in Florenz, Bologna und sogar in Polen. Aber das alles scheint den Herzog und seine hochgelehrten Leutschinder nicht zu beeindrucken. Ich versuche gerade der angeblichen Dunkelheit in den Begriffen und der Sprache des Paracelsus entgegenzuwirken, indem ich eine gut lesbare Enzyklopädie seiner Philosophie und Medizin zusammenstelle. Aber es wird mich noch viel Lampenöl und Mühe kosten, die Zweifler von der Weisheit des großen Arztes zu überzeugen. Ich habe übrigens die *Archidoxa* auch dem Kurfürst von Sachsen geschickt.«

»August, dem Protestanten? Willst du dich bei dem bewerben?«

»Warum denn nicht? So wenig, wie ich in der Medizin auf die Meinung eines einzelnen Meisters schwöre, so wenig halte ich beim Glauben, gleich ob Papisten oder Protestanten, vom Anspruch auf die alleinige Wahrheit. Jeder Narr lobt seinen Kolben, sagt Paracelsus, und Papisten, Arianer, Lutheraner und die Anhänger Zwinglis sind nur vier Paar Hosen von demselben Tuch.«

»Dann wundert es mich nicht …«

»Ach was! Du darfst nicht nur auf Wilhelm und Renata schauen, die sich schon jetzt in Frömmigkeit hervortun und manchmal zu engstirnig sind. Albrecht hat zwar mächtig gepoltert und damit viele Protestanten aus dem Land gejagt. Aber das gilt nur fürs gemeine Volk. Er selbst und Herzogin Anna pflegen regen Kontakt mit dem Kurfürst von Sachsen und dessen Gemahlin, die ebenfalls Anna heißt. Die alten Herren sind sich ungeachtet ihrer religiösen Differenzen durchaus zugetan. Man kennt sich von Reichstagen und höfischen Festen her und hat die Liebe zur Jagd und zum Sammeln gemeinsam. Und beide sind Großmeister im Saufen. Einer von Albrechts Leibärzten gab einmal ganz ungeniert zum Besten, dass der Herzog nach einem Gelage beim Reichstag in Frankfurt geklagt habe, er könne einen Brief an August nicht beenden, weil ihm schier das Hirn herausfalle.«

»Es gab ja sogar ernste Verhandlungen«, erinnerte ich mich, »Albrechts erzkatholische Töchter mit protestantischen Prinzen zu verheiraten.«

»Siehst du.«

»Aber Maria ging dann als Trophäe an die Habsburger, und Maximiliana wird wegen ihrer Schrulligkeit wahrscheinlich dauerhaft ein weiblicher Hagestolz bleiben.«

»Auch Anna von Sachsen beschäftigt sich viel mit Kräutern und Arzneien«, kam Wimpinaeus wieder auf die Medizin zurück. »Sie unterhält in ihren Residenzen mehrere Destillierhäuser und nennt eine große Zahl an Rezept- und Kräuterbüchern ihr Eigen. Da könnte es für mich durchaus etwas zu tun geben.«

»Aqua vitae und Latwerge«, sagte ich lachend.

»Wie?«

»Damit beschenkt die Sachsenanna zu Nikolaus und Weihnachten immer ihre Freundin aus Bayern. Das eine ist, wie der Name schon sagt, zuträglich für langes Leben, das andere hilft Albrecht auf die Beine, wenn er wieder mal einen Brummschädel hat. Unsere Anna revanchiert sich dann mit Kochrezepten und mit Artischocken aus Münchner Gärten, die gut gegen Galle- und Leberleiden wirken.«

»Der Kurfürst und seine Frau interessieren sich übrigens auch für Alchemie und magische Praktiken, zum Beispiel Geomantie, Bildzauber und Vorhersagungen mittels Punktierbüchern.«

»Ich dachte, das sei streng verboten.«

»Michel, du Träumer! Was der Kurfürst tut, ist allzeit recht getan. Er hat auch bei Herzog Albrecht um ein seltenes Buch über Geomantie angefragt. Du siehst, den hohen Herren gleich welchen Glaubens ist alles erlaubt. Und zwei okkulte Rezepte, von denen gemunkelt wird, erscheinen mir auch durchaus brauchbar, zum Beispiel die Anleitung, sich unsichtbar zu machen oder wie man sich die Zuneigung hoher Herrschaften erwirbt. Beides könnte für mich nützlich sein. Für das eine braucht man angeblich nur den Kopf eines jungen Raben. Für das andere aber das linke Auge eines Plattengeiers, mit dem in der Hand man sich demjenigen, dessen Gunst man sucht, nähern soll. Aber wo zum Teufel finde ich einen Plattengeier?«

»Es heißt auch, August habe in Dresden ein großes Goldhaus, in dem er sehr erfolgreich Alchemisten beschäftigt. Wilhelm interessiert sich neuerdings sehr dafür.« Während ich dies sagte, blätterte ich nochmals in den Archidoxen. »Ich dachte eigentlich auch, in diesem Buch stünde das Rezept zur Herstellung des Steins der Weisen, um damit Gold zu machen.«

»Ein unsinniges Gerücht, Michel. Paracelsus sah den Sinn und Nutzen der Alchemie nicht primär in der Herstellung von Gold. Aber wenn man sich rechtschaffen müht, führt sie einen zum Allheilmittel, zur Panazee. Das ist wahrer Reichtum.«

Die Aussicht befriedigte mich nicht. Ich schlug nochmals das Inhaltsverzeichnis auf und stutzte, denn nach dem ersten Buch, das von den Mysterien des Mikrokosmos handelte, stand dort: *Liber secundus desideratur.* »Was ist das?« rief ich verwundert. »Das zweite Buch fehlt ja.«

»Leider«, gab Wimpinaeus zu. »Ich weiß nicht, wie es dazu kam.«

»Aber vielleicht stehen gerade dort die entscheidenden Sätze, und deshalb fehlt das Kapitel. Jemand hat es entwendet.«

»Das denke ich nicht.«

»Woher willst du das wissen? Vielleicht war derjenige gerissener als du.«

»Beruhige dich! Es passt nicht zum gedanklichen Aufbau dieses Buches. Aber ich will versuchen, eine der anderen Ausgaben zu erhalten, um das Rätsel zu lösen. In Straßburg vielleicht, denn in Ingolstadt werde ich kaum fündig werden. Da wachen die Herren Jesuiten über die Bücher, und sie warnen seit dem Konzil von Trient sogar vor den neuen Lehren in der Medizin, weil sie auch durch sie die Unterwanderung der katholischen Lehre befürchten.«

»Warst du mal in Ingolstadt?«

»Sicher. Ziemlich genau vor zehn Jahren habe ich mich dort eingeschrieben. Meinen Doktorgrad habe ich allerdings in Italien erworben.«

»Dann waren wir ja beinahe zur selben Zeit auf der Hohen Schule in Ingolstadt. Hab dich dort nie gesehen.«

»Aber wir sind uns sicher bei irgendeiner Wirtshausrauferei begegnet«, sagte Albertus lachend. »Komm, lass uns auf die alten Zeiten trinken.« Er rief seine Frau Appolonia herbei, aber nicht um von ihr Wein zu erbitten, sondern um ihr mitzuteilen, dass er mit seinem Freund aus Studententagen auf einen guten Trunk das Haus verlasse. Sein Weib, das die Auswüchse studentischen Feierns zu kennen schien, verdrehte vergeblich die Augen. Auf der Gasse schlug ich vor, zum nahen Koch in der Höll zu gehen, wo die Geschichte von Paracelsus und meinem Vater vor vielen Jahren begonnen hatte. Schon auf dem Weg dorthin stimmten wir lachend das alte Sauflied an *Meum est propositum in taberna mori*, doch im Gasthaus dachte Wimpinaeus mitnichten ans Sterben, sondern stellte überzeugend unter Beweis, dass er kein trockener Stubengelehrter war.

Ich hatte eigentlich keinen Grund zu fröhlicher Ausgelassenheit, denn der Tag hatte mir nacheinander herbe Enttäuschungen bereitet. Aber ich war deshalb nur allzu bereit, mich mithilfe des Weins und eines Zechkumpanen ins Vergessen zu stürzen. Die Bedeutsamkeit des Mertl Witz am herzoglichen Hof zu München sowie die Aussicht auf Reichtum und Ansehen hatten sich innerhalb kurzer Zeit in nichts aufgelöst. Aber in meinem Angedenken blieb mein Vater dennoch der größte aller Narren, und vielleicht tat sich ja doch noch eine Möglichkeit auf, wenn sich eines Tages irgendwo das zweite Buch der *Archidoxa* fände …

Fünfundzwanzigstes Kapitel

ICH WAR, WÄHREND ich meinem Vater und dem Auffinden der *Archidoxa* nachsann, irgendwann eingeschlafen und wusste nicht, wie lange ich so da gelegen hatte. Es schien später Nachmittag zu sein, denn das wenige Licht von draußen, das unseren Kerker erhellte, begann zu verblassen. Ich kratzte mich an meinem Kinn. Das ungewohnte Gestrüpp juckte unangenehm. Noch während ich mich aufsetzte und mir die Augen rieb, wurde knarrend die Eisentür geöffnet und einer der Schergen forderte mich auf, ihm zu folgen.

»Wozu?«, fragte ich verschlafen.

»Weiß ich's? Ich glaube, einer der Räte will dich sehen.«

»Ligsalz?«

»Kann sein. Nun komm schon.«

»Sag ihm, er soll sich zum Teufel scheren.« Ich hatte eigentlich erwartet, der Büttel würde mich nun gleich am Kragen packen und hinauszerren, aber er zuckte nur gelangweilt mit den Schultern. Dafür fielen die anderen über mich her.

»Spinnst du?«, ereiferte sich Caspar. »Der Ratsherr ist vielleicht unsere Rettung.«

»Das kannst du doch nicht tun«, jammerte Hans.

»Reiß dich zusammen und geh!«, forderte der Prokurator.

»Ihr könnt mich mal«, sagte ich und drehte mich wieder zur Wand, während der Scherge sich zur Tür drehte.

»Sag ihm, er fühlt sich nicht wohl«, rief ihm der Freisinger nach. »Er lässt sich für heute entschuldigen.«

»Einen Dreck lässt er«, maulte ich. »Geht ihr doch bei ihm betteln! Ich werd mich dem falschen Hund nicht an den Hals werfen.«

»Du verdammter Narr!«, schimpfte Caspar. »Spiel jetzt nicht den beleidigten Trotzkopf.«

»Verrückter Kerl, du stürzt uns alle ins Unglück!« Schulmeister Hans stand schon wieder kurz vor einer Tränenflut.

»Abi in malam crucem!«, drückte es der Prokurator vornehmer aus, was so viel hieß wie: »Geh zum Henker!«

Nach einer Weile wüster Beschimpfungen versuchten sie's mit Argumenten der Vernunft und Vorschlägen zum Kompromiss, aber ich stellte mich taub, bis nach erneutem Quietschen der rostigen Türangeln die Eisenmeisterin in den Raum trat. Sie schleppte einen Korb mit sich, den sie vor meine Quälgeister hinstellte. »Mit schönen Grüßen des Herrn Bürgermeisters.«

Schon im Hinausgehen sagte sie zu mir: »Euch soll ich ausrichten, wenn Ihr wieder den Narren spielen wollt, dann nur zu. Er könne seine Zeit auch besser nützen.«

»Woher wusste er?«, fragte ich erstaunt, wo doch der Freisinger dem Schergen eine Entschuldigung aufgetragen hatte.

»Euer Herr Vetter ist ein kluger Mann und scheint Euch zu kennen.« Ich sah erstmals ein Lächeln auf der Eisenmeisterin Gesicht. »Und er sagte noch etwas wie quidquis magis oder tu dies oder das … ach, ich konnt's mir nicht merken. Er sagte, Ihr wüsstet schon Bescheid.«

»Quidquid agis, prudenter agas …«, murmelte ich halblaut vor mich hin, während die Tür wieder zuging, »… et respice finem.«

»Ich hab's dir doch gleich gesagt«, beharrte der Prokurator, »verhalte dich klug, und bedenke bei allem, was du tust, das Ende. Schreib's dir hinter die Ohren!«

Währenddessen hatten die Schullehrer schon den Korb untersucht. »Würste«, rief Caspar ungläubig.

»Und Käse und Brot«, frohlockte der magere Hans.

»Dein Vetter scheint nicht nur klüger zu sein als du«, sagte der Freisinger gallig, »er hat auch ein Herz.«

Ich unterließ es, ihn darin zu erinnern, dass auch er kurz zuvor meinem Vetter noch perfide Taktik unterstellt hatte, mit der er Leute zum Reden bringe. Stattdessen zog ich den Korb zu mir heran. Aber noch ehe ich etwas von den Köstlichkeiten greifen konnte, packte Caspar den Korb am anderen Ende und zog ihn wieder zu sich. Das Spiel wiederholte sich. Da griff auch der schwächliche Hans zu, um Caspar zu unterstützen. »Du hast ihn doch so stolz verschmäht.«

»Nur meinen Vetter, ihr Trottel, nicht die Würste.«

»Gebt ihm davon ab«, sagte der Freisinger versöhnlich. »Vielleicht kommt er dann wieder zu Verstand.«

Widerstrebend ließ Caspar den Korb los, und gleich darauf biss auch ich in eine fette Wurst und riss mir einen Kanten von Käse und Brot ab.

»Den Wein hat er leider vergessen«, stellte Hans schmatzend fest, ohne Vorwurf zwar, aber doch mit Bedauern.

»Den hat sicher der Eisenmeister einbehalten«, urteilte der Prokurator, »als Lohn dafür, dass seine Gattin uns das Übrige bringen durfte.«

»Da ist noch etwas drin«, sagte ich. Am Boden des Korbes lag etwas, in dunkles Tuch eingeschlagen. Ich schleckte erst die fettigen Finger meiner Rechten ab und griff dann danach. Als ich das Tuch zurückschlug, lag vor mir auf meinen Knien die beliebte Schwanksammlung *Schimpf und Ernst*. Ich schluckte trocken. Wieder einmal beschlich mich das ungute Gefühl, ich könnte durch mein trotziges Aufbegehren meinem Vetter Unrecht getan haben.

»Was steht drinnen?«, fragte Caspar ungeduldig.

Ich blätterte flüchtig durch die Seiten und blieb nur verschiedentlich an Überschriften kurz hängen. »Da heißt es: *Von der Wahrheit … Von den Narren* – ihr seht, es geht um Wichtiges … *Von den Pfaffen … Von Rosstäuschern* – ah, hier: *Von Urteilsprechern, Notaren und Fürsprechern … Von der Hoffart … Von trunkenen Leuten …* Hmm, von Schulmeistern kann ich nichts finden. Da steht zwar *Von gelehrten Männern* – aber nein, das betrifft euch nicht. Ich fürchte, ihr kommt gar nicht darin vor. Wahrscheinlich gibt es von Schülerplagen nichts Lustiges zu berichten.«

»Gib her!«, rief Caspar erbost und riss mir das Buch aus den Fingern. Er blätterte wild darin herum, konnte aber auch nicht fündig werden. Dann stutzte er: »Da steht etwas *Von dem bösen Geist* und *Von den Zauberern.*« Als habe er glühende Kohlen angefasst, drängte er das Buch ungestüm dem Prokurator auf: »Lest Ihr!«

Johannes Secundus Freisinger ließ sich Zeit. Während er schmunzelnd einige Stellen überflog, blätterte er nochmals bis zu den Zauberern vor und begann dann zu lesen: »*Es kam mal ein fahrender Scholar, ein Leutbescheißer, in ein Haus, in dem einer Frau die Augen wehtaten. Wollt Ihr mir einen Gulden geben, sprach er zu ihr, so will ich Euch ein Brieflein an den Hals hängen, dass Ihr kein Augenweh mehr habt. Die Frau gab ihm den Gulden, trug das Brieflein frohgemut drei oder vier Jahr am Hals und hatte keine Schmerzen mehr. Auf ein Mal ging sie zur Beicht, und der Priester fragt sie, ob sie kein Aberglauben hat. Sie gestand, dass sie ein Brieflein um den Hals trage mit heiligen Namen gegen das Augenweh, und gab es ihm. Der Priester las und lachte laut. Da stand nämlich: Der Henker stech dir die Augen aus, und der Teufel scheiß dir in die Lücken. Die Frau wollt's nicht glauben, aber als drei oder vier andere es auch so lasen, da zerriss sie das Brieflein, und kurz darauf fingen ihre Augen wieder an zu brennen. Der Teufel kann wohl bewirken, dass Siechtage eine Weile aufhören.*«

Hatte Caspar eben noch über den Inhalt des Briefchens hellauf gelacht, so fragte er jetzt verwirrt: »Was soll das heißen? Dass der Teufel es war, der sie geheilt hat?«

»Du musst das so verstehen«, erläuterte der Prokurator, »dass die Geschichten von Pfaffen stammen. Es sind Predigtmärlein, die nicht in erster Linie zur Belustigung oder Erbauung dienen, sondern der frommen Belehrung. Und die heißt dann wohl in meinen Augen daran zu glauben, dass der Teufel eine gewisse Macht hat und du ihn daher fürchten sollst.«

»Ist dann jeder, der sich eines Amuletts bedient, schon verdammt?«, fragte Schulmeister Hans ängstlich.

»Ach was«, warf ich ein, »dann würden die Pfaffen ja selbst

ein Heer von Verdammten schaffen. Du darfst nur nicht jedem Dahergelaufenen vertrauen, sondern sollst dein Amulett oder den Talisman immer brav bei Mutter Kirche kaufen. Wenn dort der Gulden im Kasten klingelt, dann kann dir nichts geschehen. Oder du machst es wie das schlaue Bäuerlein, das dem Herrgott eine Kerze aufsteckt, damit er ihm Gutes tue, und gleich daneben dem Teufel ein Licht anzündet, damit der ihm nichts Böses will.«

»Du machst dich schon wieder über mich lustig«, argwöhnte Hans.

»Nicht doch«, versicherte ich, »steht auch irgendwo in dem schlauen Buch.«

Ich langte nochmals in den Korb hinein und griff ins Leere, während Caspar grinsend in die letzte Wurst biss, die er sich eben noch geangelt hatte. Ich gönnte es ihm nicht, meine Enttäuschung zu zeigen, und schlug das Buch an einer Stelle auf, wo *Von den Narren* berichtet wurde. »Jetzt will ich euch mal eine wirklich kluge Geschichte vorlesen. Sperrt die Lauscher auf!«

Das Licht reichte inzwischen kaum mehr zum Lesen, sodass ich das Buch ganz nahe vor die Augen halten musste und dabei wohl aussah, wie einer der Stubengelehrten auf den satirischen Holzschnitten. Es fehlte nur die Brille. Ich räusperte mich wichtigtuerisch und trug dann vor: »*Es zogen einmal viele Soldaten in den Krieg mit Kanonen und Gewehren. Ein Narr stand da und fragte, was das bedeute. Sie sagten, man ziehe in den Krieg. Da fragte der Narr, was man im Krieg tue. Sie sagten ihm: Man verbrennt Dörfer, gewinnt Städte, verdirbt Wein und Korn und schlägt einander tot. Da fragte der Narr: Warum geschieht das? Da hieß es, damit man Frieden mache. Der Narr sprach: Es wäre besser, man würde vorher Frieden machen, damit der Schaden vermieden bliebe. Deshalb bin ich klüger, als eure Herren es sind, denn wenn es an mir läge, so wollte ich vor dem Schaden Frieden machen und nicht erst, wenn der Schaden geschehen ist.*«

»Närrischer Einfall«, prustete Caspar los, »so läuft das doch nicht.«

»So sollte es aber laufen«, sagte ich mit großem Ernst.

»Was willst du uns damit sagen?«, fragte der Prokurator ahnungsvoll.

»Wir hätten's bleiben lassen sollen«, sagte ich, »oder besser, ihr hättet es bleiben lassen sollen.«

»Was denn?« Dem verzagten Hans stand das Maul offen.

»Den ganzen Nigromantenscheiß.«

»Hör ich recht?«, begehrte Caspar auf. »Willst du jetzt vielleicht uns allein die Schuld geben?«

»Wenn's doch wahr ist«, sagte ich gereizt. »Wer ist denn beim Galgenberg im Kreis gesprungen und hat Beschwörungen geschrien? Wer hat denn kindische Kreise gemalt und nach Azrael, Uriel und was weiß ich gerufen? Und hab ich jemals behauptet, wahrsagen zu können? Jetzt muss ich's auch nicht mehr, denn es sieht ein Blinder, dass wir arg im Dreck sitzen und furchtbar alt aussehen.«

»Ich kann deine Verbitterung ja zum Teil verstehen«, sagte der Freisinger, »aber tu nicht so, als hättest du gar keinen Anteil daran.«

»Kommt mir jetzt nicht mit der alten Leier: mitgegangen, mitgehangen!«

»Nicht nötig. Erinnere dich nur an den Abend im Wirtshaus zum Großdamischen, als ich dich anwarb. Du sagtest, für das Geheimnis um die Kunst Gold zu machen, würdest du alles tun, um es denen zu zeigen …«

»Ich muss betrunken gewesen sein.«

»Rotzbesoffen warst du. Aber du konntest immerhin noch den Namen Agrippa von Nettesheim lallen und dass du dich eingehend mit seinen magischen Werken befasst hättest. Und du sagtest auch, du seist mit den Siegeln Salomons vertraut, dir seien magische Kreise sehr wohl bekannt, und du seist begierig darauf …«

»Schon gut«, wehrte ich ab, »wir müssen das jetzt nicht vertiefen. Im Suff sagt man vieles. Pure Prahlerei.«

»Ha! In vino veritas«, warf Caspar triumphierend ein. »Im Wein liegt Wahrheit. So sagt man doch, oder?«

»Damit ist nichts bewiesen. Es heißt auch: Der Wein ist kein Narr, aber er macht Narren. Verdammt!« Ich sprang auf und lief wie ein gefangenes Tier hin und her. »Ich will mich nicht streiten. Es ist … es ist nur … das Gespräch mit meinem Vetter, es will mir nicht aus dem Kopf …«

»Jetzt fang nicht wieder damit an«, stöhnte Hans.

»Du liegst gleich wieder auf dem Rücken«, drohte Caspar.

»Herrgott, ihr versteht nicht«, schrie ich, »ich habe Angst! Gottverdammte Angst!«

»Du, unser großer Maulheld?«

»Erzähl uns davon«, forderte mich der Freisinger auf.

Ich ließ mich wieder auf meinen Strohsack fallen. Mittlerweile war es in unserem Loch fast stockdunkel. Die Finsternis passte zur Stimmung.

»Ich hab euch nichts davon erzählt, weil ich euch nicht noch mehr ängstigen wollte. Es läuft alles gegen uns. Mein Vetter hat letzten Samstag unsere Aussagen vor dem Rat referiert.«

»Na und«, unterbrach mich Caspar forsch, »von mir haben sie nicht viel erfahren.«

»Keiner von uns wird sich freiwillig schuldig bekannt haben«, fuhr ich fort. »Und ich kann nur hoffen, dass auch keiner einen anderen beschuldigt hat. Mein Vetter hat mir zudem versichert, dass er die Sache so harmlos wie möglich dargestellt hat, aber vielleicht liegt gerade darin ein Problem. Es wurden Zweifel an der Ernsthaftigkeit der Untersuchung laut.«

»Wieso denn?«, begehrte Hans auf. »Sie haben doch lange genug gebohrt. Volle zwei Wochen hocken wir jetzt schon hier. Wenn sie's immer noch nicht wissen, was wollen sie dann noch?«

»Vermutlich einen Schuldigen«, sagte der Prokurator nüchtern und sachlich, »und dazu bedarf es jetzt härterer Maßnahmen.«

»Die möglicherweise nicht mehr im Ermessen des Stadtrats liegen«, ergänzte ich, »denn der Rat hat beschlossen, einen Extrakt aus den Verhörprotokollen anzufertigen und ihn an den Hof zu schicken.« Ich verschwieg den Hintergrund der Entscheidung, um kein schlechtes Licht auf Andre fallen zu lassen.

»Dann wird uns dein Vetter nicht mehr viel nützen«, befürchtete Hans. »Vielleicht war das schon die Henkersmahlzeit.«

»Alter Schwarzseher! Es muss doch nicht gleich bedeuten, dass der Hof sich der Sache intensiver annimmt«, versuchte Caspar sich und uns Mut zu machen. »Vielleicht haben die Herren ja derzeit durch die hohe Staatsverschuldung Wichtigeres zu tun, und wir sind nur kleine Fische.«

»Apropos Fische«, zerstörte der Prokurator aufkommende Hoffnung, »denk an den Teufelmüller! Da wurde aus einer Bagatelle im Nu ein Riesending.«

»Es ging dann zwar auch um Ungehorsam gegen die Obrigkeit«, fügte ich hinzu, »aber jetzt lautet das Stichwort ›Zauberei‹. Das ist ein flirrender Köder für Maximilian, der vor Tatendrang birst und sich ohnehin in alles einmischt und noch die kleinste Kleinigkeit wissen und selbst entscheiden will. Für Geldsachen ist außerdem die Hofkammer zuständig, nicht der Hofrat.«

»Soll etwa alles schon verloren sein?«, fragte Caspar resigniert. »Was können wir dann überhaupt noch tun?«

»Hoffen und beten«, sagte Hans mit brüchiger Stimme.

»Ihr wisst noch nicht alles.« Ich tappte im Finstern nach dem Wasserkrug, um mir die trockene Kehle zu befeuchten. »Mein Vetter berichtete auch von Gerüchten in der Stadt, dass es beim Tod des jungen Kardinals nicht mit rechten Dingen zugegangen sei. Dass der Teufel seine Hand im Spiel gehabt und sich dabei der Mithilfe von Hexen und Zauberern bedient habe. Und da ohnehin wieder alles schlechter werde, Teuerung, Pest und Kriegsgefahr, sei es höchste Zeit, die Schuldigen aufzuspüren und dem schändlichen Treiben ein Ende zu bereiten. Wenn jetzt auch nur *ein* gehässiges Klatschweib oder *ein* missgünstiger Nachbar behauptet, sie oder er sei durch einen von uns geschädigt worden, dann nimmt die Sache einen bösen Lauf.«

»Hat denn einer von euch wissentlich Feinde?«, fragte der Prokurator nach einer Weile in die Stille hinein.

»Pfff, ein Narr, der keine Feinde hat, ist ein biederes Schaf und kein rechter Narr«, sagte ich. »Es gibt wahrscheinlich viele, die mich wegen eines derben Streiches liebend gern zum Teufel wünschten, aber ich wüsste keinen, der mir ohne falsches Zeugnis einen Pakt mit dem Beelzebub anhängen könnte.«

Die beiden Schullehrer waren sich auch keiner strittigen Sache bewusst, und wie sich der Pronner verhalten würde, das war noch nicht abzusehen. Wieder folgte bedrücktes Schweigen, das mir nach einer Weile an die Nieren ging. Und weil ich in höchster Not oft die blödesten Einfälle hatte, schleuderte ich lustvoll eine Provokation in die beklemmende Stille. »Da wir also kaum auf rettende Hilfe von außen hoffen dürfen, müssen wir uns wohl selbst helfen. Wie wär's, meine Herren, wenn ihr jetzt eure nigromantischen Fähigkeiten unter Beweis stellt? Ihr malt flugs eure Kreise, sprecht das große Trallala, und schon können wir – lange noch vor Petri Kettenfeier – mithilfe eines schlauen Dämons klammheimlich aus diesem Kerker spazieren. Na, wie steht's?«

Das Schweigen hielt an. Ich stellte mir ihre betretenen Gesichter vor und sagte lachend: »Jetzt hat's euch wohl die Sprache verschlagen.«

»Sich über unsere Ängste lustig zu machen«, ließ sich nach einer Weile Hans vernehmen, »das ist nicht komisch, Narr, nur gemein.«

»Du weißt sehr wohl um die Macht eines beschwörenden Wortes, von der Agrippa schon in seinem ersten Buch spricht«, sagte der Prokurator, »auch wenn du jetzt dumme Witze darüber machst.«

»Wieso eigentlich nicht«, sagte da der zu raschem Handeln geneigte Caspar, »einen Versuch wär's doch wert.«

»Das nenn ich erfrischenden Unternehmungsgeist«, lobte ich ihn. »Lass uns überlegen, was wir schon haben und was wir noch brauchen. Da wäre als Erstes sexuelle Enthaltsamkeit. Ich denke, der Punkt ist erfüllt. Oder hat einer von euch Lümmeln im Finstern ... Ich will mal zugunsten eures Seelenheils annehmen, dass nicht. Dann hätten wir Askese. Na, bei der schmalen Kost keine Kunst, wenn wir den heutigen Abend mal vergessen.«

»Mit Baden und sauber Rasieren wird's hapern«, wandte Caspar ein.

»Und mit der Beichte«, sagte Hans.

»Dann wird's halt nur ein schmutziger Dämon werden, Hauptsache, er kann Türen öffnen.«

Die beiden Schulmeister stritten sich danach sinnlos über die Art des magischen Kreises. Der ängstliche Hans wünschte einen möglichst großen, damit wir auch alle sorgsam darin geschützt seien, während Caspar darauf beharrte, es komme gar nicht auf die Größe an, nur auf die richtigen heiligen Namen, magischen Zeichen und Siegel der Dämonen.

Da schaltete sich der Prokurator ein, der von allen am besten Bescheid wusste: »Wo wollt ihr Helden denn hier das Blut einer Fledermaus oder eines Wiedehopfs hernehmen? Sollen wir etwa den Ratsherrn darum bitten? Und schielt jetzt bloß nicht auf die Katze der Eisenmeisterin. Das Ganze hat sowieso keinen Sinn, denn Flucht würde ein Eingeständnis der Schuld bedeuten und jedem Inquisitor in die Hände spielen.«

»Und was wäre dann auch mit den anderen?«, erinnerte ich an unsere Leidensgenossen gegenüber, wobei ich ohnehin zu keiner Zeit an einen Erfolg des Hokuspokus geglaubt hatte.

»Bleibt also doch nur beten«, sagte Hans nachdenklich und rückte nach einer Weile mit der Erkenntnis heraus: »Es gibt da doch die tröstliche Geschichte des Theophilus, dessen Name nicht umsonst Gottesfreund bedeutet.«

»Ja, und? Was ist damit?«

»Ich glaube, er war Priester oder sogar Stellvertreter eines Bischofs, vor langer Zeit. Man hat ihm irgendwie übel mitgespielt, und er verlor zu Unrecht seine angesehene Stellung. Da verschrieb er sich dem Teufel und erhielt durch den Pakt mit ihm sein Amt zurück. Als es dann seinem Ende zuging, überkam ihn Reue, und er warf sich flehend der Gottesmutter zu Füßen. Durch ihre Vermittlung und Fürbitte wurde der unselige Pakt wieder gelöst, und er konnte in Frieden und mit Gott versöhnt entschlafen.«

»Ich will aber nicht entschlafen«, begehrte Caspar auf, »ich will hier raus, und zwar schleunigst und unversehrt.«

»Wir könnten aber geistlichen Beistand gut gebrauchen und sollten schleunigst einen Priester anfordern«, beharrte Hans.

»Die meisten von denen halten Latein doch für eine unaussprechliche Mundart«, lästerte der Freisinger, »und wenn du zu den gelehrten Jesuiten gehst, dann hetzen die dir gleich einen Exorzisten auf den Hals.«

»Zu Eurer Beruhigung«, sagte ich, »Mengin und Canisius haben schon das Zeitliche gesegnet.«

»Pah, es gibt noch genügend Eiferer.«

»Ich geb Euch recht.« Ich dachte daran, was mir Andre über die Hetzreden des Dekans von Unserer Lieben Frau erzählt hatte.

»Und was die Geschichte dieses reuigen Teufelsbündners betrifft«, fuhr der Prokurator streng fort, »daran missfällt mir zweierlei: Primo – keiner von uns hat je einen Pakt mit dem Teufel geschlossen. Secundo – die fromme Mär bedeutet doch, dass es unter der Priestersippschaft ganz offensichtlich welche gibt, die im Banne des Teufels stehen und dennoch ihr Amt ausüben. Das erklärt mir einiges.«

»Aber es geht doch hier um die Gnade und Macht der Jungfrau Maria«, sagte Hans fast flehend. »Sie nur allein kann durch ihre Fürbitte und Vermittlung den Zorn des strafenden Gottes abwenden, indem sie uns unter ihren Schutzmantel nimmt. *Tu sola potes aeterni numinis iram flectere,* so heißt es doch.«

Da war das Stichwort, das mich zum Platzen brachte: »Dieses verdammte *sola!* Wie ich es hasse. Immer dieses einzig, allein und ausschließlich! Für mich der Urgrund allen Übels. Der große Narr in Wittenberg hat schon so getönt: *Sola fides, sola scriptura, sola gratia!* Einzig und allein der Glaube, die Schrift und die Gnade! Warum, zum Teufel, sollen gute Werke plötzlich nichts mehr gelten? Wenn einer zum Beispiel mit seinem Reichtum die Armut besiegen und Kriege beenden würde, das wäre doch gottgefälliger Segen. Und der, den sie den großen Ketzer in Rom nennen, der seine eigenen Gesetze missachtet, der hält mit *sola ecclesia catholica* kräftig dagegen. Nur seine Kirche ist es einzig und allein, die das Heil vermitteln kann. Und dann schlagen sich alle sinnlos die Köpfe ein, weil ein jeder recht haben will. Und jetzt heißt es auch noch: *Einzig* die Jungfrau kann Gottes Zorn abwenden. Das ist doch …«

»Schhhh«, unterbrach mich der Prokurator, »auch wenn es stimmt, sei zumindest leise. Du redest dich sonst womöglich ins Verderben.«

»Ach was! Ein Priester mit Verstand hat einmal zu mir gesagt: ›Sie feiern sie schon fast wie eine Göttin, dabei war es doch Christus, unser Herr, der uns am Kreuz erlöst und den Teufel besiegt hat.‹ Da muss einer noch gar nicht dem Luther das Wort reden, der behauptet hat, die Papisten hätten die Jungfrau zu ihrer Abgöttin gemacht und höher verehrt als ihren Sohn. Und schaut sie euch doch an, die schwärmerischen Verehrer der Mater Misericordiae, der Mutter des Erbarmens! Sie selbst zeigen keinerlei Erbarmen und keine Gnade. Jesuiten waren's, die die Marianische Kongregation zu Ehren Marias ins Leben riefen. Und Jesuiten waren es auch, die das große Hexengutachten in Ingolstadt verfertigten, das die Verbrennung so vieler, die unschuldig in die Mühlen der Hexenrichter geraten waren, rechtfertigte. Schon Albrecht trat der Kongregation in München bei zusammen mit seinem Ältesten. Und Wilhelm, der Jesuitenfreund, war es dann, der den großen Hexenbrand vor acht Jahren zugelassen, ja gefördert hat. Und seinen frömmelnden Sohn machten sie schon mit elf Jahren zum Präfekten aller Kongregationen des deutschen Reiches. Kennt er etwa Gnade? In seinen Kindertagen war das Bürschchen noch ziemlich schreckhaft und verweichlicht. Ich weiß es wohl. Doch kaum sechzehn oder siebzehn, da nahm ihn sein Erzieher in Ingolstadt, der hexengläubige Fickler, mit zu strengen Befragungen, um ihn zum Mann und Schrecken aller Teufelsbündner zu formen. Der fromme junge Herr berichtete dann auch gleich eilfertig und völlig ungerührt seinem Vater in München von den grausamsten Folterungen. Er schrieb … wartet, ich erinnere mich genau … er schrieb eiskalt und mitleidlos: ›Sie haben das verstockte Weib zweimal redlich aufgezogen und einmal gebrannt, aber sie hat keinen Schmerz gezeigt, nur gespottet und nichts bekannt. Wenn nicht das Feuer sein Bestes tun wird, wird man nicht leicht etwas aus ihr herausbringen.‹ Und so fort, ich will es euch ersparen. Aber jetzt wisst ihr, was ihr von ihm an Gnade erwarten dürft. Nein, Freunde, weder er noch die selige Jungfrau werden uns retten, allenfalls eine andere Strategie.«

Ich hatte nichts mehr hinzuzufügen. Es herrschte eisige Stille. Nur schweres Atmen war zu hören, gelegentlich ein Schluchzen, irgendwann aus Caspars Ecke ein Schnarchen. Ich lag noch lange wach.

Sechsundzwanzigstes Kapitel

In mir rumorte es gewaltig. Im Gedärm mögen es die fetten Würste gewesen sein, auf deren Genuss ich schon längere Zeit hatte verzichten müssen. In meinem Schädel tobten Verleumder und Hetzredner, bigotte Ankläger und blutrünstige Hexenjäger. Ich schreckte vor dem Brüllen Gefolterter und dem Knacken frisch entflammter Scheiterhaufen zurück, hörte mächtige Vorwürfe über verbotene Zauberei und schwächliche Versuche zu ihrer Rechtfertigung. Und meine eigenen Worte dröhnten in meinen Ohren: *Nur eine andere Strategie wird uns retten …*

Leicht dahin gesagt, doch wie musste sie aussehen? Ich tendierte zwar mehr und mehr dazu, mich – so man mich in die

Enge treiben würde – auf mein Wissen über bestimmte Dinge und Vorfälle am Hof zu verlassen. Doch wie sollte oder könnte ich es nützen? Es war ein nicht minder gefährliches Spiel, bei dem ich ebenso leicht unter die Räder kommen konnte. Denn schließlich war ich bei vielem beteiligt gewesen, was man mir jetzt zur Last legen könnte.

Und ich fragte mich, ob mein Abscheu vor diesem *einzig und allein* nicht auch daher rührte, dass ich selbst lange Zeit in solcher Verblendung gelebt hatte. *Solum aurum* hieß unser Glaubensbekenntnis. Im Gold allein liegt das Heil …

Zumindest Wilhelm glaubte natürlich auch damals schon inbrünstig an die Dreifaltigkeit und dass in Christi Erlösung das Heil liege. Aber das war auf das Jenseits bezogen. Seine Sorgen, Nöte und Begierden lagen in jenen Jahren noch überwiegend im Diesseits. Und da war kein Gedanke an die Rettung des Abendlandes oder die Überwindung von Elend und Armut zu finden, nur die Hoffnung auf eigene Rettung vor Schulden und Bankrott. Zugegeben, Wilhelm war zu allen Zeiten und beinahe gegenüber jedermann auch freigiebig, aber was bedeuteten schon ein paar mildtätige Gulden in der Hand des Bettlers gegenüber jenen gewaltigen Summen, die er zunächst für seine Reputation und später für sein Seelenheil und das Wohl der Jesuiten aufwandte.

Was mich betraf, so war ich nicht in erster Linie von Gier getrieben, aber ich erfreute mich an dem Gedanken, dass mein Brotgeber reich und mein Auskommen damit gesichert sei. Und natürlich hatte ich nichts gegen üppigen Wohlstand einzuwenden, mit dem ich bei meiner noblen Verwandtschaft, mit der ich verkracht war, auftrumpfen könnte. Und nicht zuletzt erhoffte ich, mit einer stattlichen Barschaft und angemessenen Preziosen, das Herz und bald auch von ihres stolzen Vaters Seite die Hand Beatrices zu gewinnen.

Ein gutes Jahr nach der pompösen Hochzeit in Wien führten die Habsburger dem bedauernswert klammen Wilhelm und dem Hochadel Europas schon wieder ihren Prunk vor Augen. Man hatte zur Krönung des jungen Rudolf nach Wien und Pressburg geladen. Es war zwar zunächst nur die ungarische Krone, die der Kaiser seinem spanisch manieriertem Thronfolger aufs Haupt setzte, aber die Zeit drängte, denn an dem Tag, an dem Rudolf auch zum römisch-deutschen König gewählt und gekrönt werden würde, konnte das Haus Bayern seine Träume vom Kaisertum wieder einmal für längere Zeit begraben.

Wilhelm war in den Tagen nach unserer Rückkehr in entsprechend verdrießlicher Stimmung, aus der ihn diesmal auch seine geliebte Renata nicht locken konnte, da sie ihrerseits niedergeschlagen war. Zum einen hatten sich bei ihr während Wilhelms langer Abwesenheit erste Anflüge von Melancholie gezeigt, wie es später noch öfter der Fall sein sollte, zum anderen hatte sie guten Grund zur Trauer, denn aus Friedberg, dem Wohnsitz ihrer Mutter, hatte man die Nachricht überbracht, dass dort im Schloss der edle Jean de Silliers erschossen worden war. Der Lothringer hatte sich sehr um Renatas Hochzeit verdient gemacht und stand ihr deshalb sehr nahe. Das Kuriose und für absonderliche Gemüter wie mich schon wieder Lachhafte daran war, dass der noble Mann einen weißen Ledergürtel getragen hatte, von dem man annahm, dass er seinen Träger gegen Hauen und Stechen feite. Aber er tat es eben nicht gegen eine tödliche Kugel. Welch köstlicher Aberglaube! Und diesmal nicht im tumben Volk, sondern in höchsten Kreisen. Und, geneigte Leser, glaubt es oder glaubt es nicht, das wundersame Relikt wurde zu Wilhelms erster Kostbarkeit in seiner neuen Sammlung, die er die Junge Kunstkammer nannte.

Eines Morgens im Oktober fand ich nur den Schleich, Wilhelms Sekretär, in dessen Arbeitszimmer. »Ist der Herzog schon beim Goldgraben?«, fragte ich launig.

Stefan Schleich war eine korrekte Seele, zugeknöpft und brav gescheitelt, und da er um die engen Finanzen seines Herrn sehr wohl wusste, fand er den Scherz gewiss zu billig, denn er machte nur eine wedelnde Handbewegung, die bedeuten konnte: ›irgendwo da draußen‹, aber auch ebenso gut: ›Scher dich nach draußen.‹ So oder so, ich folgte der Aufforderung und suchte laut pfeifend die Räume ab. Schließlich fand ich Wilhelm im zweiten Obergeschoss im St.-Georgs-Rittersaal, der über der Schlosskapelle lag, wo er sich, die Arme in die Seiten gestemmt, langsam im Kreise drehte und dabei die weitgehend nackten Wände anstarrte.

»Ein seltsamer Tanz«, sagte ich, »hat dir eine Hexe ins Kreuz geschossen, oder übst du dich in Schwermut für die Nächte Saturns?«

»Die sind im Juni«, bemerkte Wilhelm nur abwesend und stimmte dann eine seltsame Klage an: »Leer … so leer wie ein Kloster der armen Brüder … ach was, das Kloster der Chorherren in Ranshofen ist ein wahrer Palast dagegen. Und ich, Thronfolger im ruhmreichen Haus Bayern, muss mich mit diesen armseligen Mauern begnügen. Was glaubst du wohl, warum mein Herr Vater zu meiner Hochzeit nur zaghaft Gäste aus Italien geladen hat? Weil er fürchtete, sie könnten seine Reputation im Vergleich zur eigenen Prachtentfaltung belächeln. Was soll da ich sagen? Ich schäme mich jedes Mal fast, wenn ich angesehene Gäste empfange: Hoheit, darf ich Euch in den Stall bitten …«

Wilhelm übertrieb maßlos, denn das reichliche Mobiliar war kunstvoll gefertigt, und der mit Wappenreliefs und zahllosen Figuren geschmückte Prunkkamin zeugte nicht eben von Armut. Nur die Wände boten noch ungewöhnlich viel Platz für schmuckvolle Gemälde. Eine Inschrift in der hölzernen Kassettendecke verwies auf Herzog Ludwig, vormals Bewohner dieser stolzen Burg. Ich deutete darauf und sagte: »Für deines Großvaters Bruder war dieser Stall gut genug. Und auch dein Vater hat sich hier jahrelang wohlgefühlt.«

»Pah!«, entrüstete sich Wilhelm. »Damals hingen hier auch noch reichlich Bilder. Jetzt sieht es so aus, als hätten die Hussiten oder aufrührerische Bauernhorden das Schloss geplündert. Ich kann froh sein, dass mir noch einige der Wirkteppiche an den Wänden geblieben sind.«

Ich wusste, worauf er anspielte. Herzog Albrecht hatte, als er seine Kunstkammer in München gründete, eine große Zahl an Wertgegenständen aus Schloss und Stadtresidenz nach München bringen lassen. Nicht weniger als dreißig Truhen sollen's gewesen sein, in denen der Kunstbesitz in die Hauptstadt transportiert worden war. Aber ich kann Euch an dieser Stelle auch schon verraten, dass Wilhelm es kaum sieben Jahre später auf gut siebzig Kisten randvoll mit Kunst und Skurrilitäten brachte, als er nach seines Vaters Tod nach München übersiedelte, um dort die Regierung zu übernehmen.

Wilhelm ging nach draußen, lehnte sich über die Brüstung und fragte: »Was siehst du?«

»Nichts Gutes«, antwortete ich vorsichtshalber, »du führst etwas im Schilde.«

»Es ist ein unscheinbarer Hof in einer trutzigen Burg, wie du ihn dutzendfach auch anderswo finden kannst. Ein altmodisches Denkmal vergangener Zeiten. Ich war leider noch nicht in Italien, aber man hat mir viel davon erzählt und von der luftigen Bauweise seiner Künstler. Meines Vaters Marstall und der Burgstall in Wien verkörpern bereits diesen Stil. Hier jedoch ist alles schwer und gedrungen. Es fehlt an Platz und Leichtigkeit. Wo soll ich meine Kunstsammlung unterbringen?«

»Du meinst den Gürtel? Trag ihn selbst, damit er dich vor deines Vaters Hieben schützt, wenn er von deinen Plänen erfährt.«

Wilhelm überhörte meinen boshaften Vorschlag. Er schien in höheren Sphären zu schweben und baute gedanklich schon Luftschlösser. »Er wird bald hier sein«, schwärmte er.

»Wer?«

»Friedrich Sustris, der geniale Künstler aus Florenz. Mein Bruder Ferdinand hat mir viel von ihm erzählt, und der Fugger hat ihn mir eben erst empfohlen.«

»Hans Jakob?«

»Sein Vetter Johann. Sustris malt für ihn in Augsburg gerade die Räume für die Kunstsammlung in den Fuggerhäusern aus. Aber der Auftrag geht im nächsten Jahr zu Ende. Dann werde *ich* ihn verpflichten.«

»Langsam!«, mahnte ich. »Der Fugger hat das nötige Geld und die passenden Räume. Du hast kein Geld und sagtest eben, du hast auch keinen Raum für deine Kunstsammlung. Wie geht das zusammen? Betreibst du jetzt Magie?«

Wilhelm lächelte hintergründig. »Ich habe dieser Tage *noch* einen Brief erhalten, der mir die Lösung verspricht.«

»Vom Papst persönlich? Hat er dir einen lukrativen Ablass versprochen?«

»Der Ablasshandel ist längst verboten, du ungläubiger Narr. Er heißt Geishammer, Wilhelm Geishammer.«

»Ich dachte Gregor.«

»Doch nicht der Papst. Der Alchemist.«

»Oh! Auch eine Empfehlung des Fuggers? Sein Vetter Georg scheint wenig erfolgreich in dieser Kunst zu sein. Hat mir jedenfalls der Hans Jakob erzählt. Dessen Sohn in Oberstockstall allerdings ...«

»Der Geishammer hat sich selbst empfohlen.«

»Das tun in diesen Tagen viele, die meisten davon Scharlatane. Hat er Referenzen genannt?«

»Er beruft sich auf den Rosenberg.«

Das war allerdings gewichtig, so es denn stimmte, denn Wilhelm von Rosenberg war ein schwerreicher böhmischer Adeliger und seit Kurzem auch oberster Burggraf in Prag. Er besaß eine der größten Adelsbibliotheken, und auf seinen Schlössern gingen Alchemisten und solche, die vorgaben, Adepten zu sein, ein und aus.

»Ich hab ihn eingeladen«, sagte Wilhelm erwartungsvoll, »er kommt auch aus Augsburg und wird in den nächsten Tagen vorsprechen.«

»Dann kann's ja losgehen mit dem Sammeln«, sagte ich achselzuckend. »Für den Gürtel hätte noch eine Schatulle gereicht.«

»Ich habe schon Pläne«, sagte Wilhelm und schaute dabei so verklärt wie ein Achtjähriger, der sich eben mal den schnellsten Rappen auf Erden gewünscht hatte. Vor Kurzem erst war ein Mohrenkind aus Ungarn an den Landshuter Hof gekommen, und ich wusste auch, dass Wilhelm sich wieder einen gefangenen Türken bestellt hatte, dessen Loskaufsumme bescheidene dreitausend Gulden betrug. Doch seine Wünsche waren noch weitaus skurriler. Seit einem Jahr gingen Gerüchte von einem wilden Mann in den Wäldern des Herzogtums um, und Wilhelm schrieb allen Ernstes diverse Briefe an befreundete Adelige, um dieses seltsame Wesen in seinen Besitz zu bringen. Und der Abt von Raitenhaslach hatte ihm bereits im Juni versprochen, das sechsbeinige Kalb, das Wilhelm gern haben wollte, zu übersenden.

»Du weißt schon«, sagte ich halb lachend, halb ernst, »dass Schwangere durch die Kraft ihrer Einbildung oft missgebildete Kinder gebären. So soll eine Frau ein völlig behaartes Mädchen zur Welt gebracht haben, nur weil sie während ihrer Schwangerschaft tagein, tagaus mit religiöser Inbrunst ein Bild Johannes des Täufers über ihrem Bett betrachtet hat. Willst du etwa, dass Renata, die wieder guter Hoffnung ist, dir einen sechsbeinigen Thronfolger in die Wiege legt?«

Wilhelm warf mir einen finsteren Blick zu, aber ich ließ nicht locker: »Die Herzogin leidet zudem unter Melancholie. Tätest du nicht besser daran, sie durch die himmlische Musik Orlandos aufzuheitern, anstatt sie durch Monstren zu Tode zu erschrecken?«

Ich hörte förmlich, wie der Fettnapf spritzte, in den ich soeben getreten war. Und Wilhelm zischte: »Hörte ich soeben meinen Vater?«

Ich hatte einen äußerst wunden Punkt berührt. Wilhelm war so musikbegeistert wie sein Vater, und er spielte selbst virtuos mehrere Instrumente. Seine Kapelle aber war nur eine Nebenkapelle der Münchner Kantorei, die auch aus Albrechts Säckel entlohnt wurde. Wilhelm konnte also nicht beliebig Musiker beschäftigen, und als vor zwei Jahren die Kosten der Münchner Hofhaltung explodierten und Albrecht sich zu einer Verringerung des Hofstaats gezwungen sah, da löste er kurzerhand die Kapelle in Landshut auf, um sich nicht selbst einschränken zu müssen. Zwar hatte der schwer enttäuschte Wilhelm in den Folgemonaten auf eigene Faust nach geeigneten Musikern gesucht, jedoch ohne großen Erfolg. Sie waren entweder ihr Geld nicht wert, einer war gar ein entsprungener Mönch, und Sängerknaben aus Flandern waren so begehrt, dass der Markt nahezu leer gefegt war. Schon Orlando hatte man deshalb als Knaben wegen seiner wunderbaren Stimme dreimal entführt.

»Wart's ab«, sagte Wilhelm trotzig, »ich bin auch hierbei nicht untätig, und mit etwas Glück bekomme ich im nächsten Jahr sogar einen Verschnittenen. Und auch die Erweiterung des Tiergartens werde ich bekommen, mögen sich die Landshuter noch so sehr dagegen sträuben. Und wenn erst der Sustris da ist, dann werden wir die ganze Burg in ein Schmuckkästchen verwandeln.«

An einem trüben Novembertag voller Nieselregen kam der ersehnte Retter aus finanzieller Not in Landshut an. Wilhelm erwartete ihn so sehnsüchtig, dass er Befehl gegeben hatte, ihn unverzüglich vorzulassen. Da stand er nun, triefend vor Nässe, die Kappe verlegen in den Händen drehend und glich nichts weniger als einem goldbehangenen Glückskind Fortunas, das den Stein der Weisen oder zumindest den steilen Weg dorthin gefunden hatte.

Wilhelm wirkte auch etwas enttäuscht. »Ihr habt bei Burggraf Rosenberg zu Prag laboriert?«, begann er forschend das Gespräch.

»Mit Verlaub, Euer Hoheit, nicht nur im Stadtpalais in Prag, auch in seinen Schlössern zu Krumau und Wittingau.«

»Mhmm.« Wilhelm, der mit den Rosenberg vertraut war und erst im vergangenen Herbst ihr Stammschloss besucht hatte, nickte anerkennend. Die Antwort schien ihm zu bestätigen, dass der vorstellige Heilsbringer zumindest die Örtlichkeiten kannte.

Geishammer sprudelte auch sogleich eine Reihe illustrer Namen aus dem Umkreis der Rosenberg hervor mit überwiegend böhmisch-tschechischem Klang, sodass ich sie kaum wiedergeben kann. Aber ein gewisser Nikolaus Reusberger blieb mir in Erinnerung, der behauptet haben soll, ein Perpetuum mobile erfunden zu haben. Und ein Herr von Ebersbach verstünde sich gar auf ein Lebenselixier gegen das Altwerden. Zu anderen Zeiten hätte dies Wilhelm durchaus begeistern können, aber mit seinen gerade mal fünfundzwanzig Jahren und voller Schulden verlangte er mehr nach einem Wundermittel gegen das bedrohliche Erschlaffen seines Geldbeutels.

»Wie weit seid Ihr selbst in die Geheimnisse der Kunst eingedrungen?«

»Ich würde lügen«, wand sich Geishammer vorsichtig, »wollte ich behaupten, das höchste Ziel schon erreicht zu haben, aber ich bin gewissermaßen dicht davor. Es fehlen nur noch wenige Schritte …«

»Die dich jetzt in diesen armseligen Stall geführt haben«, unterbrach ich ihn und schaute dabei hämisch zu Wilhelm. »Warum hast du nicht in Prag oder Rosenbergs Schlössern das große Werk zu Ende geführt, wo du dort sicher bessere Möglichkeiten hattest?«

Der angehende Adept schaute verunsichert zwischen Wilhelm und mir hin und her, fuhr sich nervös durchs Haar und wirkte dabei noch eine Spur armseliger.

»Michel, mein geschwätziger Narr«, half ihm Wilhelm aus der Verlegenheit. »Hört nicht auf ihn. Hat es Euch an den nötigen Mitteln gefehlt?«

»Ich ... Es ist so ... Herr von Rosenberg ist zweifellos sehr freigebig, was aber neben Eingeweihten auch eine Menge Pfuscher anzieht, sodass dort oft ein Kommen und Gehen, eitle Rivalität und Missgunst herrschen. Das Werk bedarf aber der Konstanz und ruhiger Konzentration. Mir wurde Euer Schloss als ein geeigneter Ort hierzu empfohlen.«

Der Bursche war geschickt und las in Wilhelms Miene, dass der für Schmeicheleien empfänglich war. »Wenn Ihr mir ein offenes Wort gestattet«, setzte er nach, »in Prag ist es auch religionshalber schwierig. Die böhmischen Protestanten haben großen Einfluss und spalten sich ihrerseits in immer neue streitbare Sekten. Das große Werk kann aber nur im Einvernehmen mit einem gnädigen Gott gelingen: deo concedente. Auch deshalb zog es mich an einen gottesfürchtigen Platz.«

Hätte er jetzt noch offenbart, ein Jesuitenzögling zu sein, Wilhelm hätte ihn Arm in Arm durch die Burg geführt. So aber ließ er fürs Erste den Kämmerer rufen und wies ihn an: »Bring unseren Gast in sein Quartier, bereite ein heißes Bad und lass es ihm an nichts fehlen! Wir sprechen morgen weiter.«

Geishammer empfahl sich mit einer Verbeugung und folgte dem Kämmerer, der ihn zum Münzturm am südlichen Ende des Zwingergartens brachte.

»Er macht einen guten Eindruck«, bestätigte Wilhelm sich selbst und rieb sich dabei die Hände, als wäre das Werk so gut wie vollbracht.

»Wird sich weisen«, sagte ich skeptisch. »Mit frommen Sprüchen allein hat noch keiner Gold gemacht. Und er erschien mir ziemlich fahrig. Von wegen Konstanz und ruhige Konzentration.«

»Sei nicht voreilig und vergraul ihn nicht schon am ersten Tag mit dummen Späßen«, mahnte Wilhelm. »Erst im experimentum wird sich zeigen, was er wirklich taugt.«

Anderntags war ich früh auf den Beinen, um mich vom Fortgang der Goldmacherei zu überzeugen. Der Münzturm war im Grunde seit dem Tod Herzog Ludwigs verwaist und diente lange Zeit nur noch als Abstellplatz für Gerümpel aller Art, das man jetzt immerhin fortgeräumt hatte. Im Erdgeschoss befanden sich zwar noch eine alte Esse und ein Ofen für das Schmelzen von Metallen, aber Herzog Albrechts Stempelschneider und Münzmeister hatten ihre Tätigkeit längst nach München verlegt. Der Vorteil des Turms bestand hauptsächlich darin, dass er durch seine Lage außerhalb der inneren Burg die Feuergefahr reduzierte. Das Obergeschoss hatte man einigermaßen wohnlich für den ersehnten Alchemisten eingerichtet. Dort saß Geishammer an einem rohen Tisch, wirkte merklich selbstsicherer als am Vortag und ließ sich mit zufriedener Miene das Frühstück schmecken, das ihm der Kämmerer hatte bringen lassen. Als er mich sah, zog er die Brauen hoch und sagte noch schmatzend: »Bist du nur närrisch oder auch in der Lage, einen Auftrag zu erfüllen?«

»Kommt darauf an«, sagte ich vorsichtig und überflog die ellenlange Liste, die er mir hinschob. Sie enthielt im Wesentlichen wohl die komplette Ausrüstung für ein Labor, und ehe dies nicht eingerichtet war, durfte man keinerlei Beweis des Adepten für seine Kunst erhoffen. Ich war dennoch begierig darauf zu erfahren, was Geishammer als Eigenleistung einzubringen gedachte. »Wo sind deine Bücher?«, fragte ich ganz direkt.

»Bücher? Ich denke, es gibt hier eine Bibliothek.«

»Ich bin mir nicht sicher, ob Wilhelms Bibel oder der Herzogin frommes Andachtsbüchlein fürs große Werk dienlich sein werden. Den wesentlichen Teil der fürstlichen Büchersammlung verwahrt Albrecht in München. Aber du wirst doch wenigstens das eine oder andere Buch dein Eigen nennen. Wie kannst du sonst laborieren?«

Geishammer zog die Stirn kraus und musterte mich eine Weile, während er unentwegt kaute. Dann plötzlich fühlte er sich bemüßigt, auf meine Frage einzugehen. Er zog sein Ränzel, das neben ihm auf der Bank lag, zu sich heran, wühlte kurz darin und drückte mir ein schmales Büchlein in die Hand, überschrieben mit: *Alchimia. Wie man alle farben, wasser, olea, salia, und alumina, damit man alle corpora, spiritus und calces prepariert, sublimiert und fixiert, machen soll. Und wie man diese Ding nutze, auf dass Sol und Luna werden möge.* »Alles Wichtige steht hier drin. Es wird deine närrische Neugier befriedigen.«

Die dünne Schrift war von einem Peter Kerzenmacher, Bürger zu Mainz, verfasst worden, der sich im Vorwort gleich selbst als berühmten Alchemisten pries. Der Vorteil war, dass der Verfasser in Deutsch geschrieben, zahlreiche Abbildungen eingefügt und ein ausführliches Register angehängt hatte. Aber mir schien das Werk in erster Linie aus Anleitungen zur Herstellung bestimmter Substanzen wie Zinnober, Grünspan oder Weinstein sowie grundlegender alchemischer Operationen zu sein. »Das ist eine Gebrauchsanweisung für kundige Handwerker«, sagte ich denn auch enttäuscht. »Es mag einem Goldschmied oder Maler wohl von Nutzen sein, aber es erklärt beileibe nicht das Arcanum des Goldmachens.«

»Was hast du Simpel denn erwartet? Ein einfaches Rezept, mit dem es jedermann gelingen kann? Der Adept muss alles selbst tun. Das ist der erste Lehrsatz. Und das hier sind die erforderlichen Grundlagen dazu. Du wirst kein einziges Buch finden, in dem der ganze schwierige Prozess aufs Genaueste beschrieben ist. Liber librum aperit – ein Buch eröffnet das andere, so lautet eine alte Weisheit. Du musst sie der Reihe nach sorgfältigst lesen. Deshalb meine Frage nach einer Bibliothek.«

»Na schön, aber wenn du schon so dicht vor dem Erfolg stehst, wie du ja selbst behauptet hast, dann wirst du doch wenigstens mit deiner bisherigen Erfahrung ein Klümpchen Gold zustande bringen, gleichsam als Probe deines Könnens. Wilhelm setzt alle Hoffnung auf dich.«

»Gewiss, doch alles zu seiner Zeit.«

»Die Zeit verfliegt, und das Anliegen ist dringend. Wo ist dein Gehilfe? Hast du keinen Schüler? Ich könnte …«

»Das fehlte noch. Ein Narr als Gehilfe.«

»Warum nicht? Dann wären wir schon zwei«, raunzte ich verärgert. »Es gibt genügend Leute, die einen wie dich für einen Narren halten. Du könntest Unterstützung gebrauchen und solltest besser …«

»Ich soll nicht auf dich hören, riet mir der Fürst. Lass mich in Frieden!«

»Mir scheint bei den meisten vorgeblichen Adepten die Kunst des Goldmachens darin zu bestehen, es irgendwelchen Gönnern aus der Tasche zu ziehen«, sagte ich hörbar im Weggehen.

Bei aller Ungeduld musste Wilhelm einsehen, dass er seinem Hoffnungsträger erst den nötigen Arbeitsplatz einzurichten hatte, ehe er Gold sprich bare Münze von ihm erwarten durfte. Er ließ daher den Forderungen Geishammers folgend den Münzturm zu einem reichhaltigen Laboratorium umrüsten, stattete den Adepten selbst mit einer größeren Geldsumme aus und versprach, das von ihm gewünschte Buch zu besorgen. Geishammer seinerseits zog sich so lange zu Geschäften wieder nach Augsburg zurück.

Zum Jahreswechsel hielt sich die Familie in Friedberg auf, um mit Christina den Beginn des neuen Jahres zu feiern. Die verhinderte Königin versuchte wie gewohnt, Wilhelm mit ihren Intrigen und den Wirren lothringischer Politik zu beschwatzen, aber Vater Albrecht hatte ihm aufgetragen, er solle ihr gleich ausrichten, dass er sich aus Sorge um seine Gesundheit damit nicht mehr befassen könne. Wilhelm hatte zur Erbauung eigens seine Springer aus Landshut nachkommen lassen mit all ihren Masken, Perücken und Kostümen. Ich selbst trug mit Possen und allerlei Kunststücken dazu bei, die Zeit zu vertreiben. Und während Wilhelm zart die Laute schlug, strich sich Renata im Lehnstuhl ruhend beglückt über die zunehmende Rundung ihres Leibes.

In diesen friedvollen Tagen trat ein gewisser Neuhaus an Wilhelm heran mit der Versprechung, aus Silber eine stattliche Menge Gold zu machen und Edelsteine zu fertigen. Wilhelm stand nicht an, auf einen zweiten Glücksbringer zu setzen, und stattete auch ihn mit den erwünschten Geldmitteln aus.

Das Jahr schien sich gut anzulassen, und nach einer rauschenden Fastnacht in Landshut mit teuren Kostümen, aufwendiger Maskerade und sprühendem Feuerwerk begab sich die junge Familie an den Hof zu München, wo Renata Mitte März den ersehnten Thronfolger Maximilian gebar, kerngesund und auch nur mit zwei Beinchen.

Nebenbei begann Wilhelm im ganzen Land Anleihen aufzunehmen, wobei er in großer Zahl, unterschiedslos und ohne Hemmungen den Adel, das reiche Bürgertum und auch seine Beamtenschaft anpumpte. Sogar Christina lieh ihrem Schwiegersohn zweitausend Gulden, Freund Orlando half mit tausendfünfhundert Gulden aus, und der sonst so auf seine Reputation bedachte Wilhelm schämte sich nicht, auch noch vom einfachsten Küchenschreiber dreihundert und von seinem Kaplan hundertsiebzig Gulden anzunehmen. Während all diese finanziellen Unterstützungen nur spärlich tröpfelten, kam vonseiten der vollmundigen Goldmacher außer Forderungen und reichlich Versprechungen gar nichts.

Um die Mitte des Jahres erreichte Wilhelm die Nachricht, dass man den Geishammer wegen der Ausübung verbotener Künste in Augsburg festgesetzt und bestraft hatte. Er berief sich zwar auf den Herzog, dem er mit viel Mühe gedient habe, aber Wilhelm leugnete jede Beziehung zu ihm. Bald darauf trudelten auch Ausflüchte und Bittgesuche des zweiten Glücksbringers in Landshut ein. Neuhaus, der im Frühjahr noch getönt hatte, er sei stark in der Arbeit, behauptete nun, er habe die versprochenen Edelsteine und goldfarbenen Kruzifixe nicht liefern können, weil ihm zwei Öfen zerbrochen seien. Auch er landete schließlich im Gefängnis, aus dem er in seiner Verblendung weiters beteuerte, er habe nun das rechte Mittel gefunden und benötige zur Wahrung seiner Ehre nur nochmals vierzig Gulden. Wer von Euch, meine Freunde, möchte dagegen wetten, dass der gutgläubige Wilhelm sich noch einmal beschwatzen ließ?

So waren Wilhelms Hoffnungen auf reichen und entlastenden Geldsegen zerplatzt, ehe die Arbeiten dazu überhaupt erst begonnen hatten. Aber der Schuldenberg wuchs Gulden für Gulden.

Doch dann überschlugen sich die Ereignisse …

Siebenundzwanzigstes Kapitel

Obwohl ich als wirklich beklagenswert nur den Tod von Meister Mielich in Erinnerung habe und obwohl sich Luxus und Prachtentfaltung im Schloss zu Landshut in neue Höhen verstiegen, schien sich das Jahr zu einem Jahr der Klagen auszuwachsen. Herzogin Anna beklagte sich bei Wilhelm über die Verdrießlichkeit und Melancholie ihres Gatten. »Er meidet das Hofleben, ist karg geworden mit Essen und Trinken, und in seiner Gegenwart gibt es statt des früheren lebensfrohen Treibens nur noch wenig Kurzweil«, schrieb sie ihrem Sohn.

Der immer ruheloser zwischen Gebirgsorten und Heilbädern umherziehende Albrecht beschwerte sich seinerseits über die langweilige Fastnacht in Friedberg, und überhaupt sei es ohne Wilhelms Gegenwart eintönig. Er wünsche ihn öfter zu sehen.

Orlando wiederum klagte bei Wilhelm über Intrigen gegen ihn am Hof und dass sich Herzog Albrecht ihm gegenüber nicht mehr erkenntlich zeige. Er habe durchaus lukrative Angebote aus Wien und Paris, und nur um seiner Freundschaft willen zu Wilhelm bleibe er noch in München. Dabei versuchte Orlando, der den alten Herrn meist nur noch respektlos als uomo grosso bezeichnete, ohnehin so oft wie möglich nach Landshut zu entfliehen.

Wilhelm selbst erhob Klage über die zu häufige Beanspruchung durch seinen Vater und die ewig unzufriedene Christina.

Renata schließlich klagte darüber, dass sie so häufig allein gelassen sei, darüber schwermütig werde und Töchterlein Christine sich zunehmend zu einem Sorgenkind entwickle.

Die einzig Glücklichen oder wenigstens Zufriedenen in diesem Meer von Klagen waren Beatrice und ich. Sooft es ihr anstrengender Dienst bei der Herzogin erlaubte und ich mich aus Wilhelms Nähe fortstehlen konnte, schweiften wir durch den weitläufigen Hof- und Tiergarten nordöstlich der großen Ringmauer, wo wir am ungestörtesten unter einem Busch oder am Weiher turteln konnten. Zwar wartete Wilhelm noch immer vergeblich auf die ihm vom Pascha von Ofen versprochenen Kamele, und die Beschaffung eines Elefanten zog sich ungebührlich hin, aber es gab auch mit den Damhirschen, den prachtvoll gehörnten Muffoli aus Korsika, den zotteligen, langohrigen Geißen aus Genua sowie den Straußen und anderen bunt gefiederten Fremdlingen im Vogelhaus viel zu sehen und zu bestaunen. Wir trafen uns auch des Öfteren wie zufällig beim Häusel für die verspielten Affen und Meerkatzen im Burggraben, und wann immer ich Beatrice unter den Arkaden erspähte, flogen Kusshände über den Burghof hin und her, sodass bei aller Heimlichtuerei bald in aller Munde war, der Narr und die Tochter des Goldschmieds sind verliebt.

Beatrice tanzte leidenschaftlich gern, und als ich Pietro, Wilhelms italienischen Fechtmeister, der auch ein ausgezeichneter Tänzer war, dafür gewinnen konnte, mir zusammen mit ihr einen lebhaften Saltarello und die modische Volta, bei der sich die Tänzer sehr nahe kommen, beizubringen, da ging flugs das Gerücht um, wir würden schon den Hochzeitstanz üben.

Obwohl Beatrice auch heiße Küsse liebte und meinen flinken Fingern manche Freiheiten gönnte, ließ sie mich doch hartnäckig nicht über Liebkosungen hinaus zum Ziel meiner Wünsche vordringen. Deshalb und um Missverständnissen vorzubeugen, dachte ich daran, mich in nächster Zeit meinem Brotgeber und Beatrices Vater zu erklären.

Eines späten Sommerabends – die Herzogin hatte Beatrice bereits entlassen, und Wilhelm grübelte über neue Geldquellen nach – trafen wir uns in der Urania, einem kleinen Lustgärtchen unweit des alten Wasserturms, von dem aus ein herrlicher Blick über die Isar und die Stadt sowie über den Nachthimmel lockte. Die Tulipen und der türkische Lilac waren zwar längst verblüht, aber auch die Rosenstöcke und Pomeranzenbäume vom Gärtner in Possenhofen und die Rosmarin- und Jasminsträucher, die über die Visconti aus Mailand ihren Weg nach Landshut gefunden hatten, verbreiteten eine berauschende Duftwolke.

Beatrice stand vor mir, lehnte sich mit dem Rücken an mich, und ich hielt sie mit meinen Armen eng umschlungen. Wir starrten bei Dämmerung beide in den Himmel. Es war ein beliebtes Spiel, wer in zunehmender Dunkelheit den ersten Stern entdecken konnte. »Hörst du's?«, fragte ich.

»Du meinst den Lärm von der Stadt herauf?« Es war von ferne noch das Rattern eines späten Fuhrwerks zu hören und vereinzelt das Grölen eines Zechers.

»Nein, ich meine die himmlische Musik.«

»Hörst du jetzt schon die Engel singen?«, fragte sie spöttisch.

»Urania ist die Muse der Sternkunde«, erklärte ich altklug. »Ein weiser alter Grieche beschrieb, dass sich die Himmelskörper auf durchsichtigen Schalen oder Kugeln bewegen und dabei Töne erzeugen, die Sphärenmusik. Urania ist dem äußersten Himmel der Fixsterne zugeordnet und damit dem höchsten Ton in der Sphärenharmonie.«

»Die wir Menschen aber, das weiß ich von Orlando, gewöhnlich nicht hören können, mein närrischer Schlaufuchs.«

»Nur zwei Liebende«, beharrte ich.

Sie wandte sich mir lächelnd zu, und wir küssten uns lange. Plötzlich lachte sie unvermittelt. »Weißt du noch, wie du bei unserer ersten Begegnung so frech sagtest: ›Da hilft kein Wasser …‹«

»›Nur die Beicht‹. O ja!« Wir lachten beide.

»Der Herzog hat schon wieder zwei Afrikaner gekauft. Sie kamen diesmal nicht aus Genua oder Lissabon, sondern aus Hamburg. Wilhelm hat sie bei uns einquartiert und zur Kost gegeben. Sind hübsche Kerle, aber rabenschwarz. Die kannst du am ganzen Leib herzhaft schrubben, ohne dass …«

»Muss ich mir Sorgen machen?«, fragte ich mit gespielt strenger Miene.

»Sei kein Dummkopf!« Sie schüttelte lachend den Kopf und wechselte kokett das Thema: »In wenigen Tagen ist mein Namenstag.«

»Ich weiß«, sagte ich, »und ich weiß auch die Bedeutung deines Namens: die Seligmachende.«

»Täusch dich nur nicht. Für deine Seligkeit musst du schon selbst etwas tun.«

»Das hab ich vor. Ich will erst zu Wilhelm und dann zu deinem Vater gehen, um ihnen zu erklären …«

»Nein, tu's nicht!« Sie löste sich abrupt aus meinen Armen.

»Wie?«

»Tu's nicht, ich bitte dich! Du würdest alles zerstören.«

»Ich versteh dich nicht«, sagte ich fassungslos.

»Sssschhh …« Sie presste ihre Hand auf meinen Mund. »Lass es uns genießen, solange es …«

Ich fuhr zurück: »Was willst du damit sagen?«

»Du hast doch nicht wirklich geglaubt …?«

»Was nicht geglaubt? Dass wir zwei …«

»O Himmel, nein! Es geht nicht. Niemals!«

»Aber ich dachte … ich dachte, du liebst mich.«

»Das tu ich. Ja doch! Aber ich kann dich nicht heiraten.«

»Dann gibt es einen anderen. Wer ist es? Sag schon!«

»Unsinn! Es gibt keinen … das heißt doch, aber ich liebe ihn nicht.«

»Zum Teufel! Hältst du mich zum Narren? Was ist los?«

Sie schluchzte und gestand unter Tränen: »Ich kann … ich darf dich nicht heiraten. Mein Vater würde es nie erlauben.«

»Dummerchen«, sagte ich und nahm sie tröstend in die Arme. »Und ich dachte schon, es wäre etwas Ernstes …«

»Du verstehst nicht!«, begehrte sie auf und riss sich von mir los. »Es ist sein voller Ernst. Er will mich mit einem Goldschmied verheiraten.«

»Aber darüber lässt sich doch reden. Ich kann dir auch ein Auskommen sichern. Ich gehe zu ihm und …«

»Das ist völlig sinnlos«, fiel sie mir ins Wort. »Du kennst ihn nicht so wie ich. Er kann zwar den Zanni so verrückt und übermütig spielen wie kein Zweiter, aber was mich oder die Familie betrifft, da ist er ein Sturkopf wie kein Zweiter. Er will mich ehrenhaft verheiraten …«

»Ehrenhaft«, äffte ich sie nach.

»… und ein Meister aus Landshut soll es sein, weil er darüber Zugang zum hiesigen Zunftverband bekommen will.«

»Ist ihm das Glück seiner Tochter nicht mehr wert?«

»Ach Michel«, seufzte sie. »Sei kein Träumer. Wann geht es beim Heiraten schon um das Glück zweier Liebender? Es ist ein Geschäft. Nicht mehr und nicht weniger. Und ich muss meinem Vater gehorchen.«

»Ich werde um dich kämpfen. Die Liebe ist nichts für Faule und Ängstliche. Sie ist eine Art Kriegsdienst, sagt Ovid.«

»Du heiratest einen Goldschmied. Basta! Sagt mein Vater.«

»Wir könnten fliehen.«

»Ach, Unsinn! Mein Vater hätte Wilhelm dazu gebracht, uns zu verfolgen, noch ehe wir die Landesgrenze überschritten hätten.«

Ich ließ mich enttäuscht mitten ins Blumenbeet sinken. »Dann … dann hast du die ganze Zeit nur mit mir gespielt. Ich war nur närrischer Zeitvertreib für dich.«

»Sei nicht ungerecht. So darfst du's nicht sehen. Ich liebe dich wirklich. Und solange mein Vater die Sache noch nicht beschlossen hat, können wir wie bisher …«

»Ich will aber nicht wie bisher!«, fuhr ich sie gereizt an. »Was ist das für eine öde Lockspeise, wenn dir der Pastetenbäcker ein köstliches Sahnetörtchen vor die Nase hält und sagt: Du darfst daran lecken, es aber nie ganz verzehren. Dann lieber gar nicht! Basta! Wir sind jetzt schon das Gespött des Hofs.«

Sie kniete sich vor mich hin, nahm meinen Kopf in ihre Hände und versuchte mich zu küssen. Ich schob sie weg, sprang auf und stieß erbittert hervor: »Ich hab schon verstanden. Letztendlich bringt die große feurige Liebe doch nur Verdrießlichkeit. Sie ist daher so schädlich wie das überaus schmackhafte Mahl für den Magen.«

»Auch von Ovid?« Ihren fragenden Blick aus tränenfeuchten Augen konnte ich kaum ertragen.

»Ich will mir mit dir nicht den Magen verderben!«, stieß ich noch hervor, wandte mich ab und ging gesenkten Hauptes in die Dunkelheit des Zwingergartens davon.

»Dein Ovid versteht so wenig von Frauen und Liebe wie du«, rief sie mir nach.

»He, Narr! War das Liebchen zu heiß für dich?«

»Hast du dir das Maul oder die Finger verbrannt?«

»Hab's dir doch gleich gesagt, aber Herr Naseweis wollte mal wieder klüger sein.«

Ich war tagelang dem Spott der Burgbewohner ausgesetzt, von den Rotzbengeln in Stall und Küche bis hinauf zu Wilhelm selbst, der ganz gefangen war von den jüngst begonnenen Umbauten im Schloss und der ersehnten Ankunft des Friedrich Sustris und nicht im Traum daran dachte, sich bei seinem Goldschmied für mich einzusetzen. »Wir werden schon eine rechte Närrin für dich finden«, hielt er als Trost für mich bereit.

Und die Gelegenheit kam schneller, als ich es mir hätte träumen lassen. Wilhelm machte sich Sorgen um Renatas düstere Stimmung, wenn er sie allein lassen musste, was oftmals geschah. Es war vielleicht ein Erbe ihrer launischen Mutter, aber Wilhelm versuchte dem zu begegnen, indem er vielerorts nach geeigneten Gespielinnen zu ihrem Zeitvertreib suchen ließ. Die Polen schienen mir ein Volk von Kleinwüchsigen zu sein, denn von dorther bezog der Hof immer wieder Zwerge. Und nach langem Suchen schrieb im Herbst Wilhelms Schwester aus Graz, sie habe endlich eine passende Närrin gefunden. Sie sei zwar alt und etwas verzagt, aber grundsätzlich von freundlichem Wesen. Und das war sie weiß Gott: alt und verzagt. Und zudem eitel und einfältig. Ihre Freundlichkeit konnte rasch in Zorn umschlagen, wenn man ihr nicht ständig sagte, sie sei hübsch, was sie bei Gott nicht war. Ich wusste dies zu nutzen, wenn sie mir zu nah auf den Pelz rückte.

»Treib keine derben Scherze mit ihr!«, ermahnte mich Wilhelm, wenn sie sich heulend an Renatas Rockzipfel flüchtete.

»Sie ist nun mal keine Schönheit, und ich darf ihretwegen nicht lügen, mein frommer Prinz«, wehrte ich mich scheinheilig.

Als Wilhelm damit drohte, sie mir kurzerhand vom Burgkaplan antrauen zu lassen, drohte ich meinerseits, eher würde ich Jesuit werden. Glücklicherweise hielt Wilhelm dies selbst ohne Rücksprache mit Mengin für die unpassendste Lösung, und wenig später hätte ich den übereilten Schritt auch bereut, denn es kam eine erfrischende und gewandte Närrin an den Hof.

Sie nannte sich Laura von Alnpeck, kam mit einem Empfehlungsschreiben des sächsischen Kurhauses und war Närrin nur insofern, als sie als Frau vorgab, etwas von Alchemie zu verstehen. Laura war schon mittleren Alters und mit ihrer etwas gedrungenen Gestalt und ihren nur nackenlangen flachsblonden Haaren auf den ersten Blick keine Anwärterin für die Schönheitengalerie, aber ihr Blick aus fröhlichen lichtblauen Augen berührte einen sofort, ihre sanfte Stimme war einschmeichelnd, und mit ihrer natürlichen Liebenswürdigkeit wusste sie jedermann rasch für sich einzunehmen. Kurzum: Sie kam wie ein frischer Quell der Freude zur rechten Zeit und sorgte für gehörigen Wirbel im Schloss.

Das Wichtigste war selbstredend, dass die Herzogin mit ihr zufrieden war. Laura gewann Renatas Herz zum einen dadurch, dass Töchterlein Christine sich sofort zu ihr hingezogen fühlte, zum anderen durch die Ankündigung, dass sie sich auf Heilmittel gegen die Melancholie verstehe, weil sie eine Weile im großen Destillierhaus und Kräutergarten der Kurfürstin Anna gearbeitet habe.

Wilhelm war nach seinen üblen Erfahrungen mit den Alchemisten anfangs leicht misstrauisch. »Es ist merkwürdig«, gab er zu bedenken, »bislang verlief der Kontakt zum sächsischen Kurhaus doch ausschließlich über meinen alten Herrn und meine Mutter.«

»Es hat sich eben schon herumgesprochen, dass du kurz vor der Kaiserwürde stehst«, feixte ich. »Da will bald jeder etwas von deinem Glanz abbekommen.«

Wilhelm lächelte. »Es ist anscheinend unsere reiche Tafel, deren Ruf nach Sachsen vorgedrungen ist, denn die Kurfürstin beklagt sich, dass es in ihren Landen unheimlich schwer sei, eine gute Köchin zu finden, und sie bittet darum, dass die Jungfer bei uns lernen darf. Allerdings, und das bereitet mir etwas Sorge, besteht sie darauf, dass man sie nicht wegen ihres protestantischen Glaubens bedränge.«

»Verpass dem Mengin einen Maulkorb, und alles ist gut.«

Mir ging das Zerwürfnis mit Beatrice noch immer sehr nahe. Unser Verhältnis war mit einem Schlag wieder wie zu Beginn – nein: schlimmer. Es war kein boshaftes Necken mehr, wir gifteten uns regelrecht an. Und die Ankunft der sächsischen

Maid wirkte dabei wie eine Schwungfeder. Als ich Beatrice auf dem Weg zur Küche antraf und zaghaft eine Annäherung versuchte, fuhr sie mich an: »Die Neue soll ja so belesen sein wie ein tumber Narr in diesen Mauern. Vielleicht kannst du ja *sie* mit deinem schlauen Ovid umgarnen.«

»Es besteht kein Grund zur Eifersucht.«

»Eifersucht? Lachhaft! Mit dem Trampel nimmt es meine kleinste Kammerzofe noch auf.«

Und erst du, schoss mir durch den Kopf, denn Laura versprühte nichts von dem Feuer, das in Beatrice brannte, erst recht, wenn sie wütend war. Ich hütete mich, ihr das zu sagen, und warf ihr Stutenbissigkeit an den Kopf.

»Pah, weiß der Himmel, warum sich die Metze hier eingeschlichen hat. Sie kümmert sich mehr um Dinge, die sie nichts angehen, als um die Küche, derentwegen sie angeblich hier ist.«

»Du bist blind vor Wut. Sie kommt mit einem Bittgesuch der Kurfürstin.«

»Und wenn schon. Selbst der Papst lässt Urkunden fälschen, wenn's ihm nützt. Wahrscheinlich ist noch nicht mal ihr angeblicher Adel echt.«

»Goldschmied ist auch nur ein einfaches Handwerk, selbst wenn es manchem zu Kopf steigt.«

»Es ist zumindest ehrlich und ohne närrischen Trug.«

»Sie hat Glück, dass sie nicht dir untersteht. Und du hast nichts mit ihr zu schaffen.«

»Dank sei dem Herrn. Aber ich würde ihr schon auf den Zahn fühlen. Sie spricht ja nicht einmal Sächsisch, eher wie …«

»Unsereiner, weil ihre Vorfahren sogar aus der Gegend von Landshut stammten.«

»Ah, der Herr ist sogar mit ihrer Vita vertraut. Spiel du ruhig den Venusnarren bei ihr. Ich werde sie im Auge behalten.«

»Damit nicht wieder Schmuck abhandenkommt?«, stichelte ich boshaft.

Inzwischen hatte sich eine Traube aus Dienstboten und Küchenpersonal gebildet, die sich an unserem Streit ergötzten.

»Haut ab, ihr nichtsnutzigen Faulpelze!«, schimpfte ich, während Beatrice den Kopf zurückwarf und stolz zum Treppenhaus in den Damenstock davoneilte.

Doch damit nicht genug des Unfriedens. Man sagt ja: Ein Unglück kommt selten allein. Oder: Der Teufel scheißt immer auf den größten Haufen. Wenige Tage nach diesem Streit war ich eben auf dem Weg zum spanischen Seidensticker, da ich beim Jonglieren meinen Hemdsärmel eingerissen hatte, als mir auf der Schlossbrücke ein junger Mann begegnete, der mir bekannt vorkam. Ich kratzte mich am Kopf und musterte ihn. Sein Wams war staubig, die Kniehose befleckt, der linke Schuh löchrig, struppiges Haar quoll unter der Kappe hervor, und im Gesicht stand ihm ein unverschämtes Grinsen.

»He du! Wo finde ich den Herzog?«

Da fiel's mir schlagartig ein. »Na, wenn das nicht der Flegel aus Oberstockstall ist. Hat dich Victor August zum Teufel gejagt?«

»Mich jagt keiner davon«, erwiderte der Kerl selbstbewusst. »Ich gehe, wann und wohin es *mir* passt. Und wer bist du? Das Hausfaktotum?«

»Vorsicht, Bursche! Sonst ist dein Besuch hier kürzer als das Leben einer Eintagsfliege.«

»Uuuhh, Ihr macht mir Angst, edler Herr. Und jetzt geh mir aus dem Weg!«

Er machte Anstalten, an mir vorbeizugehen. Da trat ich ihm erst recht in den Weg, pfiff mit den Fingern und rief lauthals: »Überfall! Torwart, heraus zu mir!«

Gleich darauf stürmte der innere Torwart auf uns zu. Er kaute noch auf etwas und sein Kragen stand offen, aber er hielt einen mächtigen Spieß in den Händen, den er quer vor sich trug. Es war der alte Pachmair, dessen Frau als Amme schon den kleinen Ferdinand gesäugt hatte. Ich stand mich gut mit ihm. Er hatte die Situation sofort erfasst und war gern bereit, seinen bleiernen Alltag mit einem derben Scherz anzureichern. »Was befehlen Hoheit?«

Der Ankömmling starrte mich an, als sei ich Wilhelm persönlich. »Sperr ihn ins tiefste Loch«, sagte ich ungerührt, »er ist ein Spion. Wahrscheinlich türkisch. Ich hab ihn schon in der Nähe von Wien gesehen, wo er einen Gutshof überfallen hat. Scher ihm den verlausten Kopf, lass ihn von Mengin taufen und erst wieder aus dem Kerker, wenn er das Vaterunser rückwärts aufsagen kann.«

Pachmair verkniff sich das Lachen, stieß dem Fremden den Spieß in die Seite und befahl: »Vorwärts! Oder soll ich erst die Hunde rufen?«

Der verdutzte Bursche wich zurück und bat mit erhobenen Händen: »Langsam, werte Herren! Es ist ein großes Missverständnis.«

»Ach! Will er uns das erklären?«

»Verdammt! Ich bin kein Spion. Ich komme von weit her, um dem Herzog ein Angebot zu machen, das er nicht abschlagen wird.«

»Soso, lass mich raten. Du hast den Stein der Weisen gefunden und willst jetzt Wilhelm damit beglücken?«

»Na ja, nicht ganz, aber ich kann eine Menge Silber schaffen und schon ein Quäntchen Gold. Ich habe bei Victor August viel gelernt.«

»Und warum bist du dann fortgelaufen?«

»Der Fugger beharrt auf seiner Methode, die meines Erachtens nicht zum großen Erfolg führt. Ich möchte meinen eigenen Weg gehen und brauche dafür die Unterstützung …«

»Du meinst das Geld.«

»Ja, auch. Aber ich kann Sicherheiten bieten. Der Herzog wird keinen Schaden haben.«

»Name?«

»Wie?«

»Wie heißt du, Kerl? Soll ich dem Herzog vielleicht sagen, der berühmte Niemand will bei ihm laborieren?«

»Polhaimer. Michael Polhaimer. Aus Braunau am Inn. Ging bei den Jesuiten zur Schule.«

»Dann ist er kein Türke, Hoheit?«, fragte Pachmair mit treuherziger Miene und stellte seinen Spieß senkrecht.

»Hmm, vielleicht ein halber. Oder ein Wandertürke. Oder ein entsprungener Kleriker. Wir werden sehen. Auf jeden Fall stinkt er gotterbärmlich. Er braucht erst ein Bad, sonst holt sich Wilhelm womöglich die Krätze.«

»Dann wirst du mich ihm vorstellen?«, fragte Polhaimer mit einer Spur Hoffnung und gebrauchte dabei schon wieder das umgängliche Du. Er hatte unser Spiel durchschaut.

»Was springt für mich dabei heraus?«

»Wird dein Schaden nicht sein. Aber darüber muss der Herzog entscheiden.«

»O nein, Freundchen, so billig kommst du mir nicht davon. Ich will wissen, wie's geht. Will dabei sein, zusehen. Betrachte mich als deinen Gehilfen.«

»Gehilfen?« Polhaimer lachte. »Willst du die Nächte bei mir verbringen und auf den Ofen aufpassen?«

»Wozu gibt's den Faulen Heinz?«

»Pfff! Du magst zwar schon ein Labor von innen gesehen haben, aber du hast keine Ahnung von der schweren Arbeit.«

»Pah! Den Blasebalg kann jeder treten. Und ich lerne schnell.«

»Hör zu! Ich werd's dem Herzog vorführen und ihn in das Geheimnis einweihen. Er mag darüber befinden, ob er auch seinem Narren erlaubt zuzusehen.«

»Einverstanden. Wilhelm frisst mir aus der Hand. Du hast unverschämtes Glück, wenn ich mich für dich bei ihm verbürge. Und jetzt wasch dich! Du stinkst, als kämst du direkt aus der Hölle.«

Ich überließ ihn dem Torwart und machte mich auf die Suche nach Wilhelm. Ich fand ihn in der Rüstkammer, wo er sich eben vom Zeugwart einen mit Gold tauschierten Prunkharnisch anlegen ließ. Neben ihm stand Zwerg Hansl, der einen blinkenden Kürass mit vergoldeten Schnallen trug, auf dem er lustvoll mit seinen kleinen Fäusten herumtrommelte. »Kam gestern Abend noch aus Mailand, von den Visconti«, erklärte Wilhelm voller Stolz. »Das passende Rapier hab ich in Nürnberg bestellt. Wird auch dieser Tage hier sein. Na, was sagst du?«

»Fürst Jupiter und Zwerg Herkules, ein verschuldeter Bettler und sein Krümel«, ätzte ich, »prachtvoll!«

»Musst nicht gleich neidisch sein. Du kostest mich genug und bist dabei nur leidlich witzig.«

»Soll Hansl vielleicht demnächst auch aus einer Pastete springen?«

»Das wär zu billig. Aber wir werden Eindruck machen im Frühjahr beim nächsten Familientreffen in Innsbruck. Nicht nur mein Oheim Ferdinand kann sich prunkvoll ausstaffieren.«

»Ich hab sogar schon jemand, der es bezahlt.«

»Wie? Ist Hans Jakob gekommen? Er hat sich gar nicht angekündigt.«

»Nicht der Fugger selbst, aber jemand, den Hans Jakob gut kennt«, flunkerte ich, um den Boden vorzubereiten.

»Fürst oder Kaufmann?«

Ich räusperte mich. »Alchemist.«

Wilhelms Miene verdüsterte sich schlagartig. »Ich will mit solchen Betrügern nichts mehr zu tun haben. Schick ihn zum Teufel!«

»Da kommt er her, so wie er stinkt«, verkniff ich mir eben noch und warb stattdessen für ihn, indem ich Wilhelm mit den schönsten Worten das Laboratorium in Oberstockstall und Victor Augusts aussichtsreiches Bemühen beschrieb. »Der Fuggersohn steht dicht vor dem Erfolg, und der Besucher hat bei ihm gelernt. Ich bürge für ihn.«

»Du?« Wilhelm schnaubte verächtlich. »Mit deiner Marotte oder deinem eigenen Kopf? Den nächsten Betrüger lass ich hängen.«

»Hör ihn doch zumindest an! Er verspricht, dir eine Probe vorzuführen und dich in das Geheimnis einzuweihen. Mach einen Vertrag mit ihm.«

Die Aussicht auf Gold und Geld gewann bei Wilhelm rasch wieder die Oberhand über seine Bedenken, und als ich noch einfließen ließ, dass der angehende Alchemist Jesuitenschüler sei, war das Eis gebrochen.

Frisch gebadet und ordentlich gekleidet stellte Polhaimer unter Beweis, dass er auch höfische Umgangsformen kannte. Er legte »Seiner Gnaden« dar, dass er sämtliche für alchemische Prozesse erforderliche Arbeitsschritte beherrsche, in der Transmutation von Kupfer in Silber erfolgreich sei und in angemessener Zeit eine gewisse Menge Quecksilber in ein Vielfaches an Feinsilber augmentieren könne. Er arbeite an den letzten Schritten zur Extraktion der Quintessenz beziehungsweise der Seele des Goldes und überdies sei er kundig in allerlei theophrastischen Heilmitteln auf metallischer Basis, so zum Beispiel das Aurum diaphoreticum, das er zu trinkbarem Gold entwickeln könne.

Wilhelm war von dem selbstsicheren Auftreten des jungen Mannes so angetan, dass er ohne vorherige Probe gleich einen Vertrag aufsetzen ließ. Darin verpflichtete sich der Adept, bis zum Christfest aus zwei Pfund Quecksilber zehn Lot Feinsilber zu erzeugen. Sollte das Silber die Echtheitsproben im Treibprozess und mittels Probierstein bestehen, erhalte er sechshundert Gulden. Polhaimer versprach darüber hinaus bei seiner Ehre und auf Treu und Glauben, den Herzog in die Geheimnisse der Alchemie einzuweihen. Und es wurde festgehalten, dass Wilhelm, wenn Polhaimer sich in betrügerischer Absicht davonstehle, das Recht habe, ihn überallhin zu verfolgen und danach in Haft zu halten, bis der entstandene Schaden getilgt sei. Zur Deckung von Unkosten und zur Ablösung gewisser Verbindlichkeiten erbat sich Polhaimer einen Vorschuss von zweihundert Gulden. Selten habe ich Wilhelms Sekretär Schleich in verdrießlicherer Stimmung gesehen als bei der Aushändigung des Geldsäckels. Wilhelm ließ Wein bringen zur Feier und Besiegelung des Vertrags. Danach begleitete ich den unverhofften Feuerkünstler zur Stätte seines Wirkens. Auf dem Weg dorthin versuchte ich, Gemeinsamkeiten zu entdecken, sozusagen als Basis künftiger Zusammenarbeit. »Warst du in München oder Ingolstadt?«

»Wozu?«

»Na, du sagtest doch, du seist bei den Jesuiten in die Schule gegangen.«

»München.«

»Ich auch. Wann warst du dort?«

Er musterte mich kurz. »Wird nach dir gewesen sein.«

»Wie bist du mit Mengin ausgekommen?«

»Gut. Wieso?«

»Ich fand ihn einen rechten Kauz ohne Humor.«

»Dafür bist du ja auch Narr geworden.«

»Hör zu!«, sagte ich schon leicht verärgert. »Du schuldest mir was. Ich hab für dich gebürgt.«

»Wichtigtuer!«, blaffte er mich an. »Den Herzog hat mein Können überzeugt, nicht du.«

»Prahlhans, großspuriger! Dein Können musst du erst beweisen.« Ich wusste von da an, wir würden keine Freunde werden. Da half auch nicht, dass wir den gleichen Vornamen hatten.

Als ich die Tür zum Münzturm aufsperren wollte, stellte ich fest, dass sie bereits offen war. Ich stieß sie ganz auf und sah zu meiner Verwunderung Laura von Alnpeck vor einem Tisch mit Tiegeln, Kolben und Destillierhelmen stehen. Sie fuhr überrascht herum.

»Was tut Ihr hier?«, fragte ich so erstaunt, dass ich die förmliche Anrede wählte.

»Ich … ich prüfe die Möglichkeiten?«

»Die was? Wie kommt Ihr hier überhaupt herein?«

»Der … äh, ich glaube, es war der Hofmeister. Er war so freundlich.«

»Was meintet Ihr mit Möglichkeiten?«, fragte Polhaimer dazwischen.

»Ich will hier arbeiten und habe mich umgesehen, ob …«

»Ihr wollt hier arbeiten?«, wiederholte Polhaimer, als sei er begriffsstutzig. Dann starrte er mich an. »Verdammt, Narr, wozu führst du mich in die Küche?«

»Küche? Madonna, seid ihr beide verrückt? Das hier ist der Münzturm und jetzt das Labor für Alchemie, wo du …« – ich tippte ihm auf die Brust – »dich beweisen darfst und wo Ihr, verehrte Dame …« – ich schaute sie streng an – »nichts zu suchen habt.«

»Papperlapapp«, trotzte Laura schnippisch, »die Herzogin hat's mir erlaubt. Und überhaupt …« – sie schaute Polhaimer herausfordernd an – »der da will Alchemist sein? Dass ich nicht lache. Dafür ist er viel zu jung. Alchemie ist nichts für Milchbärte.«

Ich prustete los, als ich sah, wie der aufgeblasene Adept nach Worten rang. So hatte ihm wohl noch keiner Bescheid gegeben. Und er brachte nur eine üble Beleidigung zustande: »Eine Frau und Alchemie, das ist wie Esel und Hirn. Scher dich in die Küche oder ins Waschhaus, wo dein Platz ist!«

Jetzt gingen die beiden erst richtig aufeinander los. »Du

magst vielleicht schon mal einen Kolben ins Wasserbad gestellt haben«, keifte Laura, »oder den Namen *balneum Mariae* irgendwo aufgeschnappt haben, aber von Maria der Jüdin, die's erfunden hat, hast du ganz sicher noch nie etwas gehört.«

Ich muss sagen, meine Sympathie lag deutlich mehr aufseiten von Laura, aber ich hatte keine Lust, mir das Gezänk der beiden länger anzuhören. Meinetwegen konnten sie sich die Köpfe einschlagen. Ich schlich mich davon und ging durch den Zwingergarten auf den Fürstenbau zu, wo es weitaus Interessanteres zu sehen gab.

Im Kellergewölbe unter der Neuen Dürnitz hatten die Maurergesellen während der letzten Tage mühsam ein großes Loch durch die wuchtige südliche Außenmauer gebrochen, und davor waren einige mit dem Ausheben einer breiten Grube beschäftigt. Noch Herzog Albrecht hatte Georg Stern erst zum Studium in die Niederlande geschickt und ihn danach zum Baumeister in Landshut berufen. Als Wilhelms frühe Pläne für eine Erweiterung der Burg bei ihm ein allzu offenes Ohr fanden, setzte ihn Albrecht kurzerhand wieder ab. Inzwischen war er auf Wilhelms eigene Rechnung beziehungsweise Schulden wieder auf der Trausnitz tätig, hatte ihm erst das alte Ball- oder Raquettenhaus großzügig umgebaut und nun vor Kurzem einen südlichen Anbau begonnen. Von da an kannte ich die Burg fast nur noch als Baustelle. War man an einer Stelle fertig, wurde an anderer Stelle aufgerissen. Fuhrleute karrten unentwegt Aushub und Abbruchtrümmer hinaus und schafften Sand, Holz, Backsteine, Tuffstein aus Steinbrüchen um Landshut und Gips aus der Nähe von Tölz dafür heran.

Am Vortag, ich glaube es war Anfang Oktober, war Friedrich Sustris endlich aus Augsburg in Landshut eingetroffen. Wilhelm führte ihn eben im Schloss herum und erörterte mit ihm geschäftig seine hochfliegenden Pläne. Beim Fürstenbau angekommen, schilderte er gestenreich, dass der Anbau in jedem Stockwerk ein Kabinett enthalten werde und daneben sich eine Treppe vom Keller bis zum Dach hinaufwinden solle, die seine Gemächer mit denen Renatas verbinden und als Zugang nur ihnen beiden vorbehalten sein würde. Sustris machte sogleich Vorschläge zur Gestaltung der Treppe, die man luftig und von Säulen durchbrochen um einen Kernschacht herumführen solle, in den man später einen Speisenaufzug einbauen könne. Da wurde Georg Stern, der eben noch einen Gesellen gerüffelt hatte, hellhörig und wandte sich dem Besuch zu: »Gott zum Gruß, Meister Sustris.«

»Buon giorno! Mit wem habe ich die Ehre?«

»Stern, Georg Stern, Baumeister des Herzogs. Und Ihr seid …« Stern machte eine Kunstpause, in der Sustris fragend Wilhelm anschaute, der mit den Achseln zuckte.

»Sustris, Friedrich Sustris«, erklärte er schließlich verwundert. »Ich dachte, Ihr kennt mich.«

»Ihr seid nur der *Maler* des Herzogs«, beendete Stern seinen Satz schroff und mit unüberhörbarer Betonung. »Bleibt bei Eurem Leisten und wir werden uns gut verstehen.«

»Dito«, erwiderte Sustris umgehend. Er hatte die Redensart sicher nicht wörtlich verstanden, aber sehr wohl die Bedeutung erfasst und fügte mit stolzem Lächeln hinzu: »Ihr erstellt dem Herzog nur die Mauern. Mich hat er zur Verschönerung seines Schlosses berufen.«

Da war vom ersten Tag an klar, dass auch Stern und Sustris keine umgänglichen Kollegen sein würden. Und in der Tat versuchte Stern danach noch mehrfach, die Absetzung von Sustris zu erreichen, während der Italiener erfolgreich bestrebt war, sich durchzusetzen.

Mit Klagen hatte das Jahr begonnen, mit Unfrieden klang es aus. Beatrice und ich zankten uns gehässig, Laura und Polhaimer stritten sich unentwegt, Stern und Sustris wetteiferten um die Gunst des Herzogs. Und beinahe schon nebenbei ermordete an einem tristen Novembertag der heißblütige spanische Hofschneider einen der ebenso streit- und rauflustigen italienischen Springer.

Wilhelm ließ auch hierbei wieder Milde walten und verlor darüber nicht die Freude an der italienischen Stegreif-Commedia. Seit der Ankunft des florentinischen Künstlers schwebte er ohnehin wieder in höheren Sphären, bestellte durch seine Agenten in Augsburg und Nürnberg sowie in den großen Städten Europas munter, was ihm in den Sinn kam und Renata am Herzen lag, und vertraute in kindlichem Glauben darauf, dass mit Polhaimers Geschick sich alles zum Guten wenden würde.

Achtundzwanzigstes Kapitel

IN JENEN TAGEN ging es in der Dürnitz noch eine Spur lebhafter zu als gewöhnlich, denn die Neuankömmlinge sorgten für Gesprächsstoff. Wilhelm hatte Baumeister Stern zu dessen Missvergnügen damit beauftragt, den südlichen Teil der Dürnitz durch Einzug einer Mauer abzutrennen, um für Meister Sustris eine Malerstube zu schaffen. Das erregte auch bei anderen Burgbewohnern Unmut, weil dadurch das Gedränge im Speiseraum noch größer wurde. Und manche Stimme erhob sich gegen die zunehmende Zahl von Ausländern am Hof. Schließlich waren hier schon lothringisches Küchenpersonal und französische Schneider wohnhaft, dazu kamen der spanische Seidensticker, ein Barbier aus Prag, ein österreichischer Kutscher und der türkische Schmied aus Ungarn, neben dem italienischen Fechtmeister etliche welsche Knechte, Springer und Musiker und jetzt auch noch der viel gerühmte Künstler, der sicher bald weitere Maler aus dem Süden an den Hof ziehen würde. Gelegentlich war der böse Spruch zu hören: »Ein welscher Deutscher ist wie die Inkarnation des Teufels.« Zwar wagte es niemand, den Ausspruch offen auf Wilhelm zu münzen, aber wem sollte er eher gelten als ihm mit seiner Vorliebe für Italien.

Das andere Reizthema stellte der Alchemist dar. Er verblüffte einerseits durch seine Jugend, andererseits umwehte ihn die Aura des Geheimnisvollen, aber auch des Betrügerischen.

»Ob der Bursche wirklich Gold machen kann?«

»Pah! Wenn er's tatsächlich könnte, wäre er dann hier anstatt auf seinem eigenen prunkvollen Schloss mit goldenen Türgriffen und Wasserspeiern? Er wäre doch ein Narr wie unser Michel.«

»Wozu sich der Herzog schon wieder auf einen dieser Spruchbeutel einlässt. Die taugen alle nichts.«

Doch Polhaimer schien bemüht, dem Herzog das Gegenteil zu beweisen und rasch sein Vertrauen zu gewinnen. Er war nicht nur Prahlhans, sondern wollte auch zeigen, dass er etwas von der Materie verstand. Nachdem auch er die Ausstattung des Labors und die damit vorhandenen Möglichkeiten begutachtet und einige dringend nötige Dinge nachgefordert hatte, ging er sogleich an die Arbeit. Bei einem Nürnberger Fernhandelshaus bestellte er je einen Zentner Eisen und Blei, zehn Pfund Zinn und für fünfzehn Gulden Kupfer. Um ein halbes Pfund Quecksilber und ein Pfund Silber fragte er in einer Landshuter Apotheke nach.

An einem kühlen Morgen Anfang November erfuhr ich vom Kammerdiener, dass der Herzog gleich nach der Frühmesse ins Ballhaus gegangen sei.

»Allein?«, fragte ich ungläubig.

Der Kammerdiener zuckte ratlos mit den Schultern. Da wusste ich, dass Wilhelm etwas sehr beschäftigte. Seit unseren ersten Tagen auf der Trausnitz war das Ballspiel für ihn zu einer Leidenschaft geworden, der er sogar unterwegs frönte, zuletzt erst wieder in Graz. Er hatte sich dafür große Vorwürfe von Mutter Anna eingehandelt, die ihn der Pflichtvergessenheit verdächtigte und ihm vorwarf, den Gottesdienst zu versäumen. Wilhelm rechtfertigte sich damit, dass das Spiel an allen großen Fürstenhöfen gepflegt werde, die Leibärzte es als förderlich für die Gesundheit betrachteten und er überdies noch bei keiner Messe gefehlt, wie man es den Eltern fälschlich hinterbracht habe.

Leichter Nebel lag noch über der Burg, der sich langsam verflüchtigte. Als ich durch den Torbau Richtung Vorburg ging, hörte ich schon das Klacken der Holzkugeln in rascher Folge. Anfangs hatte sich Wilhelm, der ein begabter Drechsler war, Kugeln selbst gefertigt. Jetzt bezog er sie zu Hunderten aus Neapel, fein säuberlich aus Buchsbaumholz gedreht. Im Ballhaus brannten nur wenige Kerzen, in deren mattem Licht Wilhelm mit dem Holzschläger wie besessen auf die Kugeln eindrosch. Er versuchte nicht, sie einzeln mit mehreren gezielten Schlägen durch den Bogen zu treiben, sondern hieb am Beginn der langen Bahn auf die Kugeln ein, um sie mit einem Schlag ins Ziel zu bringen.

»Welcher Teufel sitzt dir denn im Nacken?«

Wilhelm fuhr herum, starrte mich an, atmete stoßweise und wischte sich den Schweiß von der Stirn. »Teufel? Wieso Teufel? Es ist die Erwartung. Ich lenke mich ab.«

»Erwartest du Gläubiger oder deinen Vater?«

»Närrischer Tropf! Ich erwarte die Erlösung von beiden. Heute ist es so weit.«

»Zahltag?«

»Vielleicht. Der Polhaimer will es mir heute zeigen.«

»Großes Türkenloch! Du hast mir nichts davon gesagt. Ich muss dabei sein.«

»Du? Es ist ein Geheimnis, und seit wann kannst du Geheimnisse für dich behalten?«

»Vielleicht ist es ja auch nur Narretei. Das ist mein Gebiet, wenn's belieben. Und ich muss dem Burschen auf die Finger schauen. Hab mich schließlich für ihn verbürgt.«

»Meinetwegen«, sagte Wilhelm lachend, »aber treib keine dummen Scherze. Es ist mir wirklich ernst damit. Hängt viel für mich davon ab.«

»Großes Ehrenwort.«

Wilhelm stützte sich auf seinen Schläger und schaute versonnen lächelnd nach oben. »Stell dir nur vor, wenn es gelingt ... es wäre das Ende meiner Sorgen.«

»Du meinst: der Anfang deiner Sorgen. Reichtum ohne Verstand ist unsicherer Besitz. Du hast kein Händchen fürs Geld.«

»Fürs Ausgeben allemal«, räumte Wilhelm lachend ein. »Gehen wir zurück. Ich will zuvor noch fürs Gelingen beten.«

»Du humpelst ja«, stellte ich fest.

»Ein Hühnerauge. Nichts Ernstes. Hab schon den Schuhmacher aus Bologna kommen lassen.«

»Du musst einfach nur in Hühnerkacke treten.«

»Bist du verrückt?«

»Ist von Paracelsus. Signaturenlehre oder so. Du musst Ähnliches mit Ähnlichem bekämpfen.«

»Dir sollte man den Kopf in Hühnerkacke stecken, du Hanswurst. Ich hab einen besseren Arzt, genauer gesagt eine Ärztin, eine Heilerin.«

»Gehst du neuerdings zu Hexen? Ich glaub's ja nicht.«

»Unsinn! *Sie* erbot sich, mir zu helfen.«

»Sie?«

»Jungfer Laura kennt ein Rezept.«

»Oh je! Jetzt hat's ihn auch schon erwischt. Der Casus ist ernster als ich dachte. Weiß Renata davon?«

»Natürlich. Was denkst du denn?«

»Ich denke, dass ich jetzt erst einmal ein großes Frühstück benötige, mit einem Riesenschinken. Man muss ein Loch im Magen mit etwas Gegensätzlichem behandeln.«

Polhaimer hatte Wilhelm auf Schlag zwölf in den Münzturm eingeladen und darum gebeten, die Herzogin nicht mitzubringen, weil er nicht garantieren könne, dass gewisse Dämpfe nicht gefährlich für sie seien. Er schaute mich missbilligend an, sagte aber nichts. Als gleich darauf die Tür nochmals aufging und Laura in den Raum trat, explodierte der Adept. »Was zum Teufel will sie hier?«

»Schhh, beruhig er sich!«, beschwichtigte Wilhelm. »Ich hab's ihr erlaubt. Sie kennt ein alchemisches Rezept, das wichtig für mich ist, und ich und die Herzogin halten es für gut, wenn sie mit dem Laborieren vertraut wird. Ich will daher, dass Ihr Euch mit ihr arrangiert und diesen Raum gemeinsam nutzt.«

»Wie stellt Ihr Euch das vor?«, begehrte Polhaimer auf. »Sie stört meine Konzentration und den mühsamen Prozess. Und ich muss Euch wohl nicht sagen, dass ... hmm, ich meine ... dass Frauen zu gewissen Zeiten unrein ... also, dass Menstruationsblut nicht nur Spiegel trübt, den Wein verdirbt und Saatgut unfruchtbar macht, sondern ...«

»Ich sehe hier keine Spiegel«, entgegnete ihm Laura wütend. »Bist du Winzer oder Bäcker oder nur ein vorgeblicher Alchemist, der sich seiner Sache nicht sicher ist? Das Blut kann auch heilend und magisch wirken. Ein mit Monatsblut getränkter Lappen löscht jedes Feuer. Vielleicht kann's dir noch hilfreich sein, wenn dein Köcheln misslingt.«

»Schluss jetzt!«, forderte Wilhelm. »Ihr kennt meinen Willen! Und jetzt lasst uns beginnen.«

Noch immer widerwillig legte Polhaimer erst etwas Holzkohle in die Mulde des Schmelzofens nach und forderte mich auf, den Blasebalg zu bedienen, um die Glut anzufachen. Er selbst griff sich einen kleinen Tontiegel, befüllte ihn mit einer geringen Menge Kupfer und stellte dann den Probierscherben ins Feuer. Nachdem das Kupfer geschmolzen war, forderte er Wilhelm auf: »Gebt gut acht! Ich füge nun etwas Auripigment, auch Rauschgelb genannt, dazu. Es ist hochgiftig, aber ungemein wirksam.«

Er streute ein leuchtend gelbes Pulver über das geschmolzene Kupfer, das augenblicklich goldfarben glänzte. Er nahm den Tiegel aus dem Feuer und schreckte ihn in Wasser ab.

»Gold«, sagte Wilhelm erstaunt und strahlte den Adepten verwundert an, als könne er's kaum glauben.

Nachdem die Schmelze völlig erkaltet war, kippte Polhaimer sie aus und reichte sie Wilhelm, der sie fast andächtig betrachtete, vorsichtig auf der Hand wog und dann sich und den Feuerkünstler beglückwünschte: »Welch ein Erfolg!«

Polhaimer, der schon den tiefschwarzen Probierstein in der Linken hielt, ließ sich den Goldklumpen wieder reichen und strich damit über den Schiefer, auf dem sich eine goldene Linie abzeichnete. »Den Test mit dem Probierstein hat das eben erzeugte Gold bestanden«, sagte sein Schöpfer, »aber die Feuerprobe würde es nicht überstehen. Was ihr hier seht ist kein echtes Gold, nur eine goldfarbene Legierung. Und Kupfer taugt auch nicht dazu. Viele Adepten misstrauen ihm, denn es ist mit dem Planeten Venus verbunden, und Venus ist, wie Ihr wisst …«

»Weiblich. Das willst du doch wohl damit sagen«, ereiferte sich Laura. »Aber es gibt Klügere als dich, die Kupfer als Ausgangsstoff für das große Werk noch höher schätzen als Blei, denn es verbindet sich leicht mit anderen Stoffen, beherrscht sie und zeigt dabei ein reiches Farbenspiel. Und Maria Prophetissa, die Jüdin, sagt: ›Verbinde das Männliche *und* das Weibliche, dann wirst du finden, was du suchst.‹ Ohne diese Vereinigung kommt nichts zustande, du unwissender Sudelkoch.«

Polhaimer ignorierte sie kalt und sagte zu Wilhelm: »Ich wollte Euch damit nur zeigen, Euer Gnaden, wie leicht es ist, jemanden zu täuschen. Ebenso leicht könnte ich Euch ein falsches Aurum potabile schaffen. Würdet Ihr es trinken, würdet Ihr den morgigen Tag vielleicht nicht mehr erleben.«

Wilhelm war sichtlich betroffen und zugleich enttäuscht. Sprachlos nahm er den goldfarbenen Klumpen nochmals in die Hand und betrachtete ihn ungläubig von allen Seiten.

»Und was ist mit echtem Gold, von dem du bei deiner Ankunft getönt hast?«, fragte ich verärgert an Wilhelms statt.

»Könnt Ihr Eurem Narren nicht das Maul verbieten?«, wandte sich Polhaimer grob an Wilhelm. »Ich habe nie von echtem Gold gesprochen, nur davon, dass ich Quecksilber zu Feinsilber tingieren könne und daran arbeite, die Seele des Goldes zu extrahieren, um damit eines Tages Gold in größerer Menge zu erhalten.«

»Das Geheimnis liegt im Destillieren«, warf Laura ein. »Du musst die Quintessenz des Goldes …«

»Ich brauche deinen Ratschlag nicht, Jungfer Neunmalklug!«, würgte Polhaimer sie ab und sagte zu Wilhelm: »Ihr müsst Euch entscheiden: Wollt Ihr den kurzen, einfachen Weg gehen mit mäßigem Erfolg, oder habt Ihr langen Atem und werdet dafür reichen Lohn ernten?«

Wilhelm schaute ihn verständnislos an, und der Adept lud ihn ein zu einem weiteren Experiment. Er nahm einen etwas größeren, dreieckigen Schmelztiegel zur Hand und befüllte ihn nach bestimmten Zahlenverhältnissen mit etwas Blei, Kupfer, Zinn und Eisen. Dann stellte er den Tiegel in die noch glimmende Glut und betätigte selbst den Blasebalg. Nach einer Weile hob er den Scherben mit einer langen Zange wieder heraus und hielt ihn Wilhelm hin. Der betrachtete den Inhalt kopfschüttelnd und fragte dann stirnrunzelnd: »Was ist das? Haltet mich nicht zum Narren!«

»Was ihr seht, ist die Ausgangssubstanz, die Urmaterie, Massa confusa, gleichsam das brodelnde Chaos, wie Gott es vorfand zu Beginn seines großen Schöpfungswerks.«

Es fiel nicht nur Wilhelm schwer, sich vorzustellen, dass aus der hässlichen schwarzen Schlacke, die nach dem Erkalten in dem Tiegel lag, noch irgendetwas Ansehnliches werden sollte und sei es nur wertloser Flitter, von Gold gar nicht zu reden.

»Es ist der Vierkörper, das Tetrasoma, wie es die Alten nannten«, erklärte Polhaimer. »Wie die formlose Ursubstanz, von der Aristoteles sagt, dass sie bereits die Vielheit aller Substanzen in sich trägt, so enthält selbst dieser scheußlich anzusehende Klumpen schon alle Möglichkeiten in sich. Er bedarf nur der Reinigung und Veredelung.« Er hielt den Tiegel wieder ins Feuer und streute etwas von einem Pulver darüber. »Ich schmelze jetzt etwas Silber dazu, gleichsam als Samen des Metalls, der sich vermehrt. Denn auch Metalle können nur aus einem Samen wachsen. Ihr müsst Euch das vorstellen wie das Aufgehen des Sauerteigs. Und Mercurius vollendet das Werk.«

Er goss aus einer Phiole etwas Quecksilber darüber, und wie von Zauberhand erhielt die eben noch unansehnliche schwarze Masse einen wunderbaren Silberglanz.

»Ist das auch nur unechtes Silber?«, fragte Wilhelm skeptisch.

»Es ist alchemisches Silber, gewissermaßen echteres als nur echtes Silber, denn wenn Ihr genau hinseht, dann liegt über dem edlen Metall schon ein leichter goldener Schimmer, sozusagen als Morgenröte der höchsten Stufe, des reinen Goldes.«

»Was faselst du da?«, giftete Laura. »Es ist das Farbenspiel des Kupfers. Und wenn du noch mehr davon zugibst, dann wirst du einen rötlichen Schimmer sehen. Du aber hast von all dem keinen blassen Schimmer!«

»Geh mir nicht auf die Nerven!«

Wilhelm hatte sich zur Feier des erwarteten Erfolgs in eine reich bestickte Schaube und ein Wams aus schwerem Samt gekleidet, und er fing mit hochrotem Kopf an zu schwitzen, mehr als beim morgendlichen Ballspiel. Er steckte zwei Finger unter die Halskrause, um sich mehr Luft zum Atmen zu verschaffen.

»Ist Euch nicht wohl?«, fragte Polhaimer.

»Die Hitze«, stöhnte Wilhelm, zog ein seidenes Tuch aus dem Ärmel und wischte sich damit den Schweiß von der Stirn. »Es ist nur die Hitze ... und die Dämpfe.«

Ich stieß die Tür nach draußen auf und genoss selbst in vollen Zügen die kühle und frische Novemberluft.

»Seid unbesorgt«, sagte der Adept etwas verunsichert, »es ist kein Hexenwerk und kein fauler Zauber. Nur die Weisheit der Alten in die Tat umgesetzt. Und sie nannten sie eine göttliche, eine heilige Kunst.«

Wilhelm zeigte mit zögerlichem Nicken Zustimmung an und bedeutete ihm dann mit einer Geste fortzufahren.

»Um das Werk nun zu vollenden und das Silber in reines Gold zu wandeln, bedürfte es eines wundersamen Wassers, des Theion hydor. Das jedoch erfordert Zeit oder genauer gesagt den rechten Zeitpunkt. Es kann auf vielerlei Weise bereitet werden, aber besonders wirksam ist es, wenn es Himmelstau enthält, weil dadurch auch die planetaren Kräfte wirksam werden. Es enthält dann den Spiritus Mundi, den Weltgeist. Die beste Zeit ihn zu sammeln ist der Monat Mai, und manch Wissender sagt, es sei auch die beste Zeit, das große Werk zu beginnen.«

»Wie? Ihr meint, Ihr wollt erst warten bis nächstes Frühjahr?«, fragte Wilhelm erschrocken.

»Du kannst Theion hydor doch ganz leicht durch siebenmaliges Destillieren im gläsernen Alembik herstellen«, schleuderte Laura dem Adepten entgegen. »Immer wenn die Sonne in das Zeichen der Fische tritt, ist eine gute Zeit zum Laborieren, und Maria die Jüdin gibt auch schon den März als beste Jahreszeit für den Beginn an.«

»Sammelst du Johanniskräuter etwa an Ostern oder Martini? Es gibt für alles eine Zeit, du Närrin! Hört nicht auf das Geschwätz dieses Weibes, mein Fürst! Es gibt gewiss Stimmen, die behaupten, man könne das Werk sogar innerhalb eines einzigen Tages vollbringen. Doch dazu ist es unerlässlich, den Stein bereits zu besitzen. Manche geben den Zeitraum mit sieben Tagen an, so wie der Allmächtige sieben Tage für die Schöpfung benötigte …«

»Sechs«, wandte Wilhelm ein, »nur sechs! Am siebten hat der Herr geruht.«

»Wieder andere sprechen von neun Monaten wie bei der Reifung im Mutterleib. Und mitunter werden gar sieben oder zwölf Jahre gefordert …«

»Unmöglich!«, unterbrach ihn Wilhelm bestürzt. »Damit ist mir nicht gedient, und wir können das hier gleich beenden. Unser Vertrag lautet, bis zum Christfest wenigstens zehn Lot Feinsilber zu erzeugen.«

Laura grinste voller Genugtuung, während der Adept ruhig blieb und mit fester Stimme sagte: »Der Vertrag sieht auch vor, Euch in die Arbeit und die damit verbundenen Geheimnisse einzuweihen. Geduld ist dabei eine Tugend sine qua non. In Hast und Eile misslingt das meiste. Ich werde Euch nicht enttäuschen und schon mit dem Eintritt der Sonne in das Zeichen des Widders beginnen. Bis dahin sind noch viele Vorarbeiten zu erledigen.«

Wilhelm mahlte mit den Zähnen, presste die geballten Hände zusammen, und es schien mir, als beginne er, am ganzen Leib zu zittern. Plötzlich löste er sich aus der Erstarrung und forderte mit einer Geste Richtung Laura nochmals: »Lasst sie hier arbeiten!« Dann wandte er sich abrupt um und stürmte aus dem Turm.

»Vielleicht solltest du zwei Torwächter davor postieren, sonst setzen dir die Streithähne noch den roten Hahn aufs Dach.«

Wilhelm überging den Rat und schimpfte: »Vielleicht ist die Jungfer geschickter als er. Zumindest schneller im Werk. Geduld! Geduld! Wo denkt der hin?«

Geduld war Wilhelms Stärke wahrlich nicht. »Wer geduldig ist, ist weise«, sagte ich grinsend, »wer aber ungeduldig ist, offenbart seine Torheit.«

»Komm du mir jetzt mit dummen Sprüchen.«

»Ist aus dem Buch der Sprüche, mein frommer Fürst. Frag den Mengin.«

»Und echteres als echtes Silber. Was soll das denn heißen?«, sagte Wilhelm weiter, während er direkt auf den Torturm zuhielt. »Gibt es reiner als rein? Göttlicher als göttlich? Hält mich der Kerl zum Narren?«

»Es ist die Sprache der Adepten«, beschwichtigte ich, »klingt häufig sonderbar und unverständlich. Aber er hat den Vorgang genauso beschrieben wie damals Victor August in Oberstockstall, einschließlich der Notwendigkeit eines Samens. Er scheint etwas davon zu verstehen. Es braucht eben seine Zeit. Du solltest etwas mehr …«

Wilhelm warf mir einen giftigen Blick zu.

»Schon gut.«

Mit Wilhelm war für den Rest des Tages nicht mehr gut auszukommen, zumal ihn noch zwei andere Begegnungen reichlich verunsicherten. Um auf andere Gedanken zu kommen, suchte er nämlich Friedrich Sustris auf. Als er ihm gegenüber beiläufig auf die Alchemie zu sprechen kam, da lachte der Künstler erst verächtlich und erzählte dann die traurige Geschichte des Malers Parmigianino, den die Alchemie in jungen Jahren völlig verarmt ins Grab gebracht hatte. »Von Vasari, meinem Lehrmeister, der die Lebensgeschichten berühmter italienischer Künstler gesammelt hatte, weiß ich, dass der unselige Tropf seine Pinsel und Farben immer mehr zugunsten von Schmelzofen und Glasgefäßen vernachlässigte und dafür das Vielfache von dem ausgab, was er verdiente. Er vernachlässigte dann auch sich selbst, glich immer mehr einem wilden Mann mit struppigem Haar und langem Bart …«

»Wilder Mann?«, hakte Wilhelm nach.

»Ja, und er wurde zunehmend melancholisch, exzentrisch und am Ende völlig verrückt, bis ihn zuletzt ein starkes Fieber dahinraffte. Ihr lasst besser die Finger davon.«

Zu allem Überfluss lief Wilhelm später auch noch dem Mengin in die Arme, der nach seinen Worten von einem geistlichen Gespräch mit Renata kam, was in meinen Augen bedeutete, er hatte ihr schon wieder mal ins Gewissen geredet.

»Was haltet Ihr von Alchemie?«, fragte ihn Wilhelm rundheraus.

»Nichts«, kam prompt die Antwort, »auch wenn viele Kleriker sich in Verblendung daran versuchen. Bereits der große Albertus hat bezweifelt, dass es gelingen könne, echtes Gold zu machen. Er hielt die angeblichen Transmutationen für nur oberflächliche, scheinbare Verwandlungen, die Gold nur vortäuschen. Und ich sage, es sind Blendwerke des Teufels, um damit Seelen zu verführen. Und wenn es dazu noch eines Beweises bedarf, dann bedenkt, dass Luther, dieses Werkzeug des Teufels, das Brennen und Scheiden im Feuer wohlwollend und blasphemisch mit dem edlen Werk unseres Gottes vergleicht, und er sieht den ganzen Unsinn als ein Gleichnis für die Auferstehung der Toten am Jüngsten Tag.«

Ich hatte mich frühzeitig von der Kassandra im Priesterrock abgesetzt und war zum Münzturm zurückgegangen. Er stand zwar noch nicht in Flammen, aber die Auseinandersetzung war in vollem Gange. Um im Bilde der Alchemie zu bleiben: Die Kontrahenten schienen sich gerade erst im Stadium der Auflösung und Destruktion zu befinden.

»Was soll das für ein dämliches Rezept sein?«, lästerte Polhaimer. »Mercurius sublimatus gegen Hühneraugen. Dazu musst du das Quecksilber erst mal mit Salz fixieren. Und dann auch noch Kupfer. Wenn ich das schon wieder höre.«

»Geh mir einfach aus dem Weg und lass mich machen! Und falls du wider Erwarten doch zu etwas nütze sein willst, dann bring mir Scheidewasser und etwas weißen Vitriol, so du davon schon gehört hast.«

»Gewiss, Frau Meisterin. Und soll ich mir das Pfund Salpeter und den Ammoniak gleich aus den Rippen schneiden? Das hier ist keine Apotheke, in der man die Zutaten beliebig aus Flaschen oder Gläsern vom Regal holt. Du musst das Zeug erst mühsam herstellen oder bestellen, und bis es da ist, bleib in der Küche und mach dort meinetwegen den Koch verrückt!«

Müßig zu sagen, dass sich die Fertigstellung des Balsams gegen Hühneraugen hinzog. In der Zwischenzeit war Beatrice mit der Anwendung alter Hausmittel wie Arnika, Essiglösung und Klettenkraut wesentlich erfolgreicher. Laura verdiente sich immerhin noch die Anerkennung der Herzogin durch ein Destillat aus Johanniskräutern gegen ihre Schwermut, und die Burgbewohner feierten sie für ihren Kräuterlikör und Branntwein. Es war zwar nicht Aqua vitae nach dem Rezept der Kurfürstin von Sachsen, das zum einen geheim war und zum anderen zwei Jahre für die Herstellung benötigte, aber das wärmende Getränk brachte Linderung an kalten Tagen und fröhlichen Überschwang zum Jahreswechsel.

Eines Morgens Anfang Dezember empörte sich erst der Münchner Rat aufs Heftigste, wenige Tage danach tobte Wilhelm in seinem Arbeitszimmer. Er hatte erfahren, dass Vater Albrecht bei reichen Bürgern aus Colmar und Freiburg ein hohes Darlehen aufgenommen und dafür kurzerhand und ohne Skrupel die Stadt München mit ihrem gesamten Einkommen verpfändet hatte. »Was denkt er sich? Mich hält er unter ständigen Vorwürfen knapp wie einen Bettler, und er verpfändet mir nichts, dir nichts seine fürstliche Hauptstadt. Und das sind Schulden, die vielleicht noch auf mein Erbe gehen. Mein Erbe!«

Obwohl Herzog Albrechts Verhalten ungeheuerlich war, belief sich seine Anleihe noch fast bescheiden auf wenig mehr als achttausend Gulden. Wilhelm bekam zum Jahresende von den Fuggern eine Aufstellung über fünfundfünfzigtausend Gulden präsentiert. Und das waren nur die Anleihen ohne die Schuldscheine für gelieferte Waren, um die Bedürfnisse der ausufernden Hofhaltung zu befriedigen.

Wilhelm schwankte in der Folgezeit zwischen kostspieligen Träumen, Hoffnung und düsterer Mutlosigkeit. Da war es ein Segen und die Verheißung willkommener Zerstreuung, dass Wilhelms Oheim, Erzherzog Ferdinand von Tirol, für den Februar des folgenden Jahres zu festlichen Fastnachtstagen nach Innsbruck einlud.

Neunundzwanzigstes Kapitel

HERZOG ALBRECHT HATTE angeordnet, dass Wilhelm mit den Geschwistern, seiner Gattin und der Witwe Jakobäa zu Lande nach Innsbruck reisen sollte. Das gab mir die Gelegenheit, die fidele Großmutter, der ich bis dahin nur bei eher steifen Hofzeremoniellen begegnet war, etwas näher kennenzulernen. Mit fünfzehn Jahren war sie mit Wilhelms Großvater verheiratet worden, den sie inzwischen um beinahe ein Vierteljahrhundert überlebt hatte. Ohne Wehmut erinnerte sie manchmal daran, dass ihre eigene Vermählung im Gegensatz zur prunkvollen Hochzeit ihres Enkels äußerst bescheiden gewesen sei. Und bei ihrer Ankunft in München sei ihr zur Begrüßung ein Trupp schwer gepanzerter Männer entgegengeritten, als habe die Stadt von ihrer Seite etwas zu befürchten gehabt. Die Münchner hatten sie aber rasch ins Herz geschlossen, nicht zuletzt weil sie einmal die Begnadigung gefangener Wiedertäufer erwirkt hatte, und in unseren Tagen erwarb sie sich die Sympathien durch die kostenlose Bereitstellung paracelsischer Medizin.

Die agile alte Dame hatte ihren eigenen Kopf und zeigte sich nicht mit allem einverstanden, was ihr regierender Sohn Albrecht verfügte. So war sie wenig erfreut über den zunehmenden Einfluss der Jesuiten am Hof und gab im Nachtquartier zu Mittenwald in geselliger Runde am Kaminfeuer augenzwinkernd preis: »Mein lieber Enkel Wilhelm hat mich schon verpetzt bei seinem Vater, weil ich nicht täglich, wie von den Jesuiten und Albrecht gewünscht, die Messe besuche, sondern nur an Sonn- und Feiertagen.«

Wilhelm suchte mit hochrotem Kopf Ausflüchte, während ich feixte: »Er frömmelt sich die Knie weich für einen Platz im Himmelreich. Anstatt gleich Buße zu verkündigen, sollt' er doch erst ein wenig sündigen!«

Die lebensfrohe Großmutter erzählte danach lachend, dass *ihr* Wilhelm in seiner Jugend weiß Gott kein Kind von Traurigkeit gewesen sei. »Er hat's vor unserer Heirat so toll getrieben und nachts mit Zechkumpanen die Straßen Münchens unsicher gemacht, dass ihn sogar die Stände ermahnten.«

Zu vorgerückter Stunde wagte ich es dann, sie auf ihre schwere Erkrankung und Paracelsus anzusprechen.

»An vieles kann ich mich nicht mehr erinnern«, gab sie freimütig Auskunft. »Ich war damals ja mit hohem Fieber kaum mehr bei Besinnung. Als Erstes roch ich eine Mischung aus Fusel und Schweiß. Dann hörte ich stotternd etwas von Untersuchung und heilender Alchemia und fühlte, wie jemand nach meiner Hand griff, um den Puls zu fühlen. Als ich die Augen aufschlug, glaubte ich einen Schrat oder Vagabunden vor mir zu sehen und wollte schreien, doch die merkwürdige Erscheinung legte ihre Hand auf meine Stirn und sprach beruhigend auf mich ein. Ich rief nach Wilhelm und meinen Ärzten, doch jener sagte, Wilhelm habe es erlaubt, und meine Ärzte seien allesamt unwissende Leutmörder. Dann begann er mit der Untersuchung. Ich ließ es geschehen. Er ...«

Jeder von uns Zuhörern dachte wohl in diesem Augenblick dasselbe, keiner wagte, es auszusprechen.

»Was schaut ihr so betreten?«, fragte Jakobäa fast amüsiert. »Er hat mich nicht unsittlich berührt, doch keiner meiner Leibärzte hat mich je so gründlich untersucht. Schließlich flößte er mir eine in Wein aufgelöste rötliche Substanz ein und versprach mir baldige Genesung, sofern ich es wirklich wolle. Er sagte etwas von heilender Wirkung der Imagination und dass ich meine eigenen Kräfte dafür aktivieren müsse, so wie Matthäus sagt, dass der Glaube Berge versetzt.«

»Heilung gewährt nur der Allmächtige«, wandte Wilhelm ein. »Hat er Euch nicht zum Gebet geraten?«

»Hmm, er hat schon auf den Himmel verwiesen, mein lieber Wilhelm, aber mehr in dem Sinne, dass auch die Kräfte der Planeten miteinbezogen werden sollen. Und dass auch Worten und Namen große Bedeutung zukomme. Und dann murmelte er etwas, was ich nicht verstand, was sich aber wie ein rhythmischer Singsang oder eine Art magische Beschwörung anhörte.«

»Zaubersprüche?«, fragte ich begierig.

»Ich weiß es nicht. Aber er sagte etwas von der Macht des Wortes, denn schon in der Genesis habe der Schöpfergott mit seinem *Fiat* der Ursubstanz Gestalt verliehen, und auch Johannes bezeuge: *Am Anfang war das Wort*.«

»Das ist doch fauler Zauber«, ereiferte sich Ferdinand, »wobei er zum Schein die Bibel vorgibt. Man weiß doch, dass er ein Schwarzmagier und Dämonenbündler war.«

»Ob Zauber oder Gebet«, beharrte Jakobäa, »anderntags war ich jedenfalls so gut wie geheilt und erfreue mich bis auf den heutigen Tag bester Gesundheit, was mancher, der den Lehren des Paracelsus misstraut, nicht von sich behaupten kann, womit auch die böse Nachrede widerlegt ist, seine Heilerfolge hätten stets nur kurze Zeit angedauert.«

»Die Macht des Wortes«, klang in mir nach. Sagte nicht schon ein alter Dichter oder Magier: ›Zauberlieder können den Mond vom Himmel herunterholen.‹ Und mir fiel ein, dass die Adepten auch gerne behaupteten, der tiefere Sinn ihrer mühevollen Arbeit sei, der geschundenen Schöpfung mithilfe des alchemischen Werks wieder zu ursprünglicher Vollkommenheit zu verhelfen. Wenn nun dem Wort tatsächlich so viel Bedeutung zukam, dann musste es vielleicht auch möglich sein, den alchemischen Prozess damit zu beeinflussen, gleichsam rückläufig im Sinne der Genesis. In mir setzte sich jedenfalls der Gedanke fest, dass Magie und die richtigen Zauberworte der Schlüssel zum Stein der Weisen sein könnten. Und ich wünschte mir sehnlichst, die Schatulle des jungen Bischofs Ernst mit all den Zauberschriften, die Mengin verbrennen ließ, zu besitzen. Doch wenn Wünsche Pferde wären, würden Bettler reiten.

Innsbruck hielt immer Überraschungen bereit, für die der umtriebige Erzherzog, der liebend gern große Festspiele gestaltete, sorgte. Schon die erste war, dass er nicht in der Hofburg residierte, wo er seine Kindheit verbracht hatte, sondern in Schloss Ambras auf einem Felsplateau hoch über der Stadt. Dort war er gewissermaßen Gast bei der Baronin Philippine von Zinnenburg, der er das Schloss schon vor Jahren als dauerhaften Besitz überschrieben hatte. Die Baronin wiederum entstammte in Wahrheit dem reichen Kaufmannsgeschlecht der Welser aus Augsburg. Und auch das war nur die halbe Wahrheit, denn Philippine und Ferdinand waren seit siebzehn Jahren unstandesgemäß verheiratet, was zum Zeitpunkt unseres Besuches noch streng geheim war. Die Baronin galt also öffentlich als Ferdinands Mätresse oder Beischläferin und das war freundlich gesprochen, denn Maximilian, der kaiserliche Bruder in Wien, hasste sie abgründig und nannte sie eine Hündin, die seinen Bruder verhext habe. Es gab auch zwei stramme Söhne, die man der Form halber als Findelkinder auf die Schlossstufen gelegt hatte, und die Ferdinand nun als seine Söhne großzog.

Während Wilhelms Burg zu Hause gerade erst aufgerissen wurde, hatte das Ambraser Hochschloss den großen Umbau schon überstanden. Am Unterschloss, das die umfangreiche Kunst- und Wunderkammer beherbergen sollte, wurde noch gebaut. Die weitläufigen Gartenanlagen boten neckische Wasserspiele wie etwa den umlaufenden Tisch, mit dem ahnungslose Gäste schwindelig gedreht werden konnten, aber da es noch Winter war, ruhten die Anlagen. Ferdinands neueste Errungenschaft war ein tiefer Felsenkeller, und er war begierig darauf, uns seine Spielerei vorzuführen. Er lockte uns also trotz der Kälte zum Willkomm gleich in die Bacchusgrotte, deren eiserne Gitter nach unserem Eintritt von Dienern mit schweren Ketten geräuschvoll versperrt wurden, um die Spannung zu erhöhen. Inmitten der schummrig erleuchteten Höhle stand ein mit aufwendiger Eisenschnitttechnik gefertigter Stuhl, der trotz des Eisens filigran und harmlos aussah. Ferdinand lud freundlich dazu ein, den Komfort der wunderlichen Sitzgelegenheit zu testen, aber die, die seine Vorliebe für mechanische Spielereien kannten, hielten sich wissend und die Ängstlicheren unter uns aus Vorsicht zurück. Und ich als Narr fühlte mich nicht aufgerufen, hier das Opfer zu spielen.

»Was ist?«, fragte der Erzherzog provozierend. »Gibt's in Bayern noch mutige Leut, oder reut Euch schon die Fahrt hierher?«

Das ließ sich sein forscher Neffe Ferdinand nicht zweimal fragen. Kaum saß er auf dem Stuhl, wurde ein komplizierter Mechanismus ausgelöst, der ratternd eiserne Klammern ausfahren ließ, die ihn an Schultern, Bauch und Füßen festhielten. Dann wurde ihm ein großer Humpen gereicht, den er zu Ehren des Weingotts auf einen Zug leeren sollte. Für Ferdinand war das keine echte Herausforderung, und unter dem Beifall der Umstehenden schlürfte er den letzten Tropfen aus dem Gefäß. Nach bestandener Trinkprobe durfte er sich als Eingeweihter in das Gästebuch eintragen. Nachdem sich die Mutprobe als harmloser Spaß erwiesen hatte, schlugen sich unter viel Gelächter selbst die Damen wacker, denen man freilich ein merklich kleineres Gefäß reichte.

Hätte Ferdinand von Tirol sich einen Sohn nach Maß wünschen dürfen, wäre es vermutlich sein Neffe und Patenkind Ferdinand von Bayern gewesen. Die beiden hatten vieles gemeinsam. Sie liebten die Jagd, das ritterliche Spiel im Turnier, den Krieg und die Frauen. Obwohl der Erzherzog beileibe nicht der Gesündeste war, was seinem Lebenswandel entsprach, verfügte er noch über große Körperkraft. Er zehrte zeit seines Lebens von seinem frühen Ruhm als Oberkommandant in den Türkenkriegen, obwohl ihm dauerhafte Erfolge verwehrt blieben. Auch Ferdinand von Bayern gefiel sich in der Pose des tatkräftigen Feldherrn, obwohl auch seinerseits die ganz großen Schlachten fehlten. Der Habsburger war in seiner stürmischen Jugend den Frauen sehr zugetan, sodass der liebenswerte Bruder in Wien kolportierte, in Prag könne jeder zweite Bastard auf sein Konto gehen. Herzogin Anna wiederum schrieb vor der Fastnacht im letzten Jahr ihrem Sohn Wilhelm nach Landshut: »Ich ersuche Euer Liebden dringend, diesmal die Frauenzimmer Renatas nicht mit nach München zu bringen, da Ihr doch noch wissen müsst, welch unselige Liebeshändel Euer Bruder Ferdinand mit einer von ihnen schon gehabt hat.« Die Unzufriedenheit als zweitgeborener Sohn mit ungenügender finanzieller Absicherung trieben den Erzherzog zuerst in ausschweifende Vergnügungen und später nach misslungenen Heiratsplänen auf großer europäischer Bühne in diese unstandesgemäße Ehe. Sein Neffe Ferdinand, der ihn verehrte, sollte es ihm Jahre später gleichtun.

Wilhelm hingegen fehlten die Unbekümmertheit und das Draufgängerische seines Bruders, wozu vielleicht auch seine schwächliche Gesundheit von Jugend an beitrug. Oftmals klagte er über Erbrechen und heftigste Kopfschmerzen. Er hatte mit schulterlangem Haar, modischem Spitzbart und sanftmütigen Augen ein gewinnendes Aussehen und er konnte durchaus gesellig, witzig und unternehmungslustig sein, ja manchmal gar erstaunlich hemmungslos, aber viel öfter war er grüblerisch und geplagt von Skrupeln und quälenden Gewissensängsten. Dabei wirkte er häufig wie ein Getriebener, der schon mit neuen Plänen kam, kaum dass die alten verwirklicht waren. Es schien mitunter so, als verschaffe ihm nur der Reiz des ständig Neuen für kurze Zeit Befriedigung. Doch dafür fehlten ihm die nötigen Geldmittel in unbegrenzter Höhe. Da kamen ihm die Anregungen durch seinen Oheim sehr gelegen.

Der Erzherzog hatte eben erst beim letzten Landtag Schulden in Höhe von eins Komma sechs Millionen Gulden auf die Stände abgewälzt. Dagegen nahmen sich Wilhelms Aufwendungen wie Fliegenschiss aus. Ferdinand hatte dafür zwar den Ständen das Recht der Steuereintreibung überlassen müssen, aber das schien nicht der schlechteste Kompromiss zu sein. Man musste eben nur hartnäckig bleiben und sich irgendwie arrangieren. Wilhelm übersah dabei geflissentlich, dass der Erzherzog wie sein Vater ein regierender Fürst war, er hingegen nur ein verwöhnter Prinz, der mit seinem Deputat nie auskam. Und Wilhelm sah auch unbekümmert darüber hinweg, dass sein eigener Hofstaat inzwischen fast verdoppelt und annähernd so groß war wie der Hofstaat des Landesfürsten von Tirol. Ich selbst war allerdings nicht der geeignete Mann, ihn peinlich darauf hinzuweisen. Am Ende hätte er mit dem Einsparen bei seinem Hofnarren begonnen.

Wilhelm sprach den Oheim direkt auf die Alchemie an und wie er's damit halte. Ferdinand lachte: »Schon viele dieser wunderlichen Schmelzkünstler haben im Schloss vorgesprochen und mir alle Schätze dieser Erde versprochen. Hätte ich allen Glauben geschenkt, stünde ich heute als Bettler vor der Hofkirche. Aber mit dem einen oder anderen habe ich mich eingelassen, sogar selber laboriert, schon weil mich der Niedergang des Silberbergbaus in Schwaz dazu gezwungen hat. Einer davon hieß Thurneysser, ein vielseitiger Mensch. Er betrieb erfolgreich eine eigene Schmelz- und Schwefelhütte, hatte daneben auch medizinische Interessen und in Basel anatomische Vorlesungen besucht. Als eines Tages in Schwaz eine verbrecherische Weibsperson exekutiert wurde, erlaubte mein Vater ihm sie zu sezieren. Der Bursche fertigte daraufhin eine Klapptafel an, auf der man sehen kann, wie die Weibsleut von innen aussehen.«

»Alles?«, fragte Wilhelm ungläubig.

»Alles. Auch wo Ihr Euer Dingel hineinsteckt und später dann die Bälger herauskommen. Dieser Thurneysser hat viel von Paracelsus schwadroniert und schien an allen Geheimnissen der Natur interessiert zu sein. Ich schickte ihn daher auf Reisen nach England, Spanien und Portugal, später auch nach Ägypten und Kleinasien. Er brachte mir von überall Mineralien, Pflanzen und Raritäten für meine Kunst- und Wunderkammer mit und schrieb schon unterwegs auf See die *Archidoxa*, die er mir widmete.«

»Aber das ist doch ein Werk des Paracelsus«, warf ich verblüfft ein.

»Holla!«, sagte Ferdinand lachend. »Ein gelehrter Narr. Auch eine Rarität für meine Sammlung. Was verlangt Ihr für ihn?«

»Bin seiner noch nicht völlig überdrüssig«, sagte Wilhelm mit erhobener Braue.

»Thurneyssers *Archidoxa* handeln von den Planeten und der Astrologie«, fuhr Ferdinand fort. »Mit drehbaren, übereinandergelegten Scheiben lassen sich ganz leicht die Stellungen der Planeten, Mondphasen et cetera ablesen.«

»Keine Alchemie?«

»Es sollen auch alchemische Geheimnisse darin verborgen sein, aber ehrlich gesagt, ich hab sie bislang nicht entdeckt und hatte auch nicht die Geduld dazu.«

»Dann laboriert ihr in Tirol einfach aufs Geratewohl?«

»Es gibt einschlägigere Werke von ihm, Herr Naseweis, wie die *Quinta essentia* oder die *Magna Alchemia*. Da beschreibt er auch das berühmte und zugleich verteufelte Antimonöl.«

»Ist dieser Thurneysser noch im Lande?«, wollte Wilhelm wissen.

»Nein, und ich bin nicht unglücklich darüber, denn er wurde zuletzt überheblich, lief in seidenen Gewändern herum, vergraulte mit seinem Stolz den Adel und machte Schulden. Er verdient oder erschleicht sich sein Geld jetzt im hohen Norden mit Kalenderprophezeiungen und teuren Medizinen. Es geht das Gerücht um, er bediene sich dafür der Hilfe des Teufels und besitze einen Dämon in der Flasche, was übles Geschwätz ist, denn es war nur ein Skorpion in einem Glas, den er von seinen Reisen mitbrachte. Doch mein Rat an Euch, lieber Neffe: Seid großzügig mit Euren Mitteln und riskiert etwas, sonst erreicht Ihr nichts. Aber seid auch misstrauisch, schaut den Kerlen auf die Finger und lasst sie niemals zu groß werden. Und achtet darauf, dass keiner mit dem Teufel im Bunde ist.«

Zur Großzügigkeit riet meinem Herrn auch Wilhelm von Rosenberg, der anderntags mit fünfzig Kutschen und Dutzenden Gefolgsleuten von Prag zu den Festlichkeiten anreiste. Der stattliche Magnat aus dem uralten Geschlecht der Wittigonen, der unsere Sprache volltönend und nur mit leichtem Akzent sprach, bestätigte Wilhelm, dass ein gewisser Geishammer für kurze Zeit an seinem Hof gewesen sei. Er bezeichnete ihn aber als Scharlatan.

»Es ist oft schwer, die Spreu vom Weizen zu trennen«, sagte er. »Vor meiner Abreise noch erhielt ich von einem Gelehrten die *Geheimnisse des Aristoteles* mit einer Widmung und der Klage, dass er augenblicklich im Schuldturm der Prager Burg eingekerkert sei. Er ist wohl eher kein Gauner, sondern angesehener Humanist, der spät zur Alchemie fand und seinen Eifer übertrieben hat. Was soll ich tun? Ihn im Gefängnis verrotten lassen? Ich werde ihn wohl nach meiner Rückkehr auslösen.«

»Wie kann ich mir bei meinen Entscheidungen sicher sein?«, fragte Wilhelm verzagt.

»Oftmals erst hinterher. Manchmal ist ein Vorschuss an Vertrauen nötig.«

Dann kam Rosenberg auf eine merkwürdige Idee. »Habt Ihr schon ein Prognosticon?«

Wilhelm schüttelte erstaunt den Kopf.

»Ich ließ mir als junger Mann, als ich mir meines Weges noch nicht sicher war, eine astrologische Voraussage für das folgende Jahr erstellen von keinem Geringeren als Thaddäus Hajek, dem kaiserlichen Astronom und Leibarzt. Was soll ich sagen? Sie harmonisierte prächtig mit meinen damaligen Absichten. Ich konnte mich im Streit um den Vorrang unter den böhmischen Adeligen durchsetzen, und heute bin ich oberster Burggraf und Vizekönig von Böhmen. Ein gutes Prognosticon könnte Euch Sicherheit geben.«

»Oder die Gewissheit zu scheitern«, argwöhnte Wilhelm.

»Wer schon das kleinste Risiko scheut, geht damit zugleich das größte ein. Ihr müsst auch Geduld zeigen und Euren Weg mit Beharrlichkeit verfolgen. Festina lente, Eile mit Weile.« Es war der Wahlspruch des Böhmen, und ich erinnerte mich an einen Holzschnitt im Liebestraum des Poliphil: ein pfeilschneller Delfin, der an eine Schildkröte gebunden war.

Armer Wilhelm! Schon wieder Geduld.

Die Hausherrin bekamen wir in den ersten Tagen nicht zu Gesicht, ob aus Unpässlichkeit, oder weil sie sich bei offiziellen Anlässen gewöhnlich nicht zeigte, blieb offen. Für die Verwandtschaft aus Bayern aber war sie längst keine Unbekannte mehr. Zwar stand ihr Herzogin Anna, Ferdinands Schwester, als stolze Habsburgerin ebenfalls reserviert gegenüber, doch mit der übrigen Reisegesellschaft herrschte sogleich herzliches Einvernehmen, als Philippine endlich an den Mahlzeiten, Empfängen und Festlichkeiten teilnahm. Sie war in den vergangenen Jahren wiederholt schwer erkrankt, aber an guten Tagen noch immer zugewandt und von großer Liebenswürdigkeit. Sie zeigte Renata gleich ihr mit Pflanzen und Ornamenten verziertes Gebetbuch, ihr privates Kochbuch und das Arzneimittelbuch ihrer Mutter, auf das sie sehr stolz war.

Eines Nachmittags führte sie das junge Paar in ihr persönliches Kleinod, ihre Badstube. Was die Größe betrifft, ist Kleinod untertrieben, denn die Badstube bestand aus drei Räumen, der Abziehstube, dem Heizraum und Schwitzbad sowie der eigentlichen Badstube. Im Umkleideraum stellte ein umlaufender Fries mit zarten Fresken den Jungbrunnen und Diana im Bade dar. Das Erstaunlichste aber war die Badstube selbst. Durch ein Doppelfenster fiel das milde Licht der südlich stehenden Nachmittagssonne in eine tiefe rechteckige Wanne aus verzinntem Kupferblech, in die auf raffinierte Weise vom Heizraum warmes und aus dem Lustgarten kaltes Wasser geleitet werden konnte.

»Es ist Unsinn«, erklärte Philippine, »dass das Baden schädlich für Körper und Gehirn sei, weil das Wasser durch die Poren der Haut eindringe, sich mit den Körpersäften vermische und so zu Krankheiten führe. Aus meiner Sicht dient es vielmehr der gründlichen Reinigung und verschafft angenehme Entspannung und Wohlbefinden, vor allem wenn man duftende Kräuter und relaxierende Essenzen hinzufügt. Stellt Euch nur vor, liebe Renata, wie danach Euer seidiges Haar wieder glänzen wird.«

Als Renata daraufhin ihrem Wilhelm einen verliebt verträumten Blick zuwarf, da wusste ich, dass Georg Stern gleich nach unserer Rückkehr den Auftrag für eine Badstube erhalten würde. Nur etwas größer als die hier zu bewundernde.

Die Tage vergingen lustvoll mit Schlemmerei, Musik, Maskenaufzügen und Schießwettbewerben. Am Tag vor unserer

Abreise hatte dann Wilhelm noch einen besonderen Wunsch. Er wollte den Fortgang des monumentalen Grabdenkmals für Kaiser Maximilian I. begutachten. Fünfundfünfzig Jahre war er inzwischen tot, und erst jetzt kam das schleppend begonnene Projekt langsam zur Vollendung. Ferdinands Vater hatte dazu eigens die Hofkirche an der Innsbrucker Stadtmauer errichten lassen, und der Urenkel dirigierte nun die letzten Schritte. Die große Tumba in der Mitte des Langhauses war bereits fertiggestellt. Es fehlten nur noch die Skulpturen der Tugenden obenauf sowie die Kaiserfigur selbst. Das leere Hochgrab war mit Reliefs aus strahlend weißem Marmor geschmückt, die wichtige Ereignisse aus dem Leben Maximilians zeigten. Wilhelm war fasziniert von den kunstvoll und höchst sorgfältig ausgeführten Arbeiten und stieß schier mit der Nase darauf, um jedes Detail zu erkennen.

»Colin hat sie geschaffen«, erklärte Ferdinand, »mein genialer Hofbildhauer. Schon mein Vater hat ihn aus den Niederlanden kommen lassen. Und jetzt stellt Euch nur vor, die Krämerseelen der Hofkammer verlangten von mir doch tatsächlich, ich solle ihn entlassen, weil er zu kostspielig sei. Diese Banausen und sparwütigen Narren!«

»Kenn ich von zu Hause«, sagte Wilhelm und wandte sich den überlebensgroßen Bronzefiguren zu, die – achtundzwanzig an der Zahl – in zwei Reihen das leere Grab wie eine Trauerprozession säumten.

»Er war nicht der Bescheidenste«, sagte der Erzherzog lachend, »und hat es selbst noch so verfügt. Sein Motto war eben: Wer sich im Leben kein Gedächtnis macht, der hat auch nach dem Tod kein Gedächtnis, und denselben Menschen vergisst man schon beim ersten Glockenton.«

Wilhelm besah sich die schwarz glänzenden Bronzefiguren, Männer wie Frauen, sehr genau, nicht nur wegen ihrer außerordentlichen Schönheit, sondern auch in Bezug auf Name und

Herkunft. Als wir zu Kunigunde kamen, der Schwester des Kaisers, die einen Wittelsbacher geehelicht hatte, fragte ich forsch: »Wo bleibt ihr Mann, Albrecht der Weise?«

Da kam der Urenkel etwas in Verlegenheit, und Wilhelm presste am Ende der langen Reihe zu mir geneigt zwischen den Zähnen hervor: »Selbst den mythischen König Artus lässt der Großkotz hier aufmarschieren, aber nicht einem seiner Verwandten aus dem Haus Bayern gibt er die Ehre. Dabei hat er sich noch extra einen Künstler aus München dafür kommen lassen.«

Mir war nicht ganz klar, ob er damit irgendwelche Konsequenzen andeuten wollte, aber beunruhigender fand ich, dass er beim Hinausgehen und wiederholt auch noch lange danach vor sich hinmurmelte: »Wer sich im Leben kein Gedächtnis macht …«

Dreißigstes Kapitel

Angeregt durch Jakobäas Schilderung von der Macht des Wortes und beseelt von dem hochmütigen Gedanken, als gepriesener und bald auch berühmter Narr Herzog Wilhelms Träume verwirklichen zu können, grübelte ich während der Rückreise, wie ich es anstellen müsse, um wieder an Zauberbücher zu kommen. Es gab dafür nicht einfach einen Markt, und ich kannte zu der Zeit außer dem jungen Bischof Ernst niemanden, der sich mit Zauberei befasste. Am wahrscheinlichsten schien es mir daher, dass ich in der Hofbibliothek fündig würde. Da Wilhelm nicht unverzüglich von München nach Landshut weiterreiste, nutzte ich die Gelegenheit, hängte mir eine große Tasche an den Gürtel und machte mich auf zu Herzog Albrechts Musentempel, dem Antiquarium, das ebenfalls durch einen Gang mit dem herzoglichen Schloss verbunden war.

Über dem riesigen Saal, der Hunderte antike Skulpturen beherbergte, befand sich die Bibliothek in gleicher Größe. Normalerweise hätte ich den Hofkanzler, dem die Bibliothek mit all ihren Schätzen unterstellt war, um Erlaubnis fragen müssen. Ja mehr noch, für mein Vorhaben, in verbotene Bücher Einsicht zu nehmen, hätte es der Lizenz des Pontifex persönlich oder wenigstens der Heiligen Inquisition bedurft. Aber da die Mühlen Roms bekanntlich langsam mahlen, und eine Erlaubnis sowieso utopisch war, konnte ich es gleich bleiben lassen. Mir kam der Umstand zugute, dass Herzog Albrecht seinen Günstling Hans Jakob zum Hofkammerpräsidenten ernannt hatte, und sein lang gedienter Bibliothekar war zusammen mit Fuggers Büchern von Augsburg nach München übersiedelt. Ihn kannte ich, und er gewährte mir freimütig Zugang. »Sucht Ihr etwas Bestimmtes?«

»Ich möchte mir den viel gerühmten Wissensschatz mal aus der Nähe besehen«, flunkerte ich, »denn ein kluger Narr braucht geistige Waffen für einen trefflichen Witz.«

»Da findet Ihr hier ein reiches Armarium«, sagte der Bibliothekar sichtlich stolz und erklärte mir in groben Zügen die Anordnung der Bücher. »Seht Euch um, und wenn Ihr Fragen habt, kommt gerne zu mir.«

Ich verwarf den Gedanken, ihn gleich direkt danach zu fragen, wo er Zauberbücher aufbewahre, und machte mich zunächst lieber selbst auf die Suche. Aber schon der erste Blick konnte einen schier mutlos werden lassen, denn in der Mitte des endlos langen Raumes waren die Bücherregale Rücken an Rücken aneinandergereiht. Auch an den Seitenwänden standen Regale, Pulte und Schränke in großer Zahl. Dazwischen hingen Gemälde, Stiche, fürstliche Stammbäume und Landkarten. Die Bücher, gewiss weit über zehntausend an der Zahl, waren edel in rotes, grünes und weißes Leder gebunden, soweit sie der Sammlung Hans Jakobs entstammten, und boten einen erhabenen Anblick. Doch angesichts der Fülle fragte ich mich, ob darin nicht so manches, was die Alten schon gesagt hatten, nur wieder und wieder breit getreten war. Und wie viele dieser Schriften mochten nur dem verbissenen Streit zwischen Gelehrten, Philosophen und Theologen dienen, der in unseren Tagen überhandnimmt, wo Verteidigungsreden leicht zu Schmähschriften werden, denn *lis litem generat*, Zank erzeugt nur wieder Zank, wie eine alte Weisheit sagt.

Ich zog mir an verschiedenen Stellen Bücher heraus und überflog die Titel. Da gab es zunächst die theologische Abteilung mit lateinischen Bibeln und Übersetzungen der Kirchenväter, aber auch päpstliche Bullen und eine stattliche Zahl an Polemiken wider die Ketzer. Ihnen folgten mehrere Reihen juristischer Werke, danach Bücher über Medizin, Zoologie und Pflanzen aller Art, philosophische und mathematische Werke und so fort. Alle fein säuberlich katalogisiert und geordnet. Als ich eben schon aufgeben wollte, sah ich eine vertraute Gestalt.

»Ist aus der Stelle in Sachsen nichts geworden?«, sprach ich sie an.

»Ah, Freund Michel. Hast du die Narretei aufgegeben und widmest dich jetzt ernsthaften Studien?«

»Ich betreibe die Narretei ernsthaft und widme mich Studien nebenbei«, sagte ich lachend.

Zwei junge Jesuiten, die in den Regalen stöberten, waren bei dem Wort »Sachsen« hellhörig geworden und rückten näher. Wimpinaeus wies demonstrativ auf eine riesige Landkarte an der Stirnwand der Bibliothek, die beinahe fünfhundert Quadratschuh groß sein musste. »Hast du das herrliche Werk bereits betrachtet?«, fragte er mich laut und deutlich hörbar. »Der begnadete Philipp Apian hat's geschaffen, den der Herzog mit der Kartografierung seines Landes beauftragt hat. Er ist hochbegabt, nur leider hat er den falschen Glauben. Die frommen Schwarzröcke haben ihn aus Ingolstadt verjagt. Seine Karte können sie nicht als ketzerisch von der Wand reißen, aber sie schnüffeln schon wieder zwischen den Büchern nach verbotenen Schriften.«

Ich wusste seit meinem Besuch bei ihm von seiner liberalen Haltung in Glaubensfragen. Umso erstaunter war ich, als er mir jetzt von seinen neuesten Plänen erzählte. »Ich gehe nach Rom.«

»Als Büßer oder Leibarzt des Papstes?«

»Ich glaube nicht, dass er den Paracelsus sehr schätzt«, erwiderte Wimpinaeus. »Aber du wirst es nicht glauben, Albrecht hat mich auserwählt, seinen Jüngsten als Medicus nach Rom zu begleiten.«

»Herzog Ernst?«, fragte ich ungläubig. Ich wusste zwar, dass der widerstrebende Bischofsanwärter von Mengin quasi exorziert und wieder in die rechte Spur gebracht worden war, aber nun gleich Rom …? »Jetzt wird's ernst mit Ernst, und ernsthafte Weihe ist an der Reihe«, scherzte ich, »meinen Glückwunsch! Wann geht's los?«

»In wenigen Wochen, aber ich weiß noch nicht, ob es ein Glückslos war. Sein hölzerner Erzieher, der ehrgeizige Fabricius leitet das Unternehmen.«

»Oh, den kenn ich. Er versucht aus dem armen Prinzen einen Heiligen zu formen, notfalls mit Gewalt. Und davon soll dann Licht auf ihn selbst abstrahlen.«

»Stell dir vor«, raunte Wimpinaeus mir zu, »der furztrockene Pedant hat erst Albrechts Schreiber eine lateinische Instruktion für den armen Ernst diktiert, die sich wie die Anweisung für einen verschärften Gefängnisaufenthalt liest. Die hat er dann vorab in Rom herumgezeigt und danach dreist dem Herzog geschmeichelt, man rühme in Rom bereits seine Klugheit und Frömmigkeit und einer habe gar gesagt, diese lautere Instruktion müsse vom Heiligen Geist persönlich diktiert sein.«

»Der Trottel ist doch von allen guten Geistern verlassen.«

»Deshalb muss ich ja als weltliches Korrektiv den Jüngling schützen.«

Wir lachten beide so laut, dass wir uns vom Bibliothekar einen mahnenden Blick einhandelten. Ich zog Wimpinaeus in eine Nische zwischen zwei seitlichen Regalen und fragte fast flüsternd: »Was passiert eigentlich mit den Büchern, die diese Eiferer als verboten aussondern?«

»Auch so eine Halbherzigkeit. Albrecht poltert zwar und lässt den Index der libri prohibiti verbreiten, aber bei ihm selbst obsiegt die Sammelwut. Er lässt die Bücher zwar aussondern, aber seine Sammlung deshalb nicht schmälern. Zum Glück. Hab eben noch vorn beim Bibliothekar zwei neuere Schriften entdeckt, die vor dem Katechismus des Canisius warnen. Dort drüben, die vier Schränke, das sind sozusagen die Giftschränke. Dort werden alle als ketzerisch eingestuften sowie nichtgeistliche verbotene Bücher aufbewahrt. Und die Schränke sind nicht einmal verschlossen. Albrecht selbst hat sich natürlich von der Kurie, die ihm als Hüter des wahren Glaubens verpflichtet ist, die Erlaubnis erteilen lassen, die Bücher jederzeit lesen zu dürfen. Aber ich muss mich empfehlen. Ein Patient wartet auf mich.«

»Gute Reise und viel Vergnügen in Rom!«

»So es eins wird. Geb Gott! Ich werd dir eines Tages berichten. Gehab dich wohl.«

Wimpinaeus hatte mir unverhofft den Weg gezeigt. Der auswärtige Kopist, der sich an einem der seitlichen Pulte mühte, einen griechischen oder hebräischen Codex abzuschreiben, war so in seine Arbeit versunken, dass er mir kaum gefährlich werden würde. Aber die beiden Jesuiten musste ich ablenken. Ich ging zu ihnen hin und schleimte: »Brüder, hat nicht der heiligmäßige Canisius uns mit seinem Katechismus ein großes und von Gott gesegnetes Werk an die Hand gegeben, in dem er uns mit schlichten, nichtsdestotrotz von ewiger Wahrheit durchglühten Worten, die wesentlichen und unverzichtbaren Inhalte unseres Glaubens ausdeutet?«

Die beiden glotzten mich an wie Lämmer und nickten nur überrumpelt mit dem Kopf. »Wie darf es dann sein«, fuhr ich eifernd fort, »dass eine ketzerische Schlange ihr Haupt erhebt und lasterhafte Widerworte gegen den Katechismus und die Wahrheit unseres Herrn ausspuckt?«

Die Jünger der Gesellschaft Jesu waren noch immer verdutzt und brachten nur ein »Wie?« und »Wo?« hervor. »Dort vorn«, stieß ich nach, »liegen verdächtige Schriften aus Wittenberg und Jena, die sich nach ihrer Katalogisierung unter das Schrifttum mischen werden, um unseren Glauben zu besudeln.«

Da wurde der Hellere der beiden wach und zog den anderen mit sich fort in Richtung Bibliothekar. Noch während sie unterwegs waren, wandte ich mich den Schränken zu, um sie eilig zu durchstöbern. Ich suchte nur nach Reizworten, und im letzten Schrank wurde ich fündig. Woher auch immer der junge Bischof seine Schwarten bezogen hatte, hier standen zwei Duplikate von Agrippa und Herpentil. Ich hatte bis dahin kaum Ahnung von Zauberbüchern. Da mir die beiden somit fast vertraut vorkamen und ich ohnehin nur wenige

Bücher mitnehmen konnte, schickte ich – vermutlich an die gänzlich falsche Adresse – ein Stoßgebet zum Himmel und ließ die beiden Bücher in meiner Gürteltasche verschwinden. Dann wischte ich mir den Schweiß von der Stirn und ging nach vorne, wo die beiden Jesuiten vehement auf den armen Bibliothekar einredeten. Ich ließ ihm gedanklich eine Entschuldigung zukommen und bewegte mich so unauffällig wie möglich nach draußen.

Noch am Tag unserer Ankunft in Landshut ließ Wilhelm, wie erwartet, Baumeister Stern zu sich kommen, und erläuterte ihm seine Wünsche für eine große Badstube im Sockelgeschoss des neuen Anbaus. Stern konnte sich für des Herzogs überschwängliche Schilderung wenig begeistern, denn es bedeutete, das bereits gelegte Fundament wieder aufzuschlagen. Und dann noch die irrwitzige Größe: Ein ovales Becken, etwa zehn Schuh in der Breite und siebzehn Schuh in der Länge. »Mit Verlaub«, sagte er, »das Bad wird über die Treppe doch nur Euch und Eurer Gemahlin zugänglich sein. Wollt Ihr darin nur baden oder die Seeschlacht von Lepanto nachstellen?«

»Das lasst meine Sorge sein«, wies ihn Wilhelm rüde zurecht und trug ihm gleich noch auf, sich um die Zuleitung vom Wasserturm her zu kümmern. Ich konnte förmlich die Gedanken des Baumeisters lesen: »Sicher hat ihm dieser verrückte Sustris den Floh ins Ohr gesetzt.« Es half nichts.

Der Alchemist schien in der Zwischenzeit nicht untätig gewesen zu sein und wurde bei Wilhelm vorstellig, um ihm zu dessen Freude mitzuteilen, dass er schon einen bescheidenen Erfolg mit der Quintessenz des Goldes erzielt habe und sich anerbiete, dies vorzuführen. Wilhelm war so begierig darauf, dass die Probe noch am selben Nachmittag stattfand.

Laura war nicht zugegen, als Wilhelm und ich in der Behausung des Alchemisten eintrafen. Sie wurde entweder in der

Küche festgehalten, oder Polhaimer hatte ihre Anwesenheit hintertrieben. Jedenfalls legte auch Wilhelm keinen Wert darauf, sie herbeizurufen, da ihm das Gezänk der beiden zuwider war.

Die Fenster des Laboratoriums waren diesmal schon weit geöffnet. »Ich wählte heute gleich das Blei als Ausgangssubstanz«, eröffnete Polhaimer sein Hantieren am Schmelzofen. »Es kommt von den sieben Metallen der Materia prima am nächsten und ist durch seine Schwere dem Saturn zugeordnet, der sich nur langsam und träge bewegt.«

»Dafür schmilzt es aber blitzschnell«, sagte ich vorwitzig und handelte mir dafür einen bösen Blick des Adepten ein.

»Nun gebe ich etwas Quecksilber dazu, das bereits flüssig ist und das …« – er schaute mich dabei wieder scharf an, als wolle er eine erneute Bemerkung verhindern – »das stumpfe Blei geschmeidig macht. Denn Mercurius vereint viele Eigenschaften. Er ist kalt und feucht und im Feuer zugleich luftartig. Er dringt in alle Metallkörper ein und hebt sie damit bereits auf eine höhere Stufe.«

»Ihr sagtet etwas von der Quintessenz«, drängelte Wilhelm.

»Habt Geduld, mein Fürst!« Er ging zu einem Wandregal und entnahm einem hölzernen Ständer eine kleine Glasphiole, die eine hellgelbe Flüssigkeit enthielt. »Um einen Stoff in seiner Eigenschaft zu erhöhen«, fuhr er fort, »bedarf es eines speziellen Ferments, das die Substanz wie ein Sauerteig durchdringt und zur Gärung bringt. Jedes Metall hat einen Körper und eine Seele. Im Gold, dem edelsten aller Metalle, ist die Mischung so ausgewogen, dass es unveränderlich ist. Wenn es nun gelingt, die Seele des Goldes auszuziehen, dann kann dieser lebendige Extrakt wie ein Fermentum das mindere Metall durchdringen und es zum Edelmetall läutern.«

»Ist dies …?« Wilhelm deutete mit einem fragenden Blick auf die Phiole, die der Adept in seiner Rechten hielt.

»Ganz recht, Euer Gnaden. Es ist mir während Eurer Abwesenheit in mühsamer Arbeit gelungen, ein verdünntes Elixier herzustellen.« Er hob die Phiole in die Höhe. »Was Ihr hier seht, ist eine Goldlösung, freilich noch in geringer Konzentration. Sie bewirkt bislang nur eine bescheidene Wandlung, aber Ihr seht, ich bin auf dem rechten Weg.«

Wilhelm starrte erst ungläubig auf die Phiole, dann misstrauisch auf den Adepten. »Das ist alles?«

»Oh, Ihr wollt eine Probe. Ich verstehe.« Er deutete mir mit einem Fingerzeig an, ich solle den Blasebalg bedienen und die Glut anfachen. Dann reichte er Wilhelm ein dünnes Stöckchen mit den Worten: »Es wäre mir eine Ehre, wenn Ihr Euch selbst von der Wirksamkeit überzeugen möchtet.«

Wilhelm nahm mit verwunderter Miene das Stöckchen entgegen. »Und nun?«

»Wenn ich gleich das Ferment hinzugebe, müsst Ihr anfangen zu rühren, ruhig und gleichmäßig, damit die Seele eindringen kann und nicht entflieht.«

Wilhelm hielt mit der Linken seine kostbare Schaube vom Herd zurück und mit der Rechten, die vor Aufregung leicht zitterte, das Stöckchen über den Rand des Tiegels, in dem das Gemisch aus Blei und Quecksilber brodelte.

Polhaimer entfernte mit großer Geste den Glasstöpsel aus der Phiole, und für einen kurzen Augenblick glaubte ich einen stechenden Geruch wahrzunehmen. »Rührt, Euer Gnaden!« Es zischte und dampfte, als der Adept die dünne Goldlösung über die heiße Schmelze goss, und als sich der Dampf verflüchtigt hatte, da war das Gemisch von goldenen Schlieren und einzelnen Klümpchen Gold durchzogen.

»Ihr habt Eure Sache gut gemacht«, lobte Polhaimer den Herzog leicht überheblich, nahm ihm das Stöckchen ab und legte es in das Holzfach unter dem Ofen. Dann hob er mit einer langen Zange den Tiegel aus der Glut und kühlte ihn im Wassertrog ab. Die erkaltete Schmelze enthielt jetzt in der Tat Spuren von Gold.

»Es ist nicht viel«, sagte er entschuldigend, »und es lohnt fast nicht, es im aufwendigen Scheideverfahren zu trennen. Doch es ist echtes Gold, und wenn Ihr es wünscht, damit Ihr einen Beweis in Händen haltet …«

Wilhelms Miene schwankte zwischen Anerkennung und Enttäuschung. »Wie lange werdet Ihr brauchen bis zu einem nennenswerten Erfolg?«

»Hmm, bei gutem Fortgang … ich würde sagen … die Sache ist die: vergebt mir, Fürst! Es gab heute Morgen ein Missgeschick. Ich kann die Türe nicht immer verschlossen halten, schon wegen der Dämpfe, und da schlich sich die Katze des Schmieds, schwarz wie der Leibhaftige, ins Labor. Und als ich sie verjagen wollte, fing eine rechte Jagd an, wobei das Vieh über die Tische sprang und dabei den gläsernen Destillierhelm zerbrach.« Er deutete schuldbewusst auf einen Scherbenhaufen in der Ecke.

»Die Katze ist an allem schuld«, sang ich schadenfroh vor mich hin, »dem Herzog reißt gleich die Geduld.«

Wilhelm knirschte mit den Zähnen und mühte sich sichtlich, den Ärger hinunterzuschlucken. »Wie lange?«, fragte er knapp. Der Ton war bedrohlich.

»Ich könnte mir ja mit einem irdenen Kolben und Helm behelfen«, bot Polhaimer an, »aber das Ergebnis wäre niemals so rein …«

»Also Glas«, kam ihm Wilhelm entgegen, um die umständliche Klärung abzukürzen. »Wie viel?«

»Hmm, vielleicht sollte man bei der Gelegenheit gleich mehrere …«

»Ich meinte: Wie viel kostet einer?«

»Tja, wenn man die ganz einfachen nimmt«, druckste Polhaimer herum, »aber es wäre natürlich besser, gleich welche mit stärkerem Glas zu nehmen. Doch die bekomme ich nicht in Landshut. Ich denke, Nürnberg wäre gut. Es hat geschickte Glasbläser aus …«

»Wie viel?« Wilhelms Geduld neigte sich dem Ende zu.

»Na ja, wenn ich den Transport noch rechne, da wird ein einzelner Glasträger nicht reichen. Also ich denke, alles in allem, so um die hundertfünfzig …«

Polhaimers Schweiß rührte jetzt nicht mehr vom Schmelzofen her. Wilhelms Augen funkelten im Schein der Glut wie feurige Kohlen. Er rang heftig mit sich.

»Denk jetzt an den Oheim und Rosenberg«, flüsterte ich ihm zu seiner Unterstützung zu. »Ohne Einsatz kein Gewinn.«

»Sagen wir hundert«, senkte Polhaimer den Preis. »Ja, das sollte reichen.«

»Ich werde den Schleich anweisen, Euch das Geld zu übergeben. Seht zu, dass Ihr vorankommt!«

Durch den zähen Fortgang der Goldmacherei schien es mir umso dringender geboten, wirksam und segensreich einzugreifen. Es bedurfte eines kühneren Herangehens an die Sache. Ich nutzte die folgenden Tage, um mich in meine jüngst erworbenen Buchschätze zu vertiefen und stieß dabei auf eine Reihe von Fragen. Zuerst wandte ich mich dem Herpentil zu, da es im Vergleich zu Agrippa nur eine dünne Schrift mit wenigen Seiten war. Als ich den langen Titel las, überkam mich ein ähnlicher Schauder wie damals in Freising, denn es war von Schwarzmagie, Beschwörungen und den mächtigsten Geistern die Rede. Zu meiner Beruhigung entnahm ich dem Vorwort, dass die Beschwörungen nur der Ehre Gottes dienen sollten und zum Besten der Armen und Hilfsbedürftigen, wenn die beschworenen Geister die geforderten Gelder vor dem magischen Kreis ablieferten. Ganz so war das von mir aber nicht gedacht, denn der Arme und Hilfsbedürftige war in meinen Augen Wilhelm. Und der brauchte das Geld dringend für seine

Gläubiger. Ich beruhigte mich mit dem Gedanken, dass ich ja nicht unbescheiden große Geldmengen fordern, sondern nur einen Dämon dazu bringen wollte, dem Alchemisten auf die Sprünge zu helfen.

Die erste Forderung Herpentils ließ einen weiteren Schauer über meinen Rücken laufen, denn da hieß es, niemand solle sich unterstehen, die Beschwörungen ohne Kreis mit klarer und lauter Stimme zu lesen, wenn er nicht seinen Fürwitz teuer bezahlen wolle. Was wenn einem nun plötzlich die Stimme versagte? Die weiteren Forderungen – ein Stöckchen, eine Kappe und ein Scapulier waren anzufertigen – waren zwar aufwendig, schienen aber machbar. Ein größeres Rätsel stellten die abgebildeten Siegel der Geister dar. Sie sahen aus, als habe ein Halbwüchsiger oder ein Besessener den Griffel geführt und wild herumgekritzelt. Und überhaupt: Welcher dieser Geister war denn in Gottes Namen zuständig?

Ich kam zu der Überzeugung, dass ich in jedem Falle Unterstützung benötigte, und passte eine günstige Gelegenheit ab, um auf Laura zuzugehen. »Auf ein Wort«, sagte ich, als ich sie aus der Küche im Damenstock kommen sah, fasste sie bei der Hand und zog sie mit mir fort durch den Torbau hinaus in den äußeren Burghof, wo sich ungestörter reden ließ.

»Was wollt Ihr von mir?«, fragte sie erstaunt, wobei mich ihre hellblauen Augen zugleich erwartungsvoll und irgendwie keck anblickten. Es machte mir den Anfang nicht leichter.

»Das, was Ihr da unlängst … ich meine im Labor … also wie Euch der Flegel beleidigt hat und Ihr darauf …«

»Du meinst die Sache mit dem Monatsblut?«, fragte sie lachend und ohne förmliche Umschweife.

»Äh … ja.«

»Was ist damit? Hältst du mich auch für unrein? Ihr Männer seid unwissende Angsthasen.«

Ihre direkte Art ließ mich zum Kern der Sache kommen.

»Du hast dabei auch von Magie gesprochen. Verstehst du mehr davon?«

»Wozu willst du das wissen?«, fragte sie jetzt merklich vorsichtiger. »Ein närrischer Inquisitor?«

»Nicht doch, nein! Ich könnte deine Hilfe gebrauchen.«

»Wenn es um Liebestrank oder das Werk einer Engelmacherin geht, da bist du bei mir falsch.«

»Es geht um Alchemie, und du erwecktest den Eindruck, etwas davon zu verstehen.«

»Eine Menge, um genau zu sein. Mehr als dieser aufgeblasene Polhaimer. Ist dir hier vielleicht schon mal eine Katze des Schmieds über den Weg gelaufen?«

»Wenn du damit seine Tochter meinst, ja. Ihr Vater drohte, er führe an mir eine Transmutation aus, die meiner Gestalt sehr abträglich sei. Mit seinen Worten: ›Ich schlag dich platt wie Eisenblech!‹«

Sie lachte. »Der Feuerstümper behauptet doch dreist, eine Katze habe den Destillierapparat zerbrochen. Ich wette, er selbst hat es mit Absicht getan.«

»Wozu sollte er?«

»Zwei gute Gründe: Er hat mir damit die Arbeit nachhaltig versaut und kann für sich selbst den Prozess hinauszögern. Der hält den Herzog doch nur hin.«

»Du meinst … hmm, er hat immerhin in der Zwischenzeit etwas Goldwasser erzeugt und damit eine Probe vorgeführt.«

»Goldwasser? Dass ich nicht lache. Er hat ins Glas gebrunzt.«

»Deshalb …« Ich erinnerte mich an den leicht stechenden Geruch in dem Augenblick, als er die Phiole öffnete. »Aber in der Probe waren Spuren von echtem Gold. Sagte er zumindest, und es sah auch so aus.«

»Pah! Er wird einen Trick angewandt haben wie ein gewöhnlicher Betrüger. Ich komm ihm schon noch auf die Schliche. Aber nun sag schon, was soll ich für dich tun?«

Ich erzählte ihr von Victor August und dem Labor in Oberstockstall. »Der Polhaimer hat alles genau so ausgeführt, und es hat den Anschein, dass nur noch ein kleiner, aber entscheidender Schritt fehlt. Du sagtest, man könne das Theion hydor ganz leicht herstellen.«

»Jetzt nicht mehr. Zumindest nicht in nächster Zeit, bis ich einen neuen Alembik habe.«

»Gut, wird irgendwann ja so sein. Aber ich dachte, es wäre gut, noch höhere Unterstützung zu haben.«

»Du meinst den Herzog? Soll der etwa …? Es gibt Fürsten, die selbst am Ofen stehen.«

»Nein, ich meinte Magie. Hast du schon von der Macht des Wortes gehört?«

»Du meinst Abrakadabra und ene, mene Wiedehopf, schon wird das Blei zu Gold im Topf?«

Ich wartete, bis sie ausgelacht hatte. »Ich meinte ein Ritual, mit dem man Geister zwingt, etwas für einen zu tun.«

»Schwarzmagie? Du bist verrückt.«

»Pst! Sei leise! Komm mit!« Ich ging mit ihr durch das innere Torwarthaus hinaus in den Haag, ließ mich in der Frühlingssonne unter einem Haselstrauch nieder und zog sie zu mir herunter. Sie schaute neugierig amüsiert zu, wie ich den Herpentil aus meiner Gürteltasche holte. Ich erklärte ihr meinen Plan, und sie wurde zunehmend interessierter. Wenig später waren wir schon in Einzelheiten vertieft und mitten in der Vorbereitung.

»Ich weiß nicht, wo ich das Jungfernpapier für den magischen Kreis herbekommen soll«, stöhnte ich. »Neun Schuh breit soll er sein. Das ist riesig.«

»Zur Not würde auch weiße Leinwand gehen. Sie muss nur jungfräulich sein, also kein Pärchen darf es darin schon getrieben haben.« Sie kicherte, während ich sie erstaunt ansah. »Hab ich mal irgendwo gelesen.«

»Du kennst dich mit Magie aus?«

»Na ja, ein wenig. Lass sehen, was noch. Für die Schrift und die Buchstaben in dem Kreis steht hier: weißes Taubenblut.«

»Weißes Blut auf weißem Tuch, das sieht doch keiner.«

»Das Blut einer weißen Taube ist gemeint, du Kaspar. Aber dafür könnten wir auch Zinnober nehmen. Den kann ich leicht herstellen, muss nur Quecksilber mit Schwefel verbinden. Das hat dann schon die rote Farbe wie der fertige Stein.«

»Dann brauch ich noch eine Kappe und einen Umhang, die wir mit den Zeichen und Siegeln der Geister bemalen müssen.«

»Wer sagt dir, dass *du* der Magier bist? Ihr Männer glaubt immer, dass nur ihr …«

»Hier steht: ein Meister«, sagte ich, »und er muss ein wichtiger, herzhafter und unerschrockener Mann sein, der keinen Fehler an Zunge und Aussprache hat.«

»Und du denkst …« Wir lachten beide.

Sie langte über sich und bog einen Haselnusszweig herunter. »Den Zauberstab können wir gleich hier aus dem Haselholz schnitzen.«

»Um das INRI draufzuschreiben, brauchen wir wieder Taubenblut. Es ist schon etwas gruselig, die Kreuzesinschrift für einen Zauber zu verwenden.«

»Dann lies statt *Jesus von Nazareth, König der Juden* doch einfach: *Igne Natura Renovatur Integra.* Durch Feuer wird die Natur erneuert. Dann hast du das große Werk der Alchemie.«

»Woher weißt du das alles?«, fragte ich höchst erstaunt.

»Ich hatte einen guten Lehrmeister, Graf Carl von Oettingen. Er ist ein natürlicher Sohn des Paracelsus.«

»Ich werd verrückt. Wie kam es …?«

»Ein ander Mal. Ich muss zurück. Sonst legt die Köchin wieder ein Ei.«

Sie stand auf, und ich kam ihr kaum hinterher. »Geh du voran!«, sagte ich und blieb nachdenklich an der Stelle stehen, an der ich nach meiner ersten Begegnung mit Beatrice mit mir gerungen hatte, ob ich in meiner Verzückung gleich zu ihr zurückgehen oder abwarten solle.

Laura gab mir einen flüchtigen Kuss auf die Wange und sagte lachend: »Es ist aufregend mit dir. Wir werden zusammen Großes vollbringen.«

Einunddreißigstes Kapitel

Die Stimmung im Kerker war sehr gedrückt an diesem Morgen. Ich richtete mich langsam auf, rieb mir die verklebten Augen frei und sah mich im Halbdunkel um. Caspar döste auf dem Rücken liegend, hatte einen Arm unter den Kopf gelegt und kaute an einem Strohhalm. Schulmeister Hans hockte vornübergebeugt im Schneidersitz auf seinem Strohsack und murmelte etwas vor sich hin, vermutlich Gebete. Der Freisinger lehnte im Eck an der Wand und hatte die Augen geschlossen. Ich hatte irgendwie das Gefühl, schuld zu sein an dieser miesen Stimmung durch meinen wütenden Ausbruch am Vorabend. Aber vielleicht waren es auch nur die lähmende Ungewissheit und die zunehmende Angst, die die Hoffnung schwinden ließen.

»Sie stehlen uns die Zeit«, sagte ich, um nur irgendetwas zu sagen und von der düsteren Grübelei wegzukommen.

Es dauerte eine Weile, bis Caspar reagierte: »Hast du selbst noch nie Zeit verschwendet?« Es klang gereizt.

»Jede Menge sogar«, räumte ich ein, »aber da war ich selbst Herr meiner Zeit, und es geht mir verdammt gegen den Strich, dass jetzt die Herren Räte so großzügig und verschwenderisch darüber verfügen.«

»Es ist ein merkwürdig Ding mit der Zeit«, sagte der Prokurator, die Augen noch immer geschlossen, »es gibt unendlich viel davon, und doch ist jeder Augenblick kostbar und unwiederbringlich.«

Noch ehe weitere Überlegungen gleich wieder ins Trübsinnige abgleiten konnten, schloss einer der Ratsknechte die Türe auf und befahl mir mitzukommen. Ich wunderte mich zwar über die frühe Stunde, stellte aber keine Fragen. Drei Augenpaare waren fordernd auf mich gerichtet. Ich nickte einverständlich und folgte dem Büttel. Er nannte keinen Grund, doch ich ahnte ihn. In gewisser Weise war ich sogar froh, für kurze Zeit dem angespannten Mief im Kerker zu entrinnen, auch wenn ich vor dem kommenden Gespräch merkliches Unbehagen verspürte. Mein Vetter Andre saß in der Stube des Eisenmeisters und trommelte nervös mit den Fingern auf die Tischplatte.

»So früh heute?«, suchte ich in meiner Verlegenheit schon beim Eintreten den Anfang des Gesprächs.

»Ich wollte keine Zeit verlieren und kam deshalb noch vor der Ratssitzung, weil ich danach noch anderes zu tun habe.« Es klang etwas reserviert. Wollte er mir zu verstehen geben, dass er eigentlich Wichtigeres zu tun habe?

»Schön«, sagte ich kurz angebunden. »Ist deine Zeit.«

Er zeigte mir mit der Hand an, ich solle mich setzen, und schaute mir danach ruhig in die Augen. Wartete er auf eine Entschuldigung?

»Danke für die Sachen«, wich ich aus.

»Welche Sachen …? Ach so, schon gut.« Er schaute mir wieder ruhig ins Gesicht. Lange. Unangenehm lange. Ich wich seinem Blick aus und trommelte nun meinerseits auf die Tischplatte.

»Es geht um *deinen* Kopf.«

Obwohl die bittere Wahrheit, empfand ich es als erlösendes Wort. »Ganz genau«, sagte ich mit einem Rest von Trotz in der Stimme.

»Warum gebärdest du dich dann wie ein Verrückter? Was wirfst du mir vor?«

Das wusste ich mittlerweile selbst nicht mehr so genau, denn es war ja womöglich tatsächlich so, dass mein Vetter von unseren Querelen mit dem Pronner nichts oder nur wenig wusste.

»Ich fühlte mich getäuscht«, sagte ich vorsichtig, »hatte die Befürchtung, du wolltest mich aushorchen.«

Andre schüttelte irritiert den Kopf. »Wie kommst du darauf?«

»Na ja, als du sagtest, du bist mit Sabina Pronner verheiratet, da vermutete ich, du steckst mit ihm unter einer Decke.«

»Jetzt versteh ich gar nichts mehr. Was erzählst du da für einen Unsinn?«

»Wie gut kennst du den Pronner?«

»Du machst mir Spaß. Ich bin sein Schwager.«

»Schon, aber weißt du alles von ihm?«

»Ich geh nicht mit ihm auf den Abtritt und schleiche mich nicht in seine Träume«, sagte Andre gallig, »aber sonst kenne ich jeden Furz von ihm.«

»Mach dich nicht über mich lustig«, sagte ich betreten. »Ich weiß ja, es klingt blöde. Aber versteh mich! In meiner Situation wird man eben misstrauisch.«

»Vielleicht verstehst *du*, dass ich keine Ahnung habe, wovon du redest, und es wäre schön, wenn du mir endlich sagen würdest, worum es dir eigentlich geht.«

»Sagt dir der Teufelmüller etwas?«

»Wer soll das sein? Hat er etwas mit eurem Kreis zu tun? War er der Anstifter? So wie der Name klingt. Entschuldige! Jetzt hört sich's tatsächlich so an, als wollte ich dich aushorchen.«

»Der Teufelmüller lebte auf einem kleinen Gut im Atteltal nahe Aßling, das zum Gutshof deines Schwagers gehört. Der machte ihm die Fischrechte streitig …«

»Hmm. Ich erinnere mich dunkel. Es gab, glaube ich, sogar einen Prozess. Aber das ist ewig lange her. Was hat das mit dir, mir oder euch zu tun?«

»Der Freisinger, der Prokurator, der mit mir in der Zelle hockt, hat damals die Bittschrift für den Teufelmüller erstellt, und Wilhelm hat ihn dafür als Aufwiegler zusammen mit dem Müller gleich in das gastliche Loch im Falkenturm sperren lassen. Der Pronner wird immer noch eine Mordswut auf ihn haben, und wenn er erfährt …«

»Pffff!« Andre pfiff durch die Zähne. »Das glaub ich gern, denn Albrecht muss jederzeit wieder mit einer Vorladung rechnen. Unser junger Herr, Maximilian, kann sich im Jähzorn ja aufregen und geifern wie Zerberus. Er soll, so hat's mir der Schwager erzählt, als eine seiner ersten Amtshandlungen als Mitregent einen wütenden Brief ans Reichskammergericht geschickt haben, in dem er Einstellung des ehrverletzenden Verfahrens und Bestrafung des gegnerischen Prokurators in Speyer forderte. Aber die da oben wollen's anscheinend wissen.«

»Das befürchtet der Freisinger eben auch, und wenn es jetzt zu einer Verhandlung kommt, dann wird der Pronner höllisch voreingenommen sein.«

»Ich wusste nichts von dem Zusammenhang«, beteuerte Andre. »Auf Ehr und Seligkeit! Und glaub nicht, dass ich selbst mit meinem Schwager besonders gut stehe. Er lässt zu gern den Hofrat heraushängen, während ich in seinen Augen ja nur Stadtrat oder Bürgermeister bin. Dabei jammert er ständig, dass ihm das Amt außer Scherereien nichts einbringe.«

»Wie kamst du denn zur Ehre dieses noblen Schwagers?«

»Die Pronner sind eine angesehene Patrizierfamilie und mit etlichen Geschlechtern in München verschwägert, die Schwester meiner Frau zum Beispiel mit dem jungen Ridler. Mein Schwiegervater, der alte Hieronymus, war ehrenwerter Landschaftskanzler und in Geldsachen höchst pfiffig. Aber obwohl er sehr genau zu rechnen verstand, hätte der nur wegen ein paar Fischen und um des Friedens willen ganz sicher die Kirche im Dorf gelassen.«

»Und warum hat dann Albrecht den Streit vom Zaun gebrochen?«

»Ich will ihn keineswegs verteidigen, aber als nach dem Tod seines Vaters Albrecht das Gut erbte, da waren auch noch seine jüngeren Brüder Jakob und Ludwig da, und die wollten Geld sehen. Und etwa um diese Zeit schrieb er auch schon enttäuscht an Wilhelm, dass er sich wegen treuer Hofdienste bereits selbst mit mehreren Tausend Gulden habe verschulden müssen. Wahrscheinlich hat er deshalb jeden Kreuzer zusammengekratzt.«

»Aber er hätte sich doch mit dem Teufelmüller irgendwie gütlich einigen können. Es hätte nicht zum Prozess mit all seinen üblen Folgen kommen müssen.«

»Ich hab nur gehört, dass der Teufelmüller ein rechter Sturkopf gewesen sei und die Klage angestrengt habe.«

»Der Pronner hat ihn und seine Unterstützer doch absichtlich schlecht gemacht und des Landfriedensbruchs beschuldigt.«

»Ich kenne meines Schwagers Beweggründe nicht im Einzelnen. Vielleicht war's sein Adelstolz, mit dem er zeigen wollte, wer der Herr ist. Vielleicht wollte er sich damit auch an höherer Stelle empfehlen.«

»Du meinst, weil Wilhelm so ehrversessen war, nahm Albrecht an, dass er ein strenges Vorgehen gutheißen würde?«

»Möglich. Doch ich denke, es gibt noch einen anderen Grund. Albrecht sitzt nämlich ungefähr seit meiner Heirat mit Sabina, also seit über einem Vierteljahrhundert, im Hofrat. Doch er klagt noch immer, dass er von allen Räten mit die geringste Besoldung erhält.«

»Wird schon seinen Grund haben«, sagte ich geringschätzig.

»Sicher. Albrecht ist keine Leuchte und wahrscheinlich auch nicht der Fleißigste. Durch Indiskretion hörte ich schon lange vor der Geschichte mit dem Teufelmüller, dass er nicht für den Hofrat geeignet sei und man ihn dort für entbehrlich halte.«

»Weshalb hockt er dann noch immer seinen Arsch auf der Ritterbank platt?«

»Das ist eben die andere Seite. Der Herzog beruft gern auswärtige, adlige Räte, weil sie seiner fürstlichen Reputation dienlich sind. Die setzt er dann bevorzugt als Kämmerer, Stallmeister oder Prinzenerzieher ein, und obwohl die Herren zum Besuch der Hofratssitzungen verpflichtet wären, drücken sie sich häufig davor wegen anderer Aufgaben. So sitzen am Ende nur noch wenige auf der Ritterbank, denen dann die Hauptlast des leidigen Tagesgeschäfts zufällt. In diesem Sinne sagte ein Hofratskollege einmal sehr diplomatisch zu mir: ›Euer Schwager ist zu allem zu gebrauchen.‹ Und Albrecht hofft nun seit Jahren, dass er sich durch diese notgedrungene Verwaltungsarbeit Verdienste erwirbt, durch die er eines Tages auf eine einträglichere Stelle als Pfleger wechseln kann.«

»Ist zu allem zu gebrauchen«, wiederholte ich nachdenklich. »Das kann auch bedeuten, er ist für jede Schweinerei zu haben.«

»Du denkst wegen eures Prozesses?«

»Ja, sicher. Wenn er erfährt, dass der Freisinger dabei ist, dann wird er doch mit aller Macht auf eine Verurteilung drängen, um wieder ein Exempel zu statuieren.«

»So klar sehe ich das nicht. Der Vorwurf lautet auf Zauberei und Teufelsbund. Das ist heikel. Da hält sich jeder gern zurück.«

»Woher willst du das wissen? Du redest, als wärst du schon dabei gewesen.«

»Ich … äh …« – Andre räusperte sich. »Ich kenne das aus den Ratssitzungen. Wenn dort unangenehme Sonderaufgaben zu vergeben sind, zieht jeder gleich den Kopf ein, weil es zeitraubend und lästig ist.«

»Wer bestimmt denn das Verfahren?«

»Im Plenum des Hofrats wird eine Kommission zusammengestellt werden. Der Hofratspräsident ist derzeit Conrad von Rechberg. Er ist kein Eiferer und ein integrer Mann. Er wird bestimmen, wer die Untersuchung leitet. Und er wird dafür bestimmt nicht meinen Schwager wählen, wahrscheinlich überhaupt keinen von der Ritterbank, weil die wenigsten über juristische Kenntnisse verfügen. Es wird einer von der Gelehrtenbank sein. Und weil zum Verhör zwei Männer vorgeschrieben sind, holt der sich dann einen dazu, von dem er glaubt …«

»Dass er zu allem fähig ist.« Ich lachte bitter.

»Nun sieh mal nicht gleich allzu schwarz. Maximilian plant offenbar, die Handwerksordnungen überprüfen zu lassen. Vielleicht kann der Stadtrat darauf hinwirken, dass die Aufgabe zügig meinem Schwager als städtischem Patrizier zugeteilt wird. Dann hat er für anderes gar keine Zeit mehr.«

»Denkst du. Er wird die Arbeit einem anderen aufhalsen.«

»Was aber nicht möglich sein wird oder allenfalls nur für Hilfsdienste, denn wenn die Aufgabe ihm als Bevollmächtigtem übertragen wird, dann kann er sie nicht einfach delegieren. Maximilian ist Jurist, und er nimmt das sehr genau. Und wenn das nicht hilft, dann setze ich Sabina und ihre Schwester Walburga auf den Schwager an, damit er von seiner Teilnahme an der Untersuchung absieht.«

»Gut gemeint«, sagte ich nüchtern und ohne rechten Glauben daran, denn Hass setzt sich auch über Vernunft hinweg.

»Meine Güte!«, rief Andre plötzlich aus. »Daran hab ich noch gar nicht gedacht. Da du mein Schwager bist, ist der Albrecht ja auch mit dir verwandt. Das könnte es noch viel einfacher machen.«

»Du meinst, eine Krähe hackt der anderen …«

»Nicht meine Worte, aber so ungefähr. Es sind Verwandtschaftsbande.«

»Kain erschlug selbst seinen Bruder Abel«, sagte ich trocken. »Dein Schwager wird sich über mich freuen wie über eine Pestbeule.«

»Du bist leicht aufzumuntern«, sagte Andre. »Ein wahrer Quell der Zuversicht.«

Ich verschwieg ihm vorerst lieber, was mich zu der Ansicht brachte, und fragte stattdessen: »Was hört man denn in der Stadt so? Gibt es konkrete Vorwürfe und gefährliche Verleumdungen?«

»Die Stimmen haben sich noch nicht beruhigt, aber meines Wissens wagt noch keiner direkte Anschuldigungen. Der Kläger muss schließlich auch Beweise bringen, und das fällt dann leicht auf einen selbst zurück mit bösen Folgen.«

»Sag mal, weißt du eigentlich, warum seinerzeit die Hexenprozesse allmählich im Sand verliefen?«

»Genau weiß ich's nicht, aber es lag schon in der Logik der Befragungen und wurde bald offensichtlich, dass sich bei Zunahme der Besagungen durch gefolterte oder bereits verurteilte Hexen der Kreis der Verdächtigen immer mehr ausweitete und über kurz oder lang, da betraf es auch reiche Bürgerinnen, Ehefrauen von Ratsherren oder sogar Adelige in höchsten Kreisen. Besonders wirksam war es, als die Frau des Anklägers oder Richters selbst in den Verdacht geriet, als Meisterin aller Hexen das unselige Treiben anzuführen. Da versuchte dann der klügere Teil der Obrigkeit die Verfolgungen einzustellen.«

»Wie heißt die Frau des Pronners?«

»Anna Kemptnerin. Wieso? Oooh, ich ahne …«

»Wieso nicht? Falls er mir ans Leder will …«

»So weit darf es gar nicht kommen. Zum Glück hat man aus den unseligen Tagen der ersten Hexenprozesse einige Lehren gezogen, zum Beispiel die Willkür der Henker betreffend. Jetzt darf der Nachrichter nicht mehr allein und unbeobachtet die Tortur durchführen.«

»Na toll«, sagte ich gallig, »jetzt dürfen auch noch andere zuschauen, wenn mir das Fleisch in Fetzen von den Rippen fällt und ich brülle wie am Spieß. Hab mir immer schon Publikum gewünscht. Vielleicht darf ich mir sogar den erfahrenen jungen Herzog ausbitten.«

Andre schmunzelte gequält. »Ist kein gutes Thema für schlechte Witze. Zumindest stellten die Gutachter der Universität Ingolstadt fest, dass das Hexenmal als Stigma diaboli nicht als sicherer Beweis gelten könne, denn die Scharfrichter, die ja oft sogar behaupteten, eine Hexe allein an ihrem Äußeren erkennen zu können, seien so schlichte und verdorbene Männer, dass sie sich bei der Erkennung von Hexenzeichen sehr wohl täuschen könnten.«

»Das wird die schwarze Kristlin aber beruhigen«, sagte ich spöttisch, »denn bei ihr würde sogar ein blinder Kleriker Anzeichen finden.«

»Das mit der Frau vom Pronner …«, griff Andre nochmals meine Drohung auf.

»Keine Sorge«, beruhigte ich ihn. »Ich werde nicht die Familie hineinziehen und schon gar nicht dich. Es wäre grober Undank. Aber ich werde mit der Wahrheit auch nicht hinter dem Berg halten.«

»Was meinst du damit?«

»Ich meine damit, dass ich bei meinem ersten Verhör nicht die volle Wahrheit gesagt habe.«

»Hatte ich auch nicht angenommen«, sagte Andre schmunzelnd.

»Schatzgraben galt meines Wissens doch bis vor Kurzem noch nicht generell als verbotenes Teufelswerk, sondern eher als schrulliger Versuch geistergläubiger Träumer, die sich davon unermesslichen Reichtum versprachen. Die Bannung oder Vertreibung der Geister hielt man sogar für gottgefällig und nützlich, wenn sie unter dem magischen Schutz des Christophelgebets erfolgte. Und selbst wenn die angewandte Magie zum Vorwurf erhoben wurde, gab es zumeist nur milde Strafen dafür. Doch heutzutage wittern die eifernden Ankläger gleich einen Bund mit dem Teufel und drohen mit einer Anklage wegen Hexerei.«

»Worauf willst du hinaus?«

»Na ja, du weißt, dass Wilhelm nicht zuletzt wegen seiner Schulden und Geldnöte abdanken musste. Aber kennst du auch die Geschichte seines Grabdenkmals.«

»Hab nur gehört, dass es in seiner Größe jeden vernünftigen Rahmen sprengen soll, und dass eine Menge Leute dagegen sind, sogar die Jesuiten und die Landstände mit dem Vorwurf der Verschwendung sowieso.«

»Es würde jetzt auch den Rahmen unseres Gesprächs sprengen, wollte ich dir alle Einzelheiten erzählen. Nur so viel: Es waren vor seiner Abdankung eigentlich fast alle Figuren gegossen, der schwarze Marmor war geliefert, und es fehlten nur noch die Skulpturen von ihm selbst und seiner Frau Renata. Da ging es wieder mal ums Geld. So eine Figur ist teuer und kostet in etwa das Jahresgehalt eines Hofrats. Wirf den Pronner hinaus, sagte ich, schon hast du die Summe für eine Figur gespart.«

»Das hast du so gesagt?«, fragte Andre ungläubig.

»Wortwörtlich. Doch dann kam das Projekt ins Stocken und wird möglicherweise gar nicht mehr zustande kommen, und daran hat auch Maximilian seinen Anteil, dem das protzige Grabdenkmal zuwider ist. Wilhelm fürchtet sich inzwischen regelrecht vor ihm. Doch sein Herz hängt noch immer an der Sepultur, und in seiner Not ließ er mich zu sich kommen. ›Ich hörte, du hast Kontakt zu einem illustren Kreis‹, sagte er, ›gehören auch Schatzgräber dazu?‹ Ich traute meinen Ohren nicht, wusste aber von seinen Spitzeln und erinnerte mich daran, dass er vor vielen Jahren in Wien schon die Schatzgräberei in Erwägung gezogen hatte. Damals glaubte ich noch, es sei nur so dahingesagt. Um es kurz zu machen, ich versprach ihm, mich umzuhören.«

»Dann hast nicht du, sondern in Wahrheit Wilhelm die Schatzgräber … oioioi.« Andre schüttelte den Kopf, als könne er's nicht fassen.

»Es war nicht ganz so. Ich war sehr im Zweifel mit mir, ob ich die gefährliche Sache betreiben solle, und da mich zu der Zeit auch die anderen ständig bedrängten, erfand ich einfach die irre Geschichte. Insofern habe *ich* die Bande angestiftet zu sinnloser Suche. Doch wer *mich* zu ernsthafter Schatzsuche verleiten wollte, das war Wilhelm.«

»Hast du dafür einen Beweis?«

»Ich hatte, doch jetzt ist er vermutlich verloren. Da Wilhelm mir den Auftrag ja erst gab, als sein Sohn schon regierte, ließ ich mir von ihm schriftlich bestätigen, dass ich in seinem Auftrag handelte. Das Schreiben steckte ich in eins meiner Bücher, die nun konfisziert sind und irgendwo bei Gericht liegen.«

»Sag besser niemand davon«, riet mir Andre, ehe er sich zur Ratssitzung verabschiedete.

Zweiunddreißigstes Kapitel

Es war ein sonniger Frühlingsmorgen in den ersten Apriltagen, doch in Wilhelms Stube herrschte bereits Gewitterstimmung. Als ich eben eintreten wollte, kamen mir zwei Herren mit der Laute in der Hand und mürrischen Gesichtern entgegen. Wilhelm saß noch gebeugt auf einem Stuhl, hatte die Laute quer über den Schenkeln liegen und zupfte freudlos auf ihr herum.

»Taugen alle beide nicht viel«, mäkelte er. »Ich weiß nicht, was sich der Visconti in Mailand dabei gedacht hat. Er hat sie mir als Virtuosen angepriesen. Dabei kennen sie nur die italienische oder spanische Notierung. Mit einer deutschen Tabulatur sind sie glatt überfordert. Von moderner Grifftechnik will ich gar nicht reden. Wie soll ich mit diesen Stümpern Lassos komplizierte Motetten spielen? Der eine hat dazu noch Manieren wie ein Bauer. Ich werde ihn zurückschicken müssen, und den anderen überlasse ich gerne der Hofkapelle in München.«

»Kopf hoch, Beherrscher der Laute! Lasso hat doch versprochen, aus Italien gute Musiker mitzubringen.«

»Geb's Gott! Er fehlt mir sehr. Seit Februar ist er nun schon unterwegs. Wie gut hat's doch mein Herr Vater. Lässt sich seine Kantorei von den Prälaten finanzieren, und wenn ihm danach ist, kann er sich jederzeit Orlandos Werke zur Erbauung oder Zerstreuung vortragen lassen. Manchmal zieht er sich nur mit seinen besten Sängern in die Hofkapelle oder seine Privatgemächer zurück und ergötzt sich dort an den Gesängen der Sibyllen. Himmlische Musik, nur für ihn allein.«

»Aber sind die Sibyllen nicht …«

»Hexen? Nein, das behauptet nur der Volksmund. Es sind Seherinnen, die in alten Zeiten göttliche Prophezeiungen mitteilten. Die ganz alten Texte sind zwar in den Wirren der Zeiten verloren gegangen, aber die späteren Verse weisen schon voraus auf die Heilswahrheiten des Christentums. Sie sind Prophetinnen, und man sagt, der große Michelangelo habe sie deshalb sogar an die Decke der Papstkapelle in Rom gemalt.«

»Und was orakeln die Damen so?«, fragte ich noch unbeeindruckt.

»Sie haben die Geburt unseres Heilands durch die heilige Jungfrau schon vorhergesehen, aber das wird dich verstockten Sünder wenig interessieren.«

Mir kam urplötzlich eine Idee. »Himmlische Musik, sagst du. Glaubst du, die stammt tatsächlich von da oben?«

»Ganz sicher«, sagte Wilhelm mit verträumtem Blick, »von den Engelschören durch Orlando als Gottes Werkzeug direkt zum Fürsten von Bayern, dem Hüter des rechten Glaubens auf Erden.«

»Was ist an dieser Musik so besonders?«, hakte ich nach.

»Das ist schwer zu sagen. Wie beschreibt man den Genuss eines köstlichen Gerichts? Man erfährt ihn am besten durch lustvollen Verzehr. Musik erklären hieße sie entzaubern. Man muss sie erfahren, erspüren. Lasso hat die Weissagungen mit ungewohnten Halbtönen und Akkordsprüngen so geschickt vertont, dass sie die Sinne überwältigen. Er lässt die Stimmung von Freude oder Trauer durch kühne Tonfolgen so lebendig werden, dass sie Gefühle in dir erzeugen, die dich mitreißen, ja erschüttern. Er entrückt die Seelen aus ihrer sublunaren Enge und erhebt sie in himmlische Sphären.«

»Kann das nicht auch gefährlich werden?« fragte ich vorsichtshalber. »Ich hab gelesen – ich verschwieg, dass es bei Agrippa war – dass eine bestimmte Art von Musik die Menschen auch zu Tollheit und Raserei führen kann.«

»Doch nicht Orlandos Werke. Sie sind vollkommene Harmonie. Sie eröffnen dir den Himmel auf Erden.«

Heute will ich das gerne glauben, zumal nach dem Wunder an Fronleichnam zehn Jahre später. Die ganze Nacht über und auch noch am Morgen hatte es heftig gestürmt und geschüttet, aber als Orlandos Motette *Gustate et videte* erklang, da riss urplötzlich der Himmel auf, und die Prozession konnte bei strahlendem Sonnenschein stattfinden. Jetzt aber beharrte ich auf meinem Einwand. »Hat nicht der französische König, der sich ebenfalls im Privaten an Orlandos Musik berauschte, erst kürzlich in Raserei ein schreckliches Blutbad befohlen, bei dem Tausende von Hugenotten abgeschlachtet wurden?«

»Du meinst die Bartholomäusnacht. Hmm, mein Vater sprach von einer Strafe des Allmächtigen und der Erzbischof von einem Werk der göttlichen Vorsehung, weil die Ketzer die Ermordung des Königs planten. Papst Gregor ließ sogar eine Gedenkmünze prägen. Es ist meines Wissens nicht bewiesen, dass es auf Befehl des Königs geschah. Es gibt Stimmen, die behaupten, die Mutter des Königs, Katharina von Medici, sei die Anstifterin gewesen. Apropos Mutter …« Er stieß einen lang gezogenen Seufzer aus und sagte boshaft: »Die Alte in Friedberg führt sich schon wieder auf, als habe sie Tollkraut gefressen. Da hatte sie es Renatas Schwester nach langem Gezeter endlich mal erlaubt, für einige Zeit heim nach Lothringen zu fahren, und als sich jetzt Dorotheas Rückkehr nur um wenige Tage verspätete, hat sie sich so aufgeregt und getobt, dass sie ohnmächtig umgefallen ist und angeblich in Lebensgefahr schwebte. Jetzt darf ich in den nächsten Tagen gleich wieder zu ihr fahren, um sie aufzurichten. Sie kann einfach nicht ohne Begleitung sein, und wenn man schließlich dort ist, dann nervt sie einen mit endlosen Gesprächen, die vertane Zeit sind.«

Ich hielt dies für eine gute Gelegenheit, mein Vorhaben weiter zu verfolgen, vertiefte mich zunächst wieder in die Bücher und konnte dann Wilhelm unter Vortäuschung heftiger Leibschmerzen davon abbringen, mich nach Friedberg mitzunehmen. Gleich nach seiner Abreise suchte ich Laura auf, um ihr meinen neuesten Plan mitzuteilen. »Hör zu!«, sagte ich aufgeregt. »Wir können uns die Zauberei wahrscheinlich sparen. Warst du schon einmal in der Nähe dutzender Fanfaren, wenn diese ertönten? Oder hast du schon mal das dumpfe Dröhnen von Trommeln am eigenen Leib verspürt?«

Sie schaute mich an, als spräche ich Türkisch.

»Es geht einem durch und durch. Du spürst es ganz tief drinnen. Hier. Es sind die Schwingungen.«

»Schwingungen«, wiederholte sie und grinste mich an. »Schwingt bei dir noch etwas anderes?«

Jetzt erst merkte ich, dass ich ihr in meiner Begeisterung meine Hand auf den Unterleib gedrückt hatte. »Ääh … alles schwingt.« Ich zog rasch meine Hand weg. »Sagt Pythagoras«, schickte ich noch schnell hinterher, »und Paracelsus … und die Alchemisten.«

»Ja und?«

»Das ganze Universum ist in Schwingung in der Harmonie der Sphärenmusik. Gold hat die höchste Schwingung von allen Metallen. Ziel des großen Werks ist also die Erhöhung der Schwingung bis hin zur Vollkommenheit. Es ist ja auch logisch, denn Salomos Weisheit sagt: ›Alles, Herr, hast du geordnet nach Maß, Zahl und Gewicht.‹ Und die Harmonie drückt sich nach Pythagoras in einfachen Zahlenverhältnissen aus, ebenso wie die Stimmung der Leier. Es ist doch kein Zufall, dass Hermes, der Gott der Alchemie, auch der Erfinder der siebensaitigen Leier ist. Und hier …« Ich zerrte den Agrippa aus meiner Gürteltasche, schlug ihn hektisch an der eingemerkten Stelle auf und las vor: »›Kein Gesang, keine

Töne von Instrumenten sind zur Erregung der Leidenschaften und zur Erzeugung magischer Eindrücke so viel vermögend, wie die, denen Zahlen, Maße und Verhältnisse gleich den himmlischen zugrunde liegen.‹ Wir schaffen's mit himmlischer Musik. Na, was sagst du?«

»Du hast Angst.«

»Wie?«

»Du hast Angst, sage ich, und willst einen Rückzieher machen.«

»Blödsinn!«, wehrte ich mich verstimmt. »Ich suche nur den einfachsten Weg.«

»Einfach? Wie stellst du dir das vor? Willst du die Hofkapelle im Labor antreten lassen?«

»Wilhelm ist ein passabler Lautenspieler. Und er könnte selbst seinen Teil dazu …«

»Ach was! Flausen! Wenn er wieder beißende Dämpfe in die Nase bekommt, ist's gleich aus mit der Harmonie. Und du musst keine Angst haben. Agrippa sagt auch, es gibt kein furchtbareres Wort gegen die Gewalt der Dämonen als den Anfang des achtundsechzigsten Psalms: ›Gott stehe auf, damit seine Feinde zerstieben!‹ Sobald du diese Worte gesprochen hast, entflieht selbst der Teufel mit Geheul. Komm mit!«

Sie führte mich in den Münzturm, jetzt das Reich der Alchemie. Polhaimer war nicht da.

»Kurzfristig sah es so aus, als ließe er mich teilhaben«, erklärte Laura, »aber ich merkte schnell, dass er mich nur dazu missbrauchte, in seiner Abwesenheit auf die Öfen aufzupassen. Er treibt sich vermutlich wieder in einer der Spelunken in der Stadt herum und versäuft seine Gulden. Wenn es tatsächlich Voraussetzung für das Gelingen des Werks ist, dass der Adept ein gottgefälliges Leben führt, dann wird es dieser Kerl bis zum Sankt-Nimmerleins-Tag nicht schaffen. Bin mal gespannt, wann er sich endlich um einen neuen Alembik bemüht.«

»Wilhelm hat ihm Geld dafür gegeben.«

»Wie viel?«

»Erst hat der Kerl versucht zu handeln. Dann hat er gesagt, so um die hundert Gulden müssten reichen.«

»Was? Für das bisschen Glas? Unverschämt!«

»Er müsse es aus Nürnberg kommen lassen.«

»Dieser abgefeimte Betrüger! Das bekomme ich drunten in der Stadt schon für ein paar Kreuzer. Bei einer Sonderanfertigung vielleicht auch für ein paar Gulden. Aber hundert? Das ist Irrwitz.«

Einer Eingebung folgend ging ich zum Schmelzofen und suchte das Stöckchen, das Polhaimer dort auf dem Holzvorrat abgelegt hatte. Es war noch da. Das untere Ende war vom Rühren in der heißen Schmelze stark angekokelt. Und dann stutzte ich – das Stöckchen war hohl. Ich zeigte es Laura, die triumphierte: »Jetzt haben wir ihn!«

Mir fielen plötzlich die Verse wieder ein, mit denen Sebastian Brant schon vor langer Zeit die Goldmacher verdammt hatte:

Den großen Trug der Alchemey,
Die Gold und Silber hat gemacht,
Das man ins Stöckchen eingebracht.
Sie gaukeln und betrügen grob;
Sie zeigen vorher eine Prob …

»Wenn du genau hinschaust«, erklärte mir Laura, »wirst du innen noch winzige Spuren von Goldstaub entdecken. Es ist ein alter Trick, mit dem schon viele reiche Gönner getäuscht wurden. Der angebliche Goldmacher versteckt ein wenig echtes Gold, zum Beispiel eine pulverisierte Goldmünze, in dem Röhrchen und verschließt es mit Wachs, das beim Rühren in der heißen Masse schmilzt und den Goldstaub freigibt. So findet sich am Ende tatsächlich eine kleine Menge Gold im Tiegel. Und da Wilhelm, wie du sagtest, eigenhändig gerührt hat, glaubt er natürlich an den Schwindel. Aber wir werden ihm die Augen öffnen.«

»Vielleicht ist es klüger, damit noch zu warten. Es könnte uns noch nützlich sein, etwas in der Hand zu haben.« Ich steckte das Stöckchen in mein Wams.

»Magst recht haben«, stimmte Laura zu und holte dann aus einem Korb in der Ecke etwas hervor, weswegen sie mich in den Turm geführt hatte. »Sieh mal!«

»Was ist das?«

»Wonach sieht's denn aus? Die Leinwand natürlich. Hab sie in der Wäschekammer mitgenommen. War ganz leicht.«

»Gestohlen?«

»Neeeiiin. Bin zur Kammerherrin gegangen, hab gesagt, ich brauch ein großes Stück Tuch für große Magie. Da hat sie's mir geschenkt.«

Ich schaute sie entgeistert an, denn einerseits traute ich ihr die Verrücktheit zu, und andererseits konnte ich mir nicht vorstellen, dass Beatrice …

»Wo denkst du hin, du Träumer? Natürlich heimlich. Und jetzt bist du dran. Du musst das Papier besorgen.«

»Wo?«

»Herrgott, hast du ein Geschick. Im Rathaus von Landshut wird's zu schwierig sein. Ich würd's mal in des Herzogs Schreibstube versuchen.«

»Und wer besorgt das Blut?«

»Für das Siegel brauchen wir auch das Blut eines Kolkraben. Ich würde sagen, ich besorg die Taube und du den Raben. Das ist gerecht.«

»Wann soll es so weit sein?«, fragte ich zögerlich.

»Das ist noch der schwierigere Teil. Es kann mittwochs oder freitags sein, aber Neumond ist wichtig, und die Stunden müssen zu den Planeten Merkur oder Venus passen. Ich sag dir Bescheid.«

Ich war einerseits ganz froh, dass Laura die Initiative übernahm, andererseits kam in mir der Verdacht hoch, dass sie solches Vorhaben nicht zum ersten Mal betrieb. Und mich beschlich ein wenig Unbehagen. »Da wäre noch etwas. Herpentil sagt, dass die Zahl derer, die am Ritual beteiligt sind, immer ungerade sein muss. Aber dem Polhaimer können wir sicher nicht vertrauen.«

»Hatte ich auch nie in Erwägung gezogen. Wir werden ihn schon irgendwie aus dem Verkehr ziehen. Das Werk in Gang bringen, kann ich auch ohne ihn. Und dann bist eben du gefragt: der Meister, ein wichtiger, herzhafter und unerschrockener Mann.«

Sie grinste spöttisch, ich schluckte heftig.

»Du wirst doch jetzt nicht kneifen.«

Ich schüttelte halbherzig den Kopf.

»Wäre auch schlecht, denn ich hab noch eine spezielle Aufgabe für dich. Ich will versuchen, das Theion hydor für den letzten Schritt selbst herzustellen. Dazu muss ich nur Kalk und Schwefel zusammen kochen. Ich könnte dazu Essig nehmen, aber ungleich wirksamer ist Urin. Knabenurin. Also der Urin noch jungfräulicher, unverdorbener Knaben.«

Sie schaute mich fragend an.

»Ich werd mich im Wirtschaftshof umhören«, sagte ich, »oder geh doch einfach ins Findelhaus in der Stadt. Dort wird es massenweise unverdorbene Piephähne geben.«

»Du verstehst nicht, oder?«

»Wieso? Du sagtest: Urin jungfräulicher Knaben. Was ist daran nicht zu verstehen?«

»Theion hydor heißt auch göttliches Wasser. Also sollte der Ausgangsstoff so edel wie möglich sein. Am besten wäre also …«

»Oh nein, nein, auf keinen Fall!« Mir dämmerte ihr Ansinnen.

»Aber überleg doch! Ein Knäblein, noch völlig unschuldig, aber von Gottes Gnaden schon dazu ausersehen zu herrschen. Nichts geschieht zufällig. Das ist ein Zeichen, Michel! Wir sollten es nützen.«

»Wie stellst du dir das vor? Ich geh einfach zu seiner Amme und sage: Guten Morgen, ich hätte gerne ein Gläschen Urin vom Feinsten. Oder soll ich erst Wilhelm um die Erlaubnis bitten, seinen Sohn anzuzapfen? Wenn der nur etwas von Magie wittert, dann ist der Teufel los.«

»Schhh, beruhig dich!« Sie kam mir ganz nahe, strich mir übers Haar und schaute mich tiefgründig an. Die zarte Berührung war mir nicht unangenehm, und doch fühlte ich mich irgendwie bedrängt. »Du wirst einen Weg finden«, hauchte sie. »Ich habe gehört, du stehst mit der Kammerherrin gut.«

»Von wegen! Das war mal. Du gehst besser selbst zu ihr, so von Frau zu Frau.«

»Keine gute Idee. Ich fürchte, sie kann mich nicht leiden. Sie wirft mir stets so scheele Blicke zu.«

»Dann eben nur Essig. Muss reichen.«

»Jetzt stell dich nicht so an!« Sie fasste mich bei der Hand und zog mich hinter sich her in das Obergeschoss des Turms, in dem sich Polhaimer eingerichtet hatte. Ich ließ es auch geschehen, als sie mich aufs Bett drückte und sich neben mich setzte. »Wenn ich mir jedes Mal so viele Gedanken gemacht hätte wie du, dann wäre ich heute nicht hier, sondern in der Gosse oder vielleicht schon unter der Erde.«

Ich schaute sie mitfühlend an, was sie als Aufforderung betrachtete, mir einen Teil ihrer Lebensgeschichte zu erzählen. Sie habe schon bei ihrer Geburt Glück im Unglück gehabt, weil sie vier Monate zu früh auf die Welt gekommen und eigentlich nicht lebensfähig gewesen sei. Aber im Haus des

Bischofs, der selbst an Alchemie interessiert gewesen war, habe man sie mit einer geheimnisvollen Tinktur großgezogen, wodurch sie gestärkt worden und auch späterhin vor mancherlei Unbill gefeit gewesen sei.

»Im Haus des Bischofs?«, hakte ich nach.

»Ja sicher, ich war ja von adeliger Geburt. Ich wurde auch jung verheiratet, aber mein erster Ehemann verstarb früh durch einen Reitunfall.«

»Dein erster …? Dann bist du schon …«

»War, Michel, denn ich wurde schon zum zweiten Mal Witwe. Dieses Mal aber hat's mich nicht gereut, denn mein Gemahl war ein Ekel. Mein Bruder zwang mich in eine Ehe mit dem Kammerherrn des Herzogs, der zugleich sein Hofnarr war.«

»Hofnarr?« Ihre Vita klang immer skurriler.

»Er schielte abscheulich und war fürchterlich grob. Kein Vergleich mit dir, Michel.« Sie schlang sich mir um den Hals und küsste mich. Ich rang nach Luft, und dabei sah ich Tränen in ihren Augen.

»Böse Zungen am Hof behaupteten, ich hätte ihn vergiftet«, schluchzte sie, »aber er hat sich wahrscheinlich nur überfressen und ist schreiend an einer Kolik gestorben.«

»Und dann?«

Sie löste die Umklammerung. »Dann hatte ich das Glück, im Destillierhaus der Kurfürstin unterzukommen, wo ich vieles über Kräuter und Alchemie lernte. Und dort verkehrte auch der Graf von Oettingen. Ich will nicht prahlen, aber er hatte ein Auge auf mich geworfen. Er ist über die Maßen reich und schön, und man sagt, er sei auch im Besitz der wahren und echten Tinktur, um Gold zu machen.«

»Und diesen Goldschatz hast du dir entgehen lassen«, sagte ich kopfschüttelnd.

»Da er der Sohn des Paracelsus ist«, klärte mich Laura auf,

»hat er viele Neider und Feinde und musste wegen einer Intrige den Hof verlassen. Er reist unstet umher, aber er schreibt mir immer wieder Briefe voller Liebesglut und dass er mich eines Tages zu sich hole.«

Sie zog mich nach hinten, sodass ich plötzlich auf dem Rücken lag, und schmiegte sich an mich. »Aber vielleicht ist es dann schon zu spät, und ich habe mein Glück bereits hier gefunden.« Sie legte ihre Hand auf mein Glied und blickte mich schelmisch an. »Mal sehen, wie es mit unseren Schwingungen steht.«

In diesem Augenblick wurde krachend die Tür zum Turm aufgestoßen, schwere Schritte waren zu hören, gleich darauf grölender Gesang und das Umfallen von Tiegeln und Flaschen. Offenbar suchte der Störenfried nach etwas Trinkbarem.

»Der Polhaimer«, zischte Laura, »was sollen wir jetzt tun?«

»Bleib ruhig! Wir gehen einfach hinunter und hinaus.«

»He, ihr da! Was habt ihr hier verloren?«, polterte der Trunkenbold, als er uns auf der Treppe sah.

»Wir haben nur ein Buch gesucht«, log ich, schob Laura schützend hinter mich und bewegte mich mit ihr Richtung Tür.

»Hau du nur ab, Hanswurst! Aber die dralle Dirn darf bleiben.« Er fasste Laura mit der Linken an der Schulter an und versuchte sie zurückzuhalten, während seine Rechte begann, den Hosenlatz aufzuschnüren. »Werd ihr ein feines Kunststück zeigen. Polhaimers Wunder der Transformation: wie aus sechs Zoll im Nu ein ganzer Schuh wird.« Er lachte dröhnend. Laura gab ihm einen Stoß, dass er gegen den Herd flog und flüchtete hinter mir aus dem Turm. Draußen sah ich, dass sie am ganzen Leib zitterte.

»Er kann dir nichts tun«, versuchte ich sie zu beruhigen, während wir am Jägerhaus vorbei zurück zur inneren Burg gingen. »Notfalls kannst du ihm ja mit unserer Entdeckung drohen.«

Am Eingang zur Küche verabschiedete ich mich, um mich meiner eigenen Herausforderung zuzuwenden. Unschlüssig, wie ich mich Beatrice nähern sollte, blieb ich erst eine Weile im Burghof stehen, in der Hoffnung, sie könnte mir irgendwann zu Gesicht kommen. Als dies geraume Zeit nicht der Fall war und einige vom Gesinde, die wiederholt an mir vorbeigingen, mich schon spitz fragten, ob ich Maulaffen feilhielte, da gab ich mir einen Stoß, ging zum Treppentürmchen an der Ostseite des Fürstenbaus und stieg ins Obergeschoss, wo Beatrice eben aus dem Arbeitszimmer der Herzogin trat. Ich stand wie angewurzelt, aber auch Beatrice verharrte einen Augenblick wie erstarrt, ehe sie sich abrupt umwandte und weggehen wollte. »Warte!«, sagte ich. »Bitte!«

Sie blieb stehen, drehte sich mir halb zu. »Was willst du?«, fragte sie schroff. »Zwischen uns ist alles gesagt.«

Beileibe nicht, dachte ich bei mir, brachte aber nur heraus: »Ich brauche dich.«

Sie zog erstaunt die Brauen hoch. »Wie bitte?«

»Ich brauche dich«, wiederholte ich.

»Ich dachte, ich hätte mich verhört. Wozu?«

»Mmm ... es ist etwas ... na ja, delikat ... können wir nicht ...«

»Delikat? Da kommst du zu mir? Wo du doch Angst hattest, dir mit mir den Magen zu verderben.«

»Du weißt schon, wie es gemeint ist. Bitte. Es muss nicht jedermann hören.«

Sie kam langsam auf mich zu. Vielleicht war's nur Neugierde, doch ich hoffte, es sei auch ein Rest von Zuneigung. Sie folgte mir in das Treppentürmchen.

»Also, was willst du?«

»Ich verrate wohl kein Geheimnis, wenn ich dir sage, dass Wilhelm in großen Geldnöten steckt. Du wirst auch die Herzogin deswegen schon in Sorge gesehen haben. Ich möchte ihm helfen, und ich kann es wahrscheinlich auch, aber dazu bräuchte ich ein wenig auch deine Hilfe.«

»Wenn du denkst, ich soll meinen Vater bitten, er hat dem Herzog schon Geld geliehen. Der steht doch schon bei fast jedermann in der Kreide.«

»Nein, es ist viel einfacher … das heißt eigentlich auch wieder nicht, sonst müsste ich ja nicht dich … also, es ist so … Herrgott, ist das kompliziert!«

»Du stammelst wie ein Idiot. Was ist los mit dir?«

»Du machst mich eben ganz konfus.«

»Dann geh doch zu Wilhelms Leibarzt und lass dir den Kopf durchblasen.«

»Nein, bitte, ernsthaft! Ich brauch einfach nur etwas Urin.«

»Ernsthaft«, prustete sie los. »Gleich hier auf der Stelle? Hast du ein Gefäß dabei? Du hast völlig den Verstand verloren.«

»Doch nicht von dir. Himmel, wo denkst du hin. Es muss Knabenurin sein, von einem noch unverdorbenen, jungfräulichen Knaben.«

Sie starrte mich an, als sei ich ein Ungeheuer, und trat ein paar Schritte zurück. »Bist du unter die Hexer gegangen? Was führst du im Schilde? Hat sie dich … ja sicher. Das Weib ist tückisch. Sie schaut einen manchmal an, als habe sie den bösen Blick. Halt dich fern von ihr! Neulich hat sie ein Stück frische Leinwand entwendet. Glaubt, ich hätte es nicht gesehen. Ich hab nur nichts gesagt, weil auch der Herzog an ihr einen Narren gefressen hat.«

»Du tust ihr unrecht. Sie hat nichts Übles im Sinn. Sie versteht etwas von Alchemie, und wir wollen zusammen …«

»Alchemie, pah! Mein Vater sagt, es ist brotlose Kunst. Macht niemand reich, aber Reiche arm. Wenn's etwas brächte, würd er's längst betreiben.«

»Heißt das also, du hilfst mir nicht?«

»Wie stellst du dir das vor? Soll ich Windeln ausdrücken, Tropfen für Tropfen?«

Daran hatte ich noch gar nicht gedacht.

»Und es ist nicht mein Bereich. Es ist Sache der Amme. Sie wird es nicht verstehen, wenn ich sage, ich brauche den Urin für eine geheimnisvolle Sache.«

»Dann sag doch einfach, Wilhelm sei besorgt um das Wohl und die Gesundheit seines Thronfolgers und er wünsche den Urin, um seinen Leibarzt die Harnschau vollziehen zu lassen.«

»Es wird nicht funktionieren«, sagte Beatrice, während sie die Treppe hinunterging. »schlag's dir aus dem Kopf!«

»Was denkst du, wo Wilhelm zu sparen beginnen wird, wenn er bald den Hofstaat verringern muss?«, rief ich ihr nach. »An den Mahlzeiten oder an den Geschmeiden seiner Goldschmiede?«

Dreiunddreißigstes Kapitel

Wilhelm war bestens gelaunt an diesem Morgen. Er stand am offenen Fenster und ließ sich die frische Maienluft um die Nase wehen. In der Hand hielt er ein Stück Papier, auf das er mit einem Lächeln im Gesicht starrte.

»Hast du gebeichtet?«

»Wie?«

»Du wirkst so fröhlich und erleichtert, als seist du alle deine Sünden los.«

»Die Sünden nicht«, erwiderte Wilhelm noch immer lächelnd, »aber vielleicht bald meine Sorgen.«

Ich nahm ihm das Papier aus der Hand. Es war kein Beichtzettel. »Eine Schatzkarte?«

»Mein Horoskop.«

Ich stutzte. »Woher auf einmal? Du warst doch nicht heimlich in Prag?«

»Jungfer Laura hat es mir erstellt.«

»Aah … eine wahrlich vielseitige Dame.«

Jetzt starrte *ich* auf das Blatt. Es war mit ineinandergeschachtelten Quadraten, Linien und Zahlen beschrieben und mit diversen Zeichen, in denen ich gerade noch Symbole der Planeten und Sternzeichen erkennen konnte, aber alles andere war mir rätselhaft. »Erklär's mir!«, forderte ich Wilhelm auf.

»Die Zahlen zeigen die verschiedenen Häuser an«, begann er tapfer, »und das hier links, das ist der Aszendent, also das Tierkreiszeichen, das zur Stunde meiner Geburt am östlichen Horizont aufging. Ich bin im Sternzeichen der Waage geboren und zwar bei Sonnenaufgang.«

»Natürlich! Der kleine Wilhelm kommt, und schon geht die Sonne auf.«

»In gewisser Weise ja, denn mein Aszendent ist ebenfalls die Waage, und wenn Aszendent und Sonnenzeichen zusammenfallen, so hat *sie* es mir erklärt, dann steht die Sonne meist im ersten Haus, und das bedeutet, dass die positiven Eigenschaften alle verstärkt werden.«

»Ha, dann bin ich ja auch ein Sonnenkind«, frohlockte ich, »denn ich bin am selben Tag geboren.«

»Zu welcher Stunde?«

»Weiß ich's? Einer meiner Lehrer meinte einmal, mich habe der Mittagsdämon ausgespuckt.«

»Gut vorstellbar«, sagte Wilhelm. »Auf jeden Fall ist die Geburtsstunde von entscheidender Bedeutung. Schon eine geringe Abweichung bedeutet ein völlig anderes Horoskop.«

»Das ist gut«, sagte ich, »sonst wär ich auch langweilig, unentschlossen, geizig und dabei größenwahnsinnig.«

»Geizig und größenwahnsinnig?«, wiederholte Wilhelm, mehr erstaunt als verärgert.

»Na sicher. Du willst Kaiser werden und mich lässt du in einem lumpigen Kittel herumlaufen. Außerdem gibt es noch immer kein Konterfei von mir. Da war dein Großvater spendabler.«

»Wahrscheinlich war sein Narr auch klüger, witziger und gut aussehend«, ätzte Wilhelm zurück. »Wie hieß er doch gleich?«

»Pah! Zumindest eines haben wir gemeinsam: Wir sind beide an einem Samstag geboren, das ist der Tag des Saturns. In Venedig sagen sie: ›Ein Saturnkind ist entweder Engel oder Teufel.‹ Such's dir aus!«

»Diese Wahl fällt mir leicht.«

»Auch wenn du natürlich Engel sein willst, bist du wie alle, die unter dem Saturn geboren sind, auch ein Melancholiker. Die Melancholie aber ist für den Teufel ein zugerichtet Bad.«

»Sagte nur dieser Luther, der selbst ein Teufel war.«

»Sagten schon früher die Mönche, die's wissen mussten.«

»Einerlei. Auch der Melancholie wohnt ein Zauber inne, der zu kreativer Genialität führt, solange die schwarze Galle nicht überwiegt. Viele bedeutende Männer waren Melancholiker, auch Platon, Sokrates …«

»Da halte ich's doch lieber mit Demokrit, der in seiner Tonne fröhlich lachte, weil er wusste, dass die Welt voller

Wahnsinn und Verrückter ist. Aber was sagt denn nun dein Horoskop?«

»Dass ich Erfolg haben werde, wenn ich energisch und gerecht meinen Weg gehe. Und dabei gilt es noch, die Aspekte zu berücksichtigen, das heißt ... also, wie soll ich sagen ... die Planeten stehen in bestimmten Winkeln zueinander. Das bedeutet ...«

»Das bedeutet, du hast ebenso wenig Ahnung davon wie ich«, sagte ich lachend, »gib's nur zu!«

»Unsinn! Das hier, das ist zum Beispiel eine Konjunktion. Da steht die Venus ganz nahe bei der Sonne. Das ist überaus positiv und bedeutet, du wirst es nicht glauben, Großzügigkeit. Und eine Liebe zur Kunst und vor allem zur Musik. Und hier siehst du eine Polarität, das Zeichen, das genau gegenüberliegt. Also in meinem Fall steht der stürmische Widder in Opposition zur Ausgeglichenheit der Waage. Das kann bedeuten, dass ich manchmal etwas ungeduldig bin. Aber es ist vor allem wichtig für die Gesundheit, und da steht es leider nicht zum Besten. Doch dafür sind noch andere Zeichen im sechsten Haus ...«

»Jetzt mal ehrlich! Was davon ist wirklich neu außer der gewagten Behauptung, dass du jemals Erfolg haben wirst? Was hat sie für diese Binsenweisheiten verlangt?«

»Geht dich einen feuchten Kehricht an.«

»Nun komm schon! Ich krieg's ja doch raus.«

»Ich hab ihr hundert Gulden gegeben.«

»Ha! Das ist nicht Großzügigkeit, sondern ausgewachsene Eselei. Von mir hättest du schon für fünf Gulden die volle Wahrheit bekommen. Du gehst unangenehmen Geldgeschäften gern aus dem Weg, bist eitel und genusssüchtig, voller Stolz und überdies leicht zu täuschen.«

»Es soll schon Hofnarren gegeben haben, die man an ihrer frechen Zunge aufgehängt hat.«

»Gehabt Euch wohl, Euer Ehrwürden! Gesundheit für Euch und langes Leben für Euren Narren!«

Ich hatte Wichtigeres zu tun, als mich mit Wilhelm zu streiten. Laura hatte angedeutet, dass die ersten Junitage günstig für das Ritual seien. Da traf es sich zudem gut, dass Wilhelm und Renata, die wieder guter Hoffnung war, eine Wallfahrt nach Tuntenhausen planten, um erneut den Segen für gute Schwangerschaft und Geburt einzuholen.

Das jungfräuliche Papier konnte ich leicht Wilhelms Sekretär entlocken, der froh war, mich rasch wieder loszuwerden. Das Haselnussstöckchen hatte ich schon vor Tagen geschnitten. Fehlte noch der Rabe. Die Biester schwirrten zwar zahlreich um den großen Turm herum oder saßen krächzend auf Giebeln und Mauern, aber wie sollte ich es anstellen, eines von ihnen zu erwischen. Da fiel mir der Falkenmeister ein. Er und seine Knechte mussten die größte Erfahrung mit dem Anlocken von Federvieh haben. Und da der Falkenmeister ein Italiener con sentimento war, glaubte er auch bereitwillig meine rührselige Geschichte. Ich erzählte ihm von meinem Streit mit Beatrice, der ohnehin schon im Schloss in aller Munde war, und dass eine alte Mär besage, man müsse seinen Kummer nur einem schlauen Raben anvertrauen. Der würde ihn dann weit hinaustragen in den dichten Wald und dort hinausschreien, und alles sei wieder in bester Ordnung.

Am Tag danach traf ich mich mit Laura im Turm, um die letzten Vorbereitungen zu treffen. Ich trug stolz einen Raben im Käfig mit mir und weniger stolz einen ausgewachsenen Kater, denn der Falkenmeister und seine Knechte hatten es zur Bedingung gemacht, auf ihr Jagdglück anzustoßen. Da war das Fässchen Rheinwein, das ich dem Kellermeister abgeschwatzt hatte, rasch gelehrt.

»Du siehst schon selbst aus wie ein Gespenst«, begrüßte mich Laura.

»Ich weiß nicht, ob Dämonen auch kotzen können«, sagte ich kleinlaut. »Mir jedenfalls ist danach.«

»Agrippa teilt ein gutes Rezept gegen Brummschädel mit«, sagte sie eher schadenfroh als mitfühlend und holte das Buch, das ich ihr geliehen hatte, aus ihrem Korb. Nach kurzem Blättern fand sie die Stelle und las laut vor: »*Die Dinge, die unter dem Einfluss der Sonne stehen, beziehen sich auf das Herz und den Kopf, weil der Löwe das Haus der Sonne und der Widder ihre Exaltation ist. Dinge unter dem Einfluss des Mars beziehen sich auf Kopf und Hoden, wegen des Widders und Skorpions. Wenn daher ein Betrunkener, dem der Kopf wehtut, seine Hoden in kaltes Wasser hält oder mit Essig wäscht, so gewährt dies augenblicklich Hilfe.*«

Sie hob den Holzbottich voll Wasser an, der neben dem Schmelzofen stand, und stellte ihn vor mich hin.

»Was, jetzt gleich hier?«

»Jungfer Michaela kann auch in die Kemenate gehen. Nun stell dich nicht so an! Erst wolltest du mir deine Schwingungen zeigen, und jetzt lässt du den Hahn nicht aus dem Stall.« Sie lachte spöttisch, während ich zaghaft die Hosen fallen ließ und mich in den Zuber setzte.

»Du verstehst etwas von Planeten«, sagte ich, um sie abzulenken. »Wo hast du das gelernt?«

»In Sachsen sind viele Astrologen tätig, vor allem in Wittenberg. Aber mich hat der Graf von Oettingen gelehrt.«

»Eine teure Kunst.«

»Wie meinst du das?«

»Du hast sie dir von Wilhelm fürstlich bezahlen lassen.«

»Oh, du sprichst von dem Horoskop. Ich hab dafür nichts gefordert. Der Herzog hat's mir förmlich aufgedrängt.« Sie stupste mich schelmisch auf die Nase. »Wir Frauen müssen nicht immer fordern. Es gibt andere Wege. Wie geht's deinem Kopf?«

»Es tut sich noch nicht viel. Wahrscheinlich ist das Wasser zu warm. Übrigens, Wilhelm überlegt, bei der Kurfürstin anzufragen, ob du noch länger bleiben kannst.«

»Soso, anzufragen … hmm …«

»Es scheint dich nicht besonders zu freuen.«

»Die Kurfürstin und ihr Gemahl sind sehr streng mit ihrem Gesinde, manchmal sogar überaus hart. So gesehen wäre es schon gut … und dann natürlich bist du hier … aber andererseits erhielt ich unlängst wieder einen Brief vom Grafen. Vielleicht muss ich bald fort.«

»Können wir unser Werk noch zu Ende bringen?«

»Wenn wir uns ranhalten. Doch manchmal denke ich, man sollte den Polhaimer mehr unter Druck setzen.«

»Wie unter Druck setzen?«

»Na ja, der Kerl weiß wahrscheinlich viel mehr, als er zugibt, und hält den Herzog nur so lange wie möglich hin, um ihm immer mehr Geld zu entlocken, während wir uns abmühen. Der Kurfürst in Sachsen hätte da schon längst kurzen Prozess gemacht.«

»Hinrichtung?«

»Erst einmal nicht, nein. Aber er hat einen Adepten, von dem er glaubte, dass der das Geheimnis kenne, auch schon mal foltern lassen, und einen anderen an die Kette gelegt, die gerade nur bis zum Ofen reichte.«

»Hat's was gebracht?«

»Ich glaube nicht.«

»Wo ist der Polhaimer eigentlich?«, fragte ich in der Befürchtung, er könne wieder zur Türe hereinplatzen.

»Bei seiner Lieblingsbeschäftigung vermutlich.« Sie ging kurz vor die Türe, kehrte mit einer Handvoll Grünzeug zurück, kniete sich damit vor mich hin, hob mein Wams etwas an und streute die Blätter ins Wasser.

»Was tust du da?«, fragte ich verunsichert.

»Ich gebe etwas Minze dazu, das belebt. Und Liebstöckel, das ist gut für …«

»Warte!«, sagte ich. »Das Kraut macht doch auch den Schwengel munter und das ist jetzt nicht gerade …«

Während ich mich aus dem Zuber stemmte und aufrichtete, ging die Türe auf, und ich glaubte für einen Moment, eine Vision zu haben. Im Lichtglanz der Sonne sah Beatrice auf der Türschwelle wie eine überirdische Erscheinung aus. Doch sie entpuppte sich rasch als durchaus irdisch. Nach kurzem Erstaunen hatte sie die Situation, oder was sie dafür hielt, erfasst und sagte verächtlich: »Das also ist Alchemie.«

Sie ging auf mich zu, wobei sie Laura ignorierte und nur mich im Auge hatte. Ich stand ohne Hosen und mit aufgerichtetem Glied im Zuber vor ihr und wünschte mich mindestens auf den Mond. Sie nahm den Stopfen aus der Glasflasche, die sie in der Linken hielt, und goss – den Blick unverwandt auf mich gerichtet – eine Flüssigkeit in den Zuber. »Darf's noch etwas Knabenurin sein? Bade darin nur mit Fleiß, dann läuft der Schwengel dir nicht heiß.«

Ihre Worte klangen nicht einmal hämisch, eher voller Bitterkeit. Sie drehte sich wortlos um und ging stolz wie die schöne Hera hinaus.

»Laura … verdammt! Beatrice«, rief ich ihr hinterher. »Warte! Es ist nicht so, wie du denkst …«

»Lass gut sein«, sagte Laura. »Sie hat sich ihr Bild gemacht, und daran wirst du nichts mehr ändern.«

»Du bist schuld«, fuhr ich sie an, »mit deinen blödsinnigen Ratschlägen und deinen … deinen …« Ich stieg aus dem Zuber, hockte mich auf den Boden und heulte hemmungslos.

Laura versuchte nicht, mich zu trösten, im Gegenteil. »Sei froh, dass du sie los bist«, hetzte sie. »Glaub nur nicht, dass es Zufall war, dass sie just in dem Moment hereinkam. Sie steckt voller Eifersucht und Missgunst.«

»Hör auf!«, schrie ich. Doch sie hörte nicht auf.

»Hast du nicht ihre Augen gesehen? Sie starrte dich an, als wolle sie dich verhexen. Vielleicht hat sie dich schon mit einem Versagenszauber belegt. Und der Urin war sicher nicht von einem Knaben. Bei ihren teuflischen Riten werden Neulinge nämlich mit Urin getauft und damit in die Hexensekte aufgenommen.«

»Du bist verrückt«, protestierte ich, »Beatrice ist keine Unholdin.« Doch in meinem Kopf machte sich das Wort »Versagenszauber« breit. Ich schaute ängstlich an mir herunter. Wie zur Bestätigung hing ein armseliges Würstchen vor schlaffem Beutel. Und es war jetzt ganz sicher nicht der passende Moment, um seine Tauglichkeit zu testen. Angst und Verzweiflung befielen mich. Wie von fremder Macht gesteuert stieg ich umdämmert in meine Hosen und bewegte mich Richtung Türe.

»Wo willst du hin?«

Ich wusste es nicht.

»Du kannst jetzt nicht einfach abhauen. Wir haben noch zu tun. Morgen ist es so weit.«

»Morgen«, wiederholte ich ton- und kraftlos.

Sie trat hinter mich und umschlang mich mit ihrem linken Arm. Ich ließ es geschehen. Sie legte ihre rechte Hand auf mein Glied. Es regte sich nichts. »Sei unbesorgt«, flüsterte sie mir ins Ohr, »ich kenne Mittel, um den Zauber zu brechen.« So standen wir eine Weile unbewegt, bis sie mich schüttelte. »Komm jetzt!«

Langsam löste ich mich aus meiner Erstarrung. »Es hat alles keinen Sinn mehr für mich.«

»Unsinn! Wir sind kurz vor dem Ziel. Sieh her! Ich hab von dem Geld, das mir Wilhelm gab, einen neuen Alembik besorgt. Damit kann ich das Theion hydor herstellen. Ich hab auch schon etwas Gold in Königswasser aufgelöst.« Sie hielt mir eine Phiole mit wässriger Lösung vor Augen, die sie mir als den Samen des Goldes anpries. »Und hier …« – sie zeigte auf ein turmförmiges Monstrum – »ein Athanor, der philosophische Ofen, den ich mir von Wilhelm beschaffen ließ. Er ist für den letzten Schritt. Wir werden unsere frisch gewonnene Substanz in ein ovales Glas geben, das philosophische Ei, das wir zuschmelzen und in den Ofen legen. Darin kann unser Erzeugnis dann wie im Mutterleib bei milder Hitze zum Stein der Weisen reifen. Und unser magisches Ritual wird alles gelingen lassen. Hast du das Papier?«

»Liegt dort auf dem Tisch.«

»Mmm, fürstliches Papier mit Goldschnitt. Edel. Ist ein gutes Zeichen, Michel.«

Sie leimte vier Bogen mit einer klebrigen Masse zusammen. Während wir warteten, bis der Leim trocken war, schlug Laura den Herpentil auf. »Wir müssen uns noch für einen Dämon und sein Siegel entscheiden.«

»Ich bin für Phisazeroth«, sagte ich und war wieder ganz bei der Sache.

»Weshalb?«

»Weil sein Name am ehesten wie Sabaoth klingt, eine Bezeichnung für Gott unsern Herrn. Damit dürfte es sich zumindest um einen guten Geist handeln. Und sein Siegel enthält einen Dreizack, der auch als Symbol von Mercurius und Kupfer gelten kann. Das erscheint mir günstig.«

»Also gut.« Sie faltete nun das große Papier mehrfach, sodass ein spitzer Hut entstand. »Sieht fast aus wie eine Narrenkappe«, sagte sie lachend. Auch mir gelang ein schiefes Lächeln.

»Die Zeichen können wir erst morgen auftragen. Es muss alles in einem Gang gehen. Häng den Raben dort oben an die Decke. Er soll sich bis morgen noch seines Lebens erfreuen.«

»Sich seines Lebens erfreuen«, murmelte ich trübsinnig und schnaubte verächtlich. »Dann sind wir also für heute fertig.«

»Ja. Ich besorge noch die Zutaten für das Räucherwerk, denn jeder Dämon will mit Wohlgeruch gelockt werden. Die Petersilie bekomme ich im Garten, Koriander in der Küche. Aber für schwarzen Mohn und Safran muss ich wohl zum Apotheker gehen. Sieh zu, dass du morgen einen langen schwarzen Rock dabeihast.«

»Was machen wir mit dem Polhaimer?«

»Den überlass mir. Und jetzt schau nicht so verkniffen und schuldbewusst, sonst nimmt dich der Herzog morgen doch noch zur Wallfahrt mit. Kopf hoch, Michel! Morgen ist Mittwoch und Neumond. Es sind die Nächte des Saturns, und die Zeit vor Mitternacht steht unter dem Einfluss der Venus. Somit ist alles bestens.«

Ich nickte stumm und versonnen und verließ den Turm.

In dieser Nacht fand ich wenig Schlaf. Da war zum einen die unglückselige Begegnung mit Beatrice, die mich quälte, zum anderen machte ich mir Sorgen wegen des verbotenen Rituals. Wenn ausgerechnet hierbei jemand unerwartet des Weges käme ... Der Turm stand zwar etwas abgelegen, aber das garantierte nicht völlige Sicherheit. Und überhaupt: Wie sicher war schon die Beschwörung? Nicht auszudenken, wenn dabei etwas schiefging. In den kurzen Zeiträumen, in denen mich der Schlaf übermannte, plagten mich schreckliche Traumbilder von Dämonen, wie ich sie aus Mengins Schilderungen grausiger Höllenstrafen kannte. Kurzfristig spielte ich sogar mit dem Gedanken, Wilhelm zu bitten, mich auf die Fahrt zum Gnadenbild nach Tuntenhausen mitzunehmen. Er hatte Renata zuliebe, die einen Narren auf der Bittfahrt für nicht angemessen hielt, meinem Fernbleiben bereitwillig zugestimmt.

Als ich nach durchlittener Nacht am frühen Morgen wie ein Häuflein Elend durch den Burghof schlich, waren dort die Vorbereitungen für die Wallfahrt in vollem Gange. In jenen Tagen machte sich Wilhelm noch nicht wie ein einfacher Pilger in schlichtem Rock und mit einem Stab in der Hand auf den Weg, sondern der Aufwand glich eher einer fröhlichen Ausfahrt aufs Land. Ich muss erbarmungswürdig ausgesehen haben, denn als ich Wilhelm unter die Augen kam, sagte er nur: »Du gehörst ins Bett. Lass dir vom Leibarzt ein Stärkungsmittel geben.«

Kein Mittel dieser Welt, ob gallebitter oder zuckersüß, hätte mich an diesem Tag wohl aufzurichten vermocht. Immer wieder schaute ich zur Sonnenuhr hinauf, die nach Meister Apians Entwurf auf die Außenwand des alten Dürnitzstocks aufgemalt war, aber die Stunden verliefen quälend langsam. Ich brauchte auch nicht lange überlegen, ob ich Beatrice aufsuchen solle, um ihr eine Erklärung für meinen jämmerlichen Auftritt zu geben, denn sie befand sich im Gefolge Renatas. Obwohl ohne Appetit holte ich mir am frühen Nachmittag ein paar Bissen aus der Hofküche, um wenigstens meinen flauen, aber erbärmlich knurrenden Magen etwas zu beruhigen. Danach steckte ich mir den Herpentil unters Wams und ging hinaus in den Hofgarten. Ich setzte mich in den Schatten einer Buche und begann zum wiederholten Male, mir halblaut die Wortfolge vorzulesen, mit der ich in wenigen Stunden den mächtigen Dämonenfürst Phisazeroth herbeizitieren wollte: *Alip Hecon Anthios, o Haram milas Helotim Perifiantum Alasaff, Haram Astar-Ludip Phisazeroth media dosta Arisistatos, Falasi Algir Abdilback megastar …*

Der sperrige Text ergab für mich keinerlei Sinn, und immer wieder verhaspelte ich mich. Doch die Anweisung lautete: klar und mit lauter Stimme. Und sollte es mir in dieser Nacht nicht gelingen, dann war es nicht einfach vergleichbar einem lässlichen Versprecher in der Allerheiligenlitanei, sondern ich lief Gefahr, für meinen Fürwitz teuer zu bezahlen. Und was, wenn mir zwar die Citation gelingen sollte, der Dämonenfürst sich aber weigerte, meinen Wunsch zu erfüllen? Ich müsse dann, so die Vorschrift, mit meinem Stab auf das Siegel schlagen und drohen, es zu verbrennen. Und dann musste ich mir auch noch die korrekte Entlassungsformel einprägen. O gütiger Himmel! Ich spürte, wie ich am ganzen Körper zu zittern begann, und war nahe daran, aufzugeben. Aber dann stellte ich mir wieder vor, welch großes Glück es doch wäre, wenn es gelingen sollte. Und ich dachte dabei auch an die Möglichkeit, Beatrice wieder für mich zu gewinnen, wenn ich ihr kostbare Geschmeide zu Füßen legen könnte, wie es Wilhelm bei seiner Hochzeit mit Renata getan hatte.

Und irgendwann erinnerte ich mich glücklicherweise noch daran, dass die Beschwörung nur in Gottes Namen durchgeführt werden dürfe und der Magier sich mit Gebeten darauf vorzubereiten habe. Ich raffte mich auf, ging mannhaften Schritts zurück zur Burg und dort in die Kapelle, die Sankt Georg geweiht war. Wer außer Gott und dem Erzengel Michael könnte mir besseren Schutz gegen Dämonen gewähren, als der fromme Ritter, der den Höllendrachen besiegte. Ich empfahl mich inbrünstig seiner Fürsprache und machte mich dann auf zu Wilhelms Gemächern, um mir am Kammerdiener vorbei aus Wilhelms Kleiderfundus einen langen schwarzen Rock zu entleihen. So ausgestattet begab ich mich bei Dämmerung in den Turm, um das Schicksal herauszufordern.

Zwei Dinge ließen mich augenblicklich zurückschrecken: ein widerlicher Gestank und die brüske Begrüßung durch Laura. »Da kommst du ja endlich. Ich dachte schon, du würdest kneifen. Hab die Taube gerade selbst geschlachtet. Den Raben hab ich für dich aufgehoben.«

Sie stellte den Käfig auf den Tisch, und als habe er die Worte verstanden, begann der Rabe wild zu krächzen und mit den Flügeln zu schlagen. Mir wurde wieder flau im Magen.

»Können wir nicht ein Fenster öffnen?«

»Zu gefährlich.«

»Aber es heißt doch, ein Fenster gen Osten solle geöffnet sein.«

»Mag sein, aber viel wichtiger ist, dass wir ungestört bleiben.«

Laura hatte inzwischen etwas umgeräumt. Der Tisch stand jetzt ganz nahe am Destillationsofen, sodass davor genügend Platz war für den magischen Kreis. Sie hatte das Leintuch bereits ausgebreitet, mit dem frischen Taubenblut darauf einen Kreis skizziert und rundherum die Worte *Elohim* + *Adonai* + *El Zebaoth* + *Agla* + *Jehova* + *Alpha* + *Omega* + *On* geschrieben. Auch der Stab lag bereit. Neben dem Käfig mit dem Raben befand sich die Phiole mit der Goldlösung und davor lag ein Buch, das ich noch nicht kannte. In den Ofen hatte sie einen eisernen Topf mit Wasser gehängt. In einem kürbisartigen Kolben auf einem Bleiring blubberte eine dunkelgelbe, schaumig trübe Flüssigkeit. Dem Kolben saß dicht der Destillationshelm auf, aus dessen langem Schnabel das Destillat in das Auffangglas tropfte, das auf dem Tisch neben der Goldlösung stand. Von ihm schien der stechende Geruch auszugehen.

»Was kochst du da?«, fragte ich naserümpfend.

»Ich hatte nicht angenommen, dass du es schaffen würdest, den Knabenurin zu besorgen«, gestand Laura. »Deshalb habe ich über mehrere Tage Urin gesammelt, der inzwischen vergoren und deshalb trübe ist und übel riecht. Durch die Destillation gewinne ich nun den Uringeist. Das darin enthaltene Ammonium ist es, das dir so in die Nase sticht.«

»Wie lange geht das noch?«, fragte ich und wischte mir den Schweiß von der Stirne.

»Noch eine Weile«, ließ sie mich im Unbestimmten. Zu meiner Ablenkung verwies sie auf das Buch. »Sieh, was ich von Wilhelm bekommen habe. Er sagte, er habe das Buch besorgen lassen für einen früheren Alchemisten, der sich als Schwindler erwiesen habe.«

Ich erinnerte mich, dass Geishammer vor seinem Abgang vom Herzog noch die Beschaffung eines Buches verlangt hatte, in dem der ganze Prozess des großen Werks in einleuchtenden Bildern dargestellt sei. Der Titel des Buches war *Rosarium Philosophorum*, was einen »Rosengarten der Philosophen« bedeutete, aber seltsamerweise auch als »Rosenkranz« verstanden werden konnte, das litaneiartige Gebet zu Ehren Mariens, das Wilhelm so schätzte. Sollte dies auf eine Verbindung des Opus magnum mit dem göttlichen Heilswerk hindeuten? Neugierig schlug ich das Buch auf und kam ins Staunen. Nicht wegen der Texte, die überwiegend in Latein abgefasst waren und die ich so schnell gar nicht erfassen konnte, sondern wegen seiner merkwürdigen Bilder. Da saß ein Königspaar vor seiner Brautnacht nackt im Brunnenbad und tauschte Blüten aus. Der König symbolisierte dabei Sulphur, also den Schwefel, und die Königin den Mercurius, das Quecksilber. Darüber schwebte eine Taube als Spiritus. Und im nächsten Bild kam es dann tatsächlich zur Vereinigung. Der König lag zwischen den Schenkeln der Königin und drang in sie ein. Es war die Coniunctio, die Verbindung der zuvor gelösten Teile. Solve et coagula! Die Vollendung des großen Werks. Und in einem der folgenden Bilder, da war das Königspaar sogar verschmolzen zu einem Körper als Hermaphrodit, der halb männlich, halb weiblich war. Und wie um das Ganze noch viel unbegreiflicher zu machen, folgte am Ende ein Bild der Heiligen Dreifaltigkeit, auf dem der Vater und der Sohn Maria krönten, über der der Geist als Taube schwebte.

Ich erfasste damals noch nicht, dass auch dieses Bild in alchemischem Sinne zu deuten war, aber ich spürte eine beruhigende Harmonie, die von diesem Bild ausging, und für einen kurzen Moment gewann ich die Überzeugung, dass unser Tun nichts Böses, sondern gottgewollte Vollendung des großen Werkes sei.

Zwei Dinge waren's erneut, die meinen Glauben schwächten: der beißende Gestank und Lauras Intention, die vornehmlich an dem Bild mit der geschlechtlichen Vereinigung hängen blieb.

»Wir haben noch Zeit, bis die Destillation beendet ist.«

Da erst bemerkte ich, dass sie eine schmale Bettstatt, zu der sie mich jetzt zog, an der Wand deponiert hatte.

»Aber wir können doch nicht ...«, suchte ich nach Ausflüchten, »die Beschwörung muss in Keuschheit erfolgen.«

»Das gilt nur für die Vorbereitung«, beschwichtigte sie.

»Aber das Bild ist doch bestimmt nur ein Symbol und nicht wirklich gemeint.«

»Das Männliche muss mit dem Weiblichen verbunden werden, wenn das Werk gelingen soll, sagt Maria die Jüdin. Ich bin mir sicher, sie meint es ganz realiter. Und willst du etwa nicht sehen, ob die Verzauberung noch wirksam oder schon wieder gelöst ist?« Laura grinste mich anzüglich an.

»Die Dämpfe, der Gestank ...«, stöhnte ich, »mir wird übel.«

»Dagegen lässt sich was tun. Ich entzünde einfach das Räucherwerk.«

Sie hielt einen brennenden Kienspan in eine Schale, aus der gleich darauf Dämpfe aufstiegen, die zwar gewiss eine andere Duftnote verbreiteten, die mir aber ebenso wenig angenehm war. Und mir wurde zunehmend schummrig im Kopf, während der Rabe verzweifelt krächzte.

»Komm«, sagte sie und streckte mir ihre Hand entgegen, »wir haben noch die ganze Nacht vor uns.«

Was für mich wenig einladend klang und sie natürlich bemerkte. Sie drückte mich auf den Rand des schmalen Spannbettes nieder, stellte sich vor mich hin und fing an, ihr Mieder aufzuschnüren. Sie ließ es fallen, ohne den Blick von mir zu wenden. Kurz darauf hatte sie sich auch ihrer Bluse entledigt und ich glotzte auf zwei milchig weiße Brüste, die zwar nicht mehr die Standfestigkeit frischer Jugend hatten, aber noch immer prall und einladend waren.

»Ich … äh … wenn jetzt der Polhaimer«, stammelte ich.

»Sei unbesorgt, er ist verwahrt.«

»Was heißt *verwahrt?*«

»Ich hab ihn weggesperrt.«

»Wie … *weggesperrt?*«

»Wenn unser heutiges Experiment misslingt, dann wird *er* uns sagen müssen, wie es geht.«

»Ich versteh nicht …«

»Nun hör schon auf!« Sie trat ganz nahe an mich heran und barg meinen Kopf an ihrem Busen. Jetzt roch ich zu den übrigen Dämpfen auch noch ihren Schweiß. Und irgendwie fühlte ich mich erregt und zugleich abgestoßen. Als ich nach Luft rang, ließ sie etwas von mir ab, setzte sich neben mich und begann meine Hose aufzuschnüren.

»Ich glaube, der Zauber hat sich schon etwas gelöst«, sagte sie, drückte mich auf den Rücken, legte sich auf mich und begann sich schamlos über meinem Gemächt zu winden. Ich spürte noch, wie heftige Übelkeit in mir aufstieg. Vor meinen Augen begann sich alles zu drehen. Im Halbdunkel des finsteren Turms sah ich plötzlich grelle Lichtflecke und farbige Ringe und über mir den giftigen Schlangenkopf der Versuchung, aus dem eine Zunge auf mich zuschnellte … Ich schrie und bäumte mich auf, warf das Ungeheuer von mir, und noch während ich aufzustehen versuchte, erbrach ich einen Schwall von Essensresten und schwarzer Galle mitten in den magischen Kreis. Dann stürzte ich zur Türe, taumelte dabei gegen den Tisch und riss mit dem Ärmel den Vogelkäfig herunter, der krachend zerbrach. Ich stieß die Tür auf, hörte noch etwas klirren, wankte ins Freie und konnte mich eben noch zur Mauer hin flüchten, als ein ohrenbetäubender Knall die Luft zerriss und eine unsichtbare Faust mich zu Boden schleuderte. Ich warf mich in Panik herum und sah noch, wie aus dem Turm grelle Flammen schlugen, über denen sich purpurfarbener Rauch bildete. Dann sank ich besinnungslos auf den Grasboden zurück.

Vierunddreißigstes Kapitel

»Gab's Neuigkeiten?«, fragte Caspar aufgeregt.

»Warum kam dein Vetter heute schon so früh?«, wollte Hans wissen. »Hast du dich mit ihm versöhnt?«

»Wird der Pronner in der Kommission sein?«, war des Prokurators Sorge.

»Nicht alle auf einmal«, sagte ich und trank einen Schluck Wasser aus dem Krug, das schon reichlich abgestanden schmeckte. »Jetzt wäre etwas zu beißen recht.« Caspar hielt mir einen Rest Brot hin.

»Mein Vetter scheint die Sache mit dem Teufelmüller allenfalls am Rande mitbekommen zu haben. Er beteuert, nichts von einem Zusammenhang mit uns gewusst zu haben. Ich glaube ihm.«

»Späte Einsicht«, frotzelte Caspar, »aber besser spät als nie.«

»Er glaubt auch nicht, dass der Hofratspräsident ihn für die Untersuchung auswählen wird«, sagte ich an den Prokurator gewandt. »Und überhaupt hält Andre ihn eher für ein kleines Licht. Er hat im Hofrat einen zwiespältigen Ruf. Manche schätzen ihn sogar als ungeeignet für ein so hohes Amt ein, andere sind der Meinung, er sei zu allem zu gebrauchen.«

»Was unberechenbar und eher gefährlich klingt«, argwöhnte Hans.

»Das befürchtete ich auch, aber Andre ist der Meinung, er könne ihn im Zaum halten. Notfalls mit seiner Frau und deren Schwester, die Einfluss auf ihn haben könnten.«

»Haben könnten«, schnaubte der Freisinger, »das reicht nicht. Der Kerl ist in seinem Adelsdünkel stur, und er ist nachtragend wie Nemesis die Rachegöttin.«

»Nur mit dem Unterschied, dass deren Zorn gerecht ist«, schränkte ich ein.

»Was heißt schon gerecht«, sagte Caspar verächtlich. »Schaut euch doch bloß die Henker an. Sie verdienen klotzig am Leid anderer, fahren neuerdings mit Kutschen und Dienerschaft durchs Land und verschaffen sich selbst reichlich Nachschub, indem sie angebliche Zauberer und Hexen aufspüren. Dabei sind sie es, die mit Zauber und Magie Handel treiben und sich als Wahrsager aufspielen. Sie verkaufen Splitter vom Galgenholz, Armsünderfett und Alraunwurzeln, aber wenn sie bei unsereinem Dinge dieser Art finden, heißt es Besitz verbotener Zauberutensilien. Sie bieten schädlichen Gegenzauber an und Wiederbeschaffung gestohlener oder verlorener Sachen, aber wenn wir gegen das Böse ansegnen oder das Sieb laufen lassen, dann ist das gleich Hexenwerk und Teufelspakt. Wenn es gerecht zuginge, müssten sich die Henker selbst richten.«

»Mein Vetter hat gesagt, dass die Nachrichter nicht mehr so einfach Hexenmale bestimmen können, und sie gelten bei Gericht auch nicht mehr als Beweis.«

»Pah, was spielt das schon für eine Rolle«, hielt der Prokurator dagegen. »Wenn einen die Eiferer erst mal in der Mangel haben, dann tut die Folter ihr Übriges. Oder glaubt etwa einer von euch, ihr widerstehen zu können?«

»Ich bin weiß Gott kein Held«, sagte ich.

»Mit dem Mundwerk schon«, stichelte Caspar.

»Es kommt wahrscheinlich ganz darauf an, was sie einem antun. Es wird ja sogar von Frauen berichtet, die die Folter überstanden hätten.«

»Fragt sich nur wie«, blieb der Freisinger skeptisch, »noch halbwegs gesund oder halb tot als Krüppel?«

»Aber wenn man's durchsteht«, bemerkte Hans hoffnungsvoll, »dann müssen sie einen doch freilassen.«

»Du wirst es nicht durchstehen«, sagte ich.

»Man darf nicht für eine Sache zweimal gefoltert werden«, behauptete Caspar.

»Im Prinzip schon richtig«, stimmte der Prokurator zu, und zerbrach den dünnen Strohhalm auch gleich wieder. »Ich hab vor Jahren mal den Hexenhammer dieses Dominikanerteufels gelesen, um zu wissen, womit ich's eventuell bei Gericht zu tun bekomme. Es ist ein unseliges Machwerk und strotzt vor himmelschreiendem Blödsinn, aber in Teilen ist es auch höllisch raffiniert, denn der Inquisitor empfiehlt dann einfach die verteilte Folter.«

»Was soll das heißen?«

»Das heißt so viel wie: Morgen ist auch noch ein Tag. Die Folter wird nicht offiziell beendet, sondern nur unterbrochen, zum Beispiel unter dem heuchlerischen Vorwand, den Delinquenten schonen zu wollen. Danach kann sie dann beliebig fortgesetzt werden und zwar so lange, bis sie die Wahrheit, oder was sie dafür halten, bekommen haben. Und selbst wenn die Folter als beendet gilt, dann findet sich eben ein neues Beweisstück, das die erneute Folter erlaubt. So einfach ist das.«

»Dann besteht doch von Beginn an keine Chance«, sagte Caspar resigniert, »und um die Folter zu vermeiden, kannst du nur schon am Anfang alles gestehen und sei es noch so unsinnig.«

»So ist es«, bestätigte ich.

»Und wenn ich danach alles widerrufe?«, sagte Hans und hielt sich dabei anscheinend für gewitzt.

»Dann beginnt die Folter eben von vorn. Du entkommst ihr nicht.«

»Michel, du hast gestern von einer anderen Strategie getönt«, bohrte der Freisinger. »Was meintest du damit?«

»So genau weiß ich das auch noch nicht.« Ich hatte zwar eine ziemlich genaue Vorstellung davon, hütete mich aber, sie vor den anderen auszubreiten. »Es ist doch so«, sagte ich ausweichend, »als Erstes erzwingen sie ein Geständnis. Aber damit geben sie sich nicht zufrieden. Selbst wenn du gleich zu Beginn freiwillig alles gestehst. Denn als Nächstes wollen sie Namen, die Namen deiner Mittäter und zwar möglichst viele. Und wenn du keine benennen magst oder kannst, werden sie dir unter der Folter welche abpressen.«

»Du meinst, wir sollten uns schon mal überlegen, wen wir da beschreien?«, fragte Caspar ungläubig.

»Klingt verrückt, aber so ist es.«

»Pfff, da fielen mir doch auf Anhieb einige ein. Mein Nachbar, der Jakob, zum Beispiel, der mit Gewalt einen Teil unseres ohnehin kleinen Gartens beansprucht. Oder der Melchior, der Saumetzger, der einen stets um die Zuwaage bescheißt. Und dann der Hias, der fiese Marktschreier, der mich mehrfach lauthals vor allen als Kinderverderber beleidigt hat, und vergessen wir nicht den Nachbarn des Prokurators, den gierigen Fuhrknecht, der uns wahrscheinlich hingehängt hat, wie heißt er doch gleich …«

»Weiber, Caspar«, unterbrach ich ihn lachend, »vergiss nicht, alte Weiber sind die Hexen! Sonst glaubt's dir keiner.«

»Kein Problem! Da fällt mir die Gret ein, die Kräuterhex, die meiner Frau eine falsche Salbe angedreht hat, oder die schielende Ursel …«

»Hört auf!«, schrie der empfindsame Hans und hielt sich die Ohren zu. »Ihr seid doch wahnsinnig! Das ist unmenschlich!«

»Das ist deren Spiel«, sagte der Prokurator kalt, »sie geben vor, die Wahrheit zu suchen, und erpressen doch nur Lügen. Und die frommen Hexenbeichtiger, dieses Jesuitenpack, gaukeln dir dreist vor, dein Geständnis und das reinigende Feuer würden deine Seele retten, dabei zwingen sie dich zu noch größerer Sünde, indem du andere Unschuldige mit ins Verderben reißt.«

Wir schauten uns an, und ich wusste, der Prokurator hatte verstanden. »Ich weiß, was du eigentlich denkst«, sagte er, »man muss höher hinaus, viel höher. Das hat den Irrwitz zum Erliegen gebracht. Aber selbst wenn durch deine Aussagen die Feuer irgendwann erlöschen werden, dann nützt das allenfalls der nächsten Generation armer Teufel, während du längst Asche bist.«

»Wir werden sehen«, sagte ich im Bewusstsein, dass mein Spiel noch offen war.

»Jetzt versteigt euch nicht in wilde Spekulationen oder Trübsinn«, mahnte der Freisinger. »Wichtig ist im Augenblick nur, dass bislang anscheinend noch keine konkreten Anschuldigungen vorliegen, dass jemand durch unser Tun zu Schaden kam.«

»Vergiss nicht den Leinweber, der den Kaufmann bös aufs Maul geschlagen hat!«, warf Hans besorgt ein.

»Na gut, das ist alltägliche Gewalttätigkeit, keine Hexerei. Es liegen also nur Verdachtsmomente vor, und wenn nach bisher geltendem Recht geurteilt wird, dann müssten wir glimpflich davonkommen. Entscheidend wird demnach sein, wie sich die Kommission des Hofrats zusammensetzt. Und selbst wenn hierbei ein scharfer Hund – und sei's der Pronner – die Zähne fletschen sollte, dann heißt das noch nicht, dass der gesamte Hofrat so denkt. Da gibt es vielleicht auch gemäßigte und vernünftige Leute. Und der Hofrat entscheidet letztlich nach dem Referat der Kommission, ob es zur Folter kommt oder nicht. Es ist also längst nichts verloren.«

»Aber wenn die anderen im Kerker drüben vielleicht einknicken und schon beim Verhör irgendwas gestehen, was sie gar nicht getan haben …?«, gab Caspar zu bedenken. »Allein das Warten in Ungewissheit und all dem Dreck macht einen doch schon mürbe.«

»Das können wir nicht beeinflussen«, sagte der Prokurator, »aber jeder von uns mag sich schon mal überlegen, ob er selbst etwas zu gestehen hätte, womit man ihn konfrontieren könnte.«

Da musste ich nicht lange nachdenken …

Als ich nach der Explosion wieder zu mir kam, war ich umringt von Leuten, die mich mit Fragen bestürmten. Einige glotzten auch nur, und andere waren darum bemüht, die restlichen Flammen zu löschen. Ich richtete mich benommen auf und sah im Schein der Fackeln, dass der Turm noch stand. Auch das Dach schien unversehrt zu sein. Die Türe hatte es aus den Angeln gerissen, das Mauerwerk war um den Türrahmen herum geschwärzt.

»Was ist passiert?«, fragte mich der Hofmeister.

»Ich weiß es nicht«, sagte ich wahrheitsgemäß.

»An was kannst du dich erinnern?«

Ich schüttelte den Kopf, denn das wollte ich lieber nicht sagen. Ich stand mithilfe freundlicher Hände auf, ging langsam auf den Turm zu, stützte mich am Türrahmen ab und schaute in die düstere Öffnung. Es war ein Bild der Verwüstung. Zwischen verkohlten Trümmern des Tisches und der

Liegestatt, Glasscherben und zerbrochenen Tiegeln lag Laura am Boden. Ihr Rock bestand nur noch aus versengten Fetzen, Gesicht und Hände waren geschwärzt, von den Haaren waren nur wenige Kräusel übrig, die starr vom Kopf abstanden. Über den Oberkörper hatte jemand gnädig einen Kittel gebreitet. Einer der Leibärzte, der nicht das Prinzenpaar auf der Wallfahrt begleitete, kniete neben ihr. »Sie hat sich das Genick gebrochen«, konstatierte er.

Der Hofmeister gab den herbeigeeilten Wachen die Anweisung, die aufgeregten Zuschauer zu zerstreuen und aufzufordern, in die Burg oder ihre Behausungen im Wirtschaftshof zurückzukehren. Ganz allmählich wurde es ruhiger.

»Schlagt sie in das Tuch ein«, befahl der Hofmeister dem Tierpfleger und einem kräftigen Stallburschen, »und tragt sie in das Bad. Und dann sieh zu, dass du deine Menagerie beruhigst!« Die Löwen brüllten im Zwinger, die Meerkatzen kreischten, die Hunde kläfften, als ginge es zur Jagd – es war ein schrilles Konzert zu einer gespenstischen Szenerie.

Ich schaute erst geistesabwesend zu, wie die Helfer die eine Seite des großen Tuches über Lauras Leichnam breiteten, und wie sie eben die andere Hälfte packten, da wurde mir mit einem Schlag bewusst, dass es das Leintuch mit dem magischen Kreis war. Es war zwar angesengt und stark verschmutzt, aber ein aufmerksames Auge konnte sehr wohl den Kreis und Teile der Schrift erkennen. Zum Glück war es düster im Raum, und die Burschen führten ihren Auftrag mechanisch und uninteressiert aus. Ich schaute mich hektisch um, aber von den Büchern, dem Stab und der Kappe war nichts zu sehen. Sie mussten verbrannt sein.

Ich fühlte mich schlapp und elend, hatte immer noch den stechenden Geruch in der Nase, zu dem jetzt noch der Brandgeruch kam. Ich wankte durch die Türe ins Freie und setzte mich wieder ins Gras, um meine aufgewühlten Gedanken zu sortieren. Was war geschehen? Ich konnte es mir nur so zusammenreimen, dass der Rabe aus dem Käfig entkommen und aufgeflattert war, dabei Gegenstände auf dem Tisch umgeworfen und damit eine verhängnisvolle Reaktion in Gang gesetzt hatte. Da war das Klirren, das ich noch gehört hatte. Laura war vermutlich aufgesprungen. Vielleicht wollte sie mir hinterher, vielleicht auch nur den Alembik retten. Durch die Explosion wurde sie wahrscheinlich rückwärts an den Ofen geschleudert, wo sie sich das Genick brach. Erst viele Jahre später erfuhr ich in Prag, dass eine Goldlösung, die mit Ammonium in Verbindung kommt, zu hochexplosivem Knallgold wird – Aurum fulminans. So könnte es gewesen sein.

Mein Kopf drohte zu zerplatzen. Ich rieb mir die Schläfen, da fiel mir siedend heiß wieder das Tuch ein. Ich musste die Spuren vernichten. An Schlaf war jetzt sowieso nicht zu denken. Ich ging in die Küche und nahm dort gern das Stück Hühnerpastete und den Becher mit süßem Rainfal entgegen, den mir die Köchin zur Stärkung anbot. Obwohl es spät war, herrschte aufgrund des Vorfalls munteres Leben, und schon kam auch die Gerüchteküche in Gang.

»Aus der wär doch nie eine gute Köchin geworden. Hat sich ja mehr in dem Turm herumgetrieben als hier.«

»Der Herzog hat's ihr angeblich erlaubt. Was der an ihr gefunden hat?«

»Ich sag euch, sie war nackt, als man sie jetzt gefunden hat, nur untenrum noch etwas bedeckt.«

Als bei der Tuschelei immer mehr verstohlene Blicke in meine Richtung gingen, wurde es mir ungemütlich. Ich schob die Pastete weg, ließ aber das Messer in meiner Tasche verschwinden und suchte das Weite. Beim Hinausgehen hörte ich noch: »Ein Weib, das im Ruß und Schmutz der Alchemie sudelt, ist gewiss eine Hexe.« War es Beatrices Saat, die hier aufging?

Zum Glück hatte der alte Pachmair den Torturm noch nicht

verschlossen. Die Unruhe im Burghof hatte sich inzwischen gelegt. Die Nacht war stockdunkel wegen des Neumonds, aber ich fand meinen Weg zielsicher am Graben entlang und hinter dem Ballhaus vorbei zur Badstube neben dem Jägerhaus. Die Tür war nicht versperrt. Mein Plan war, den äußeren Rand des Leintuchs und damit den aufgemalten Kreis mit dem Messer abzutrennen. Aber während ich mich im Hof trotz der Dunkelheit noch zurechtgefunden hatte, konnte ich hier die Hand nicht vor Augen sehen. Es war zu spät, um zurückzugehen und ein Talglicht zu holen. Es hätte mich außerdem zu leicht verraten können. Ich tastete mich auf Knien in den Raum vor, bis ich mit den Händen an ein Bündel stieß. Sie hatten sie mitten im Raum auf den Boden abgelegt. Aber wie konnte ich jetzt sicher mit dem Messer hantieren? Mir kam ein verzweifelter Gedanke. »Verzeih mir!«, flüsterte ich, packte das Leintuch an der linken Seite und zog daran mit einem heftigen Ruck. Ich hörte dumpfes Rollen und einen Aufprall, dann war das Leintuch frei. Ich knüllte es wild zusammen und stopfte es mir unters Wams, ehe ich aus der Badstube floh. Hätte ich jemanden getroffen, er hätte wahrscheinlich geglaubt, einem fetten Nachtgespenst oder Troll zu begegnen.

Irgendwann erlöste mich in meiner Kammer für ein paar Stunden die Müdigkeit von Grübelei und Selbstvorwürfen. Im Morgengrauen war ich schon wieder wach und schlich in die Dürnitz, um mein aufkommendes Hungergefühl zu beruhigen. Auch dort waren die Vorkommnisse der vergangenen Nacht in aller Munde, und die Gerüchte schwirrten durch den Raum.

»Ich sag euch, der Polhaimer hat sich über sie hergemacht. Und dann ist er abgehauen.«

»Und die Explosion?«

»Weiß ich's? Vielleicht wollte er damit etwas vertuschen.«

»Der Polhaimer, so ein Quatsch. Die beiden waren sich doch nicht grün. Ihr Buhle war's. Hättest sehen sollen, wie sie zugerichtet war, am ganzen Körper Brand- und Kratzspuren. Man weiß doch, dass die Teufel saugrob mit ihren Gespielinnen umgehen. Sie krallen sich ein, und ihr Schwanz ist eiskalt und wie mit Nägeln gespickt.«

»Woher willst du das wissen?«

»Frag doch den Narren. Er weiß es bestimmt.«

Das rohe Geplänkel ging mir auf die Nerven, aber eines machte mich stutzig: der Polhaimer. Verdammt! Wo war er?

Ich hielt es unter den großkotzigen Weiberhelden nicht mehr aus und ging nach draußen. Es war ein wunderschöner Sommermorgen, aber im Vorhof der Burg lag noch immer leichter Brandgeruch in der Luft. Ich ließ mir die Ereignisse der letzten Nacht nochmals durch den Kopf gehen. »Ich hab ihn weggesperrt«, hatte sie gesagt. Wie war das gemeint? Hatte sie ihn betäubt? Aber wäre er im Obergeschoss gewesen, dann hätte ich entweder etwas gehört oder man hätte ihn später gefunden. Gab es einen versteckten Keller, zu dem sie Zutritt gefunden hatte? Im Bereich der Küche oder bei den Riesenfässern im Weinkeller konnte es kaum sein. Himmel, sie hatte auch etwas von Folter gefaselt. Sollte am Ende etwas dran sein? Ich ging zum unteren Torwart und verwickelte ihn beiläufig in ein Gespräch.

»War ’ne unruhige Nacht.«

»Kannst du laut sagen.«

»Ein Glück, dass die Flammen nicht aufs Tor überschlugen.«

»Zu weit weg. Keine Gefahr. Ein Glück, dass es dich nicht erwischt hat. Was hattest du denn dort gesucht?«

»Pfff, war zum Schlafen noch zu früh für mich. Der Herzog war nicht da, also ging ich spazieren.«

»In stockfinsterer Neumondnacht?«

Ich musste aufpassen. »Ja sicher. Da ist die Kraft des Mondes am geringsten. Man bekommt den Kopf wieder frei und klare Gedanken.«

»Wirst es nötig haben«, sagte der Wächter lachend.

Jetzt ging ich aufs Ganze: »Foltern sollte man den Kerl, der den Turm angezündet hat.«

Der Wächter lachte noch mehr. »Willst du einem Teufel einheizen? Du machst mir Spaß.«

»Du glaubst doch nicht …«

»Na sicher. So, wie sie ausgesehen hat. Sie lag auf einem magischen Kreis. Das könnt ich beschwören. Die Hexe hat wahrscheinlich etwas falsch gemacht bei der Beschwörung, und der Dämon hat sie zerfleischt. Dabei ist der Turm in Rauch aufgegangen.«

»Und wenn du so eine Hexe befragen müsstest, wo würdest du's tun?«

»Na oben, in der alten Frag.« Er nickte mit dem Kopf Richtung Kellereigebäude.

»Wo?«

Jetzt zeigte er auch mit dem Arm in die Richtung. »Oben im Folterturm in der Ringmauer über dem äußeren Torbau. Du willst es aber genau wissen.«

»Ach, nur so. Für den Fall, dass ich bei unserm Herzog mal in Ungnade falle.« Ich lachte etwas bemüht und ließ ihn mit der Zweideutigkeit zurück.

Zur Ablenkung ging ich erst aufs Schlosstor zu und schlug dann einen Haken. Obwohl ich die Burg gleich anfangs gründlich erkundet hatte, war ich mit diesem Mauerteil wenig vertraut. Der Turm wirkte bereits von außen heruntergekommen, wohl auch deshalb, weil er nicht mehr in Gebrauch war. Die Tür war verschlossen. Ich drückte die Klinke mehrmals nach unten und hämmerte an die Türe. Da glaubte ich, ein Stöhnen zu hören. Herr im Himmel! Konnte das tatsächlich sein? Ich überlegte fieberhaft. Ich hatte bei Laura nie einen Schlüssel gesehen. Wahrscheinlich trug sie ihn nicht bei sich. Aber dann … ich suchte in der Umgebung der Türe und fand einen großen Stein. Ich hob ihn an und tatsächlich … Das Schloss knirschte, und auch die Türangeln schrien erbärmlich nach Öl. Durch einen Fensterschlitz fielen mir Strahlen der aufgehenden Sonne direkt ins Gesicht und blendeten mich. Ich versuchte auszuweichen und geriet dabei mit dem Kopf in ein riesiges Spinnennetz. Voller Ekel wischte ich mir die klebrigen Fäden aus dem Gesicht, dann sah ich das Elend. Direkt vor mir lag der Polhaimer auf nacktem Boden. Seine ausgebreiteten Arme waren angekettet, gerade so, dass er sich etwas drehen konnte. Auf seiner Hose war ein großer Fleck, und es stank nach Urin und Angstschweiß.

»Wasser«, flehte er kaum hörbar. Seine Lippen waren aufgesprungen, seine Augen verquollen und verklebt.

Ich kniete mich neben ihn, ging mit dem Gesicht dicht an ihn heran und sagte: »Ich bring dir welches.«

Da schien er mich zu erkennen und stöhnte: »Steckst du mit der Hexe unter einer Decke? Dann bring mich lieber gleich um.«

Ich ging hinüber zur Burg, holte aus der Küche einen Krug mit Wasser und etwas Brot und ging zurück zum Folterturm. Die Schlüssel für die Eisen lagen für Polhaimer unerreichbar in seiner Nähe. Ich befreite seinen rechten Arm, sodass er sich aufsetzen, etwas trinken, das Gesicht grob waschen und dann auch ein paar Bissen essen konnte. Ich ließ ihm Zeit und überlegte dabei selbst, was nun zu tun sei.

»Laura ist tot«, begann ich nach einer Weile das Gespräch.

»Das ist gut«, sagte er. »Sie hat's verdient, sonst hätte ich sie umgebracht. Sie hat mich mit irgendeinem Trank betäubt und dann hierher geschleift.« Er rieb sich die Gelenke und deutete mir an, auch seinen linken Arm zu befreien.

Ich schüttelte den Kopf. »Ist vorerst meine Versicherung.«

»Was hast du jetzt vor?«

»Ich weiß noch nicht. Lass uns zusammen überlegen. Zurück kannst du nicht.«

»Wieso? Jetzt wo die Nervensäge weg ist, wird es ein himmlisches Arbeiten.«

»Du bist ein abgefeimter Betrüger. Hab deinen Stöckchentrick durchschaut. Ein Wort von mir, und der Herzog lässt dich für länger festsetzen, wenn nicht gar aufknüpfen.«

»Dann lass mich laufen.«

»Damit du überall herumposaunen kannst, auf der Trausnitz hätte es eine Hexe gegeben. Vielleicht sollte ich dich besser hier verrotten lassen.«

»Ich kann's dir schriftlich versichern, das Maul zu halten.«

»Hmm, das Wort eines Betrügers. Vielleicht sollte ich besser einen Daumen von dir behalten.«

»Spinnst du?«

»Wieso? Dieben schneidet man doch die Daumen ab, oder nicht?«

»Nun komm schon«, bettelte er, »wir waren beide bei den Jesuiten, sind gewissermaßen Leidensbrüder.«

Ich musste lachen über seine Unverfrorenheit. »Werd's mir überlegen«, sagte ich und ließ ihn weiter schmoren.

Natürlich wollte ich ihn loswerden. Aber wie sollte ich's anstellen, ohne dass mir Wilhelm später vorwerfen könnte, ich hätte ihn laufen und ohne gerechte Strafe entkommen lassen? Da ich schon dabei war, verborgene Ecken der Burg zu erkunden, ging ich zu Baumeister Stern, um ihn wegen der ominösen Geheimgänge auszufragen.

»Nichts als Ammenmärchen«, sagte er lachend, »oder es muss sehr, sehr lange vor meiner Zeit gewesen sein. Aber es gibt Gänge, die von mir angelegt wurden. Sie dienen allerdings der Entwässerung und sind fein säuberlich ausgemauert.«

Ich brachte noch in Erfahrung, dass einer dieser Gänge zwischen Mesnerhaus und Kellerei begann, am Folterturm vorbei hinunter zur Barbakane des Torbaus und von dort hinaus in den Hofgarten führte. Dies schien mir für meine Zwecke äußerst günstig.

Am Spätnachmittag ging ich zurück zum Turm. Ich hatte frische Hosen und etwas zu essen besorgt und legte es vor ihn hin. »Hör zu!«, sagte ich. »Hab's mir überlegt. Ist zwar vermutlich dämlich von mir, aber ich lass dich laufen. Doch komm mir nie wieder in die Quere. Wilhelm wird bald zurück sein. Dann ist es besser, du bist verschwunden.«

Ich erklärte ihm die Lage des geheimen Ganges und versicherte ihm, ihn am nächsten Morgen freizulassen. Den Schlüssel für das Handeisen ließ ich in einiger Entfernung liegen, aber so, dass er ihn mit etwas Anstrengung erreichen konnte. Sollte er sich doch ruhig für gewitzt halten, wenn ich ihn auf diese Weise nur loswurde. Die Rechnung ging auf. Anderntags war er verschwunden. Ich weiß nicht, ob der Ausgang des geheimen Ganges offen oder mit einem Gitter verschlossen war. Vielleicht war er auch gleich direkt über die Mauer entwichen. Egal. Er war fort, und ich sollte nie wieder etwas von ihm hören.

Wilhelm war entsetzt, als er von Lauras Tod und Polhaimers Verschwinden erfuhr. Und ich bin sicher, er trauerte zu einem guten Teil auch seinen Gulden nach. Laura wurde auf seinen Befehl im Kirchhof von St. Martin begraben. Den Turm ließ er notdürftig reparieren und dann versiegeln. Als sich im folgenden Jahr ein neuer Glücksjäger als Alchemist anbot, ließ er ihn ungnädig abwimmeln. Ich war zutiefst enttäuscht, dass meine Träume von glückseliger Goldmacherei auf diese elende Weise ihr Ende fanden. Vielleicht hatte nur ein kleiner Schritt gefehlt, denn als ich kurz vor meiner Ohnmacht auf dem Rücken lag, da sah ich purpurfarbenen Rauch. Deutete dies nicht auf Rubedo hin, die Rötung bei Vollendung des großen Werks? Ich werde es wohl nie mehr erfahren.

Froh war ich dagegen, dass auch die Zauberei auf diese Weise ein Ende fand, denn ich muss zugeben, mir war zu keiner Zeit recht wohl dabei. Nachdem ich auch das Leintuch mit dem magischen Kreis entsorgt hatte, waren alle Spuren verwischt. Und keiner würde je behaupten können, Michel Witz hätte sich verbotener Zauberei hingegeben, es sei denn, er würde es selbst unter der Folter gestehen.

Einige Tage nach Rückkehr der Wallfahrer begegnete ich zufällig Beatrice. Ich freute mich, sie zu sehen, und versuchte ein Lächeln. Vielleicht konnte ich ihr gar ein freundliches Wort abgewinnen, denn etwas Trost konnte ich gut gebrauchen. Ich war froh, dass sie Laura mit keinem Wort erwähnte und auf jeglichen Triumph verzichtete. Aber ihre Worte waren um ein Vielfaches grausamer. »Es ist entschieden«, sagte sie kühl. »Im August werde ich heiraten. Bemüh dich nicht um ein Geschenk! Du bist nicht eingeladen.«

In den folgenden Wochen stürzte ich in tiefe Melancholie, wurde aus Gram dürr wie ein Stecken, schlurfte stumm und mit hängendem Kopf durch die Burg, und es wollte mir kaum noch ein guter Spaß gelingen. Und hatte ich irrtümlich vonseiten eines Seelsorgers Trost erwartet, so bekam ich von Mengin nur den Psalmvers zu hören: »*Es werden die Narren geplagt um ihrer Übertretungen und Sünden willen.*«

Wilhelm ließ sich zu seiner Aufmunterung ungerührt Hans Fuggers Narr wiederholt nach Landshut kommen. Zugleich mit ihm kam Mitte des Jahres ein Schreiben, worin Wilhelm eindringlich gebeten wurde, er möge keine weiteren Versuche um Anleihen mehr machen, da das Handelshaus in diesen schweren Zeiten selbst ohne flüssige Barmittel sei.

»Spürst du nicht die bittere Ironie«, sagte ich zu ihm, »sie leihen dir zwar kein Geld mehr, überlassen dir aber bereitwillig ihren Narren.«

Doch Wilhelm suchte unverdrossen nach neuen Quellen

und schickte seinen italienischen Schatzmeister, den zwielichtigen Giovanni Ciurletta, nach Florenz, um beim Großherzog eine großherzige Anleihe zu erwirken.

Ich muss an dieser Stelle noch gestehen, dass es mir nicht gelang, echte Anteilnahme und Trauer um Lauras Tod aufzubringen. Zu doppelbödig und berechnend gegenüber jedermann war ihr Verhalten gewesen. War sie tatsächlich eine Hexe? Wohl nicht. Aber sie war höllisch durchtrieben. Einige Wochen nach Wilhelms Anfrage bei der Kurfürstin von Sachsen, worin er um eine Verlängerung von Lauras Aufenthalt in Landshut gebeten hatte, kam die Antwort, man kenne keine Laura von Alnpeck, und einen Graf von Oettingen habe es in Sachsen zu keiner Zeit gegeben.

Was mir in all den Jahren nicht aus dem Kopf ging, das war das Schicksal des Raben. Ich weiß nicht, ob er kurz vor der Explosion noch entkommen konnte, oder ob er dabei zugrunde ging. Ich glaube aber – nein, ich weiß es –, ich hätte ihn nicht töten können. Man sagt, wenn sich ein Rabe auf dem Giebel niederlässt, dann stirbt ein Mensch in diesem Haus. Das ist in meinen Augen hanebüchener Unsinn, denn sonst hätte in unserer umschwirrten Burg tagtäglich jemand sterben müssen. Dagegen halte ich es für erwiesen, dass Raben überaus klug sind. Und mögen sie auch bei vielen als Hexenvögel gelten, so kann ich nicht umhin zu sagen, dass mich seit jenem Tag eine besondere Beziehung mit ihnen verbindet. Immer wenn ich einen von ihnen aus der Nähe sehe, er seinen Kopf schräg legt und mich mit klugen Augen anschaut, dann denke ich, er ist es, oder einer seiner Nachfahren, und er will mir etwas mitteilen. Aber wahrscheinlich liegt es nur daran, dass sie sich alle so ähnlich sehen.

Fünfunddreißigstes Kapitel

ZWAR ZEIGTE SICH nach dem verunglückten Magieversuch kein blutiger Schweifstern am Himmel und kein von Gott gesandter oder selbst ernannter Prophet verkündete Unheil oder gar das Ende aller Tage. Dennoch bin ich überzeugt, dass das folgende Jahr 1575 unter keinem guten Stern stand, obwohl es von Papst Gregor zum Jubeljahr erkoren wurde.

Vater Albrecht hatte Wilhelm zu Beginn seiner Hofhaltung in Landshut eingeschärft, er solle an Sonn- und Festtagen recht fleißig in die Stadt herunterkommen, um dort als fürstliches Vorbild am Gottesdienst teilzunehmen. Inzwischen war die fromme Übung zur Mühsal geworden, denn immer öfter wurde Wilhelm auch dabei von Gläubigern bedrängt. Während Goldschmiede und Tuchhändler noch oben auf der Burg ihre Forderungen stellten, passten ihn kleine Handwerker bereits beim Eintritt in die Stadt am Burghauser Tor ab oder es traten ihm Kürschner und Apotheker an der Schwelle zu St. Martin in den Weg, um ihre Bezahlung anzumahnen.

All dies hätte Wilhelm vielleicht als lästig und unverschämt abtun können, doch in den Januartagen des noch jungen Jahres erfolgte der Donnerschlag. Nicht genug damit, dass die peinliche Anfrage in Florenz um finanzielle Hilfe bislang erfolglos geblieben war, inzwischen hatte Vater Albrecht durch seine Beziehungen Wind davon bekommen und verlangte entschieden nach Aufklärung.

In seiner Not offenbarte sich Wilhelm seinem väterlichen Freund Hans Jakob Fugger, der schon manches Mal die Wogen zwischen Herzog Albrecht und seinem verschwenderischen

Sohn geglättet hatte. Doch diesmal versagte seine diplomatische Kunst der Vermittlung. Albrecht verweigerte in seinem unmäßigen Zorn jegliche Hilfe. Der ungehorsame Sohn solle selbst sehen, wie er aus dem Elend komme, das er angerichtet habe.

Zum Glück kam Ende Januar die Nachricht aus Florenz, dass der Großfürst Francesco, zu dessen Hochzeit ich damals mit Ferdinand gereist war, ein Darlehen bewilligt habe. Aber es sollte sich als zwiespältig erweisen, denn im Frühjahr kam zunächst nur die Hälfte der versprochenen hunderttausend Kronen an und auch die nur als Wechsel oder in verschiedenen Währungen, sodass gleich wieder erheblicher Verlust entstand. Durch Hans Jakobs Fürsprache ließ sich immerhin der reiche Christoph Fugger noch einmal für eine Anleihe erweichen. Damit konnten wenigstens die kleinen und mittleren Gläubiger befriedet werden. Besonders hart aber traf Wilhelm seines Vaters unnachgiebige Forderung einer drastischen Verringerung des Hofstaats. Vorbei war's mit dem lustigen Komödienspiel auf der Trausnitz. Die italienischen Springer und etliche Musiker wurden entlassen, ebenso ein Großteil der ausländischen Bediensteten. Und selbst dem verdienten Goldschmied Battista di Scolari wurde das Gnadengeld gestrichen. Bald darauf ließ er sich in München nieder. Ich weinte ihm allerdings keine Träne nach.

Wilhelms diverse Geldgeschäfte und unkontrollierte Ausgaben waren inzwischen völlig unübersichtlich geworden. Der Einzige, der noch halbwegs den Überblick bewahren konnte, war Hans Jakob. Doch dessen Gesundheit hatte sich schon im Vorjahr zunehmend verschlechtert. Mitte Juli befiel ihn erneut heftiges Fieber, und noch am frühen Abend desselben Tages verschied er. Nach der feierlichen Totenmesse in St. Peter wurde der Sarg in allen Ehren bis zum Neuhauser Tor getragen und dort auf den Wagen geladen, der den

Leichnam zur letzten Ruhe bei den Dominikanern in Augsburg brachte.

Seines Unterstützers und väterlichen Freundes jäh beraubt, stürzte Wilhelm in tiefste Verzweiflung. Sein leiblicher Vater weigerte sich weiterhin hartnäckig, hilfreichen Einfluss auf die Geschäfte seines Sohnes zu nehmen, und übergab, entgegen Wilhelms dringender Bitte um Geheimhaltung, die Angelegenheit einfach der Hofkammer. Als wär's ein boshafter Scherz von mir, hieß der damit beauftragte Kammerherr auch noch Kummerstadt.

Schon das Frühjahr über hatte Wilhelm zusammen mit Renata viel Zeit in Friedberg verbracht, weil Mutter Christina wieder einmal des Trostes bedurfte, denn der spanische König Philipp hatte seine gierige Hand nach der Grafschaft Tortona bei Mailand ausgestreckt, die sich seit Christinas Heirat mit dem Sforza nach wie vor in ihrem Besitz befand. Dass Wilhelm sich trotz dieser leidigen Querelen auch jetzt nach des Fuggers Tod für den Aufenthalt in Friedberg entschied, lag wohl daran, dass er glaubte, auf diese Weise seinem verstorbenen Gönner noch nahe zu sein. Und wie diesen befiel auch Wilhelm urplötzlich ein heftiges Fieber zusammen mit rasenden Kopfschmerzen und quälendem Durstgefühl. Nach einer Nacht in Schweiß und Bitterkeit, in der Wilhelm mit dem Tode rang, beichtete er in den frühen Morgenstunden und empfing als Tröstung den Leib des Herrn. Danach hielten seine Leibärzte den reinigenden Aderlass für unerlässlich, um die gestörten Körpersäfte wieder ins Gleichgewicht zu bringen. »Sein Blut war voll schwarzer Galle, zäh und dickflüssig«, berichteten sie hinterher und konstatierten mit ernster Miene: »Der Prinz ist schwermütig, versunken in tiefste Melancholie.« Wenigstens hielten sie sein Leben für außer Gefahr.

Doch was für ein Leben? Hatte ich doch eben erst selbst viele Wochen in Trübsinn und dumpfem Brüten verbracht, elend im Körper, umnachtet im Geist und stumpf im Gefühl, ohne Lebensmut und die Tage verdämmernd, mehr tot als lebendig. Mir graute. Ich war mir meiner Pflicht als fürstlicher Narr wohl bewusst, doch wie sollte ich ihn aufmuntern, wenn man mich nicht einmal zu ihm vorließ. An seinem Bett wachten Renata und die Ärzte und bald auch noch Beichtvater Mengin, der mich barsch hinauswies wie einst aus seinen Exerzitien.

Ich war wütend auf die Quacksalber und den selbstgerechten Jesuiten, aber mehr noch auf Wilhelm, denn er hatte zwar stets den finanziellen Ruin verdrängt, seinen körperlichen Zusammenbruch zuletzt aber geradezu angekündigt, als er den Fuggern drohte, dass ohne weiteren Kredit auch sein Leben ruiniert sei, er darüber krank und melancholisch werde und vielleicht gar sein Leben verliere. Doch so leicht durfte er sich jetzt nicht davonstehlen.

»Er braucht Bewegung! Einfach nur Bewegung!«, schrie ich im Vorzimmer, denn ich erinnerte mich, wie gut mir selbst in meiner Melancholie körperliche Betätigung getan hatte. Aber die Ärzte behaupteten, er sei zu schwach, um auch nur allein zu stehen. »Bewegung!«, beharrte ich trotzig und hampelte selbst hilflos herum, bis mich Christinas Leibwache, angeblich mit Wilhelms Billigung, aus dem Vorzimmer drängte. Da ich der Heilkunst der Ärzte und dem Einfluss des Jesuiten misstraute, sann ich auf bessere Medizin und kam dabei auf Paracelsus. Und da ich mich in jenen Tagen in Friedberg unnütz wie einen Kropf empfand, machte ich mich auf den Weg nach München, denn ich hatte erfahren, dass Albertus Wimpinaeus von seinem italienischen Abenteuer wieder zurück sei.

»War's nur ein kurzes oder am Ende gar kein Vergnügen?«, fragte ich lachend gleich nach unserer Begrüßung.

»Sowohl als auch«, erwiderte Albertus. »Ich hatte dir doch von dem engen Korsett aus Regeln und Pflichten erzählt, in das Fabricius seinen Schützling zwängen wollte. Das schien anfangs auch gut zu gehen, und Ernst verhielt sich vor den Kardinälen und in den Audienzen beim Papst bescheiden und gewandt, sodass er sich in Rom viele Freunde machte. Doch abseits öffentlicher Pflichten wirkte er zunehmend fahrig, getrieben und unglücklich. Ich kannte die Symptome nur zu gut, und als wir im Sommer in der herrlichen Villa d'Este in Tivoli residierten, da ließ ich ihm heimlich eine Dirne zuführen.«

»Wie … du hast einem Bischof …?« Ich gluckste vor Vergnügen.

»Ist in Rom alltäglich. Was sollte ich tun?« Wimpinaeus zuckte mit den Schultern und bekannte mit Unschuldsmiene: »Der Bursche ist jung und steht voll im Saft. Ich konnte es nicht mehr mit ansehen, wie er zunehmend verkümmerte durch die erzwungene Unterlassung des Venusdienstes, durch die so mancher lustlos und schwermütig wird. Selbst Galenus, mit dem ich beileibe nicht immer einer Meinung bin, vertrat die Auffassung, dass sich der Samen, wenn er übermäßig lange zurückgehalten wird, bei manchen in Gift verwandelt, während nach Constantins Buch vom Beischlaf der Coitus den Leib von überflüssigem Schleim befreit und sogar Geistesgestörte wieder zur Vernunft bringen kann.«

»Das ist gut«, frohlockte ich, »Beischlaf als Mittel gegen die Melancholie.«

»Im richtigen Maß«, schränkte Wimpinaeus ein.

»Die Pfaffen erlauben es doch ohnehin nur an zwei bis höchstens fünf Tagen im Monat.«

»Oder gar nicht. Fabricius hat mich natürlich gleich bei Herzog Albrecht angeschwärzt, und der ließ mich umgehend aus Italien abberufen.«

»Armer Ernst«, sagte ich mitfühlend. Ich schilderte dem Arzt nun Wilhelms Erkrankung und sagte: »Wenn ich dich recht verstanden habe, wirkt Beischlaf also als Mittel gegen die Melancholie.«

»Nur vorbeugend, denn Galen rechnet Melancholie auch zu den Krankheiten, die durch Beischlaf verschlimmert werden.«

»Mist! Ich hatte schon gehofft ... Aber Paracelsus soll doch behauptet haben, es gebe keine unheilbare Krankheit. Hielt er dann nicht wenigstens ein geeignetes Mittel dagegen bereit?«

»Hmm, wir kennen die natürliche Ursache mancher Krankheit. So ist zum Beispiel die Gicht der Reichen unbestritten deren Völlerei zuzuschreiben. Aber viele sind auch noch immer der Ansicht, dass Krankheit eine Strafe Gottes ist, denn in der Bibel steht: Nur wer vor seinem Schöpfer sündigt, wird in die Hände des Arztes überliefert.«

»Willst du damit etwa sagen, die Krankheit ist Gottes Strafe für Wilhelms Leichtlebigkeit und Verschwendung?«

»Nicht direkt, aber es ist nicht auszuschließen, dass seine innere Erschütterung nach dieser Katastrophe die Krankheit zumindest mitbewirkt hat. Dann ist es eher der Dämon des schlechten Gewissens, der jetzt von ihm Besitz ergriffen hat, und wenn es Heilung geben kann, dann nur durch Gott. Selbst Paracelsus, den seine bigotten Gegner stets zu Unrecht als ungläubig schmähten, war der Ansicht, dass solcherart geistiges Leiden nur auf geistliche Weise kuriert werden kann, denn er schrieb: Christus ist die Wurzel der Arznei, welche die Not wendet.«

»O je! Er rutscht ohnehin schon viel auf Knien herum. Jetzt wird er wahrscheinlich unter Mengins Einfluss noch ganz zum Jesuiten. Ade du schöne Narrenwelt!«

»Mal den Teufel nicht an die Wand«, sagte Wimpinaeus lachend. »Gott hat seinen Willen als Arcanum in den natürlichen Dingen verborgen, und so viele menschliche Gebrechen es gibt, so viele Arcana gibt es auch dagegen. Die Natur ist gleichsam Gottes Apotheke. Es ist nach Paracelsus die Aufgabe des Arztes, die Zeichen gemäß der Signaturenlehre zu lesen und darin Gottes Willen zu erkennen und das Arcanum als geistige Heilkraft freizusetzen.«

»Magie?«, sagte ich, und mich durchfuhr dabei gehöriger Schrecken.

»Die natürliche Magie. Sie steckt in den Dingen selbst und muss nur erkannt werden. Die Alchemie dient dann dazu, die Kräfte der Natur zu höchster Reinheit und Wirksamkeit zu potenzieren, denn das Heilkraut muss erst durch Fäulnis und Scheidungsprozess von Schlacken gereinigt werden, um es in heilsamen Balsam zu verwandeln.«

»Denkst du dabei an die schwarze Nieswurz?«

»Ist eine Möglichkeit. Sie dient der Reinigung des Blutes und damit auch der Klarheit des Geistes, ist aber durch ihre starke Giftigkeit mit Vorsicht zu genießen. Drei Tropfen machen rot, zehn Tropfen machen tot, warnt jedes Kräuterbuch. Aber das Sonnwendkraut, dessen goldene Blütenblätter den Strahlenkranz der Sonne imitieren, bringt wieder Licht in das Dunkel der Seele, wenn man die Blüten am Johannistag sammelt und ihnen sogleich den blutroten Saft entzieht. Er beruhigt wie die Melisse auch das von schädlichen Reizen überflutete Gehirn.«

Mir schoss die Erinnerung an Laura in den Kopf, die mit einem Extrakt aus Johanniskräutern die Melancholie der Herzogin zu kurieren versucht hatte. Der Erfolg war allerdings nicht dauerhaft. Auch ihr Horoskop für Wilhelm kam mir in den Sinn, und da eben erst wieder die Nächte des Saturns ihr unheilvolles Wirken entfalten konnten, argwöhnte ich: »Den Kindern des Saturns ist die Melancholie doch gleichsam vorherbestimmt.«

»Was meinst du damit?«

»Wilhelm ist ein Saturnkind.«

»Wie kommst du denn darauf?«

»Er ist an einem Samstag geboren, genau wie ich.«

»O Michel, das bedeutet noch nicht viel. Damit bist du allenfalls ein kleines Saturnkind. Viel wichtiger ist doch die Stellung des Planeten zum Zeitpunkt der Geburt. Wenn er dabei allerdings in der Waage steht oder gar bei Steinbock und Wassermann, hat er große Macht.«

»Du meinst, wir sind gar keine ...?«

»Ich müsste es errechnen. Paracelsus ist ja der Ansicht, dass ein guter Arzt auch Astrologe sein und die planetaren Kräfte zur Heilung nützen soll. Für Wilhelm erscheint mir die Sonne als Aszendent viel wahrscheinlicher. Ihm ist höfisches Leben mit schönen Künsten und Musik vorbestimmt. Du hingegen könntest ein Kind des Mondes sein, der bevorzugt den Magiern, Gauklern und Narren leuchtet. Doch Vorsicht! Man sagt, dass sein Schein auch Krankheiten des Geistes verursachen kann.«

»Na, prächtig! Ich hatte auf ein Heilmittel gegen die Melancholie gehofft und bekomme stattdessen die Aussicht selbst verrückt zu werden.«

Wimpinaeus lachte. »Man darf den Planeten auch nicht zu viel Gewicht beimessen, und ihr Einfluss hebt keineswegs den freien Willen auf. Die Sterne machen zwar geneigt, aber sie zwingen nicht.«

»Deine Weisheit?«

»Nein, Thomas von Aquin. Es kommt eben wieder auf den Standpunkt an. Marsilio Ficino, ein kluger Florentiner, sieht in Saturn nicht nur das mächtigste und edelste Gestirn, sondern hält die Melancholie gar für eine einzigartige und göttliche Gabe, durch die der Mensch zur Betrachtung höherer Dinge angeregt wird und dadurch tiefere Einsicht in Gottes weisen Plan gewinnt. Er darf sich nur nicht im Übermaß schädlicher Grübelei hingeben, weil dadurch das Gehirn austrocknet und das Blut verdickt. Ficino empfiehlt daher geregelten

Tagesablauf und Vermeidung jeglicher Unmäßigkeit. Er rät zu ausgedehnten Spaziergängen, um gute Verdauung anzuregen. Massagen und vor allem Musik können das Wohlbefinden heben, und ein Talisman mit astraler Magie wäre zur Vorbeugung nützlich.«

»Und kräftig essen muss er«, schlug ich vor, »ich war im letzten Jahr selbst nur noch ein Strich.«

»Auch hier gilt das rechte Maß. Paracelsus machte sich zwar über die Vier-Säfte-Lehre lustig, aber wie du weißt, bin ich für den Ausgleich und will nicht jeden Lehrsatz der Alten verteufeln. Es erscheint mir durchaus sinnvoll, durch sorgfältige Ernährung ein Übermaß an schwarzer Galle zu vermeiden. Der Melancholiker wird durch sie kalt und trocken. Warme und feuchte Speise ist daher für ihn vorteilhaft.«

»Du meinst Gebratenes und reichlich Muskateller?«

Wimpinaeus lächelte gequält. »Eher kräftige Suppe und warmer Holunderwein. Der holzige Busch zählt zwar zu den unheimlichen Saturnbäumen, sein Saft aber befreit den Geist von schrecklichen Erinnerungen und Schlaflosigkeit.«

Um der Düsternis beizukommen, riet mir Wimpinaeus noch, für Kurzweil und Abwechslung sowie durch frische Farben für freundliche und helle Umgebung zu sorgen, ehe ich mich verabschiedete.

Es war schon zu spät, um noch den Rückweg nach Friedberg anzutreten und noch zu früh, um schon ein Nachtlager in der herzoglichen Neuveste aufzusuchen. Da fiel mir Regina ein, die getreue Haushälterin Hans Jakobs. Wie mochte es ihr wohl gehen nach dem plötzlichen Tod ihres Dienstherrn? Ich beschloss sie zu besuchen, schlenderte nachdenklich die Weinstraße entlang und über den Schrannenplatz in die Rosengasse, und als ich nach links in den Rindermarkt einbog, da überkamen mich die Erinnerungen. Dort hatte ich meine Kindheit verbracht und einen Teil meiner Jugend. Ich versuchte, den Streit mit meinen Vettern zu verdrängen, die mich in ein dröges Leben mit Zahlen und Pflichterfüllung zwingen wollten, während Hans Jakob mir zwei Häuser weiter eine Welt eröffnete. Als ich den Türklopfer anschlug, hatte ich Tränen in den Augen. Es dauerte eine Weile, bis ich Schritte hörte, aber es währte nur einen Augenblick, bis die Seele des Hauses mich erkannte. Wir fielen uns in die Arme und schluchzten beide hemmungslos.

»Michel!«, seufzte sie mit tränenerstickter Stimme. »Wie lange ist es her?«

»Zu lange«, sagte ich und strich ihr über das ergraute Haar. Als sie zu mir aufschaute, sah ich die Rötung ihrer Augen.

»Wie geht es dir, Regina?«

Die Frage war eigentlich überflüssig, denn der kummervolle Ausdruck in ihrem Gesicht nahm die Antwort vorweg. Sie zuckte auch nur müde mit den Schultern und sagte: »Komm erst mal herein!«

Ich band mein Pferd an den eisernen Ring in der Hauswand und folgte ihr über die steile Treppe ins Obergeschoss. In der vornehmen Stube schaute ich mich langsam um. Es war noch alles an seinem Platz wie damals, und es roch nach sorgfältig geschrubbten Dielen und ein wenig Blütenduft.

»Ich verdanke ihm viel«, sagte ich in wehmütiger Erinnerung. »Es ist schrecklich. Er war doch in den besten Jahren und hatte gewiss noch Pläne.«

»Davon weiß ich nichts. Aber ich glaube, der Tod seiner zweiten Frau vor zwei Jahren hat ihm schon sehr zugesetzt. Und dann die Sorge um das Auskommen seiner Kinderschar, der anhaltende Ärger mit dem betrügerischen Spanier, der leidige Geldstreit mit der Familie …«

»Und zuletzt auch noch Wilhelms Elend, mit dem er befasst war. Aber was wird denn nun aus dir? Du warst für mich wie eine Ziehmutter.«

»Pah, die paar Jahre«, wiegelte Regina ab. »Die Erben sind sich noch uneins, aber hier kann ich wahrscheinlich nicht bleiben und muss froh sein, wenn sie mich mit einer bescheidenen Rente abfinden. Vielleicht kann ich beim Wachszieher und Lebzelter gleich vorn bei Sankt Peter anfangen. Er sucht jemand für den Haushalt.« Sie wischte sich die letzten Tränen aus den Augen, strich eine graue Strähne hinters Ohr und sagte mit leichtem Erröten: »Und dann gibt's da noch den Pollinger. Er ist Braumeister und Wirt in der Neuhauser Straße.«

»Hat er ein Auge auf dich geworfen?«

»Hmm, vielleicht, beim letzten Maitanz.«

Ihr verschämtes Lächeln ließ sie für einen Augenblick wie eine jugendliche Braut erscheinen. Ich fasste sie um die Hüften, hob sie hoch und wirbelte sie herum. »Das ist doch wunderbar! Lad mich ja zu deiner Hochzeit ein. Ich bring meine Laute und Musikanten mit.«

»Ach, ich weiß nicht«, dämpfte sie meine freudige Erregung, »ich bin eine alte Jungfer, und vielleicht bilde ich's mir nur ein. Und so ein lauter Gastbetrieb ist etwas anderes als der ruhige Haushalt eines vornehmen Gelehrten. Doch nun zu dir. Du wirst Hunger und Durst haben. Ich hab nicht viel im Haus, aber ich könnte noch schnell beim Weinwirt in der Rosengasse …«

»Meine fürsorgliche Gönnerin«, sagte ich lachend, »lass gut sein. Ich werde beim Herzog verköstigt und kann dort auch schlafen.«

»So weit kommt's noch«, protestierte Regina, »du holst jetzt dein Pferd ins Haus, setzt dich hin und ich richte uns erst eine kleine Mahlzeit und danach deine Bettstatt. Keine Widerrede!«

Ich fügte mich diesem freundlichen Befehl, und als wir wenig später bei einem Becher Wein saßen und entspannt über alte Zeiten plauderten, da kam mir plötzlich eine blendende Idee …

Gut ausgeruht, mit vollem Magen und reichlich Wegzehrung machte ich mich anderntags auf den Rückweg nach Friedberg. Schon die kräftige Morgensonne versprach einen heißen Tag. Das Korn stand bereits hoch und ließ goldfarben auf eine bessere Ernte hoffen als in den Jahren zuvor. Nach einem anstrengenden Tagesritt war ich erschöpfter als das Pferd, erkundigte mich aber gleich nach Wilhelms Befinden.

»Er kann wieder allein aufstehen, verlässt aber noch selten das Bett«, teilte mir sein Kammerherr im Vertrauen mit. »Er isst wie ein Hänfling, grübelt viel, und seine Hauptbeschäftigung sind geistige Betrachtungen mit dem Jesuiten.«

»Mengin!«, zischte ich und war mir sicher, auch in des Kammerherrn Stimme und Miene Missbilligung gespürt zu haben. Für diesen Tag ließ ich's noch gut sein, überdachte bei einer reichlichen Abendmahlzeit meinen Therapieplan und legte mich dann früh aufs Ohr, um anderntags frisch für eine Rosskur zu sein.

Beim ersten Hahnenschrei wappnete ich mich zum Sturm auf die Melancholie. Ich zog zu zweifarbig gestreiften Kniehosen einen bunt gescheckten Kittel an und setzte meine Narrenkappe auf, hängte mir die Laute über die Schulter, steckte eine Pfeife zwischen die Zähne und griff mir den Blechnapf, den ich am Vorabend aus der Küche entwendet hatte. Die frühe Stunde wählte ich, um sicher zu sein, noch vor den Ärzten zum Krankenbett vorzudringen. Der verschlafene Wächter nahm kaum Notiz von mir, als ich mich in das Zimmer schlich, in dem muffiger Geruch und Finsternis mich empfingen. Ich schob die schweren Vorhänge beiseite und riss die Fenster auf. Wilhelm lag hager und spitzgesichtig wie aufgebahrt in einem Berg von Kissen, röchelte leise und öffnete vorsichtig ein Auge. Ich trat ans Bett heran und fing an mit einem Löffel wild auf dem Blechnapf herumzutrommeln, stampfte dabei mit den Füßen und blies nach Kräften in die Pfeife.

Wilhelm fuhr mit vor Schreck geweiteten Augen hoch, erkannte mich und krächzte: »Michel! Zur Hölle! Was soll dieser Lärm?«

»Ich erwecke dich aus deiner letargia und treibe dir die düsteren Gedanken aus.«

»Du quälst mich!«

»Nicht genug. Erst wenn du schreiend aus dem Bett springst, schlägt meine Kur an.«

Wilhelm ließ sich in die Kissen zurückfallen und zog die Decke über den Kopf. Ich rückte nach und trommelte stärker. Inzwischen war der Wächter ins Zimmer geeilt und versuchte mich wegzuziehen. »Lass mich!«, schrie ich.

Wilhelm zog die Decke bis zur Nasenspitze herunter und besah sich das Gerangel. »Lass ihn!«, befahl er, »aber nimm ihm um Himmels willen den Topf aus den Händen!« An mich gewandt forderte er: »Und jetzt will ich eine Erklärung haben.«

»Es funktioniert«, sagte ich grinsend. »Du kommst immerhin schon auf andere Gedanken. Wie lange liegst du jetzt untätig hier herum? Eine Woche? In der Zeit hat Gott die Welt erschaffen und sich schon wieder davon erholt.«

»Was willst du?«

»Dich heilen.«

»Du bist mein Sargnagel«, stöhnte Wilhelm.

»Wenn es sein muss, auch das. Noch ist es nicht so weit. Und ich habe mich schlaugemacht.«

»Dann wird's eine Marter. Herr, schütze mich!«

»Das tu ich, und zwar vor deinen Ärzten. Sie sind dir nicht von Nutzen.«

»Woher willst du das wissen?«

»Du solltest dich sehen. Du bist fahl und weiß wie eine Wand. Ovid sagt: Jeder Liebende ist blass. Leidest du an Liebesschwermut? Oh ja, ich kenne das. Ich hab gelitten wie ein Schwein nach Beatrices Hochzeit. Vielleicht schlägt Lauras Tod dir ...«

»Treib's nicht zu toll, Narr!«, erregte sich Wilhelm. »Ich war meinem lieben Weib allezeit treu.«

»Schon gut, aber vielleicht warst du selbstverliebt und bist jetzt in der Misere enttäuscht von dir. Auch das ist mir nicht fremd. Meister Mielich hat's mir mit der Marotte und dem Spiegel erklärt. Ha, vielleicht bist *du* jetzt gar der Narr. Wir sollten den Platz tauschen. Ich leg mich faul ins Bett, und du alberst im Schloss herum. Los, raus aus den Federn!«

Ich nahm ihm die Decke weg. Wilhelm griff hastig danach und zog sie wieder hoch. Ich riss sie erneut zu mir her, er zog hin, her … hin, her … hin … Da hechelten seine gelehrten Leutschinder zur Tür herein. »Was tust du hier? Hinaus!«

»Silentium, meine Herren! Wie ihr seht, machen wir Leibesübungen, und Wilhelm schlägt sich schon ganz gut.«

»Verrückter Narr! Der Fürst braucht Ruhe!«

»Der Fürst braucht Bewegung! Das hab ich euch doch schon vor einer Woche gesagt, aber da hat die Kappe wohl wieder die Eselsohren zugedeckt.«

»Unverschämter Kerl! Mit Verlaub, Hoheit, Ihr solltet wirklich …«

»Was geht hier vor?« Die Herrin des Hauses trat ins Zimmer, hinter ihr wie zwei schüchterne Engel ihre Töchter Dorothea und Renata im Nachtgewand. Christina hatte sich einen nachtblauen Seidenmantel übergeworfen, ihr dunkles Haar war aufgelöst. Sie wirkte Ehrfurcht gebietend und trotz der Zahl ihrer Jahre noch betörend schön.

Die Leibärzte verneigten sich und fingen gleich an zu eifern: »Der Bursche erdreistet sich …«

»Der Bursche bringt Heilung, was ihr nicht vermögt«, hielt ich keck dagegen. »Ihr wisst vermutlich nicht einmal, woran der Arme leidet.«

»Dummkopf! Es ist Melancholie, das ist doch offensichtlich.«

»Bene, doch was ist deren Ursache?«

»Ein Übermaß an schwarzer Galle. Auch das ist Binsenweisheit.«

»Und wodurch entsteht sie?«

»Hoheit, müssen wir uns von diesem Narren wie Schuljungen examinieren lassen?« Um Unterstützung heischend schauten sie zwischen Wilhelm und Christina hin und her. Renata kniete an der Seite des Bettes und hielt Wilhelms Hand. Ich beugte mich vor und sagte zu ihr: »Sie bringen ihn um.«

»Genug jetzt, Narr!«, forderte die Hausherrin.

»Ja«, schrie ich, »genug der Aderlässe! Seht ihn Euch doch an! Bleich wie ein Leintuch. Er kann keinen Tropfen Blut mehr geben. Die Ursache seines Leidens sind tiefe Trauer und Angst, die manchmal auch das heftige und plötzliche Eintagsfieber bewirken. Nach einem Aderlass aber sind schädliche Affekte wie Trauer und Trübsinn, die den Körper schwächen, unbedingt zu vermeiden. Stattdessen muss man gegensätzliche Affekte wecken und für Heiterkeit und Frohsinn sorgen, die den Körper und insbesondere Herz und Hirn kräftigen.«

»Woher bezieht ein Narr diese Weisheiten?«, belustigten sich die Doctores.

»Das wusste doch schon Arnald von Villanova«, sagte ich herablassend, »und ich weiß es von Albertus Wimpinaeus.«

»Hah«, triumphierten die Gockel des Hippokrates vor Wilhelm, »das ist der unbelehrbare Paracelsusjünger, den Euer Vater zu Recht vom Hof verbannt hat.«

»Sagtet Ihr Paracelsus?«, hakte Christina nach.

»Jawohl, Madame, dieser Möchtegernarzt, der unzählige arme Seelen auf dem Gewissen hat.«

»Da kam mir anderes zu Ohren«, widersprach Dänemarks Möchtegernkönigin. »Er hat sich im Schwedischen Krieg meines Vaters als Wundarzt große Verdienste erworben und wurde deshalb von ihm zum Leibarzt befördert. Das war zwar schon um die Zeit meiner Geburt, aber er genießt noch heute großes Ansehen in meiner Heimat. Also lasst Michel sagen, was er weiß!«

Sie gebrauchte sogar meinen Namen. Ich hätte das Schwiegermutterelend küssen mögen.

»Ihr gebt doch vor, ausgewiesene Kenner der humores zu sein«, fuhr ich stolzgeschwellt fort, »dann solltet ihr auch wissen, dass jede delectatio, also vornehmlich die Schwänke und Possen der Narren, eine Erfrischung der Lebensgeister bewirkt und dadurch die Blutbildung anregt, die die schwarze Galle in Zaum hält. Da aber bei einem gesunden Menschen die proportio acht Gewichtsteile Blut auf einen Gewichtsteil schwarze Galle betragen soll, müsste jeder gute Arzt dem Fürsten einen Hofnarren geradezu verordnen.«

Die Gesichter der Studierten wurden immer länger. Ich fuhr unbeirrt fort: »Ihr Herren schmäht zwar den Wimpinaeus als Paracelsusnarren, er aber lässt sehr wohl die Alten noch zu Wort kommen, und Galens *Ars medica* für die Gestaltung einer gesunden Lebensweise dürfte selbst Euch bekannt sein. Sechs Punkte sind zu beachten. Primo: ausreichend Licht und gute Luft, weshalb ich die Fenster aufgerissen habe. Secundo: bekömmlich Speis und Trank. Wild und Geflügel fördern die Melancholie. Von dunklen Speisen ist generell abzuraten. Hülsenfrüchte sind zu meiden, weil sie den Leib auftreiben. Tertio: Ein gesunder Wechsel von Arbeit und Ruhe ist förderlich. Das Übel der Standesherren ist der Müßiggang. In den Hütten der Bauern und Werkstätten der Handwerker wird wenig Melancholie zu Hause sein. Viertens ist zu sagen, dass auch der Rhythmus zwischen Schlafen und Wachen beachtet sein will. Und fünftens ist der Hartleibigkeit vorzubeugen und auf gute Verdauung zu achten. Es nützt wenig, nur auf die Trübung des Urins zu starren. Viel wichtiger ist, was hinten rauskommt. Und schließlich ist sechstens zur Wahrung eines ausgeglichenen Gemüts seelische Unruhe nach Möglichkeit zu meiden und heitere Belebung zu suchen. Ergo: Auch wenn's euch missfällt, ich bin für Wilhelm die beste Medizin. Seht …« – ich wies auf Wilhelms Gesicht hin – »er lächelt schon!«

Auch über Renatas Gesicht huschte ein dankbares Lächeln. Wilhelm strich ihr sanft übers Haar und sagte dann zu der Runde: »Lasst mich mit dem Schelm ein wenig allein.«

Christina und ihre Töchter folgten der Aufforderung unverzüglich, um sich ausgedehnter Morgentoilette zu widmen. Die Herren Ärzte zögerten und hätten lieber noch einen Protestanten an Wilhelms Seite gewusst, als mich mit ihm allein zu lassen. Wilhelm wies sie mit einer Handbewegung hinaus.

Ich setzte mich mit ernster Miene an den Bettrand. »Ich hab mir wirklich Sorgen gemacht.«

Wilhelm schmunzelte: »Ich glaube, ich hab dich wirklich vermisst.«

»Kannst auch heilfroh sein«, sagte ich gewichtig. »Als Nächstes hätten sie dir noch ein Loch in den Scheitel gebohrt, um giftige Dämpfe aus dem Hirn entweichen zu lassen.«

Er zupfte etwas an meinem Kittel herum, schaute mich schräg an und fragte: »Hab ich in den letzten Tagen etwas verpasst? Ist das jetzt die neue Hofkleidung?«

»Auf ärztlichen Rat hin«, sagte ich und warf mich stolz in die Brust. »Überlass das triste Schwarz nur den Spaniern. Du brauchst neben guter Luft auch leuchtende Farben um dich herum und schönen Anblick. Schon Aristoteles empfahl, sich an hübschen Gesichtern zu ergötzen.«

»Schöner Anblick? Hübsche Gesichter?« Sein Mund verzog sich zu einem schiefen Lächeln.

»Meinetwegen auch schöne Aussicht. Wimpinaeus rät zu häufigen Ortswechseln, weil Abwechslung die Sinne anregt. Du darfst nicht länger nur an Wände starren. Denk nur an die herrliche Aussicht übers Land auf der Trausnitz. Werd rasch gesund, damit wir dorthin zurückkönnen.«

Ich nahm die Laute von der Schulter, zupfte leise und sang eine fröhliche Melodie dazu. »Musica fugat diabolum!«

Wilhelm runzelte die Stirn. »Gewiss, Musik vertreibt den Teufel, aber Katzenjammer lockt ihn eher an.« Er fasste sich an die Stirn. »Es sind diese verdammten Kopfschmerzen, die mich noch ständig plagen.«

»Heut ist das Namensfest Pantaleons, das trifft sich gut. Er ist Nothelfer bei Kopfschmerzen und wird sich auch deiner erbarmen. Du könntest ihm in der Schlosskapelle eine Kerze aufstecken. Und schon morgen könnten wir einen Ausflug machen zu Dionys bei St. Ulrich in Augsburg.« Ich nahm an, dass ihn am ehesten ein Heiliger aus dem Zimmer locken könnte.

»Glaub mir«, sagte er, »ich hab schon viel unternommen und mich allerorten erkundigt. Wenn du *den* Dionysius meinst, der seinen Kopf in den Händen trägt, dann müssten wir nach Saint-Denis bei Paris. Er ist der eigentliche Nothelfer gegen Kopfschmerz.«

»Na gut, dann auf nach Paris. Ortswechsel! Wie ich schon sagte.«

»Es ist ein Stechen wie mit tausend Nadeln«, klagte Wilhelm. »Manchmal glaube ich schon fast, ich bin verhext.«

»Unsinn! Wie sollte das gehen?«

»Nichts leichter als das. Schon der Leibarzt eines meiner Vorfahren, Dr. Hartlieb, hat's beschrieben. Es gibt böse Weiber, die Bilder oder Atzmänner aus Wachs fertigen, ihnen Namen geben und sie in die Bäume hängen. Wenn dann der Wind sie bewegt, findet der Betroffene keine Ruhe mehr. Und manche treiben's noch toller, indem sie die Wachsgebilde mit Nadeln spicken. Der arme Kerl, dem dies gilt, spürt dann jeden Stich.«

»Ich fürchte, es sind eher düstere Gedanken, die dich peinigen. Und falls es noch die Trauer um Hans Jakob ist, die dich plagt, da weiß ich ein gutes Mittel.«

»Ach, soll ich mir sein Bild ins Zimmer hängen?«

»Nicht seins und nicht hängen, aber etwas Ähnliches. Du warst doch auch bei Hans Jakob des Öfteren zu Gast. Erinnerst du dich an Regina, seine Haushälterin? Sie ist eine Seele von Mensch und ihr droht jetzt nach des Fuggers Tod ein ungewisses Schicksal.«

»Wenn's um eine Rente geht, bin ich augenblicklich der Falsche.«

»Nein, nimm sie in deine Dienste. Sie ist eine prima Köchin und Wirtschafterin. So jemand wird immer gebraucht. Du tätest ein gutes Werk und hättest durch sie zugleich ein treues Angedenken an Hans Jakob.«

»Wieder jemand, für den du bürgst?« Wilhelm schien noch skeptisch.

»Mehr als für jeden anderen«, sagte ich in ehrlicher Überzeugung. »Aber du musst dich sputen, sonst schnappt dir ein Bierbrauer oder Lebzelter diese Perle weg.«

»Ich würde jetzt gern noch etwas ruhen«, sagte Wilhelm und fügte leise hinzu, »sofern ich Ruhe finde.«

»Also doch der Gewissenswurm, der dich so plagt«, behauptete ich mit Bestimmtheit, »und ich bin mir sicher, dass Mengin deine Schuldgefühle schürt wie das Feuer der Höllenstrafen, von denen er so gerne spricht. Du solltest dich aber von allem, was dich ängstigt und damit auch von ihm, lieber fernhalten.«

»Das verstehst du nicht.«

»Oh doch, nur zu gut! Du brauchst erheiternde Gespräche und sanften Beistand. Lass uns lieber gleich morgen nach Paris fahren. Dionysius ist auch Schutzpatron bei Gewissensnöten und Seelenqualen. Vielleicht kannst du eine Reliquie von ihm erstehen. Dann ist für alles gesorgt. Er kuriert deinen Brummschädel, erleichtert dein geplagtes Herz und stärkt deinen schwachen Geist.«

Wilhelm zog eine Braue hoch, biss sich nachdenklich auf die Lippe, und ich spürte, dass etwas in ihm arbeitete. Ich ahnte nicht im Entferntesten, was ich durch diese leichtsinnige Bemerkung in Gang setzte …

Sechsunddreißigstes Kapitel

WILHELMS GENESUNG MACHTE gute Fortschritte, und ich darf mir ohne falsche Scham zugutehalten, dass meine Künste einen gehörigen Teil dazu beitrugen. Ich las ihm erbauliche Geschichten vor, unterhielt ihn mit frechen Versen und schmiedete mit ihm verwegene Pläne, ohne je dabei seine Geldnöte zu erwähnen. Er zeigte schüchterne Ansätze von Fröhlichkeit, verließ immer öfter das muffige Krankenlager, um sich – gestützt auf mich – in den sonnigen Garten zu begeben und an den bunten Blumenrabatten zu erfreuen. Gelegentlich griff er wieder selbst zur Laute, um sich an einer Melodie Orlandos zu versuchen. Nur einmal hatte ich ernste Bedenken wegen eines Rückfalls, als ein Brief seines Bruders Ferdinand kam, der seinen Besuch ankündigte, um ein dringendes Gespräch zu führen.

»Wo denkt er hin«, entrüstete sich Wilhelm, der wieder zu fiebern schien, »ich weiß selbst nicht aus noch ein, da will mir mein leichtlebiger Herr Bruder zur Last fallen, weil ihn drückende Schulden plagen. Ich lass ihm absagen.«

»Sieh's doch mal so«, sagte ich beruhigend, »du bist nicht das einzige Rabenaas in der Familie, weil auch deine Brüder den gestrengen Vater in München erzürnen. Und bei denen geht's nicht nur um schnödes Geld, sondern noch um verbotene Liebesdienste.«

Er wusste, wovon ich sprach, denn wenige Wochen zuvor hatte sich Ferdinand schuldig bekannt, nachts heimlich die Neuveste zu verlassen zu allerlei unerlaubter Vergnügung. Und aus Rom war jüngst dem Vater berichtet worden, dass Ernst sich nächtens mittels einer Strickleiter aus dem Sommerpalast zu einer Kurtisane geschlichen und nach seiner Entdeckung sogleich kopflos von Rom nach Neapel geflüchtet sei.

»Ein schwacher Trost«, seufzte Wilhelm, schien aber dennoch darüber Zuversicht zu gewinnen. Und Ende August war seine Gesundheit endlich so weit wiederhergestellt, dass wir zu Christinas Bedauern nach Landshut aufbrechen konnten, wo er mit großer Freude empfangen wurde, zwar nicht von jedermann in der Stadt, aber vom gesamten Hof, der um ihn und mehr noch ums eigene künftige Wohlergehen gebangt hatte.

Und Wilhelm fand jetzt selbst guten Grund zur Freude, denn unter Georg Sterns energischer Leitung war der südliche Anbau bis auf wenige noch ausstehende Innenarbeiten fast fertiggestellt. Mit sichtlichem Stolz führte der Baumeister Wilhelm aus dessen Privatgemächern hinaus in die Schnecke, wie er die neue Treppe nannte. Rechteckig um den Schacht in der Mitte gewunden, bot die Treppe mit kurzen Stufenläufen, die in den Ecken jeweils von Podesten unterbrochen wurden, einen sanften Auf- bzw. Abstieg und die Möglichkeit, die Fresken oder Gemälde, die sie bald schmücken würden, mit Muße zu betrachten. Die Innenwände um den Kernschacht herum waren durchbrochen, boten dadurch Ausblicke auf den Treppenverlauf, und obwohl die kurzen Säulen etwas gedrungen wirkten, vermittelten sie südliche Leichtigkeit. Die Treppe reichte hinunter bis in den Keller, wo links ein Ausgang zum Zwingergarten führte und im rechtsseitig angrenzenden Raum das riesige Badbecken lockte, in dem gerade Kaltschmied und Zinngießer sich mühten, die rohen Backsteinwände mit Zinnplatten auszuschlagen.

»Ihr habt gute Arbeit geleistet, Meister Stern«, lobte Wilhelm den Baumeister, der in Verkennung der finanziellen Lage noch beflissen fragte, ob in den Kabinetten des Anbaus jeweils vergoldete oder nur verzinnte Beschläge anzubringen seien. Doch als er Anstalten machte, Wilhelm Vorschläge für die bildliche Ausgestaltung zu unterbreiten, da unterbrach der ihn gedankenverloren: »Das will erst noch bedacht sein.« Wilhelm hatte dabei sicher schon den Sustris im Sinn.

Den vielseitigen Künstler, der ohnehin nicht ganz einfach im Umgang und nicht für jedermann leicht zugänglich war, hatte ich bei unserer Abreise nach Friedberg als übellaunig und mit wenig Arbeitsfreude in Erinnerung behalten. Doch dies war weniger seinem schwierigen Naturell als vielmehr seinem langweiligen Arbeitsalltag zuzuschreiben, der seinen Fähigkeiten nicht angemessen war. Wilhelm nämlich hatte Sustris seit seiner Ankunft nur mit eher nebensächlichen Innenarbeiten oder dekorativen Entwürfen für die Hoffeste betraut. Sein Hauptauftrag war die Fertigstellung der Porträts aller lebenden Kardinäle, mit denen Sustris bereits in Augsburg begonnen hatte. Dazu ließ Wilhelm sich von überallher Kopien nach Landshut schicken und hatte deshalb auch bei Ernst in Rom angefragt, der ihm schrieb, dass viele Kardinäle nicht anzutreffen oder in Rom gar nicht bekannt seien. Dass Wilhelm so sehr auf die Fertigstellung dieser Bilder drängte, hatte gewiss auch damit zu tun, dass Vater Albrecht in München großes Interesse daran zeigte. Vielleicht war er auf diesem Weg etwas zu besänftigen. Ein Brief des Herzogs jedoch machte diese Hoffnung zunichte.

»Diese unwissenden Räte und kleinmütigen Pfennigfuchser«, schimpfte Wilhelm, »sie intrigieren schon wieder bei meinem Vater und verleumden den Sustris als welschen Eindringling und Windbeutel, der sich als Baumeister aufspiele. Mein Vater hört nur zu gern auf sie und tadelt, dass man bei dem Anbau viel weiter gegangen sei, als er bewilligt habe, und er jammert, dass man durch den Abbruch solider alter Grundmauern das Fundament seines Schlosses in Gefahr bringe. Ich soll den welschen Maler und andere angebliche Sachverständige und selbst ernannte Baumeister unverzüglich abschaffen.«

»Erspar dir unnötige Aufregung, die dir nur schadet«, riet ich. »Den fertigen Anbau wieder abzureißen wäre töricht. Und wenn ihn der Sustris jetzt ausmalt, dann tut er doch nur das, wofür er eingestellt ist.«

»Mein kluger Narr«, sagte Wilhelm schon halbwegs besänftigt, »bring mir den Sustris!«

Ich fand ihn in der Malstube, wo er gelangweilt das Bildnis eines feisten Kardinals kopierte.

»Gütiger Himmel«, flachste ich, »wenn Gott auch so aussieht.«

»Wieso Gott?«

»Na ja, der Mensch als Gottes Ebenbild und Gleichnis.«

»Eine Schönheit ist er wahrlich nicht«, sagte Sustris lachend. »Einer der Herren soll sogar sein Bild verweigert haben, weil er sich selbst für viel zu hässlich hielt. Hätten doch nur mehr dieser Purpurträger solch glorreiche Einsicht. Was willst du, Spaßmacher?«

»Dir einen Auftrag verschaffen.«

»Etwa dein Porträt? Nur wenn's der Herzog wünscht und auch bezahlt.«

»Es ist ein Großauftrag.«

»Eine Serie von Narrengesichtern? Madonna, da geh ich lieber wieder nach Italien.«

»Nicht doch, Meister der Farben. Du sollst den neuen Anbau ausmalen.«

Auf des Künstlers Gesicht zeigte sich ein Lächeln, zuerst noch vorsichtig und skeptisch, doch als er vor Wilhelm stand, zufrieden und dankbar. »Ich habe große Pläne mit Euch, Sustris«, eröffnete dieser.

Es hatte den Anschein, als versuche der Herzog mit ihm ein neues Band lang währender Freundschaft zu knüpfen, das ihn über den Tod des kunstsinnigen Hans Jakob hinwegtrösten sollte. »Macht mir fürs Erste Vorschläge und Entwürfe für den Neubau«, regte er an, »und macht Euch auch schon mal Gedanken über die Ritterstube. Danach soll das Arbeitszimmer der Herzogin verschönert … oder nein, davor vielleicht erst noch meine Stube und das Schlafgemach … Ich wünsche, dass alles …«

»Zu viel für einen, Hoheit«, unterbrach Sustris ganz sachlich Wilhelms Schwärmerei. »Ich könnte das meiner Lebtag nicht allein bewältigen. Ich mach gern die Entwürfe, aber für die Ausführung benötige ich Helfer mit geschickten Händen. Mein Schwager Alessandro, der mir schon in Augsburg zur Hand ging, ist ein talentierter Freskant, und Antonio Ponzano versteht sich nicht nur auf die Kunst der Groteskenmalerei, er ist dazu noch fromm und fleißig, wie Ihr keinen Besseren finden könnt.«

»Lasst sie nur kommen!«, gestand ihm Wilhelm großmütig zu, und vergessen waren die Erbsenzähler in München, schließlich ging es um die Ausschmückung der Residenz des Thronfolgers, der kaiserliche Ambitionen hatte.

Baumeister Stern war indes mit dem Ausbau des Wasserturms zu einem Lusthaus beschäftigt, mit der verträumten Inschrift: *Hic itur Elysium nobis – Hier geht's für uns ins Paradies*. Und Stern hatte auch sonst keinen Grund zur Eifersucht, denn Wilhelm wies ihn an, die Gestaltung des Hofgartens weiter voranzutreiben. Dort sollten noch das neue Falkenhaus, ein Labyrinth und eine Grotte entstehen.

Wilhelm hatte auch Pläne für ein springendes Wasserwerk, bei dem eine Spieluhr einzelne Teile in Bewegung setzen konnte. Natürlich sollte es aus Edelmetall sein, und hierfür ließ er sogar nach Flussgold in der Isar suchen. Ein Goldschmied in Augsburg fertigte ihm Krebse und Schildkröten, und in München konnte Bruder Ferdinand endlich seiner heimlichen Leidenschaft nachgehen. Er hielt sich so oft wie möglich in der Gießwerkstatt auf und half nach Kräften mit, die Formen herzustellen, um Kleintiere und Zierkräuter für den Brunnenrand zu gießen. Er war darin so eifrig vertieft, dass er beinahe ein häusliches Büberl werde, wie er spöttisch an Wilhelm schrieb. Doch seine andere Leidenschaft lag darüber nicht völlig brach.

In den noch warmen Frühherbsttagen Ende September kam Ferdinand zu Besuch auf die Trausnitz. Er hatte einige der Gusserzeugnisse als Muster im Gepäck und reichlich Nachholbedarf an Kurzweil.

Ich freute mich darauf, ihn zu sehen, und beschloss deshalb, nicht in der Dürnitz, sondern am Tisch der Herrschaft zu speisen. Ich trat ohne Ankündigung an die Tafel, knickste zur Begrüßung vor ihm nach Art einer Kammerjungfer und flötete: »Willkommen, schöner Ritter, Liebling aller Damen und Ursach vieler Dramen!«

Er stutzte kurz und wandte sich dann an Wilhelm: »Ist das der Narr, den ich dir vor Jahren empfahl, um deinen Hof stets zu erheitern? Herrjeh, welch Missgriff!« Dann ging er mich direkt an: »Was taugt ein Narr, wenn seine Herrschaft Trübsal bläst?«

»Was taugt ein Bruder, der meinen Herrn mit Schulden quält?«, gab ich frech zurück.

Ferdinand lachte. »Er ist noch nicht aufs Maul gefallen. Ich dachte mir eben, mein Herr Bruder hat größere Übung mit Schulden und vielleicht schon einen Dreh gefunden, um unsern übel gelaunten Vater milde zu stimmen.«

»Da bräuchte es derzeit ein Wunder«, seufzte Wilhelm.

»Was soll's«, sagte Ferdinand leichthin, »am Ende wird's der Alte doch wieder den Ständen aus der Tasche leiern. Du machst dir zu viele Gedanken und solltest dir ein Beispiel an unserem Jüngsten nehmen. Der will zwar nicht Bischof sein, lebt aber in Rom wie die Made im Speck. Seine Amouren sind stadtbekannt, und anstatt ihn zu tadeln, schenkt ihm der Papst noch den goldenen Hammer, mit dem er die Heilige Pforte geöffnet hat.«

Ich zog mir einen Stuhl heran, bedeutete dem Mundschenk, mir einzugießen, und neigte mich dann Ferdinand zu, als verriete ich ihm ein Geheimnis: »Wilhelm hat Albrecht regelrecht bekniet, ihn nach Rom reisen zu lassen, um dem Heiligen Vater die Füße zu küssen.«

»Gregor hatte mich persönlich zum Heiligen Jahr eingeladen«, korrigierte Wilhelm. »Aber *Er* hat's wieder mal verboten, wie damals bei der Einladung zur Hochzeit in Florenz.« Es lag Bitterkeit in Wilhelms Worten. »Ich frage mich manchmal, was er in mir sieht. Ich muss ihn bei offiziellen Anlässen wegen seiner Gicht und seines Steinleidens immer häufiger vertreten, freilich ohne Befugnisse. Ich soll dabei für die Ehre unseres Hauses einstehen, darf mich aber nicht mit dem nötigen Glanz umgeben. Und alles, was mir Freude macht, verwehrt er mir. Ich schenk dir das Erstgeborenenrecht, Bruder, ganz ohne Linsengericht.«

Renata griff nach Wilhelms Hand: »Euer Vater liebt Euch. Er sorgt sich nur, dass seinem Thronfolger außer Landes etwas zustoßen könnte.«

»Freude etwa?« Wilhelm schnaubte kurz ungehalten. Dann schenkte er seiner Gemahlin ein Lächeln. »Ich weiß ja, Ihr habt bei ihm einen Stein im Brett und er bei Euch. Aber warum will er mich dann jetzt, wo ich kaum genesen bin, auf eine gefährliche Reise nach Frankreich schicken, um dem Kaiser zu Diensten zu sein und seine Tochter, Frankreichs verwitwete Königin, zurück nach Wien zu geleiten?«

»Gefährlich, sagst du?« Ferdinand hob den Becher. Seine Augen flackerten unternehmungslustig. »Bruder, ich vertret dich gern, wenn ich dafür der Langeweile in der Neuveste entkomme.«

»Verrückte Welt«, sagte ich. »Wir sollten mal wieder eine Komödie spielen. Dann hätten wir alle unsern Spaß.«

»Gute Idee, Narr!«, lobte Ferdinand. »Und diesmal spiele ich mit. Vater hat mir unlängst eine spanische Pension verschafft, vorerst auf drei Jahre. Wenn Philipp zum Krieg aufruft, muss ich gehen. Da ich also schon in spanischen Diensten stehe, kann ich wohl den Capitano spielen. Was grinst du, Narr?«

»Der Capitano ist hochmütig, das passt. Aber er ist auch ein großmäuliger Aufschneider, der zwar von Herkules bis Hannibal alle besiegt, für den aber die Schöne des Hofes unüberwindlich bleibt. Will der stolze Herr Ferdinand die Rolle wirklich spielen?«

»Du warst doch dabei in Italien, hast gehört, wie das Publikum gebrüllt hat vor Lachen. Spezzaferro haben sie ihm zugerufen und Terremoto, Eisenbrecher und Erdbeben.«

»Sie haben sich über ihn belustigt, weil sie in Italien alle Spanier hassen, seit Karls Truppen Rom verwüstet haben.«

»Bah! Wir sind nicht in Italien, und es kommt nur darauf

an, wie man die Rolle anlegt, sodass am Ende ich die Schöne bekomme. Wer schreibt denn eigentlich die Komödie?«

»Das ist der Kernpunkt«, sagte Wilhelm mit Wehmut in der Stimme. »Troiano ist verschwunden, Scolari entlassen, meine Kapelle so gut wie aufgelöst. Daraus wird wohl nichts mehr.«

»Aber Venturin ist doch noch hier«, wandte ich ein. »Der Schauspieler hat auch schon Komödien geschrieben. Und die Laute könntest du selbst spielen. Mehr brauchen wir nicht.«

»Und wem hast du die Rolle des Pantalone zugedacht? Orlando hat derzeit andere Verpflichtungen.«

»Dein italienischer Kammerherr Christophero, der unter uns nur der welsche Christel heißt, wäre hervorragend dafür geeignet. Er hat sich schon öfter wie ein Narr aufgeführt und schaut mich immer so hochnäsig an, dass ich ihn gern einmal als Pantalone verprügeln ließe.«

»Kann ich mir denken«, sagte Wilhelm lachend. »Und wer soll den Zanni geben? Du?«

»Gewiss.«

Wilhelm zog die linke Braue hoch und schaute mich skeptisch an. »Späte Genugtuung?«

»Weil ich's kann«, sagte ich selbstbewusst.

»Bliebe noch dein Gegenpart, die reizvolle Colombine. Ich erinnere mich an …«

»Amelie«, spuckte ich aus, »sie könnte als Hofdame die Dienerin spielen.«

»Eine treffliche Wahl«, stimmte Ferdinand erfreut zu. »Noch besser könnte ich sie mir vorstellen als Cortigiana, als Dienerin der Venus, wenn unsere dolcissima principessa ihre Zustimmung gibt.«

Renata lächelte milde, aber es war ihr auch anzusehen, dass ihr das Ganze nicht wirklich gefiel. Zu sehr stand sie noch unter dem Schock von Wilhelms Ringen mit dem Tod, und zu sehr stand sie schon unter dem Einfluss von Mengins Ermahnungen, der zu Bußfertigkeit und maßvollerem Lebenswandel riet.

Anfangs war Pater Dominikus Mengin nur sporadisch auf die Trausnitz gekommen, doch seit Wilhelms Erkrankung gehörte er fast schon zum Hofleben dazu und war mittlerweile auch Beichtvater des Erbprinzen. Wilhelm öffnete sich ihm immer mehr und verbrachte an manchen Tagen Stunden im Gebet. Seinen Wahlspruch änderte er in: *Agnosce – Dole – Emenda, Erkenne – Bereue – Verbessere!*«

Um es kurz zu machen: Es kam keine Komödie mehr zustande. Als Sustris ihm erste Entwürfe für die Treppe vorlegte, stand Wilhelms Entschluss bereits fest: »Malt mir die Schnecke mit Szenen der köstlichen Komödien aus, damit ich mich stets an sie erinnern kann.«

»Hoheit«, versicherte Sustris, »ich schaffe Euch eine Scala della commedia, die weithin Berühmtheit erlangen wird.«

Ferdinand verweilte noch ein paar Tage ungezwungen in Landshut, auch als Wilhelm und Renata kurzfristig nach Friedberg gerufen wurden. Und da er es nicht wahrhaben wollte, dass die Schöne des Hofes für ihn unüberwindlich bleiben sollte, ließ er mich am selben Abend zu sich rufen. Bei einem Becher Wein plauderte er mit mir leutselig über unsere Zeit in Italien, über Wilhelms Hochzeit und Gott und die Welt und schob mir dann unvermittelt ein Briefchen zu. »Michel«, sagte er fast mit Verschwörermiene, »du hast ungehindert Zugang zum Frauenhaus. Gib ihr den Brief, aber ungesehen.«

»Alla dolcissima«, stand darauf. Ich fragte nicht nach. Es war klar, an wen. Amelie hatte inzwischen eingesehen, dass der Erzherzog in Innsbruck für sie unerreichbar blieb. Und da gute Partien dünn gesät waren, hatte sie schon hierhin und dorthin ihre Gunst verschenkt, zuletzt sehr freigiebig. Sie war längst keine Festung mehr, mir gegenüber aber nach wie vor spröde. Ich steckte ihr die Nachricht zu, ohne eine Antwort abzuwarten oder mich auf einen Wortwechsel einzulassen.

Anderntags genoss die vornehme Hofgesellschaft die laue Abendluft auf dem Söller neben dem Damenstock. Ich hatte kein Verlangen nach Tanz und höfischem Geplänkel und suchte die Ruhe am anderen Ende der Burg, im Uraniagarten. Während ich das langsame Aufglühen der Sterne beobachtete, dachte ich wehmütig an Beatrice. Langsam war auch unsere Liebe erblüht und dann jäh wie ein Stern erloschen. Seit einem Jahr war sie nun schon verheiratet, und ich hoffte, dass *sie* wenigstens glücklich war.

Mich fröstelte, und ich wandte mich dem neuen Anbau zu. Der Eingang vom Garten her war noch nicht verschlossen, und das matte Licht in den Fensternischen würde ausreichen, um sicher nach oben zu kommen. Als ich die Türe öffnete, hörte ich Stimmen. Da Neugierde unbestritten zu meinen Lastern zählt, schlüpfte ich rasch hinein und zog die Tür hinter mir zu. Die Stimmen kamen von gegenüber aus der Badstube. Das flackernde Licht mehrerer Kerzen züngelte wie gierige Flammen über die noch kahlen Wände und das nackte Tonnengewölbe. Das wohlige Stöhnen konnte ich zunächst nicht zuordnen, aber das Keckern und glucksende Lachen gehörte unzweifelhaft Amelie. Und dann hörte ich Ferdinand, der geräuschvoll das Tor zur Burg stürmte. Anstatt schleunigst zu verschwinden, ging ich Narr in die Hocke und schlich gebannt etwas näher heran. Das große Becken war erst zu zwei Dritteln gefüllt, um es auf seine Dichtheit hin zu prüfen, aber Ferdinand nahm bereits die Einweihung auf seine Weise vorweg. Amelie lehnte mit dem Rücken am seitlichen Beckenrand des Ovals und hielt Ferdinands Kopf in ihren Händen, der an ihren weißen Brüsten knabberte. Sie hatte ihre Berechnung noch nicht aufgegeben und fragte plötzlich Ferdinand nach seiner und ihrer Zukunft.

Er kramte jugendliche Heldentaten bei seiner ersten Begegnung mit den Türken hervor, flunkerte von Schlachten, die es noch zu schlagen gelte, und dass er im Dienste des spanischen Königs stolze Titel erwerben werde, mit denen er ihr ein standesgemäßes Leben bieten könne. Er spielte die Rolle des Capitano mit Bravour.

Ich hatte genug oder eigentlich schon viel zu viel gesehen und gehört und wollte mich in einem günstigen Augenblick ums Eck und die Treppe hinaufschleichen. Die Farbtöpfe, die dort herumstanden, hatte ich nicht bedacht. Ich richtete scheppernd Verwüstung unter ihnen an, stolperte rückwärts und fiel genau vor den Eingang zur Badstube. Amelie flüchtete sich kreischend hinter Ferdinand, der zunächst nur tonlos stammelte: »Narr … du …« Dann hatte er sich gefangen und forderte mit fester Stimme: »Du hast nichts gesehen, hörst du! Kein Wort zu Wilhelm!« Dann drohte er: »Vergiss nie … niemals, dass ich es war, der dich zum Narren gemacht hat! Und jetzt hau ab!«

Die Botschaft erschien mir zweideutig, aber ich widerstand der Versuchung, ihn einen Kleingeist zu schimpfen, und sagte stattdessen nur: »Meine Lippen sind versiegelt.« Ich hastete die Treppe hoch, durch die Dürnitz in den Burghof und unverzüglich in das Küchengewölbe im Damenstock gegenüber, um mir einen Krug Wein gegen den Schock zu holen. Meine Schuhe und Strümpfe waren bunt gesprenkelt, nicht passend zur augenblicklichen Hoftracht, aber es hätte zu anderer Zeit durchaus eine modische Inspiration sein können.

In der Küche traf ich nur noch ein paar Mägde an, die müde die letzten Töpfe sauber schrubbten. Sie wurden wieder munter bei meinem Anblick, tuschelten und kicherten, hüteten sich aber, etwas zu sagen. Ich musste in meiner Verstörtheit so wild dreingeschaut haben, dass sie anscheinend meinen Zorn fürchteten. Dann sah ich Regina, und ich beruhigte mich etwas. Sie war am Vortag in Landshut angekommen und schaute sich zu später Stunde noch in der Küche um.

»Wie siehst du denn aus?«, sagte sie halb lachend, halb entsetzt.«

»Ich … ich … Was tust du denn noch hier?«, fragte ich ausweichend. »Du solltest dich zur Ruhe begeben.«

»Ich will mir ein genaues Bild machen«, sagte sie. »Es ist alles so neu, und ich komme mir noch wie ein Fremdkörper vor. Manches geht hier auch seltsam zu, und ich hab schon jetzt den Eindruck, dass auch manches verschwindet. Zucker zum Beispiel und Honig oder Reste von den Mahlzeiten.«

»Du bist eben zu gründlich, liebe Regina, und deinen überschaubaren kleinen Haushalt gewöhnt. Lass dir Zeit! Lass es langsam angehen. Es wird sich alles finden.«

Ich schnappte mir einen Weinkrug, wünschte Gute Nacht und schlurfte in meine Kammer. Als die Tür endlich zu war, dröhnte noch in meinem Kopf die Drohung: »Du hast nichts gesehen – kein Wort zu Wilhelm!« Nach dem dritten oder vierten Becher Wein sagte ich fröhlich betrunken zu mir: Vorerst noch nicht, Michel, vorerst. Aber eines Tages vielleicht …

Wenige Tage danach fand in Prag ein großes Ereignis statt, zwar nicht in Wilhelms Beisein, aber nichtsdestoweniger schmerzlich für ihn: Rudolf von Habsburg wurde zum böhmischen König gekrönt. Dies war eine Voraussetzung für die Wahl zum römisch-deutschen König, und die Kaiserkrönung war danach zu gegebener Zeit nur noch eine Formsache. Manche Prüfungen des Herrn kommen urplötzlich und schrecklich über einen, aber diese hatte sich schon seit Längerem angekündigt. Wegen Maximilians geschwächter Gesundheit hatten die Reichsfürsten auf eine Regelung der Nachfolge gedrängt. Die wenigen Einwände protestantischer Herren fegte August von Sachsen beiseite, und so stand bald nichts mehr im Wege, den spanisch geprägten Spross des Kaisers auf dem Kurfürstentag in Regensburg einstimmig zum römisch-deutschen König zu wählen und am Allerheiligentag zu krönen.

Wilhelm war tief getroffen, vor allem auch deshalb, weil Vater Albrecht so widerspruchslos zugestimmt hatte. Wozu all das Geraune von der Kaiserfähigkeit des Hauses Bayern, wenn man Gelegenheiten verstreichen ließ. Aber Albrecht hielt die Gelegenheit nicht für günstig. »Habsburg braucht dringend das Reich, um gegen die Türken zu bestehen«, sagte er, »und dem Reich kann vorerst nur Habsburg die Einheit bewahren. Mein Freund August sieht das genauso, hat sich deshalb sogar mit seinen ketzerischen Parteifreunden angelegt und für sich selbst die Kaiserwürde strikt abgelehnt. Lieber ein reicher Herzog als ein armer Kaiser waren seine Worte.«

Wilhelm war zwar nicht einsichtig, aber ohnmächtig in der Angelegenheit. Mengin versuchte, ihn mit Matthäus und Lukas davon abzubringen: »Was nützt es dem Menschen, wenn er die ganze Welt gewinnt, an seiner Seele aber Schaden leidet.« Doch dafür war Wilhelm noch nicht empfänglich. »Meine Zeit wird kommen«, beharrte er, »und wenn es nicht mehr für mich gelingt, dann eben für meinen Sohn.« Ich glaube, mehr als alles andere riss ihn damals sein trotziger Stolz, mit dem er auf seiner Reputation beharrte, aus seiner Melancholie und wieder ins Leben zurück.

Renata hatte zwischenzeitlich aus Sorge um ihren Gemahl Herzog Albrecht gebeten, ihn von der Reise nach Frankreich zu entbinden, und Albrecht schlug daraufhin dem Kaiser vor, Herzog Ferdinand zu entsenden. Der Kaiser jedoch bestand auf Wilhelm. Vielleicht hatte er von Ferdinands Hang zur Damenwelt gehört und befürchtete, seine Tochter könne als Ferdinands Braut zurückkehren. Einem mittellosen Zweitgeborenen aber wollte er sie keinesfalls überlassen. Doch dann hatten Wilhelm und Renata erfahren, dass überraschend Herzog Erich von Braunschweig um die Hand von Renatas älterer Schwester Dorothea angehalten habe. Der Braunschweiger war zwar ein gewissenloser Abenteurer, aber im Herbst der Ehefähigkeit durfte man nicht mehr wählerisch sein, und so willigte auch Renata in die Reise nach Frankreich ein.

Vor dem Aufbruch Anfang Dezember wollte Wilhelm noch das Nikolausfest mit seiner jungen Familie feiern, das jedes Jahr mit Prunk und großer Freude begangen wurde. Während Maria Anna noch nicht den Windeln entwachsen war, bekam die kleine Christine bereits ihren zweiten Puppenwagen. Maximilian, der Liebling von Urgroßmutter Jakobäa, war von ihr mit Wams, Barett und mit Dolch und Wehr ausstaffiert worden, womit er durch die festlich geschmückte Kinderstube stolzierte. Da er aber in manchen Dingen noch ein rechter Angsthase war, bestand selbst die sanftmütige Renata darauf, ihm die Puppen zu entziehen, und sie schenkte ihm zwei Ritter zu Pferd. Seine größte Freude war, wenn er sie fallen sah.

Regina hatte sich trotz mancher Reibungen inzwischen ganz gut eingelebt, und ihre Honigkuchen, die sie nach einem Rezept des Lebzelters von St. Peter mit viel Liebe fertigte, fanden überall Anklang. Für Maximilian hatte sie eigens ein paar Lebkuchenmännchen gebacken. Auf die konnte er mit seinen Rittern losgehen. Er lehnte die Lebkuchenopfer an die Wand, setzte einen Ritter auf seinen kleinen Rappen und »rappelrappelrappel« juchzend rannte er gegen das Männchen an, und »stichstichstich« stieß er mit der Lanze in Kopf, Herz und Magen – danach kreischendes Vergnügen. So ging es den ganzen Abend, bis die Männlein zerbröselt waren und die Kinderfrauen die Brut einsammelten und zu Bett brachten.

Schon am Tag danach wurden die Kinder zu den Großeltern gebracht, und dann ging es ab nach Frankreich. Der hart gefrorene Boden erlaubte gutes Vorankommen, und die grenznahen kriegslüsternen Scharen Johann Casimirs sowie versprengte Hugenotten behelligten uns zum Glück nicht.

Zu Weihnachten waren wir in Nancy. Renata war überglücklich, am Ende dieses in vieler Hinsicht betrüblichen Jahres das Weihnachtsfest wieder einmal im Kreise ihrer lothringischen Familie feiern zu dürfen.

Die Hochzeit Dorotheas ist rasch erzählt. Die Damen beeindruckten mit ihren ausgreifenden Reifröcken, der würgenden Mühlsteinkrause und der modischen Stuarthaube, die herzförmig in die Stirn ragte. Der Bräutigam imponierte eher durch Grobheit und Schilderung der Hexenprozesse, die er angestrengt hatte, nachdem er und seine jüngst verstorbene erste Gattin sich gegenseitig des versuchten Giftmordes beschuldigt hatten. »Ich sage Euch«, wurde er nicht müde zu behaupten, »diese verfluchten Weiber haben den Tod verdient. Sie wollten mich mit Gift, das sie aus einer pulverisierten Totgeburt gewonnen hatten, umbringen, und sie brachten Lunten aus Flachs und Pech in meinem Schlafgemach an, um mich darin zu verbrennen.«

Wilhelm wurde hellhörig. »Ich erinnere mich. Eure erste Frau war doch die Schwester des Kurfürsten von Sachsen. Es gab viel üble Nachrede. Ihr schicktet damals die Geständnisse der gefangenen Frauen an zahlreiche Fürsten und Städte, darunter auch an meinen Vater.«

»Um mich gegenüber allen Verleumdern im Reich zu rechtfertigen.«

Der Braunschweiger hatte dazu noch zahlreiche Rechtsgutachten angefordert. Es gab Widersprüche und den Verdacht, dass er wider die Regel vorschnell die Tortur angeordnet hatte. Wilhelm ging in Anwesenheit der Damen nicht näher darauf ein, aber das Schreckbild der Hexen, die Schaden zufügen und anderen nach dem Leben trachten konnten, stand mit einem Mal bedrohlich und unauslöschlich im Raum.

In Nancy wartete auf Wilhelm auch die österreichische Prinzessin Elisabeth, die man sechzehnjährig mit großem

Pomp an den Hof in Paris geholt hatte. Karl IX. und seine Mutter, Katharina von Medici, hatten sich davon nicht zuletzt einen Anspruch auf die deutsche Kaiserkrone versprochen, aber jetzt wollte die jugendliche Witwe nur schleunigst zurück nach Wien. Sie sprach wenig und vermied jedes französische Wort, so sehr war ihr das Land inzwischen verhasst. Sie trauerte mit keinem Wort um ihren Gemahl, der der Schwindsucht erlegen war, berichtete stattdessen stockend und unter Tränen von den Gräueln der Bartholomäusnacht, von Karls Mätresse und den sodomitischen Neigungen seines Bruders, von den Intrigen ihrer Schwiegermutter und ihrer abergläubigen Abhängigkeit von Ruggieri, ihrem Astrologen, der ihr mit magischen Spiegeln den Kopf verdrehte und dem man auch schwarze Messen nachsagte. Und kurz nach dem Tod König Karls habe man bei einem von Ruggieris Schülern zwei Wachsstatuetten gefunden. Die eine sei zur Hälfte geschmolzen, die andere mit Nadeln in Herz und Hirn durchstochen gewesen.

»Das ist Schadenzauber mit Bildern«, erklärte der Herzog von Lothringen, Renatas Bruder. »Er wird in Frankreich seit Jahrhunderten betrieben. Ein scheußliches Übel.«

Der Herzog machte uns während eines abendlichen Empfangs auch mit Nicolas Rémy bekannt, der in den vergangenen Jahren zahlreiche Fälle von Hexerei verhandelt hatte, und den der Herzog ob seiner Tüchtigkeit eben erst nach Nancy beordert und zum Generalprokurator befördert hatte. Rémy oder Remigius war mit seinen wallenden Locken, dem akkuraten modischen Bärtchen und seinem stechenden Blick eine eindrucksvolle Erscheinung am Hof, die sich später rühmen sollte, als Oberrichter weit über achthundert verdorbene Weiber der Hexerei überführt und verbrannt zu haben. Schon jetzt hatte er für lange Abende vor dem Kamin eine Fülle von Gruselgeschichten bereit. Er schilderte, wie die

Hexen mit teuflischer Hilfe ihre Pülverchen bereiteten und sie verabreichten. Das Gift dringe durch einfache Berührung selbst durch Kleidung hindurch und mühelos in den Körper ein. Hexen seien in der Lage, sich jederzeit in die bevorzugten Tiere Satans zu verwandeln, um sich als Katze heimlich ins Haus zu schleichen, als Ratte oder Vogel auch durch vergitterte Fenster zu kommen und als Wolf verirrte Schafe und selbst Menschen zu reißen. Wilhelm wurde ganz blass bei der Vorstellung, wie die abscheulichen Weiber mit einer Suppe aus einem verzauberten Gartenkraut das männliche Glied bis auf einen erbärmlichen Stumpf weghexen können. Mich hingegen beeindruckte nachhaltig die Geschichte einer Pfarrtochter aus Metz, die stets als Allerfrömmste die Erste und Letzte in der Kirche gewesen sei, die sich unablässig vor dem Altar der Heiligen bekreuzigt und selbst auf der Straße den Rosenkranz gebetet habe, und die im letzten Jahr unzähliger Verbrechen überführt, verurteilt und verbrannt worden sei.

Wie ich schon sagte: Es war ein schlimmes Jahr, und es warf seinen langen Schatten voraus.

Siebenunddreißigstes Kapitel

Die Rückreise über Augsburg und München zog sich hin, und die Tage wurden wieder länger, als wir nach mehrtägiger Verabschiedung in Wien endlich in Landshut ankamen. Dort hatte sich inzwischen manches verändert. Regina war nach München zurückgekehrt, um das Angebot des Bräuwirts Pollinger anzunehmen. Ihre überstürzte Abreise ohne die Erlaubnis des Herzogs hatte fast den Anschein einer Flucht, und dementsprechend gingen Gerüchte um, und einhellige Abneigung war zu hören.

»Hat wohl geglaubt, sie sei was Besseres, die aufgeblasene Gans«, ereiferte sich die Köchin im Nachhinein, »nur weil sie dem gelehrten Herrn Fugger den Haushalt geführt hat. Überall hat sie versucht, sich einzumischen, als hätten wir vor ihr nur Gras gekocht und rohes Fleisch gefressen.«

»Sie gehörte nicht hierher«, drückte es der Küchenmeister vornehmer aus, »sie passte nicht zu uns. Und sie hat ihre Befugnisse überschritten.«

»Unseren Soßenkünstler aus Nancy, den empfindsamen Jérôme, hat sie beleidigt, indem sie noch Salz in seine Komposition aus Wildkräutern warf«, schimpfte die Köchin weiter.

»Mir wollte sie einreden, ich müsse meinen Teig lockerer machen«, beschwerte sich der Pastetenkoch, »aber dem Backmeister drängte sie ihre trockenen Lebkuchen auf.«

»Dem Küchenschreiber und mir hat sie vorgehalten, wir seien zu nachlässig«, klagte die Wirtschafterin, »und die unverschämte Person hat doch glatt behauptet, es kämen vor unseren Augen Lebensmittel abhanden, nur weil gelegentlich mal eine der Mägde etwas von den reichlich übrig gebliebenen Speisen für ihre Familie abzweigte.«

Und die Vorwürfe kamen noch dicker, denn eines Abends war die angespannte Lage regelrecht explodiert. Die italienischen Maler und ihre Gehilfen, die ohnehin spätes Abendessen gewohnt waren und lockerer mit Konventionen umgingen, hielten sich nämlich nicht fest an geregelte Mahlzeiten, was manchmal auch gar nicht möglich war, wenn eine Figur oder Groteske vollendet werden musste, bevor Putz und Farben trocken waren. So kam es vor, dass die welschen Herren nach getaner Arbeit hungrig und ungezwungen in die große Mundkuchel einfielen, sich einfach an Hähnchen und Wein bedienten und dabei munter mit den Mägden schäkerten, die sich gern von der Arbeit abhalten ließen. Bei einer dieser Gelegenheiten musste die überforderte Regina aus der Haut gefahren sein.

»Wie eine Furie stand sie plötzlich im Raum«, schilderte eine der Mägde den dramatischen Auftritt. »Sie fuchtelte wild mit einer Ofengabel herum und warf den flüchtenden Italienern wütend einen Henkeltopf hinterher. Am nächsten Tag verschwand sie.«

Meine Befürchtung hatte sich also bestätigt. Die biedere Regina kam mit den Gepflogenheiten der fürstlichen Großküche nicht zurecht und war in ihrer Beflissenheit überall angeeckt. Ich war enttäuscht und fühlte mich zugleich schuldig.

Auch Amelie hatte sich verändert. Sie war fülliger geworden, und es wurde am Hof darüber getuschelt. Vor der Reise nach Lothringen hatte sie tagelang wiederholt erbrochen, und da Wilhelm und Renata ohnehin nur mit kleiner Entourage reisen wollten, ließen sie die enttäuschte Hofdame in Landshut zurück. Ich redete mir ein, sie habe sich inzwischen Kummerspeck angefuttert, vielleicht auch deshalb, weil sie der forsche Capitano schon wieder vergessen hatte.

Ich gebe freimütig zu, dass in den Anfangsjahren auf der Burg auch ich ihr begehrliche Blicke zugeworfen hatte, aber nachdem diese stets wie stumpfe Pfeile an der stolzen Brüstung abgeprallt waren, hatten wir uns über die Jahre hinweg kaum noch Beachtung geschenkt. Umso verblüffender war es, dass sie sich gleich am Tag unserer Ankunft bei mir nach meinem Befinden und den Strapazen der Reise erkundigte. Sie schaute mich dabei warmherzig an, legte wiederholt ihre zarte Hand auf meinen Arm und ließ mich mit hingehauchten Aahs und Oohs fühlen, wie sehr meine Schilderung sie bewegte. Dann hatte sie plötzlich Tränen in den Augen. Ich konnte nicht anders, als sie zu trösten über den Verlust, zu Weihnachten ihre Heimat nicht gesehen zu haben, bis sie sich abrupt losriss und in den Damenstock eilte.

Abends feierte die Hofgesellschaft unsere lang ersehnte Rückkehr. Als Amelie es an der Tafel so einrichtete, dass sie neben mir zu sitzen kam, da war ich vollends verwirrt. Was hatte sie vor? Wollte sie, dass ich ihr Ferdinand ersetzte, oder wollte sie nur verhindern, dass ich etwas über die beiden preisgab? Sie plauderte mit mir so angeregt, als wären wir engste Freunde. Dabei ließ sie mir ständig den Becher nachfüllen, bis ich nur noch armselig witzeln konnte und mich so betrunken und voll fühlte, dass ich das Bedürfnis hatte, mich zu erleichtern. Ich wankte hinunter in den Burghof, pisste im Dunkel zwischen Fürstenbau und hohem Turm einen Sturzbach an die Ringmauer und spie ein Maß Wein hinterher. Auf dem schmiedeeisernen Schöpfgerüst über der nahen Zisterne saß ein erbärmlich krächzender Rabe. Heute weiß ich, dass er mich warnen wollte. Aber anstatt mich mit stoischer Einsicht zur Ruhe zu begeben, drängte ich als geiler Epikur verblendet und stolz über meine unerwartete Eroberung zurück zur Tafel. Ich kam aber nicht mehr bis zum Festsaal, denn eine Hand zog mich energisch in das enge Lauschkabinett davor hinein. Amelie lehnte an der kleinen Anrichte für die Dienerschaft, die Wangen gerötet, das Haar wild zerzaust.

»Endlisch, chérie, isch muss mit dir …«

»Schhhh! Musst kein Angst haben«, lallte ich in völliger Verkennung der Situation, »hab nichts von dir und Ferdinand …«

Sie verschloss meinen Mund mit feuchten Lippen. »Dümmerschen«, hauchte sie in ihrem französischen Singsang, »nischt Ferdinand … will nur disch …«

Ich schmolz dahin.

Wie ein gieriges Mannsbild riss sie selbst ihr Mieder und ihre seidene Bluse auf und drückte meinen Kopf auf ihren Busen. Während ich nach Atem rang, zerrte sie mit der anderen Hand wild an der Schnürung meiner Hose. Als diese fiel, stemmte ich mich für einen Augenblick von ihr ab und starrte sie in ungläubiger Verzückung an. War sie lüsterner Engel oder keusche Venus oder beides zugleich? Concordia discors, schoss mir noch durch den Kopf, ehe mich der Verstand völlig verließ …

»Nimm misch, Mischääll!« Sie raffte geschwind ihre Röcke und klemmte sie fest, indem sie mich leidenschaftlich wieder an sich zog. Mit beiden Händen presste sie meinen Schädel auf ihr glühendes Fleisch, hielt mich gepackt wie ein steifes Bündel … dann dröhnten gellende Hilfeschreie in meinen Ohren …

Das Miststück hatte alles kühl inszeniert, und obwohl es die schauerlichste Hintertreppenkomödie meines Lebens war, konnte ich der Teufelin später einen Funken Bewunderung für ihre Dreistigkeit nicht absprechen. Der Ort für ihren frivolen Plan war strategisch bestens gewählt, denn nur wenige Augenblicke nach ihrem ersten Schrei stürzten beherzte Tafelritter in das schmale Kabinett, um sie zu retten. So wild, wie sie mich erst an sich gerissen hatte, stieß sie mich jetzt von sich. Ich schlug mit dem Kopf an die Wand und sank besinnungslos zu Boden. Ein stechender Geruch in der Nase und leichte Ohrfeigen brachten mich zurück. Ich hockte am Boden, mit dem Rücken an die Wand gelehnt, Amelie drückte sich in den Winkel, hielt zitternd Mieder und Bluse zusammen und schniefte mitleidheischend. Vor mir stand Wilhelm, die Arme in die Seiten gestemmt. Er stieß mich mit dem Fuß an und forderte unwirsch: »Was war hier los, Narr?«

Ich fasste mir an den Brummschädel, um etwas Zeit zu gewinnen, und hielt es dann für das Beste zu fragen: »Was hat *sie* denn gesagt?«

»Dass du versucht hast, ihr Gewalt anzutun, und es sah auch ganz danach aus.«

Ich überlegte fieberhaft: Wenn ich die Wahrheit sagte, würde er mir oder ihr glauben? »Ich war betrunken«, wich ich aus in der Hoffnung auf mildernde Umstände.

Da stampfte sie mit den Füßen und schrie: »Isch erwarte ein Kind von ihm.«

»Wie?«, stießen Wilhelm und ich fast gleichzeitig aus.

»Das ist Unsinn!«, protestierte ich. »Eine Lüge! Es kann gar nicht sein. Ich hatte davor nie mit ihr zu schaffen. Sie hat mir doch nur die kalte Schulter gezeigt.«

Mit einem Heulkrampf versuchte sie, ihre Glaubwürdigkeit zu verbessern.

»Beruhigt Euch!«

»Es ist wahr. Isch … isch hab sein Bedrängen stets abgewiesen, und nie wäre isch ihm zu Willen gewesen, wenn er's nischt mit dieser Hexe versucht hätte.«

»Welche Hexe?«, fragte ich fassungslos.

»Dieses Weib, das du aus Münschen hier eingeschleppt hast«, schrie sie mich an.

»Regina? Bist du verrückt?«

Wilhelm starrte mich mit krauser Stirn an: »Was soll das heißen?«

»Ich weiß es nicht. Sie fantasiert.«

»Sie hat ihm einen Trank gebraut«, beharrte Amelie, »mit dem kam er noch vor Eurer Reise in meine Kammer und hat misch gefügig gemacht. Und jetzt hat er's wieder versucht.«

»Eine verdammte Lüge!«, fauchte ich sie an und rätselte zugleich, warum sie dies unverschämt behauptete. Wollte sie mir ein Kind unterschieben, dessen Vater in Wahrheit Ferdinand war? Mein erster Impuls war, Wilhelm von der Hurerei in seiner Badstube zu berichten. Aber dann schien es mir klüger, Ferdinand vorerst nicht zu erwähnen. Vielleicht hatte er sich sogar mit Amelie abgesprochen, und ihm würde Wilhelm gewiss mehr glauben als mir. Das hieße am Ende für mich nicht nur Unzucht, sondern bösartige Verleumdung eines ehrbaren Fürsten. Auf diese Weise wollte ich meinen Kopf nicht verlieren.

Wilhelm stand eine Weile schweigend da und kratzte sich nachdenklich am Kinn. »Geht jetzt beide in eure Kammer«, entschied er, »und wartet, bis man euch ruft.«

Auf meiner Lagerstatt strampelte ich in wütender Verzweiflung mit den Beinen und schalt mich selbst einen gottverdammten Narren, der nur mit dem Schwanz gedacht hatte. Dabei kein Fünkchen Lustgewinn! Warum ausgerechnet sie? Sollte dies das schmutzige Ende meiner närrischen Zeit am Hof bedeuten? Ich grübelte, war aber zu keinem klaren Gedanken mehr fähig. Irgendwann fiel ich in unruhigen Schlaf.

Anderntags rief Wilhelm mich gleich nach der Frühmesse zu sich. Er saß in seinem Scherenstuhl mit dunklen Ringen unter den Augen, als habe er selbst nur wenig geschlafen. Sein Blick aus wässrigen Augen war ernst, fast traurig. »Du bist ein lockerer Vogel«, sagte er bedächtig, »sollst es als Narr ja auch sein. Und wenn es nur ein Fehltritt wäre … Aber da ist jetzt das Kind. Ich habe mich mit Renata und ihrem Hofmeister beraten. Amelie kann am Hof mit einem Bastard nicht bleiben. Niemand soll sagen können, dass am katholischen Fürstenhof zu Landshut Unzucht gedeiht. Doch es wäre ungerecht, sie allein zu verbannen. Also …«

Ich schluckte. »Gibt es denn keine andere …«

»Lass mich ausreden! Entweder ihr verlasst beide den Hof, oder …«

Er machte eine Pause, als sollte ich selbst auf die Lösung kommen. »Oder?« wiederholte ich ratlos.

»Oder ihr gebt euch auf der Stelle das Ja-Wort.«

»Ich soll … pfff!« Ich kratzte mich verblüfft am Kopf. War das die Rettung oder eher Höchststrafe? »Was sagt sie?«

»Sie ist einverstanden.«

»So es denn Gottes Wille ist«, gab ich mich reumütig. Was sollte ich auch anderes tun, wenn ich die Trausnitz nicht verlassen wollte. Und eine bessere Partie als die Närrin, die mir Wilhelm schon zugedacht hatte, war sie allemal: jung, hübsch und schlau. Aber das, was sie über Regina gesagt hatte, wollte mir nicht gefallen, und ich verwahrte mich bei Wilhelm scharf dagegen: »Es hat nie einen Liebestrank oder ähnliches Giftzeug gegeben.«

»Deine Bürgschaften sind wie Trojanerpferde«, sagte er daraufhin, »von außen verlockend, und drinnen lauert schon das Unheil. Mag sein, dass Amelie das mit dem Trank erfunden hat. Vielleicht hast du sie ja auch nur mit Wein besoffen gemacht. Aber Tatsache ist, dass meine Kopfschmerzen fast verschwunden sind, seit diese Regina nicht mehr am Hof ist.«

Am Tag darauf wurde ich vom Hofkaplan in der Burgkapelle mit Amelie getraut. Ich erhielt in der Eile nicht mal ein neues Festgewand. Es war in meinen Augen eine würdelose Zeremonie, und es gab auch kein rauschendes Fest, aber die Burgbewohner ließen sich einen Grund zum Feiern dennoch nicht nehmen, wobei die Mehrzahl der Glückwünsche eher hämisch als aufrichtig war.

»Ich wollte dir ein Fuder Verstand zum Geschenk machen«, sagte Wilhelm spöttisch, »doch dann fiel mir ein, dass in eines Narren Hirn kein Platz dafür ist.«

Als gemeinsame Wohnung wurde uns fürs Erste eine schlichte Kammer im Pfaffenstöckl neben dem Torgebäude zugewiesen. Wahrscheinlich hegte Wilhelm dabei die Absicht, dass der Kaplan auf uns ein wachsames Auge haben sollte. Es hätte der Mühe nicht bedurft, denn Amelie spielte fortan selbst die sittsamste Tugendwächterin, indem sie mir schneidend zu verstehen gab: »Rühr misch nischt an!« Ich hing zwar nächtens nicht wie einst König Gunther gefesselt von der Decke, aber harsch wie Brünhild hielt sie mich vom gemeinsamen Lager fern. Und tagsüber war sie das Idealbild eines zänkischen Weibes. Konnte ich mich mit Sokrates auch nur im Nichtwissen messen, eine Xanthippe hatte ich zu Hause allemal. Nach der dritten Nacht auf dem Fußboden hatte ich die Nase voll und schlief wieder in meiner alten Kammer. Amelie pflegte fortan ihren Leib, der sich unübersehbar rundete, wieder im Damenstock.

Über das Vorgefallene war mit ihr nicht zu reden. Ich bekam nur so viel aus ihr heraus, dass Ferdinand eine Vaterschaft rundweg leugnete, weil sie auch andere Männer erhört habe. An ihrer üblen Nachrede gegen Regina hielt sie wider besseres Wissen fest, und mit jedem Widerspruch meinerseits, verhärtete sich ihre Gewissheit.

Wilhelm griff unterdessen meinen Vorschlag auf, den ich ihm während seiner Krankheit halbernst unterbreitet hatte: Er fing an, Reliquien zu sammeln. Seine erste Erwerbung war zwar nicht die Hirnschale des Dionys, aber als man ihm aus Basel einen Splitter vom Gebein der heiligen Christiana zum Kauf anbot, zögerte er nicht. Christiana galt als eine der unzähligen Gefährtinnen der heiligen Ursula. Als man im Zuge der Reformation ihre Ruhestätte auf dem Dinkelberg entweihte, die Reliquien aus dem Kirchlein entfernte und einfach in der Erde verscharrte, da sei dies Knöchlein von einem frommen Mann davor bewahrt worden. Mitte Juni feierte Wilhelm in andächtiger Verehrung ihren Gedenktag zum ersten Mal auf der Trausnitz. Bedauerlicherweise war Christiana nur Patronin bei Zahnschmerzen, schon wenige Tage danach wäre jedoch eine wirkmächtige Geburtshelferin vonnöten gewesen. Amelies Niederkunft war von höllischen Schmerzen begleitet, und als man zwar das Knäblein bei der Geburt retten konnte, die Mutter aber im Kindbett elend verblutete, da wurde von Gottes Strafe gemunkelt und dass ihr wohl der Teufel den Balg untergeschoben habe. Damit wäre ich immerhin von der Vaterschaft entlastet gewesen, hätte nicht manch fromme und einfältige Seele mich für den Teufel gehalten.

Auf Wilhelms Geheiß wurde das Würmchen ins Findelhaus bei St. Martin gebracht. Obwohl ich ja die Gewissheit hatte, nicht der Vater zu sein, zermürbte ich mich mit quälenden Bedenken. Sollte ich Wilhelm die Wahrheit anvertrauen? Er würde sie vermutlich nicht ertragen, ja eher mich als gemeinen Lügner verstoßen. Und letztlich war auch Ferdinands Vaterschaft nicht gesichert. Aber falls doch, durfte dann edles Geblüt im Waisenhaus verkommen? War es nicht meine Pflicht, für ein, wenn schon nicht standesgemäßes, so wenigstens anständiges Auskommen zu sorgen? Vielleicht hatte mich damals nicht Neugier zum falschen, sondern Fügung zum rechten Zeitpunkt in die Badstube geführt? Da kam mir wieder einmal der rettende Gedanke.

Im folgenden Monat musste Wilhelm in Vertretung seines Vaters für ein paar Tage zum Reichstag nach Regensburg, wo er mich nach den unerfreulichen Vorkommnissen der letzten

Wochen nicht dabeihaben wollte. Ich nutzte die Zeit für einen Ritt nach München.

»War gar nicht so leicht, dich zu finden. Musste mich erst durchfragen.« Wir standen beide etwas verlegen da. »War wohl nicht das Richtige für dich. Tut mir leid.«

»Nicht deine Schuld, Michel. Es hat eben nicht gepasst. War der Herzog sehr wütend?«

»Er wird's verschmerzen.« Ich konnte ihr ja nicht sagen, dass er eher erleichtert schien, und schon gar nicht, wie sich die anderen das Maul über sie zerrissen.

»Setz dich doch! Darf's ein frisches Bier sein?«

»Auch zwei«, sagte ich schmunzelnd. Regina ließ es sich nicht nehmen, das Bier selbst zu zapfen. Ich schaute mich unterdessen um. Die Gaststube war groß, aber noch gemütlich, die Balkendecke wie üblich rauchgeschwärzt, aber der Raum war angenehm gelüftet. Durch die blank geputzten Fenster zur Neuhauser Straße hin erschien um die Mittagszeit alles hell und freundlich. Und die Zahl der Gäste ließ auf eine gut gehende Wirtschaft schließen. Eine Magd mit sauberer Schürze stellte auf Reginas Wunsch Brot und Schinken vor mich hin, und gleich darauf kam sie selbst wieder an den Tisch mit zwei gut gefüllten Humpen.

»Wirst hungrig sein. Greif zu!«

Wir stießen die Krüge aneinander, und ich ließ mir das Bier schon zur Hälfte durch die Kehle laufen, in der Hoffnung, danach leichter zum Kern meines Besuches vordringen zu können.

»Würzig«, lobte ich, »der Braumeister versteht sein Handwerk. Und sonst? Geht's dir gut hier?«

»Oh ja! Hätt's erst nicht gedacht. Aber hier bin ich die Herrin. Und Christoph ist gut zu mir.«

Ich beugte mich vor. »Wird's denn was Ernstes?«

»Schon passiert«, sagte sie lachend. »Gleich nach meiner

Ankunft hat er mich gefragt und wollt mich nicht mehr gehen lassen.«

»Gratuliere«, sagte ich erfreut, »aber du hast mich gar nicht eingeladen.«

»Ich hatte ein schlechtes Gewissen.«

»Bah! Hauptsache, du bist jetzt glücklich.«

Ich leerte meinen Krug in einem Zug und stierte danach eine Weile schweigend in das Gefäß. Regina gab ihrer Magd ein Zeichen, ergriff dann meine Hand und sagte: »Was ist mit dir? Du hast doch etwas auf dem Herzen.«

Ich schaute sie an und nickte. »Wohl. Und ich dachte, du könntest mir vielleicht helfen.«

»Nun sag schon.«

»Erinnerst du dich an den Abend auf der Trausnitz, als du dich noch in der Küche umgesehen hast und ich ...«

Sie kicherte. »Aber ja, du hast ausgesehen wie ein gesprenkelter Irrwisch, wolltest aber nicht darüber reden. Geht's jetzt darum?«

»Ich kam damals aus der Badstube, wo ich Zeuge ...« Ich stockte.

»Zeuge wovon?«

Die Magd stellte einen zweiten Krug vor mich hin, und ich nahm gleich noch einen Schluck. »Amelie ...«

»Ah, das war eine dieser hochnäsigen Hofdamen.«

»Sie vergnügte sich angeregt mit einem Mann ...«

»Du meinst, sie haben's schamlos miteinander getrieben?«

»Oder so. Jedenfalls hatte es Folgen.«

»Und nun drückt sich der Vater.«

Ich schaute sie überrascht an.

»So läuft es doch meistens. Die Kerle wollen ihr Vergnügen, aber keine Last.«

»Hmm ... es ist eine schwierige Geschichte ... ich darf dir den Namen des Mannes nicht nennen. Und vielleicht ist er nicht mal der Vater. Jedenfalls hat das Biest danach versucht, mir das Kind unterzuschieben.« Ich erzählte ihr die abgefeimte Intrige und das böse Ende.

»Übel, Michel, übel.«

Ihr fragender Blick drängte mich zu der Versicherung: »Ich hab sie niemals angerührt, auf Ehr und Seligkeit.«

»Glaub's dir. Aber wenn für das Kind jetzt gesorgt wird, dann ist doch alles gut.«

»Nichts ist gut, gar nichts. Ich vertrau dir jetzt unter dem Siegel der Verschwiegenheit etwas an. Aber du darfst es niemandem verraten.«

»Ich schwör's.«

Wir steckten über dem Tisch die Köpfe zusammen, und ich flüsterte ihr ins Ohr: »F-e-r-d-i-n-a-n-d.«

Sie schaute mich bestürzt an, nahm dann selbst einen tiefen Zug und fragte danach vorsichtig: »Du sagtest, ich könne dir helfen. Wobei?«

»Wenn es wirklich sein Kind ist, dann soll es gut aufwachsen. Ich dachte, ich bring es vielleicht in die Findelstube im Heilig-Geist-Spital, und du könntest dort öfter mal nach ihm sehen, und wenn der Knabe größer ist, könnte er dir hier zur Hand gehen und bei deinem Mann …«

»Ein Fürs…«, sie hielt sich erschrocken die Hand vor den Mund, »ein Kind von nobler Geburt soll Bräuwirt werden?«

»Warum nicht? Ist doch ein ehrbares Handwerk mit Zukunft. Und gleich um die Ecke ist die Schule der Jesuiten. Da könnte er's mit Fleiß weit bringen und sich dann auch noch ganz anders entscheiden. Sein Name ist übrigens Johannes, weil er am Festtag des Täufers zur Welt kam.«

Regina legte den Kopf in beide Hände und schaute eine Weile nachdenklich zum Fenster. Dann schmunzelte sie und wandte sich mir mit beseeltem Gesicht wieder zu. »So viel Glück auf meine alten Tage. Erst bekomm ich noch einen guten Mann, und dann hätt ich sogar einen Sohn, den mir die Natur nicht mehr vergönnen würd.«

»Na siehst du«, sagte ich befreit lachend, »damit wär doch allen geholfen.«

»Nicht so schnell«, mahnte Regina. »Noch ist es nur der Traum einer alten Jungfer. Der Pollinger müsste erst seine Zustimmung geben.«

»Frag ihn in Gottes Namen! Ich werd dafür beten.«

Drei Wochen nach meiner Rückkehr auf die Trausnitz erhielt ich die Nachricht, dass der Bräuwirt einverstanden war und sogar vorgeschlagen hatte, den unverhofften Sohn gleich in seinem Haus großzuziehen. Ich steckte ein Bündel Kerzen in der Schlosskapelle auf. Als Wilhelm Ende Oktober zu den Abschlussverhandlungen des Reichstags nochmals nach Regensburg musste, brachte ich das Kind nach München in eine vermeintlich glückliche Zukunft.

Wilhelm berichtete von der Versammlung der Großen des Reiches, dass es diesmal hauptsächlich um die Höhe der Türkenhilfe gegangen sei. Vater Albrecht hatte bis auf einen kurzen Höflichkeitsbesuch gleich gar nicht daran teilgenommen, und das nachhaltigste Ereignis war der Tod des schwerkranken Kaisers Maximilian am letzten Tag der Reichsversammlung. Er verweigerte hartnäckig Beichte und Kommunion, obwohl seine Schwester Anna, Wilhelms Mutter, noch vergeblich ans Sterbebett geeilt war, um ihn zum rechten Glauben zu bekehren.

Rudolf, der neue Kaiser, galt zwar als gut katholisch, aber auch als misstrauisch, sodass er sich weigerte, den Jesuiten die Universität in Prag zu überlassen. Wilhelm indes gab sich noch katholischer und dazu jesuitenfreundlich. Beichtvater Mengin hatte inzwischen ungebührlich viel Gefallen am höfischen Leben gefunden, was den Ordensoberen missfiel, die ihn nach Aufgabe des Rektorats in München nach Rom oder

Lothringen versetzen wollten. Doch Wilhelm konnte seinen Verbleib durchsetzen, und so wurde er zu meiner Freude fast Stammgast auf der Burg. Dann kam als Fastenprediger auch noch Canisius höchstpersönlich nach Landshut, um Wilhelm und Renata in der Sorge für ihr Seelenheil zu bestärken. Er schärfte den Höflingen ihre Pflicht ein, taufte mit großem Aufsehen einen gefangenen Türken, und ich befürchtete bereits, er würde an mir noch den großen Exorzismus durchführen.

So viel auffordernde Unterstützung und Glaubenseifer ermutigten Wilhelm, sich und die ganze Familie als die wahren Hüter des rechten Glaubens zu stilisieren, wenn auch vorerst nur bildlich. Durch Sustris kam der begabte Porträtist Engelhard de Pee an den Hof und ihn beauftragte Wilhelm mit einem großen Gemälde von der Darstellung Jesu im Tempel. Ich weiß nicht, wessen Idee es war, aber auf dem fertigen Bild hatten alle Figuren bekannte Gesichter. Es war lachhaft: Der Jesusknabe glich dem kleinen Maximilian, den würdevollen Hohepriester stellte ausgerechnet der wenig sittsame Bischof Ernst dar. Dass Renata als Maria schon die Andeutung eines Heiligenscheins trug, hielt ich trotz all ihrer Frömmigkeit für ein wenig verfrüht. Vom rechten Bildrand her blickte Ferdinand auf die merkwürdige Szenerie, und mir schien es, als würde er hintergründig lächeln. Am glaubhaftesten wirkte noch Wilhelm selbst als Vater Joseph. Nach Geburt des letzten Kindes führte er tatsächlich eine keusche Josephsehe mit Renata.

»Bist du dir sicher«, stichelte ich, »dass diese hübsche Lüge nicht gegen alle Regeln des Tridentinums verstößt?«

»Was ist daran falsch?«, begehrte Wilhelm mit verletztem Stolz auf.

»Na ja, soweit ich weiß, soll der Künstler nur streng am Inhalt der Bibel orientiert die Heilsgeschichte darstellen. Weiß ich von Arcimboldo.«

»Die Darbringung im Tempel hat Lukas genau so beschrieben. Was willst du?«

»Schon, aber Bilder der Heiligen sollten doch keinesfalls die Gesichtszüge sündiger Menschen unserer Zeit tragen.«

»Das gilt nur für Kirchen, du Schlaumeier. Es ist eine Allegorie.«

»Dann sollte ich auch mit aufs Bild.«

»Dann wär's Blasphemie.«

»Wieso, wenn das Bild etwas anderes bedeutet, als es darstellt? Der Narr mahnt durch Widerspruch zur Tugend, erklärte mir Meister Mielich.«

»Du verstehst es nicht. Wir leben in unsicheren Zeiten, und viele Anzeichen deuten darauf hin, dass das Ende bereits nah ist. Erst jüngst berichteten Neue Zeitungen in Köln, dass zu Babylon der Antichrist geboren wurde mit Katzenhaaren und brüllender Stimme. Und es gab Feuerzeichen, und giftige Schlangen regneten vom Himmel. Da bedarf es eines sicheren Bollwerks wider die Machenschaften des Teufels. Das Bild drückt aus, dass sich die herzogliche Familie ganz mit dem biblischen Vorbild identifiziert und streng die religiösen Gesetze und Riten befolgt, was dem Land zum Segen und dem Haus Bayern zum Ruhm gereicht.«

»Und ich Narr dachte schon, es diene dem höheren Ruhm des Allmächtigen.«

Närrische Bilder ganz anderer Art bekam ich in den folgenden Monaten zu sehen. Nach Überbringung einer Botschaft an die Herzogin im Obergeschoss des Fürstenbaus hatte ich den Einfall, über die Schnecke hinunter zu Wilhelm zu gehen, um zu sehen, was den fidelen Italienern bislang schon eingefallen war. Im Kabinett des neuen Anbaus war der Bildhauer Carlo di Cesare del Pelagio gerade dabei, die Decke mit Stuckornamenten zu verzieren. »Gut, dass du kommst«, sagte er. »Wie gefällt dir dein Abbild?«

»Abbild? Wie? Wo?«

Er zeigte stolz auf das spitze Ende der Stichkappen über den Fensterwölbungen, wo er jeweils einen kleinen Narrenkopf modelliert hatte.

»Ganz nett«, sagte ich mit gebremster Begeisterung, »aber etwas mickrig. Sieht man doch von unten kaum.«

»Ah, der große Narr will ein Standbild. Morgen kommt Michelangelo vorbei.«

»Stupido!«

»Cretino!«

»Stronzo!«

»Va caca!«

Mein Italienisch wurde immer besser.

Als ich aus dem Vorraum auf die Treppe hinaustrat, lief ich beinahe Amelie in die Arme. An der Wand vor mir stand lebensecht eine junge Frau als Blumenmädchen, das die Gesichtszüge meiner verblichenen Gattin trug. Ich verharrte einen Augenblick starr vor Schreck. Ihr Leib war auffallend gewölbt, was mit der Kleidermode zu tun haben und ebenso eine Anspielung auf die verbotene Frucht sein konnte. Sie winkte mit einem Blütenring, der mir wie der Hochzeitskranz für den Bräutigam erschien. Und über ihr zierte die Wand wie beißender Spott ein Abbild der Prudentia, die in der einen Hand den Spiegel als Symbol der Klugheit und in der anderen eine listige Schlange hielt.

Übers Eck war das Ziel ihres Lockrufs festgehalten, ein Kerl in schlichtem Kittel voll bunter Rauten, der die Hände in Ergebenheit vor seiner Brust hielt, als füge er sich in sein Schicksal. Und sein Gesicht glich unverkennbar mir. Da hatte ich mein Standbild. Es war zu viel des Guten. »Alessandro, du verdammter Spötter«, schrie ich, »wo bist du?«

Seine Antwort kam von ein paar Treppenabsätzen tiefer, wo er gerade einen aufgeregten Pantalone in den feuchten Putz pinselte.

»Was hast du dir dabei gedacht«, fuhr ich ihn an, »mich stets an meinen Schmerz zu erinnern?«

»Was meinst du damit?«, fragte er mit treuherzigem Blick.

»Na, den Narren da oben und die … die durchtriebene Dirne.«

»Jeder sieht, was er sehen will. Für mich ist's ein reizendes Blumenmädchen mit einem Arlecchino, der zufällig dir etwas ähnlich sieht. Nimm dich nicht so wichtig!«

»Cazzo! Nicht wichtig, sagst du. Ich will nicht in alle Ewigkeit an diese Schmach erinnert werden.«

»Vorhin sagtest du Schmerz.«

»Egal, es ist für mich dasselbe! Und von wegen zufällig. Der Arlecchino trägt normalerweise eine schwarze Maske. Du kannst mir doch nichts vormachen. Ich war in Italien.«

»Pah! Geh zu Sustris, meinem Schwager. Er macht die Skizzen. Ich führe sie nur aus.«

»Vai al diavolo!«

»Vai a puttane!«

Ich hetzte nach unten. Auf dem Absatz kurz unterhalb von Wilhelms Gemächern traf mich schier der Schlag. Auf der Schwelle eines gemalten Türstocks stand eine ältere Frau in der Kleidung einer Küchenmagd, die in der linken Hand drohend eine Ofengabel hielt und mit der hoch erhobenen Rechten eben zum Wurf eines irdenen Henkeltopfs ansetzte. Diese zornige Alte war zweifellos Regina. Als ich mich umwandte, blickte ich auf zwei Zanni, die am Boden kauerten, sich gerade über die Reste ihres Küchendiebstahls hergemacht hatten und nun heftig erschrocken drohendes Unheil abzuwehren versuchten. Dabei zeigte der vordere Zanni la mano cornuta, die gehörnte Hand. Sie konnte zwar auch als Spott für den betrogenen Pantalone gedacht sein, der mit einem Prügel wütend die Treppe heraufstürmte. Doch viel wahrscheinlicher schien mir, dass die Geste den Teufelskopf mit seinen Hörnern bedeutete, mit dem man das Unheil böser Kräfte abwehrt, etwa den bösen Blick. Und der kam von der wütenden Alten gegenüber, in deren Gestalt Regina als Hexe gebrandmarkt war. Es war ja Gemeinwissen, dass die verruchten Weiber bevorzugt auf einer Ofengabel durch den Kamin zu ihren Treffen auf dem Hexentanzplatz ausfuhren. Mir stellten sich die Haare auf.

Ich fand Sustris beim Skizzieren in der Malstube, wo ich ihn zornig zur Rede stellte. »Ein großer Künstler willst du sein und bist nur ein schäbiger Verleumder! Was hast du dir dabei gedacht, die gutwillige Regina für alle sichtbar zur bösartigen Hexe zu machen?«

»Per tutti?«, erwiderte Sustris gelassen. »Die Treppe dient doch in der Hauptsache nur dem Herzog und seiner Gemahlin. Und wenn erst der Speisenaufzug im Schacht fertig ist, dann wird sie nicht einmal das Küchenpersonal benutzen, allenfalls ein neugieriger Narr, der sich aufplustert.«

»Mir ist nicht zum Scherzen zumute. Wie leicht können die Bilder missverstanden werden.«

»Madonna, beruhig dich! Ich bin Künstler, wie du ja freundlicherweise noch bemerkt hast. Ich hole mir Anregungen hier und dort, wo ich sie gerade finde. Das hat nichts mit der Realität zu tun. Ich könnte deinen Holzkopf auch auf den Körper des Pantalone setzen. Der ist ebenso großmäulig und meist der Dumme. Ich hab die Szene in der Küche eben genau so erlebt, und sie schien mir so lebendig und überaus passend für eine verrückte Komödie.«

»Maledetto! Wenn daraus nur keine Tragödie wird.«

»Calmi, calmi! Hab Erbarmen mit uns Künstlern! Ich hab übrigens auch Herzog Ferdinand verewigt, falls dir das entgangen ist.«

Ich hatte bei meinem Sturmlauf nach unten nur flüchtig einen Mann wahrgenommen, der einer Dame in der Tür Avancen macht.

»Ich hab ihn als Landsknecht mit geschlitzten Puffärmeln und Pluderhosen dargestellt, weil er sich gern für einen großen Krieger hält. Doch die rote Flüssigkeit in dem Stangenglas in seiner Hand könnte zweierlei sein: Wein oder Liebestrank. Von dem war doch auch die Rede.«

»Woher weißt du das?«, fragte ich verblüfft.

Sustris schmunzelte. »Als Narr solltest du wissen, dass Gerüchte Flügel und Wände Ohren haben. Sei unbesorgt! Es ist nur ein Spiel mit komischen und mehrdeutigen Verwicklungen. Eine commedia eben. Und sie dient lediglich dem Herzog zur Erinnerung an fröhliche Tage.«

Dabei blieb es auch, denn eine italienische Komödie wurde auf der Trausnitz nie mehr gespielt. Wohl gab es in der Stadt und auf der Burg auch weiterhin Feste mit Tanz und Musik bei Hochzeiten und Fastnacht, es wurden Jagden, Turniere und fürstliche Schießen abgehalten, aber die gänzlich unbeschwerten Tage waren für immer dahin.

Herzog Albrecht war schließlich doch noch dem Rat Hans Jakob Fuggers gefolgt, seinen Sohn nicht völlig allein zu lassen mit seinen Schulden, weil es auch seiner eigenen Reputation sehr geschadet hätte. Er erhöhte Wilhelms Deputat, kleinere Anleihen wurden aufgenommen, und bald ging Wilhelm auch die Fugger wieder um Geld an.

Sustris setzte dem Fürstenbau und dem Westflügel ein großzügiges neues Ganggebäude vor, stockte den Nordflügel auf und ließ die Innenräume der Burg prachtvoll ausmalen. So erhielt Wilhelm am Ende das Schmuckkästchen, das er sich erträumt hatte, konnte es aber nur noch bei wenig Gelegenheiten genießen, denn im Oktober 1579 schloss Herzog Albrecht nach langer Krankheit für immer die Augen, und für Wilhelm begann in München der Ernst des Regierens.

Achtunddreißigstes Kapitel

Lag es am trüben Licht, an der ärmlichen Kost, an unseren Ängsten oder an allem … Meine drei Mitgefangenen mir gegenüber sahen erbärmlich aus: die Gesichter fahl wie die Wand, das Haar verfilzt, die Augen müde und ausdruckslos. Es bedurfte keiner gedanklichen Großtat, mir vorzustellen, dass ich denselben Anblick bot. Ich schloss die Augen und versuchte mich wegzuträumen. Es gelang mir nicht. Ich hörte den Schlüsselbund klirren und gleich darauf einen entsetzten Aufschrei: »Erbarmen, Herr! Der Leibhaftige!«

Hans schoss in die Höhe, stolperte ins Eck, kauerte sich dort zusammen und hielt schützend die Hände über den Kopf.

Auch mich durchfuhr ein Schreck, doch nur für einen Augenblick, dann hatte ich die vermeintlich diabolische Erscheinung erkannt. »Moritz«, rief ich erfreut, sprang auf und umarmte den kräftigen Afrikaner, in dessen schwarzem Gesicht zwei große Augen lebhaft funkelten.

»O Messer Michel! Mein Maestro!«

»Halt ein!«, flehte ich. »Du erdrückst mich.«

Ich stemmte mich von ihm ab. »Ich hab nicht mehr viel auf den Rippen. Aber ich freu mich, dich zu sehen. O verdammt, ja, ich freu mich wirklich sehr. Setz dich.« Die eiserne Tür fiel hinter ihm zu. Ich bot ihm die Bank an. Moritz war von Kopf bis Fuß auch schwarz gekleidet, was einem im Dunkel des Verlieses auf den ersten Blick tatsächlich einen Schreck einjagen konnte.

Nachdem ich nicht von feurigen Krallen zerrissen wurde, wagte Hans sich vorsichtig aus seiner Deckung. Caspar glotzte mit herausforderndem Grinsen unseren Gast an, und der Prokurator sagte gespannt: »Willst du uns nicht vorstellen?«

»Das ist Moritz«, sagte ich, »geschätzter Kammerdiener meines ehemaligen Herrn.«

»Wieso nennt er dich Maestro?«, fragte Hans fast ein wenig pikiert.

»Er ist mein Lehrmeister«, erklärte Moritz von selbst, »hat mir alles beigebracht.« Dann lachte er mitreißend und verriet: »Auch viel Blödsinn.«

»Du als Lehrer«, prustete Caspar, deutete dabei auf mich und ließ sich lachend auf seinen Strohsack zurückfallen. »Kann er denn schon bis drei zählen?«

»Er kann sogar berechnen, dass du ein ausgewachsener Esel bist«, giftete ich, »aber das pfeifen ja schon die Spatzen vom Dach. Er spricht drei Sprachen«, sagte ich wahrheitsgemäß, »seine afrikanische Muttersprache, Italienisch lernte er in Genua, und unsere Sprache habe ich ihm beigebracht. Na ja, das Wichtigste zumindest. Wir sind beste Freunde geworden. Und er ist gut katholisch getauft.«

»Sogar zweifach«, sagte Moritz stolz und zeigte zwei blitzend weiße Zahnreihen.

»Wie geht das?«, fragte Hans ungläubig.

»Michel hat mich in der Not getauft.«

»Es war zu Beginn seiner Zeit am Hof«, erklärte ich. »Moritz war noch ein Knabe und nur mit kleinen Aufgaben betraut. Dazu gehörte, dass er artig eine Schale mit Früchten an die Tafel brachte. Eines Tages stibitzte er dabei einen Apfel, verschlang ihn mit großen Bissen gleich auf der Treppe, und als er an die Tafel kam, ließ er die Schale fallen, röchelte, lief blitzeblau an und fiel zu Boden. Ich dachte, er verstirbt, und um ihn vor der Hölle zu retten, taufte ich ihn. Wasser war keines da, also griff ich mir Wilhelms Weinkelch, schüttete den

Inhalt dem Knaben über den Kopf mit den Worten: Ich taufe dich im Namen des Muskateller, des Rainfal und der Dreifaltigkeit auf den Namen Melchior.«

»Wieso Melchior?«, fragte Hans. »Der schwarze König an der Krippe hieß doch Caspar.«

»So ein Unsinn«, protestierte der Caspar im Verlies, »der Dunkle unter den drei Königen war Balthasar.«

»Was soll das Gezänk um Namen«, ging der Prokurator dazwischen, »wo noch nicht einmal sicher ist, dass die geraubten Knochen echt sind. Aber wie kommt es, Michel, dass dein Schützling lebt?«

»Ganz einfach. Ein beherzter Küchendiener warf sich auf ihn über der Magengegend, und das Stück Apfel, das ihm im Hals steckte, flog in hohem Bogen heraus.«

»Und wieso heißt er jetzt Moritz?«, hakte Caspar nach.

»Der Hofkaplan und Mengin stritten eine ganze Weile darüber, ob die Taufe auch gültig sei wegen der Formel, des Weins und der Tatsache, dass sie ein Narr gespendet hat. Wilhelm befragte schließlich den Canisius. Der entschied für eine Wiederholung und fand Mauritius als Namenspatron passend, den heiligen dunkelhäutigen Ritter.«

»Und weil der der Schutzherr aller Kaiser des Reiches ist«, ergänzte Moritz stolz, »hatte der Herzog mich gern in seiner Nähe und machte mich zu seinem Kammerdiener.«

»Hat Wilhelm dich jetzt geschickt?«, fragte ich mit einem Funken Hoffnung.

Moritz schüttelte den Kopf und verzog die Lippen, was ihn enttäuscht und ein wenig traurig aussehen ließ. »Der Herzog ist sehr beschäftigt. Neben seiner Fürsorge für die Kranken und seinen stundenlangen Bet- und Bußübungen weilt er jetzt häufig draußen in Schleißheim. Er will dort eine Schwaige kaufen und hat schon wieder große Pläne. Rund um eine Kapelle, die seinem Namenspatron Wilhelm geweiht ist, will er einen ganzen Ring von Klausen errichten, damit er dann von einem Heiligen zum nächsten pilgern kann.«

»Sieht ihm ähnlich«, sagte ich, »und womit will er das alles bezahlen?«

»Du wirst es kaum glauben, aber er hat vor, daneben auch ein Laboratorium sowie ein Brenn- und Destillierhaus einzurichten.«

Ich lachte laut auf. »Er bleibt ein Träumer. Und du, wie geht's dir? Färbt die Heiligkeit schon ab?«

»Vorerst nur in der Kleidung. Wilhelm selbst trägt ständig nur noch einen langen Rock nach Art eines Klerikers, und seinen ganzen Hofstaat zwingt er in schwarzes Tuch. Ich komm mir schon vor wie im Kloster. Da bin ich froh, nicht mehr Kammerdiener zu sein.«

»Wie das?«

»Ich habe vor Kurzem ein härenes Gewand und einen Bußgürtel bei ihm entdeckt, und ich glaube, er geißelt sich neuerdings auch. Wilhelm war erbost darüber und schimpfte, ich spioniere herum. Dabei habe ich mich nur als Kammerdiener um seine Sachen gekümmert. Er hat mich in den Marstall versetzt. Ist mir ganz recht, denn es ist öde geworden im Schloss. Ich kümmere mich jetzt um die Pferde, mache Botengänge und dergleichen. Da komm ich in der Stadt herum.«

»Es scheint dir jedenfalls nicht schlecht zu gehen«, sagte ich, »bist fülliger geworden.«

Moritz schlug mit verschmitzter Miene seinen Mantel zurück und präsentierte zwei pralle Weinschläuche, die er sich umgehängt hatte. »Hab mir trotz der heißen Tage extra den Mantel umgeworfen, damit's der Kerkermeister nicht sieht. Einen schönen Gruß soll ich bestellen.«

»Na siehst du«, stellte Caspar erstaunt fest, »dein Herzog hat dich doch noch nicht vergessen.«

»Ist nicht von ihm.« Moritz schaute mir vielsagend in die Augen. »Ist von ihr.«

»Renata?«, fragte Hans zweifelnd. »Es heißt zwar, die Herzogin sei überaus mildtätig, aber dass sie …«

»Unsinn!«, sagte ich barsch. »Wie geht's ihr?«

Ich nahm Moritz rasch einen der Weinschläuche ab und reichte ihn an Caspar weiter, um die Mithörer etwas abzulenken.

»Sie lässt sich nichts anmerken«, sagte Moritz, »aber ich fürchte, es geht ihr nicht besonders. Allerdings besteht Hoffnung. Ihr Mann ist ziemlich krank. Vielleicht wird sie bald von diesem Martyrium erlöst.«

»Hat sie dich deshalb …?«

»Nein, keine falschen Hoffnungen.« Moritz lächelte mich mitfühlend an. »Sie hat erfahren, dass du im Gefängnis hockst, und lässt einfach fragen, ob oder wie sie behilflich sein kann.«

»Der Wein ist gut«, stellte Caspar anerkennend fest, wischte sich das Maul ab und reichte den Schlauch weiter an den Freisinger. Moritz hielt mir den zweiten hin, sodass ich auch einen kräftigen Zug nehmen konnte.

»Das hier ist schon ein gutes Werk«, sagte ich, »und dass sie noch an mich denkt. Es bedeutet mir viel. Aber ich wüsste nicht, wie sie mir sonst noch helfen könnte.«

»Mit einem guten Leumund zum Beispiel. Die Spitzel der Obrigkeit fragen überall herum, um Vergehen oder anrüchige Schandflecke auf das Konto der Inquisiten laden zu können.«

»Mit einem guten Leumund«, wiederholte ich halblaut für mich und musste schmunzeln, weil ich an die peinliche Situation im Münzturm der Trausnitz dachte. Der Fehltritt war zum Glück längst vergeben. »Das mag im Vorfeld nützlich sein«, sagte ich, »aber wenn sie dem Pronner gegenübersteht, er wird ihr keinen Glauben schenken, nach allem, was war.«

»Was war mit dem Pronner?«, schaltete sich der Freisinger ein.

»Erzähl ich Euch später.«

»Ich soll dir noch sagen, dass der Herwarth wieder in der Stadt ist.«

»Dieser Mistkerl! Was treibt ihn diesmal um? Hat er nicht schon genug Unschuldige auf dem Gewissen?«

Jemand hämmerte mit dem Stiefel an die Tür. »Meine Zeit ist gleich um«, sagte Moritz, »ich hab einen der Wächter bestochen.«

Weil Caspar befürchtete, dass damit auch für den Wein die Zeit abgelaufen sei, nahm er nochmals einen großen Schluck. »Trinkt aus, Freunde, damit der gute Tropfen nicht verkommt.«

Wir tranken nochmals reihum aus dem Schlauch, den sich Moritz wieder umhängte, als er leer war. »Den andern lass ich euch noch. Versteckt ihn unterm Strohsack.«

Ich umarmte Moritz und flüsterte ihm zu: »Sag ihr meinen tiefsten Dank, und ich wünsch ihr von Herzen, dass alles gut wird.«

Auch die anderen erhoben sich zum Abschied, und Hans sagte etwas betreten: »Nichts für ungut, Moritz, aber es war für mich wie ...«

»Der Teufel«, sagte Moritz lachend. »Ist mir nicht fremd.«

Beatrice, du ungestillte Sehnsucht ... ich hatte eigentlich keine Lust zum Reden, wollte mit ihr in meinen Gedanken allein sein, aber der Freisinger beharrte auf einer Erklärung bezüglich des Pronner, und Caspar, der etwas von Beatrice aufgeschnappt hatte, frotzelte weinselig: »Muss ja ein tolles Weib sein. Hattest du was mit ihr? Ist sie so schwarz wie ihr ... aaaaauu!«

Ich trat ihm mit voller Wucht gegen das Bein. Dann setzte ich mich auf den Strohsack und den Weinschlauch an meine Lippen. Der Wein tat rasch seine Wirkung. Nach einer Weile und etlichen Schlucken erklärte ich Caspar knapp: »Beatrice war die Tochter eines Goldschmieds in Landshut. Wilhelm quartierte bei ihnen den Moritz ein. Nach ihrer Heirat zog Beatrice nach München, und Moritz wohnte danach am Hof. Mehr musst du nicht wissen.« An den Freisinger gewandt fuhr ich fort: »Sie und der Pronner hatten Streit. Bereits kurz nach seinem Regierungsantritt wollte Wilhelm aller Welt sichtbar zeigen, dass seine Residenzstadt ein festes Bollwerk gegen alle Anfechtungen von Reformatoren und Ketzern ist. Dazu sollte der alljährliche Umgang an Fronleichnam zu einem katholischen Triumphzug werden, um die Seele des Volkes wieder für den alten und rechten Glauben zu gewinnen, wie er sich ausdrückte. ›Es geht am leichtesten‹, sagte er, ›indem man dem Volk die Wunder des Glaubens lebhaft vor Augen führt.‹«

»Am leichtesten«, erregte sich der Freisinger, »dieser gläubige Mummenschanz ist jedes Jahr ein immenser Aufwand, selbst wenn nur der kleine Umgang stattfindet.«

»Wohl wahr«, gab ich zu. »Doch sei's drum. Ihr wolltet doch hören, was es mit dem Pronner auf sich hat. Wilhelm hatte drei Räte als verantwortliche Kommissare bestimmt. Einer davon war Pronner. Schon viele Wochen vor dem Umzug begann die aufwendige Suche nach geeigneten Darstellern. Vor allem bei den jungen Frauen, die in den vielen Szenen des Alten und Neuen Testaments die heilige Jungfrau verkörpern sollten, wurde größter Wert auf Sittsamkeit gelegt. Schöne, taugliche und züchtige Mädel sollen es sein, schrieb Wilhelm eigenhändig in seine Anweisung.«

»Meiner Trude sind sie damals fast unter die Röcke gekrochen, um ihre Keuschheit zu prüfen«, ereiferte sich Hans, der vom Wein schon fast wieder rote Backen hatte. »An den Kirchentüren und auf Märkten hielten sie Ausschau nach schlanken Weibsbildern mit schönem langem Haar, und wenn man sie für würdig befand, sollten sie die Sonne meiden und sich noch mehr baden und schrubben. Als hätten wir sonst das Jahr über wie die Schweine gehaust.«

»Mein hübscher Aloisius war damals der zwölfjährige Jesus im Tempel«, prahlte Caspar.

»Ein Wunder bei dem Vater«, sagte ich. »Als schließlich eine ellenlange Liste beisammen war, wurden die auserkorenen Damen am Montag nach Trinitatis in den Alten Hof, wo die Requisiten lagerten, zur Kleiderprobe befohlen. Drei Schneidermeister und ihre Gesellen nahmen Maß und schnitten die Tuche zu, die fleißige Bürgerinnen dann zusammennadelten. Sittsam sollte es dabei zugehen, ohne leichtfertiges Tändeln und unnützes Geschwätz. Natürlich ging es menschlicher Natur zufolge eher hoch her. Und dabei kam es zum Streit.«

»In den sich ein vorwitziger Narr einmischte?«, vermutete der Prokurator und verlangte nach dem Weinschlauch.

»Die Goldschmiede sollten die sechzig lebenden Bilder der Zünfte beschließen mit der Darstellung des Jüngsten Gerichts. Vier Engel riefen mit Posaunen die Toten aus ihren Gräbern. Auf einem Gefährt mit hoch aufgetürmten Wolken erschien Christus in seiner Herrlichkeit, umgeben von seiner Mutter und den Aposteln Petrus und Johannes. Ihnen folgte zuletzt ein Schiff mit Luzifer und mehreren Teufeln, die schwarze Seelen zum Ort ihrer Verdammnis brachten.«

»Mummenschanz und Angstmache«, nörgelte der Prokurator weiter, aus dem jetzt auch schon der Wein sprach. Ich nahm ihm den Schlauch aus den Händen, um selbst noch einen Schluck abzubekommen.

»Unter den ehrenwerten Meistersfrauen der Goldschmiedezunft gab es hochnäsige und zänkische Naturen. Zwei dieser Gattung kamen sich in die Wolle, weil eine jede ihre Tochter für würdiger befand, die Heilige Jungfrau mit Zepter und Samtmantel darzustellen. Der Pronner, fahrig und überfordert, wurde der Lage nicht Herr. Beatrice war eigentlich nur zufällig als freiwillige Näherin vor Ort. Als sie mehr scherzhaft als ernst vorschlug, die Rolle der Maria zu übernehmen, da entfachte sie einen Sturm. ›Niemand sucht sich seine Rolle selbst‹, fuhr der Pronner sie an, ›es ist Sache der Kommissare über die Eignung zu befinden. Ihr seid außerdem zu alt, habt kein helles Haar, und Eure Haut ist zu dunkel.‹

›Was heißt hier alt?‹, begehrte Beatrice auf. ›Die Gottesmutter war bei ihrer Himmelfahrt ganz sicher kein junges Ding mehr. Und woher wollt Ihr wissen, welche Farbe ihr Haar hatte? Steht's in der Bibel?‹

›Es geht um die Schönheit der Gottesmutter‹, sagte eine der Meisterinnen spitz.

›Goldfarbenes Haar, wie das meiner Tochter, gilt von jeher als begehrenswert …‹

›Und ist seit alters die Farbe der Göttinnen‹, keifte die zweite.

›Schluss jetzt!‹, brüllte der Pronner. ›Die andern Jungfern haben alle helles Haar. Basta!‹

›Ein treffliches Argument, Beweis durch die schiere Menge‹, sagte ich. ›Ihr habt alle keine Ahnung. Maria wuchs im Morgenland auf. Vielleicht war ihr Haar sogar schwarz, ihre Haut dunkel. Und seit Tizians Bildern sind Italiens Frauen verrückt nach einem rotgoldenen Schimmer, wie ihr ihn in der Haarpracht dieser Dame seht‹ – ich deutete auf Beatrice. ›Sie ist der Rolle der göttlichen Jungfrau würdig.‹

›Wer zum Teufel seid Ihr?‹, polterte der Pronner.

›Ich bin der Anwalt dieser Dame und Richter in Fragen des guten Geschmacks.‹«

»Du warst in sie verschossen«, lallte Caspar, »gib's doch zu!«

»Halt's Maul!«

»Was hattest du dann dort zu suchen?«

»Das fragte mich der Pronner auch. ›Ich komm wegen der Teufel‹, sagte ich. ›Hab gehört, Ihr sucht welche fürs Jüngste

Gericht. Seit Kindesbeinen wünsch ich mir sehnlich die Rolle des wilden Schauteufels.‹

›Wollt Ihr mich auf den Arm nehmen? Würd Euch schlecht bekommen. Ich bin Hofrat.‹

›Ich werd dir in den Darm treten! Ich bin des Herzogs Hofnarr!‹ Und so gab ein Wort das andere. Er solle nicht auf dem hohen Ross sitzen, rief ich, weder jetzt noch bei der Prozession. Und ich schlug für ihn die Rolle des Hauptmanns Longinus vor, weil der auf einem Auge blind ist, oder besser noch die Figur des gelbgesichtigen Hiob, der auf dem Mist sitzt, sich mit einem Scherben kratzt und jämmerlich klagt. Am Ende ließ er mich zornbebend rauswerfen.«

»Du hast das Maul ganz schön voll genommen«, sagte der Prokurator lachend.

»Ich hatte nichts zu fürchten. Höchstens einen Rüffel von Wilhelm, aber weniger wegen des Hofrats als seiner geliebten Prozession.«

»Ich find's gar nicht lustig«, mäkelte Hans. »Der Hofrat wird die Beleidigung nicht vergessen haben, und unter deiner Großmäuligkeit haben wir jetzt alle zu leiden. Er wird uns alle für schuldig befinden.«

»Dann gilt sein Hass wenigstens nicht mir allein«, urteilte der Prokurator, »und er kann's nicht allein entscheiden.«

Wir ließen den Weinschlauch wieder kreisen, und ich dachte an Beatrice und bereute nichts. Ich weiß nicht, ob sie die Flunkerei mit den Teufeln glaubte. Die Wahrheit ist, ich hatte auf eine Gelegenheit gehofft, sie zu sehen. Sie ließ damals Nadel und Faden fallen und lief davon, wartete aber am Eingang des Alten Hofs auf mich. Es war das erste Mal seit ihrem Abschied von der Trausnitz, dass wir uns wieder gegenüberstanden. Wir schauten uns eine Weile schweigend an, und jeder versuchte, in den Augen des anderen zu lesen. Plötzlich schlang sie die Arme um mich, schmiegte sich an und legte ihren Kopf auf meine Brust. »Danke«, sagte sie leise, »dass du dich für mich eingesetzt hast.«

»Würd's zu gern immer wieder tun.«

Sie schaute zu mir auf. Ihre Augen waren feucht. »Hab schon länger kein freundliches Wort mehr gehört und schon gar keine Schmeichelei.«

»Es war kein Süßholz. Du bist schön wie damals, auch wenn du jetzt Kummer hast. Es tut mir unendlich leid wegen …«

»Schhhh!« Sie legte ihre Hand auf meinen Mund und sagte lächelnd: »Vielleicht hätten wir doch zusammen fliehen sollen.«

»Schlägt er dich?«, fragte ich besorgt.

»Das gerade nicht, aber Worte können wie Prügel sein. Wir haben noch immer keine Kinder bekommen. Er macht es mir zum Vorwurf. Er trinkt und hat kein besonderes Ansehen in der Zunft, sagt aber, es sei alles meine Schuld. Er ist mit allem unzufrieden.«

»Und dein Vater, was sagt er dazu?«

Sie schnaubte enttäuscht. »Er ist in guter Tradition der Ansicht, das Weib habe dem Mann zu gehorchen. Nur Wohlverhalten brächte mich aus der Misere.«

»Wir könnten's noch immer tun. Wir könnten nach Italien gehen oder sonst wo im Süden. Ich hab etwas Geld.«

»Noch immer Träume«, sagte sie, und ihr liebenswerter Schalk blitzte für einen Augenblick auf. »War die Goldmacherei so erfolgreich?«

Ehe ich Erklärungen oder Ausflüchte finden würde, schickte sie hinterher: »Ich weiß, wie's ausging. Und ich hab auch davon gehört, wie übel dir das lothringische Flittchen mitgespielt hat. Ein Narr warst du trotzdem.«

»Bin ich noch. Aber woher weißt du davon?«

»Ich wohn auf der Südseite der Neuhauser Straße, schräg gegenüber von der Pollingerin. Sie hat mir alles erzählt.«

»Alles?«

»Auch von deinen gesprenkelten Strümpfen.« Wir lachten beide befreit. Dann wurde sie wieder ernst. »Sie wollen ihr das Haus wegnehmen, na ja, nicht gerade wegnehmen, aber weit unter Wert abkaufen.«

»Wer?«

»Ein gewisser Herwarth von Hohenburg hat sie unlängst bedrängt.«

»Hans Friedrich Herwarth?«

»Richtig. Du kennst ihn?«

»Flüchtig. Er ist Kämmerer und Stallmeister bei Prinz Ferdinand. Was hat der für ein Interesse daran?«

»Er hat schon zwei andere Häuser daneben aufgekauft. Scheint mir sehr geschäftstüchtig und hat was im Sinn. Aber Regina hat sich geweigert. Ihr Mann war natürlich auch dagegen.«

»Ich muss sie bald mal wieder besuchen«, sagte ich und überlegte fieberhaft, ob es etwas mit dem Kind zu tun haben könnte. Wusste Beatrice auch davon? Hatte Regina es erzählt, vielleicht auch anderen? Noch ehe ich es erfragen konnte, verabschiedete sich Beatrice und ich spürte wieder den Schmerz, den ich schon überwunden glaubte, als hätte ich sie ein zweites Mal verloren.

»Träumst du?« Caspar stieß mich unsanft mit dem Fuß an. »Halt dich nicht fest an dem Schlauch. Er ist für uns alle.«

»Du hast den Kragen doch schon voll«, sagte ich, streckte mich aus und nickte augenblicklich ein.

Durch Tritte schwerer Stiefel und Geschrei im Vorraum wurde ich wieder wach. Ich stützte mich auf die Unterarme und sah mich um. Caspar lag auf der Seite und schnarchte friedlich. Der Weinschlauch lag platt neben ihm. Auch Hans und der Freisinger schienen zu schlafen. Kurz darauf ging quietschend die Tür auf.

»Steht auf, ihr faulen Hunde! Kommt raus!«

Ich erhob mich vorsichtig, und auch die beiden anderen rappelten sich mühsam auf. Nachdem ihm dies entschieden zu langsam ging, stampfte der Eisenmeister persönlich in den Raum und brüllte: »Aufstehn, verdammtes Pack!«

Caspar rührte sich nicht, und als der Eisenmeister ihn grob anstieß, murrte er: »Hau ab! Lass mich in Ruhe!«

»Oho!« Dann fiel der Blick des Eisenmeisters auf den leeren Weinschlauch. »Ja Kreuzkruzitürken! Der Kerl ist stockbesoffen. Wer von euch Sauhunden hat ihm den Wein verschafft?« Der eine Wächter setzte eine Unschuldsmiene auf und zuckte mit den Schultern, der andere gab nur zu, dass er einen schwarzen Mann hereingelassen hatte.

»Einen Schwarzen? Du spinnst wohl. Hast du selber getrunken?«

»Er kam vom Hof des Herzogs.«

»Bah! Wir sprechen uns noch.«

Inzwischen hatte Caspar die Augen aufgerissen und grinste dümmlich. »Was'n los?«

Der Eisenmeister schüttete ihm den Inhalt des Wasserkrugs ins Gesicht. »Dir wird das Lachen gleich vergehen. Zieht ihn hoch!« Er wandte sich um und schritt in den Vorraum. »Mitkommen, ihr Hurensöhne!«

Nur wenige Schritte weiter stand eine Eisentür weit offen. Der Herr des gastlichen Hauses stieß uns der Reihe nach in den düsteren Raum, der nur von einer Fackel schwach erhellt wurde. Die beiden Wächter schleppten Caspar hinterdrein.

»Jetzt sperrt eure Lauscher auf.«

»Is nich gemütlich hier«, lallte Caspar und versuchte, sich umzuwenden und aus dem Griff der Wächter zu befreien.

Der Eisenmeister packte ihn am Kragen und riss ihn zu sich her, dass sich beider Nasen fast berührten. »Reiz mich nicht noch mehr, Kerl, oder du bereust es!« Er stieß ihn zurück und ließ ihn auf einen klobigen Stuhl fallen. Wie von der Tarantel gestochen fuhr Caspar wieder hoch. Der Sitz war mit hölzernen Spitzen gespickt. Ich hoffte inständig, der Schulmeister würde dem Peiniger nicht auch noch den Inhalt seines Magens vor die Füße spucken.

»Der Hofrat will demnächst mit der strengen Befragung beginnen und hat angeordnet, euch Lumpenpack schon mal mit den Werkzeugen für die Marter vertraut zu machen, damit es euch leichter fällt zu gestehen. Heut ist die Vorführung noch gratis. Beim nächsten Mal zahlt ihr mit Schmerzen für die Schau, wenn ihr widerspenstig seid.«

Das kahle Stübchen war spärlich möbliert, umso eindrucksvoller kamen die Gegenstände zur Geltung. Mit dem Stuhl hatte Caspar bereits flüchtige Bekanntschaft gemacht. Man konnte das Prinzip auch an den Beinen anwenden. Spanischer Stiefel hieß die elegante Beinbekleidung, mit der man die Spitzen ins Fleisch des Unterschenkels trieb. Dagegen muteten die Daumenschrauben fast zierlich an. Eine schmale Bank mit einer nagelgespickten Rolle in der Mitte verhalf einem zu ungewolltem Größenwachstum, und zum Strecken diente auch ein Haken an einem Seil, das über eine Rolle an der Decke lief. Falls das Schultergelenk nicht von selbst nachgeben wollte, konnte ein zentnerschwerer Stein nachhelfen. Und frieren musste gewiss keiner, denn in einem Kohlebecken lagen Eisenzangen bereit für glühende Unterhaltung.

Hatte der Wein eben noch Wärme und Farbe in unsere Gesichter gezaubert, so waren sie jetzt aschfahl und von Angstschweiß benetzt. Der Hofrat wollte Geständnisse!

Neununddreißigstes Kapitel

GELASSENHEIT UND GLEICHMUT empfahlen die alten Philosophen für ein angstfreies und selbstbestimmtes Leben. Leicht gesagt. Angesichts der Drohungen des Eisenmeisters Gleichmut zu bewahren, das wollte keinem von uns gelingen. Nicht die Dinge selbst würden die Menschen nach Meinung der Stoiker beunruhigen, sondern nur die Vorstellung von den Dingen. Nicht der Tod selbst sei furchtbar, sondern nur die Meinung, er sei furchtbar. Das war mir zu spitzfindig in unserer Situation, denn wenn ich auch den Tod selbst nicht fürchtete, so gingen ihm in der Folter doch furchtbare Dinge voraus. Und davor hatte ich eine Höllenangst. Die Prediger unserer Tage deuteten den Gleichmut um in Gottergebenheit. *Fiat voluntas tua!* Ich wollte aber nicht wahrhaben, dass es Gottes Wille sei, uns unschuldig zu foltern und zu töten.

Der Freisinger versuchte zwar nach außen hin Ruhe zu bewahren, aber seine sorgenvolle Mimik ließ erahnen, was in ihm vorging. Und plötzlich brach es aus ihm heraus. »Dieser spanische Teufel im Priesterrock!«

»Wen meint Ihr?«

»Gregor de Valencia. Dieser verfluchte Jesuit ist der maßgebliche Verfasser des Hexengutachtens, das Wilhelm in Ingolstadt in Auftrag gab. Er verbreitete die Ansicht, dass selbst Furcht während des Verhörs zu den Indizien zähle, die eine Anwendung der Folter rechtfertigen. Erst jagen sie dir einen scheußlichen Schrecken ein, indem dir der Eisenmeister oder Henker die Marterinstrumente drastisch vor Augen führt, aber wenn du die Furcht dann naturgemäß zeigst, wird sie gegen dich verwandt.«

»Und dieser freundliche Seelsorger war in Ingolstadt Beichtvater und Mentor des jungen Maximilian«, sagte ich voller Wut.

Der zuvor schon verzagte Hans leierte in der Folge noch mehr Gebete vor sich her, während Caspar heftig unter seinem Brummschädel litt. Bald bat er uns weinerlich um Nachsicht für seine Unbeherrschtheit, womit er den Eisenmeister erzürnt hatte, bald schimpfte auch er auf die Obrigkeit. Ich war froh, als endlich wieder Vetter Andre zu Besuch kam, und ich hatte eine Menge Fragen auf dem Herzen. Noch ehe ich Platz genommen hatte, sprudelte ich schon los: »Es wird ernst. Der Hofrat will's wissen.«

»Wie kommst du darauf?«

»Der Eisenmeister hat uns gestern in die Folterkammer geführt und seine Werkzeuge gezeigt.«

»Oh!« Andre kratzte sich eine Weile am Kopf. »Es muss noch nicht viel bedeuten. Ist sozusagen nur das Vorspiel.«

»Nur? Machst du Witze? Wir haben uns fast in die Hosen gemacht und vor Angst kaum geschlafen.«

»Bleibt ruhig! Auch die Kommission des Hofrats muss erst ein gütliches Verhör führen. Das Zeigen der Instrumente ist nur die Verbalterrition. Damit soll der Delinquent eingeschüchtert werden, sodass er die Wahrheit sagt. Erst bei der Realterrition wird es ernst. Da kann es dann sein, dass Daumenschrauben oder Spanische Stiefel angelegt werden, um ein Geständnis zu erpressen, aber in einem noch erträglichen Maß. Danach muss der Hofrat entscheiden, ob ihm die Fakten genügen oder ob er die vollständige Folter zulässt. Noch bin ich zuversichtlich, es wird nicht so weit kommen.«

»Du scheinst dich gut auszukennen damit. Hoffentlich hast du recht. Aber woher nimmst du deine Zuversicht?«

»Der Hofrat ist gespalten, und es sind nur noch Wenige, die schon bei der großen Verfolgung in Schongau vor ein paar Jahren dabei waren. Manche sind verstorben oder in anderer

Position. Die gewichtigen Doctores Gailkirchner und Donnersberger vertraten schon damals eine eher gemäßigte Linie, und heutzutage ist der Gailkirchner eher an lukrativen Zivilprozessen als an Hexenfragen interessiert. Den Speer Ulrich, der einer Bürgerfamilie entstammt, kenne ich ganz gut. Der von Roming hat schon als Rentmeister viel zu tun, und meinen Schwager versuche ich im Zaum zu halten.«

»Es klingt so einfach. Warum sitzen wir dann überhaupt noch hier?«

»Hmm, die alten und erfahrenen Räte machen mir in der Tat wenig Sorgen. Sie sind besonnener, und wer die Tragödie schon einmal mitgemacht hat, der urteilt zurückhaltender. Die jungen sind's, von denen die größte Gefahr ausgeht. Sie kommen zum Teil frisch von der Universität und wollen sich profilieren. Emporkömmlinge. Der Wangereck zum Beispiel ist Zöllnersohn, steht aber in der Gunst des Hofes. Er durfte Maximilian sogar zum Reichstag begleiten. Der Kerl ist ehrgeizig, aufbrausend und nachtragend. Mein Schwager sagt, er versuche den Hofrat schon jetzt in Hexenfragen zu dominieren und führe sich dabei rechthaberisch auf, als seien die Alten bloß unwissende und träge Schwachköpfe. Und er steckt mit dem Gewold zusammen. Der ist Konvertit. Das sind die schlimmsten Eiferer. Die beiden kennen sich von Ingolstadt her. Dort haben sie noch gemeinsam gezecht, jetzt schmieden sie gemeinsam Ränke. Und ihre Bibel ist der Binsfeld.«

»Binsfeld?«

»Peter Binsfeld. Weihbischof in Trier. Unter seinem Einfluss wurden im Trierer Land weit über dreihundert angebliche Hexen verbrannt. Und er schrieb dazu einen Traktat über die Bekenntnisse der Zauberer und Hexen und ob ihnen zu glauben sei. Auf dieses Machwerk stützte sich auch das Gutachten der Ingolstädter Juristen. Es führt Dinge als verdächtige Indizien an, mit denen man fast jeden auf den Scheiterhaufen bringen kann, häufiges Reisen zum Beispiel. Da stehst du als Kaufmann sogleich unter Verdacht. Und weil die Hexerei das schlimmste Ausnahmeverbrechen sei, dürfe man auch leichter als sonst üblich zum Mittel der Folter greifen. Die beiden Wichtigtuer sind der Ansicht, dass man damals in München die Untersuchungen viel zu nachlässig betrieben habe, sonst wäre die Hexerei längst ausgerottet, und sie wollen die Verfolgung wiederaufleben lassen.«

»Hast du noch anderen Trost auf Lager?«, sagte ich gallig.

»Die Gutachter räumten wenigstens ein, dass man die Advokaten der Angeklagten hören und ihre Verteidigung zulassen solle. Das wird in der Praxis häufig übergangen. Ihr müsst darauf bestehen. Und wenn es schlimmstenfalls doch zur Folter kommt, dann lasst reichlich Tränen fließen, denn auch das Ertragen der Schmerzen ohne Tränen gilt als teuflisches Indiz.«

»Sei unbesorgt. Ich werde Rotz und Wasser heulen. Wirst du mein Anwalt sein?«

»Das wäre nicht geschickt wegen unseres verwandtschaftlichen Verhältnisses.«

»Wieso? Es hielte sich doch die Waage – der Pronner dafür und du dagegen.«

Andre verzog nur gequält das Gesicht und sagte: »Der Drucker Adam Berg hat Binsfelds Hetzschrift schleunigst übersetzen lassen und nun rate mal, wem er sie gewidmet hat.«

»Wilhelm?«

»Seinem Bruder Ferdinand, der den Hexenbrand in Schongau entzündet hat.«

Ich schnaubte in bitterer Erinnerung. »Aber maßgeblich war doch in erster Linie der blinde Übereifer dieses Landrichters Hans Friedrich Herwarth, dem über sechzig Frauen zum Opfer gefallen sind. Hast du mitbekommen, dass er wieder in der Stadt ist?«

»Bis jetzt nicht. Hast du was von ihm zu fürchten?«

»Ich weiß nicht. Es ist schon eine alte Geschichte. Kurz nach Herzog Albrechts Tod hat Ferdinand sich ja sein protziges Anwesen am Rindermarkt gekauft. Schon im Jahr danach kam er mit seinem Jahrgeld nicht mehr aus und musste seine Erbschaft von der Großmutter Jakobäa verpfänden. Wilhelm vermittelte ihm ein Darlehen von dreißigtausend Gulden, und ich weiß, dass er auch bei etlichen Bürgern in Schongau in der Kreide stand. Sein Stallmeister und Kämmerer war damals dieser Herwarth. Er versuchte in der Neuhauser Straße und umliegenden Gassen günstig Häuser aufzukaufen, zum Teil mit mehr oder weniger sanftem Druck.«

»Wozu, wenn ohnehin kein Geld da war?«

»Das wird leicht offensichtlich, wenn du bedenkst, was heute dort steht: die Michaelskirche und der riesige Jesuitenkomplex.«

»Du meinst, er hat im Wissen ... pfff, das ist ungeheuerlich.«

»Du sagst es. Herwarth hat, vermutlich über Ferdinand, in Erfahrung gebracht, dass Wilhelm früher oder später beabsichtigte, den Jesuiten dort die Kirche und das Kolleg zu errichten, und für den riesigen Bauplatz benötigte er zahlreiche Grundstücke. Wenn es Herwarth gelang, auch nur einen Teil der abzureißenden Häuser billig zu erwerben, dann erzielte er über Strohmänner beim Verkauf an Wilhelm einen satten Gewinn.«

»Hat Ferdinand davon gewusst?«

»Ich weiß es nicht. Zutrauen würd ich's ihm bei seinen Geldnöten. Aber wichtiger ist für meinen Teil etwas anderes. Herwarth hat damals auch Regina Pollinger bedrängt. Das war die arme Frau, die ...«

»Ich weiß es«, sagte Andre betroffen, »weiß es nur zu gut.«

»Beim ersten Versuch haben Regina und ihr Mann ihm nur eine Absage erteilt. Beim zweiten Mal, da war Ferdinand schon im Kölner Krieg, kam es zu einem bösen Streit, und sie haben ihn unsanft rausgeworfen. Ich war zufällig dabei.«

»Du? Als Gast?«

Ich zögerte erst, dann erzählte ich Andre die ganze Geschichte bis auf Ferdinands Hurerei und das Kind. »Ich setzte mich natürlich für Regina ein, beschimpfte Herwarth heftig und drohte ihm, seine Machenschaften bei Wilhelm vorzubringen, womit sein Plan vereitelt war.«

»Und jetzt fürchtest du, er möchte die Gelegenheit nützen, um dir im Nachhinein zu schaden?«

»Vielleicht, und sei's nur indirekt durch die üble Nachrede, dass ich regen Umgang mit einer Hexe gepflegt habe oder ähnliche Lügen. Wenn es nach den kruden Ansichten dieses Binsfeld geht, dann dürfte das für eine strenge Befragung allemal ausreichen.«

»Meine Güte«, stöhnte Andre und barg den Kopf in seinen Händen.

»Als Ferdinand Jahre später heiratete«, fuhr ich fort, »wollte er den Herwarth womöglich aus dem Haus haben. Jedenfalls machte er ihn zum Landrichter und Kastner in seinem Gerichtsbezirk Schongau. Und wie dort nach heftigen Unwettern und Hagelschlag die Landbevölkerung darauf drängte, endlich etwas gegen die Unholden, die Vieh und Feldfrüchte verdarben, zu unternehmen, da brachte Herwarth den Stein ins Rollen. Vielleicht nur aus kritiklosem Pflichtgefühl, wahrscheinlicher aber, weil er darauf hoffte, sich am Nachlass der Verurteilten bereichern zu können. Ferdinand vertraute ihm nicht nur die Leiber, sondern auch die Güter der angeblichen Hexen an. Als dann auch hier in München der Hexenwahn begann, hat das Schwein falsches Zeugnis wider die Pollingerin, die damals schon Witwe war, abgelegt.«

Andre begann heftig zu schluchzen, sodass ich mich bemüßigt fühlte zu sagen: »Musst nicht schon meinetwegen heulen. Noch sitz ich unversehrt hier.«

Andre rieb sich die Augen, schniefte, wischte die Nase am Ärmel ab und sagte dann mit brüchiger Stimme: »Ich fürchte seit Langem, dass damals großes Unrecht geschah, und ich … ich war in falschem Glauben daran beteiligt.«

»Du?« Ich starrte ihn entsetzt an. »Sag bloß, du hast dieses gottverdammte Urteil gebilligt? Als ob ich's nicht schon früher geahnt …«

Andre hob abwehrend die Hände. »Bevor du jetzt gleich wieder ausrastest, hör mich erst an. Danach magst du selbst urteilen.«

Ich verschränkte die Arme und lehnte mich trotzig zurück.

»Es war eine schlimme Zeit«, begann Andre. »denn plötzlich loderten an vielen Orten Hexenbrände auf. Die Pfaffen faselten von der Endzeit und dass eine regelrechte Hexensekte entstanden sei, die sich dem Teufel verschworen habe und sich anschicke, in seinem Namen die Menschheit zu verderben. Dabei war das Hexendelikt mit Teufelsbuhlschaft in dieser Form noch relativ neu, und keiner wusste letztlich so recht, wie damit umzugehen sei. Deshalb hat Wilhelm ja auch ein Rechtsgutachten in Ingolstadt angefordert. Es gab dazu nur die einschlägigen Meinungen angeblicher Autoritäten wie Binsfeld, de Valencia oder Rémy, und daneben wurde so gut wie alles kritiklos geglaubt, und wenn es der größte Blödsinn war. Der Hexenflug wurde von den Gelehrten für wahr bezeugt, selbst mit irrwitzigen Geschichten wie dieser: Ein Soldat habe eines Abends in eine dunkle Gewitterwolke geschossen, und kurz darauf sei aus dem Himmel ein Weib tot vor seine Füße gefallen. Wenn dich dein eigener Verstand daran zweifeln ließ, dann solltest du das besser nicht sagen, denn Widerspruch wurde im günstigsten Fall als mangelnder Glaube, mit Pech aber als teuflische Komplizenschaft ausgelegt. Wir alle hatten durch Binsfeld das unglückliche Schicksal des Dr. Flade vor Augen. Er war kurfürstlicher Rat in Trier, führte dort zahlreiche Hexenprozesse mit Todesurteilen durch, wurde schließlich selbst mehrfach beschrien, gefoltert und als angeblicher Hexenmeister verbrannt. Glaub mir, es war eine Atmosphäre der Angst.«

»Trotzdem war es Unrecht«, beharrte ich, »denn ich kenne die Wahrheit.«

»Ich leugne es ja nicht«, wehrte sich Andre, »ich will's dir nur erklären. Als während eines grässlichen Gewitters der Turm von St. Michael einstürzte, da hieß es rasch, das Unwetter hätten die vermaledeiten bösen Weiber gemacht. Und wenig später lagen vier davon in Ketten im Falkenturm. Der Kommission zur Untersuchung gehörten neben drei Hofräten leider auch ich und der Schrenck an. Was die Regina Pollinger betrifft, schien die Sache eindeutig, denn laut Binsfeld ist es ein eindeutiges Indiz, wenn jemand eine Drohung oder einen Fluch ausstößt und der oder die Betreffende dann von einem Unheil ergriffen wird. Im Falle des Turms handelte es sich zwar um eine Sache, aber dieser Herwarth behauptete, die Wirtin habe ihn verflucht, weil sie wegen der Kirche und den Jesuiten ihr Haus verlassen sollte, und sie habe deshalb aus Rache mit den anderen Weibern das Unwetter heraufbeschworen.«

»Das ist eine infame Lüge«, begehrte ich auf, »denn erstens stand der Turm zum Zeitpunkt der Drohung noch gar nicht, und zweitens war es ein gänzlich anderer Zusammenhang. Du wirst dich wahrscheinlich noch gut an die Bahrprobe erinnern, die riesiges Aufsehen erregte.«

»Und ob«, sagte Andre, »es war ein grausiges Spektakel. Ein Bierbrauer hatte im Rausch sein Weib bestialisch ermordet und wurde daraufhin auf dem Markt vor der aufgebahrten Leiche enthauptet.«

»Die Mordtat fand im Nachbarhaus von Reginas Anwesen statt, und des Bierbrauers Weib hieß zufällig auch Regina. Der Herwarth hatte sich dieses Haus schon unter den Nagel gerissen, und die Pollingerin sagte in ihrem Zorn, dass es ihm nicht zum Segen gereichen werde, weil auf dem Haus ein Fluch liege. Wenig später verkauften sie und ihr Mann ihr eigenes Haus ohne Umstände an Wilhelm und richteten am Ende der Straße ein neues Bräuhaus ein.«

»Gütiger Gott«, stöhnte Andre, »das war alles?«

»So wahr ich hier sitze. Und warum hat man den Baumeister als Schuldigen für acht Tage in den Falkenturm gesperrt, wenn der Einsturz angeblich Hexenwerk war?«

»Es ergab dann eins das andere. Der Hofrat zog Jörg Abriel hinzu, den berüchtigten Scharfrichter und Hexenfinder, wogegen der Stadtrat heftig protestierte. Unter der Folter gestanden die armen Frauen wie erwartet das Ausgraben einer Kindsleich, Hostienfrevel und Buhlschaft mit dem Teufel. Mit der Ofengabel sei sie aus- und in fremde Weinkeller eingefahren, bekannte Regina Pollinger, und ihr Buhle habe Ragenörl geheißen. Dem habe sie sich schon gut fünfzehn Jahre zuvor ergeben.«

»So ein Unsinn. Damals war sie noch die unbescholtene Hauspflegerin Hans Jakob Fuggers, und sie hatte all ihre Sinne beisammen.«

»Die ihr zuletzt im Gefängnis wohl abhandengekommen waren, denn sie stammelte nur noch mit irrem Grinsen ›rappelrappelrappel‹, und alle glaubten, sie rufe ihren Buhlen.«

Mir schossen Tränen in die Augen.

»Und dann war da noch der unglückselige Knabe«, hörte ich Andre wie von ferne sagen.

»Hör auf!«, schrie ich und wurde von einem heftigen Weinkrampf geschüttelt. Nachdem ich mich wieder etwas gefangen hatte, berichtete ich dem Vetter auch die Sache mit dem Kind. »Ich trage Mitschuld«, sagte ich mit trockener Kehle und heulte erneut los.

Andre bat die Eisenmeisterin um einen Krug Wasser und erklärte dann: »Ohne ein Wunder, wie Gott es an Abrahams Sarah vollbracht hatte, erschien es nicht möglich, dass der

Knabe noch ein natürliches Kind der Brauersfrau war, und da sie nicht sagen konnte oder wollte, woher es kam, hielt man es für gestohlen im Austausch gegen einen Wechselbalg oder durch teuflischen Incubus gezeugt. Man hat auch den Johannes – so hieß er, glaub ich – streng befragt, und da er den Diebstahl mit Kindshändeln gestand und dass er im Märzenbier gebadet und es vergiftet hat, wurde er mitverbrannt, um die Teufelsbrut zur Gänze auszurotten.«

»O Gott«, stöhnte ich, »lass das alles nicht wahr sein! Ich ging damals zu Ferdinand, flehte auf Knien und schrie ihn an: ›Du lässt zu, dass dein eigenes Kind getötet wird!‹ Er hielt mir das Maul zu, weil er fürchtete, sein junges Weib könne mich hören, und drohte dann: ›Sag solchen Unsinn nie wieder, oder du wirst es bitter bereuen!‹«

»Ferdinand befürwortete die Verfolgung«, sagte Andre mit düsterer Miene, »weil er fürchtete, dass die Ernteschäden auch seine Erträge minderten. Und Binsfeld hatte betont, dass die vermaledeiten Weiber mit Versagenszauber auch Unfruchtbarkeit zwischen Eheleuten bewirkten. Seine Maria hatte ihm erst zwei Töchter geboren. Er fürchtete um seinen Stammhalter. Aber wie hat Wilhelm reagiert?«

»Wilhelm glaubte in seiner Furcht vor Hexen kritiklos alle Anschuldigungen und war keinem Einwand zugänglich. Rasch kamen am Hof die alten Gerüchte von der Trausnitz wieder hoch von Liebeszauber und bösem Blick, und Wilhelm fühlte sich selbst verhext, weil er seit Monaten wieder an grässlichen Kopfschmerzen litt. Für ihn war es jetzt glaubhaft erwiesen, dass schon die Lebkuchenmännchen in Landshut in Wahrheit teuflische Atzmänner waren, mit denen Regina ihn quälen konnte: ›rappelrappelrappel und stichstichstich‹. Dabei war es vielleicht sogar sein Glück, dass die Einweihung von St. Michael wegen seines Leidens verschoben worden war, sonst hätten ihn womöglich die Trümmer des

Turms in seiner Triumphkirche erschlagen. Im Übrigen war Wilhelm in Gedanken schon wieder viel mehr bei dem viel gerühmten Goldmacher Marco Bragadino, der ihm aus seiner Finanzmisere helfen sollte und dessen Ankunft er sehnlichst erwartete.«

Wir hockten eine Weile nur schweigend da. Dann sagte Andre in die bedrückende Stille hinein plötzlich: »Das Kind, ob nun sein eigen oder nicht, wurde Ferdinand auf diese Weise los. Glaubst du, er will auch dich noch als Mitwisser loswerden?«

»Pfff, wenn er's wollte, hätte er's längst tun können.«

»Aber jetzt ginge es ganz ohne Aufsehen für ihn. Bist du ihm denn in anderer Weise noch in die Quere gekommen?«

Ohne lange zu überlegen, sagte ich: »Ja, schon, aber die Geschichte ist so absurd, dass du sie kaum glauben magst.«

»Lass hören!«

»Noch zu Lebzeiten seines Vaters äußerte Ferdinand Heiratswünsche. Herzog Albrecht aber war zur Sicherung von Wilhelms Erstgeborenenrecht strikt dagegen und forderte von Ferdinand die vertragliche Zustimmung, dass er nur mit Einwilligung von Vater, Mutter oder älterem Bruder sich verheirate, es sei denn, er finde eine Braut, die ihm ein fürstliches Einkommen sichern könne. Während seines Feldherrndienstes im Kölner Krieg schienen ihn plötzlich Gewissensbisse zu plagen. Er könne nicht in keuschem Zölibat, wolle aber ebenso wenig länger in Sünde leben, gleichsam in statu damnationis. Deshalb forderte er eine standesgemäße Partie für sich, wobei der stolze Herr Ferdinand allerlei Ansprüche hatte. Die Verhandlungen über eine junge Herzogin von Gonzaga scheiterten schon daran, dass er nicht ständig in Italien leben wollte. Da katholische und zugleich vermögende Bräute aber rar waren, entstand die abenteuerliche Idee, Ferdinand mit Maria Stuart zu verheiraten.«

»Du machst Witze«, sagte Andre erst ungläubig und lachte dann schallend.

»Keineswegs. Eines Sommermorgens war ich guter Dinge auf dem Weg zu Wilhelm, als ich eben noch sah, wie Mengin vor mir in Wilhelms Stube trat. Meine Laune sank beträchtlich. Da hörte ich, wie Wilhelm gleich zur Begrüßung etwas von einer spanischen Sache sagte, was mich hellhörig machte. Ich ging auf Zehenspitzen, und als ich das Wörtchen ›Mord‹ aufschnappte, waren meine Ohren in Alarm. Ich versteckte mich hinter einem Wandteppich und erlauschte die Vorbereitung für eine wilde Verschwörung.«

Andre verzog fast angewidert das Gesicht. »Ein Mordplan des frommen Wilhelm? Ich glaub's einfach nicht.«

»Hast du 'ne Ahnung. Der Papst hatte ja schon viele Jahre zuvor Königin Elisabeth von England exkommuniziert und dazu aufgefordert, die Ketzerin vom Thron zu stoßen. Mengin erinnerte Wilhelm jetzt an die Botschaft des päpstlichen Außenministers, der erklärt hatte, Elisabeth in frommer Absicht zu ermorden sei keine Sünde, sondern eine gute Tat, mit der der Mörder Gott einen Dienst erweise.«

»Aber Paulus hatte doch gelehrt, dass jede Obrigkeit von Gott verfügt und damit unantastbar sei.«

»Doch nicht für einen Jesuiten. Die Ermordung eines tyrannischen Fürsten werde mit Beifall aufgenommen und gelte noch künftigen Generationen als Ruhmestat. Das war ihr Credo.«

»Aber wie in Gottes … nein, in des Teufels Namen sollte das gehen? Die Schottin war doch eingekerkert und unter strenger Bewachung.«

»Richtig. Irgendwo in einem der vielen Schlösser Englands. Aber für Wilhelm, den hochfliegenden Träumer, schien das kein Problem zu sein. Er verließ sich auf die Spanier. Sein Unterhändler Martellus habe berichtet, sobald Philipp mit den Portugiesen fertig sei, könne man losschlagen. Von einem heiligen Unternehmen war die Rede, mit dem man der katholischen Sache in Europa wieder zum Sieg verhelfen wolle. Man stellte es sich so vor: Fünftausend spanische Soldaten aus den Niederlanden, denen sich zwanzigtausend einheimische Katholiken in England anschließen würden, sollten Maria Stuart befreien. Und Mengin versicherte, etliche Jesuitenzöglinge in spanischen und französischen Kollegien würden darauf brennen, das göttliche Werk an Elisabeth zu vollbringen, nachdem über die Jahre schon so mancher ignatianische Spion in England sein Leben in vier Teilen beschlossen hatte.«

»Aber der Plan …«

»War von Anfang an eine Totgeburt. Philipp dachte nicht im Traum daran, für Ferdinand die Kastanien aus dem Feuer zu holen. Eher wäre er, kurz darauf zum vierten Mal verwitwet, selbst wieder auf Freiersfüßen gegangen.«

»Was hat das dann mit dir und Ferdinand zu tun?«

»Erst dachte ich daran, die Sache stillschweigend zu übergehen, doch dann konnte ich mir einen Spaß nicht verkneifen.«

Andre hatte vor Aufregung fast rote Backen bekommen und bat die Eisenmeisterin um einen Krug Wein. Nach der schlechten Erfahrung am Vortag wollte ich erst verzichten, konnte aber einem Becher zur Beruhigung nicht widerstehen.

»Am andern Tag«, fuhr ich fort, »ging ich mit Moritz, meinem dunkelhäutigen Freund und zwei gefangenen Türken in die Waffenkammer, wo wir uns kriegerisch ausstaffierten, in der Hauptsache zwar mit stumpfen Übungswaffen, dafür so reichlich, dass wir einen grotesken waffenstarrenden Haufen bildeten. Um die Mittagszeit marschierten wir mit schauerlichem Gebrüll an die fürstliche Tafel, an der an diesem Tag auch die Herzoginmutter, der Geistliche Rat und etliche vornehme Herren vom Hof zu Gast waren. Einer der Türken schlug prächtig die große Trommel, Moritz malträtierte eine Pfeife und ich sang lauthals: ›Hoiho, gen Engeland fahren wir heimlich verstohlen, um für Prinz Ferdinand seine Braut heimzuholen!‹«

»Du bist verrückt«, lachte Andre und leerte seinen Becher in einem Zug. »Was passierte dann?«

»Alle blickten zuerst auf uns, dann auf Wilhelm und seine Mutter, die Tochter des Kaisers. Wilhelm lächelte gequält, und nach dem ersten Schock wagten auch ein paar der Gäste zu kichern. Der Spaß endete abrupt. Wilhelm ließ uns rauswerfen und schickte mir einen finsteren Blick hinterher. Später hörte ich mir vorgeblich reumütig erst seine scharfe Strafpredigt an, dann sagte ich: ›Du träumst vom Kaisertum, doch Kleinfürst wäre angemessen. Dein jüngster Bruder herrscht schon jetzt über Bistümer, die zusammen weit größer als dein Bayern sind. Und nun willst du Ferdinand auch noch zum König machen. Da such ich mir doch gleich einen neuen Herrn, der selbst Größe zeigt.‹ Ich glaube, von diesem Augenblick an war der lächerliche Plan auch für Wilhelm gestorben.«

»Und Ferdinand?«, fragte Andre gespannt.

»Maria Stuart war acht Jahre älter. Es hätte ihn nicht gestört, denn sie galt noch immer als hübsch. Ihr Ruf hatte allerdings erheblich gelitten durch Liebschaften und den Vorwurf, an der Ermordung ihres ersten Gatten beteiligt gewesen zu sein. Dafür winkte dem hoch verschuldeten Ferdinand ein Königreich, und ich glaube, er hätte sich im Verein mit den Spaniern das Abenteuer zugetraut. ›Ich hätte König werden können‹, prahlte er später noch öfter, ›aber ein dümmlicher Narr hat es vereitelt.‹ Obwohl es in Wahrheit natürlich nicht so war, bin ich mir nicht sicher, ob er mir den Spaß auf seine Kosten nicht doch nachträgt.«

»Selbst wenn«, sagte Andre, »scheint es mir noch lange kein Grund zu sein, dich jetzt dem Feuer zu überantworten.«

»Dein Wort in der Richter Ohr«, sagte ich und dachte insgeheim, dass es vielleicht auch noch einen anderen Grund gab.

Vierzigstes Kapitel

Wenn ich eben von Mordplänen sprach, dann wollte ich nicht den Eindruck erwecken, Wilhelm selbst habe ein solches Komplott geschmiedet. Ich glaube, das hätte er nicht vermocht, das lag nicht in seinem Wesen. Aber er hat die Pläne König Philipps, der davon besessen war, die Ketzerin vom Thron zu stürzen, gut geheißen, so wie der Papst und ein Großteil der katholischen Fürsten auch. Er hätte einfach ohne Skrupel von der militärischen Stärke der Spanier profitiert, so wie er es im Kölner Krieg tatsächlich tat. Das bewahrte nur leider ihn und sein geschundenes Land Bayern nicht davor, einen hohen Preis dafür zu zahlen. Rund siebenhunderttausend Gulden verschlang das Abenteuer, doch selbst der knausrigste Hofrat oder missgünstige Kassenwart der Landstände musste dem verschwenderischen Wilhelm zugestehen, dass er in diesem Fall keine Wahl hatte.

Der Erzbischof von Köln, Gebhard Truchsess von Waldburg, hatte sich plötzlich in den Kopf gesetzt, ins Lager der Protestanten zu wechseln und seine langjährige evangelische Mätresse zu heiraten. Damit verstieß er gegen zahlreiche kirchliche Regeln. Auf katholischer Seite erhob sich lautstarkes Protestgeschrei, vor allem wegen der Sorge, dass durch die Verwandlung des Erzstifts in ein weltliches, protestantisches Herzogtum dem katholischen Lager eine wichtige Kurstimme verloren ginge, was absehbare Folgen bei der nächsten Kaiserwahl haben würde. Papst Gregor exkommunizierte den Abtrünnigen, und das Kölner Domkapitel wählte einstimmig als neuen Erzbischof Herzog Ernst, Wilhelms jüngsten Bruder, der dafür so geeignet war wie ein Esel als Rektor der Universität. Gebhard Truchsess freilich wollte mit keinem Gedanken auf die einträglichen Pfründe seines Amtes verzichten, und so kam es zum mehrjährigen Krieg, den die bayerisch-spanischen Truppen gegen das kurpfälzische Heer und seine Verbündeten letztlich siegreich entschieden.

Wilhelm hätte nun trotz horrender Schulden einfach den Ruhm genießen können, der katholischen Sache zum wichtigen Sieg verholfen zu haben, aber er hatte schon den nächsten – für ihn noch größeren – Triumph im Auge: den Bau der gewaltigen Kirche zu Ehren St. Michaels, des Schutzherrn Bayerns, und als sichtbares Bollwerk gegen alle ketzerischen Bestrebungen und Anfeindungen des teuflischen Widersachers.

Nur wenige Monate, nachdem er die Bitte der Jesuiten nach einem eigenen Kollegbau mit Kirche wegen Geldmangel noch abgelehnt hatte, wurde der Grundstein für das Gotteshaus gelegt. Es ist eine merkwürdige Ironie, dass zunächst nicht Wilhelms übliche Größenideen den Bau ins Gigantische trieben, sondern die kühl berechnenden Patres aus Gründen der Seelsorge einen so großen Bau für erforderlich hielten, dass daneben kaum Platz für ein Kolleg blieb. Sustris, Wilhelms genialer Baumeister, fand mit Billigung Roms den Ausweg, indem er die Kirche um neunzig Grad drehte. Aber als wäre es ein böses Omen, dass der geplante Bau zur üblichen Ost-West-Achse eines Kirchenbaus nun gleichsam quer stand, wurden sofort von allen Seiten Widersprüche erhoben. Die Mehrheit der Räte, der Klerus, ja sogar Wilhelms Hofprediger sprachen sich vehement gegen den Bau der Michaelskirche aus. Selbst seine Mutter Anna machte ihm diesbezüglich Vorhaltungen. »Mein Sohn, Ihr werdet mit diesem Bau noch völlig die Zuneigung Eures Volkes verlieren«, drohte sie.

Aber Wilhelm ließ sich in keiner Weise beirren. Wie einer der streitbaren Propheten donnerte er stur: »Ubi peccatum, ibi procella! Wer sündigt, entfesselt einen Sturm. Gott straft uns für unsere Sünden. In dieser sündigen Zeit muss Gottes Zorn besänftigt werden.«

»Die Beichte ist doch kostenlos«, wandte ich vergeblich ein. »Als Buße würden schon ein paar Gulden und Ave Maria reichen.«

Seine Mutter suchte den Kompromiss: »Sogar die Patres selbst befürchten, dass die Kirche zu gewaltig wird. Geht es denn nicht bescheidener?«

Da herrschte Wilhelm sie ungewohnt ruppig an: »Gott ist mit aller Pracht zu feiern, fordert von uns das Konzil. Wer Gott einen Tempel baut, der muss ihn würdig bauen. Keiner der Heiden, die selbst für ihre abscheulichen Götzen Wundertempel schufen, soll mich hierbei übertreffen.« Dann fügte er höhnisch als Seitenhieb gegen protestantische Schlichtheit hinzu: »In meinem Bayern wird Gott nicht in einer schäbigen und nackten Kirche verehrt. Gott wohnt nur im Himmel oder in einer Kirche, die dem Himmel gleicht.«

Wilhelm war von Jugend an sehr fromm, und ebenso pflegte er von klein auf den mit der Muttermilch eingesogenen Standesdünkel der Herrschenden, der mitunter groteske Züge annahm. Um seiner Ehre willen scheute er sich nicht, selbst kleinlichen Streit vom Zaun zu brechen. Es war ein alter Brauch in München, dass die Bürger im Winter zu Ehren des Hofes eine Schlittenfahrt durchführten. An einem lauen Januartag ließ der Stadtrat dem Herzog mitteilen, dass er die Schlittenfahrten künftig einzustellen gedenke. Da ließ Wilhelm höchst ungnädig ausrichten, die Fahrt sei anderntags umgehend zu halten, weil es nicht im Ermessen des Stadtrats liege, altes Herkommen über den Haufen zu werfen. Ich führte ihn ans Fenster und sagte: »Siehst du, was ich sehe?«

»Alles wie immer«, entschied der Herzog.

»Schau genau hin! Siehst du jetzt, was ich *nicht* sehe?«

»Narr! Was meinst du?«

»O großmächtiger Fürst, gebiete den Winterstürmen oder lass uns darum beten, dass in den nächsten Tagen Schnee fallen möge.«

Von größerer Tragweite und weit weniger lustig war der Präzedenzstreit mit den zumindest ebenso stolzen Habsburgern, bei dem es um den Vortritt beim Reichstag ging. Aus kindischem Trotz führte Wilhelm fortan den Titel »Durchlaucht«, den bis dahin die Erzherzöge Österreichs für sich allein beansprucht hatten. Natürlich erregte das eitel Freude beim Kaiser, der ohnehin schon argwöhnte, dass die Bayern auch auf seinen Titel schielten.

Mit der Errichtung der Michaelskirche nun schaffte Wilhelm das Kunststück, sein Seelenheil und seine Reputation für alle Zeit zu verbinden. Eines Tages stand er grübelnd vor einem großen Blatt mit dem Aufriss einer riesigen Fassade und fragte mich unvermittelt: »Wie findest du's?«

»Unser neues Rathaus? Prächtig«, sagte ich. »Ein bisschen protzig vielleicht, aber stattlich. Kein Zweifel.«

»Rathaus? Bist du verrückt? Es wird die Schauseite der neuen Kirche.«

»Oh! Ich dachte nur, wegen der vielen Herrscherfiguren in Harnisch und Ornat. Wären Propheten oder Heilige oder Engelscharen nicht angemessener?«

»Siehst du, Narr, denn nicht die mächtige Figur des Erzengels Sankt Michael, der den Satan in die Hölle stürzt? Es wird *seine* Kirche, Triumph über Gottlosigkeit und teuflische Ketzerei.«

»Sagtest du *seine* Kirche, oder hörte ich *meine* Kirche? So muss es wohl richtig heißen, denn du hast dir und deinen Vorfahren damit ein Denkmal errichtet, mit dem das Haus Bayern vor aller Welt als Beschützer des wahren Glaubens gefeiert wird.«

Wilhelm versuchte, wie ein ertappter Aufschneider abzuwiegeln.

»Wer sich im Leben kein Gedächtnis macht …«, rief ich ihm in Erinnerung und schlich mich schmunzelnd hinaus.

Fortan kreiste ein Großteil seines Denkens und Handelns darum, den Tempel mit Preziosen und Heiltümern auszustatten. Bald nach seiner schweren Melancholie hatte er vom Papst die offizielle Erlaubnis zum Sammeln von Reliquien erhalten. Von da an gab's kein Halten mehr. Er ließ sich die unscheinbarsten Knöchelchen, ein Fragment der Geißelsäule, einen Dorn der Krone und selbst ein Häufchen Erde mit Blutstropfen Christi andrehen. Und hätte ihm einer einen Pups des lieben Jesulein in güldener Schachtel angeboten, er hätte bedenkenlos zugegriffen.

»Was willst du mit all dem Plunder?«, fragte ich ihn eines Tages respektlos. »Wie kann dereinst die leibliche Auferstehung unversehrt erfolgen, wenn die Knochen in alle Welt verstreut sind? Behaupten nicht mehrere Orte gewinnträchtig, sie hätten das Haupt Johannes des Täufers? Geht der dann vielköpfig wie ein Götze in die Ewigkeit ein?«

Wilhelm erhob wider Erwarten nicht die Hand gegen mich, sondern sagte wie entrückt: »Ich besitze schon heilige Reliquien von fast allen Aposteln. Damit wird diese Kirche zum Abbild des Himmels.«

Er glaubte fest an die Präsenz all dieser Heiligen, wo doch sogar der zwielichtige Agrippa sagt, dass die Heiligen zu ihren Reliquien zurückkehren. Er sah darin so etwas wie die Quintessenz der Heiligkeit und sich selbst in der Nachfolge des Erzengels Michael als Kämpfer gegen den Satan.

»Willst du jetzt in einen Wettstreit mit König Philipp treten«, stichelte ich einmal, »von dem man sagt, er habe Zigtausende solch toter Absonderlichkeiten? Nur hört man wenig davon, dass seine Regierung deshalb erfolgreich sei. Wie viele Heilige gibt es? Du wirst nie zu einem Ende kommen, denn das wichtigste Stück deiner Sammlung wird immer das nächste sein.«

»Es geht nicht ums bloße Sammeln«, verteidigte er sich.

Der Glaube an das Heil für denjenigen, der Reliquien verehrungsvoll sammelt, war für Wilhelm von größter Wichtigkeit. Er war überzeugt, dass mit dem Besitz solcher Überreste wie in alten Zeiten auch das Heil eines Herrschers vermehrt werde. Was lag da näher, als sich in den Besitz der Reichskleinodien und des Heiltumschatzes zu bringen. Dummerweise wurden diese noch immer in der protestantischen Reichsstadt Nürnberg aufbewahrt. Wilhelm ließ bereits die Bewachung des Schreins, die Anzahl der Schlösser und einen möglichen Fluchtweg ausspähen, doch trotz aller Bestechungsgelder wollte der dreiste Diebstahl nicht gelingen.

»Du fürchtest die Sünde wie der Teufel das Weihwasser«, spottete ich, »du hast Skrupel, wenn du ein Ave Maria vergisst, und bist Dauergast im Beichtstuhl, doch um der Heiligkeit willen würdest du einen frechen Raub begehen. Wie geht das zusammen? Hat dich spitzfindige Jesuitenlogik exkulpiert?«

»Deine Wut gegen die Jesuiten ist kindischer Natur«, wich er aus.

»Dann ist ein Großteil des Volks, deines Hofstaats und sogar des Klerus ebenfalls kindisch.«

»Ei, wie recht du hast, Narr. Sie verschließen sich wie unmündige Kinder den Segnungen der Jesuiten, weil sie auf Ausschweifungen und ihre Lotterliebchen verzichten müssten.«

»Nein, sie sind den Patres abgeneigt, weil deren Predigt sie nicht in ihrer bayerischen Lebensart erreicht. Du hast dich damals in Wien selbst über das spanische Gehabe des Thronfolgers abfällig geäußert. Und die Jesuiten sind überwiegend spanischer Herkunft und kühl und herrisch in ihrer Art. Und sie haben zu viel Einfluss am Hof.«

»Allenfalls geistlich«, protestierte Wilhelm, »nicht in Regierungsangelegenheiten.«

»Pah! Als dein Vater starb, da hat doch sogar Herzog August von Sachsen bei dir angefragt, ob es wahr sei, dass man in Albrecht einen Nierenstein von der Größe eines Kindskopfes mit dem Gesicht eines Jesuiten gefunden habe.«

»Ein bösartiges Gerücht, das jeglicher Wahrheit entbehrt.«

»Aber es ist wahr, dass du schon bei einem Schnupfen deinen Beichtvater fragst, ob du im Bett bleiben darfst, anstatt zur Frühmesse zu gehen. Wenn sie dich einmal aufschneiden, wird Mengin den Hofarzt anglotzen.«

»Geh mir aus den Augen!«, rief Wilhelm erbost.

»Sogleich, mein Fürst, doch zuvor will ich dir noch sagen, dass die Ratschläge der von dir geschmähten Hofkammer oft klüger sind als die deiner geschätzten Jesuitenfreunde.«

Er schaute mich gereizt an.

»Die frommen Väter gaben dir zur Besserung deiner Finanznöte nur den tückischen Rat, einfach auf die Zahlung von Zinsen zu verzichten, weil Zinsnahme verwerflicher Wucher sei. Womit du dir aber keine Freunde gemacht hast. Die Hofkammer dagegen gab dir den Rat, zur Finanzierung der Michaelskirche ein Hofbräuhaus zu errichten, wodurch Geistiges mit Geistlichem verbunden werde. Damit können die Bayern umgehen.«

Von großen Wallfahrtsorten weiß man, dass das Geschäft mit den Pilgerströmen höchst einträglich ist. Damit hat wohl auch Wilhelm spekuliert, vor allem, wenn er den Ablasswert seiner Sammlung gewinnbringend in die Höhe treiben könnte, was bei seiner guten Stellung in Rom doch gelingen sollte. Doch zuvor galt es zu investieren, um all die Knochen und Berührungsreliquien ansprechend zu präsentieren. Als später Maximilian von seiner Kavaliersreise nach Italien gar acht völlig unversehrte Heilige mitbrachte, ließ Wilhelm sie in Gold und Edelsteine fassen und feierlich nach St. Michael geleiten. Nur leider wollte das Volk zu den fremden Heiligen lange keine rechte Beziehung entwickeln.

Wieder einmal setzte Wilhelm all seine Hoffnung auf einen dubiosen Goldmacher. Marco Antonio Bragadino – schon den klangvollen Namen hatte er sich erschlichen – ritt, nachdem er aus Venedig Hals über Kopf geflohen war, wie ein Fürst auf einem prachtvollen Berberhengst und mit beträchtlichem Gefolge in Landshut ein, wo er sich erst einmal mit teuersten Delikatessen aus Italien verwöhnen ließ. Der Kerl übertraf mich an Großspurigkeit bei Weitem. In München angekommen war seine erste Großtat, sich von Hans von Aachen, der heute für den Kaiser malt, porträtieren zu lassen. Wilhelm überschüttete ihn mit Freundlichkeiten und Goldgulden. Der Scharlatan gab vor, aus ihnen die Seele auszuziehen zum Zwecke der Multiplikation des Goldes. Das hatte Wilhelm auch schon der abgefeimte Polhaimer in Aussicht gestellt, aber Bragadino versprach dem geplagten Fürsten zuvor noch einen Balsam gegen seine rasenden Kopfschmerzen, und wenn er ihn davon geheilt habe, wolle er ihn unendlich reich machen.

In Venedig und anderswo machte man sich über des Herzogs Leichtgläubigkeit lustig, seine Vertrauten warnten ihn, Maximilian äußerte große Sorge. Wenige Wochen nach Bragadinos Aufnahme am Hof verstarb Herzogin Anna, Wilhelms betagte Mutter, und es ging das Gerede, dass der vertraute Umgang ihres Sohnes mit dem offensichtlichen Betrüger ein Nagel zu ihrem Sarg gewesen sei. Doch Wilhelm hielt eigensinnig an dem vorgeblichen Adepten fest und stieg mit ihm ins Labor, um sich selbst dort zu betätigen. Erst auf Druck des gesamten Hofs unter Führung seines Bruders Ferdinand wurden Wilhelm im Frühjahr darauf die Augen geöffnet, und auf dem Marktplatz verlor der betrügerische Goldmacher seinen Kopf und der Herzog seine letzte Hoffnung.

So trudelte Wilhelms Regierung wie ein führerloses Narrenschiff unaufhaltsam dem Abgrund entgegen.

Einundvierzigstes Kapitel

Der Eisenmeister hatte am Vortag auch unseren Mitgefangenen im Gewölbe gegenüber seine gruselige Kunst- und Wunderkammer zur Abschreckung vorgeführt, was wir den Schreien und Klagerufen, die aus dem Vorraum zu uns drangen, entnahmen. Am Tag nach Andres Besuch begann im Morgengrauen die Befragung, merkwürdigerweise diesmal nicht mit den Schwächsten, sondern mit Alexander Secundus Freisinger. Vielleicht war man sich beim Hofrat schon so gut wie sicher, dass spätestens unter der Folter und zermürbt durch die lange Haft die meisten Inquisiten ein Geständnis liefern würden, während man den Freisinger als gewieften Kenner des Rechts für die härteste Nuss hielt, die es zu knacken galt.

»Auf in den Kampf!«, sagte der Prokurator dann auch entschlossen, als ihn die Schergen holten. Er schien fast erleichtert, dass endlich wieder Bewegung in den Prozess kam, anstatt tagelang in Angst und Ungewissheit dahinzudämmern. Ich machte mir zu diesem Zeitpunkt um ihn noch keine Sorgen und war nur gespannt, was er berichten würde. Er wirkte auch nicht verstört oder verängstigt, als sie ihn zurückbrachten, und es sah so aus, als umspiele ein leichtes Lächeln seine Lippen. Er setzte sich auf die Bank, trank erst gemächlich aus dem Wasserkrug und sagte dann mit einer gewissen Befriedigung: »Ich denke, die Herren sind sich ihrer Sache noch nicht allzu sicher. Der Hofratspräsident hat den Wangereck von der Gelehrtenbank beauftragt. Vielleicht hat sich der Ehrgeizling sogar selbst angeboten. Er tritt laut und vollmundig auf, ist aber noch leicht aus dem Konzept zu bringen.«

»Und der Pronner«, fragte ich ungeduldig, »war er dabei?«

»Wie erwartet. Er grinste mich boshaft an und sagte großspurig gleich zur Begrüßung, wohl um mich zu beeindrucken: ›Abyssus abyssum invocat.‹ Unter Juristen ist damit gemeint: Ein Fehler zieht den nächsten nach sich. Der Vers entstammt aber dem zweiundvierzigsten Psalm und bedeutet dort: In Verzweiflung ruft eine Untiefe oder Hölle schon die nächste herbei. Ich schaute ihm daher fest in die Augen und sagte: ›Wie recht Ihr doch habt. Ein Unglück kommt selten allein. Ihr habt mir damals Unrecht getan und werdet es jetzt wieder versuchen.‹«

»Kühn!«, sagte Caspar beeindruckt. »Was hat der Pronner darauf gesagt?«

»Nichts. Hat nur die Backen aufgeblasen und geschluckt. Aber der Wangereck hat mir gedroht, er könne mich erst wegen Beleidigung eines Hofrats an Ort und Stelle vom Eisenmeister auspeitschen und ihn danach gleich mit der Folter beginnen lassen.

›Nur unter Beugung des Rechts‹, erwiderte ich ihm.

›Was wollt Ihr damit sagen?‹, stutzte er.

Ich berief mich auf Herwarth von Hohenburg.«

»Den Hexenrichter? Wozu das?«, fragte ich verständnislos.

»Nicht den Friedrich«, erklärte der Freisinger, »Hans Georg Herwarth, seinen gemäßigten und hochgebildeten Bruder. Wilhelm hatte ihn im Verfolgungsjahr zum Oberstkanzler ernannt. Er gebot damals der Willkür bei der Prozessführung Einhalt und stärkte wieder die alte Rechtsauffassung. ›Er hat das Recht wieder vom Kopf auf die Füße gestellt‹, sagte ich zu Wangereck, ›und nur wenn Ihr ihn missachtet, könnt Ihr Euer schnelles Vorhaben ausführen. Ex iniuria ius non oritur. Aus Unrecht entsteht kein Recht.‹

›Ihr fühlt Euch wohl recht sicher‹, höhnte der Wangereck. ›Der milde Herwarth liest zu viel erbauliche Schriften und hat dabei wohl vergessen, dass Hexerei ein Ausnahmeverbrechen ist, das auch ein besonderes Vorgehen erfordert. Nicht seine Grillen und abartigen wissenschaftlichen Neigungen bestimmen die Regeln, sondern das Gutachten der Universität Ingolstadt, das sich auf Binsfeld beruft. Der dürfte Euch bekannt sein. Falls nicht, Ihr werdet ihn kennenlernen. Und jetzt beantwortet meine Fragen.‹

Er arbeitete dann stur seinen Katalog ab, fragte mich mehrfach, ob ich mich zu den einzelnen Vorwürfen schuldig bekenne, was ich natürlich verneinte, und dabei ließ er's bewenden.«

»Merkwürdig«, sagte ich. »Was verfolgt er für eine Strategie?«

»Ich denke, er wollte sich fürs Erste nicht auf Wortgefechte mit mir einlassen. Er sucht nur rasch nach ausreichend Gründen, die den Hofrat veranlassen und ihn dann berechtigen, die Folter einzusetzen.«

»Aber warum hat er dann zuerst Euch ausgewählt?«, fragte Hans.

»Der Kerl ist schlau«, sagte Caspar und tippte sich an die Stirn. »Er wird den anderen weismachen, unser Prokurator habe als Erster schon gestanden, und jedes Leugnen sei daher zwecklos.«

»Aber das ist doch gelogen«, bemerkte Hans einfältig.

»Das ist seine Art, die Verhandlung zu führen«, sagte ich. »Mein Vetter hat mich schon davor gewarnt, dass er es mit Regeln und deren Auslegung nicht so genau nimmt. Wichtig ist ihm nur der Erfolg, um damit seinem Gönner Maximilian zu Willen zu sein, der sein forsches Vorgehen befürwortet.«

An Caspars Überlegung schien etwas dran zu sein, denn während der nächsten Stunden hörten wir nur von draußen Geräusche und konnten annehmen, dass die Kommission sich die anderen der Reihe nach vornahm. Und Caspar hatte noch einen Vorschlag bereit. »Michel«, sagte er unvermittelt, »ist es nicht so, dass Kranke, Alte und Irre von der Folter ausgenommen werden? Du könntest verrücktspielen. Dir als Narr würde man es am ehesten glauben.«

»Das war vielleicht mal so«, sagte ich, »aber was die Alten angeht, es trifft doch jetzt bevorzugt alte und hinfällige Weiber. Und verrückt spielen … nein, meine Zeit als Narr ist vorbei, und ich will falschen Anklagen bewusst entgegentreten.«

Zäh vergingen der Rest des Tages und die wie ewig während Nacht. Als samstags die Frau des Schlegels endlich das versiffte Stroh erneuerte, ging Caspar sie an: »Eisenmeisterin, hättet Ihr die Güte, die Suppe und den Brei heute nicht wieder zu versalzen? Mir hat's gestern schier das Maul zusammengezogen und die Zunge hat gekribbelt. Was habt Ihr da noch reingetan?«

Die Eisenmeisterin schaute verschreckt auf, schüttelte stumm den Kopf und beendete die Säuberung unserer guten Stube so abrupt, dass ein Gutteil des faulen Strohs zurückblieb.

»Er meint es nicht so, gute Frau«, rief ihr der Prokurator beschwichtigend nach. »Es ist nur das elende Warten, das ihn unzufrieden macht.«

»Was denkst du dir«, fuhr Hans den Caspar an, »sie ist die Einzige, die hier gut zu uns ist. Warum musst du auch sie vergraulen?«

»Hehe«, ging Caspar auf, »ihr habt doch selbst gestern über den Fraß gemeckert und die Suppe in den Kübel gespien. Man wird doch noch was sagen dürfen.«

»Ich geh mal davon aus«, sagte der Freisinger bedächtig, »dass die Köchin nicht in uns verliebt ist. Dann war es entweder ein Versehen oder Absicht.«

»Absicht? Wozu?«

»Es wird erzählt, dass der Scharfrichter Abriel, dieser gerissene Hund, damals in Schongau allerlei geweihte Sachen unter die Speisen gemischt hat, um den Erfolg der Aussagen zu erhöhen. Da käme dann zum Beispiel geweihtes Salz infrage. Und wenn man um der Sache willen zu viel erwischt ...«

»Ich hab mich schon über das pelzige Zeug im Brei gewundert«, erinnerte sich Hans, »vielleicht waren's zerhackte Palmkätzchen vom Osterfest.«

»Na bitte«, triumphierte Caspar, »war doch berechtigt, der Hofküche unseres Palastes einen Verweis zu erteilen.«

Mit dem Tag des Herrn verging auch der letzte Tag des Monats Mai, den wir in diesem Jahr nicht als Wonnemonat erleben durften. Kurz nach Anbruch des ersten Junimorgens saß ich in der Verhörstube neben der Folterkammer auf einem wackligen Schemel den Kommissaren des Hofrats gegenüber. Auf einer Bank hinter einem rohen Tisch waren sie aufgereiht: in der Mitte der Wangereck, den ich vom Sehen her kannte. Er mochte gut fünfzehn Jahre jünger sein als ich. Seine Gesichtszüge waren grob, die Stirn kantig. Er glich mehr einer bäuerlichen Natur vom Unterland, aber sein Blick hatte etwas Lauerndes. Zu seiner Linken saß der Gerichtsschreiber. Den Pronner ersetzte ein junger Hofrat, dessen Name mir entfallen ist. Hatte er auf ihn verzichtet, weil er ihm nicht von Nutzen erschien, oder war es dem Einfluss Andres zu verdanken? Auf dem Tisch lag Kaiser Karls peinliche Halsgerichtsordnung, die Constitutio Criminalis Carolina. Die entscheidende Frage würde sein, ob sie dort nur pro forma lag, um den Anschein der Rechtmäßigkeit zu wahren, oder ob sich die Ankläger darüber hinwegsetzen würden. Darunter lagen noch andere Schriften, und ich war mir sicher, dass eine davon die Hetzschrift des Weihbischofs aus Trier war. Der Eisenmeister lehnte mit vor der Brust verschränkten Armen fast gelangweilt am Türrahmen.

Das flackernde Licht von drei dicken Kerzen erhellte matt das ungemütliche Beisammensein. Plötzlich holte Wangereck einen kleinen Gegenstand aus seiner Rocktasche hervor und stellte ihn auf den Tisch. Es war ein fein ziseliertes kleines Reliquiar, das im Kerzenlicht glitzerte und das er sich vermutlich aus Wilhelms riesiger Sammlung ausgeliehen hatte. Wangereck murmelte erst noch ein Gebet dazu, dann fauchte er mich an: »Was grinst Ihr so dreist?«

»Ich nehme nicht an«, sagte ich, »dass Ihr diesen düsteren Ort mit dem heiligen Gegenstand schmücken wollt. Also soll er wohl der Abwehr des bösen Feindes dienen. Haltet Ihr mich für so gefährlich?«

»Die Sachkundigen in Fragen des Teufels raten zur Vorsicht.«

»Aber sagen sie nicht auch, dass der Satan alle Macht über seine Anhänger verloren hat, wenn diese erst einmal in die Hände der Obrigkeit gefallen sind. Weshalb bedürft Ihr dann solchen Schutzes?«

»Ihr könntet dennoch von sieben Teufeln besessen sein.«

»In der Schule der Jesuiten lehrte man mich und ganz gewiss auch Euch, dass Jesus Christus, unser Erlöser, durch seinen Tod die Macht des Teufels schon überwunden hat. Weshalb glaubt Ihr dann, dass der Teufel noch immer über so große Macht verfügt? Es hieße doch, mehr an die Macht des Teufels als an die Macht des Herrn zu glauben.«

»Der Herr lässt es eben zu, dass der Teufel sein Unwesen treibt, um die verderbte Menschheit damit zu prüfen oder zu strafen.«

Er nahm eine Schrift vom Tisch und blätterte kurz darin. Der Prägung des Buchrückens konnte ich entnehmen, dass er den alten Doctor Hartlieb wieder ausgegraben hatte. »Es spricht Bonaventura in der achten Distinction und Sankt Thomas in der ersten Quaestio«, las er mit gewichtiger Stimme vor, »dass Gott den Teufel über keinen Menschen sende, es sei denn, um Gottes Herrschaft zu offenbaren oder die Sünde und den Sünder zu bestrafen.«

»Dann verstehe ich eines nicht, werter Herr Rat. Wenn Gott dies zulässt, dann lässt er doch auch die Hexen als Werkzeuge Satans zu. Sie dienen letztlich einem Zweck, so wie es Judas für die Erlösung tat. Mit welchem Recht verfolgt Ihr sie dann?«

»Hütet Euch!«, brauste Wangereck auf, »sonst beschuldige ich Euch der Ketzerei. Ihr seid nicht hier, um theologische Spitzfindigkeiten zu reiten, sondern um Fragen zu

Euren Vergehen zu beantworten.« Er strich mit dem Handrücken nervös seinen Katalog glatt und begann dann, seine vorgefassten Fragen zu stellen. Um ihn nicht weiter zu reizen, unterließ ich es, ihn zu fragen, ob er sie zuvor auch ordnungsgemäß dem Ratsplenum vorgelegt hatte, und antwortete umgänglich auf alles, was er von mir wissen wollte. Das waren zunächst Allerweltsfragen nach Name, Taufpate, Herkunft und Elternschaft. Aber bei der Frage nach Beichtzettel und Kommunion gerieten wir wieder aneinander. Ob ich zu Ostern gemäß der Vorschrift des Herzogs das Sakrament der Buße empfangen und den Beichtzettel beigebracht habe, wollte er wissen.

»Ich litt in den eiskalten Märztagen vor Ostern an einer scheußlichen Infectio mit hohem Fieber, Dünnschiss und Gliederschmerzen. Der Bruder von der Krankenstation im Spital kann es Euch bestätigen.«

»Also nicht ordnungsgemäß gebeichtet«, ließ Wangereck den Schreiber notieren.

»Ich war am Hof des allerfrömmsten Herzogs«, ging ich auf. »Was glaubt Ihr, wie oft ich in meinem Leben schon gebeichtet habe?«

»Aber eben nicht dieses Jahr«, konstatierte Wangereck mit eisigem Blick. »Es könnte bezüglich Eurer Schuld von Bedeutung sein.«

»Welche Schuld?«

»Geduldet Euch!«

»Ich besuchte am Tag vor meiner Verhaftung noch die Pfingstmesse, dankte für meine Genesung und empfing den Leib des Herrn.«

»Ohne vorherige Beichte«, sagte Wangereck mit einem boshaften Grinsen. »In welcher Weise habt Ihr danach mit der Hostie Missbrauch getrieben? Ihr könnt es gleich gestehen oder unter der Folter.«

»Seid Ihr von Sinnen?«, schrie ich wütend. »Wenn ich Euch sage, dass ich gut katholisch getauft bin, fragt Ihr mich dann, ob ich das Taufwasser anschließend für Giftmischerei missbraucht habe?«

»Ihr seid schon wieder spitzfindig«, sagte der Hofrat kalt.

»Eines Narren Pfund, mit dem er wuchert«, entgegnete ich, »im Übrigen nicht mehr als Ihr. Ihr haltet Euch zudem für weise. Paulus aber sagt: Welcher sich unter euch dünkt, weise zu sein, der werde ein Narr in dieser Welt, damit er weise sei!«

»Ihr betreibt das anrüchige Verfahren der Alchemie«, ging Wangereck ungerührt darüber hinweg. »Zu welchem Zweck? Wusstet Ihr nicht, dass man das frevelhafte Werk zu Nürnberg verboten hat?«

»Nürnberg ist Nürnberg. In München herrschen andere Gesetze. Oder habt Ihr schon den Hochstapler Marco Bragadino vergessen, der am Herzogshof laborieren durfte? Ich erzähl Euch gern mehr davon.«

»Seine vorgebliche Kunst war eben nur Betrug«, ließ sich der Beisitzer erstmals vernehmen, »ein teuflisches Gaukelspiel, das ihn den Kopf gekostet hat.«

»Deshalb könnt Ihr nicht die Alchemie als solche verteufeln. Herzog Wilhelm ließ sie in gutem Glauben und in höchster Not betreiben, weil seine Bauten und der Kölner Krieg in den Ruin führten. Zudem versprach er sich davon die Panazee, ein Allheilmittel gegen seine Krankheit. Ich selbst bin an der Alchemie nur noch in theoria interessiert und habe niemanden damit geschädigt.«

»Man hat bei Euch eine Alraune gefunden. Wozu diente sie Euch, wenn nicht zu verbotenem Zauber?«

»Wenn ich ein Messer oder eine Axt besitze, werde ich deshalb gleich zum Mörder? Man hat schließlich keinen nagelgespickten Atzmann bei mir gefunden. Wie ich bei der Vernehmung durch die Räte der Stadt schon sagte, die Wurzel gilt auch als Heilmittel. Am Kopfende des Schläfers gelegen, kann sie diesen vor Melancholie und Kopfschmerzen bewahren. Herzog Wilhelm und ich litten beizeiten daran. Nach meiner Genesung bewahrte ich sie zwar auf, sie geriet aber in Vergessenheit bei mir.«

»Ihr lügt!« Wangereck ließ die Faust auf den Tisch krachen. »Ihr wollt uns für dumm verkaufen, aber die Folter wird es ans Licht bringen.«

»Nach Vorschrift der Carolina zum Corpus Delicti muss eine Schuld so gut wie erwiesen sein, ehe die Folter zum Erhalt des Geständnisses eingesetzt werden darf. Ihr habt aber bislang nichts bewiesen.«

»Sieh an, ein närrischer Jurist«, ätzte der Hofrat wütend. »Wir werden's auf Euren Grabstein schreiben. Ach so, den wird es nicht geben, weil Eure Asche im Wind verfliegt. Der Schlaumeier und Doctor Narrenhalber sollte doch wissen, dass bei besonders schweren Verbrechen von den üblichen Rechtsprinzipien und Verfahrensweisen abgewichen werden darf. Der Besitz von Zauberuntensilien ist laut Zeugnis des hochgeschätzten Weihbischofs Binsfeld ein solch schweres Vergehen, das den unverzüglichen Beginn der peinlichen Befragung rechtfertigt. Durch sie werden dann Verbrechen, Schuld und Wahrheit offenbar.«

»Wahrheit«, wiederholte ich und schnaubte verächtlich. »Könnt Ihr mir sagen, was Wahrheit ist?«

»Zunächst und uneingeschränkt das Wort unseres Gottes in der Bibel.«

»Und weiter?«

»Ja nun … das Wort des Heiligen Vaters … die mit Vernunft und Weitsicht verkündeten Gesetze der von Gott eingesetzten Obrigkeit … und, äh … was fällt Euch ein? Werdet nicht unverschämt! Ihr habt *meine* Fragen zu beantworten, zu gestehen oder das Maul zu halten!«

»Dann stellt mir einen Fürsprecher zur Seite. Es ist mein Recht.«

»Euer Recht«, höhnte der Hofrat. »Euer Recht ist es, zu gestehen und zu büßen. Beim endlichen Rechtstag, da mag dann noch einer für Euch sprechen, so sich einer findet, der es wagt, dem Gericht zu widersprechen, das sein Urteil dann schon gefällt hat. Und zuvor, da könnt Ihr noch um Gnade winseln und hoffen, dass jemand Fürbitte für Euch einlegt. Aber glaubt nicht, dass einer der erlauchten Herzöge sich Euer erbarmen wird. Sie fordern unnachgiebig die Ausrottung der verdammten Hexerei.«

»Ihr mögt mich für schuldig halten. Ich selbst aber habe die Gewissheit, kein Unrecht getan zu haben. Ich weiß also mit absoluter Sicherheit, dass Ihr mit mir einen Unschuldigen richten würdet. Wie könnt Ihr da ruhig schlafen?«

»Gott lässt es nicht zu, dass Unschuldige verurteilt werden«, warf der Beisitzer rasch ein, wie um sich selbst von dem Vorwurf reinzuwaschen. »Mit Gottes Hilfe wird die Wahrheit ans Licht kommen.«

»Mir ist kein Fall bekannt, in dem ein Hexenrichter je gefehlt hätte«, schickte Wangereck selbstgefällig hinterher. »In diesem Punkt könnt Ihr ganz sorglos sein.«

»Wenn Ihr Euch so sicher seid, dann habt doch die Großmut, mir zu erlauben, meine Bedenken vorzutragen.«

Der Hofrat erteilte mir mit generöser Geste die Erlaubnis, fügte aber hinzu: »Hütet Euch vor Anschuldigungen und Ketzerei, und fasst Euch kurz!«

»Es war im Jahr nach dem Regierungsantritt Herzog Wilhelms«, begann ich. »An einem Oktobertag traf ich zufällig einen klugen Mann aus Frankreich, der sich auf der Durchreise nach Italien mit ein paar Freunden unsere Stadt anschaute. Da ich ihm über sie und vor allem über den Hof einiges berichten konnte, lud er mich ins Gasthaus auf ein, zwei Becher Wein

ein. Er nannte sich de Montaigne, soweit ich mich erinnere, und trug denselben Vornamen wie ich. Aber mehr als dies blieben mir seine Ansichten im Gedächtnis. Er war Gerichtsrat, hatte von daher mit der Wahrheitsfindung zu tun, schien aber diesbezüglich in ernsten Zweifeln zu sein. ›Nichts ist absolut wahr, nichts ist falsch‹, sagte er rundheraus. ›Die einzige Gewissheit ist die Unsicherheit unseres Urteils, denn wir halten heute etwas in tiefster Überzeugung für wahr und morgen etwas ganz anderes für ebenso wahr. Es ist eine Torheit zu glauben, unser beschränkter Geist könne beurteilen, was wahr und was falsch ist. Es gibt der Wahrheiten viele.‹«

»Pah, da zeigt Ihr doch gleich, wes beschränkten Geistes Ihr seid«, entrüstete sich Wangereck. »Dieser neumodische Skeptizismus ist ja das Grundübel unserer Zeit und Ketzerei vor den ewigen Wahrheiten unseres Herrn.«

»Aber seht Euch doch um! Unsere Welt ist im Wandel begriffen. Die Wahrheit findet sich nicht mehr ausschließlich in Büchern von Autoritäten, sondern im Diskurs und Experiment. Was wir gestern noch nicht glauben konnten, ist heute schon Wirklichkeit.«

»Unsinn! All diese Zweifler am gültigen Weltbild der Heiligen Mutter Kirche werden widerrufen müssen.«

»Dann lasst es mich einfacher erklären. Ich schätze den knusprigen Braten von einem Schwein als schmackhaft, ein Türke oder Hebräer verachtet ihn. Ich finde einen Muskateller dazu köstlich, während Ihr ihn vielleicht für ein übles Gesöff haltet. Wer ist nun im Besitz der Wahrheit?«

»Wie könnt Ihr Überzeugungen des Glaubens und des Gerichts mit Geschmacksfragen gleichsetzen?«, ereiferte sich der Beisitzer rotgesichtig. »Ihr seid ein törichter Esel.«

»Ich danke Euch für den Vergleich, gibt er mir doch die Möglichkeit, meine Ansicht mithilfe der Heiligen Schrift zu bekräftigen.«

»Nehmt Euch in acht!«, warnte mich der Hofrat mit dem Zeigefinger fuchtelnd.

»Ihr wisst es vermutlich am allerbesten«, schmeichelte ich, »dass das letzte Konsil den Malern strenge Regeln auferlegte, nach denen fromme Darstellungen nur noch die biblische Wahrheit und keinen weltlichen Firlefanz mehr enthalten dürfen. Des Herzogs oberster Künstler, Friedrich Sustris, erzählte mir, dass ein berühmter Maler in Venedig vor die Glaubensinquisition gerufen wurde, weil er sich nicht scheute, auf einer riesigen Darstellung des Abendmahls auch Betrunkene, Zwerge und – Gipfel der Dreistigkeit – Narren einzufügen.«

Wangereck kniff die Augen zusammen. »Worauf wollt Ihr hinaus?«

»Wir alle erbauen uns doch alljährlich zur Weihnacht am Wunder der Menschwerdung Christi, und das Herz geht uns auf, wenn wir das Kind in der Krippe liegen sehen. So ist es bei Lukas beschrieben, und auch von den Hirten und ihren Schafen ist dort die Rede. Aber, werte Herren, könnt Ihr mir um der Wahrheit willen die Stelle in der Bibel benennen, die auch die Anwesenheit von Ochs und Esel glaubhaft bezeugt?«

Die beiden Hofräte schauten sich verdutzt an, und ein jeder hoffte wohl, der andere würde ihm mit einem stimmigen Wort aus der Verlegenheit helfen. Als dann auch noch der Eisenmeister lauthals lachte, da platzte dem Wangereck der Kragen. »Ihr verdammter Narr! Wollt Ihr unsern Glauben in den Dreck ziehen? Ihr habt nicht darüber zu befinden. Und da Euch anscheinend nichts heilig ist, bestätigt Ihr nur selbst den Vorwurf der Hexerei, die den Abfall vom Glauben bedeutet, was Euch zum Verhängnis werden wird.«

»Seht Ihr«, sagte ich, »veritas odium parit, die Wahrheit erzeugt Hass.«

»Wir haben genug gehört«, polterte der Hofrat und schlug dem Schreiber grob sein Protokoll zu.

»Es hat den Anschein«, wandte ich noch ein, »dass Ihr mich schon für verloren gebt. Ich kenne viele alte Volksbräuche, weiß um die Kraft der natürlichen Magie, aber Hexerei ist mir völlig fremd. Wäre es zu viel verlangt, wenn Ihr mir wenigstens noch sagtet, was Ihr und die Obrigkeit unter Hexerei versteht?«

»Ihr habt nicht zugehört«, schnauzte Wangereck. »Ich sagte eben, sie ist Abfall vom Glauben und damit die schlimmste Beleidigung des Allmächtigen. Und Binsfeld führt schlüssig aus, dass alle Dinge, die nicht auf natürliche Weise erreicht werden können oder unseren Verstand übersteigen, nur mithilfe des Teufels, also durch Hexerei, vollbracht werden können.«

»Es gibt aber doch auch von Gott geschaffene Paradoxien, die unseren Verstand leicht übersteigen. Wenn ich nur an des Herzogs Kunstkammer denke. Da gab es zum Beispiel das Bild einer Jungfrau, deren Gesicht wie das eines Äffchens über und über mit Haaren bedeckt war. Versteht Ihr das etwa? Und doch ist das Mädchen kein Geschöpf des Teufels.«

»Gott steht über den Gesetzen der Natur. Seine Macht ist grenzenlos, und nichts ist ihm unmöglich.«

»Dann kann offenbar nicht nur der Teufel, sondern auch Gott Dinge vollbringen, die wir nicht verstehen. Und er kann Widersprüchliches, was nach unserem Verstand nicht leicht zusammenpasst, vereinen. Da wird dann der Wolf beim Lämmlein wohnen, der Leopard beim Zicklein liegen, sagt Jesaja von der Ankunft des Friedensreiches.«

»Was wollt Ihr damit sagen?«, fragte der Hofrat bedrohlich.

»Es scheint doch so zu sein: Je mehr einer von den Dingen und Geheimnissen dieser Welt versteht, oder je mehr einer an Gottes Schöpfung und Allmacht glaubt, umso weniger muss er Hexerei fürchten. Wessen Verstand aber viele Dinge übersteigen, oder je einfältiger einer ist, umso mehr glaubt er an Hexen.«

Wangereck sprang zornbebend auf und schrie den Eisenmeister an: »Bringt diesen Hund in seine Zelle!«

Zweiundvierzigstes Kapitel

»Was war?«, fragte Caspar aufgeregt.

»Hast du so gebrüllt oder der Hofrat?« Hans zitterte, als hätte er selbst eben schon gelitten.

Der Freisinger schaute grimmig. »Ich sagte doch, der Kerl ist cholerisch und leicht aus der Fassung zu bringen. Aber kann er uns gefährlich werden? Was ist dein Eindruck?«

Ich ließ mich auf meinen Strohsack fallen, lehnte mich an die Wand und schloss für einen Moment die Augen. Ich war selbst überrascht über den Verlauf des Verhörs und musste mir erst darüber klar werden. Ich hatte nicht vorgehabt, ihn zu provozieren, hatte es dennoch mühelos erreicht. Doch das sollte ich den anderen besser nicht offenlegen. »Er ist Argumenten der Vernunft nicht zugänglich und verbohrt in seine hexengläubige Sicht der Dinge«, sagte ich. »Aber es stützt sich alles auf Mutmaßung und Unterstellungen. Er hält keinen Beweis in Händen. Er drohte mir nicht einmal damit, die anderen hätten schon gestanden, versicherte mir nur mehrmals, die Folter werde alles ans Licht bringen.«

»Sein Dilemma ist«, erklärte der Prokurator, »dass er triftige Gründe braucht, um die Mehrheit des Hofrats zur Billigung der Folter zu bewegen. Diese Gründe aber müsste er zuvor schon selbst durch die Folter erpressen, sofern auch unsere Freunde gegenüber weiterhin hartnäckig leugnen und beteuern, dass sie nur im Rahmen der allerorts üblichen Volksmagie gehandelt haben. Er kommt also nur voran, indem er sich entweder nicht an die Regeln hält, oder irgendjemand noch als Ankläger gegen einen von uns auftritt. Er muss einen Pakt oder die Buhlschaft mit dem Teufel nachweisen.«

Am späten Nachmittag kam Andre zu Besuch. Gleich zu Beginn sagte er vorwurfsvoll: »Warum musstest du den Wangereck so reizen? Glaubst du, es ist sinnvoll in deiner Situation, den Besserwisser rauszukehren?«

»Es geschah ohne Absicht«, sagte ich, »aber er legte ein solches Maß an selbstgefälliger Verbissenheit an den Tag, da musste ich einfach widersprechen. Hätt mir sonst die Zunge abgebissen.«

»Wär vielleicht besser gewesen«, knurrte Andre. »Jedenfalls hat der Wangereck getobt. Er hält euch alle für eine verlogene Teufelsbrut, sagt mein Schwager, und er werde euch schon noch überführen. Übrigens, es hat geklappt.«

»Was?«

»Maximilian hat Albrecht damit beauftragt, die Handwerksordnungen der Stadt zu überprüfen. Damit ist er hinreichend beschäftigt und wird sich außer in den Ratssitzungen kaum noch um euch kümmern können.«

»Ein Lichtblick. Hast du auch was von Herwarth gehört?«

»Er soll sehr krank sein, erfuhr ich von seinem Bruder. Anscheinend ist er nur in der Stadt, um letzte Dinge zu regeln.«

»Letzte Dinge ...«, wiederholte ich nachdenklich.

»Du denkst, dein Streit mit ihm gehöre womöglich dazu«, nahm Andre meine Überlegung vorweg.

»Ja, aber ich denke dabei gar nicht so sehr an eine persönliche Rache Herwarths. Mir ging während der letzten Tage durch den Kopf, dass es vielleicht doch mit Ferdinand zu tun haben könnte.«

»Du meinst wegen des Kindes?«

»Nein, es gibt noch einen gravierenderen Grund. Du erinnerst dich sicher an das Aufsehen, das Ferdinands Missehe vor zehn Jahren selbst in bürgerlichen Kreisen erregte. Nachdem sich alle hochfliegenden Heiratspläne zerschlagen hatten, lief ihm während eines Jagdausflugs die noch minderjährige Tochter des Landrichters aus Haag über den Weg, und schon war's um ihn geschehen. Maria Pettenbeck hieß das biedere Ding, von dem der standesbewusste Wilhelm und seine stolze, habsburgische Mutter so begeistert waren wie über eine Motte in edlem Tuch. Aber Ferdinand versteifte sich in blinder Liebe auf die Heirat, obwohl er dafür auf vieles verzichten musste.«

»Mir kommen gleich die Tränen«, lästerte Andre. »Aber was betrifft dich dabei?«

»Wart's ab! Wahrscheinlich kann Ferdinand noch am ehesten verschmerzen, dass seine junge Frau sich in Kleidung, Haushalt und bei Hof mit gebührender Bescheidenheit und Diskretion zeigen soll, aber dass seine Söhne sich auf Dauer mit dem einfachen Adelsstand als Edelleute zufriedengeben müssen, das empfindet er als ständigen Stachel im Fleisch und zunehmend als kränkende Verpflichtung. Er hat daher im letzten Jahr gefordert, dass der Vertrag mit Wilhelm, der anlässlich seiner Heirat geschlossen wurde, nachgebessert werden müsse. Dagegen sträuben sich aber Wilhelm und Maximilian aufs Äußerste, weil sie fürchten, Ferdinands Nachkommen könnten dann noch größere Ansprüche stellen.«

»Ja und? Adelszank. Was geht's dich an?«

»Es war nicht das erste Mal, dass Ferdinand ein zweifelhaftes Verhalten zeigte und damit seine Position zu verbessern suchte. Und dabei habe ich möglicherweise etwas gesehen, was ich besser nicht gesehen hätte.«

»Deine verfluchte Neugier!«

Ich zog mit einer Miene des Bedauerns die Schultern hoch und fuhr fort: »Schon Wilhelms Vater hatte ja reichlich Verschwendung betrieben und deshalb wiederholt Ärger mit den Ständen bekommen. Dabei dienten seine Geldausgaben noch hauptsächlich seinem privaten Vergnügen. Bei Wilhelm dagegen vermischte sich die Prachtenfaltung immer mehr mit überzogener Frömmigkeit, mit der er seine Verschwendung auch noch verbrämte. Und den Großteil seiner Ausgaben schob er ausgerechnet den Jesuiten zu, die aus mancherlei Gründen im Volk verhasst sind. Als er zuletzt für den ausgedehnten Neubau seines Alterssitzes hinter den Jesuiten nochmals zahlreiche Häuser aufkaufen und einreißen ließ, da war das Maß voll.«

»Hätt er alles aus eigener Tasche bezahlt, hätte kaum einer danach gekräht«, urteilte Andre. »Aber beim letzten Landtag in Landshut hat er den Ständen erneut eine riesige Schuldensumme zur Tilgung vorgelegt. Ich war in Vertretung unserer Stadt vor Ort. Als die Landschaft Wilhelm schlechte Haushaltsführung vorwarf und die entbehrlichen kirchlichen Neubauten rügte, da mäkelte er hochnäsig, wir könnten vielleicht von einem Privatmann verlangen, dass er seine Einnahmen und Ausgaben in Einklang bringe, aber ein von Gottes Gnaden zur Regierung bestellter Fürst sei es seiner Würde und der Ehre Gottes schuldig, sein Amt zu erfüllen, ohne nach den Kosten zu fragen.«

»Siehst du, und da kommt Ferdinand ins Spiel.«

»Wie das? Der feine Herr steht seinem Bruder doch im

Schuldenmachen in nichts nach«, maulte Andre. »Er schuldet mir und meinem Bruder noch heute zweitausendfünfhundert Gulden.«

»Es ist eben die unheilbare Krankheit der Nobilitas. Aber Ferdinands Schulden waren im Vergleich doch weit geringer. Und wenn Wilhelm sie beim Landtag zur Tilgung vorlegte, dann wurden sie stets eher ihm angelastet als Ferdinand.«

»Hmm«, brummelte Andre, »da ist was dran.«

»Ferdinand stand immer irgendwie besser da als Wilhelm, obwohl er nicht regierte. Er sammelte bei den Festlichkeiten des Adels Auszeichnungen im Turnierkampf, leitete Sitzungen des Landsberger Bundes zur Verteidigung des Landfriedens, und sogar König Philipp von Spanien rühmte sein militärisches Talent. Er genoss hohes Ansehen beim Papst in Rom, der ihm manche Privilegien erteilte. Mit dem Oheim in Tirol war er wesensverwandt, und als der Erzherzog nach dem Tod der Welserin eine zweite Ehe einging, da war es sein lieber Neffe Ferdinand, der in Mantua stellvertretend die Braut heiraten und nach Innsbruck geleiten durfte. Wilhelm dagegen hatte den Oheim arg vergrault durch sein Eingreifen in Graz als Vormund für den Sohn seiner Schwester Maria, die sich über die Tiroler stets nur abfällig äußerte.«

»Meine Güte, du schwärmst ja für Ferdinand, als sähst du lieber ihn statt des zögerlichen Wilhelms auf dem Thron.«

»Keineswegs. Aber denk nur an den Kölner Krieg. Er war vermutlich Wilhelms sinnvollste Geldausgabe, denn damit hat er nicht nur seinem jüngsten Bruder Ernst endlich den Kurfürstensitz gewonnen, sondern vor allem der katholischen Seite die wichtige Mehrheit im Kollegium der Kurfürsten erhalten. Aber hat man's ihm gedankt? Wilhelm leidet noch heute unter dem Schuldenberg, während Ferdinand den Ruhm des siegreichen Feldherrn eingeheimst hat, von dem er noch heute zehrt.«

»Ich weiß«, sagte Andre, »ich hab ja täglich seine protzige Reiterfigur auf dem Brunnen vor Augen, mit der er sich als Sieger feiern ließ.«

»Du sagst das so verächtlich, aber dem Volk bedeutet es etwas. Als ich in den Tagen vor Beginn des Landtags über den großen Markt schlenderte, da herrschte große Aufregung, denn es kursierte eine *Neue Zeitung*, in der vom Ausbruch eines neuen Türkenkriegs berichtet wurde. Scharmützel und Überfälle hatte es ja auch in den Jahren des Waffenstillstands gegeben, aber jetzt hatte der Sultan Kaiser Rudolf offiziell den Krieg erklärt, nachdem habsburgische Truppen eine türkische Streitmacht aufgerieben und dabei des Sultans Neffen getötet hatten. ›Wer wird uns vor der grausamen Rache der Türken schützen‹, war die bange Frage, die die Marktbesucher umtrieb. ›Doch nicht Wilhelm und sein Jesuitenheer‹, höhnten die einen, während andere forderten: ›Ferdinand muss uns führen. Er hat Erfahrung und schon einmal gegen die Türken gekämpft.‹ Wenn ich näher kam, wurde ich misstrauisch beäugt, und die Grüppchen tuschelten nur noch. Es fühlte sich fast schon wie der Beginn eines Aufstandes oder einer Verschwörung an.«

»Nicht doch! Du denkst doch nicht im Ernst …«

»Hör zu! Ferdinand galt bei vielen als der Tatkräftigere und nicht nur in dieser Sache. Herwarth, der unselige Hexenrichter, hatte sich mit Lobreden auf seinen Herrn förmlich überschlagen. Wohl habe auch Herzog Wilhelm an mehreren Orten ähnliche Prozesse begonnen, sie hätten aber sehr rasch wieder geendet. In Schongau aber seien dank konsequenter Verfolgung der Hexen Getreide und Feldfrüchte bald wieder reichlich gediehen, und es seien keine Schäden an Mensch und Vieh mehr angezeigt worden. Er regte sogar die Errichtung einer Gedenksäule an zur Erinnerung an das segensreiche Wirken der Obrigkeit, wobei er sich vermutlich einschloss.«

»Aber Ferdinand hatte kein Heer, keinen Auftrag und kein Geld.«

»Wer, denkst du, hat den Goldmacher Bragadino ins Land gerufen? Es war nicht Wilhelm, sondern Ferdinand, der ihn als Erster einlud. Wilhelm hat erst durch eine Indiskretion davon erfahren und sich dann von dem Scharlatan primär ein Heilmittel gegen seine rasenden Kopfschmerzen erhofft, was dieser ihm versprach. Ferdinand war von Anfang an hinter dem Gold her. Hatte er schon damals höhere Ambitionen? Genauso schnell war er von dem Hochstapler, der ihn ignorierte, enttäuscht und erwirkte dann zusammen mit den Räten hinter Wilhelms Rücken seine Verhaftung. Wollte er etwas vertuschen?«

»Das sind doch alles nur haltlose Vermutungen, Spekulationen. Und wie hätte Ferdinand es bewerkstelligen sollen, Wilhelm zu verdrängen?«

»Durch ein Zusammengehen mit den Ständen, die seit Jahren Wilhelms sorgloses Finanzgebaren zutiefst erbitterte.«

»Aber die Landschaft ist doch an das Primogeniturgesetz gebunden, das dem Erstgeborenen die Regierung und die Unteilbarkeit des Landes sichert.« Andre wurde auf einmal sichtlich blass und flüsterte fast: »Gütiger Himmel! Es hätte Hochverrat bedeutet und wahrscheinlich schrecklichen Bruderkrieg.«

»Nicht unbedingt. Die Landstände waren auch schon Wilhelms Großvater gegenüber auf das Gesetz der Erstgeburtsordnung eingeschworen, was sie nicht daran hinderte, seinem Bruder Ludwig den Rücken zu stärken, sodass der wenigstens die Mitregierung in Landshut erzwingen konnte. Vielleicht hätte auch Ferdinand sich damit zufriedengegeben, eine Beteiligung an der Regierung zu ertrotzen. Und glaub mir, das Volk hätte sich zu der Zeit allemal hinter ihn gestellt, denn es ging schon der Spruch um: ›Eher darfst du den Fürsten selbst beleidigen, als auch nur über den Pfortenbruder der Jesuiten ein spöttisches Wort zu sagen.‹ Das Volk war die Jesuitenwirtschaft gründlich leid, und dass sein Fürst trotz des drohenden Staatsbankrotts unverdrossen Geld für unnötige Bauten ausgab.«

»Vielleicht hast du recht«, räumte Andre ein, »und Wilhelm hat selbst etwas in dieser Art befürchtet, denn in seiner Antwort an die Kommission, die ihm die Abdankung nahelegte, schrieb er, dass die Primogenitur noch nicht alt und wohl fundiert sei, und er deutete an, dass seine Brüder allerlei Diskurs darüber führten und dass unruhige Köpfe selbst noch seinen Kindern raten möchten, wie dieser Artikel umzustoßen sei. Doch dann frage ich mich, warum hat Wilhelm so wenig, oder besser gesagt nichts dagegen getan?«

»Er hat gelegentlich versucht, sich einzuschränken, sogar seinen Hofstaat zu verringern. ›Es gibt viele faule und untaugliche Leute‹, klagte er mehrfach selbst. Aber dann blieb doch wieder alles beim Alten. Wilhelm war immer ein Träumer, und ich denke, in den letzten Jahren seiner Regierung hat er den Sinn für die raue Wirklichkeit fast völlig verloren und hatte für die Niederungen des Regierens kaum mehr etwas übrig. ›Ich wollte, sie würden mich mit ihrem Gezänk in Ruhe lassen‹, klagte er des Öfteren, und als ihm die Landstände mit Vorhaltungen und Klagen wegen des Getreideaufschlags auf den Pelz rückten, sagte er trotzig: ›Lieber will ich nur noch einer aus der Landschaft als ihr Fürst sein.‹ Da klang schon seine Regierungsmüdigkeit an.

›Du bist in den besten Jahren‹, sagte ich und erinnerte ihn daran, dass er einst selbst über Kaiser Karl geschimpft hatte, er schleiche sich pflichtvergessen einfach davon. ›Du sorgst dich viel um tote Gebeine, bist aber den Lebenden verpflichtet‹, mahnte ich. ›Und was wird aus mir?‹

›Der Herr nimmt sich jedes reuigen Sünders an‹, beschied er mich und machte sich, noch während auf dem Landtag um seine Schulden gerungen wurde, auf zur Wallfahrt nach Altötting, propter spiritualia, wie er sagte, um seines Seelenheiles willen.«

»Das kann er ja jetzt im fürstlichen Altenteil sorgsam pflegen«, sagte Andre boshaft, »doch zurück zu Ferdinand.«

»Richtig. Ferdinand kam damals auch nach Landshut, um von Wilhelm die Übernahme seiner Schulden zu fordern. Ich bat ihn, auf Wilhelm einzuwirken, damit der nicht vor lauter Frömmigkeit seine Regierung verspiele. ›Du steckst deine Nase wohl schon wieder in Sachen, die dich nichts angehen‹, sagte er, und es klang nicht freundlich neckend, sondern eher drohend. Gerade das machte mich neugierig. Anderntags sah ich, wie er sich zu einem Ausritt fertig machte. Er trug aber weder seine vornehme Schaube noch ein Jagdgewand, sondern die einfache Kleidung eines Bediensteten. Und er ritt allein los, den Hut tief in die Stirn gezogen. Ich folgte ihm vorsichtig durch Vorhof und Zwingerweg und sah beim Äußeren Torbau, dass er den Königsweg Richtung Stadt eingeschlagen hatte. Ich rannte zurück zum inneren Torwarthaus und eilte die steile Fürstentreppe hinunter in die Stadt. Als ich die Straße erreichte, sah ich eine kurze Wegstrecke vor mir den Herzog reiten. Er hielt auf das Landschaftshaus gegenüber von St. Martin zu, band sein Pferd aber nicht dort, sondern bei einem Gasthaus zwei Häuser weiter an. Durch die schmutzigen Fenster konnte ich nichts sehen, und so entschloss ich mich tollkühn, das Gasthaus zu betreten. Als mich der Wirt skeptisch musterte, wurde mir schlagartig bewusst, dass ich mein auffälliges Hofkleid trug.

›Wohl verlaufen‹, sagte er und zwinkerte dabei, sodass ich annahm, er war mir nicht vorab übel gesonnen.

›Hab gehört, Ihr habt den besten Wein in der Stadt‹, schmeichelte ich ihm und ließ vorsichtshalber ein paar Kreuzer in meiner Hand sehen.

›Setzt Euch‹, sagte er und gab seiner Magd einen Wink.

Ich wählte das hinterste Eck und machte mich selbst dort so klein wie möglich. Kurz darauf gaben sich eine Reihe von Edelleuten fast die Klinke in die Hand. Sie nickten dem Wirt nur kurz zu und verschwanden in einem Hinterzimmer.

›Viel Betrieb heute‹, suchte ich der Magd, die den Wein brachte, ein paar Worte zu entlocken. ›Ist heut ein besonderer Tag?‹ Sie zuckte mit den Schultern und flüchtete sich wortlos wieder hinter den großen Schanktisch. So angestrengt ich auch lauschte, aus dem Hinterzimmer drang kein Laut. Nur wenn die Tür kurz aufging durch einen Neuankömmling oder den Wirt, der frischen Wein brachte, glaubte ich einmal, die Worte ›Türk‹ oder ›Türkenkrieg‹ zu hören. Nach dem zweiten Becher Wein kam ich zu der Überzeugung, dass hier für mich nichts zu holen war und dass ich mich höchstens noch in Gefahr brächte.«

»Ausnahmsweise mal klug«, sagte Andre.

»Nicht wirklich, denn in dem Moment, als ich aufstand, ging auch die Tür des Hinterzimmers auf. So abgelenkt, blieb ich mit dem Fuß am Tischbein hängen und fiel polternd über die Bank. Ich rappelte mich auf, und als ich gerade über den Tisch blicken konnte, sah ich Ferdinand, der in meine Richtung schaute. Wie vom Blitz getroffen tauchte ich wieder ab.«

»Das war wohl eher nicht geschickt«, kommentierte Andre.

»Vermutlich. Als ich wieder hochkam, war Ferdinand verschwunden. Aber ich war mir sicher, er hatte mich erkannt. Ich ging ihm den Rest des Tages aus dem Weg und setzte mich zum Abendbrot nicht an die fürstliche Tafel, sondern speiste in der Dürnitz. Danach ging ich gleich in meine Kammer. Als ich gerade eingedöst war, klopfte es. Ferdinand stand draußen mit einem Becher Wein in der Hand. ›Wollte mal sehen‹, sagte er mit schwerer Zunge, ›was ein Narr ohne seinen Herrn so treibt.‹

›Mir ist elend langweilig‹, log ich.

›Treibst du dich deshalb in der Stadt herum?‹

Ich spürte, wie mir die Röte ins Gesicht schoss, sagte aber nichts. Er kam einen Schritt näher, beugte sich vor, stierte mich an und sagte: ›Du hast es doch nicht vergessen, oder? Ich war's, der dich zum Narren machte. Es sind die Dankbaren, die glücklich leben. Ich hasse Undank mehr als Lügen.‹ Dann fuhr er mir mit der ganzen Hand grob ins Gesicht, stieß mich zurück und stiefelte davon.«

»Pfff«, stöhnte Andre, »das war mehr als deutlich.«

»Du sagst es. Und wiederum auch nicht. Es war zwar eine deutliche Drohung, bewies aber nichts. Ich konnte nicht zu Wilhelm gehen und sagen: Dein Bruder macht mit den Ständen gemeinsame Sache gegen dich. Ohne Beweis hätte mich der Vorwurf des Hochverrats den Kopf gekostet. Was sollte ich tun? Ich warf mich zitternd aufs Lager und grübelte die halbe Nacht. Dann kam mir ein Ausweg in den Sinn, auf den ich zuvor nie gekommen wäre.«

»Bin gespannt.«

»Nach einem hastigen Frühstück suchte ich Maximilian. Seit ihn der Vater aus Ingolstadt zurückbefohlen hatte, konnte er schon einige Erfahrungen im Regierungsgeschäft sammeln, durfte aber noch wenig selbstständig entscheiden. Er brannte förmlich darauf, sich zu beweisen. Und diesen Umstand wollte ich mir zunutze machen. Ich fand Maximilian am Schreibtisch seines Vaters in ein Schriftstück vertieft.

›So früh schon bei der Arbeit‹, sagte ich. Er schaute wortlos auf.

›Meine Güte, wo sind nur die Jahre geblieben. Eben noch spielte ein Knirps mit Lebkuchen und Rittern vor mir, und schon sitzt ein junger Mann mit Spitzbart hier.‹

›Was willst du, Narr?‹, fragte er verdrießlich.

›Oh, ich mach mir Sorgen. Den ganzen Tag Akten fressen, das ist doch keine Beschäftigung für einen kraftstrotzenden

Kerl. Und mit dem Hexenverbrennen läuft's augenblicklich auch nicht gut. Der Türke … ja, der Türke, der wär ein lohnendes Ziel.‹

›Was redest du für einen Unsinn?‹

›Unsinn? Es ist ein einfaches Rechenexempel. Du zählst jetzt zwanzig Lenze, hockst untätig hier und verkriechst dich hinter staubigen Akten. Dein Oheim Ferdinand war erst sechzehn, als er mit vierhundert Bewaffneten gegen die Türken ritt. Vier Jahre jünger, aber vierfach größerer Mut.‹

›Unverschämter Kerl!‹ Seine ohnehin hohe Fistelstimme überschlug sich fast.

Ich reizte ihn in dieser Art noch eine Weile und sagte dann verächtlich: ›Na ja, der Vater regiert jetzt mit Wallfahrten, was will man von seinem Sohn da erwarten. Vielleicht ist's bald auch egal, und der Türke beherrscht dies Jammertal.‹

Noch am Abend nach seiner Rückkehr ging es sehr laut zu in Wilhelms Arbeitszimmer, und anderntags ließ er den Oberstkanzler im Ausschuss der Landschaft mitteilen, dass …«

»Seine Gnaden, der Herzog, sich entschlossen habe, seinem Sohn Maximilian als künftigem Herrn und Landesfürsten die Erbhuldigung in eventum leisten zu lassen.« Andre schaute mich schier entgeistert an. »Du? Du hast das bewirkt? Ich glaub's ja nicht.« Dann lachte er. »Tzzz … verrückt. Anfang Januar erreichte uns ein Schreiben Maximilians, in dem er mit markigen Worten seine Bereitschaft erklärte, gegen den wütenden Tyrannen zu ziehen. Wenige Tage danach leisteten die Stände, die von so viel Tatkraft überrascht und begeistert waren, die Erbhuldigung und billigten ihm obendrein noch wohlwollend dreißigtausend Gulden für den Fall eines Feldzuges zu. Der Schachzug eines Narren!«

»Doch was nützt es ihm?«, resümierte ich niedergeschlagen. »Ferdinand will mir womöglich deshalb ans Leben, und Wilhelm und Max werde ich kaum an die Schmach erinnern dürfen, um mir ihre Gnade zu erbitten. Nachts, wenn ich grübelnd wach liege, glaube ich manchmal ein Kichern zu hören, und frage mich dann, ist es Klio, die Muse der Historie, oder der Teufel, der sich amüsiert über diese bittere Ironie. Wilhelm träumte einst selbst vom Kaisertum, hat aber mit dem Kölner Krieg nur Kaiser Rudolf den Arsch und den Habsburgern die Krone gerettet. Michel der Narr hat es bewirkt, dass Maximilian jetzt unangefochten auf dem Thron sitzt, aber heißen Dank dafür erfährt er womöglich nur auf dem Scheiterhaufen. Gelobt sei der Herr!«

Dreiundvierzigstes Kapitel

WAS DANN GESCHAH, übertraf meine schlimmsten Befürchtungen. Wangereck führte seinen Schauprozess mit allen Lügen und Finten, die ihm zu Gebote standen. Er brandmarkte mich als Gespielen einer verruchten Hexe, als deren Werkzeug ich mich listig am Hof des Herzogs eingeschlichen habe, um teuflisches Unheil zu stiften. Alle waren sie jetzt gekommen, um mich zu vernichten. Wilhelm selbst beschuldigte mich gotteslästerlicher Reden, Ferdinand schleuderte mir wütend Anstiftung zum Hochverrat ins Gesicht, und Bischof Ernst unterstellte mir ungerührt den verbrecherischen Gebrauch von Zauberbüchern und schadenstiftender Magie. So war es ein Leichtes, den verängstigten Hofrat von meiner Schuld zu überzeugen, für die die einzig angemessene Strafe nur die Verbrennung bei lebendigem Leib sein konnte, und davor noch sei mir wegen der besonderen Schwere meiner Vergehen das Fleisch mit glühenden Zangen von den Knochen zu reißen.

Nach vergeblichem Flehen um Gnade war nun der Peinliche Malefiztag in aller Öffentlichkeit gekommen – Tag der Strafe, Tag der Rache, an dem es mit mir grausam zu Ende gehen sollte. Die rohen Knechte zerrten mich in Ketten aus dem Verlies und stellten mich auf der Rathaustreppe zur Schau. Erst schrillte die Rathausglocke ihr Armesünderläuten hinaus, dann verlas der Bannrichter lauthals bellend meine Urgicht, mit der ich meine Verbrechen gestanden hatte … gestanden? Niemals! Ich war doch unschuldig! Unschuldig! Unschuldig! Ich wollte es hinausbrüllen, aber sosehr ich auch würgte, meiner Kehle wollte sich kein Laut entringen. Sie war wie zugeschnürt. Ich rang nach Luft und am ganzen Körper brach mir der Schweiß aus. Gab es keinen Trost mehr, kein Erbarmen? Wo war der Beichtvater für meinen Seelenfrieden? Plötzlich tanzte feixend eine Fratze vor mir, und wieder und wieder dröhnte es in meinen Ohren: »Es werden die Narren geplagt um ihrer Sünden willen, Sünden willen, Sünden willen!« Mengin! Aber er war doch schon tot! Ein böser Höllenspuk? Mein Blick glitt entgeistert über ihn und das Gericht hinweg. Umgeben von einem mächtigen Holzstoß ragte inmitten des großen Marktplatzes bedrohlich ein Pfahl in die Höhe. Er und kein Seelsorger würde mir letzten Halt geben. Um ihn herum war der gesamte Markt gerammelt voll mit Gaffern und Anklägern, die wild durcheinanderschrien und ihre Fäuste schüttelten. Eine Hundertschaft Berittener und zahllose Büchsenschützen hielten sie mühsam in Zaum. Von überallher waren sie gekommen, um das schreckliche Schauspiel zu genießen.

Hatte ich mit harmlosen Späßen so viel Hass auf mich gezogen? Oder waren es unbequeme Wahrheiten? Doch mit den meisten dieser geifernden Schreier hatte ich meiner Lebtag nichts zu schaffen. Ich sah viele Frauen und Kinder unter ihnen. Mir schossen Tränen in die Augen.

Dann hörte ich wie von ferne den Bannrichter verkünden: »Falls eine Jungfer den zum Tod Verurteilten zum Mann haben will, sei ihm nach altem Recht Gnade gewährt!« Großes Gelächter war die Antwort. »Jungfrauen, keine Vetteln!«, schrien boshafte Witzbolde, als sich ein paar betagte Witwen nach vorn drängten. »In des frommen Herzogs Stadt wird sich doch eine echte Jungfrau finden.« Da fiel mein tränengetrübter Blick auf eine mir vertraute, ganz in schwarz gekleidete Gestalt, die mit erhobenen Armen und flatterndem Gewand geradewegs auf mich zuflog. Ich bäumte mich auf und schrie voller Leidenschaft: »Beatriiiice!« Da schlug mir ein Knecht aufs Maul und schüttelte mich …

»He, Michel! Wach auf! Hast du schlecht geträumt?« Caspar kniete neben mir und nahm jetzt langsam die Hand von meinem Mund.

Ich richtete mich schweißgebadet und benommen auf. »Geträumt, ja … aber nicht eigentlich schlecht.«

»Dann sag's uns«, forderte mich Hans auf. »Lass uns teilhaben.«

»Ich träumte vom Malefiztag und sah mich schon dem Scheiterhaufen nahe.«

»Nicht eigentlich schlecht«, frotzelte Caspar, »hat dir die Angst schon den Verstand vernebelt?«

Ich lächelte in verzückter Erinnerung. »Ein Engel kam, um mich zu retten.«

»Ein frevelhafter Narr von einem Engel gerettet«, sagte drauf der Freisinger sarkastisch, »er hat tatsächlich den Verstand verloren.«

Ich schwieg und fragte mich nur, ob es die Vorahnung eines Ereignisses sein könnte, das in Wirklichkeit eintreffen würde. Aber ich war nur ein verzweifelt hoffender Narr, nicht Joseph aus dem Buch Mose oder Daniel der Prophet, denen der Allmächtige weissagende Traumbilder und deren Deutung offenbarte. »Gibt es eigentlich den uralten Brauch des Freibittens und der Begnadigung durch eine heiratswillige Jungfer noch?«, fragte ich den Prokurator.

Der starrte mich an. »Wie kommst du darauf?«

»Du glaubst doch wohl nicht, dass dich noch eine will«, stichelte Caspar, »und überhaupt: Eine Jungfrau müsste es sein, nicht einfach bloß Jungfer.«

»Und überhaupt«, fauchte ich, »bei dir gibt's diesen rettenden Ausweg gar nicht mehr. Du hast deine Jungfer schon lebenslang am Hals.«

»Streitet nicht!«, mahnte der Prokurator. »Den Brauch des Losheiratens gibt es tatsächlich noch immer, aber strenge Richter versuchen ihn zu umgehen.« Ein spöttischer Zug umspielte seinen Mund. »Gibt es sicheren Grund, auf den du vertraust?«

»Die Hoffnung stirbt zuletzt«, sagte ich und hüllte mich in vielsagendes Schweigen. Sollten Träume tatsächlich etwas bedeuten, warum trug Beatrice dann Schwarz in meinem Traum? Hatte nicht Moritz angedeutet, dass ihr Gatte bald sterben würde? War sie inzwischen schon Witwe und deshalb frei für mich? Aber Moritz hatte auch gesagt: »Keine falschen Hoffnungen!« Vielleicht wollte sie mich gar nicht mehr, hatte genug von der Ehe. Hoffen und Harren hält manchen zum Narren, sagt ein Sprichwort. Und die Schrift lehrt uns: Wer auf Träume baut, greift nach dem Schatten und will den Wind fangen. Aber wenn der Traum doch wahr werden sollte … Freilich wäre damit nicht alles in schönster Ordnung. Man würde uns des Landes verweisen, aber ich wäre wenigstens frei und könnte endlich mit Beatrice in den viel gepriesenen Süden gehen, in ihr Heimatland …

»Wenn Gott einen Engel im Traum schickt, besteht Hoffnung«, sagte Hans plötzlich und schaute dabei so beseelt, als sei er ihm selbst begegnet. »Engel sind seine Boten. Man muss nur fest an sie glauben und dafür beten.«

Nun war mein Engel sicher nicht von Gott gesandt, aber vielleicht sollte ich's trotzdem mal mit Beten versuchen, sagte ich mir. Als ich eben dabei war, etwas in mich zu gehen, riss mich der Prokurator aus meiner Andacht: »Du könntest berühmt werden, Michel.«

»Berühmt? Wodurch?«

»Als damals die große Verfolgung begann, da dauerte es nicht lange und windige Geschäftemacher verdienten am Leid der Unschuldigen, indem sie vielerorts die *Erweiterte Unholden Zeitung* vertrieben. Das dümmliche Machwerk strotzte zwar vor frechen Lügen und Halbwahrheiten und trug dazu bei, den schrecklichen Wahn zu verbreiten, indem es den Leichtgläubigen gräuliche Verbrechen vorgaukelte und damit Furcht erzeugte. Aber ich stelle mir schon die Titelseite vor, garniert mit einem rührseligen Holzschnitt und der schreienden Überschrift in fetten Lettern: Frevelhafter Narr wird durch die reinigende Kraft einer Jungfer von Schuld befreit und gerettet.«

»Traurige Berühmtheit«, maulte ich.

»Aber du würdest wenigstens leben«, sagte Hans, und es klang fast ein wenig neidvoll.

»Närrischer Undank!«, schimpfte dagegen Caspar. »Erwartest du, dass man dir vom Schafott herunter auch noch den Teppich ausrollt? Wie der Henker den Bragadino abgeschlachtet hat, das nenn ich traurige Berühmtheit.«

»Hast recht«, gab ich zu, und der Freisinger sagte boshaft: »Da hat der Teufel dem Hochstapler einen argen Streich gespielt. Der Kerl war ein entsprungener Kapuzinermönch. Aus Angst vor der Folter bettelte er um einen jesuitischen Beichtvater. Man hat eigens diesen Gregor de Valencia aus Ingolstadt geholt, der die Ansicht vertrat, ein Geistlicher dürfe nach römischem Recht nicht gefoltert werden. Er drängte den falschen Goldmacher zu einem Geständnis. Auf den Betrüger hätte normalerweise der Galgen gewartet mit einem von Flittergold überzogenen Strick, aber Wilhelms Beichtväter bewirkten für ihn die Gnade der Enthauptung.«

»Gnade«, höhnte Caspar, »dass ich nicht lache. Das Blut spritzte bis in die vorderste Reihe, als der Nachrichter aus Landshut nicht den Hals traf, sondern mit schrägem Schnitt erst die Schädeldecke abschlug. Wahrscheinlich hat sich der Kerl am Vorabend zu viel Mut angesoffen.«

»Und dann hat er ihn am Boden abgeschlachtet wie ein verwundetes Vieh«, sagte Hans leise und seine Stimme zitterte dabei. »Hätten ihn nicht zweihundert Musketenschützen umringt, die wütende Menge hätte den Stümper auf der Stelle erschlagen.«

Nein, die Aussicht auf eine mögliche Begnadigung zum Tod durch das Schwert diente in keiner Weise zu unserer Beruhigung. Um mich von den Schreckensbildern abzulenken, sann ich der Bemerkung des Prokurators nach: »Du könntest berühmt werden, Michel.« Ich dachte an meinen Vater, an dessen Streiche und Wirken bei Hof sich kaum jemand erinnerte. So würde es mir wohl auch ergehen. Meine alltäglichen Spielereien waren nicht von Bedeutung und da, wo ich tatsächlich etwas bewirkt hatte, würde man absichtlich über mich hinwegsehen, um nicht das Ansehen der hohen Herren, denen ich gedient hatte, zu schmälern. Plötzlich kam mir Wilhelm in den Sinn, und wie er zu Innsbruck ganz gefangen war von Kaiser Maximilians stolzer Devise: »Wer sich im Leben kein Gedächtnis macht …« Und jetzt stand das Projekt seines eigenen Grabdenkmals, das ihm weit über die Grenzen seines Landes hinaus Berühmtheit sichern würde, kurz vor dem Scheitern, während Michel der Narr in seinem Scheitern noch Berühmtheit erlangen könnte. Wer nur dachte sich solch perfiden Witz aus? Waren es die unergründlichen Pläne des Allmächtigen oder die Ränkespiele Satans?

Es war in der Tat ein merkwürdiges Spiel. Erst stürzte der Turm von St. Michael ein und man machte dafür den Teufel beziehungsweise seine Hexen verantwortlich. Wilhelm kam danach zu dem Schluss, die Kirche noch größer zu bauen, und Sustris entwarf ihm rasch eine Vierung mit mächtiger Kuppel. Und auf einmal entstand der Plan, darunter ein prachtvolles Grabdenkmal für Wilhelm und Renata zu errichten. Vier ritterliche Wächter mit Standarten sollten es bewachen, dazu vier Löwen mit Kandelabern in der Pfote. Von drei lebensgroßen Engeln hielt einer das Weihwasserbecken, zwei verwiesen auf den Himmel. Den Schmerzensmann am hochragenden Kreuz hatte kein Geringerer als Giambologna aus Florenz gegossen. Auch die trauernde Maria Magdalena und die über allem schwebende Madonna waren schon fertig, als das Projekt ins Stocken geriet. Natürlich waren die Jesuiten dagegen. Wilhelm hatte ihnen bei der Weihe die Kirche geschenkt. Und in ihrer Kirche sollte nach ihrem Verständnis der Blick der Gläubigen direkt auf den Hochaltar gerichtet sein. Wilhelms pompöses Grabdenkmal aber hätte diesen Blick verstellt. Doch die Patres hätten es dem edlen Stifter nicht aus eigener Kraft verwehren können. Die treibende Kraft dagegen war in meinen Augen Wilhelms lieber Sohn Maximilian. Schon Jahre zuvor hatte er dem Archivar, der die vielen Wappen für das Monument erstellen sollte, eigenmächtig die Schlüssel zum Archiv entziehen lassen. Und dann wurde ich kurz vor Wilhelms Abdankung ungewollt Zeuge eines heftigen Streits. Wilhelm mühte sich mit der Abfassung seines Testaments und sorgte sich dabei nicht nur um die Thronfolge, sondern um den Erhalt der Dynastie überhaupt.

»Es sind jetzt gut zweieinhalb Jahre ins Land gegangen seit Eurer Heirat«, sagte er vorwürflich zu Maximilian, »und noch ist kein Thronfolger in Sicht. Ich gehe doch davon aus, dass Ihr Eurer Pflicht nachkommt, mein lieber Sohn. Ich hege daher die Sorge, Euer Weib könnte verhext sein, und empfehle Euch, den Barnabitengeneral Marrano, der ein kundiger Exorzist ist, zurate zu ziehen.«

Maximilian stand zunächst nur der Mund offen, ehe er zornig aufging und darauf hinwies, dass auch seine Mutter erst nach über zwei Jahren empfangen hatte. »Ich kenne meine Pflicht«, sagte er, »habt etwas Geduld.«

Wilhelm und Geduld! Wie gut kannte der Sohn seinen Vater, wo er doch selbst die Ungeduld geerbt hatte?

Wilhelm zwirbelte unsicher seine Bartspitzen. »Ich trage mich mit dem Gedanken«, fuhr er fort, »meinem jüngsten Sohn Albrecht schon früher die Heirat zu erlauben, denn falls, was Gott verhüten möge, Euch etwas zustoßen und Eure Ehe kinderlos bleiben sollte …«

»Niemals!«, protestierte Maximilian erregt. »Ihr hattet mir fünfzehn Jahre zugesagt, ehe einer meiner Brüder sich verheiraten dürfe. Und wenn Ihr schon so besorgt seid um den Erhalt der Dynastie, warum treibt Ihr dann unser Haus und das Land, das Ihr mir übergeben wollt, schier in den Bankrott? Wir haben nur noch wenige Gulden in der Kasse und kaum noch irgendwo Kredit. Die letzten Jahre aber haben mich gelehrt: Nur der wird respektiert, der viel Land oder viel Geld hat. Wir haben keins davon. Also dürfen wir das wenige Geld nicht auch noch mit vollen Händen ausgeben, zumal für Dinge, die angesichts der drohenden Türkengefahr nicht wichtig sind.«

Wilhelm ahnte, was Maximilian damit sagen wollte. »Aber die Sepultur dient doch auch der Ehre und dem Ansehen unseres Hauses«, wandte er betroffen ein, »und es fehlen nur noch meine Skulptur und die meiner Gemahlin, Eurer lieben Frau Mutter.«

Maximilian stand eine Weile mit gesenktem Kopf da und rang mit sich selbst, ehe er seinen ganzen Mut zusammennahm: »Ich darf Euch mit Verlaub an Eure eigenen väterlichen Instruktionen für meine strengen Erzieher erinnern. Demut, so schärften sie mir ein, ist die Tugend, durch die alles fürstliche Lob größer und herrlicher wird. Ohne sie kann sich eines Fürsten Gemüt nicht zum heilsamen Gebrauch seines Standes entwickeln. Und die Jesuiten lehrten mich: Nur in Demut ist man wahrhaftig zu sich selbst. Demut steht dem Laster des Stolzes entgegen. Ihr müsst dem Missstand endlich ins Auge sehen, Vater!«

Ich bezweifle, dass Wilhelm damals schon zu der Einsicht kam, dass sein Grabdenkmal eitle Selbstdarstellung war. Noch im Sommer hatte er sich den Räten gegenüber zuversichtlich geäußert, dass die Sepultur für ihn und seine Gemahlin bald fertig werde. Nun schien er zumindest zu ahnen, dass sie den Räten und dem Volk in der angespannten Lage nicht mehr zu vermitteln war. Aber wenn er's aus eigener Kraft erreichen würde, wenn er sich von irgendwoher die nötigen Mittel beschaffen könnte … Da kam er auf die närrische Idee mit der Schatzgräberei, derentwegen ich jetzt in großer Not war.

Vierundvierzigstes Kapitel

Vor drei Tagen hatte mein Vetter die Nachricht gebracht, dass es dem Wangereck noch nicht gelungen war, die Mehrheit des Hofrats von der Notwendigkeit der Folter zu überzeugen. »Und wenn es zur Abstimmung kommt«, versicherte er, »gebührt die erste Stimme dem Hofkanzler. Seine Stimme hat Gewicht und kann das Abstimmungsverhalten der anderen lenken. Und der Gailkirchner ist, wie ich schon sagte, gemäßigter Ansicht, was das Führen von Hexenprozessen betrifft.«

Trotzdem schwebte die Ungewissheit weiter wie ein düsterer Schatten über uns, und die Angst hielt uns umso fester in ihren Krallen, je länger sich das Elend hinzog. Meine Finger- und Zehennägel glichen mittlerweile selbst den Krallen eines wilden Tieres, teils zu lang, teils scharfkantig abgebrochen. Ich versuchte, sie an der rauen Wand unserer Zelle abzuschleifen. Waren es zwei Tage oder drei? War gar der Tag des Herrn schon wieder angebrochen? Ich verlor allmählich das Zeitgefühl. Und hätte nicht Hans pedantisch Striche in die Wand geritzt, ich hätte nicht sagen können, dass es der zehnte Tag des Monats Juni war, als mich frühmorgens ein Scherge in die Folterkammer schubste. Es war wie beim ersten Verhör des eifernden Hofrats, nur dass er diesmal schon den Ort der peinlichen Befragung dafür ausgewählt hatte. Ich war verstört. Hatte sich Andre geirrt in seiner Einschätzung? Oder ging Wangereck eigene Wege?

»Ja, seht Euch nur um«, sagte er mit falscher Freundlichkeit, »ich habe diesen Ort gewählt, damit es Euch leichter fällt, Euch zu erinnern. Und der Eisenmeister wird Euch dabei behilflich sein.« Der Grobian spielte derweil schon mit den Daumenschrauben.

»Das könnt Ihr nicht tun«, sagte ich, »dazu habt Ihr kein Recht.« Aber vielleicht hatte er's mittlerweile schon. Der Hofrat gab sich selbstsicher.

»Das lasst meine Sorge sein. Setzt Euch!«

Der Eisenmeister winkte mich zu sich heran und platzierte mich auf einen hölzernen Stuhl. Er klappte ein schmales Brett über die Lehnen, sodass ich in den Stuhl gezwängt war. Dann legte er sich meine Unterarme auf dem Brett zurecht und schob meine beiden Daumen zwischen zwei eiserne Backen, die er mittels einer breiten Schraube bedrohlich einander näherte. Ich schaute wie geistesabwesend zu, und erst als ich an den oberen Daumengelenken einen noch leichten Schmerz spürte, erfasste ich, was wirklich vorging. »He!«, schrie ich. »Aufhören! Lasst das!« Ich wollte meine Daumen zurückziehen, aber es ging nicht mehr. Da hörte der Eisenmeister von sich aus auf.

Ohne lange Vorrede fragte der Wangereck scharf: »Ist Euch der Name Regina Pollinger bekannt?«

Herwarth!, schoss mir durch den Kopf. Meine Befürchtung erwies sich als wahr. »Sicher«, sagte ich. »Sie war eine grundgute Frau, die dem ehrenwerten Hans Jakob Fugger …«

»Schweigt! Danach habe ich nicht gefragt.«

Heute also auf die harte Tour, sagte ich mir, und schon bohrte der Hofrat weiter. »Wo traft Ihr sie zum ersten Mal?«

»Ich erwähnte doch eben den ehrenwerten Hans Jakob Fugger. Mit ihm zog ich vor etlichen Jahren zur Hochzeit des Mediciprinzen nach Italien. Wir brachen an einem Novembertag auf. Die Luft war noch ungewöhnlich warm und wir kamen am ersten Tag … auuuh!«

Der Hofrat hatte dem Eisenmeister einen Wink gegeben und der zog die Schraube etwas an.

»Du musst verstehen, er hat keinen Sinn für närrischen Humor«, erklärte der Hofrat. »Besser du beantwortest einfach meine Fragen.«

Nicht nur, dass der Kerl fies grinste, er ließ jetzt auch alle Höflichkeit fahren. Wütend war ich versucht, ihm ins Gesicht zu schleudern, dass ich ihn und alle, die meinen Tod verschuldeten, mit dem schlimmsten Fluch belegen und vor Gottes Gericht ins Tal Josaphat laden würde, behielt es jedoch für mich, solange die Schmerzen erträglich waren.

»Es ist ohnehin sicher bezeugt. Halten wir also fest, du hattest mit der Hexe vertrauten Umgang vor deiner Zeit am Herzogshof. Wie oft bist du mit ihr zum Tanzplatz ausgefahren?«

»Sie war keine Hexe«, protestierte ich, »das ist eine infame Lüge.«

»Sie wurde vom hohen Gericht ordnungsgemäß und unfehlbar verurteilt. Willst du das etwa in Zweifel ziehen?«

»Niemand kann nächtens ausfahren. Das sind bloß Hirngespinste.«

Wangereck sprang auf. »Das sind bloß haltlose Einwände protestantischer Sektierer. Die heilige Mutter Kirche hält den Hexenflug für erwiesen. Und Binsfeld sagt, wer daran zweifelt …«

»Binsfeld ist ein Teufel!«

»Hüte deine Zunge!«, schrie Wangereck und gab dem Eisenmeister ein Zeichen.

Ich schrie vor Schmerz und glaubte schon das Knacken der Knochen zu hören. Da wurde es laut im Vorraum. Ein Scherge stieß die Eisentür auf und ein Engel betrat das höllische Gemach. Es war nicht der Engel aus meinem Traum, aber mein Vetter Andre kam wie gerufen.

»Was habt Ihr hier zu suchen?«, blaffte ihn der Hofrat an.

»Mir scheint, ich komme eben zur rechten Zeit, um Unrecht zu verhüten«, sagte Andre selbstsicher.

»Was erlaubt Ihr Euch?«

»Die Frage stelle ich Euch. Ich weiß aus sicherer Quelle, dass Euch der Hofrat nicht dazu ermächtigt hat, die Peinliche Befragung durchzuführen.«

»Es ist nur eine Frage der Zeit. Und die Zeit drängt. Der Herzog will endlich Ergebnisse sehen.«

»Nicht um den Preis, das Recht zu brechen.«

»Wollt Ihr mir vorschreiben, wie ich …«

»Ich bin seit vielen Jahren Innerer Rat und Bürgermeister dieser Stadt und in Rechtsfragen nicht weniger erfahren als Ihr«, unterbrach ihn Andre mit stolzer Bestimmtheit, für die ich ihn bewunderte. »Zudem hat der Angeklagte das Recht, dass man seine Verteidigung hört.«

Ich hielt dem Eisenmeister meine eingezwängten Daumen hin mit der Aufforderung, die Schraube zu lösen.

»Tut, was er sagt«, bekräftigte Andre meinen Wunsch, als der Eisenmeister zögerte.

»Ihr habt hier nichts zu befehlen!«, brüllte der Hofrat ihn an.

»Ihr hört besser auf mich, bevor Ihr's bereut.«

»Wollt Ihr mir drohen?«

»Ich rate Euch nur zur Vernunft.«

»Vielleicht sollten wir …«, wagte der Beisitzer von der Ritterbank einen Einwand.

»Seid still!«, fuhr ihm Wangereck übers Maul. Sichtlich verblüfft stand er eine Weile unschlüssig da. In seinem Gehirn tobte eine Schlacht. Plötzlich sagte er mit verschlagener Miene: »Ja … ja sicher, Ihr habt recht. Lasst es uns mit Vernunft angehen.« Er gab dem Knecht ein Zeichen: »Bring unserem Gast einen Stuhl!«

Andre setzte sich langsam. Das Misstrauen war ihm anzusehen. Auch Wangereck nahm wieder Platz und lehnte sich entspannt zurück.

»Ich war zwar noch in Ingolstadt damals, aber die Kunde von dem großen Prozess zu München drang selbstverständlich dorthin, zumal der Herzog von der Universität ein Gutachten verlangte. Sagt, täusche ich mich oder wart Ihr nicht damals Mitglied der Kommission? Natürlich! Und Ihr wisst sehr wohl, was rechtens ist, sonst hättet Ihr nicht das Todesurteil gebilligt.« Er beugte sich vor und schaute Andre hämisch an. »Vielleicht könnt Ihr dann Eurem – wie soll ich sagen – Vetter, Freund oder Schützling klarmachen, dass das Weib, diese Regina Pollinger, eine vermaledeite Hexe war.«

Ich wollte aufbegehren, aber Andre gebot mir mit der Hand Einhalt. »Dabeisein heißt noch längst nicht Zustimmung. Caspar Lagus, Professor der Rechte in Ingolstadt, dürfte Euch bekannt sein. Er sprach sich für einen Generalpardon für die verurteilten Hexen in Schongau aus, weil er weitsichtig erkannte, wohin die unselige Verfolgung führen würde. Er wurde nur leider überstimmt.«

»Lagus«, erwiderte Wangereck verächtlich, »ein höchst betrübliches Beispiel. Man hatte ihn davor schon einmal wegen nachlässiger Amtsführung all seiner Ämter enthoben. Ihr wollt Euch doch nicht diesen pflichtvergessenen Schwächling zum Vorbild nehmen.«

Andre schaute dem Hofrat kühl in die Augen. Es war, als würden sich zwei Kämpfer vor dem Turnier mit Blicken messen. »Habt Ihr Euch nicht vor zwei Jahren beim Reichskammergericht um eine Stelle als Assessor beworben? Warum wurde daraus nichts? Mir kam zu Ohren, Ihr seid einem herzhaften Trunk nicht abgeneigt, bisweilen über den Durst. Ist vielleicht auch eine Schwäche aus Ingolstädter Tagen.«

Ich hätte meinem Vetter um den Hals fallen wollen, während sich der Hofrat mühsam in Zaum hielt und seine Gesichtsmuskeln zitterten.

»Wir sind uns doch wohl einig«, fuhr Andre ungerührt fort, »dass sowohl der alte Herzog als auch sein Sohn das Laster der Zauberei und das Hexenunwesen zutiefst verabscheuen.«

»Darauf könnt Ihr schwören.«

»Wie kann es dann sein, dass Herzog Wilhelm beides in seiner Nähe duldet? Zwar nicht leiblich, aber bildlich.«

»Unmöglich! Ihr müsst Euch irren!«

»Geht nach Landshut. Ich war vor zwei Tagen dort auf Burg Trausnitz. Auf der Treppe zu den Gemächern des Herzogs und der Herzogin werdet Ihr beides finden. Ein Spaßmacher, einer wie mein verehrter Vetter hier, zeigt dort die Geste la mano cornuta, die gehörnte Hand.«

»Na und. Sie wird jemand gelten, dem man Hörner aufgesetzt hat.« Er stutzte. »Äh, ich meine damit keinesfalls den Herzog.«

»Der Spaßmacher auch nicht. Er gebraucht nämlich die Geste als Abwehrzauber, mit dem man nach Eurer Ansicht und den kruden Lehren der Hexenjäger auch schon einen Pakt mit dem Teufel eingeht. Die Abwehr gilt aber der wütenden Küchenmagd oder Köchin gegenüber, die mit einer Ofengabel und einem Topf als Wurfgeschoss droht.«

»Pah! Ihr sagt ja selbst: eine Bedienstete aus der Küche. Was ist daran verwerflich?«

»Sie trägt unverkennbar die Gesichtszüge der Regina Pollinger.«

»Pfff!« Der Hofrat kam ins Schwitzen, obwohl es kühl war im Verlies. »Es wird eine Verwechslung sein. Es gibt bestimmt eine einleuchtende Erklärung dafür.«

»Die gibt es«, sagte Andre und zog ein Blatt Papier hervor, »sie wird nur nicht in Eurem Sinne sein. Ich war auch bei Friedrich Sustris, dem Schöpfer der Figuren auf der Treppe. Er gab mir diesen späteren Entwurf für ein Sonnwendfeuer, das nur wegen Abwesenheit des Herzogs nicht zustande kam. Ihr seht hier einen brennenden Berg und darauf eine Hexe, die die Feuergabel schwingt. Sie gleicht aufs Haar der Küchenmagd auf Wilhelms Treppe. Was nun? Falls Regina Pollinger nur eine ehrbare Haushälterin und keine Hexe war, wurde sie zu Unrecht von uns verurteilt und verbrannt. War sie aber eine Hexe, dann frage ich Euch: Was hat sie in der Nähe des Herzogs zu suchen? Selbst wenn sie ihn zuvor verzaubert und getäuscht hätte, hätte man sie spätestens nach ihrem Tod im Feuer auch von der Wand abkratzen müssen. Oder glaubt Ihr, der Herzog ließ sie dort als ständige Mahnung für sich und seine Gemahlin unberührt? Am besten befragt Ihr ihn selbst, wenn Ihr den Mut dazu habt.«

»Ich … äh … Ihr gebt das Blatt am besten mir, und ich werde mich um die Aufklärung dieses unbedeutenden Versehens bemühen.«

»Für wie dämlich haltet Ihr mich?«

Der Hofrat presste die gefalteten Hände zusammen, bis die Knöchel weiß wurden. Dann hatte er sich wieder in der Gewalt. »Betrachten wir Vergangenes als nebensächlich«, sagte er geschmeidig. »Tatsache bleibt, dass Euer närrischer Vetter zum Goldgraben angestiftet hat, und dafür ist ganz sicher die Hilfe des Teufels oder die Beschwörung von Dämonen erforderlich. Für diesen Frevel wird er mit dem Feuertod büßen.«

»Für diesen Frevel, wie Ihr es nennt, gibt es ebenfalls eine einleuchtende Erklärung.« Andre wirkte sehr gelassen, als er vorschlug: »Ihr lasst die Geschichte am besten den Übeltäter selbst erzählen.«

Ich schilderte kurz die Sache mit Wilhelms Grabdenkmal und wie sehr er noch immer daran hing, weshalb er auch bereit war, zu ungewöhnlichen Mitteln der Geldbeschaffung zu greifen.

»Lasst den Herzog aus dem Spiel«, drohte der Hofrat. »Es wird Euch nichts nützen, Euch feige hinter ihm zu verstecken.«

»Nun gut, sagen wir einfach, ich hielt Ausschau nach diversen Möglichkeiten zu erfolgreicher Goldsuche. Dass man es beispielsweise in Flüssen auswaschen kann, wird Euch bekannt sein. Aber dies ist wenig ergiebig. Zufällig traf ich in jenen Tagen in einem Gasthaus einen Mann, der Erfahrung im Bergbau zu haben schien und behauptete, dass es lohnender sei, nach Stellen zu suchen, an denen das Gold nicht auf den ersten Blick zutage trete. Er sprach von Männern, meist Venezianern, die mehrmals im Jahr über die Berge kämen, um hierzulande nach unscheinbaren Gesteins- und Erzbrocken zu suchen. Die Männer seien sehr verschlossen, aber er habe einem von ihnen beim Wein entlocken können, dass die Gesteinsbrocken Eigenschaften enthielten, die unverzichtbar für die Herstellung edlen Glases seien. So könne man zum Beispiel mit einem braunen Stein, den er Magneteisenstein nannte, ein durch Eisengehalt schmutzig trübes Glas klar und durchsichtig machen. Er nannte es Glasmacherseife. Das Geheimnis leuchtender Farben sowie das wasserklare Glas venezianischer Spiegel liege ebenfalls in diesen unscheinbaren Knollen verborgen, und dies sei wahrlich Gold wert. Er sagte noch, dass die geheimnisvollen Fremden in schmalen Büchlein Aufzeichnungen machten über ihre Fundorte und deren Ergiebigkeit und dass er einem dieser Welschen, der in den Bergen schwer gestürzt war, für seine Rettung ein solches Büchlein abgeschwatzt habe. Da er selbst kurz vor einer Reise in die neue Welt stehe, um dort nach Gold zu suchen, sei er bereit, mir das Walenbuch für eine lächerliche Summe zu verkaufen.«

»Ihr wollt mich wohl schon wieder für dumm verkaufen«, unterbrach mich der Hofrat wütend.

»Keineswegs«, beschwichtigte ich, »Ihr habt natürlich sofort erkannt, dass dieser Kerl auf Dummensuche aus war. Später stellte sich auch heraus, dass das Buch nur alle möglichen Zeichen und unverständliches Gekritzel enthielt, das ohne kundige Anleitung so wenig zu entschlüsseln war wie viele Schwarten der Alchemisten. Ich hatte es im Namen und Auftrag von Herzog Wilhelm gekauft und …«

»Ihr seid ein verdammter Lügner«, brüllte mich Wangereck an, »und ich habe Euch gewarnt! Beschmutzt nicht die Ehre Herzog Wilhelms!«

»Das würden auch wir liebend gerne vermeiden«, ging Andre rasch dazwischen. »Glaubt Ihr, Ihr würdet die Schrift des Herzogs zweifelsfrei erkennen?«

»Welche Frage!«, empörte sich Wangereck.

Andre zog ein zweites Schriftstück aus seiner Rocktasche hervor und hielt es dem Hofrat vor die Nase, ohne es aus der Hand zu geben.

Wangereck las halblaut vor und wurde mit jedem Wort etwas blasser: »*Hiermit bestätigen wir wahrheitsgemäß, dass Michel Witz, untertänigster Diener und ehemals Hofnarr Seiner Fürstlichen Gnaden, mit deren Wissen und in deren Auftrag handelt, gez. Wilhelm, von Gottes Gnaden Pfalzgraf bei Rhein und Herzog des Oberen und Niederen Bayern et cetera …*«

»Das … wo habt Ihr das her?«, stammelte der Hofrat. »Ihr habt es Euch erschlichen.« Er starrte finster wieder auf das Papier. Plötzlich hellte sich seine Miene auf, und wie ein triumphierender Kanzleilöwe sagte er spöttisch: »Das beweist doch gar nichts. Kein Datum, kein Betreff. Das kann zu beliebiger Zeit und einem völlig unbedeutenden Anlass ausgestellt worden sein. Es ist die Tinte nicht wert, geschweige denn eine Entlastung Eures missratenen Vetters.«

»Wie ich zuvor schon sagte«, antwortete Andre lächelnd, »befragt den erlauchten Herzog selbst, wenn Ihr den Mut dazu habt. Lasst es ihn entscheiden!«

»Und wenn du schon dabei bist«, brauste ich auf, »in Lothringen nennen sie den Teufel Federwisch, weil er schwarz gekleidet ist und Federn am Hut trägt. Was glaubst du, wie viele solcher schwarzen Gestalten sich jetzt am Herzogshof tummeln? Frag nach, wer von ihnen Teufel ist und wer nur ein braver Bediensteter. Und Rémy, der große Hexenjäger, ist überzeugt, dass sich vornehme Mitglieder der Hexensekte mit Larven und Schleiern maskieren und rückwärts tanzen, damit sie vor Besagungen inhaftierter Hexen sicher seien. Warst du schon mal bei einer fürstlichen Mummerei und Tanzveranstaltung? Dann frag nach, wie es dort zugeht! Und Rémy erzählte von einem Weib, das überaus fromm war und dennoch als Hexe schlimmster Verbrechen überführt wurde. Wilhelm hört täglich mehrere Messen und verbringt viele Stunden auf Knien vor seinen Reliquien. Frag ihn ...«

»Es reicht, Michel! Es reicht, lass gut sein!«, bremste Andre meinen Furor, mit dem alle in den letzten Wochen in mir aufgestaute Angst und Wut hervorbrach.

»Du verkommenes Subjekt«, giftete mich Wangereck an, »das wird dich als Ketzer zu Fall bringen!«

»Beruhigt Euch«, sagte Andre. »Beruhigen wir uns alle wieder.« Und Wangereck gab er den Rat: »Ihr müsst all diese Fragen nicht stellen, und ich kann mir auch nicht vorstellen, dass Herzog Maximilian, Euer Dienstherr, Gefallen daran fände, wenn Ihr seinen Vater bloßstellt. Ringt Euch einfach zu der Einsicht durch, dass mein Vetter nichts von dem getan hat, was Ihr ihm vorwerft.«

Doch Wangereck war weder bereit noch fähig zu der Einsicht. Mit zitternden Lippen hielt er Andre vor: »Ihr habt einst selbst Hexen gerichtet. Wie könnt Ihr jetzt so blind sein? Nur weil es Euer Vetter ist? In der fürstlichen Instruktion zur Bekämpfung des Hexenwesens ist festgelegt, dass ein jeder, der etwas von Zauberei oder Hexenwerk gehört, gesehen oder erfahren hat, dies umgehend der Obrigkeit anzeigen soll. Da dürfen um der Gerechtigkeit willen weder Kinder ihre Eltern noch Eheleute einander in falschem Glauben schonen, geschweige denn Ihr!«

»Ich weiß«, sagte Andre, »doch ich habe weder gehört, noch gesehen oder erfahren, dass mein Vetter verbotenes Hexenwerk betrieben hat. Und über falschen Glauben habe ich lange nachgedacht. In Herzog Wilhelms Dekret der Hexerei halber heißt es gleich zu Beginn, Gott habe die Menschheit wegen ihrer schweren Sünden mit der Pest der Hexerei gestraft. Doch gleichzeitig sei die Hexerei Abfall von Gott und damit die größte Sünde und Beleidigung des Allmächtigen. Ist das nicht widersinnig? Heißt es denn nicht, Gott beleidigt sich eigentlich selbst, wenn er als Bestrafung für die Sünder die Hexerei als größte aller Sünden schickt?«

»Das ist Ketzerei!«, zischte Wangereck mit Zornesröte im Gesicht.

»Das ist Vernunft«, entgegnete Andre. »Ihr gebt vor, mit Eurem grausamen Werk die Ehre Gottes zu retten. Aber der Allmächtige ist viel größer. Er bedarf dieser kleinlichen Hilfe nicht. Er hält auch Unkraut in seinem Acker aus, wie uns Matthäus im Gleichnis vom Sämann vermittelt. Der Herr befiehlt seinen Knechten, das Unkraut bis zur Ernte mit dem Weizen wachsen zu lassen, damit nicht zusammen mit dem Unkraut auch guter Weizen ausgerissen werde. Die Ernte ist das Gericht, und das steht nicht Euch zu, sondern Gott. Euch mangelt es an echtem Glauben, und Ihr stellt zu viele unnötige Fragen.«

Fünfundvierzigstes Kapitel

Wir kamen nicht unmittelbar frei. Es währte noch ein paar Tage, bis sich der Hofrat zu einer Entscheidung und einem Urteil durchgerungen hatte. Aber es waren für uns bereits Tage der Hoffnung, die wir zum Teil damit verbrachten, vorsichtig Pläne zu schmieden für die Zeit danach. Und dann, es war ein Donnerstag Mitte Juni, ich weiß es noch genau, war der schmerzlich ersehnte Tag gekommen, an dem wir die Sonne wieder erblickten. Aber wir konnten Familie oder Freunde nicht gleich in die Arme schließen, denn nach der Urteilsverkündung sollte ja erst noch unsere Bestrafung erfolgen. Auf dem Marktplatz hatte man auf hölzernen Schragen eine Art Bühne errichtet. Ein paar von uns, auch mir und dem Freisinger, wurden Zauberbücher um den Hals gehängt, dann stellte man uns für ein paar Stunden als abschreckendes Beispiel öffentlich zur Schau. Peinlich war die Sache allemal, aber sie machte uns wenigstens nicht ehrlos. Als Abschreckung diente die Szenerie mit Sicherheit, denn bleich, ausgezehrt, zottelig und verdreckt stellten wir einen Haufen Untoter dar, die der Hölle entsprungen schienen. Die Gaffer hielten sich auch mit Schmähungen und fauligen Wurfgeschossen auffallend zurück, so als ginge noch immer Gefahr von uns aus.

Eine jedoch wagte sich unbekümmert bis an den Rand der Bühne vor. Ihr Haar, das in frechen Locken unter der Haube hervorquoll, hatte einen rötlichen Schimmer, was gehässige Verleumder zu übler Nachrede verleiten konnte. Sie schaute mir keck in die Augen, schmunzelte und sagte: »Seid ihr die berühmte Schauspielertruppe aus Italien?«

»Wie kommt Ihr darauf?«

»Weil Frauen bei euch mitspielen.«

»Das ist nichts Besonderes. Wie heißt die Truppe, die Ihr meint?«

»Comici Gelosi, das bedeutet eifersüchtig.«

»Ich weiß. Die Rolle liegt mir.«

»Ihr gebt einen traurigen Liebhaber ab, aber Eure Maske dafür ist gut gewählt.«

Ich schaute an mir herunter, zupfte mein zerrissenes Hemd etwas zurecht und hob bedauernd die Schultern. »Ich wüsste auch eine Rolle für Euch.«

»Habt Dank, aber ich wähle meine Rollen lieber selbst aus.«

»Was spielt Ihr zurzeit?«

»Das Stück heißt Eheteufel.«

»Hmm, zeitlos. Wer hat es geschrieben?«

»Ein gewisser Scolari.«

»O weh! Ein Dilettant, der nichts von Leidenschaft und Liebe weiß. Er sollte Euch lieber mit Schmuck behängen. Wie geht die Geschichte aus?«

»Das Ende scheint mir offen und ist noch nicht ersichtlich.«

»Könnt ich nur auf ein Zeichen hoffen, ich wäre zuversichtlich.«

Die bezaubernde Schönheit griff in ihren Korb und warf mir einen Apfel zu.

»Die Frucht der Liebe«, seufzte ich und biss herzhaft hinein.

»Gebt nur Acht, dass Ihr Euch nicht wieder den Magen verderbt.«

Wie ich es doch liebte und vermisst hatte, ihr freches Mundwerk und ihr verschmitztes Lachen. Inzwischen wurde Beatrice umdrängt von Schaulustigen, die auf unsere intime Stegreifkomödie aufmerksam geworden waren, und einige missverstanden den Apfelwurf als Aufforderung und hatten plötzlich Eier und angefaultes Gemüse in der Hand.

»Untersteht Euch, Frau Meisterin!« Mein Schutzengel schlug ihr das Ei aus der Hand und ging furios auf ein Grüppchen Halbwüchsiger zu. »Haut ab, ihr Rotzbengel!« Ich genoss ihr Temperament, und was als Strafe gedacht war, verging unterhaltsam wie im Flug.

Ein paar von uns hatten danach noch eine kleine Geldstrafe zu berappen, und die Forderung von Beichte und Kommunion bei den Jesuiten war erträglich. Nur einen von uns erwischte es tatsächlich hart: Der Leinweber Haberle war zu vier Jahren christlicher Seefahrt gegen die Türken verurteilt worden, weil die Schläge für den Kaufmann nicht seine erste Gewalttat waren. Es hieß aber, dass bei jedem Gefangenentransport einige Sträflinge flüchten konnten, bevor sie die Galeeren erreichten. Vielleicht war auch ihm dies Glück beschieden. Insgesamt jedenfalls waren die Strafen wider alles Erwarten und Befürchten erstaunlich milde. Über den Pronner erfuhr Andre, dass der Hofrat sich nicht mehrheitlich der Forderung des eifernden Wangereck anschließen mochte, die Folter zu erlauben. Zu gering erschienen den meisten unsere Vergehen, und zumindest die Älteren befürchteten ein erneutes Aufflammen unzähliger Folgeprozesse. Und hatte mein Vetter auch nicht direkt den Wangereck umstimmen können, so hatte er doch mir und den anderen die Folter und Schlimmeres erspart. Ich war ihm überaus dankbar.

»Dir sollte man ein Denkmal errichten«, sagte ich, »nicht Ferdinand oder anderen blinden Hexenjägern. Hattest du eigentlich keine Angst, dass der Hofrat dich durch deinen Widerspruch der Komplizenschaft und Ketzerei bezichtigen würde?«

»Ach, weißt du«, sagte er gelassen, »ich hatte den Vorwurf der Ketzerei schon zweimal auszuhalten bei den großen Religionsverhören vor etlichen Jahren und musste damals für mich und meine betagte Mutter von lutherischer Ketzerei abschwören.«

»Aber damals hast du eben abgeschworen, nicht widersprochen.«

»Ich hab mich doch jetzt nur auf die Bibel berufen.«

»Das tun die anderen auch. *Eine Zauberin sollst du nicht am Leben lassen*, heißt es bei Mose.«

»Da siehst du, dass selbst die Bibel verschiedene Wahrheiten kennt. Es ist Sache der Auslegung. Und ich war mir sicher, dass dieser Wangereck nicht dem dient, was ich für wahr halte.«

»Und Wilhelms Bestätigung, wie kamst du an das Schreiben?«

»Gleich nachdem du mir davon erzähltest, ging ich zum Stadtoberrichter und holte mir die Erlaubnis, die konfiszierten Gegenstände durchzusehen. Da hab ich's in einem deiner Bücher gefunden und sichergestellt.«

»Aber warum hast du mir nichts davon gesagt?«

Er schmunzelte. »Ich kenne doch meinen Vetter und sein aufbrausendes Gemüt. Ich wollte nur in höchster Not davon Gebrauch machen.«

»Und wenn du's nicht gefunden hättest?«

»Hmmh.« Er verdrehte die Augen, hob die Hände und sagte mit Unschuldsmiene: »Es gibt begabte Schreiber in der Kanzlei. Ich hatte etwas wiedergutzumachen und wollte verhindern, dass in meiner Stadt erneut großes Unrecht geschieht.«

Mein geschickter und von mir so lange verkannter Vetter bot mir auch an, bei ihm zu wohnen und wieder in das Geschäft einzusteigen. Aber ich fühlte mich jetzt noch weniger als damals dafür geeignet, ein guter Kaufmann zu sein. Zudem hatte Andre eine reiche Kinderschar, und ich fürchtete Konflikte über die Nähe zum Pronner durch Andres Gattin. Ich kaufte mich daher mit dem Erbe meines Vaters im Heilig-Geist-Spital ein und fristete mein Dasein mit Gelegenheitsarbeiten. Und vielleicht war dies weitsichtig von mir, denn noch während ich an diesen Seiten schrieb, verstarb Andre

Ligsalz, ehrenwerter Ratsherr und Bürgermeister zu München, geachteter Kaufmann, treu sorgender Ehemann und zuletzt auch hochgeschätzter Vetter. Ich werde sein Andenken meiner Lebtag mit Dankbarkeit in meinem Herzen bewahren. Sein Grab ist bei Unserer Lieben Frau. Und wenn auch Ihr, liebe Freunde, seiner mit Ehrerbietung gedenken wollt, steckt ihm dort eine Kerze auf.

Und dann war ich natürlich reichlich beschäftigt mit meinen Erinnerungen und der Abfassung dieses Buches. Dabei kamen mir viele Streiche und erheiternde Begebenheiten wieder in den Sinn, aber ebenso manch widersinnige Verhaltensweise, sodass ich mich des Öfteren fragte, ob *Das Narrenschiff* dieses Sebastian Brant nicht doch tiefere Einsichten enthielt, als ich in stürmischer Jugend wahrhaben wollte.

Was war nur über die Jahrzehnte aus all den kühnen Hoffnungen geworden, die Dichter, Künstler und Philosophen, Entdecker und Politiker in die Welt posaunt hatten? Einst schien es so, als könne der Mensch mit seinen schöpferischen Kräften alle Schwierigkeiten überwinden, und er wähnte sich dabei mitunter schon gottgleich. Rinascimento war das Zauberwort, Wiedergeburt. Pico träumte von der harmonia mundi und sprach von der Würde des Menschen, und während die Gelehrten nach dem Universalschlüssel der Erkenntnis forschten, suchten die Alchemisten nach dem Stein der Weisen. Allesamt Utopien. Statt sich die Gelassenheit eines Montaigne zu eigen zu machen, zerstritten sich die Religionen beziehungsweise ihre eifernden Vertreter in hitzigen Diskussionen um die Wahrheit, und die Würde des Menschen wurde in grausamen Kriegen zertrampelt. Manchmal graut mir bei der Vorstellung, zu was der Mensch in seinem Allmachtsdünkel noch fähig sein wird. Statt der gepriesenen discordia concors, der einträchtigen Zwietracht, scheint mir an der Wende dieses Saeculums die nackte Zwietracht gesiegt zu haben.

Und doch heißt es, in Gott vereinigen sich alle Gegensätze, und der Mensch sei Gottes Ebenbild. Er ist aber in meinen Augen Wunderwerk und erbärmliche Kreatur zugleich. Vielleicht liegt hierin das Geheimnis.

Meine Gedanken kehren gewollt und ungewollt auch immer wieder zurück zu den schrecklichen Tagen im Verlies. Vor allem nachts, wenn ich wach liege und Schreie im Spital höre, fährt mir der Schreck in die Glieder, und manches Mal wähne ich dann, den schweren Türklopfer gehört zu haben und dass sie kommen, um mich zu holen. Selbst tagsüber spüre ich mitunter noch, wie meine Hand, die die Feder führt, plötzlich zu zittern beginnt. Ich stehe dann auf und hole mir zur Beruhigung aus der Wandnische den Rest des sauren Tropfens, den sie einem in dieser noblen Unterkunft an Feiertagen zubemessen. Nein, zum Trinker kann man hier wahrlich nicht werden, und vielleicht ist es besser so, denn ich wäre nicht der erste haltlose Säufer, den man zur Abschreckung durch die Zunge brennt.

Unsere Rettung damals war kein völliger Freispruch in allen Ehren, sondern dem Umstand mangelnder Beweise zu danken. So blieb denn auch ein Rest von Argwohn, und der Gerichtsschreiber hatte im Protokoll vermerkt und uns mit auf den Weg gegeben: Wir sollten uns künftig nicht vom bösen Feind Geld und Hilfe erwarten, denn der Teufel geht mit kleinen Schritten, bis er die Menschen in seine Stricke bekommt.

Welch übergroßes Glück wir hatten, das wurde mir erst in ganzer, schrecklicher Klarheit bewusst, als zwei Jahre nach meiner Verhaftung und Rettung die landfahrende Familie Pämb, die man wegen ihrer Herkunft und des Vaters anrüchiger Tätigkeit als Aborträumer auch die Pappenheimer nannte, der Obrigkeit in die Finger fiel. Wangereck, der wegen seiner Niederlage in unserem Fall fürchterlichen Groll hegte, stürzte sich förmlich auf diese armseligen Sünder, um mit des Herzogs Billigung endlich sein Exempel zu statuieren. Gewiss war der

Lebenswandel dieser Landstreicher nicht frei von Verfehlungen, Diebstählen und kleinen Betrügereien, aber erst unter der Folter wurden daraus schreckliche Verbrechen und unzählige eingestandene Morde, weswegen auch die Hinrichtung von unsäglicher Grausamkeit war. Der Mutter schnitt der Henker noch auf dem Marktplatz die Brüste ab, dem Vater und dem ältesten Sohn riss er mit glühenden Zangen tiefe Wunden in Arme und Oberkörper, ehe er ihnen draußen auf der Richtstätte vor der Stadt mit dem schweren Rad die Knochen brach. Für den Vater hatte man sich ein zusätzliches Schauspiel ausgedacht, das in Kaiser Karls Strafrecht nicht vorkam und womit sich die ehrenwerten Richter mit der Barbarei der Türken und Seeräuber gemeinmachten: Paulus Pappenheimer wurde auf scheußliche und qualvollste Weise gespießt. Danach wurden alle lebendig, sofern überhaupt noch Leben in ihnen war, verbrannt.

Ich begann mit dem Schreiben dieses Buches, um meine Melancholie zu vertreiben. Doch wenn ich an dieses grausame Schicksal denke, will mich wieder Trübsinn befallen, und besonders einem gegenüber empfinde ich durch meinen glücklichen Freispruch so etwas wie Schuldgefühle: dem jüngsten Sohn der Familie, Hänsel. Selbst aus dem Elfjährigen quetschten die Hofratskommissare – der Pronner war auch dabei – mit bohrenden Fragen die schlimmsten Untaten heraus. Sie ließen ihn dafür erst bei den Martern seiner Eltern zusehen und später selbst im Feuer verbrennen. In meinen Dank an den Allmächtigen mischen sich seither auch immer wieder bittere Fragen nach seiner Güte und Gerechtigkeit, und mich beschleicht manchmal der grausige Verdacht, dass Hänsel Pämb als Preis für meine Rettung büßen musste.

Ich hatte eingangs die Hoffnung geäußert, dass dieses Buch meinen Kohl etwas fetter machen könne, und hoffe jetzt, dass ich Euch, verehrte Leser, keinen aufgewärmten Kohl serviert habe. Ich habe mich bemüht, mehr selbst Erlebtes zu präsentieren, als mich mit Ergüssen fremder Autoren zu schmücken. Und wenn dem einen oder anderen dabei mein Sprachductus missfällt, so sei ihm gesagt, schon Seneca bemerkte, dass zierliches Reden kein Zeichen eines männlichen Stils sei.

Wenn ich nun zum Ende komme, drängt sich die Frage nach dem Titel auf. Erst gedachte ich, das Werk mit italienischer Eleganz *Ricordanze* zu nennen, Erinnerungen. Aber da in unseren Tagen geschwätzige Autobiografien das Land überschwemmen und ich von der Unsitte ellenlanger Titel die Nase voll habe, will ich es bescheiden nur *Narrenträume* nennen, denn es trifft den Kern.

Auch dem etwas kriecherischen Brauch einer schwülstigen Widmung bin ich enthoben, denn dem Aegidius Albertinus, dem ich den Anstoß zu diesem Werk verdanke, ist wohl seine Stellung am fürstlichen Hof zu Kopf gestiegen. Er ist ins Lager der bigotten und sauertöpfischen Kritiker gewechselt und beschimpft neuerdings Komödianten als eitle, liederliche, unverschämte, verschlagene und gottlose Leut. Schande über ihn!

Ich will es auch keinem Potentaten zueignen, nur um mir damit ein paar Gulden zu erschleichen, denn zum einen wüsste ich augenblicklich keinen, der es verdiente, zum anderen stünden mir als angemessene Adressaten die beharrliche Liebe oder die Verrücktheit wesentlich näher. Ich dachte kurz auch an meinen Vetter, aber ich glaube, das Buch enthielte ihm als Vernunftmenschen doch etwas zu viel der Narretei. Ich werde es einfach allen Narren und Melancholikern widmen. Und darüber hinaus werde ich verfügen, dass dieses Buch erst nach meinem Tod veröffentlicht werden darf, denn ich habe genug von der Unwägbarkeit menschlichen Gerichts.

Wenn Ihr mich fragt, ob sich die vergebliche Suche nach dem Geheimnis des Goldmachens, all die Irrwege und schmerzhaften Wendungen gelohnt haben, antworte ich Euch mit dem Beispiel des Mannes, der seinen Söhnen erzählte, dass er einen Goldschatz in seinem Weinberg vergraben habe. Nach seinem Tod wühlten die Söhne den Weinberg um. Sie fanden zwar kein Gold, erhielten jedoch eine prächtige Weinernte, da sie das Erdreich so fleißig umgegraben und gelockert hatten. Ähnlich wurde mir durch emsiges Graben in Schriften, Wahrheiten und Vorurteilen ein reicher Schatz an heilsamer Erkenntnis zuteil. Eine davon ist die Einsicht, dass mir die Jagd nach dem Stein der Weisen überhaupt nicht mehr erstrebenswert erscheint, denn er ist ja die Vollkommenheit. Aber bedeutet Vollkommenheit nicht auch Stillstand und Langeweile? Es wäre der Tod eines Narren.

Über Wilhelm ist inzwischen wieder viel Gutes in der Stadt zu hören, durch seine Almosen, die Speisung von Armen an seiner Tafel und seine aufopfernde Tätigkeit im Pilgerhaus St. Rochus und im Spital. Anscheinend musste er erst abdanken, um sich die Liebe seines Volkes wieder zu verdienen. Er zeigt sich nur noch selten in der Öffentlichkeit, und ich sah ihn seither nicht wieder.

Beatrice hingegen sah ich nun häufiger, sei's flüchtig am Markt oder in kostbaren Stunden bei einem heimlichen Stelldichein. Aber mein Sehnen nach einem dauerhaften Beisammensein musste unerfüllt bleiben, solange Ihr Gatte am Leben war, was mich mit Groll und Traurigkeit erfüllte. Auch wenn es Sünde ist, gestehe ich, dass ich so manches Mal den Gedanken hatte …

An einem Freitag, es war der dreizehnte Tag des Monats Oktober, hätte ich fast einen unverzeihlichen Fehler begangen, denn eine Schauspielertruppe aus England war zu Gast in der Stadt. Ihr Anführer machte mir die Zähne lang, indem er von einem jungen Dramatiker schwärmte, der köstliche Komödien und Tragödien schrieb, in denen auch ein weiser Narr mit ernstem Witz das Publikum begeisterte. Ich hatte schon meinen Ranzen gepackt, um mit nach England zu gehen, als ich von Beatrice die Nachricht erhielt, sie sei Witwe geworden.

Kurz darauf begegnete ich dem Herwarth. Nein, nicht dem Hexenjäger, der war kurz nach meiner Freilassung gestorben. Sein ehrenwerter Bruder war's, der Landschaftskanzler Hans Georg Herwarth von Hohenburg, den seine Gegner wegen seiner naturwissenschaftlichen Interessen und seiner liberalen Haltung in der Hexenfrage schon selbst als Zauberer beschimpft hatten. Eigentlich hätte auch ich ihm böse sein müssen, denn er war die treibende Kraft bei Wilhelms Abdankung gewesen, und damit hatte er mich gewissermaßen brotlos gemacht. Aber er entschuldigte sich bei mir für die Unbill durch das unselige Eifern seines Bruders und erzählte mir dann von seinem Problem.

»Ich hab dem Kepler ein Buch geliehen.«

Ja und?, hätte ich fast gesagt, doch mein verständnisloser Blick nötigte den Kanzler zu weiterer Erklärung.

»Johannes Kepler ist ein schon jetzt berühmter Astronom und Mathematiker in Prag. Ich darf mich in aller Bescheidenheit rühmen, mit ihm in regem geistigem Austausch zu stehen.«

»Schön für Euch.«

»Hmm, es gibt dabei auch einen Haken. Der junge Herzog plant eine Neuordnung der Hofbibliothek, und da bin ich als ihr Vorstand mit ihm nicht immer einer Meinung. Maximilian selbst liebt Werke über ruhmreiche Historie. Er hat nur wenig übrig für Mathematik, und an exakter Naturwissenschaft interessiert ihn allenfalls der Flug einer Musketen- oder Kanonenkugel. Aber ihm liegen der Erhalt und die Bewahrung seines Besitzes am Herzen.«

»Wie ein Gutsherr, der eine riesige Schafherde besitzt, sich aber nichts aus Lammbraten macht.«

»Ihr bringt es trefflich auf den Punkt. Ich hingegen bin der Meinung, man müsse den Bücherschatz großzügig allen Gelehrten zur Verfügung stellen zum Wohle der Wissenschaft. Maximilian will aber den Buchbestand nur Gelehrten katholischen Glaubens zugänglich machen.«

»Und Kepler ist Protestant«, mutmaßte ich.

»Richtig. Maximilians fromme Verwandtschaft hat ihn schon vor Jahren aus Graz vertrieben. Da Kepler über die Harmonik der Weltordnung forscht, kam ich seinem Wunsch nach und schickte ihm die lateinische Ausgabe der ›Harmonik‹ des Claudius Ptolemäus nach Prag. Und jetzt …«

»Wartet! Bedeutet Harmonik so etwas wie die Sphärenmusik?«

»In gewisser Weise ja«, sagte Herwarth erstaunt. »Ihr überrascht mich.«

»Ich mich auch«, sagte ich, denn eigentlich hatte ich geglaubt, mit Spekulationen dieser Art abgeschlossen zu haben.

»Versteht Ihr etwas davon?«

»O nein, nicht wirklich. Ich bin nur interessierter Laie.« Ich verstand eigentlich von nichts wirklich viel, pflegte aber einen Hang zu geistiger Landstreicherei und war daher leicht zu begeisternder Dilettant in allen Dingen.

»Reist Ihr gerne?«

»Doch, ja, wenn es die Mittel erlauben. Reisen ist teuer.«

Herwarth überlegte kurz und sagte dann: »Ich hätte da eine Idee.«

Keine halbe Stunde später platzte ich bei Beatrice herein.

»Du solltest in diesen Tagen nicht so oft kommen«, rügte sie mich. »Ich bin Witwe, und die Leute zerreißen sich rasch das Maul.«

»Dann lass uns fortgehen. Ich weiß ein neues Ziel.«

»Wie stellst du dir das vor? Ich kann nicht einfach alles stehen und liegen lassen.« Beatrice durfte nach den Zunftregeln als Witwe eines Meisters die Goldschmiede behalten und selbstständig fortführen.

»Lass deinen erfahrensten Gesellen sie für eine Weile leiten. Uns lockt Prag, die vieltürmige, goldene Stadt.« Ich nahm sie bei der Hand, zog sie in den Nebenraum und auf eine Liege, die dort stand. Ich öffnete das Band ihrer Haube und streifte sie ab. Dann durchwühlte ich mit beiden Händen zärtlich ihre Lockenpracht und sagte: »Liebste, weißt du noch, wie ich dir den Himmel zeigte und von der Sphärenmusik sprach?«

»Du wolltest mir großspurig weismachen, man könne sie hören«, sagte sie lachend.

»Aber jetzt können wir dem Geheimnis auf den Grund gehen.« Ich erzählte ihr rasch von Herwarths Angebot, dass er mir die Reise bezahlen würde, wenn ich ihm dafür das Buch zurückbrächte. »Johannes Kepler ordnet das Universum neu. Er berechnet die exakten Bahnen der Planeten, und auch er sieht die Himmelsbewegungen als ewige, mehrstimmige Musik, freilich nicht mit dem Ohr, nur mit dem Verstand fassbar.«

Sie schaute mich mit zusammengekniffenen Augen an. »Ist das nicht der, der die Erde aus der Mitte des Universums verbannt hat?«

»Nicht er allein, auch andere. Es geht um die Weltharmonik, verstehst du?«

»Harmonik, sagst du. Klingt mir mehr nach Ärger.«

»Ach was! Prag! Ich wollte schon immer dorthin. Dort gilt Paracelsus noch etwas, und die Alchemisten gehen ganz eigene Wege. Es geht ihnen nicht so sehr um die Veredelung unreiner Materie zu schnödem Gold, es geht um nichts weniger als die Heilung dieser tödlich verwundeten Welt, ein göttliches Erlösungswerk sozusagen. Ein gewisser Heinrich Kunrath, Leibarzt Fürst Rosenbergs, beschäftigt sich mit geistiger

Alchemie und der Quadratur des Kreises, wodurch die Quintessenz des reinen Geistes …«

»Herrjeh, Michel, hast du noch immer nicht genug von solchen Hirngespinsten?« Sie lehnte sich zurück.

»Aber Prag hat doch noch so viel mehr zu bieten. Dort ist der Kaiser, der alle erdenklichen Wunderwerke in seiner Kunstkammer sammelt.«

Sie zog mich zu sich herunter, ehe sie spöttisch sagte: »Er wird sie dir in einer Privatführung zeigen, da bin ich mir ganz sicher. Dumm ist nur, dass man sagt, der Kaiser hasse alle Narren.«

»Es gibt auch außerhalb der Burg Kurioses zu bestaunen«, setzte ich unbeirrt meine Werbung fort. »Tycho Brahe, des Kaisers oberster Astronom, soll sogar eine künstliche Nasenspitze aus Gold haben, weil er …«

»Michel!«

»Hmmh … weil er bei einem Duell …«

»Schhhh!« Sie berührte mit ihren Fingerspitzen meine Lippen.

»Es gibt für dich dort auch hübsche Kleider nach der neuesten …«

»Michel!«

»Ja.«

»Halt endlich den Schnabel!« Ihre Lippen verschlossen gierig meinen Mund.

Postskriptum

Sechs Monate später besuchte ich auf der Rückreise von Prag mit meinem frisch angetrauten Eheweib Beatrice Scolari die fürstliche Schwaige in Schleißheim, wo Wilhelm noch immer seine Träume lebte. Er selbst war in seiner Umtriebigkeit nicht anzutreffen, aber über seinem neuen Laboratorium, Brenn- und Destillierhaus stand in goldenen Lettern eingemeißelt:

*Calcino, sublimo, tero, coagulo, fixo. Haec est ars tota a stultis remota.**

* Ich pulverisiere, verdampfe, zerreibe, verdichte, fixiere. Das ist die ganze Kunst, den Einfältigen verborgen.

Nachwort

Das Bayerische Nationalmuseum in München zeigt als Leihgabe des Historischen Vereins von Oberbayern ein Gemälde Hans Mielichs (auch Müelich) von 1545, das den Hofnarren Mertl Witz darstellt und in mehrfacher Hinsicht bemerkenswert ist.

Es wurde vermutlich von Herzog Wilhelm IV. in Auftrag gegeben und hing später in einer Reihe »etlicher schalckhnarren und kurtzweiliger tafelräth conterfett« (Beschreibung Philipp Hainhofers von 1611) in der Münchner Kunstkammer, die Herzog Albrecht V. im Marstallgebäude, dem späteren Münzhof, im Stile der Spätrenaissance begründete.

Das Bild hing gleich neben dem Eingang, rangmäßig ein eher unbedeutender Platz der Präsentation. Umso erstaunlicher ist die Ausführung des Porträts, das wie ein (scherzhaft ironisches?) Pendant zur Darstellung des Thronfolgers Albrecht aus dem gleichen Jahr wirkt.

Lorenz Seelig beschreibt den Porträtierten so: »Die Züge des Gesichts, mit ungepflegt stoppeligem Bartwuchs, treten in ungeschönter Hässlichkeit hervor. Die Brauen sind eckig hochgezogen, die Stirn stark in Falten gelegt. Die tief liegenden schmalen Augen schauen nach rechts, sodass der geradezu stechend anmutende Blick sich nicht auf den Betrachter richtet. Die Nase endet in einer kräftigen Spitze. Wie auch die angespannten Backenmuskeln zeigen, scheinen Ober- und Unterkiefer stark aufeinandergepresst zu sein; der Mund ist fest geschlossen. Da die Unterlippe ein wenig herabhängt, tritt ein schief stehender Schneidezahn sichtbar hervor. Der Ausdruck des Dargestellten erscheint insgesamt mürrisch-verbissen und zugleich von tiefem Misstrauen geprägt.« *(Pantheon 57, 1999, p. 185–189)*

Auch wenn man das Bild wohlwollender betrachtet, wie ich es tat, eine Schönheit war der Narr gewiss nicht. Aber ist es deshalb nur eines von etlichen »conterfeht von Ainfeltigen Manns und Weibspersonen«, über die man sich aufgrund ihres unansehnlichen Äußeren lustig machte, oder hebt ihn die aufwendige Darstellung nicht doch in besonderer Weise hervor?

»Im Zeitraum zwischen 1450 und 1550 bildete sich ein frühneuzeitlicher Hofnarrentypus heraus, der dem Bedürfnis an höfischer Kommunikationsfähigkeit und außergewöhnlichen Individuen gleichermaßen entgegenkam: Schlagfertigkeit und Witz des Hofnarren wurden wichtiger, körperlich-performative wurden durch diskursive Handlungen und inszenierte Streiche ersetzt, sein Verhalten professionalisiert und höfisiert …

Es gibt bei diesen stark individualisierten Hofnarren keinerlei Anzeichen dafür, dass sie Narrenkappe und -kolben getragen hätten; vielmehr ist ihr hoher Rang nicht nur an der stattlichen Kleidung, sondern auch an der Tatsache zu erkennen, dass von ihnen Porträts … und bei ihrem Tod stattliche Grabplatten … angefertigt wurden … *(Es)* wurden gleichzeitig die Ansprüche an das intellektuelle Niveau der Narren an den großen Höfen stärker. Dies führte dazu, dass der Hofnarr mehr und mehr zum *sapiens* in einer närrischen Welt wurde …«

(Velten, Hans Rudolf, in: Residenzforschung 15 II, Teilbd. 1+2, Ostfildern 2005)

Mertl Witz könnte folglich eine Art Narr des Übergangs gewesen sein, das heißt mit seinem wenig gewinnenden Äußeren noch etwas dem Typus des natürlichen Narren verhaftet, der mit absonderlicher Gestalt und Mimik zum Lachen reizte, bei seinen Auftritten aber vor allem mit Gewitztheit und Klugheit die Zuschauer für sich gewinnen konnte. Leider liegen uns über sein Wirken am Hof der bayerischen Herzöge keinerlei Berichte vor.

Ich habe mir die Freiheit genommen, den Hofnarren Mertl Witz bürgerlich zu verheiraten. Sein fiktiver Sohn Michel entspricht ganz dem späten Typus des intellektuellen Narren, der einerseits als Akteur noch ganz in den Wirren seines Zeitalters steckt, andererseits aber die Widersprüche reflektiert und mit dem Abstand des Alters über den närrischen Zustand der Welt räsoniert.

»Bemerkenswert ist, dass die Anwärter auf das Narrenamt im Laufe der Zeit scheinbar aus immer höheren Schichten kamen ... seit Anfang des 16. Jahrhunderts finden wir unter ihnen ehemalige Apotheker, Ärzte, ja veritable Edelleute. Dieser soziale Aufstieg hing sicherlich mit dem gewachsenen Anspruch an das intellektuelle Niveau der Narren zusammen.«

(Lever, Maurice: Zepter und Schellenkappe, Frankfurt 1992, S. 109)

Michael Schattenhofer, früherer Direktor des Münchner Stadtarchivs, berichtete: »Um den Bildhauer Arnhofer hatte sich in den neunziger Jahren des 16. Jahrhunderts ein Kreis von meist fremden, nur vorübergehend in München anwesenden Schatzgräbern, Teufelsbannern, Nekromantikern und Goldmachern gebildet, von denen geheime Fäden zu Herzog Wilhelm V. liefen. Man glaubte im Besitz der ›rechten Tinktur‹ zu sein [...] auch von einem Schatzgraben in Hesselohe [...] ist die Rede. 1598 saß eine Zaubergesellschaft von 18 Personen in der Schergenstube in Haft.« *(Oberbayerisches Archiv, 109. Bd., 1. Heft, S. 131)*

Die Namen sind bekannt, und die Beteiligten wurden fast ausnahmslos nur sehr glimpflich bestraft. Dies ist äußerst erstaunlich, wenn man bedenkt, dass wenige Jahre zuvor die Hexenjagd in Schongau und München stattfand und um

1600 der grausame Prozess gegen die Familie Pämb, auch Pappenheimer genannt, den Michael Kunze eindrücklich schildert *(Auf der Straße ins Feuer, 1982)*.

Ich habe dies als Aufhänger für meine Geschichte benutzt.

Bei der Umgestaltung der Burg Trausnitz in Landshut ließ Herzog Wilhelm V. dem Fürstenbau im Südwesten den sogenannten italienischen Anbau hinzufügen. In ihm zieht sich über alle Geschosse eine viereckige Schachttreppe, die in den Jahren 1578/79 von Antonio Padovano nach den Entwürfen von Friedrich Sustris mit lebensgroßen Figuren beziehungsweise Szenen der »Commedia dell'arte« ausgestaltet wurde. Leider wurden die Fresken, die zuvor schon in Mitleidenschaft gezogen waren, durch den großen Brand von 1961 zum Teil arg beschädigt und sind der Öffentlichkeit nur noch begrenzt zugänglich. Es gibt aber einen wunderbaren virtuellen Rundgang auf der Website der Burg.

(www.burg-trausnitz.de/deutsch/virtuell/index.htm)

Man findet nur wenige Beschreibungen dieser sogenannten Narrentreppe. Zwei Szenen, die sich meines Erachtens auffällig vom üblichen Kontext der »Commedia dell'arte« abheben, wurden entweder widersprüchlich oder gar nicht beschrieben: die des Zanni mit der Mano cornuta und die alte Frau mit der Feuergabel. Ich habe beide im Sinne meiner Geschichte gedeutet.

Der Entwurf für ein Sonnwendfeuer von Friedrich Sustris ist erhalten. »Man sieht einen brennenden und heftig rauchenden Berg […], auf dem eine Hexe die Feuergabel schwingt.«

(Katalog der Ausstellung Wittelsbach und Bayern II/2, S. 77)

Die Figur der Hexe ähnelt exakt der wütenden Alten auf der Narrentreppe.

Die Verbrennung Regina Pollingers beim ersten großen Hexenprozess Münchens ist überliefert, ihre Ehe mit dem Braumeister Pollinger fiktiv. Dort, wo Christoph Pollinger seit 1584 sein Brauhaus betrieb, steht heute ein Kaufhaus, das älteren Münchnern noch als der »Oberpollinger« bekannt ist.

Das Wirtshaus »Zum Großdamischen« war zu Michels Zeiten eine große Fremden-Herberge. Den Namen erhielt es allerdings erst im 18. Jh. Er bedeutet spöttisch in etwa »übergeschnappt«.

Die Neuveste in der Nordostecke der Stadt wurde im Laufe der Jahrhunderte zerstört beziehungsweise in die Residenz integriert. Es sind nur noch ein paar unterirdische Grundmauern und Kellergewölbe vorhanden, deren Lage rote Steine im Pflaster des Apothekenhofs markieren.

Von Herzog Wilhelms ausgedehntem Alterssitz hinter den Jesuiten, der späteren Maxburg, steht heute nur noch der Renaissanceturm.

Herzog Wilhelm wird in der älteren Geschichtsschreibung häufig als wenig begabter Jesuitenzögling geschildert, der nach seinem »Bekehrungserlebnis« vollends zum weltfremden Frömmler wurde. Es stimmt so weder das eine noch das andere. Wilhelm war vor der finanziellen Katastrophe schon sehr fromm und auch danach noch verschwenderisch und auf seine Reputation bedacht. Für mich mit am interessantesten und schwer nachvollziehbar ist die Geschichte seines Grabdenkmals. Erst überdimensional geplant kam es nach Wilhelms Abdankung nicht mehr zustande, obwohl der größte Teil der Figuren schon fertig gestellt war. Es allein mit der finanziellen Situation zu erklären, erscheint mir zu einfach. Welche Rolle sein Sohn Maximilian dabei gespielt hat, bleibt im Dunkeln. Die von mir geschilderte Auseinandersetzung mit seinem Vater ist möglich, aber fiktiv. 1604 ließ Maximilian seine erste Ehefrau tatsächlich durch den Exorzisten Marrano »entzaubern«. Die Ehe blieb dennoch kinderlos. Maximilian hat später die noch erhaltenen Skulpturen umgewidmet und in der Stadt verteilt. Die Madonna thront auf der Mariensäule am Marienplatz, die Löwen bewachen die Residenz, die vier Wächter mit Standarte das Grabdenkmal Kaiser Ludwigs des Bayern. Der Engel mit dem Weihwasserbecken grüßt die Gläubigen beim Eintritt in die Michaelskirche, das große Kruzifix mit Maria Magdalena davor wurde erst jüngst wieder an seinem ursprünglich vorgesehenen Platz vor dem Hochaltar aufgestellt.

Wenn man überhaupt von einer tief greifenden Wandlung Wilhelms sprechen will, dann fand sie meines Erachtens weniger durch die finanzielle Katastrophe und seine Erkrankung 1575 statt, sondern erst im Laufe der Jahre nach seiner Abdankung durch sein fast mönchisches Leben mit dem er wohl auch innerlich Abstand fand von der anmaßenden Sepultur. Ergreifend finde ich jedenfalls, dass der so überaus prachtliebende Fürst heute in einem schlichten Zinnsarg in der Gruft von Sankt Michael ruht.

Die unstandesgemäße Heirat Ferdinands mit Maria Pettenbeck gehört zu den großen Liebesgeschichten Bayerns. Es ist bekannt, dass der ebenfalls stets hoch verschuldete Ferdinand mit seinem Stand nicht gut zurechtkam. Heinz Dollinger deutet in seinen »Studien zur Finanzreform Maximilians« an, dass Ferdinand eventuell in Verbindung mit den Landständen versucht haben könnte, die finanzielle Misswirtschaft Wilhelms und damit seine Regierung zu beenden. Ich habe mit dieser bislang unbewiesenen Spekulation etwas gespielt.

Die kaum zu glaubende Tatsache, dass man am Münchner Hof ernstlich in Erwägung zog, Ferdinand mit Maria Stuart zu verheiraten, ist überliefert.

Maximilian ließ nach Ferdinands Tod den großen Brunnen in die Residenz transferieren (Brunnenhof), und als sei auch ihm die Wasser sprühende Reiterfigur ein Dorn im Auge gewesen, wurde sie durch ein steifes Standbild des Ahnherrn Otto von Wittelsbach ersetzt.

Die Geschichte des Veit Teufelmüller wird von Otto Steuer im *Oberbayerischen Archiv, Bd. 109, 2. Heft* erzählt. Albrecht Pronner war tatsächlich der Schwager von Andre Ligsalz. Er wird in Hofratsgutachten einmal als »ersetzlich«, ein andermal als »zu allem zu gebrauchen« geschildert *(Lanzinner M.: Fürst, Räte und Landstände, 1981)*. Ich habe ihn mit dichterischer Freiheit noch unangenehmer dargestellt, als er vermutlich war.

Michael Polhaimer gehört zu den bekanntesten Betrügern in der Goldmacherszene. Er soll zu etwas späterer Zeit unter Siegmund Friedrich Fugger für kurze Zeit in Oberstockstall tätig gewesen sein und danach Graf Wolfgang II. von Hohenlohe betrogen haben. Seine Geschichte kann man nachlesen bei Weyer, Jost: *Graf Wolfgang II. von Hohenlohe und die Alchemie*. Ich habe mir erlaubt, ihn etwas abgewandelt für meine Geschichte zu benutzen.

Als Vorbild für Laura von Alnpeck diente mir die mörderische Betrügerin Anne Marie Ziegler. *(Rhamm, A.: Die betrüglichen Goldmacher, 1883)*

Die Geschichte von der Heilung der Fürstin Jakobäa durch Paracelsus wird zwar in der *Rhapsodia vitae Theophrasti Paracelsi* berichtet, gehört aber wahrscheinlich ebenso ins Reich der Legende wie Luthers Zechprellerei.

Der herrliche Schiedsspruch eines Narren beim Streit um den Duft der Würste und der Bezahlung dafür wird verschiedentlich erzählt, unter anderem in *Schimpf und Ernst* von Johannes Pauli; Rabelais erzählt ihn im zweiten Buch des *Pantagruel*, und wahrscheinlich geht er schon auf eine Quelle aus dem vierzehnten Jahrhundert zurück.

Wer sich an den mitunter derben Sprüchen stört, der möge bedenken, dass sich damals die höchsten Kreise bis hinunter zum gemeinen Volk einer deftigen Sprache bedienten. Nicht umsonst spricht man auch vom Zeitalter des Grobianismus.

Über das fröhliche Treiben des Erbprinzen Wilhelm auf Schloss Trausnitz erfuhr ich viel von *Berndt Baader: Der bayer. Renaissancehof Herzog Wilhelms V.*

Aus der Vielzahl der Bücher über Alchemie möchte ich *Hans-Werner Schütt: Auf der Suche nach dem Stein der Weisen* anführen.

Zu Paracelsus und Alchemie waren mir sehr nützlich *Wilhelm Kühlmann: Der Frühparacelsismus 1-3* sowie *Rudolf Werner Soukup: Chemie in Österreich.*

Zur Geschichte der Hexenprozesse war maßgeblich: *Wolfgang Behringer: Hexenverfolgung in Bayern.*

Zur Melancholie ist noch immer lesenswert: *Robert Burton: Die Anatomie der Melancholie.*

Ganz besonders hervorheben möchte ich noch Herrn *Helmuth Stahleder*, aus dessen *Chronik der Stadt München* sowie seinen zahlreichen Beiträgen im Oberbayerischen Archiv, unter anderem auch zu Andre Ligsalz *(OA 117)*, ich reichlich schöpfen konnte. Ich staune immer wieder über seine großartige Arbeitsleistung.

Danken möchte ich an dieser Stelle zu allererst Herrn Thomas Montasser, meinem Literaturagenten seit meinen ersten Schreibversuchen, der mich stets ermuntert, unterstützt und mit unerschütterlichem Optimismus an dieses Buch geglaubt hat.

Mein Dank geht auch an Herrn Klaus Höchstetter, den Kastellan von Burg Trausnitz, der mich kundig über die Narrentreppe führte sowie an Frau Sigrid von Osten, die 1980 mit der Bergung der Fundobjekte im Alchemistenlabor von Oberstockstall begonnen hatte und mir in dem kleinen Museum in Kirchberg freundlich auf alle Fragen Auskunft erteilte.

Weitere Titel finden Sie auf den folgenden Seiten und im Internet:

WWW.GMEINER-VERLAG.DE

CARLOS ÁVILA DE BORBA
COMMISSARIO CONTI UND DER TOTE IM SEE
GARDASEE-KRIMI
GMEINER